teadue
1863

Della stessa autrice in edizione TEA:

La trilogia « Venti di tempesta »
1. *Venti di tempesta*
2. *Profumi perduti*
3. *Una difficile eredità*

Altri romanzi
La casa delle sorelle
La donna delle rose
Alla fine del silenzio
L'uomo che amava troppo
La doppia vita
L'ospite sconosciuto
Nemico senza volto
L'isola
L'ultima traccia
Nobody
Quando l'amore non finisce
Il peccato dell'angelo

Charlotte Link

L'ultima traccia

Romanzo

Traduzione di
Alessandra Petrelli

TEA

Per informazioni sulle novità
del Gruppo editoriale Mauri Spagnol visita:
www.illibraio.it
www.infinitestorie.it

TEA - Tascabili degli Editori Associati S.p.A., Milano
Gruppo editoriale Mauri Spagnol
www.tealibri.it

Prima edizione italiana presso Corbaccio, aprile 2009

Titolo originale
Die letzte Spur

Prima edizione TEADUE ottobre 2010
Quinta ristampa TEADUE novembre 2012

NOVEMBRE 2002

Era prevista neve per quel fine settimana. Lo avevano annunciato i meteorologi e sembrava che dovessero avere ragione: faceva un freddo polare quel pomeriggio di novembre. Un vento tagliente soffiava da nordest. Chi si azzardava a uscire di casa finiva ben presto con gli occhi che lacrimavano e la pelle che bruciava. La precoce oscurità dell'inverno stava già calando. Per tutta la giornata non si era vista vera luce e adesso il crepuscolo sembrava essere stato già inghiottito dalla sera.

La ragazza aveva un aspetto patetico. Intirizzita, pallida, con le guance arrossate. Si teneva le braccia strette intorno al corpo, come se non riuscisse a liberarsi neppure al chiuso del gelo che regnava fuori. In realtà lo scantinato dell'istituto di medicina legale era ben riscaldato. Almeno la piccola antisala dove l'ispettore Fielder e la sua collaboratrice, il sergente Christy McMarrow, avevano accompagnato la visitatrice, dopo che aveva identificato il cadavere senza nome della Epping Forest.

Aveva gettato soltanto un breve sguardo al viso cereo, si era voltata di scatto e aveva deglutito con forza, come ricacciando in gola un conato di vomito. E non aveva neppure visto il corpo malconcio.

In quel caso sarebbe svenuta sul posto, aveva pensato Fielder.

Era passato qualche istante prima che riuscisse a parlare.

«È lei. È Jane. Jane French.»

Nella saletta chiese una sigaretta. Fielder le aveva offerto da accendere. Le mani le tremavano violentemente, ma non dipendeva soltanto dalla tragica situazione. Quella donna era una tossicodipendente, l'aveva capito fin dal primo sguardo. E una prostituta, si capiva dall'abbigliamento. La gonna era così corta che l'effetto sarebbe stato uguale anche se non l'avesse portata del tutto. Calze nere velatissime, per niente adeguate come protezione dal freddo. Stivali con tacco a spillo, una giacca a blouson di un tessuto metallico e scintillante, aperta a mostrare una generosa porzione dei seni prosperosi e ben formati. Era giovane. Sulla ventina, calcolò Fielder.

«Allora, Miss Kearns», disse, sforzandosi di apparire particolarmente distaccato e professionale, per darle la possibilità di riprendersi. «Lei è del tutto sicura che quella che ha appena visto sia proprio... *Jane French*?»

Lil Kearns fece un lungo tiro di sigaretta e annuì. «Senza alcun dubbio. È lei. L'ho riconosciuta subito. Certo è... un po' diversa, ma è lei, senza dubbio.»

«Dev'essere rimasta nel bosco per una settimana almeno prima che fosse rinvenuta. Ciò significa che è stata uccisa intorno al 10 novembre.»

«Uccisa? Ne è sicuro?»

«Purtroppo sì. Il tipo di ferite, il fatto che fosse ammanettata al momento del ritrovamento non lasciano dubbi al riguardo.»

«Bella roba», disse Lil.

Si era messa in contatto quella mattina, quando la polizia aveva ormai quasi rinunciato a trovare ancora qualche indizio circa l'identità del cadavere della Epping Forest. Erano due settimane che brancolavano nel buio. La donna era stata rinvenuta da alcuni escursionisti, e il tipo di ferite, la ferocia che si manifestava nella crudeltà con cui era stata torturata e uccisa avevano tolto la parola anche agli agenti più coriacei.

«Dev'essere opera di uno psicopatico», aveva detto alla fine qualcuno, e tutti avevano concordato. La giovane doveva essere caduta nelle mani di un pervertito.

Il suo abbigliamento – o meglio ciò che ne restava – l'aveva identificata come prostituta, e questo lasciava supporre che fosse salita in macchina con il cliente sbagliato. Purtroppo simili casi non erano rari, anche se non si concludevano necessariamente con altrettanta brutalità. Ma c'era ogni genere di pervertito in circolazione e non c'era luogo migliore della strada dove potessero servirsi comodamente. Non tutti davano a vedere di avere qualche rotella fuori posto. L'ispettore Fielder aveva esperienza di delinquenti che avevano in tutto e per tutto l'aspetto che ogni madre si augurerebbe per il proprio genero.

La morta non aveva documenti con sé e non corrispondeva a nessuna denuncia di scomparsa. La sua fotografia era stata pubblicata sui giornali, ma anche questo espediente inizialmente non aveva dato frutti. Finché non era spuntata Lil Kearns affermando di aver riconosciuto la sua ex compagna di camera.

«È sparita dall'inizio di marzo! Senza dire una parola. Non è più tornata. E adesso la vedo sul giornale.»

Fielder aveva voluto sapere perché Miss Kearns non avesse denunciato la scomparsa dell'amica, ma per tutta risposta aveva ottenuto un'alzata di spalle. Poteva immaginarne il motivo: Lil Kearns era tutt'altro che ansiosa di avere contatti ravvicinati con la polizia. Come tossicodipendente era probabilmente schedata, o comunque conosceva un numero sufficiente di persone appartenenti al giro della malavita. Non aveva nessuna voglia di cacciarsi in chissà quale ginepraio.

Sebbene affermasse di aver riconosciuto la foto dell'amica soltanto ora su un vecchio giornale, l'ispettore Fielder sospettava che fosse al corrente della cosa già da diverso tempo. Le ci era voluto un certo coraggio per recarsi al commissariato. Ma, comunque, l'aveva fatto. Lui non aveva alcun interesse a inchiodarla. Gli premeva soltanto ottenere informazioni sulla vittima.

Purtroppo Lil non aveva molto da dire. Elencò ciò che sapeva mentre era in piedi nello stanzino della medicina legale, fumando nervosamente e agitandosi sui tacchi vertiginosi.

«Jane French. Di Manchester. Credo che solo la madre sia ancora viva. È arrivata a Londra tre anni fa. Voleva fare carriera!» Accentuò la parola *carriera* in un modo da farla sembrare quasi scurrile. «Sì, certo, detto tra noi voleva trovare un tipo carino. Il tizio giusto da sposare che le offrisse una vita migliore di quella che aveva. Faceva lavoretti saltuari, un giorno qui, l'altro là... non so di che cosa si trattasse con precisione. Alla fine si è messa a battere il marciapiede. Non aveva più niente da mettere sotto i denti né un tetto sopra la testa. Io me la sono presa con lei. Perché era nel mio territorio.»

«Quando è successo?» intervenne Christy McMarrow.

«All'incirca un anno fa. Poi mi ha fatto pena. E l'ho ospitata da me. Andavamo a battere insieme.»

«Per chi?»

Lil incenerì Christy con un'occhiata. «Per nessuno! Non do i miei soldi a qualche lurido magnaccia! Io e Jane lavoravamo da sole.»

«E nel marzo successivo lei è scomparsa?»

«Esatto. Un giorno non si è più fatta vedere. Torno a casa di notte e lei non c'è. Niente di strano. Ma poi non è più tornata.» Gettò la cicca sul pavimento di linoleum e la schiacciò con il piede. «Ma non è morta a marzo, vero?»

«No», rispose Fielder. «Come ho detto, il decesso risale al massimo a tre settimane fa.»

«Che strano. Allora dov'è stata per tutto questo tempo?»

Anche all'ispettore Fielder sarebbe piaciuto saperlo, ma non sembrava che Lil Kearns potesse rispondere a questo interrogativo.

«Conosce dei suoi amici? Persone con le quali era in contatto?»

«No. Non credo che avesse nessuno. Anche se... una volta mi è sembrato...» Lasciò la frase in sospeso.

«Sì?» la incalzò l'ispettore Fielder.

«Sarà stato gennaio. Le ho chiesto se avesse conosciuto qualcuno. Più da vicino. Perché di colpo era vestita meglio.»

«Che cosa significa con esattezza *vestita meglio*?»

«Ecco, portava... sì», fece un ghigno, «portava sempre abiti da lavoro. Avete capito. Come me. Ma erano... di qualità superiore. Più costosi. Come se di colpo disponesse di più grana.»

«E secondo la sua opinione non poteva averci speso i soldi che guadagnava?»

«Nooo. Io lo sapevo quanto guadagnava. E non le sarebbe bastato neanche lontanamente.»

«Lei ritiene quindi che avesse un amico che le faceva dei regali?»

«L'ho pensato, sì. Ma lei negò. E comunque non ho insistito. In fondo mi era indifferente.»

Fielder sospirò. Avevano fatto qualche passo avanti nel senso che adesso la morta aveva un nome, un'identità. Purtroppo però il caso sembrava arenato lì. Lil Kearns era lei stessa impegnata in una lotta per la sopravvivenza così spietata che poteva badare solo assai marginalmente alla sua compagna di stanza. Ormai da tempo si trovava in una situazione dove il prossimo non aveva alcuna importanza, a meno che non le fornisse i mezzi per la dose successiva.

«Ci è stata di grande aiuto, Miss Kearns», disse. «La ringraziamo di essere venuta.»

«Sì, certo... cioè... mi spiace un casino per Jane. Le è andata proprio male!» Si scostò i capelli dalla fronte, che era ancora imperlata di sudore. Non si era ripresa dopo che aveva visto il cadavere.

L'ispettore Fielder estrasse le chiavi dell'auto dalla tasca. «Venga», disse, «la riaccompagno a casa.»

«Sul serio? Che gentile!» esclamò Lil grata.

In questo modo avrebbe avuto l'opportunità di dare un'occhiata alla camera in cui Jane French era vissuta fino al momento della sua scomparsa. Purtroppo intuiva già che non gli sarebbe servito a molto.

Aveva accumulato molti anni di esperienza professionale ed era quasi pronto a scommettere che il caso *Jane French* sarebbe stato da annoverare tra le sue sconfitte. La giovane era vissuta in un ambiente sociale difficile e questo complicava molto le cose.

Non sembravano esserci neppure testimoni del delitto.

Se anche qualcuno avesse avuto da rivelare ulteriori particolari sull'efferato omicidio della giovane Jane French, con molta probabilità bazzicava anch'egli nello stesso ambiente. Dove tutti erano molto cauti nel condividere informazioni con la polizia. Non solo per paura di finire accusati di altri eventuali crimini, ma per timore di ritorsioni.

Questo rendeva assai improbabile che potesse presentarsi un qualche testimone.

L'ispettore Fielder detestava formulare certi pensieri, ma tutto lasciava presagire che quasi sicuramente l'assassino di Jane French l'avrebbe fatta franca.

Venerdì, 10 gennaio 2003

Se avesse preso il primo volo del mattino da Heathrow per Malaga, a quell'ora sarebbe già stata a destinazione da tempo. Gibilterra. Molto probabilmente il clima nell'enclave britannica sulla estrema punta meridionale della penisola iberica era migliore che a Londra, dove la nebbia del primo mattino non si era ancora alzata, anzi si era infittita. Ora, favorita anche dal buio invernale, la città era sprofondata in una specie di coltre umida impenetrabile, che sembrava inghiottire luci, suoni e movimenti.

A Gibilterra, invece, il sole simile a una palla di fuoco stava tramontando nel mare blu scuro sotto un cielo pastello e le prime stelle cominciavano a brillare nel firmamento. Probabilmente. E anche se non fosse stato così non aveva importanza: avrebbe contato solo *essere lì*.

Se non fosse stato per la crisi di pianto di Geoff la sera precedente, avrebbe seguito il piano originale di prendere il volo del mattino. Si sarebbe dovuta alzare molto presto per arrivare in tempo a Londra, e questo avrebbe implicato che l'infermiera assunta per i successivi tre giorni avrebbe dovuto preparare a Geoff anche la colazione di quel mattino. Era stato fissato tutto quanto. La risoluta infermiera aveva assicurato che sarebbe arrivata puntuale.

«Non si preoccupi, Miss Dawson. Parta pure in tutta tranquillità. Noi ce la caveremo benissimo.»

A ripensarci adesso, sapeva di essersi aspettata fin dal principio una crisi da parte di Geoff. Lui aveva ascoltato con la massima calma l'annuncio che lei aveva intenzione di andare a Gibilterra per tre giorni. Non aveva fatto i salti di gioia, ma aveva affrontato la cosa in maniera molto responsabile.

«Ti fa bene prenderti una pausa, Elaine. Ovvio, la cosa non mi rende felice. Ma fai così tanto per me e non voglio essere egoista. Hai bisogno di stare un po' per conto tuo.»

«Neppure io riesco a capire perché Rosanna mi abbia invitato. In realtà non abbiamo mai avuto molto in comune. Voglio dire, non sono proprio sua amica»

«Devi sapere quel che fai, Elaine. Penso che si tratti di un gesto di elemosina da parte di Rosanna. È probabile che sia stata sua madre a convincerla. È sempre stata così sensibile al sociale. *Dobbiamo fare qualcosa di buono per la povera, cara Elaine...* E alla fine Rosanna ha accettato con un sospiro. Ma sì...» Non aveva concluso la frase, ma il suo silenzio era stato molto eloquente. Le parole *Se a te fa piacere lo stesso* sembravano aleggiare per la stanza.

Forse non mi divertirò, stava pensando ora, mentre osservava desolata il tabellone elettronico annunciare che il suo volo per la Spagna era stato cancellato, come tutti gli altri voli in partenza da Heathrow in quel tardo pomeriggio di gennaio, però mi era sembrata un'occasione. Un'occasione... di cambiamento. Poteva essere un'opportunità che mi viene offerta dal destino.

I viaggiatori in preda all'agitazione si affollavano ai check-in, per sapere che cosa sarebbe successo. Il personale dell'aeroporto, sopraffatto dalla situazione, cercava di mantenere la calma e di dare informazioni. In sostanza una sola cosa era chiara e definitiva: per quel giorno non sarebbero partiti altri voli da Heathrow.

Riuscì a intercettare un'impiegata della *British Airways*.

«Mi scusi, senta, io devo assolutamente raggiungere Malaga entro stasera.»

L'altra sorrise, professionale e del tutto indifferente. «Mi spiace. Non possiamo fare niente contro la nebbia. Sarebbe troppo pericoloso autorizzare i decolli.»

«Sì, ma...» Non riusciva a capacitarsi. Per una volta, l'unica volta nei suoi maledettissimi ventitré anni di vita, che lasciava il paese dov'era nata e cresciuta e si accingeva a compiere un viaggio, che cercava di sfuggire alla micidiale routine e alla monotonia quotidiana, era condannata al fallimento per colpa della nebbia londinese.

Si sentì salire le lacrime agli occhi e fece di tutto per ricacciarle indietro. «Io in realtà volevo partire stamattina», spiegò senza motivo, «ma ho cambiato la prenotazione...»

«Peccato», osservò l'impiegata. «Fino a mezzogiorno le partenze sono state regolari.»

Geoff era crollato senza preavviso la sera prima a cena. Dopo aver giocherellato con il cibo nel piatto, come del resto faceva spesso, di colpo aveva lasciato cadere il cucchiaio ed era scoppiato a singhiozzare.

«Mi spiace», ripeteva, «mi spiace.»

«Ah, Geoff, non piangere. Geoff, no! È per colpa mia? Perché io... perché vado a Gibilterra?»

Una domanda del tutto retorica. Sapeva benissimo che era colpa del viaggio a Gibilterra. Stranamente, nel dialogo successivo, tutto era ruotato intorno *all'orario* della partenza piuttosto che al viaggio in sé.

«Se almeno fossi ancora qui per colazione! Il fatto che tu te ne vada così presto... che io mi ritrovi subito nelle mani di un'estranea...»

«Forse», aveva proposto lei a malincuore, «forse ce la faccio anche con un volo successivo. Il matrimonio è sabato...»

Lui aveva accolto al volo il suggerimento. «Lo faresti? Lo faresti davvero? Partiresti nel pomeriggio? Mio Dio, Elaine, per me sarebbe tutto molto più facile!»

E perché mai? Per quelle poche ore in più? Per la colazione? Ma ormai i lunghi anni di convivenza l'avevano abituata a simili atteggiamenti irrazionali da parte di Geoff. Immotivati, incomprensibili. Ma così era. E così sarebbe sempre stato.

«E adesso che cosa faccio?» domandò incerta. «Pensa che gli altri aeroporti... Gatwick? Stansted? Crede che funzionino?»

L'impiegata della *British Airways* scrollò il capo. «Hanno gli stessi nostri problemi.»

«Sì, ma...»

«Lei abita a Londra?» chiese l'altra.

«No, abito a Kingston St. Mary.» Credo davvero che qualcuno conosca quel buco? si chiese. «Nel Somerset», si affrettò ad aggiungere. «Purtroppo non è così vicino.»

Ed è una catastrofe dal punto di vista dei trasporti, avrebbe voluto aggiungere, se non si fosse accorta che l'altra aveva perso il sorriso e cominciava a mostrare segni di nervosismo e impazienza. «Credo che per stasera non riuscirò a tornare a casa.»

«Allora le consiglio di cercarsi quanto prima un albergo. Visto il numero di voli cancellati, ben presto non ci saranno più posti disponibili negli hotel della zona. Oppure può trovare un posto in una delle sale d'attesa e trascorrere lì la notte. Troverà da mangiare e da bere a volontà.»

«Pensa che domattina sarà possibile partire?»

L'altra cominciò ad allontanarsi e scrollò le spalle. «Nessuno può garantirlo. Ma è possibile.»

Una donna, che aveva seguito il dialogo, si mise a protestare con foga. «È indecente! Nessuno ti aiuta qui! Nessuno ti dice che cosa fare adesso! Dovrebbero pur fare qualcosa!»

Elaine si guardò in giro per la sala partenze. Non aveva mai visto una tale calca di gente. E chi avrebbe dovuto *fare qualcosa*? L'impiegata della compagnia aerea probabilmente le aveva dato l'unico consiglio sensato: trovarsi un posto ragionevolmente comodo per passare la notte.

Era di nuovo sul punto di piangere. Rimase per qualche minuto immobile, le braccia inerti in mezzo al caos, senza riuscire a muoversi, senza riuscire nemmeno a pensare lucidamente. Il brusio della folla di viaggiatori crebbe come il frastuono di un uragano. Alle voci si sovrapponevano gli annunci assordanti degli altoparlanti. Lei se ne stava lì, con il suo cappotto marrone liso: non era elegante neppure quando lo aveva acquistato quattro anni prima e adesso sembrava un sacco che le pendeva dalle spalle. Accanto aveva la valigia. In una mano teneva la sua borsetta di plastica, un'imitazione che le era costata dieci sterline da Woolworth. Con l'altra mano stringeva il passaporto nella tasca del cappotto. Pronta a mostrarlo. Cosa che per oggi non sarebbe avvenuta.

Devo riflettere sul da farsi, si disse infine.

Aveva fatto un colpo di testa davvero stupido e si era comperata un vestito molto costoso per il matrimonio di Rosanna. Di solito era oculata nell'amministrazione del denaro, perché il suo impiego part time in uno studio medico nella vicina Taunton le fruttava ben poco. Geoffrey disponeva di una piccola pensione e insieme riuscivano a cavarsela alla meno peggio. Anche se non potevano permettersi di scialacquare, Elaine riusciva a mettere da parte qualcosa, per le emergenze, come diceva. Ovviamente i risparmi erano destinati a momenti davvero difficili e non a un abito alla moda e un volo a Gibilterra, ma di colpo lei aveva pensato: devo concedermi una volta tanto un piccolo lusso! Un bel vestito! Una fantastica festa! Un po' di... irragionevolezza.

In vita sua se ne permetteva ben poca di irragionevolezza. Un fratello non autosufficiente su una sedia a rotelle non le lasciava molto spazio per l'allegria e il divertimento. E lo stesso Geoffrey, con il suo carattere, lasciava ancora meno spazio libero.

Era come una piovra. Con lunghi tentacoli micidiali. La teneva bloccata, si teneva aggrappato a ciò che gli restava nella vita: sua sorella. Non l'avrebbe mai lasciata andare.

Ed evidentemente tutti i suoi tentativi di emancipazione nascevano sotto una cattiva stella. Perché tutte le volte che trovava il coraggio di socchiudere la porta al futuro le forze del destino la ostacolavano. Poteva immaginare benissimo che aspetto avrebbe avuto dopo una notte trascorsa nella sala d'attesa stracolma dell'aeroporto. Con un pizzico di fortuna, sarebbe riuscita a partire l'indomani, ma sarebbe arrivata talmente all'ultimo istante da non potersi permettere una sosta in albergo per sistemarsi. Probabilmente si sarebbe dovuta cambiare in una toilette pubblica all'aeroporto di Malaga, dove non avrebbe avuto modo di rinfrescarsi né di lavarsi i capelli e di acconciarli con il phon. Il vestito sarebbe stato tutto spiegazzato. Si sarebbe presentata all'ultimo momento in chiesa, trafelata e ispida come una vecchia scopa di saggina. E durante i festeggiamenti sarebbe stata dolorosamente consapevole del proprio aspetto impresentabile e da un certo momento in poi avrebbe contato i minuti che mancavano alla partenza. Alla faccia del divertimento e della spensieratezza!

Ancora una volta avrebbe dato di sé l'immagine consueta, tutti si sarebbero resi conto che non era cambiato niente. Ci sarebbe stata Rosanna, la sposa, ovviamente. I suoi genitori. Il fratello. Altre persone che Elaine conosceva fin da piccola. Che avevano accompagnato la sua infanzia. Che sapevano fin troppo bene che era sempre stata sul lato in ombra della vita. Come aveva detto Geoffrey? *Dobbiamo fare qualcosa di buono per la cara, povera Elaine...*

La cara Elaine. La povera Elaine. Data la sua storia personale era perfettamente indicato che il suo volo fosse cancellato a causa della nebbia, che si perdesse la festa, che si mostrasse con un abito irrimediabilmente sciupato. Senza essersi lavata né pettinata. Del tutto invisibile.

La povera Elaine in carne e ossa avrebbero detto.

Le lacrime le salirono agli occhi con tale impeto che non riuscì più a bloccarle. Un uomo la fissò stupito. Due donne confabularono guardando verso di lei. Un bambino la indicò e poi si rivolse alla madre.

Non poteva starsene lì e abbandonarsi a un pianto che entro breve avrebbe rotto gli argini come un fiume in piena. Sollevò la valigia e si incamminò barcollando, mezzo accecata dalle lacrime. Il bagno. Doveva esserci un bagno da qualche parte. Voleva sparire nello spazio angusto di un cubicolo maleodorante, in penombra, nascosta dalla folla di persone che si affannavano, vociavano, correvano, la fissavano. Lasciarsi cadere sulla tavoletta di un gabinetto, raggomitolarsi come un embrione e piangere, piangere, piangere...

Attraverso la cortina di lacrime scorse il cartello agognato. I piccoli pittogrammi che offrivano una possibilità di nascondersi. Trascinandosi dietro la valigia, andò a sbattere contro la porta, la spalancò e rischiò di scontrarsi con un uomo che stava per uscire dall'ambiente sovraffollato rivestito a mattonelle bianche.

«Oops», disse lui.

Lei voleva superarlo, ma lui la prese per un braccio. «Mi scusi. Questo è il bagno degli uomini. È sicura di volerci entrare?»

Nonostante i singhiozzi e il tremito, le parole dell'uomo si fecero largo nella sua mente.

Fissò lo sconosciuto. «Il bagno degli uomini?» ripeté, con un tono come se non avesse mai sentito quella espressione prima d'ora.

«La porta giusta è quella più avanti», le disse lui, indicando in quella direzione.

«Ah.» Lei lasciò cadere la valigia e ricominciò a piangere più forte.

Dato che si trovavano davanti alla porta del bagno, bloccandola, e c'erano molti altri uomini che volevano entrare e uscire, lo sconosciuto prese la valigia di Elaine e sospinse la ragazza qualche passo più in là, fino a un angolo dove nessuno li disturbava.

«Mi stia a sentire», disse lui, «posso fare qualcosa per lei? Voglio dire... è da sola qui all'aeroporto, oppure c'è qualcuno con lei...?» Spostò lo sguardo intorno, come se sperasse che qualcuno si staccasse dalla folla indistinta e si prendesse cura della donna che piangeva senza ritegno. Visto che non compariva nessuno all'apparenza legato alla sconosciuta, né lei forniva alcuna risposta, l'uomo tirò fuori un fazzoletto e glielo porse.

«Cerchi di calmarsi. Vedrà che la situazione non è così disperata come sembra. Ecco, va meglio?»

In effetti la sua voce tranquillizzante la faceva sentire un po' meglio. Spiegò il fazzoletto, si soffiò rumorosamente il naso e si asciugò il viso.

«La prego di scusarmi», riuscì a dire con un filo di voce.

«Ma si figuri», rispose. Lei aveva l'impressione che lui volesse andarsene, ma che un inspiegabile senso del dovere lo obbligasse a restare lì con lei.

«È solo che... il mio volo per Malaga è stato cancellato», mormorò, sentendosi subito una stupida.

Lui sorrise. «Tutti i voli in partenza da Londra sono stati cancellati stasera. Maledetta nebbia. Io dovevo andare a Berlino, ma adesso non mi resta che tornare a casa.»

«Domani una mia amica si sposa a Gibilterra.»

«Può darsi che riesca a partire domattina presto. Nel caso il traffico aereo venga ripristinato.»

Si sentì salire nuovamente le lacrime agli occhi. «Forse...»

Lui sembrava nervoso. Lei valutò velocemente che cosa potesse pensare. Probabilmente si chiedeva perché avesse dovuto essere così scalognato quel giorno. Non poteva raggiungere Berlino e magari rischiava di perdere un cruciale appuntamento di lavoro. E come se non bastasse si imbatteva in una donna scialba e lacrimosa che cercava di entrare nel bagno degli uomini, e la sua buona educazione gli impediva di lasciarla al suo destino.

«Ora torno a casa», disse. «Posso darle un passaggio da qualche parte? Ho lasciato la macchina qui all'aeroporto.»

«Non abito a Londra.» Si soffiò un'altra volta il naso. Che aspetto eccezionale doveva avere, pensò rassegnata, con le chiazze rosse sulle guance e il naso gonfio. «Abito a... che importa, tanto stasera non ci arrivo di sicuro. Alla fine del mondo. È escluso.»

«Capisco...» L'uomo si guardò intorno. «Qui all'aeroporto non si pernotta certo bene. Vuole provare in qualche albergo...?»

«Non so se riuscirò a trovare una camera libera. E poi...»

«Sì?»

Ormai non aveva più importanza, era già una situazione così umiliante. «E poi molto probabilmente non ho abbastanza soldi. Di sicuro dovrò pagarmi l'albergo a Gibilterra, anche se non arrivo entro stasera...»

«Date le circostanze non è detto», ribatté lui, «comunque capisco le sue perplessità. In effetti dubito che siano rimasti posti vuoti negli alberghi qui a Heathrow.»

«Già.» Lei cercò di sorridere, contenta che almeno le lacrime le si fossero asciugate. «Vedrò di trovare un posticino relativamente comodo in una delle sale d'attesa. Se non altro fa caldo e sarò all'asciutto.»

Lui esitò. «Senta, potrei offrirle... le andrebbe di pernottare da me? La mia camera per gli ospiti è molto piccola, ma sarà di certo più comoda della sala d'aspetto. E domattina potrà tornare qui senza problemi con la metropolitana.»

Quell'offerta la colse di sorpresa. Era tornata a pensare lucidamente e si rendeva conto di avere di fronte un uomo dall'aspetto molto raffinato. Alto e magro, il viso sottile e intelligente. Sulla quarantina. Cappotto costoso. Il genere d'uomo al quale basta schioccare le dita per trovarsi circondato da uno stuolo di belle donne affascinanti e interessanti. Un uomo che di certo non si era invaghito di una ventitreenne anonima e in lacrime, che si aggirava sperduta per l'aeroporto e piagnucolava come una bambina perché i suoi progetti erano finiti all'aria. Ovviamente non le offriva la camera degli ospiti perché fosse in qualche modo affascinato da lei. Né perché desiderasse conoscerla meglio. Il suo era un gesto di cortesia e lei provò pena per lui. In circostanze normali non si sarebbe neppure accorto della sua esistenza.

«Credo di non poter accettare», disse, per guadagnare tempo.

Lui alzò le spalle con una punta di impazienza, almeno così le parve. «Per quanto mi riguarda, la può accettare, altrimenti non gliel'avrei detto. A proposito, mi chiamo Reeve. Marc Reeve. Ecco il mio biglietto da visita.» Frugò nella tasca interna della giacca, tirò fuori un biglietto e lo porse a Elaine. «Prenda.»

«Lei è avvocato?»

«Sì.»

La pover'anima di sua madre ovviamente le aveva insegnato a non dare ascolto agli sconosciuti. Mai salire in macchina con loro, né farsi portare nel loro appartamento.

«Gli uomini fraintendono sempre», le aveva spiegato, «e poi ci fai la figura da stupida, perché nessuno ti crede se dici di non aver scelto deliberatamente di finire in una situazione compromettente.»

Ah, mamma, pensò adesso, lo dicevi con le migliori intenzioni, ma se non mi avessi sempre messo in guardia da tutto e da tutti oggi la mia vita forse non sarebbe finita in un vicolo cieco così desolante.

E poi le era del tutto evidente che, purtroppo, non aveva proprio niente da temere da Marc Reeve. Un avvocato londinese attraente, molto probabilmente agiato e di successo. Senza dubbio la trovava frizzante come una sorsata di acqua del rubinetto. Però aveva una vena samaritana.

Io sono la sua buona azione quotidiana. Magnifico!

«Mi chiamo Elaine Dawson», rispose, «e mi farebbe davvero molto piacere se potessi pernottare da lei.»

«Benissimo» disse lui, prendendole la valigia. «Allora venga con me. Ho l'auto nel parcheggio.»

Lei fece un'ultima domanda di prova. «Sua moglie non ha niente in contrario se rientra con un'ospite senza avvisarla?»

«Sono separato», rispose lui asciutto.

Lo seguì tra la calca. Nonostante la folla, procedeva a passo spedito e lei faticava un po' a stargli dietro. Il cuore le batteva più forte e più velocemente del solito.

Anche se non fosse niente, anche se non venisse fuori niente, è pur sempre meglio di Kingston St. Mary, pensò, meglio di tutti i giorni, uno identico all'altro. Molto meglio!

Senza darlo a vedere, infilò la mano nella poco elegante borsetta di plastica, tastò all'interno, trovò il cellulare e lo spense. Era un gesto cattivo da parte sua, ma una volta tanto non voleva essere raggiungibile per Geoffrey.

Soltanto per una notte.

PRIMA PARTE

Venerdì, 8 febbraio 2008

Puntualmente, quasi ogni venerdì sera, Dennis Hamilton e suo figlio Robert si mettevano a litigare e Rosanna cominciava a non poterne più. Li capiva entrambi: Robert, sedici anni, che voleva uscire con gli amici e assaporare la vita notturna, e Dennis, che vedeva per il figlio alcol, droga e altre tentazioni dietro ogni angolo.

«Mio padre però mi avrebbe detto qualcosa, se a sedici anni io avessi voluto uscire a fare baldoria di sera», disse Dennis, e con l'espressione *fare baldoria* scatenò una violenta reazione da parte del figlio.

«Noi non facciamo nessuna baldoria! Perché devi sempre criticare tutto, *tutto* quello che faccio? Perché, quando io...»

«Non ne voglio discutere!»

«Non è giusto! Papà, sei così ingiusto!»

Anche quel venerdì sera erano volate le parole di sempre. La scena era finita come sempre, con Robert che si rinchiudeva in camera sua sbattendo la porta. Adesso tutta la casa vibrava per i bassi che uscivano dallo stereo a tutto volume.

Dennis stava per balzare su dalla poltrona. «Adesso vado a dirgli...»

Rosanna, seduta accanto a lui, gli posò la mano sul braccio e lo fermò. «Lascia perdere. Altrimenti la situazione peggiora. Lascialo un po' in pace.»

«È da maleducati tenere la musica così alta!»

«Gli serve per sfogare la rabbia. Tra un quarto d'ora vado da lui e gli chiedo di abbassare un po'. Funziona sempre.»

«La rabbia», borbottò Dennis, «adesso il giovane signorino si permette pure di arrabbiarsi! Io alla sua età...»

«I tempi sono cambiati, Dennis. Forse dovresti dargli più fiducia.»

«Ah sì? Adesso sarebbe colpa mia se litighiamo sempre? Chi è che si comporta male, eh? Al diavolo!» Dennis si alzò, ma per fortuna non si diresse verso la camera del figlio, bensì andò a prendere un bicchiere e si versò un whisky. «I figli nella pubertà sono davvero un castigo del cielo!»

Rosanna aveva sperato che per quella sera almeno si sarebbe mantenuta in via eccezionale una certa armonia, visto che da parte sua doveva affrontare una questione piuttosto spinosa con Dennis. L'atmosfera adesso era quanto mai sfavorevole. L'umore di Dennis era sottoterra e non solo per colpa del comportamento del figlio, ma anche perché intuiva che, nonostante i discorsi diplomatici di Rosanna, la moglie appoggiava le argomentazioni e i punti di vista del figlio contro quelli del padre.

«In fondo non è tua la responsabilità!» sbottò lui.

Lei trasalì. «Scusa», disse, «non mi sarei dovuta immischiare, è ovvio. Tu sei il padre. *Io* non sono la madre. Quando si tratta di cucinare per Robert, di lavare e stirare per lui, di aiutarlo nei compiti, di andare a parlare con i professori, oppure di caricare in macchina tutta la sua attrezzatura del computer per accompagnarlo a una festa in rete, allora non mi pare che né tu né lui facciate troppa differenza al riguardo!»

«Non ho detto che tu...»

«Sì, invece. Se metti in campo il fatto che la responsabilità verso Robert non è mia, cosa che da un punto di vista teorico è anche vera, allora è come se mi dicessi di restarmene fuori. Cosa che invece non accade quando...»

«... quando lavi o fai qualunque altra cosa per lui. Lo so. Scusa.» Di colpo pareva esausto. «Non intendevo sul serio», si corresse.

Rosanna intervenne subito per ristabilire da parte sua la pace. «Capisco le tue ansie. A sedici anni si sentono adulti, ma in realtà sono ancora ragazzini. È naturale che ci si preoccupi per loro.»

Capiva veramente Dennis. Quando si erano sposati, Robert aveva undici anni, era un ragazzino affettuoso con le lentiggini, frutto di una relazione tra un giovanissimo Dennis e una studentessa ancora più giovane che si era sentita sopraffatta dalla nascita di un figlio e non se ne era voluta occupare. Si era sentita molto sollevata quando Dennis aveva preso in custodia il bambino. Padre e figlio erano andati a vivere insieme, fino a quando Rosanna era entrata nella loro vita. Per Robert lei era stata fin dal primo momento la mamma che non aveva mai avuto. Sostanzialmente anche Dennis la pensava così, ma c'erano dei momenti in cui sfruttava a proprio vantaggio il fatto che giuridicamente la responsabilità del figlio ricadeva soltanto su di lui. Dapprincipio non era mai successo in pratica, ma da quando Robert era entrato nella pubertà e, com'era naturale, creava più problemi, le situazioni del genere si erano moltiplicate. E disturbavano il rapporto tra Dennis e Rosanna più di quanto Dennis si rendesse conto.

Ma di che cosa si rendeva conto? si chiese Rosanna.

Soffriva per il cattivo rapporto tra lui e Robert, ma quando provava a dirglielo lui non l'ascoltava.

Era infelice a Gibilterra e voleva tornare in Inghilterra, ma quando provava a dirglielo lui non l'ascoltava.

Le mancava la sua professione di giornalista, ma quando provava a dirglielo lui non l'ascoltava.

Se qualcuno gliel'avesse chiesto, avrebbe espresso con voce di petto la convinzione che sua moglie fosse felice e la loro vita in completa armonia.

Rosanna sapeva che era poco saggio parlare dei propri problemi quella sera, ma in realtà non aveva altra scelta.

«Domani parto per l'Inghilterra», annunciò.

Dennis tornò a sedere, rigirando delicatamente il whisky nel bicchiere. «Lo so. E so anche che in realtà ti aspetti da me...»

Lei si affrettò a interromperlo. «No, no, sul serio. Va benissimo che tu rimanga qui.»

Quella domenica suo padre avrebbe compiuto sessantasei anni. Era il primo compleanno dopo che era diventato improvvisamente vedovo, ed era questo il motivo del viaggio di Rosanna. Inizialmente aveva sperato che il marito potesse accompagnarla, ma Dennis aveva addotto come giustificazione l'esistenza di improrogabili appuntamenti di lavoro per il giorno successivo – reali o presunti non era dato saperlo. Era affezionato al suocero, ma non gli piaceva andare in Inghilterra. Per lavoro non poteva evitarlo, ma privatamente lo faceva appena possibile. Nei cinque anni passati dal loro matrimonio, Rosanna non era mai riuscita a scoprire da che cosa provenisse il disagio che provava verso la madrepatria.

«Domenica telefono sicuramente a tuo padre», la rassicurò Dennis.

Rosanna trattenne il fiato e si gettò nell'acqua gelata. «Ti ricordi sicuramente di Elaine Dawson, vero?» chiese.

«Elaine Dawson?»

«La mia amica di Kingston St. Mary... ma sì, non un'amica vera e propria. Suo fratello era in classe con il mio. Lei era di parecchi anni più giovane di me.»

Lui aggrottò la fronte. «Non è quella ragazza che doveva venire al nostro matrimonio ma che invece scomparve?»

«Senza lasciare traccia. Fino a oggi.»

«Mi ricordo. Che mistero. Io non la conoscevo.»

«Qualche volta ho pensato a lei negli anni scorsi», disse Rosanna, «e mi sono chiesta che cosa fosse successo allora.»

L'espressione di Dennis tradiva chiaramente l'assoluta mancanza di interesse da parte sua per l'argomento. «Molto probabilmente se l'è filata e adesso se la spassa chissà dove con un'altra identità.»

«Non era proprio il tipo. Anche la polizia a un certo punto avanzò quella ipotesi, ma nel frattempo si è pensato anche che potesse essere rimasta vittima di un delitto.»

«Se non ricordo male, era rimasta bloccata all'aeroporto di Heathrow a causa della nebbia. Chi poteva ammazzarla o rapirla in un posto così affollato?»

«È andata via insieme a un uomo. Si è scoperto dopo. Cioè, è stato lui a presentarsi spontaneamente. Le aveva offerto ospitalità per la notte, perché non c'erano più alberghi liberi.»

«Quest'uomo in realtà era Jack lo Squartatore e...»

«Sciocchezze. All'epoca giurò di averla accompagnata l'indomani mattina alla fermata della metropolitana direzione aeroporto. Non fu possibile formulare accuse di alcun genere a suo carico.»

«Questo conferma la mia teoria iniziale», osservò Dennis. «Se la sta spassando chissà dove.»

«Sarei contenta per lei», disse Rosanna, poi aggiunse senza preamboli, «devo scrivere un reportage su questo caso.»

Dennis posò il bicchiere e la fissò attonito. «Che cosa devi fare?»

«Non solo su questo caso, in realtà. Mi ha telefonato Nick Simon stamattina.»

«Nick Simon?»

«Il capo redattore di *Cover*. Ti ricordi...»

«So benissimo chi è Nick Simon. Quel tipo per il quale hai lavorato qualche volta. Che cosa voleva?»

«Ha in mente una serie per il suo giornale. Dedicata a persone scomparse senza lasciare traccia. Di cui non si sono più avute notizie ma che non sono neppure state trovate morte. Che... sono state inghiottite dalla terra, così.»

«Aha. E come mai ha pensato a te? Sono cinque anni che non lavori più per lui.»

Lei rispose senza guardare il marito. «Gli avevo detto che mi avrebbe fatto piacere scrivere qualcosa di tanto in tanto. E lui se n'è ricordato. E poi sa della mia conoscenza con Elaine Dawson. Evidentemente mi ritiene adatta per scrivere questa serie.»

«Avevamo concordato che per qualche anno non avresti più lavorato!»

«*Noi* non avevamo concordato proprio niente. Era stato un tuo desiderio e, siccome qui a Gibilterra non avrei avuto praticamente alcuna possibilità di lavorare, io ho accettato. Ma ti ho ripetuto spesso che mi manca il mio lavoro.»

«E io ti ho ripetuto che puoi venire a lavorare mezza giornata in ufficio da me.»

Lei avrebbe voluto che lui si dimostrasse più comprensivo. «Dennis, tu sei un agente immobiliare. Io non ho assolutamente niente a che vedere con la tua professione. Io sono giornalista. Riesci a renderti conto che preferirei occuparmi del *mio* mestiere?»

«Me ne rendo conto perfettamente, ma ti attribuivo maggiore flessibilità», obiettò Dennis scontroso. Poi posò di scatto il bicchiere sul tavolino e si alzò. «Adesso vado a dire a Robert di abbassare quella dannata...»

Anche lei si alzò. «Non sfogare su di lui la rabbia che provi per me. Ci penso io alla musica.»

Si fronteggiarono in silenzio. Si capiva che Dennis si sentiva scavalcato, ma Rosanna sapeva che avrebbe avuto la stessa sensazione anche in un momento più favorevole, oppure se il suo approccio fosse stato più diplomatico. Non gli andava giù che la moglie manifestasse un'idea diversa dalla sua a qualsiasi riguardo. Era un *macho* fatto e finito, ma Rosanna a volte aveva l'impressione che il suo bisogno di controllo su tutti prendesse toni patologici. Gli dava sicurezza sapere Rosanna al cento percento sotto di lui emotivamente e mentalmente e, pur essendo un freddo calcolatore e una persona molto pragmatica, non sembrava rendersi conto che una simile concordanza con un altro essere umano non era solo impossibile da mantenere, ma persino da ottenere.

«Presumo», disse lui alla fine, «che tu abbia già accettato la proposta di Mr. Simon.»

«Ho accettato di pranzare con lui a Londra lunedì», rispose lei, detestando il senso di colpa che l'assalì. Aveva trentasei anni! Aveva tutto il diritto di organizzare un appuntamento di lavoro senza dover chiedere prima il permesso al marito.

«Ma lunedì pomeriggio volevi tornare qui», obiettò Dennis.

«Lo so. Ho cancellato la prenotazione. Vorrei parlare con Nick del progetto. Nel caso l'idea non mi convinca del tutto, cercherò di tornare per lunedì sera o al massimo martedì mattina. Altrimenti...»

«Sì?»

«Altrimenti dovrò trattenermi un po' più a lungo in Inghilterra. Per completare qualche ricerca. Poi posso tornare qui a scrivere.»

Dennis rimase in silenzio per un istante.

«Hai già programmato tutto», osservò poi. «Complimenti. A me annunci soltanto di voler andare in Inghilterra per il compleanno di tuo padre per poi tornare immediatamente. In realtà avevi in mente già da tempo un appuntamento con il tuo ex capo, e quasi certamente era proprio questo appuntamento il motivo principale e originario del tuo viaggio in Inghilterra!»

«Ti sbagli di grosso», replicò Rosanna con enfasi, «si trattava esclusivamente del compleanno di papà. Poi ha chiamato Nick e allora ho pensato che, siccome ero già in Inghilterra e lunedì dovevo comunque tornare a Londra per prendere l'aereo, tanto valeva fissare un appuntamento. Mio Dio, Dennis, che cosa c'è di tanto strano?»

Lui si scolò il whisky in un sorso solo.

«Niente. In teoria niente. Solo che deve esserti ben chiaro che le ricerche per una serie di articoli ti tratterranno parecchio in Inghilterra. Non c'è bisogno che ti dica che questo non va bene per la nostra piccola famiglia qui a Gibilterra.»

«La nostra piccola famiglia... so bene che cosa ti irrita, Dennis. Hai perso in pratica ogni contatto positivo con tuo figlio e io fungo da tramite. Puoi avere un minimo influsso su di lui solo grazie a me. Sono io che faccio in modo che la situazione tra di voi non precipiti. E se io vado via non sai neppure come farlo alzare la mattina e mandarlo a scuola.»

«E anche se fosse? Si trova in un'età molto problematica. Sono moltissimi i ragazzi che smettono di ascoltare i padri!»

«Non importa. Non posso continuare a mettermi in mezzo per evitare il peggio. Devi riallacciare i rapporti con lui, Dennis. Non posso sostituirti nel tuo ruolo di padre. Non va bene per Robert – e non tiene minimamente in considerazione i miei sentimenti.»

«Io credevo che...»

«Io voglio bene a Robert. Mi fa piacere assumere il ruolo materno con lui. Ma non posso sostituirmi a suo padre. E non posso vivere incatenata a questa casa solo perché tra di voi scoppia la guerra appena mi assento per una settimana. Non ne posso più. Nella mia vita devono esserci altre cose oltre al fare da intermediaria tra voi due!»

«Però ti dai un gran daffare. Basta che io provi a dire a Robert di abbassare la musica e tu me lo impedisci. Perché hai un modo migliore di presentare una richiesta tanto sconvolgente.»

«Ho la mia parte di responsabilità per come si sono evolute le cose. Mi intrometto troppo, lo riconosco. Ma non va bene. Ed è un motivo in più per allontanarmi temporaneamente da voi.»

«Temporaneamente, aha! Quindi hai già deciso che scriverai questa serie. Questo *pranzo informativo* da cui dipende la tua decisione in realtà è soltanto una farsa.»

«Come fai a saperlo? Per esempio io non so ancora quanto mi pagheranno.»

«Oh, sono convinto che Mr. Simon non sarà avaro con te. Dopo tutto, un tempo eri il cavallo migliore della sua scuderia. Farà di tutto per riconquistarti.»

«Altrimenti non mi avrebbe neppure contattato», replicò Rosanna infuriata. Sapeva che in realtà non aveva più alcun senso continuare quella discussione. Dennis era di cattivo umore e amareggiato, lei si vedeva costretta a giustificarsi e voleva smetterla. Si sentiva nel giusto, ma sapeva che era inutile anche solo cercare di indurre Dennis a riflettere su un eventuale altro modo di vedere le cose.

Ciononostante aggiunse: «Devo comunque aspettare di vedere che cosa provo a tornare a Kingston St. Mary. Nell'ambiente di Elaine. Può darsi che la cosa mi tormenti al punto da non permettermi di ritornare a scavare in questa storia».

«Allora c'è ancora qualche speranza per me», commentò Dennis cinico. Tornò verso il mobile, prese la bottiglia di whisky e si riempì il bicchiere fino all'orlo.

Rosanna uscì dalla stanza per chiedere a Robert se poteva abbassare un pochino la musica.

In realtà, pensò, una separazione momentanea è proprio quello che ci vuole per noi.

Sabato, 9 febbraio

Ancora adesso, quando attraversava la silenziosa piazza davanti all'*Elephant*, svoltava a destra e imboccava la stradina angusta e deserta in fondo alla quale si trovava il suo appartamento, avvertiva un certo disagio.

No, pensò, mentre avanzava a testa bassa, *disagio* non era il termine giusto. Ho paura. Continuo ad avere paura.

Odiava in particolare il venerdì sera e le prime ore del sabato. Il venerdì, dopo che anche l'ultimo cliente era uscito, si contavano gli introiti settimanali, annotando pedissequamente fino all'ultimo cent in un grosso raccoglitore. Justin McDrummond, il proprietario del pub, era sempre molto attento ai soldi, ma del resto ne andava della sua stessa esistenza. I suoi due camerieri non potevano andarsene prima che tutto fosse stato controllato e i conti tornassero fino all'ultimo centesimo. Si faceva sempre mezzanotte passata prima che fosse possibile tornare a casa. Gli altri impiegati a quel punto se l'erano svignata già da tempo. Soltanto Bert il cuoco e lei, la cameriera ai tavoli, dovevano resistere ancora.

Purtroppo Bert abitava nella direzione opposta, quindi non c'era la possibilità di fare insieme almeno un tratto di strada. E poi era sempre di fretta, perché voleva rincasare dalla moglie e dai figli piccoli.

Tanto, pensò lei, non gli sarebbe mai venuto in mente di offrirsi di accompagnarla. Tutti sapevano che non succedeva mai niente lì, a Langbury, dove tutti si conoscevano e si salutavano.

Guardò l'ora. Era passata da poco l'una e mezzo. Ovviamente non c'era più nessuno per strada. Non che fosse un quartiere particolarmente frequentato in genere, ma almeno d'estate capitava di incontrare un'occasionale coppietta a passeggio o un padrone che portava il cane a fare l'ultimo giro. Però adesso era febbraio e faceva un gran freddo. Il vento soffiava per le strade, facendo turbinare qualche isolato fiocco di neve. Tutte le finestre erano buie.

Aveva attraversato la piazza davanti al pub e stava imboccando la stradina acciottolata in leggera salita, così stretta da dare l'impressione che i dirimpettai potessero sporgersi dalle rispettive finestre e stringersi la mano senza grande difficoltà. Le case erano tutte abbastanza vecchie e inclinate leggermente in avanti. I turisti che passavano da Langbury si entusiasmavano per quegli edifici così stretti e storti, così *british*!

Lei era convinta che si potessero ammirare quelle scatole dalle anguste finestre piene di spifferi, le stanze minuscole e le scale ripidissime soltanto se non ci si doveva abitare. Avevano mai provato a riflettere su quanta poca luce entrasse nelle stanze? Come fosse buio lì dentro, persino in estate? Quanto fossero angusti gli spazi in cui vivere? Ma ovviamente nessuno se ne preoccupava. Tutti definivano *romantico* il quadro offerto dal paesino del Northumberland, poi tornavano a casa loro, dove c'erano stanze luminose, spaziose e accoglienti.

In ogni caso, lei doveva essere contenta di aver trovato un alloggio. E il lavoro da Mr. McDrummond. Dopo aver perduto l'ultimo impiego – nel magazzino di una fabbrica di scarpe a imballare ed etichettare la merce – era piombata nella disperazione. Non che quel lavoro la facesse impazzire, ma in quel magazzino isolato e fuori dal mondo si era sentita al sicuro. A parte i colleghi, non incontrava praticamente nessuno. Non era la vita che aveva sognato, ma a poco a poco aveva trovato una pace interiore che era più forte delle crisi di solitudine e della consapevolezza che la vita le stava passando accanto. La cosa peggiore era la paura. Ricorreva a qualsiasi mezzo per bloccarla, fosse anche la rinuncia alla gente, all'amicizia e all'amore.

Lavorare in un pub in realtà era l'ultima cosa che potesse desiderare. La maggior parte della clientela era uomini del paese, ma in estate arrivavano anche molti turisti. Forestieri. Sarebbe potuto arrivare chiunque. In qualsiasi momento. Anche...

Lavorava all'*Elephant* dal giugno precedente. Ma continuava a trasalire tutte le volte che la porta esterna si apriva. Le mani continuavano a sudarle copiosamente. E occorrevano ancora diversi minuti prima che il battito del suo cuore tornasse alla normalità.

Non aveva trovato nessun altro lavoro, ecco la verità. Era in ritardo già con due mesi di affitto. Mr. Cadwick, il padrone di casa che stava nell'appartamento al piano di sotto, le faceva la posta quando scendeva per le scale. «Non può continuare così. Non può occupare l'alloggio senza pagare. Non sono un ente di beneficenza, io. Se non avrà i soldi la prossima settimana, chiamerò la polizia!»

Stretta dalle necessità, aveva accettato il posto al pub. Justin non la pagava male e insieme alle mance guadagnava più di prima. In compenso dormiva peggio ed era di nuovo dimagrita. Era sempre alla ricerca di un altro impiego, ma finora non aveva trovato niente.

Aveva percorso metà del tragitto e si fermò per un attimo. In realtà era in ottima forma, ma la paura e la tensione ancora una volta l'avevano indotta a respirare male e adesso era in preda a lancinanti fitte al fianco. La mano premuta sull'anca, cercò di fare profondi respiri. Alla sua destra e alla sua sinistra si aprivano neri e muti portoni. Tutte le volte che pensava a cosa e a chi poteva nascondersi facilmente lì, il respiro le tornava affannoso e le fitte aumentavano. Non aveva senso restare lì ad aspettare, serviva soltanto a innervosirla di più.

Sei nevrotica, si rimproverò, riprendendo a camminare, del tutto nevrotica. Prima o poi impazzirai del tutto.

Ma chi aveva visto ciò che lei aveva visto. Chi aveva vissuto...

Basta, non doveva pensarci più. Mancavano ancora duecento metri. Una volta raggiunto il suo appartamento, una volta constatato che non c'era nessuno appostato ad attenderla, una volta chiuse e bloccate le imposte, una volta al calduccio sotto le coperte, una borsa dell'acqua calda sulla pancia, un bicchiere di latte caldo e miele sul comodino, allora avrebbe cominciato a sentirsi meglio. Allora si sarebbe sentita più al sicuro. E avrebbe avuto la certezza di aver superato un altro giorno.

Si fermò a pochi passi dal portone di casa per tirare fuori la chiave dalla borsa. Era buio pesto, non vedeva niente, ma di colpo il fascio di una pila la illuminò in viso.

Lei alzò la testa, per gridare. Ma dalla bocca non le uscì neppure un suono.

Domenica, 10 febbraio

1

Rosanna rimase sorpresa vedendo che Cedric aveva ricominciato a fumare.

«Quando... al funerale della mamma avevi smesso», disse.

Lui annuì, poi tirò una lunga boccata voluttuosa. «Verso Natale non ce l'ho più fatta. Sai, i festeggiamenti continui e tutto il resto. Gli altri fumano e allora ricominci anche tu.»

«Credevo che in America non si potesse fare altro che seguire uno stile di vita morigerato. Il fumo è vietato praticamente dappertutto lì.»

Cedric sogghignò. «Se si vuole, si trova anche il modo. Più numerosi sono i divieti più facili le scappatoie. Oppure credi che durante il proibizionismo si bevesse meno di prima o di dopo?»

Osservò il fratellone con il suo caldo sorriso. Lo ammirava molto per essere venuto da New York apposta per il compleanno del padre, anche se in cuor suo presumeva che il suo gesto non avesse tanto a che fare con l'amore filiale per il genitore rimasto da poco vedovo, quanto piuttosto con la sua stessa solitudine. Cedric viveva un'esistenza sfrenata e superficiale, che da una parte sembrava essergli necessaria, ma che per altri versi non gli faceva bene. In occasione del funerale della madre l'autunno precedente si era presentato accompagnato da un'amica, una ragazza con gli occhi pesantemente truccati appena uscita dalla pubertà. L'aveva presentata come la sua *compagna*. A quanto sembrava la storia era già finita, ma del resto Rosanna non si era aspettata nulla di diverso. La relazione più lunga di Cedric finora era durata sei mesi, tutte le altre si erano interrotte persino prima. Lui aveva trentotto anni. Rosanna riteneva che fosse giunto il momento per lui di trovare urgentemente un posto nella vita. Farsi una famiglia e mettere su casa.

«Vuoi?» chiese Cedric, offrendole il pacchetto di sigarette.

Lei scrollò il capo. «No, grazie. Io resto salda.»

«Sono sicuro che il tuo Dennis avrebbe qualcosa da ridire in proposito, eh? Le donne che fumano di sicuro non sono adeguate alla sua visione conservatrice.» Cedric aveva provato un'antipatia istantanea per il cognato e questa repulsione era ricambiata dal profondo del cuore da Dennis. Del resto non avrebbero potuto esserci due uomini più diversi di loro.

Erano nel giardino di Hazel. Lo avevano sempre chiamato così, il giardino di Hazel, anche se ovviamente apparteneva a tutta la famiglia ed era utilizzato da tutti. Ma Hazel aveva amato il giardino, se ne era presa cura e gli aveva dato il suo volto immutabile. Aveva piantato fiori, cespugli e alberi. Bisognava ringraziare lei se il muro di cinta della proprietà, alquanto austero, era completamente ricoperto di edera e se a fine estate ci si poteva rimpinzare di frutta dall'orto in fondo al giardino: lamponi, more, uva spina e naturalmente mele, pere e susine a volontà. Quando Rosanna ripensava a sua madre, aveva sempre davanti agli occhi l'immagine di una donna che, in stivali di gomma o in sandali, trafficava in giardino e regalava a qualsiasi visitatore, fosse anche capitato all'improvviso, qualcosa del suo giardino: dei lunghi rami fioriti per un vaso da terra, un mazzo di grossi tulipani variopinti, una rosa dal profumo ineguagliabile. A Hazel piaceva regalare. Difficile rassegnarsi al fatto che non sarebbe più spuntata in mezzo ai fiori per incamminarsi verso casa con un sorriso sul viso.

Quella tetra domenica di febbraio aveva nevicato nelle prime ore del mattino, una tardiva neve pesante e bagnata che verso mezzogiorno aveva già cominciato a sciogliersi. I fili d'erba affioravano dal bianco, insieme a molti crochi lilla e gialli che avevano già cominciato a spuntare per tutto il prato. Era uno spettacolo triste, che trasmetteva malinconia e abbandono.

Il giardino è abbandonato, pensò Rosanna, abbandonato da Hazel. Come noi tutti. In particolare oggi.

Non raccolse la provocazione di Cedric su Dennis, al contrario alzò le spalle infreddolita. «Fa freddo. Hai finito di fumare? Vorrei tornare dentro.»

«Sei vestita troppo leggera. Da quando stai a Gibilterra non ti ricordi più com'è un vero inverno.»

«Me ne ricordo eccome. E mi manca.» Guardò il giardino desolato. «Sarà l'ultima o la penultima neve dell'anno. Tra qualche settimana, la primavera sboccerà di slancio. Non puoi immaginare quanto mi manchi. Questo netto passaggio tra le stagioni. Credo che non ci sia niente di paragonabile alla primavera in Inghilterra.»

Cedric gettò il mozzicone nel pantano di neve ai propri piedi. «Già. Se non ho capito male, hai intenzione di trattenerti un po' qui. Per il tuo reportage.»

«Se decido di scriverlo. Devo vedere come andrà l'incontro di domani con Nick.»

«Ma dai! Accetterai di sicuro, comunque vada il colloquio. Credi che non ti si legga in faccia la voglia che hai di avere di nuovo qualcosa di serio da fare? Me ne ero accorto già al funerale della mamma. Sembri del tutto insoddisfatta.»

«Al funerale della mamma casomai sembravo *triste* e lo ero, e non dipendeva dal fatto che non avessi un incarico.»

«Ovvio che eri triste. Ma c'era già qualcosa nella tua espressione, che non aveva niente a che fare con la morte della mamma. C'erano delle linee, scavate dal tempo. Non sei propriamente felice con il tuo Dennis a Gibilterra, carissima sorella, e si vede.»

«Tu invece a New York sei felicissimo, vero?»

«Non l'ho mai detto. Tu invece all'epoca sembravi considerare Dennis l'uomo migliore al mondo e Gibilterra l'unico posto dove valesse la pena abitare. Non se ne poteva più di sentirtelo ripetere. Ma mi pare che negli ultimi cinque anni sia cambiato qualcosa.»

«Sono pur sempre cinque anni», ribatté Rosanna stizzita, «e a quanto ne so nessuna delle tue relazioni si è mai neppure avvicinata a una durata simile. Il fatto che tra me e Dennis si sia perso un po' lo smalto è del tutto normale. Comunque stiamo bene insieme.»

Cedric stava per replicare, e a giudicare dalla sua espressione non doveva trattarsi di una battuta particolarmente gentile, ma proprio in quel momento una finestra si spalancò alle loro spalle e Victor, il loro padre, si affacciò.

«Rosanna, Cedric! Venite? È pronto in tavola.»

Cedric ricacciò in gola ciò che avrebbe voluto dire e seguì sua sorella dentro casa. Dalla terrazza si arrivava direttamente in sala da pranzo, dove Victor aveva già apparecchiato. Il servizio buono di Hazel. Rosanna si era offerta di preparare il piatto preferito di suo padre, ma Victor aveva insistito per cucinare lui ai figli: stufato irlandese secondo la ricetta di Hazel.

«L'avrebbe preparato anche vostra madre, se vi avesse rivisto oggi dopo tanto tempo. Ne sarebbe stata così felice.»

Rosanna osservò il padre mentre portava in tavola il pranzo e stappava una bottiglia di vino. Dopo la morte della moglie non aveva perso né il suo sorriso amichevole né i suoi modi affettuosi e disponibili, anche se era rimasto sotto choc per diverse settimane dopo il fatto. Quel sabato di fine novembre Hazel era stata con lui al mercato in mattinata e nel pomeriggio aveva intenzione di cominciare i preparativi per il pranzo di Natale. Ma poi si era sentita male all'improvviso, lamentandosi di non riuscire più a vedere né a stare in equilibrio. Il medico contattato d'urgenza aveva diagnosticato un leggero ictus e aveva chiamato subito l'ambulanza. Durante il tragitto verso l'ospedale, Hazel aveva subito un secondo ictus ed era morta nel giro di pochi minuti. Rosanna era arrivata da Gibilterra a tarda sera e aveva trovato il padre in cucina, completamente stordito, intento a preparare dolcetti di Natale.

«Aveva già preparato l'impasto», ripeteva.

Nel frattempo Victor era tornato normale, ma la solitudine lo avvolgeva come uno spesso manto il cui peso sembrava schiacciarlo a terra impercettibilmente ma inesorabilmente.

Mentre si sedevano a tavola tutti insieme e guardavano la fredda giornata grigia fuori dalla finestra, Rosanna pensò a come dovesse essere per suo padre una domenica da solo in quella casa. Il silenzio della neve e il ticchettio regolare dell'orologio. Provò un brivido improvviso, molto più forte di prima in giardino. Il gelo proveniva da dentro.

Cedric sostenne praticamente da solo la conversazione a tavola, raccontando aneddoti spiritosi su New York e ciò che gli era capitato nell'ultima settimana. Beveva molto e in fretta e, come sempre quand'era sotto l'influsso del vino, diventava più loquace e momentaneamente più socievole. Rosanna registrò con sollievo che Victor rideva spesso e appariva rilassato. Una volta terminato anche il dessert, disse: «Sapete una cosa, ragazzi, adesso io riordino velocemente la cucina e voi due vi farete una bella passeggiata insieme. È da tanto che mancate da Kingston St. Mary. Di sicuro avrete voglia di dare un'occhiata in giro».

«Non se ne parla...» obiettò Rosanna, ma Cedric la bloccò subito: «Sarebbe fantastico se potessi fare a meno di noi per un paio d'ore, papà. Mi piacerebbe... ma sì, pensavo magari di andare a trovare Geoff. È da tanto che non lo vedo».

«Ma non proprio il giorno del compleanno di papà!» protestò Rosanna indignata.

«Chissà quando tornerò qui.»

«Hai intenzione di ripartire per New York domattina?»

«No. Però andrò a Londra. Vado a trovare vecchie amicizie.»

«Tipico. Un giorno a Kingston St. Mary è già troppo per te. Pensavo che ti saresti trattenuto qualche giorno!»

«Senti chi parla!» Cedric la incenerì con lo sguardo oltre la tavola. «Se non sbaglio, cara sorellina, anche tu domani parti per Londra, giusto? Sei parecchio di fretta, non trovi?»

«Ho un appuntamento di lavoro. È una cosa del tutto diversa.»

«Sì, certo, dipende...» disse Cedric, ma Victor sollevò entrambe le mani in un gesto di pacificazione. Di colpo aveva l'aria molto stanca e sembrava molto più vecchio della sua età.

«Per favore, ragazzi, non litigate. Capisco bene che entrambi, per motivi vostri, domani vogliate andare a Londra. E per me non è un problema. Me la cavo anche da solo.»

«Ma oggi è il tuo compleanno. Non trovo giusto che...»

«Dopo aver riordinato non mi guasterà un bel pisolino. Anche oggi che è il mio compleanno. Perché non vai anche tu con Cedric a trovare Geoffrey, Rosanna? Lo conosci bene da prima. Se tornerete alle cinque per il tè, mi farà piacere. Nell'attesa, mi riposerò.»

Cedric accettò subito la proposta, entusiasta. «Perfetto. Rosanna, verresti? Mi sentirei molto meglio se ci fossi anche tu. Gli incontri con Geoff sono... sì, lo sai anche tu. Da quando ha avuto l'incidente non è più lui.»

«Non è proprio una passeggiata finire paralizzato su una sedia a rotelle, senza nessuna prospettiva per il futuro.»

«Forse parlare con lui potrebbe tornarti utile, Rosanna», intervenne Victor, «alla luce del tuo futuro incarico, intendo. Prova a sentire che cosa ne pensa lui della scomparsa di Elaine. Di sicuro si sarà fatto un'opinione in proposito. E poi non sarebbe giusto non andarlo a trovare dato che siete qui. Da bambini giocavate sempre insieme.»

Rosanna si alzò con un sospiro. «E va bene. Mi avete convinto. Vengo con te, Cedric. Adesso sta a Taunton, giusto?»

«Chissà come resterà sorpreso di vederci», osservò Cedric.

Rosanna seguì il fratello fuori dal salotto, pensando che Cedric aveva l'invidiabile dote di semplificarsi al massimo la vita. In questo caso avrebbe lasciato a lei il compito di affrontare un dialogo con un Geoffrey amareggiato e forse aggressivo, e poi sarebbe ripartito per New York con la coscienza a posto per essersi occupato generosamente del suo vecchio amico.

Peraltro suo padre aveva ragione: se avesse dovuto veramente scrivere l'articolo su Elaine Dawson, doveva parlare con il fratello – l'ultimo suo parente ancora in vita e la persona che era rimasta più duramente colpita dalla sua scomparsa.

2

L'*Elephant* era aperto anche di domenica, ma dopo qualche esitazione lei aveva telefonato a Justin e si era data malata anche per quella giornata. Com'era da aspettarsi, Justin aveva brontolato e protestato, ma siccome in quella stagione di turisti in pratica non ce n'erano, e per di più la domenica sera neanche i clienti locali andavano al bar, non poteva affermare di non farcela da solo se una cameriera non si presentava. I due o tre avventori che si sarebbero presentati potevano essere gestiti benissimo dal personale ausiliario. Già la sera prima, sabato, non c'era stato molto movimento, ma

Justin si era inalberato lo stesso, come se rischiasse di affogare perché lei era rimasta a casa.

«Ieri ha detto che pensava di poter venire oggi», ringhiò.

«Lo speravo anch'io. Ma sto ancora malissimo», replicò lei. «Devo aver mangiato qualcosa di avariato, oppure mi sono presa un virus.»

«Non c'è niente da fare», disse Justin tetro e poi riagganciò.

«Non ha un bell'aspetto», disse Mr. Cadwick impietosito. Com'era accaduto il giorno prima, gli aveva dovuto chiedere se poteva usare il suo telefono per chiamare il pub, visto che lei non ce l'aveva. Era certa che lui avrebbe ascoltato attentamente ogni parola, ma sapeva anche che avrebbe creduto alla sua storia del mal di stomaco, che forse poteva anche essere una forte influenza gastrointestinale. Aveva ancora un colorito malato e profonde occhiaie nere.

«In effetti non mi sento troppo bene», disse. Voleva tornare di sopra nel suo appartamento. Chiudersi a chiave la porta alle spalle, rannicchiarsi a letto. Non aveva nessuna voglia di affrontare le chiacchiere insulse di Mr. Cadwick proprio adesso. Quando era stata in ritardo con il pagamento dell'affitto, lui era stato pronto a cacciarla via a calci. Da quando pagava regolarmente e aveva l'impiego all'*Elephant*, voleva diventare suo amico. Naturale, chi altri avrebbe trovato che gli pagasse quel buco di sopra, chi voleva trasferirsi a Langbury e per di più rinchiudersi nell'angolo più buio di tutto il paese? Non ce n'erano tanti di nevrotici a questo mondo da garantirgli velocemente un sostituto.

«Dovrebbe andare dal medico», le consigliò Mr. Cadwick, «ha un aspetto davvero malconcio, se posso permettermi. Non bisogna prendere sottogamba certi malanni.»

«Mi basterà un altro giorno di riposo, poi starò meglio», commentò lei.

«Vuole che le prepari un tè? Non c'è nessuno che si prenda cura di lei. Ha qualcosa da mangiare su a casa?»

Se non avesse sperimentato di persona quanto potesse essere spietato con chi non pagava l'affitto, avrebbe potuto addirittura provare una certa gratitudine nei suoi confronti. Anche se in realtà lo trovava semplicemente viscido. Mr. Cadwick era vicino alla settantina, scapolo e forse a torto, ma spesso le sembrava che la seguisse con occhi lascivi. Era sicura che nell'aria soffocante e stantia del suo salotto, dove gli odori di cibo vecchi di anni sembravano impregnare i muri, guardasse regolarmente film porno, anche se non ne aveva le prove. Era semplicemente il tipo da farlo. Due volte al mese prendeva la corriera per Newcastle, senza fornire mai alcun indizio su che cosa andasse a fare laggiù. Lei era convinta che frequentasse un bordello. E che avesse un debole per le perversioni erotiche. Le pareva di respirarlo. Il disagio che lui le provocava era anche il motivo per cui tutte le sere spingeva una cassettiera sotto la maniglia della porta. Mr. Cadwick aveva una chiave dell'appartamento. Non aveva nessuna voglia di svegliarsi una notte e di trovarselo in piedi accanto al letto che si masturbava.

«Ho cibo a sufficienza, grazie», affermò, sebbene non fosse vero. «E comunque sinceramente in questo momento non mi va molto di mangiare. Devo curarmi questo maledetto malanno e poi tornerà tutto a posto. Grazie per il telefono, Mr. Cadwick.» Si voltò per andarsene.

«Se ha bisogno di aiuto...» le gridò lui dietro, prima di tornare solo e frustrato alla sua solitaria domenica.

Ma la sua domenica desolata non è un mio problema, si disse lei arrivata di sopra ansimando, dopo essersi richiusa la porta alle spalle e averci subito spinto contro la cassettiera, anche la mia vita è una sequela di giornate desolate e a chi importa?

Stava subito meglio, non appena si sentiva al sicuro. Si era guadagnata due giorni da poter trascorrere rinchiusa in casa, perché il lunedì l'*Elephant* restava chiuso. Ma poi le sarebbe toccato di nuovo salire sulla giostra e poteva solo sperare di stare abbastanza bene da affrontare un nuovo giro. Due anni e mezzo prima aveva subito un analogo tracollo nervoso – se così si potevano definire la nausea, la febbre, il tremito e la sensazione di svenimento. Allora le era sembrato di riconoscere Pit a Morpeth davanti a una pescheria. Era del tutto sicura di averlo riconosciuto, la nuca piatta con i capelli sottili, la figura esile che nessuno credeva celasse tanta forza finché non faceva conoscenza coi suoi pugni. Già visto da dietro sprizzava una brutalità che toglieva il respiro. Lei lo aveva sempre temuto più di Ron, perché Ron era più sveglio e più prevedibile. Pit al contrario era, secondo la sua fondata convinzione, uno psicopatico. Poteva esplodere da un momento all'altro, e allora guai a chi gli capitava tra le mani.

Si trovava a Morpeth solo perché aveva urgente bisogno di un nuovo paio di jeans e aveva creduto che fosse scoccata la sua ultima ora. Ancora oggi non sapeva come avesse fatto a raggiungere la fermata dell'autobus e poi a tornare nella località dove abitava allora e al suo appartamento.

Aveva passato il resto della giornata a vomitare e aveva avuto la febbre fino a sera. Continuava a ripetersi che non esisteva un motivo plausibile che spiegasse la presenza di Pit a Morpeth, Northumberland. L'unico poteva essere soltanto *lei*.

All'epoca era addirittura rimasta a casa due giorni dalla fabbrica di scarpe, perché si sentiva troppo male e soffriva di un tremito incontrollabile alle mani. Dapprincipio aveva provato l'impulso di tagliare tutti i ponti, di trasferirsi più lontano, in qualche paese remoto, magari in Scozia, nelle Ebridi... ma la sera del secondo giorno non era già più tanto sicura che quello visto davanti alla pescheria fosse proprio Pit. Se cercava di ricostruirne l'immagine mentalmente, non le sembrava più tanto somigliante. L'uomo che aveva visto era più alto di Pit e anche la sua postura non corrispondeva. I capelli erano troppo scuri, forse solo di una sfumatura, ma comunque più scuri.

Di colpo si era chiesta stupita come avesse potuto credere anche solo per un istante che l'uomo di Morpeth fosse Pit e all'improvviso si era sentita meglio.

Stavolta era accaduto persino meno. Sabato sera, il vicolo buio, il fascio di luce di una torcia elettrica. Aveva creduto che fosse la fine. Lui l'aveva trovata. Si era nascosto in un androne buio e l'aveva aspettata. Non ci sarebbe stata misericordia, bensì solo una fine atroce.

E poi aveva riconosciuto la piccola e anziana Miss Pruett della casa dirimpetto che, bassotto al guinzaglio e pila tascabile in mano, le stava davanti, terrorizzata almeno quanto lei. Ma intanto il suo corpo aveva percorso tutto il repertorio: sudori freddi, tremito incontrollato, un battito cardiaco che avrebbe potuto scuotere la terra. Ricordava che aveva cercato di gridare, ma la gola le si era chiusa di colpo, impedendole di proferire alcun suono.

Probabilmente era durato solo qualche secondo, ma a lei era sembrata un'eternità. Alla fine Miss Pruett aveva abbassato la luce accecante e aveva esclamato con la sua voce tremolante: «Ah, ma è *lei*. Che cosa ci fa qui?»

Lei era riuscita a rispondere dopo qualche tentativo fallito di articolare la voce. «Miss Pruett», era riuscita a gracchiare, «era... era quello che volevo chiedere a lei!»

Era venuto fuori che Zeb, il bassotto, era malato, soffriva di incontinenza, come ammise Miss Pruett imbarazzata, e doveva uscire spesso a fare pipì. Siccome la casa dell'anziana donna non aveva né cortile né giardino, non le restava altra scelta che uscire ogni ora a fare il giro dell'isolato.

Una situazione del tutto banale, che aveva creato un dramma.

Devo smetterla di vivere nel terrore, si disse ora, osservando con la fronte corrugata il cassettone che aveva spinto sotto la maniglia, mi fa ammalare. E impazzire. E mi distrugge.

Erano passati anni. Forse non aveva più niente da temere. Vegetava inutilmente, come un animale rintanato in una caverna buia. Forse era giunto il momento di scrollarsi di dosso il passato e di cominciare a costruirsi una vita nuova.

Forse doveva fare il primo passo togliendo di mezzo quel ridicolo cassettone. Mr. Cadwick non era pericoloso, era solo rivoltante. Si mise ad ascoltare attentamente, per udire eventuali rumori provenienti dall'appartamento di sotto, ma era tutto tranquillo. In genere capiva sempre dove si trovava il suo padrone di casa, perché riusciva a sentirne il passo strascicato e i frequenti colpetti di tosse. Quando non le giungeva alcun rumore, come adesso, in genere si immaginava terrorizzata che lui fosse salito su per le scale a piedi scalzi e avesse accostato l'orecchio all'uscio del suo appartamento – magari per cogliere qualcosa di lei che potesse eccitarlo.

Ma molto probabilmente certe fissazioni dipendevano dal suo stato nevrotico. Alla fine Mr. Cadwick era comodamente seduto di sotto in poltrona a leggere il giornale o a bere una tazza di tè. E non si sognava neppure lontanamente di salire di soppiatto le scale o di intrufolarsi di nascosto nell'appartamento della sua inquilina.

Tuttavia, non ce la faceva proprio a spostare la cassettiera. Aveva bisogno di quella barriera – contro Mr. Cadwick, contro possibili altri pericoli e contro il suo stesso panico.

Sono ancora ben lontana dalla normalità, pensò.

Si affacciò a una delle piccole finestre piene di spifferi che lasciavano uscire tutto il caldo e facevano entrare il freddo, e guardò fuori. Nessuno nel vicolo e qualche fiocco di neve nell'aria. Come nelle ultime notti. Il tempo non cambiava. Freddo e plumbeo. Qui al nord non c'era traccia di primavera.

Si sdraiò sul letto, fissò il soffitto e cercò di captare dei rumori nell'edificio e di riconoscerli. Un'abitudine che ormai le era entrata nel sangue: essere sempre vigile, sapere in anticipo che cosa aspettarsi, mantenere il controllo.

Prima o poi la sua sopravvivenza avrebbe potuto dipendere da questo.

Ma la casa era perfettamente silenziosa e su questa quiete alla fine sprofondò nel sonno.

3

Geoffrey Dawson rimase del tutto perplesso quando l'infermiera entrò in camera sua e gli annunciò una visita. Gli capitava raramente che qualcuno andasse a trovarlo, anche se nella zona vivevano amici e conoscenti del passato. Nei primi due anni dopo l'incidente passavano spesso da lui. Ma poi il flusso di anime pie si era bruscamente interrotto: chiaro, a chi piaceva starsene seduto per ore di fianco a uno storpio, a osservarne le smorfie di dolore? Dopo la scomparsa di Elaine, quando si era dovuto trasferire nella casa di riposo di Taunton, l'interesse nei suoi confronti si era momentaneamente risvegliato. Ad alcuni doveva fare pena sul serio, perché aveva perso la casa e aveva visto avverarsi il suo incubo peggiore, quello dell'istituto di cura. Ma Geoff non si faceva illusioni: la maggior parte delle persone era animata semplicemente da una morbosa curiosità. La scomparsa di Elaine aveva sollevato un polverone e qualcuno aveva sperato di ottenere dal fratello qualche particolare che non era trapelato sui giornali. Inoltre godevano dell'orrore dell'istituto. Lunghi corridoi di linoleum perfettamente lucidato, luci perennemente accese, piccole celle a destra e a sinistra, dove erano alloggiate creature patetiche, costrette a trascorrere qui la propria esistenza. Chi stava meglio economicamente poteva sperare in una camera singola. Geoff non faceva parte di quei privilegiati. Divideva la sua stanza con altri due uomini, uno dei quali era solito blaterare frasi senza senso, innervosendo quasi a morte i due coinquilini.

Purtroppo solo *quasi*. Geoff pensava spesso e intensamente al suicidio, ma non gli veniva in mente nessuna possibilità che gli consentisse di riuscirci con le proprie forze.

In ogni caso le visite erano diventate un evento raro. Non c'erano più notizie di Elaine da cinque anni e l'interesse verso il suo destino si era affievolito. Anche l'istituto non faceva più venire i brividi a nessuno. A che scopo sprecare il proprio tempo per andare a trovare Geoffrey, il cui destino era comunque immutabile, al punto che qualsiasi parola di consolazione – *andrà meglio* – suonava soltanto cinica? Ogni tanto si faceva vedere ancora Victor Jones di Kingston St. Mary, per pura pietà, Geoffrey non si faceva illusioni.

«Chi è?» chiese ora, dopo essersi ripreso dalla sorpresa.

L'infermiera, di quelle simpatiche, sorrise. Sembrava sinceramente contenta per lui. «Un certo Mr. Jones con Mrs. Hamilton», rispose. «L'aspettano di sotto nella sala comune.»

Ma guarda, pensò Geoff, i fratelli Jones! Cedric e Rosanna. Erano secoli che non li vedeva. E di colpo spuntano insieme.

Sapeva che Rosanna viveva a Gibilterra dopo essersi sposata – e come avrebbe potuto dimenticarlo? Era stato proprio il suo matrimonio al quale all'epoca Elaine aveva voluto partecipare a tutti i costi. Le sue ultime tracce si perdevano all'aeroporto londinese di Heathrow. Nessuno l'aveva più vista in seguito.

E Cedric abitava da tempo a New York, non tornava quasi mai in Inghilterra. Strano che ora si trovassero insieme a Taunton e non avessero niente di meglio da fare che andare a trovare il vecchio amico d'infanzia con il quale il destino era stato tanto crudele.

Per un attimo ebbe la tentazione di pregare l'infermiera affinché rispedisse a casa i visitatori inattesi. Proprio quei due! Il bel Cedric, che non riusciva a dare una direzione alla propria vita, ma che aveva tanto successo con le ragazze. E Rosanna, alla quale non avrebbe mai perdonato di aver voluto invitare Elaine al suo matrimonio.

«Io...» esordì, ma l'infermiera aveva già afferrato i manici della sedia a rotelle e l'aveva girata energicamente.

«Niente da fare!» ordinò. «L'aspettano in questo momento!»

Doveva avergli letto sul viso quello che stava pensando.

«Ma io credo che...» cercò di obiettare lui, mentre lei lo spingeva già fuori dalla porta.

«Deve farlo», lo ammonì lei, e di colpo lui la odiò. Perché lo esponeva a quell'incontro. Perché lo privava così facilmente del suo diritto all'autodeterminazione.

E pensare che vuole solo il mio bene, rifletté sfinito.

Dapprima si era rifiutato di recarsi nel bar che si trovava di fronte all'istituto, o meglio di farsi spingere fin lì, ma Rosanna aveva insistito con gli stessi modi amichevoli e implacabili delle infermiere.

«Hai bisogno di un po' di aria fresca», gli aveva detto, guardandosi in giro per la sala comune, sotto le cui luci al neon anche le persone sane apparivano malaticce e il cui pavimento di linoleum aveva il colore del latte scremato inacidito come nel resto dell'istituto. C'erano vasi di fiori alle finestre, certo, e quadri dipinti dai pazienti appesi alle pareti, ma l'atmosfera restava squallida e l'ambiente quello che era: la sala comune di un istituto per persone con gravi disabilità. Non proprio invitante.

«Possiamo prendere qui il caffè», aveva proposto, «e voi potreste fare un salto a comprare dei dolci, se volete...»

Ma Cedric, il cui disagio si rifletteva nitidamente sul viso, aveva subito colto la palla al balzo. «Ottima idea», aveva detto. «Rosanna ha ragione, Geoff. Devi uscire di qui.»

E ora erano seduti al bar, girando i cucchiaini nelle tazze, tutti e tre in preda a un profondo imbarazzo. Geoffrey ringraziava il Creatore di riuscire almeno a muovere le braccia e di poter mangiare e bere in maniera autosufficiente, anche se gli cadevano le briciole sul tavolo e in grembo. Altri pazienti dell'istituto erano tetraplegici, vale a dire che non potevano muovere più nemmeno un muscolo, a parte girare il collo. Dovevano essere imboccati come neonati. In quel caso, però, Geoffrey si sarebbe opposto con le unghie e con i denti a quell'uscita.

Già, con le unghie e con i denti, pensò e gli sarebbe venuto da ridere, se non fosse stato così triste.

Cedric, al quale lui rivolgeva occhiate di sottecchi per come appariva sano, forte, *bello*, raccontò qualcosa di New York, non in maniera allegra e spigliata, bensì con quei modi impacciati che Geoffrey conosceva già da altre persone sane: volevano alleggerire l'atmosfera, ma si rendevano conto di parlare di una vita che al loro interlocutore era preclusa per sempre e così si dibattevano nello sforzo di illustrare uno spaccato della loro quotidianità senza provocare troppa depressione nell'ascoltatore. Si capiva subito che provavano compassione e avrebbero preferito andarsene via da lui. Quanto odiava quella situazione! Dopo tutto era molto meglio non ricevere visite.

«Se ho capito bene, lavori per un fotografo?» chiese educato. Non che gli interessasse...

Cedric annuì. «Sì, ho fatto tirocinio e spero un giorno di poter aprire uno studio tutto mio.»

«Matrimonio? Figli?»

«Storie. Non ho ancora trovato la donna giusta», rispose Cedric. In un impeto di autocritica aggiunse: «probabilmente dipende da me. Ho trentotto anni e a quest'ora avrei dovuto mettere la testa a posto. Forse sbaglio in qualcosa. Sono tanti i motivi per cui tra un uomo e una donna le cose non funzionano».

«Come no», replicò Geoffrey tagliente, «ce ne sono eccome. Per esempio che un uomo non può correre, cagare o pisciare da solo. Ve lo dico io, questo può influire in maniera radicale sulla scelta di possibili partner!»

Rosanna e Cedric assunsero un'espressione addolorata e per un istante Geoffrey ne fu felice. A volte lo divertiva scioccare chi gli stava intorno, in particolare le persone come i fratelli Jones, così ingiustamente favoriti dal destino. Per esperienza sapeva che il suo trionfo avrebbe avuto breve durata. In realtà poi non era neppure un trionfo, perché le cose restavano com'erano: gli altri erano sempre sani e forti e lui debole e malato.

Mentre Cedric spiluccava la sua fetta di torta, lanciando occhiate furtive all'orologio, Rosanna raddrizzò le spalle e assunse una posa che Geoffrey interpretò come... aggressiva. Aveva qualcosa di concreto in mente, probabilmente era qualcosa di spiacevole, ma se non altro avrebbe messo fine a quelle chiacchiere insulse.

«Geoffrey, il mio viaggio in Inghilterra, a parte il compleanno di mio padre, ha una motivazione ben precisa», esordì, «e vorrei parlarne brevemente con te...»

«Sì?»

Lei esitò. «Si tratta di Elaine», disse infine.

Lui fece un profondo respiro. Se lo sentiva che si trattava di una cosa spiacevole. «Di Elaine?»

«Per l'esattezza di un reportage che devo scrivere per il *Cover*. Sai quel...»

«Lo conosco. Quella rivista scandalistica per la quale lavoravi in passato.»

Sapeva che lei era un tipo che tirava fuori le unghie quando veniva provocata. In genere avrebbe protestato con enfasi contro una definizione tanto dispregiativa. Ma non aveva voglia di litigare con lui. La gente diventava insopportabilmente condiscendente con i disabili.

«Devo scrivere una serie su persone scomparse senza lasciare traccia. E cominciare con Elaine.»

«Aha.» Si sarebbe voluto prendere a schiaffi, ma quel tema lo toccava da vicino. Sentì accelerare il battito cardiaco, la bocca gli si seccò, le mani cominciarono a sudargli. Ancora. Ancora dopo cinque anni.

«Nick – il capo redattore – ha pensato a me per il mio rapporto personale con Elaine. Io... accetterei volentieri l'incarico.»

«Ma certo. Non ti serve mica il mio permesso.»

«No. Però potresti rifiutarti di parlare con me di Elaine. E lo capirei.»

«Davvero? Che cosa hai intenzione di scrivere? Tutto quello che si sapeva è già stato detto. Non ci sono elementi nuovi. A che scopo un altro servizio?»

«Servirà a puntualizzare ancora una volta gli avvenimenti del caso. Quello che è accaduto quella sera a Heathrow. Farà luce sulle indagini della polizia. Raccontare un po' di Elaine, della persona che era. Si tratta semplicemente...» alzò le spalle in un gesto sconfitto, «si tratta di un articolo su un caso misterioso di cui non sono mai stati chiariti i retroscena.»

«Alla gente piace rivangare, lo so!» Geoff scostò il piatto con la torta ancora intatta. Con la coda dell'occhio vide Cedric che si agitava per l'imbarazzo. Anche Rosanna aveva perso quella sua aria spavalda. Ben gli stava a tutti e due.

«E va bene», disse. «Parlerò con te di Elaine. Anche di quella tua folle idea di invitarla al tuo matrimonio. Parlerò con te anche della mia vita di merda. Perché il destino del povero fratello handicappato e abbandonato a se stesso è proprio il tema che piace ai lettori di *Cover*. Farò tutto, ma voglio una cosa in cambio da te. Voglio che nel tuo articolo inchiodi una volta per tutte Marc Reeve. Che lo getti ancora una volta in pasto al pubblico. Che riporti alla luce il suo incubo, affinché i vicini lo additino sgomenti e gli ultimi clienti che gli restano lo abbandonino definitivamente. È la mia condizione. Altrimenti non otterrai niente da me, neppure una parola!»

Lei rimase perplessa. «Marc Reeve?»

«Marc Reeve», replicò Geoff. «L'uomo che quella sera l'attirò nel proprio appartamento. È l'assassino di Elaine, Rosanna. Solo che non è stato possibile dimostrarlo. Marc Reeve ha ucciso mia sorella e distrutto la mia vita e se non fossi in queste patetiche condizioni gliel'avrei fatta pagare già da tempo, te lo giuro. Distruggilo, Rosanna. Avrai da me tutto l'aiuto che ti serve!»

Lei lo guardò con grandi occhi pensosi.

Lunedì, 11 febbraio

1

Angela Biggs sapeva ciò che voleva: andarsene dallo squallido alloggio popolare di Islington e iniziare una vita migliore. Non aveva nessuna voglia di passare ancora tanti anni nel soffocante appartamento di ottanta metri quadrati insieme ai genitori e ai quattro fratelli più piccoli. Divideva una camera minuscola con la sorella. I tre maschi dormivano in una camera più grande lì accanto. I genitori di sera aprivano il divano in salotto e dormivano lì. Suo padre ogni tanto aveva un lavoro ma in genere no. La mamma aveva preso l'abitudine di bere fin dal mattino presto. Il fratello maggiore poco tempo prima aveva portato a casa la polizia per la prima volta, dopo aver rubato in un negozio di liquori. La sorella di Angela, la sedicenne Linda, da qualche mese si impiastricciava il viso con chili di trucco e portava gonne così corte che avrebbe potuto benissimo farne a meno. Per questo aveva litigato con il padre, tre giorni prima.

«Non ti faccio uscire conciata così!» aveva esclamato lui, mentre lei si accingeva a lasciare l'appartamento con la mini di jeans e gli stivali sopra il ginocchio.

«Cavolo, che cosa c'è che non va?» aveva strillato lei di rimando. «Prova a guardarti intorno! Tutte vanno in giro così.»

Il che non era affatto vero, come sapeva Angela. Erano molte le ragazzine che si vestivano in maniera molto sexy, ma non così pacchiana ed esagerata. Linda aveva gli occhi così truccati che quasi non ci vedeva più e i tacchi a spillo dei suoi stivali erano vertiginosamente alti. La gonna le copriva a malapena il sedere. Ma ciò che aveva colpito di più Angela, e non per la prima volta, era la qualità degli indumenti: l'insieme poteva apparire dozzinale, ma i singoli capi erano di sicuro di marca. Angela se ne intendeva un poco, visto che il suo anelito a una vita migliore la portava spesso tra i raffinati reparti di *Harrods* dove toccava di nascosto nobili tessuti e si saziava la vista. Aveva così sviluppato una capacità abbastanza spiccata di determinare il valore delle cose. Per lei restava un mistero come facesse Linda, che dopo aver abbandonato gli studi, il tirocinio e un impiego in un'autofficina era senza lavoro, a permettersi simili vestiti.

Avrebbe sempre voluto chiederlo alla sorella, ma non se n'era mai presentata l'occasione. Infatti lo scontro di quella sera con il padre era degenerato e dopo uno scambio di insulti che gli altri inquilini della casa popolare avevano potuto seguire parola per parola, il padre aveva urlato: «Non rimettere più piede in questa casa vestita così, sgualdrina!»

«E infatti non mi vedrai più!» aveva replicato con foga Linda, prima di uscire sbattendosi la porta alle spalle.

Da allora non era più ricomparsa. Da tre notti il suo letto era vuoto.

Durante le prime due notti, tutti avevano pensato che Linda si fosse fatta ospitare dall'ex ragazzo. In realtà lo aveva lasciato sei mesi prima, ma continuavano a frequentarsi ed era già capitato un paio di volte che pernottasse da lui. La domenica, tuttavia, Angela lo aveva incrociato per caso alla fermata dell'autobus, mentre bighellonava con altri ragazzi e insieme si divertivano a prendere a calci delle lattine di birra. Gli aveva domandato notizie di Linda, ma lui l'aveva guardata stralunato. «Linda? Non sta da me. Non la vedo da un sacco di tempo.»

Angela lo aveva raccontato a casa, senza suscitare inizialmente grandi reazioni.

«Vuol dire che sarà da qualcun altro», aveva borbottato il padre. «Ce n'ha sempre uno, quella lì. Non riesce a stare senza qualcuno che gli sbava dietro.»

Ora era lunedì mattina presto e al risveglio Angela aveva subito girato la testa verso l'altro letto, nella vaga speranza che Linda fosse tornata nel cuore della notte e ora dormisse con i lunghi capelli biondo platino sparsi sul cuscino. Ma il letto era vuoto e a poco a poco Angela sentì crescerle dentro una sensazione strana, come un tetro presentimento.

Si alzò e uscì nello stretto corridoio. Sua madre Sally, ancora gonfia per le birre bevute la sera prima, era indaffarata a tirare giù dal letto i figli e a convincerli ad andare a scuola. Il padre Gordon era seduto al tavolo di cucina e leggeva il giornale. Angela gli si sedette accanto.

«Linda non è ancora tornata», disse.

Suo padre parlò senza alzare lo sguardo dal giornale. «E allora? Chissà che non le serva per imparare come ci si deve vestire. Le sta proprio bene.»

«Ma dov'è stata tutto questo tempo? Fuori fa freddo. Non può aver dormito nel parco.»

«Te l'ho già detto ieri. Sicuramente ha trovato qualcuno. Visto che ci manca poco e sarà andata a letto con tutti gli uomini che abitano a Londra, non avrà faticato a trovare qualcuno che la ospiti a casa sua.»

Sally entrò in cucina e si lasciò cadere con un sospiro su un vecchio sgabello da bar che stava in un angolo. Si accese una sigaretta e inalò con gusto.

«Se riesco a far finire la scuola a quei tre», disse, e con *quei tre* si riferiva ai figli maschi, «giuro che vado in chiesa ad accendere un cero.»

Il marito rise, ma Sally non si lasciò sviare. «Davvero. Lo faccio. Mi stanno facendo ammattire.»

Dal bagno si udì un vociare concitato. A quanto pareva i ragazzi si contendevano la precedenza per entrare sotto la doccia.

Sally si guardò intorno. «Dov'è Linda?»

«È proprio quello che stavo cercando di far presente a papà», disse Angela. «Non è ancora tornata a casa. Comincio a preoccuparmi.»

«Anch'io lo trovo strano», confermò Sally. «È la terza notte! Mio Dio! Me ne sarei dovuta rendere conto prima! Ha soltanto sedici anni.»

«L'hai sempre viziata», le rinfacciò il marito. «Le permettevi di fare tutto. Non c'è da sorprendersi se è diventata una puttanella.»

«Mia figlia non è un puttana!»

«Ah no? L'hai mai osservata per bene negli ultimi tempi? Come va in giro conciata? Non è più la tua dolce bambina.»

«Ha sedici anni! Che cosa ti aspetti?»

«Un po' di decoro! Rispetto! Almeno nei confronti dei genitori. Che sarebbe, andarsene di casa e non tornare per tre notti di fila?»

«L'hai detto tu che non volevi più vederla qui», puntualizzò Angela.

Il padre si decise a posare il giornale. «Ho detto che non volevo più vederla *conciata in quel modo*. Se si veste normale e non si riempie di trucco, può benissimo tornare.»

«Vi siete mai accorti che ha sempre dei vestiti piuttosto costosi?» domandò Angela.

I genitori la fissarono stupiti.

«Costosi?» ripeté Sally.

«Ma se quello che indossa è meno di niente», obiettò il padre, «come fa a essere pure costoso?»

«Sono tessuti costosi. Di negozi costosi. Mi chiedo come abbia fatto a pagarli.»

«Se dovessi scoprire che ruba...» minacciò Gordon con espressione cupa, ma Sally lo interruppe subito: «Non è possibile! I miei figli non rubano!»

«Ah no? E allora perché la polizia è venuta a trovarci di recente, se non grazie a tuo figlio...»

«È stato indotto a farlo. Frequenta le amicizie sbagliate. Da solo... Cielo, ho assoluto bisogno di una grappa.» Sally colse al volo l'occasione di ingurgitare la prima dose d'alcol della giornata.

«Forse Linda ha trovato un tipo con la grana», ipotizzò Gordon, «che le regala cose di lusso. Questo dimostra che almeno un po' di sale in zucca ce l'ha. Il suo primo ragazzo era il peggior perdente di tutta Islington. Sarebbe stata una pazzia restarci insieme.»

L'odore di alcol invase la cucina. Sally si era servita generosamente e si era rimessa a sedere sullo sgabello. «Ma come, forse ha preso da me!» replicò secca. «Per quanto riguarda la scelta dei perdenti.»

Gordon gettò il giornale per terra e guardò la moglie con occhi socchiusi. «Che cosa vorresti dire con questo?»

Sally non era ancora ubriaca e si lasciò intimorire. «Niente», rispose.

Angela era disperata. I suoi genitori minacciavano di scivolare per l'ennesima volta nell'alcol e nei litigi. Ben presto non sarebbe più riuscita a parlare con loro.

«E se fosse successo qualcosa a Linda?» domandò. «Se è per questo che non è tornata a casa?»

«Che cosa vuoi che le sia capitato?» ribatté Gordon. «Sarà a letto con qualcuno a spassarsela, te lo dico io, e prima o poi ce la vedremo ricomparire davanti alla porta.»

«Però Angela ha ragione», obiettò Sally, «ha soltanto sedici anni e non torna a casa da tre giorni.»

«Già, e io che ci posso fare?» chiese Gordon. «Devo andare a cercarla, o cosa?»

«Dovete informare la polizia», disse Angela. «Linda è minorenne ed è scomparsa. Da qualche tempo naviga nei soldi e non sappiamo come mai. Voglio dire, magari non c'è niente di strano, ma...» non terminò la frase. Di fronte a lei i volti dei genitori andavano letteralmente pietrificandosi. In quella zona di Islington, in quel condominio in particolare, non piaceva a nessuno avere a che fare con la polizia. Ciò non significava che gli agenti non si facessero vedere spesso da quelle parti. In quasi tutte le famiglie scoppiava regolarmente qualche violento bisticcio e allora un vicino faceva una telefonata anonima agli sbirri, perché la situazione minacciava di degenerare. Anche i giovani che abitavano qui erano sempre coinvolti in qualche attività criminale. Il tasso di disoccupazione era alto, il consumo di alcol anche di più. In ogni famiglia c'era almeno un membro che apparteneva alla malavita. Per questo a nessuno sarebbe venuto in mente di rivolgersi alla polizia se non per una situazione di assoluta necessità. I poliziotti in realtà erano gli antagonisti. Solo di tanto in tanto c'era bisogno di loro.

«Solo perché c'ha il ganzo», disse Gordon.

«Forse la metteremmo nei pasticci», concordò Sally. Aveva quasi svuotato il bicchiere. Era tempo di riempirlo di nuovo.

Angela capì che per quel giorno non avrebbe ottenuto nessun

aiuto dai genitori. Ma forse avevano ragione loro. Linda aveva un nuovo amico, uno che a quanto pareva le faceva regali costosi e che, dopo il litigio con il padre, l'aveva ospitata a causa sua. Alla fine se la sarebbe presa moltissimo se le avessero messo la polizia alle costole. E tuttavia... Angela provava una strana sensazione. Non sapeva spiegarsela neppure lei, perché conosceva abbastanza bene la sorella da sapere che avrebbe potuto tranquillamente decidere di mettere in ansia la famiglia scomparendo per un paio di giorni. Ma una vocina interiore le diceva che qualcosa non andava. Non c'erano motivazioni logiche. Se lo sentiva dentro e, come la maggior parte delle persone in frangenti simili, non voleva dare ascolto al proprio istinto.

In ogni caso, quel pomeriggio sarebbe andata alla polizia. Finiva di lavorare alle quattro e mezzo. Avrebbe denunciato la scomparsa di Linda.

E sarebbe stata ben felice se in questo caso le sue preoccupazioni si fossero rivelate del tutto infondate.

2

«Certo», confermò Nick Simon, «è fondamentale che tu parli con Marc Reeve, Rosanna. Che tu debba *inchiodarlo*, è tutt'altra questione. Secondo me quell'uomo non c'entra niente con la scomparsa di Elaine e ha già pagato un prezzo troppo alto.»

Erano seduti in un ristorante indiano di Londra – il locale preferito da Rosanna un tempo, ed era stata felice e commossa di vedere che Nick se n'era ricordato – e lei gli aveva appena riferito della conversazione con Geoffrey Dawson, compreso il suo violento attacco nei confronti di Marc Reeve. Poteva leggere chiaramente in faccia a Nick quanto fosse contento di poter contare su di lei per questa impresa editoriale: per quanto riguardava Elaine Dawson lei era più vicina di chiunque altro alle fonti.

Anche Rosanna era felice. Felice di essere a Londra, di essere seduta in un ristorante, insieme ad altri giornalisti che pranzavano lì. Aveva già riconosciuto diversi colleghi di un tempo e li aveva salutati con gioia. L'atmosfera intorno a lei vibrava di vita, di frenesia e di entusiasmo. Persone occupate, che mangiavano in fretta qualcosa, scambiavano due chiacchiere e poi tornavano efficienti agli impegni per la giornata.

Prima era stato anche il suo mondo, la sua vita. Soltanto adesso si rendeva conto di quanto le fosse mancato. Di quanto si sentisse soffocata e rinchiusa. Le si leggeva davvero la frustrazione in faccia, come sosteneva Cedric? Nick non ne aveva fatto parola. Ma non le aveva rivolto nemmeno dei complimenti, come invece faceva in passato.

Di colpo si chiese in preda al panico se la sua insoddisfazione fosse così evidente. In che modo? La domanda successiva era da che cosa dipendeva questa insoddisfazione. Da una vita infelice? Da un matrimonio infelice? Dalle cose che non andavano come avrebbe voluto?

Non era il momento di rimuginarci su, si disse. Più tardi, non ora.

Si concentrò su Nick, sulla loro conversazione. Avrebbe accettato l'incarico e avrebbe dato il meglio di sé per compiere un lavoro eccellente.

«Marc Reeve», ripeté, «è stata l'ultima persona che abbia visto Elaine e le abbia parlato. Com'è stato possibile rintracciarlo all'epoca? Non si era presentato spontaneamente?»

Non ricordava con precisione la sequenza dei fatti accaduti la settimana dopo il suo matrimonio, anche perché si era già trasferita a Gibilterra e quindi era lontana dal luogo degli avvenimenti. Era stata sua madre a riferirle ciò che era stato scritto sui giornali riguardo al caso. Sapeva che all'epoca la polizia aveva interrogato una persona in relazione alla scomparsa di Elaine, ma che non era stato possibile produrre accuse a suo carico. Di più non aveva saputo.

«A quel che mi ricordo», disse Nick, «ci fu una segnalazione nel vicinato, ma subito dopo lui stesso si presentò spontaneamente alla polizia. Ho portato con me le copie dei numeri di allora dal nostro archivio, così potrai leggere tutto quanto. La foto di Elaine era stata pubblicata sul *Daily Mirror* e subito erano fioccate telefonate di segnalazione, come sempre accade in questi casi. C'era chi l'aveva vista in Scozia, chi contemporaneamente in Cornovaglia e un terzo aveva giurato di averla incrociata la settimana prima in una via di Parigi. Ma tra tutte le telefonate due erano sembrate subito non solo più plausibili, ma anche convergenti: quella di un vicino di casa di Marc Reeve e quella di Marc Reeve stesso. Il vicino aveva visto Elaine entrare nell'abitazione di Reeve insieme a lui quella sera. E Reeve l'aveva confermato. L'aveva incontrata a Heathrow e le aveva offerto ospitalità per la notte. L'aeroporto era stato chiuso, c'erano migliaia di viaggiatori in attesa, gli alberghi erano ormai strapieni: l'unica alternativa era pernottare nelle sale d'attesa. Non è tanto sorprendente quindi che Elaine avesse accettato l'offerta di Reeve. Reeve giurò di averla accompagnata l'indomani mattina alla stazione del metrò di Sloane Square, da dove avrebbe potuto raggiungere l'aeroporto, siccome era sua intenzione raggiungere Gibilterra comunque, in un modo o nell'altro. Non c'erano testimoni che li avessero visti lungo il tragitto fino al metrò, ma non è strano, visto che era molto presto e per di più c'era una fitta nebbia. E non fu possibile contestare a Reeve che non fosse andata così. Alla fine la traccia si perse... nel nulla.»

«E tuttavia è una traccia», disse Rosanna, «l'ultima. Perché Geoffrey Dawson è così sicuro che sia stato Marc Reeve a uccidere la sorella? C'erano forse altri indizi?»

Nick scrollò il capo. «Veramente no. A meno che non si supponga che il comportamento di Reeve fosse sospetto fin dal principio, offrendo ospitalità a una perfetta sconosciuta. Viceversa, potrebbe aver agito semplicemente spinto da un impeto di generosità e senza secondi fini. I giornali parlarono di lui e da quanto scrissero non riesco a immaginare che possa trattarsi di un omicida stupratore o cose del genere. All'epoca era un avvocato di grido in procinto di iniziare una brillante carriera in uno degli studi legali più in vista della città. Soldi, successo. Un bell'uomo. Di quelli che non hanno nessun motivo per voler attirare con l'inganno le donne a casa loro. Direi piuttosto che doveva faticare per evitare che le donne gli si gettassero al collo. Secondo me Geoffrey Dawson ha bisogno di un colpevole e l'unico disponibile è Reeve. Alcuni l'hanno interpretata così.»

«Chi, per esempio?»

«La stampa, tanto per cominciare. Con altre motivazioni, si intende. Il vicino che indicò Reeve alla polizia finì sui giornali con le sue dichiarazioni. Doveva trattarsi di un millantatore, oppure aveva qualcosa contro Reeve, non saprei. Sta di fatto che il caso sarebbe passato sotto silenzio se quest'uomo non avesse montato tutta una storia al riguardo. Trovando naturalmente il sostegno incondizionato di Geoffrey Dawson nella sua sete di vendetta. Sai come sono i giornali – e non ho intenzione di tirarmi indietro: c'è bisogno di storie sensazionali. In continuazione. La scomparsa di Elaine in sé e per sé non sarebbe stata una gran cosa. Nel caso di bambini è un altro discorso, ma con una donna adulta... che cavolo, potrebbe benissimo essersela svignata con l'amante o che so io! E quindi Reeve fu gettato in pasto ai leoni. L'uomo che lei aveva conosciuto a Heathrow e che l'aveva portata a casa sua. Subito prima di scomparire dalla faccia della terra. C'era di che lavorarci su e fu fatto alla grande. Reeve venne gettato nella polvere e il fatto che alla fine non risultassero accuse a suo carico non bastò a salvarlo.»

Lei aggrottò la fronte. «Prima hai detto che ha sofferto abbastanza.»

«Sì, il fatto in pratica gli è rimasto appiccicato addosso. Alla fine non ne uscì come una persona ingiustamente sospettata, ma come un sospetto la cui colpa non era stato possibile dimostrare – una sostanziale differenza. La collaborazione con il famoso studio legale saltò immediatamente. I clienti non si fecero più sentire. Lo studio al quale era associato all'epoca lo riteneva troppo ingombrante. Credo che sia stato lui ad andarsene spontaneamente. Si mise in proprio e attualmente credo sia tornato sul campo. Voglio dire, nessuno ci pensa più su, né lo addita vedendolo per strada. Ma la sua carriera ha subito una piega che lui non è più stato in grado di lisciare, per così dire. Se si parte dal presupposto che fosse veramente innocente, è una vera tragedia.»

«È sposato?»

«Divorziato. Non so se nel frattempo si sia risposato. All'epoca dei fatti era già separato. La moglie lo aveva lasciato portandosi via il figlio. Anche questa circostanza fu sfruttata dalla stampa: perché la moglie se n'è andata? Che cosa c'è dietro?» Nick scrollò il capo. «Tutte idiozie, è ovvio. Nessuno sa che cosa fosse andato storto tra i due. Del resto succede abbastanza spesso. Se il fallimento del matrimonio dovesse trasformare ogni uomo in un potenziale delinquente... allora, Dio ce ne scampi!» Sogghignò. Rosanna ricambiò il sorriso. Sapeva che Nick aveva divorziato ben tre volte.

«Hai il suo indirizzo?» gli chiese.

«Ho il numero di telefono del suo ufficio. Ha cambiato casa, a quanto ne so, dopo il divorzio si è trasferito in un appartamento più piccolo. Quello che ti serve per contattarlo lo troverai nel fascicolo con gli articoli di giornale. Rosanna», la guardò serio, «sai che ci tenevo molto ad affidare a te questa serie, proprio per i tuoi rapporti personali con Elaine. Ma ricorda che questo caso rappresenta solo la prima storia. Non farti coinvolgere troppo. Hai altri casi da studiare. E non si tratta neppure di risolvere un enigma. Lo scopo piuttosto è di ripercorrere gli avvenimenti e dimostrare quali effetti abbiano avuto sulle persone coinvolte. Nel caso Dawson le due figure più interessanti sono certamente il fratello, finito nell'istituto di riposo, e l'avvocato, la cui carriera è stata rovinata. Non abbiamo bisogno di sapere altro.»

Lei annuì. «Accetto l'incarico, Nick, è ovvio», disse lei, «ma d'un tratto penso che sarà emotivamente più pesante di quanto credessi. Tornando a Kingston St. Mary, andando a trovare Geoffrey a Taunton, mi sono tornati in mente così tanti ricordi. Di prima. Eravamo una banda di ragazzini. Sempre insieme. Mio fratello Cedric e Geoffrey erano amici per la pelle e nello stesso tempo i capi di tutti noi. Decidevano i giochi da fare, e animavano le giornate. Elaine era parecchio più piccola di me, e per questo non avevamo molto in comune, ma faceva parte del gruppo anche lei. Voglio dire... faceva parte della mia vita negli anni dell'infanzia, mi piacerebbe davvero sapere che cosa le è successo.»

«Posso capirlo», ribatté Nick, «ma non fossilizzarti su questi pensieri. Non lo scoprirai. La polizia non aveva tracce e nel frattempo sono passati cinque anni. A volte bisogna rassegnarsi a convivere con gli enigmi irrisolti.»

«È difficile.»

«Ce la farai», le disse Nick ottimista, poi chiamò il cameriere. «Devo tornare in redazione. Tu che cosa hai intenzione di fare?»

«Torno in albergo e telefono a mio marito. Devo dirgli che ho accettato l'incarico e che rimarrò più a lungo in Inghilterra.»

«A giudicare dalla tua faccia, sarà una telefonata difficile.»

«Preferirebbe avermi con lui a Gibilterra.»

«Cosa che, se posso permettermi, sarebbe un vero spreco di talento. Un tempo eri una brava giornalista.»

Lei sorrise. «E non ti deluderò nemmeno stavolta, Nick. Rimarrai soddisfatto del mio lavoro, te lo prometto.» Prese la cartellina trasparente con i ritagli di giornale che lui le avvicinò sul tavolo. In cima a tutto c'era un biglietto con il nome e il numero di telefono di Marc Reeve.

«E questa sarà la telefonata successiva», disse, «Marc Reeve. Cercherò di fissare un appuntamento per parlargli di persona. Sono molto curiosa di conoscerlo.»

«E io sono curioso di sapere che impressione ti farà», disse Nick. Posò un paio di banconote sopra il conto, si alzò, si chinò per baciare Rosanna sulle guance. «A presto. Se hai bisogno di aiuto e di sostegno, chiamami.»

Lei lo guardò allontanarsi, pensando: se avessi già concluso la telefonata con Dennis!

3

Sally era troppo ubriaca per parlare con gli agenti, ma Gordon, che in sostanza non beveva mai prima di sera, era padrone della propria voce e infuriato del fatto che Angela avesse deciso per conto suo di rivolgersi alla polizia. Lei era in piedi nel salotto dei genitori insieme ai due poliziotti e non avrebbe desiderato altro che di essere lontanissima da lì. Aveva creduto di poter denunciare semplicemente la scomparsa della sorella minore e tornare a casa, ma la polizia aveva insistito per parlare con i genitori. Due funzionari, che si presentarono come agente Burns e Carley, l'avevano riaccompagnata a casa in macchina ed erano saliti con lei. Angela si accorse che l'espressione del padre non prometteva niente di buono. Era fuori di sé per la rabbia e in seguito lei ne avrebbe pagato le conseguenze.

«Sua figlia Linda è scomparsa da venerdì scorso, è esatto?» chiese Burns, il più anziano. «Almeno questa è stata la dichiarazione rilasciata in commissariato da sua figlia Angela.»

«Scomparsa. Che significa scomparsa?» brontolò Gordon. «Sarà a casa di qualche tizio. Come sempre.»

«Come sempre? È già successo che si sia assentata così a lungo?»

«Non così a lungo», fu costretto ad ammettere Gordon controvoglia.

«Possiamo entrare?» chiese Carley. «Non occorre discutere della cosa qui sul pianerottolo.»

Gordon entrò in cucina, dove Sally era seduta davanti a una bottiglia di grappa e fissava il vuoto davanti a sé.

«Oh... visite», cantilenò.

«Ha idea da quale *tizio* potrebbe trovarsi sua figlia?» domandò Burns.

Gordon fece un gesto vago con la mano. «Non posso mica conoscere tutti i tizi che frequenta mia figlia», rispose. «Sarebbe impossibile. Oggi uno, domani un altro. È fatta così. Una puttanella. Purtroppo.»

«M-mia figlia n-non è u-una...» protestò Sally, ma perse il filo e ammutolì di nuovo.

Burns ci provò lo stesso. «Lei non ha idea di dove possa trovarsi sua figlia, Mrs. Biggs?» le domandò.

Sally corrugò la fronte e assunse un'espressione molto concentrata, ma non disse niente. Burns sospirò.

«Miss Angela ci ha accennato che negli ultimi tempi sua sorella aveva acquisito un tenore di vita apparentemente superiore al solito», disse, «soprattutto nel modo di vestire. Lei ha qualche idea da dove potesse ricavare i soldi necessari?»

«Nooo», rispose Gordon, «non saprei proprio. Di sicuro non dal lavoro. Non lavorava. È più probabile che finalmente si facesse scopare dal tipo giusto, uno con la grana. È l'unica risposta che mi viene in mente.»

«Aveva litigato con sua figlia prima che uscisse di casa lo scorso venerdì?» domandò Burns.

Gordon lanciò un'occhiata furibonda alla figlia. «Non era stato proprio un litigio», rispose, nel tentativo di mitigare la cosa.

«È possibile che lei abbia detto qualcosa del tipo che non doveva più farsi rivedere in casa se non avesse usato un abbigliamento più... discreto?»

«Avreste dovuto vederla! Come una sgualdrina! Non posso permettere che mia figlia a sedici anni se ne vada in giro conciata così! Era del tutto impresentabile.»

«Ma tuttavia non le ha impedito di uscire *così conciata*, come dice lei», obiettò Burns. «Al contrario, l'ha messa alla porta. È possibile che ora Linda non osi più ripresentarsi qui a casa?»

«Chi, quella? Non si fa certo intimidire, ve lo dico io. Farebbe di tutto. Se non torna a casa non è certo per colpa mia.»

«Bensì...?»

«Non saprei. L'ho già detto. Sta con qualcuno. Sono pronto a scommetterci.»

«Io comunque le consiglierei di sporgere una denuncia per scomparsa», disse Burns. «Sua figlia ha solo sedici anni. Alla sua età non dovrebbe starsene via per giorni interi senza che lei sappia dove si trova.»

«Penso che Angela abbia già...»

«Devono farlo i tutori legali.»

«Ok», brontolò Gordon, «allora che cosa devo fare?»

Carley estrasse un modulo e una matita e si mise a sedere senza chiedere permesso al tavolo della cucina, di fronte a Sally che lo guardava inebetita.

«Ci occorrono informazioni riguardanti vostra figlia. Nome, data di nascita, età, altezza, colore dei capelli ecc. Com'era vestita il giorno della scomparsa? E ci sarebbe anche utile avere una sua foto, se possibile.»

«Che stupidaggine», mormorò Gordon che tuttavia avvicinò una sedia e si sedette anche lui al tavolo.

«E va bene. Linda Biggs», cominciò, «sedici anni, nata l'8 dicembre 1991, capelli tinti di biondo...»

Un moto di terrore strinse la gola di Angela. All'improvviso. Doveva dipendere dalla situazione. Dal poliziotto che stava seduto al tavolo in disordine della squallida cucina e riduceva Linda a un modulo di segnalazione. Era scomparsa.

La sua sorellina era scomparsa.

Buon Dio, fa' che sia soltanto scappata, pregò in silenzio, proprio lei, che non pregava mai.

Ma per qualche motivo non credeva all'ipotesi della fuga.

4

Al di là della finestra si era scatenata una bufera di neve dal cielo basso e plumbeo, ma i fiocchi bianchi non attecchivano e si scioglievano non appena toccavano terra. Le automobili che avanzavano faticosamente nel traffico londinese del tardo pomeriggio avevano azionato i tergicristalli alla massima velocità per riuscire a vedere qualcosa nel turbinio bianco. La città appariva grigia e sconsolata. All'interno della capitale la primavera non era ancora riuscita a stabilire i suoi messaggeri.

Rosanna distolse lo sguardo dalla finestra e osservò la camera d'albergo che avrebbe occupato per i dieci giorni successivi. Nick non aveva badato a spese: Hilton su Park Lane, il grattacielo più imponente, affacciato direttamente su Hyde Park. Le camere erano ampie e lussuose. Un grande letto, un accogliente angolo salotto, televisione, minibar, una cabina armadio rivestita in mogano, un bagno di marmo. Disponeva inoltre di una grande scrivania con connessione internet per il portatile. Non c'era niente che potesse impedire di svolgere un lavoro accurato ed efficiente in un ambiente piacevole.

Si sentì bussare alla porta e Cedric entrò. Aveva prenotato una camera direttamente di fronte a quella della sorella per il suo soggiorno londinese, durante il quale voleva andare a trovare vecchi amici e conoscenti. Rosanna temeva che così facendo avesse sfondato il budget di cui disponeva, ma preferì non dire niente. Cedric era adulto, aveva trentotto anni. Con molta probabilità non gradiva che qualcuno si intromettesse senza esserne autorizzato nella sua vita, men che meno poi se si trattava della sorella minore.

Cedric indossava un giaccone di pelle marrone scuro lucido di acqua e anche i capelli gli gocciolavano. Si scrollò come un cane. «Oddio, che tempo orribile. Per venire dalla metropolitana a qui mi sono infradiciato. Avresti un asciugamano da prestarmi?»

«Nel bagno.» Cedric scomparve, lasciando grosse impronte bagnate sulla moquette grigio chiara e sulle mattonelle bianche.

Ma perché non era passato ad asciugarsi in camera sua prima di venire da lei? pensò irritata.

Cedric uscì dal bagno tergendosi il viso con un enorme asciugamano bianco che poi si strofinò sui capelli. Tipico di lui, pensò Rosanna, prendere il telo da bagno. Non si poteva certo accontentare di una salvietta più piccola.

«Dove sei stato?» gli chiese.

«Sono stato a trovare una compagna di università. Tu non la conosci.» Abbandonò la salvietta sul letto. Lei guardò il fratello, con i capelli arruffati, gli abiti stazzonati. Sebbene fosse suo fratello, poteva capire la forza di attrazione che esercitava sulle donne e non le sembrava strano che potesse avere tutte quelle che voleva con uno schiocco di dita. Peccato che le schioccasse sempre con quelle sbagliate.

Si massaggiò brevemente le tempie con le dita.

«Emicrania?» domandò Cedric.

«No. È solo... ho appena telefonato a Dennis. Gli ho detto che accetto l'incarico e che rimarrò qui per un po'. È stato un dialogo... spiacevole.» Si morse il labbro. In realtà non avrebbe voluto alimentare ulteriormente l'avversione che Cedric provava verso Dennis, ma era ancora così scossa dalla conversazione appena sostenuta che aveva bisogno di sfogarsi con qualcuno. In realtà non si poteva definire *dialogo* quello che c'era stato tra di loro. Lei aveva parlato, spiegato, argomentato, in pratica si era giustificata senza sosta, mentre lui aveva taciuto gelido e ostile. Alla fine aveva detto soltanto: «Evidentemente sai quello che fai. Se ti allontani per settimane dalla tua famiglia, io non posso impedirtelo. Del resto è chiaro che le conseguenze non ti interessano.»

«Quali devastanti conseguenze potrebbero esserci? Se resto in Inghilterra per due settimane e...»

«Non c'è altro da dire», l'aveva interrotta lui, e poi aveva riagganciato.

«Se vuoi saperlo», disse ora Cedric, «il buon Dennis ha qualche problema di controllo. Me ne ero accorto fin dal principio. Non ho idea da dove derivi, forse dipende da un qualche timore della perdita, ma mi pare che riesca a respirare bene solo se ti ha tra le sue grinfie. Il tuo soggiorno in Inghilterra, i tuoi contatti con persone che non conosce, con la tua professione di prima, penso che tutte queste cose lo spaventino a morte.»

Lei lo guardò perplessa. «Proprio tu dimostri comprensione per Dennis?»

«Comprensione veramente no. Mi sono semplicemente chiesto da dove potesse nascere il suo bizzarro comportamento. Lo sai che non mi piace. Non ho mai capito che cosa...»

«Lo so», si affrettò a bloccarlo lei. Voleva interrompere quel dialogo prima che scivolasse nell'inevitabile spirale perversa: la spietata analisi da parte di Cedric degli errori e delle mancanze di Dennis che tutte le volte Rosanna trovava con suo sgomento in gran parte vera. E i suoi disperati tentativi di difenderlo che le lasciavano sempre la fastidiosa sensazione di volersi convincere per prima della loro validità.

«Cedric, devo fare ancora un'altra telefonata importante», aggiunse, troncando bruscamente il tema del complicato marito. «Voglio chiamare Marc Reeve e chiedergli un appuntamento e temo che non sarà troppo facile.»

«Di sicuro non sarà entusiasta di sapere che la storia verrà riaperta», concordò Cedric. «È nel suo interesse fare in modo che il velo dell'oblio si stenda sempre più fitto sull'intera vicenda.»

«Che espressione poetica. E ora, per favore...» indicò verso la porta con un cenno del capo. «Sai che diversamente da te sono qui per lavorare.»

«Ho capito», disse Cedric.

Di colpo ebbe l'impressione di essere stata troppo brusca. «Ehi, Cedric», aggiunse piano, «mi fa piacere poter stare di nuovo qualche tempo con te. Era da tanto...»

«Vale anche per me.» Lui aprì la porta. «Ti va di cenare con me al *Trader Vic's* stasera?»

«Volentieri. Ci vediamo più tardi.» Aspettò che lui si richiudesse la porta alle spalle, poi si girò verso il telefono. Si sforzò di scacciare dalla mente qualsiasi pensiero di Dennis, che probabilmente in quel momento era seduto scontroso nel suo ufficio, in attesa che lei lo richiamasse e gli chiedesse perdono, e compose il numero di Marc Reeve che le aveva dato Nick. Sperava quasi che l'avvocato non rispondesse, perché non sapeva quale reazione aspettarsi da lui, tra rabbia, risentimento, infinite lamentele. Ma Reeve rispose al secondo squillo.

«Sì? Reeve», disse.

Lei si schiarì la gola. «Hm, sì, Mr. Reeve, buongiorno, mi chiamo Rosanna Hamilton...»

«Sì?» Aveva una voce simpatica e paziente. Forse la credeva una potenziale cliente.

«Sono una giornalista. Collaboro con la rivista *Cover*. È un giornale...»

«Grazie, conosco il *Cover*.» Il tono era già meno amichevole. «Che cosa posso fare per lei?» Dalla sua voce si capiva che intuiva già dove sarebbe andato a finire il dialogo.

Lei si sentiva sempre più a disagio. «Sto scrivendo una serie su persone scomparse senza lasciare traccia, il cui destino non è mai stato chiarito. E...»

«E di esse fa parte anche Elaine Dawson.» Di colpo sembrava rassegnato. «Mio Dio, cinque anni fa sono stato così idiota da offrire a una sconosciuta in lacrime di pernottare a casa mia e lei non immagina neppure quanto me ne penta ancora oggi. Oggigiorno non carico più neppure gli autostoppisti, ma non serve a molto.»

«Posso capirlo, Mr. Reeve. Cioè... che lei sia amareggiato e...»

«Non sono amareggiato», la interruppe lui. «Mi sono dato molto da fare proprio per evitare di diventarlo. Ma la vicenda di allora mi ha sconvolto la vita, e, sinceramente, non ho nessuna voglia di rivangarla e di ritrovarmi coinvolto nei titoli di una rivista scandalistica.»

«Non si tratta di un articolo scandalistico, quanto piuttosto di scoprire quali conseguenze abbiano avuto queste misteriose scomparse sulle persone che a vario titolo ne sono rimaste coinvolte. Nel caso Dawson si tratta in primo luogo del fratello Geoffrey, che come forse sa è gravemente menomato...»

Lui la interruppe di nuovo. «Grazie, Geoffrey Dawson lo conosco già a sufficienza. E so anche che vive nella folle convinzione che sia stato io a uccidere sua sorella. Mi ha terrorizzato per telefono, al punto da indurmi a richiedere un'ordinanza restrittiva nei suoi confronti, ma senza ricavarne grande vantaggio. Comunque, se non altro ha smesso di perseguitarmi. Non so quali altri assurdi pensieri continui a covare.»

Rosanna comprese che era stato proprio questo ciò che lui aveva cercato di evitare: l'amarezza e la totale inconciliabilità.

Ci provò un'altra volta. «Il mio articolo le potrebbe servire proprio in questo senso, Mr. Reeve. Come vetrina per esporre il suo punto di vista sui fatti. Può descrivere ancora una volta l'andamento della serata e magari chiarire i malintesi finora mai spiegati. Il mio interesse principale è una ricostruzione obiettiva dei fatti e non l'attribuzione di colpe sulla base di illazioni vaghe e inconsistenti. Posso anche offrirle di non citare il suo nome e di usare uno pseudonimo.»

«Molti lettori riconosceranno subito che si parla di me», obiettò Reeve. «No, Mrs. Hamilton, mi spiace, non sono disponibile.»

«Vorrebbe concedermi lo stesso un incontro? Magari potrei spiegarle meglio che cosa...»

«Mrs. Hamilton...»

Aveva l'impressione che stesse per interrompere la conversazione da un momento all'altro.

«Senta, ci dorma su ancora una notte e rifletta con tutta calma», si affrettò a dire. «Almeno questo me lo può concedere, no? La mia telefonata sicuramente l'ha colta di sorpresa. Posso lasciarle il mio numero? Così mi potrà richiamare domani per comunicarmi la sua decisione.»

«Non credo che cambierò idea», disse Reeve, annotando comunque il numero di cellulare di Rosanna. Poi riattaccò senza aggiungere altro.

Rosanna era delusa. Poteva e sarebbe riuscita a scrivere la storia anche senza parlare con Reeve di tutto, ma a parte la sua professione di giornalista nutriva un interesse personale per il caso e ardeva dal desiderio di parlare di Elaine con l'uomo che l'aveva vista per ultimo.

Decise di concedersi un lungo bagno rilassante. Quelle due spiacevoli telefonate in sequenza l'avevano turbata. Se non voleva restare di cattivo umore per tutta la serata, doveva fare qualcosa per ritrovare l'equilibrio interiore.

Martedì, 12 febbraio

1

Lasciò l'appartamento intorno alle dieci e mezzo per andare all'*Elephant*. Il riposo del giorno prima le era stato utile a distendere i nervi e trasformarla da un relitto tremante in un essere umano ragionevolmente normale. La sera le era riuscito addirittura di fare una breve passeggiata per il paese. Per quanto fosse spaventata dai potenziali pericoli in agguato fuori, si sentiva troppo depressa, dopo tre giorni passati rinchiusa nei locali angusti e squallidi in cui abitava. Non si poteva leggere o guardare la TV ventiquattro ore al giorno, non quando si era giovani, attivi e affamati di esperienze. A volte si chiedeva per quanto tempo ancora sarebbe riuscita a sopportare quella vita che vita non era. Spesso le veniva da pensare che tutto quel gioco a nascondino fosse del tutto inutile, perché ormai nessuno la stava cercando. Era un'idea allettante, che insieme aumentava la sua depressione, in quanto poneva la fobia che governava ogni suo gesto e ogni sua decisione in una luce ancora più assurda. E le faceva capire chiaramente che, qualunque decisione avesse preso – che continuasse così o uscisse dalla clandestinità –, non avrebbe mai saputo se fosse o no un errore fatale. E che quindi non sarebbe mai riuscita a superare la depressione né le paure. La sera prima, quando era uscita a passeggiare e aveva respirato l'aria che per la prima volta recava con sé un vago accenno di primavera, di colpo aveva dovuto ricacciare in gola le lacrime. La malinconia, che di solito lei riusciva a tenere saldamente sotto controllo, era sfuggita dalla sua gabbia, sommergendola letteralmente di tristezza e disperazione. Amore, calore, vita. Un marito, dei figli, degli amici. Pace e tranquillità. Si chiedeva che cosa si provasse a guardare la primavera con gioia e trepidazione, invece di temerla, perché con la sua allegria e i suoi colori rendeva ancora più marcata la solitudine della sua esistenza.

Si era rifugiata dentro casa, prima di incontrare qualcuno che potesse restare sorpreso alla vista di una donna in lacrime. Il principio di non farsi notare le era ormai così connaturato che lo rispettava automaticamente, anche quando i suoi pensieri andavano in tutt'altra direzione.

Quel giorno, se non altro, poteva tornare ad aggrapparsi alla quotidianità. L'*Elephant* apriva a mezzogiorno, doveva arrivare puntuale e, sebbene si sentisse particolarmente esposta al nervosismo anche, e soprattutto, lì, il pub le appariva come un porto sicuro nel mare del suo dolore.

Mentre apriva la porta d'ingresso, rischiò di scontrarsi con Mr. Cadwick che si trovava lì davanti, in silenzio, e probabilmente era intento a origliare.

Si lasciò sfuggire un grido spaventato, ma anche Mr. Cadwick fece un passo indietro, impaurito.

«Oh!» disse lui.

Allora è vero che sale fin qui più spesso di quanto pensi, si disse lei.

In genere lui usava come segnale di avvertimento il rumore del cassettone che veniva spostato dalla porta, ma quella mattina era dovuta uscire in tutta fretta a comperare del pane e del burro, perché non aveva più niente di commestibile in casa e al ritorno non aveva pensato a barricarsi di nuovo. Un minuscolo passo in direzione della normalità.

«Mr. Cadwick», disse, accorgendosi che il cuore tornava a batterle più rapido, «che cosa ci fa qui?»

«Questa è casa mia», rispose lui, «e io sto dove mi pare.»

Il fatto di essere stato scoperto lo rendeva aggressivo. Sapeva di avere un'aria ridicola, a farsi trovare lì sul pianerottolo buio. Lei gli guardò i piedi. Portava un paio di calzini di lana grigia, alquanto sporchi. Proprio come se l'era sempre immaginato. Si toglieva le scarpe e si aggirava furtivo per la casa.

Lei non disse altro. Che tipo disgustoso, pensò.

«Stanotte non riuscivo a dormire e ho pensato molto. A lei.»

Lei continuò a restare in silenzio. Avanti, sporcaccione, dillo chiaramente, pensò.

«Devo dire che la trovo alquanto originale», proseguì Mr. Cadwick. Pian piano aveva riacquistato la propria sicurezza, e ora passava al contrattacco. «Fin dal principio! Il suo modo di vivere, il suo comportamento... voglio dire, è una ragazza giovane e carina! Come mai vive in modo così strambo?»

Lei avrebbe tanto voluto spingerlo da parte e uscire senza dire una parola, ma sapeva che così l'argomento non si sarebbe esaurito. Lui doveva scaricarsi di qualcosa. E l'indomani mattina se lo sarebbe ritrovato nello stesso punto esatto.

«Che cosa intende per *strambo*?» domandò.

«Ma sì... lei mi fa pensare a una talpa. Sempre al buio. Sempre dentro casa. Nessuna amicizia. Nessun... uomo. Non c'è nessun uomo nella sua vita? Non è salutare!»

«E a lei che cosa interessa?»

«Abita in casa mia!»

«Le pago regolarmente l'affitto, non rompo niente, non la importuno e rispetto il regolamento. Non deve interessarle altro di me.»

Lui cambiò tono. «Non se la prenda subito così. L'ho detto con buone intenzioni. Mi preoccupo per lei. Non ha l'aria felice, sa!»

Lei uscì del tutto dall'appartamento e richiuse la porta, girando la chiave ostentatamente due volte – sebbene sapesse che era del tutto inutile, nel caso Mr. Cadwick avesse deciso di entrare in sua assenza.

«Contrariamente a quel che pensa, non sto chiusa dentro casa, ho un lavoro», disse, «e non vorrei arrivare tardi. Purtroppo sarà costretto a continuare da solo le sue riflessioni su di me.»

«Lei è molto sgarbata», replicò lui contrariato, lanciandole un'occhiata piena di desiderio, ma si fece da parte e la lasciò passare. Quando era quasi arrivata in fondo alle scale, lui si sporse dalla ringhiera.

«Sa che cosa credo?» le gridò.

Lei rimase ferma suo malgrado.

Non può sapere niente, si disse, non può immaginarsi niente.

«Si nasconde da qualcuno! Già, mi fa proprio questa impressione. Qualcosa o qualcuno l'ha terrorizzata a morte. È in fuga e ha scelto proprio casa mia per nascondersi! Poi dice che la cosa non dovrebbe riguardarmi?»

Il cuore le salì in gola. Raggiunse il portone a passo svelto.

«Ma io la voglio aiutare!» le gridò lui.

Uscì nel vicolo, si chiuse il portone alle spalle e ci si appoggiò contro, ansimando. Sapeva di avere numerose chiazze rosse sul viso e la fronte imperlata di sudore.

Non devo farmi prendere dal panico, pensò, devo riflettere con calma.

Era quasi sicura che Cadwick non sapesse niente. Aveva semplicemente manifestato un proprio sospetto e per caso aveva azzeccato la strada giusta. Non bisognava certo essere una cima per riuscirci. Lei aveva un comportamento impaurito, nevrotico, si isolava dal mondo esterno, non aveva una vita privata. Niente amici, niente famiglia. Per uno come Mr. Cadwick lei doveva sembrare una donna sbucata dal nulla, che viveva nel nulla e sarebbe finita nel nulla. E che intanto era afflitta da attacchi di panico. Non stupiva che gli sembrasse strano e colpisse la sua fantasia.

La domanda era: poteva diventare pericoloso?

Scese per il vicolo, come sempre a testa bassa, la sciarpa alzata a coprirle metà del volto. La temperatura non era più rigida come nelle settimane precedenti, comunque tirava ancora un vento freddo che rendeva il suo aspetto da mummia non del tutto fuori luogo. Per il momento. Con l'avanzare della primavera, avrebbe dovuto rinunciare via via sempre di più alla copertura che le offriva l'abbigliamento invernale. Per questo ogni anno l'arrivo della primavera per lei era problematico. Quando poi iniziava l'estate, ormai si era grossomodo abituata alla più marcata vulnerabilità, ma il percorso fin lì era faticoso.

In realtà Cadwick non poteva diventare pericoloso. Era quasi escluso che fosse a conoscenza di particolari del suo passato o che conoscesse qualcuno legato a quel periodo. Altrimenti ne avrebbe sicuramente accennato. Restava solo il rischio che andasse alla polizia. Ma con quale pretesto? Voleva forse raccontare agli agenti che la sua inquilina era strana, non frequentava uomini e gli dava l'impressione di essere molto paurosa? Più di questo non avrebbe potuto affermare. E non erano ragioni sufficienti per giustificare un intervento delle forze dell'ordine.

Alzò il capo, e si accorse che una parte del peso che le gravava sulle spalle a causa di Mr. Cadwick si era alleggerito.

In ogni caso sentiva che il suo tempo a Langbury volgeva al termine. Mr. Cadwick le era stato profondamente antipatico fin dal principio, ma se non altro l'aveva lasciata in pace. Ora non poteva più contare neppure su questo. Quell'uomo non era uno stupido. Di sicuro si era accorto di averla messa alle strette quel mattino e ci avrebbe riprovato. Forse doveva cercarsi un altro alloggio. Ma Langbury era piccola. Alla fine un trasloco non sarebbe bastato a dissuadere Mr. Cadwick dal perseguitarla. E poi si era imposta per principio di non restare troppo a lungo in uno stesso posto. Era meglio sloggiare prima che tutti cominciassero a fare troppe domande e a notare lo strano comportamento della forestiera.

L'idea di non dover soggiornare ancora a lungo nella topaia buia di Mr. Cadwick la rianimò; accelerò il passo e tenne la testa più alta del solito.

2

Il rifiuto di Marc Reeve di collaborare con lei aveva profondamente turbato Rosanna, che però si sforzò di essere ragionevole, dicendosi che questo non doveva ostacolare il suo lavoro. Nick le aveva fornito materiale d'archivio sufficiente a ricostruire gli avvenimenti di cinque anni prima. Ma per ciò che riguardava l'attuale vita di Reeve avrebbe dovuto basarsi soltanto su supposizioni. Quel che sapeva era che non era riuscito a entrare nel grande studio legale e che si era messo in proprio. Non doveva essere stato facile per lui. Come gli andavano le cose oggi? Aveva rimesso ordine nella sua vita professionale e personale, aveva sgomberato il campo dalle accuse che erano state formulate contro di lui? Ma se la situazione era tornata normale perché tutto quel risentimento? Le era sembrato sfinito e frustrato quando lei aveva fatto il nome di Elaine.

Doveva ancora combattere con le conseguenze di quel mistero?

Attenzione alle speculazioni, si ammonì. Resta aderente ai fatti.

Quella mattina in albergo aveva visionato anche il materiale degli altri casi sui quali avrebbe dovuto scrivere. Un vecchio che otto anni prima era uscito di casa e di cui da allora si erano perdute le tracce. Il suo cadavere non era mai stato rinvenuto. Un giovane, che la sera aveva salutato i familiari ed era uscito per fare un salto a comperare delle birre e da allora non aveva più fatto ritorno. Una ragazza, che aveva appuntamento con il fidanzato alla fermata dell'autobus. Era uscita di casa ma alla fermata non era mai arrivata. Il tragitto era di qualche metro soltanto, il ragazzo, che si trovava già alla fermata, avrebbe dovuto vederla arrivare. E altri due casi. Sei in tutto.

Aveva molto da fare. Doveva contattare un sacco di persone, incontrarle, annotarsi le loro dichiarazioni. E poi scrivere i suoi articoli. Non aveva tempo di soffermarsi troppo sulla storia di Elaine e di farsi bloccare per giorni dal rifiuto di Reeve. Nick l'aveva ammonita di evitare di dare troppo peso al caso di Elaine sulla base del suo coinvolgimento personale.

Si sentì bussare alla porta e Cedric entrò, fresco di doccia, con la sua solita giacca di pelle e i jeans lisi.

«'giorno», disse.

A lei venne da ridere. «Sono le undici passate. Ti sei svegliato adesso?»

Lui sbadigliò. «Sì. E tu? Sei già al lavoro?»

«Ho esaminato tutti i casi. C'è un bel po' da fare.»

«Un motivo in più per lasciar perdere Marc Reeve e cominciare sul serio», disse Cedric. La sera prima al ristorante lei gli aveva raccontato depressa della telefonata avuta con l'avvocato e Cedric l'aveva spronata a non farsi scoraggiare da questo intoppo. Lei aveva cercato di spiegargli quello che provava: che tramite Reeve voleva avvicinarsi di più a Elaine, non per il giornale, ma per se stessa.

«Non posso dire di sentirmi direttamente in colpa per l'accaduto», aveva spiegato, «ma non posso negare che fosse il mio matrimonio quello a cui voleva partecipare. Aveva lasciato Kingston St. Mary ed era andata a Londra per via del mio invito. Per la Elaine che conoscevamo era un'impresa enorme. È arrivata fino a Heathrow e poi è scomparsa.»

«Non è colpa tua.»

«Lo so. A ogni modo sono stata io la causa iniziale. E in qualche modo... sono una parte della storia. Senza di me – senza il mio matrimonio – forse sarebbe andato tutto diversamente.»

«Ma non puoi continuare a tormentarti per questo. Non serve a nessuno. Tutti siamo parte di qualche storia e non per questo siamo responsabili ogni volta dell'esito che prende. Ti sei sposata e hai compiuto un gesto carino invitando la tua vecchia amica Elaine. Qualcosa è andato storto, ma non puoi dire con sicurezza nemmeno se abbia a che fare con il suo viaggio. Forse Elaine voleva sfruttare il tuo invito come pretesto. Per esempio per scappare con un amante sposato. E lo avrebbe fatto lo stesso la settimana dopo direttamente da Kingston St. Mary!»

«Cedric, per favore! Elaine e un amante sposato. È già difficile immaginare Elaine con un amante e basta!» Avevano riso insieme, ma non era stata una risata allegra e spensierata. Il tragico destino della famiglia Dawson incombeva troppo cupo sull'intera faccenda, una tragedia che, come pensava a volte Rosanna, era troppo grande da portare per una famiglia sola. Due figli, il fratello paralizzato, la sorella scomparsa nel nulla. I genitori entrambi morti da tempo, e questo condannava l'unico superstite a vivere in un istituto.

«È strano», disse ora Rosanna, «come in tutti questi anni io non abbia mai pensato a Elaine e al suo destino e adesso di colpo mi risulta tanto difficile mantenere un atteggiamento distaccato. Sono troppo coinvolta, Cedric. Ma rinunciare a tutto per questo...»

«Sarebbe come darla vinta a Dennis», la interruppe Cedric. «A proposito: hai già sentito il tuo consorte oggi?»

Lei scrollò il capo. «No. E non l'ho chiamato neppure io. Ieri ha troncato la comunicazione dichiarando che era stato detto tutto. Trovo che spetti a lui fare il primo passo.»

«Se riesci a restare coerente con questo proposito, hai tutta la mia ammirazione», disse Cedric alquanto scettico. Guardò l'ora.

«Devo andare. Ho appuntamento a Cambridge con una vecchia compagna di università. Mi presti l'auto?»

Avevano noleggiato insieme un'auto da Kingston St. Mary a Londra. Rosanna annuì. «Non mi serve. Cedric...» Esitò.

«Sì?»

«No, niente.» Non era il momento di tenergli una lezione su come sprecava il proprio tempo. Su come vivesse alla giornata, invece di costruire qualcosa.

Non aveva voglia di litigare con lui.

«Niente, davvero», ripeté.

Lui apparve sollevato. Evidentemente intuiva quali pensieri le fossero passati per la testa.

«Devo andare», disse. «Stammi bene! Ci vediamo stasera.» Aprì la porta, ma si fermò. «Mi era venuta in mente una cosa», disse. «Siccome Reeve non vuole parlare con te, ieri sera mi hai accennato a un vicino di casa che vide lui ed Elaine quella sera e che lo riferì alla polizia. Forse è ancora vivo. Potresti provare a contattarlo. Non è la stessa cosa, ma ha visto Elaine almeno una volta. E potrebbe raccontarti che genere di persona sia Reeve.»

Lei guardò il fratello. «A volte sei semplicemente geniale, Cedric!»

Lui sorrise. «Mi sta a cuore il tuo benessere spirituale. Buona giornata.» E scomparve.

Lei prese subito il fascicolo etichettato *Dawson*.

Come poteva trovare informazioni sull'uomo che all'epoca dei fatti segnalò Reeve alla polizia?

3

Due ore più tardi era seduta di fronte all'ex vicino di casa di Marc Reeve e stentava a credere alla fortuna avuta nel rintracciare l'uomo e trovarlo pure in casa. Inoltre, si era rivelato più che disposto a parlare con lei. Ma la cosa non doveva sorprenderla: fin dai primi minuti si era resa conto di avere a che fare con un fanfarone millantatore. La storia di Reeve ed Elaine all'epoca e la parte da lui avuta sulla stampa erano stati probabilmente i momenti salienti della sua vita. Con tutta probabilità non gli pareva vero di potersi esprimere ancora una volta in proposito dopo tanti anni.

Non era stato difficile rintracciarlo. In uno degli articoli del 2003, Rosanna aveva trovato un indizio sull'indirizzo di Reeve: Belgravia, naturalmente. Il nome della via non veniva citato, ma si diceva che era una «via secondaria di King's Road, molto vicina a Sloane Square». Questo delimitava parecchio il raggio delle ricerche. Un altro giornale aveva pubblicato una foto della casa. Faceva parte di una serie di cinque edifici a schiera, vecchi edifici di mattoni con ampi bovindi e tetti a capanna. Minuscoli giardini anteriori ben curati, vialetti lastricati. Qualche albero spoglio che, il giorno della foto, era carico di neve. Tutto il quartiere sembrava uscito da una fiaba. Sereno. Esclusivo. Molto costoso.

Il vicino non veniva mai citato con il suo nome per intero, la stampa lo identificava semplicemente come *Richard H. (45)*. Se abitava ancora al solito indirizzo, lei l'avrebbe trovato.

Si chiamava Richard Hall, adesso aveva cinquant'anni e occupava la villetta a destra dell'ex domicilio di Reeve. Aveva moglie e due figli e lavorava in una finanziaria. Tornava sempre a casa per pranzo, così Rosanna poté andare a trovarlo a metà giornata. Ovviamente lei si offrì di tornare in un orario diverso, per non disturbarlo durante il pasto, ma la prospettiva di poter raccontare ancora una volta tutta la storia e di finire nuovamente sui giornali fece passare la fame a Hall che chiese alla moglie, una biondina anonima con lo sguardo timido, di togliere il cibo dalla tavola.

«Me lo riscaldi per cena», disse e Mrs. Hall, senza fare commenti, provvide a sparecchiare la tavola in soggiorno.

Siccome il camino nella stanza era stato appena acceso, Hall propose di continuare l'incontro lì, avvicinò due sedie al fuoco e si accomodò davanti all'ospite. Rosanna lo osservò attentamente, ma senza farsi notare. Era alto, abbastanza slanciato, e portava un completo di taglio raffinato, ma il suo aspetto soffriva per il volto tondo e incolore, dagli occhi piccoli e troppo ravvicinati. Dava l'impressione di un individuo per niente attraente, che tentava di sfruttare al meglio le proprie caratteristiche fisiche, senza tuttavia riuscire appieno nell'impresa. A Rosanna parve di intuire che soffrisse di complessi di inferiorità, ma cercò di non dare interpretazioni psicologiche fuori luogo. Il suo aspetto la interessava soltanto nella misura in cui poteva fornirle una valutazione migliore della veridicità delle sue affermazioni. Intuiva che tendeva a esagerare e presentare come dati di fatto sue illazioni, ma probabilmente non era un bugiardo.

«Sì», disse, «ho visto entrambi quella sera. Reeve e Miss Dawson. Arrivarono con l'auto di Reeve ed entrarono insieme in casa sua. Lui le portava la valigia. Di suo aveva solo una borsa da viaggio.»

«Come faceva a sapere che si trattava proprio della valigia di Miss Dawson?»

«Era rossa, almeno a quanto mi parve di capire alla luce dei lampioni», rispose Hall, che pareva ricordare ancora ogni minimo dettaglio, «e aveva l'aria... da poco. Di plastica. Non era lo stile di Reeve.»

«Capisco. A che ora arrivarono?»

«Verso le sette. Ero alla finestra del salotto e aspettavo il ritorno di nostro figlio. Era stato a casa di un amico e doveva tornare per le sette. All'epoca aveva nove anni.»

«Che impressione le fece Elaine Dawson? Sempre che potesse farsene una, vista la distanza e la scarsa illuminazione.»

«I lampioni qui sono molto potenti», disse Hall. «Riuscii a vederla molto bene. E la guardai anche con attenzione, perché ero... un po' irritato.»

«Irritato?»

«Miss Dawson non corrispondeva alla preda usuale di Reeve.»

«Intende dire che di solito preferiva un altro genere di donna?» chiese Rosanna.

«Ecco», dichiarò Hall voluttuosamente, e Rosanna notò che per essere un uomo aveva una spiccata predilezione per i pettegolezzi, «all'incirca... diciamo un nove mesi prima di quella sera di gennaio, Mrs. Reeve se n'era andata di casa. Si era portata dietro anche il figlio. Da allora Marc Reeve viveva da solo e a quanto ero riuscito a capire... c'erano un paio di conoscenze femminili nella sua vita. Donne diverse. Che in genere si fermavano a dormire.»

L'hai spiato proprio per benino, pensò Rosanna, provando un

moto di compassione per Reeve. Un incubo per un uomo in procinto di compiere il grande salto professionale se un vicino come quello avesse rivelato pubblicamente certi dettagli intimi.

«Ed Elaine Dawson non rientrava in questa categoria?»

«Assolutamente no. Le... accompagnatrici di Reeve erano donne di una bellezza superiore alla media. Con abiti eleganti e costosi. In genere avvocatesse, a quanto posso giudicare, o comunque donne che avevano a che fare con la sua professione. Donne con stile e di classe... a prescindere dal fatto che non trovassero niente di disdicevole in un'avventura di una notte. Ma, a tale proposito, i tempi sono cambiati.»

E tu eri terribilmente invidioso, tanto da spiare sera dopo sera dalla finestra di casa tua, pensò Rosanna. Te la sei proprio goduta a coglierlo in fallo. Te la godi ancora oggi!

«Invece, questa Miss Dawson faceva un'impressione del tutto diversa», proseguì Hall. «Tanto per cominciare, era molto giovane – e Reeve finora non si era mai portato a casa donne propriamente giovani. E poi era così... poco appariscente. Sì, era anonima, ecco la definizione giusta. Non era brutta, ma del tutto scialba. Portava un cappotto proprio orribile, di tessuto dozzinale e di pessimo taglio. E poi quella valigia di plastica. E i capelli – impossibili! Sembrava una campagnola che non ha nessuna idea di come rendersi più attraente ed esaltare la propria femminilità.»

Un'ottima descrizione della Elaine che aveva conosciuto anche Rosanna.

«Come le sembrò? Spaventata? Allegra?»

«Si capiva che aveva pianto. E molto. Non aveva certo l'aria contenta. Ma neppure spaventata. Piuttosto... ecco, un po' apatica. Sfinita.»

«Ed entrarono entrambi dentro casa?»

«Sì, ma dopo un paio di minuti tornarono fuori.»

«Sì?»

«Io ero sempre alla finestra. Ero in ansia. Nostro figlio in genere era sempre puntuale. Mary – mia moglie – stava telefonando ai genitori del suo amico...»

«E cosa fecero Reeve ed Elaine?»

«Si incamminarono verso King's Road.»

«Le diedero l'impressione di...?»

«Di essere due fidanzati? Assolutamente no. Non si tenevano abbracciati, né per mano né altre cose del genere. Camminavano affiancati. Come due semplici conoscenti, senza un rapporto più intimo.»

«Sa dove fossero diretti?»

«Reeve dichiarò alla polizia che andarono a un ristorante italiano. La cosa dev'essere stata confermata anche dal proprietario. Potrebbe ricordarsi di loro. Ma ciò che accadde dopo...» Hall alzò le spalle.

«Lei non li vide più tornare indietro?»

«No. Mio figlio arrivò, poi cenammo, io controllai i compiti dei bambini, poi mi misi a guardare la televisione con mia moglie. Non mi affacciai più alla finestra.»

«E non vide neanche Reeve e Miss Dawson uscire per andare alla stazione del metrò il mattino successivo?»

«No. Non passo mica la vita a guardare fuori dalla finestra!» dichiarò Hall quasi risentito. «Di solito non mi interessa quello che fanno i miei vicini.»

«Capisco», disse Rosanna. Era convinta che invece sapesse benissimo che cosa facevano i suoi vicini. Sebbene provasse un vago senso di colpa nei confronti di Marc Reeve e si sentisse un po' sfrontata, formulò ugualmente la domanda successiva: «Lei sa perché Mrs. Reeve se n'era andata di casa?»

Hall si voltò verso la moglie, che nel frattempo stava ripiegando con cura la tovaglia. Si muoveva in modo così silenzioso, che Rosanna si era dimenticata della sua presenza. «Mary, eri tu che parlavi più spesso con la Reeve.»

«Non ci parlavo spesso», obiettò Mrs. Hall, «e lei non raccontava molto di sé. So che sua madre era malata e viveva in una casa di riposo nei pressi di Cambridge. Lei andava spesso a trovarla. Quando tornava era sempre... turbata. La sofferenza della madre l'angosciava molto. Mrs. Reeve era una donna molto sensibile. Le piaceva dipingere. Realizzava acquerelli molto belli. Ho sentito che era molto nota nei circoli artistici.»

«Mi hai raccontato di averla incontrata un paio di volte che usciva di casa in lacrime», le ricordò il marito spazientito.

«È vero. Ma non le ho mai rivolto la parola. Anzi, facevo finta di non vederla. Pensavo... ecco, che forse non aveva piacere a farsi vedere così. Per questo non so che cosa l'avesse... sconvolta tanto.»

«Certo, a volte era impossibile non sentire i litigi che scoppiavano qui accanto», disse Mr. Hall, e dalla sua espressione era evidente quanto gli avesse fatto piacere la cosa. «Se vuole sapere la mia opinione...» Fece una pausa eloquente.

In realtà la cosa non mi interessa affatto, pensò Rosanna a disagio, né ha a che fare con la mia storia.

Ricordò tuttavia che all'epoca dei fatti la situazione coniugale di Marc Reeve aveva avuto una certa risonanza sui media. Le tornarono in mente i diversi articoli, apparsi soprattutto nell'ambito delle riviste di gossip. Nessuno aveva tralasciato di segnalare come Mrs. Reeve se ne fosse andata portandosi via il figlio e tra le righe erano state formulate le ipotesi più disparate sui motivi di tale decisione: dalle continue infedeltà di Mr. Reeve, a una morbosa inclinazione per le ragazzine, fino a ripetute violenze da lui perpetrate sui familiari. Per quanto era possibile fare senza il rischio di essere denunciati per diffamazione, tutti avevano cercato di dipingere Reeve come un maniaco compulsivo, in modo da poter poi porre ai lettori l'inquietante interrogativo: *È stato Marc Reeve a uccidere Elaine Dawson?*

Rosanna era rimasta muta, ma Mr. Hall non poté esimersi dall'esprimere il proprio punto di vista. «Se vuole sapere la mia opinione», ripeté, «si era stufata delle sue scappatelle. E non mi sorprenderei se...»

«Sì?»

«Credo che fosse in grado di dare fuori di matto, quando le cose non andavano come voleva lui. E può darsi che la povera Mrs. Reeve ne avesse patito le conseguenze a volte.»

Rosanna annuì lentamente. «Però non ha prove concrete a suffragare questa sua ipotesi?»

«Intende del fatto che lui la maltrattasse? Che la tradisse continuamente? Ovvio che no. Era un uomo molto ambizioso e molto furbo. Tipi come lui sanno camuffare alla perfezione. Ma... era come... era nell'aria, mi capisce? Certe persone si intuisce che dietro la loro facciata rispettabile nascondono qualcosa di spiacevole. È come un cattivo odore, si sente, ma non si sa spiegare. Reeve mi è stato antipatico e sospetto fin dal principio. Sono ben contento che dopo il divorzio se ne sia andato da qui.»

Rosanna aveva preso qualche appunto. Ora richiuse il taccuino nero e lo infilò nella borsa, poi si alzò.

«Non voglio abusare ulteriormente del suo tempo, Mr. Hall», disse. «La ringrazio infinitamente della sua disponibilità.»

Anche Hall si alzò. «È stato un piacere. Ecco», aggiunse, porgendole un biglietto da visita, «qui trova tutte le indicazioni se ha bisogno di contattarmi. Telefono di casa e dell'ufficio, indirizzo e-mail, fax... resto a sua completa disposizione.»

Sembrava non aspettare altro.

«Benissimo», replicò Rosanna. «Mi rivolgerò di nuovo a lei, nel caso mi occorrano altre informazioni.»

Mentre si avviavano alla porta, lei osservò in tono provocatorio: «Lei quindi pensa che Marc Reeve abbia a che fare con la scomparsa di Elaine Dawson?»

Lui si fermò. «Non ho detto niente del genere.»

«Ma...»

«Mettiamola così: se venisse fuori che è implicato in qualche modo, la cosa non mi sorprenderebbe.» Le aprì la porta. Un'aria fredda e umida li investì. Aveva cominciato a piovere.

«No», ripeté con convinzione, «non mi sorprenderebbe affatto.»

4

Georgina Ennis amava il suo cane Bluebird, un incrocio di labrador nero e non-so-cosa, che da cucciolo aveva il manto con riflessi bluastri da cui era derivato il suo nome. Adesso era di un colore più tendente al grigio, perché aveva raggiunto orgogliosamente i dodici anni di età. Georgina, che era sempre stata sfortunata con gli uomini e adesso, a cinquant'anni, aveva deciso di mettere una pietra sopra ogni aspirazione al grande amore e di accontentarsi della vita da single, considerava Bluebird il suo unico punto di riferimento e non desiderava altro se non che il cane vivesse ancora tanti anni insieme a lei. Ma nelle giornate come quella pensava con un po' d'invidia, e quindi nel contempo con molti sensi di colpa, a chi non possedeva un cane. E che pertanto non era costretto a uscire di casa con un tempo simile.

Il mese di febbraio aveva portato nell'ultima settimana già un annuncio della primavera imminente, ma tra sabato e domenica aveva nevicato di nuovo e adesso era tutto ammantato di gelida pioggia e grigiore. Sembrava quasi di essere tornati a novembre. Georgina, che lavorava in un salone di parrucchieri, avrebbe voluto tanto ordinare una pizza come la sua collega e passare tre quarti d'ora in santa pace nel piccolo retrobottega, ma come tutti i giorni, durante la pausa pranzo, doveva correre a casa per fare un giro con Bluebird. Il cane era felicissimo quando la vedeva e si metteva a saltare di gioia non appena lei afferrava il guinzaglio. La sua passione per le passeggiate non era diminuita con l'età.

Georgina abitava a Epping, un comune a nord di Londra, e il suo appartamento era a pochi passi dalla Epping Forest, il grande polmone verde che nel fine settimana accoglieva frotte di londinesi a caccia di relax. Si poteva passeggiare per ore, fare splendide gite in bicicletta, organizzare picnic, oppure mettersi seduti a sognare su una delle numerose panchine. Anche durante la settimana si incontravano molte persone, così che a Georgina capitava raramente di sentirsi sola nel vasto bosco. E in ogni caso non aveva paura. Aveva con sé Bluebird. Aveva un aspetto imponente ed era tuttora in forma e lei dubitava che qualcuno la potesse aggredire finché il cane le stava accanto.

In quella fredda, umida, orribile giornata ovviamente non c'era nessuno in giro. Georgina partì con andatura spedita, un po' nella speranza di riscaldarsi, un po' perché la sua pausa pranzo era limitata e non poteva perdere troppo tempo, se voleva fare il solito giro. Da un ampio sentiero di sabbia che si inoltrava nel bosco, imboccava un sentiero più stretto, che nessuno avrebbe notato, se non lo conosceva già. Gli alberi in quel punto erano così fitti da nascondere quasi completamente la vista del cielo, e inoltre il terreno in quella stagione era un pantano. Georgina utilizzava quel tracciato soltanto perché dopo un po' sbucava su un altro sentiero più largo che la riconduceva al punto di partenza. Quel giorno si pentiva di aver seguito l'abitudine e di non essere tornata semplicemente indietro. I rami bassi e grondanti la sferzavano in viso e più di una volta era scivolata nel fango rischiando di cadere. Calzava alti stivali di gomma imbottiti, che poteva lavare sotto la doccia, ma per riportare Bluebird in condizioni accettabili ci sarebbe voluto un atto di forza. Per motivi inspiegabili era assalito dal panico quando lei gli si avvicinava con un panno. Sarebbe arrivata in ritardo al lavoro e la sua capa, Mrs. Wentworth, avrebbe alzato le sopracciglia contrariata.

Ma dove si era cacciato Bluebird?

Georgina si fermò. Procedendo a capo chino per proteggersi dalla pioggia e dai rami, non aveva più badato al suo cane. In genere lui la precedeva di un tratto, ma si girava regolarmente, per accertarsi che lei lo seguisse. Solo ora lei si rese conto che era da un po' che non lo faceva.

«Bluebird!» lo chiamò. «Qui, Bluebird!»

Un uccello si alzò in volo con un richiamo stridulo, ma per il resto tutto rimase silenzioso.

Lei fece qualche passo indietro. «Bluebird! Vieni qui! Subito! Bluebird!»

Lui non era un cacciatore. Non le era mai capitato di vederlo cacciare conigli o caprioli, per questo dubitava che l'avesse fatto ora.

Fu assalita da una sensazione che non aveva mai provato in tutti gli anni delle passeggiate nella Epping Forest: una vaga e indistinta paura che si annunciava con una lieve stretta allo stomaco e un prurito alle mani e cresceva impercettibilmente. Si rese conto di essere del tutto sola. Il bosco intorno a lei era impenetrabile e buio. Era lontanissima dalle altre persone.

Un uccello gracchiò da qualche parte. La pioggia scrosciava.

Non devi farti suggestionare, si disse, il tuo cane si dev'essere semplicemente allontanato. Non è successo altro.

«Birdie!» lo chiamò, usando il suo diminutivo. «Birdie! Birdie, dove sei?»

Ascoltò l'eco della propria voce. Aveva l'impressione che non andasse molto lontana. La pioggia inghiottiva ogni suono.

«Birdie!»

Di colpo le parve di captare un abbaiare lontano. Era così flebile che al primo momento pensò di essersi sbagliata. Tutti i muscoli del suo corpo erano tesi quando si rimise in ascolto. No, era proprio l'abbaiare di un cane. Molto distante, a quanto poteva giudicare. Poteva trattarsi di Bluebird.

Si affrettò lungo il sentiero, senza più badare ai pesanti rami che la colpivano in faccia. I suoi piedi facevano un rumore di risucchio nel fango. Sarebbe arrivata troppo tardi al negozio e probabilmente avrebbe avuto il viso tutto graffiato, come se fosse caduta vittima di una banda di delinquenti, ma non le importava. Si trattava di Bluebird. Il suo unico, autentico amico.

Alla fine del sentiero si fermò, col fiato corto. Aveva corso così tanto che le faceva male un fianco. In genere a quel punto avrebbe girato a destra sul sentiero più ampio, per tornare a casa, ma aveva avuto l'impressione che l'abbaiare non provenisse da quella parte.

Chiamò di nuovo il cane. «Bluebird! Birdie!»

Di nuovo l'abbaiare. Questa volta un po' più vicino. Proprio di fronte al punto in cui il sentierino da cui proveniva si immetteva in quello più battuto, le parve di scorgere un'apertura tra la vegetazione, quasi il proseguimento del viottolo fangoso appena percorso, ma ancora più stretto. E probabilmente più melmoso.

Avanzò barcollando. Si ritrovò in un bosco così fitto da essere quasi impenetrabile. La pioggia le gocciolava nel colletto e lungo la schiena. Era gelida e orribile sulla pelle sudata. Quello che al principio somigliava a un minimo passaggio tra gli alberi, si chiudeva del tutto e lei fu costretta ad avanzare direttamente tra la fitta vegetazione. Nel giro di pochi minuti aveva perso del tutto l'orientamento, non sapeva più da che parte era venuta né dove stesse andando. Il suo unico punto di riferimento era l'abbaiare del cane – Birdie? – che rispondeva puntuale tutte le volte che lei si fermava e lo chiamava. Le venne in mente che si sarebbe potuta perdere in quella vasta area boschiva. Aveva letto di persone a cui era accaduto, escursionisti che non erano più riusciti a ritrovare la strada. Allora erano state istituite pattuglie di ricerca che avevano battuto al millimetro tutta la zona.

Quando sarebbero venuti a cercare lei? Chi si sarebbe accorto della sua mancanza? La capa, le colleghe. Quanto tempo sarebbe passato prima che si preoccupassero sul serio? E quanto tempo sarebbe riuscita a sopravvivere nel bosco, al freddo e sotto la pioggia?

Si fermò a riprendere fiato e a tranquillizzarsi. Non siamo ancora a questo punto. Una volta che sei con Bluebird, è tutto a posto. Un cane sa ritrovare la strada.

Lo chiamò per nome. Il cane le rispose decisamente più vicino.

Un ultimo tratto particolarmente ostico, lunghi e antipatici rami di rovo che la graffiavano e le si impigliavano tra i capelli, e poi si accorse che la luce diventava un po' più intensa. Sbucò in una radura dove si trovava un piccolo stagno. Plumbeo come il cielo, le sponde ricoperte di canneti ed erba. La superficie dell'acqua era increspata dalla pioggia.

Nella foresta c'erano diversi laghetti, alcuni dei quali adatti alla balneazione. Il corpo forestale teneva pulite le rive, i prati tutt'intorno venivano tosati regolarmente ed erano state sistemate pure alcune panchine. Lo specchio d'acqua dove ora si trovava Georgina evidentemente non faceva parte di quelli. Era molto piccolo, difficile da raggiungere e circondato di fitto bosco. Una coppia di pernici si alzò in volo dal canneto. Il luogo dava l'impressione di non essere mai stato raggiunto da nessun essere umano, il che non doveva essere vero. Era solo un'impressione, dovuta alla stagione inclemente.

Per un attimo Georgina trasse un sospiro di sollievo, tornando a vedere il cielo, e si rallegrò di non avere più niente che le graffiasse il viso. Poi scorse Bluebird, che le veniva incontro a grandi balzi. Sembrava molto eccitato, abbaiava forte e in maniera insistente, come faceva di solito soltanto quando voleva che lei gli lanciasse una palla.

Si inginocchiò ad abbracciarlo. Il cane era fradicio, infangato, ma non le importava.

«Birdie, sciocchino, che cosa ci fai qui? Non puoi scappare così. Mi hai messo una tale paura. Adesso arriverò troppo tardi al lavoro e passerò un sacco di guai.»

Bluebird, che si solito amava sopra ogni cosa farsi coccolare, si sottrasse al suo abbraccio, fece qualche salto indietro e abbaiò di nuovo. Lei si alzò.

«Si può sapere che cosa c'è? Vuoi farmi vedere qualcosa?»

Lui partì di corsa. Lei lo seguì. La pioggia scrosciava. Le pernici erano ammutolite. Nonostante fosse accaldata, Georgina ricominciò a rabbrividire. Come le era accaduto prima, quando aveva avvertito tutto il peso della propria solitudine. Di nuovo quella stretta allo stomaco. Quel senso di disagio.

Che cosa aveva trovato Bluebird?

Vide la donna tra le canne. La vegetazione in quel punto era così fitta che non l'avrebbe mai notata se non avesse seguito il cane. La donna stava in una posizione strana, il corpo contratto e rigirato. Il viso era immerso nell'acqua torbida. Sulla brodaglia melmosa intorno al viso galleggiava una chioma bionda. Bluebird, che doveva essere lì da parecchio, aveva smosso completamente il fango intorno al corpo.

«Oddio», bisbigliò Georgina. «Oddio.»

Avrebbe voluto girarsi e scappare via più in fretta possibile, ma non riusciva a muoversi. Per qualche secondo rimase perfettamente immobile, a contemplare la scena che le si presentava davanti. Soltanto l'abbaiare concitato di Bluebird la strappò da quella paralisi. Ma invece di fare ciò che desiderava e che anche una vocina in testa le ripeteva – *Vattene di qui! Vattene di qui!* – si avvicinò alla donna, intrappolata in un contraddittorio incantesimo di raccapriccio.

Era un corpo ancora acerbo, magro, liscio, sodo. Lunghe gambe slanciate con calze nere strappate attorcigliate alle caviglie. Non calzava scarpe ma a poca distanza da lì Georgina aveva notato una scarpa nera con tacco a spillo che galleggiava sulla riva melmosa. Lo slip della ragazza era all'altezza delle ginocchia, un minuscolo pezzo di biancheria nero e fradicio; se fosse strappato come le calze, Georgina non era in grado di dirlo. Le lunghe strisce di sangue secco che solcavano le cosce fin sotto alla vita della gonna attorcigliata sui fianchi erano abbastanza eloquenti: la ragazza era stata violentata con estrema brutalità, da qualche parte in quei boschi solitari, e poi... in preda alla disperazione era caduta con la faccia nel fango...

Non combaciava.

Georgina notò le braccia della ragazza, legate dietro la schiena con un pezzo di corda e ragionò che nessuno lega se stesso prima di suicidarsi, e questo la conduceva all'agghiacciante conclusione che qualcun altro, probabilmente l'aggressore, aveva trascinato fin qui la vittima inerme, abbandonandola come un sacco della spazzatura. L'immagine davanti a lei testimoniava non solo un'efferata crudeltà, ma anche un profondo disprezzo, una degradazione che travalicava l'atto di violenza in se stesso e privava la vittima della propria dignità anche nella morte.

Il richiamo stridulo di una pernice squarciò il silenzio che si era posato sulla radura e di colpo Georgina si ritrovò a pensare che tutto ciò che vedeva non era il risultato di azioni compiute giorni o ore prima, ma appena successe. Bluebird aveva disturbato l'aggressore, facendolo allontanare, ma molto probabilmente si trovava ancora nei paraggi ed era assai poco plausibile che si facesse dissuadere da un vecchio cane e da una donna dal completare l'opera che aveva in mente.

«Birdie», chiamò lei sottovoce, «presto, vieni! Andiamo via!»

Bluebird abbaiò.

E se la donna fosse stata ancora viva? E se fosse appena... quanto poteva sopravvivere una persona con la faccia nell'acqua? Georgina non ne aveva idea, ma era sicura che non sarebbe stata più viva una volta che lei avesse trovato la via di casa e avesse chiamato la polizia da casa sua. Si oppose con tutte le energie alla paura che minacciava di sopraffarla, e si inoltrò nell'acqua della riva fino ad avvicinarsi al corpo.

«Ehi?» bisbigliò, trovandosi lei stessa terribilmente stupida.

Ovviamente non ottenne alcuna reazione. Era proprio accanto al povero corpo martoriato e dovette trattenere un violento conato di vomito. Non c'era puzzo, niente del genere, ma l'immagine era agghiacciante e per qualche motivo l'esserne parte in quella spaventosa solitudine, l'acqua torbida intorno agli stivali infangati, la pioggia implacabile ebbero la meglio sulla razionalità e l'autocontrollo di Georgina. Si abbandonò alla nausea, poi si chinò con i movimenti lenti di una vecchia, afferrò con entrambe le mani la testa della ragazza e la sollevò, girandola verso di sé.

Una schiuma biancastra fuoriusciva dal naso e dalle labbra socchiuse. Un viso tumefatto e incrostato di sangue. Occhi vitrei.

La ragazza era morta.

Georgina la lasciò ricadere nell'acqua, si voltò e vomitò di nuovo nel canneto, più volte, fino a tirare fuori solo bile, poi si allontanò barcollando dalla riva e chiamò con voce roca il cane. Vedendo che Bluebird non rispondeva, si ricordò del guinzaglio che teneva intorno al collo, lo prese, si avvicinò al labrador, glielo fissò al collare e diede un violento strattone. Bluebird, che non era abituato a un trattamento così brutale, la seguì docile e confuso.

«Dobbiamo andare via», bisbigliò, «dobbiamo andarcene il più in fretta possibile!»

Si affrettarono verso il bosco. Con sollievo di Georgina, Bluebird la precedette, sicuro, senza apparenti esitazioni sulla direzione da prendere.

La pioggia si infittì, mescolandosi alle lacrime che inondavano il viso di Georgina senza che lei se ne rendesse conto.

5

Mentre camminava verso la stazione del metrò di Sloane Square, poco distante dalla casa di Mr. Hall, Rosanna tirò fuori il cellulare e constatò di aver ricevuto una chiamata. Il numero indicato sul display le era vagamente familiare, e il sospetto su chi potesse averle telefonato venne confermato quando consultò l'agenda.

Imprecò. Marc Reeve. Proprio la sua chiamata aveva perso, quasi sicuramente mentre ascoltava le pompose declamazioni a voce alta di Mr. Hall. Era fuori dal giro da troppo tempo, altrimenti le sarebbe venuto in mente di togliere il cellulare dalla borsa e di tenerlo sul tavolo davanti a sé.

Visto come pioveva, valutò brevemente se non fosse il caso di ripararsi nella stazione del metrò prima di ritelefonare a Reeve, ma poi ci rinunciò. Certo, sarebbe stata all'asciutto, ma anche circondata da tantissime orecchie pronte ad ascoltare la sua telefonata. Qui, in fondo alla stradina secondaria, era sì sotto la pioggia, ma se non altro non c'era anima viva in giro. Omai era già fradicia, quindi non faceva differenza.

Anche stavolta Reeve rispose al secondo squillo.

«Mrs. Hamilton», disse. Evidentemente aveva registrato il suo numero nella rubrica del telefono.

«Mi aveva chiamato, Mr. Reeve? Ero in giro in città e non ho sentito il telefono.» Non gli rivelò di essere davanti al suo ex domicilio e di aver appena appreso dal suo ex vicino particolari intimi sulla sua vita privata. Certe informazioni non sarebbero servite di sicuro a creare un clima di fiducia tra di loro.

«Eravamo d'accordo che l'avrei richiamata dopo il nostro colloquio di ieri», disse Reeve, «e mi rincresce informarla che purtroppo non ho cambiato posizione da allora. Non ho alcun interesse a essere collegato ancora una volta a tutta la storia. Forse riesce a capirlo.»

Il problema era proprio che lo capiva fin troppo bene, ma che il *suo* interesse invece non era di lasciarlo in pace. Con una decisione fulminea optò per una strategia diversa, ovvero quella dell'assoluta sincerità.

«Mr. Reeve, posso capirla benissimo», disse, giocando a carte scoperte, «davvero, e la prego di credermi se le dico che il ruolo di giornalista d'assalto che tanto la infastidisce non mi si addice affatto. Deve sapere... ecco, ieri non le ho rivelato fino in fondo le... le mie motivazioni.»

«Le sue motivazioni?»

«Sì... è vero che mi sto occupando di una serie... ma c'è un motivo preciso per cui sono stata scelta proprio io per realizzarla, sebbene non mi occupi più di giornalismo da cinque anni...» Fece un profondo respiro. «Io sono... ero amica di Elaine Dawson.»

«Ah», replicò lui sorpreso.

Lei si affrettò a correggere il tiro. L'istinto le diceva che, se voleva ottenere qualcosa da Reeve, doveva essere del tutto sincera. «Ecco, non eravamo proprio *amiche*, ma ci conoscevamo fin da bambine. Siamo cresciute nello stesso paese. Elaine aveva sette anni meno di me. Ma eravamo spesso insieme.»

«Capisco», disse Reeve. «Quindi, oltre all'incarico professionale, lei nutre anche un interesse personale per la vicenda?»

Lei annuì, anche se lui non poteva vederla. «Esatto, proprio così. Non so se all'epoca Elaine le avesse raccontato quale fosse lo scopo del suo viaggio a Gibilterra...»

Lui rimase qualche istante in silenzio a riflettere. «Se non ricordo male, era stata invitata a un matrimonio.»

«Sì, il *mio* matrimonio, Mr. Reeve. Mi sono sposata l'11 gennaio 2003 a Gibilterra. Avevo invitato Elaine alla cerimonia, ma non è mai arrivata. Non posso dire di sentirmi in colpa per la sua sparizione. Ma di sicuro... coinvolta.»

«Capisco», ripeté Marc Reeve.

Rosanna ebbe l'impressione che capisse davvero. «Lei è l'ultima persona ad averla vista e ad aver parlato con Elaine», proseguì, «quanto meno l'ultima di cui io sia a conoscenza. Mi piacerebbe sapere com'era, che cosa le raccontò, che impressione le fece. Per cinque anni mi sono disinteressata di lei e del suo destino, ma adesso mi rendo conto di avere un profondo bisogno di riavvicinarmi a lei. In questo modo mi pare di non dimenticarla del tutto. Di darle la considerazione che si meritava, come persona.»

«Mrs. Hamilton...»

«Potrebbe acconsentire a incontrarmi in privato? Le garantisco che non inserirò niente della nostra conversazione nel mio articolo. Non prendo appunti, non registro niente.»

«Il suo capo redattore non ne resterà entusiasta.»

«Il mio capo redattore non lo verrà a sapere.»

Lui esitava ancora. Del resto non poteva fare a meno di considerare il suo ruolo come rappresentante della stampa e quindi diffidare di lei – soprattutto vista la sua storia pregressa.

«La prego», insistette lei. «Non voglio niente da lei, davvero. Mi interessa soltanto sapere di Elaine. Dirò a Nick – il mio capo – che lei non ha acconsentito a parlare con me.»

«Le faccio una proposta», rispose Reeve. «Ci incontriamo, così potremo conoscerci di persona. E poi deciderò quanto aprirmi con lei.»

Lei era sollevata. «La ringrazio infinitamente. Vuole che venga nel suo studio?»

«Oggi in giornata non è possibile», replicò lui. «Che ne direbbe di stasera? Possiamo andare a mangiare da qualche parte?»

«Volentieri. In che zona di Londra abita?»

«Dove alloggia lei?»

«All'Hilton su Park Lane.» Aveva capito che lui non voleva farla avvicinare al proprio territorio. Né allo studio né a casa sua. Era come un bambino scottato. Manteneva le distanze. Un incontro su un terreno neutrale il più possibile lontano da casa sua.

«Allora verrò a prenderla lì per le sette», propose lui. «Arrivederci, Mrs. Hamilton.»

Lei lo salutò e infilò in tasca il cellulare grondante. La pioggia era diventata ancora più intensa. Si chiese che cosa ne avrebbe pensato Nick dell'accordo che aveva appena concluso e per istinto chinò la testa tra le spalle pensando alla reazione incollerita del suo capo redattore.

Con l'acqua che le sciaguattava nelle scarpe, percorse l'ultimo tratto di strada fino al metrò. Voleva tornare in albergo, farsi un bel bagno caldo, ordinare un sandwich e magari pure un bicchiere di vino.

Era convinta di esserseli meritati.

6

Gli agenti Burns e Carley tornarono ancora una volta a bussare alla porta dei Biggs nel tardo pomeriggio. Venne ad aprire Gordon, che provava una strana sensazione tutte le volte che vedeva la polizia a casa sua. Stavolta però il presentimento era ancora più opprimente. Non gli piaceva affatto l'espressione dei due poliziotti.

«Mr. Biggs», disse Carley, poi tacque e lanciò un'occhiata al collega.

«Possiamo entrare?» chiese Burns.

«Certo», rispose Gordon, anche se gli sarebbe piaciuto tanto mandarli al diavolo. I piedipiatti non portavano mai niente di buono e quei due oggi gli sembravano particolarmente poco promettenti.

Li fece accomodare in cucina, come il giorno precedente. Sally e Angela erano sedute a tavola, mentre Patrick, uno dei figli, era appoggiato in un angolo con una lattina di birra in mano. Sally aveva bevuto come al suo solito, ma siccome in mattinata era stata a un appuntamento dal medico, e aveva quindi trascorso tre ore lontana da casa e dalla grappa, era parecchio indietro rispetto al consumo abituale. Anzi, per i suoi standard era praticamente sobria. Sfogliava una rivista, mentre la figlia sorseggiava un tè.

«Di nuovo la polizia», annunciò Gordon.

Per qualche motivo anche gli altri intuirono all'istante che c'era una minaccia nell'aria. Angela si alzò controvoglia. Patrick abbassò la lattina di birra che si era appena portato alle labbra. Sally alzò lo sguardo.

«Sì?» domandò allarmata.

Burns si schiarì la voce. «Devo premettere che non siamo affatto certi che si tratti di vostra figlia Linda...» esordì.

«L'avete trovata?» chiese Angela.

«Ancora non lo sappiamo, appunto», rispose Burns. Esitò, poi si buttò. «Oggi verso mezzogiorno, una donna che passeggiava nella Epping Forest ha trovato... il cadavere di una giovane. In base alla descrizione potrebbe trattarsi di Linda.»

«Il cadavere?» domandò Gordon faticosamente.

Sally si premette una mano sulla bocca.

«Merda», commentò Patrick.

«Come abbiamo detto», intervenne Carley, «non possiamo dirlo con certezza. Per questo sarebbe opportuno che uno di voi ci accompagnasse per identificare la salma – o viceversa per escludere che si tratti di Linda.»

«Che cosa ci faceva nella Epping Forest?» domandò Gordon. «Non ci era mai andata.»

«Per il momento non siamo in grado di stabilire se il delitto sia stato commesso lì o altrove. Il medico legale deve ancora concludere il suo esame. Il fatto che il cadavere sia rimasto sotto la pioggia non facilita certo la ricostruzione delle circostanze della morte.»

«Come... voglio dire... che cosa...» cominciò Angela, senza riuscire a formulare compiutamente la propria domanda.

Burns tuttavia comprese perfettamente che cosa volesse chiedere. «Ancora non abbiamo il referto definitivo. Pare che la morte sia avvenuta per annegamento.»

«Ma Linda sapeva nuotare», intervenne Patrick dal suo angolo. «E anche bene.»

«È vero», confermò Sally. «Da bambina aveva fatto parte persino di una squadra di nuoto. Aveva vinto anche due medaglie, vero Gordon?»

«Esatto.» Una ventata di speranza soffiò sui volti dei presenti, una speranza che l'agente Burns fu costretto a spazzare via subito.

«Non è annegata... e basta», disse cauto. «A quanto pare era... era stata legata e deposta sulla riva di un laghetto. Doveva essere priva di sensi. Aveva la testa nell'acqua. È annegata per forza.»

Silenzio. Siccome i Biggs non avevano un orologio in cucina, non si sentiva neppure il classico ticchettio delle lancette. Soltanto il frigorifero ronzava piano.

Dopo qualche secondo Carley disse: «Ma forse non si tratta di Linda, e vi angustiate inutilmente. Mr. Biggs, vuole accompagnarci lei?»

Gordon si passò una mano sul viso. La mano gli tremava leggermente. «È stata... violentata?» chiese piano.

«Prima di un'identificazione ufficiale non possiamo fornire altri dettagli», rispose Burns evasivo.

Sally si alzò. «Vengo anch'io», annunciò. «Gordon, vieni, andiamo insieme.»

«Mamma, credo che non sia il caso», obiettò Angela, cerea in volto.

«Ma io voglio andare», insistette Sally. «Forse quella che hanno trovato è proprio la mia Linda. Vieni, Gordon. Forse è la nostra bambina. Dobbiamo andare.»

«Devo mettermi le scarpe», disse Gordon. Portava un paio di pantofole di feltro che frusciarono tristi quando uscì dalla cucina.

«Mamma», implorò Angela.

«Tu occupati dei tuoi fratelli», le ordinò Sally. «I piccoli torneranno da scuola a momenti. Non ditegli niente ancora. Preparagli la cena e mettili a letto, ok? Mi posso fidare di te?»

«Ok», rispose Angela scoppiando a piangere.

«Patrick, tu aiutala», disse Sally.

Di solito Patrick avrebbe obiettato con veemenza a simili disposizioni, ma stavolta annuì. «Certo, mamma.»

Seguita dai due poliziotti, anche Sally uscì dalla cucina. Angela li guardò allontanarsi. Per la prima volta in vita sua provava l'impulso irrefrenabile di inginocchiarsi a pregare a voce alta e non semplicemente dentro di sé. Però non lo fece. Non era abitudine nella sua famiglia e temeva che il fratello potesse ridere di lei.

7

Mancavano pochi minuti alle sette e Rosanna aveva appena finito di prepararsi per l'appuntamento con Marc Reeve, quando il suo cellulare squillò. Per un attimo temette fosse Reeve che disdiceva l'incontro, perché ci aveva ripensato, ma poi riconobbe sul display il numero di casa sua a Gibilterra. Dennis. Finalmente. Il suo silenzio durava da più di ventiquattro ore e pian piano l'aveva fatta innervosire. Possibile che ce l'avesse fino a quel punto con lei?

«Pronto?» rispose.

Dopo un momento di silenzio una voce esitante dall'altra parte chiese: «Rosanna?»

Robert. Era Robert, non Dennis. Era delusa, ma decise di non manifestarlo.

«Robert! Che bello sentirti. Come stai?» Aveva un tono di voce troppo entusiasta, se ne rendeva conto da sola. Chissà se lui sapeva che tra il padre e la matrigna c'erano degli attriti?

«Bene», rispose lui con il tono distaccato richiesto dalla sua età. «E tu?»

«Anch'io, grazie. Il tempo è orribile, ma è normale in Inghilterra.»

«Papà dice sempre che non si può vivere lì per colpa del tempo», osservò Robert.

«Lo so.» Lei si rimproverò mentalmente. Il figliastro di certo non le aveva telefonato per parlare con lei del tempo, ma probabilmente non sapeva come affrontare l'argomento che gli stava a cuore.

«Rob, tuo padre e io abbiamo litigato», disse. «Spero che non sia troppo di cattivo umore.»

Si capiva chiaramente che Rob era sollevato per il fatto che lei avesse affrontato il tema spinoso. «Ha un umore di merda.» Sebbene si sforzasse di apparire distaccato, era chiaro che soffriva.

«Non posso fare niente. Sabato prossimo ci sarà una festa delle ultime classi della scuola. Alcuni di noi sono stati invitati. E adesso mi ha detto che non posso andarci.»

«Oh, Rob! Lo so che per te è difficile. Ma in effetti non siete ancora un po' giovani per certe cose? Voglio dire, le classi dell'ultimo anno... sono ragazzi parecchio più grandi di voi.»

«Hanno diciotto anni! Io ne ho sedici. Dov'è tutta 'sta differenza?»

«Sono due anni, Rob. Due anni di differenza. Ecco dove sta.»

«Gli altri possono andare. Soltanto io no. Papà è...» Tacque per cercare la parola giusta. Evidentemente non gli veniva in mente niente che potesse anche solo lontanamente descrivere quanto fosse insopportabile suo padre. «Papà è cattivo, ecco», disse alla fine, ma si capiva che era un aggettivo ancora troppo benevolo per lui.

La solita vecchia storia. Rosanna capiva perfettamente le remore e le preoccupazioni di Dennis, ma immaginava anche benissimo che tono avesse usato per manifestarle. Il problema di Dennis non era tanto che volesse proteggere il figlio dai pericoli, ma il modo in cui lo faceva. Quando Dennis pensava a una festa di fine scuola, gli venivano in mente solo associazioni negative del tipo: alcol, droga, sesso incontrollato e senza protezione. Per motivi che a Rosanna restavano tuttora oscuri, non riusciva a intavolare un dialogo sereno e ragionevole con il figlio, in modo da spiegargli e fargli magari capire i propri timori. Impartiva un divieto categorico, in tono rude e autoritario, ogni frase che sottintendeva un tacito ma inconfondibile *niente obiezioni!* Ogni volta l'escalation tra i due era inevitabile già in partenza. E in genere non bastava neppure la diplomazia di Rosanna per ricomporre almeno in parte il conflitto.

«Il tuo papà non è cattivo, Robert», disse, «non devi nemmeno pensarlo. È solo... si preoccupa per te. Non riesci a capirlo? Ha paura che tu beva troppo. Che tutti bevano troppo. Che i più grandi salgano in auto con voi e partano ubriachi. Pensa sempre a cose che lo turbano profondamente.»

«Ma...»

«Il tuo papà ti vuole bene, Rob. A volte è un po' brusco, ma ti vuole molto bene. Davvero.»

Rob rimase un attimo zitto e Rosanna pensò che mai come in

quel momento un silenzio le era sembrato più incredulo di così. Poi, con voce volutamente indifferente, lui le chiese: «Quando pensi di tornare?»

«Il prima possibile, Rob. Mi mancate molto anche voi. In particolare mi manchi tu.» Ed era vero. Il suo viso lentigginoso. La perenne espressione strafottente in faccia e nella voce, dalla quale si capiva quanto fosse insicuro. Dietro i suoi modi da grande era ancora un bambino, un ragazzino sensibile che non aveva mai avuto una madre, che aveva rappresentato un grosso guaio per i genitori ancora troppo giovani e inesperti, quando era capitato loro non voluto e non cercato nel momento sbagliato. Alla fine era stato suo padre a prenderlo con sé, ma Rosanna sapeva che non lo aveva fatto con molto entusiasmo. E il piccolo Roby forse l'aveva intuito più di quanto le persone intorno a lui avessero capito.

«Sì, certo», disse ora.

Nello stesso istante suonò il telefono della camera.

«Aspetta un momento», disse Rosanna, alzando la cornetta. Era il portiere dell'albergo. «Mrs. Hamilton, è arrivato Mr. Reeve.»

«Scendo subito», rispose Rosanna. Tornò a parlare con Robert.

«Rob, senti, adesso devo proprio...»

«Chi è Mr. Reeve?» domandò Robert diffidente. Evidentemente aveva sentito le parole del portiere.

«È una persona che ha a che fare con gli articoli che devo scrivere. Un testimone, per così dire. Devo fargli qualche domanda.»

«Aha. Ok. Allora... stammi bene. Ciao!» disse Robert riagganciando.

Lei spense il cellulare e rimase qualche istante a riflettere. Quando Robert le aveva chiesto di Reeve, aveva colto nella sua voce un autentico terrore. Il ragazzo non l'aveva chiamata soltanto per lamentarsi del comportamento paterno. Aveva telefonato per stabilire un contatto con lei, per accertarsi letteralmente che lei esistesse ancora, che facesse ancora parte della sua vita. Era al corrente del litigio tra lei e suo padre. Probabilmente sapeva molto di più: che non le piaceva vivere a Gibilterra. Che aveva nostalgia del suo vecchio lavoro. Che la convivenza con Dennis era costellata da tanti piccoli dissapori quotidiani – e da una crescente frustrazione da parte di lei. Le era sempre stato chiaro quanto Robert fosse stato entusiasta di accoglierla come moglie di suo padre e madre per sé, ma per la prima volta si rendeva conto che lui viveva nel costante timore che la famiglia finalmente ottenuta intorno a sé potesse disgregarsi nuovamente. Soffriva davvero per il viaggio in Inghilterra della matrigna, perché non era sicuro che lei sarebbe tornata. Dopo tutto non era la sua madre biologica. Ma pure lei lo aveva lasciato. Quando lui aveva solo quattro settimane, la donna che lo aveva messo al mondo l'aveva affidato piangendo all'uomo con cui l'aveva concepito, urlando isterica: «Non ce la faccio! Non posso! Non posso!»

Ovviamente Robert non aveva vissuto quel momento in maniera consapevole. Eppure era stato un pezzo decisivo della sua biografia e del suo essere, si era radicato saldamente nei suoi sogni e nelle sue paure.

Ah, Rob, pensò Rosanna, se potessi credermi... certo che torno a casa da te. Naturale!

Avrebbe voluto richiamarlo subito per dirgli che gli voleva bene e che lui faceva parte della sua vita, ma non le sembrava il momento giusto. La frase, detta così, l'avrebbe profondamente turbato. Avevano bisogno di parlare a lungo dell'argomento che non poteva essere affrontato per telefono. E di sotto nella hall c'era ad attenderla Marc Reeve.

Non aveva più avuto notizie di Cedric, ma gli aveva infilato un biglietto sotto la porta. *Vado a cena con Marc Reeve.*

Prese il cappotto e uscì dalla camera.

Conosceva Reeve dalle foto sui giornali e sapeva che era un bell'uomo. Ma niente di più. Il viso le era sembrato imperscrutabile, l'espressione distaccata. Dalle foto non si riusciva a capire se fosse un uomo gioviale oppure freddo, allegro o serio, disponibile o introverso, cordiale o rude. Dalle telefonate fatte con lui aveva appreso che aveva una voce piacevole e che era molto educato. Nient'altro. Si era fatta una sua immagine di lui, a partire da ciò che aveva letto sui giornali e arricchita dal recente dialogo con Mr. Hall. E poi aveva riassunto il tutto mentalmente in poche categorie. Attraente. Intelligente. Ambizioso. Carrierista. Schietto. Opportunista, o quanto meno calcolatore.

Gli aveva attribuito tutte le caratteristiche che si legano normalmente alla figura di un avvocato di successo. Se qualcuno le avesse chiesto di esprimere nuovamente un'opinione su di lui al termine della prima ora del loro incontro, le sarebbe venuto in mente dapprincipio un aggettivo soltanto: prudente. Era una delle persone più prudenti che avesse mai conosciuto.

Erano seduti in un ristorante indiano su Marshall Street. Lui le aveva chiesto se preferisse mangiare indiano o italiano, oppure se avesse qualche altra predilezione e lei si era resa conto all'improvviso di quanto fosse affamata. Il pensiero di un curry di agnello le fece venire letteralmente l'acquolina.

«Indiano» aveva risposto, e lui aveva annuito, dicendo: «Conosco un buon ristorante indiano a Soho. Se vuole...»

«Volentieri.»

Lui guidava veloce e sicuro nel traffico londinese. Sembrava conoscere la città come le proprie tasche, perché due volte, rimasti bloccati in un ingorgo, aveva girato in viuzze secondarie che avevano fatto perdere l'orientamento a Rosanna, ma che l'avevano condotto esattamente dove voleva lui. Aveva trovato parcheggio nelle vicinanze del ristorante, anche se pareva umanamente impossibile che ci fosse posto, visto che le auto erano fitte fitte. Scendendo Rosanna si era chiesta se la Range Rover nera fosse la stessa che possedeva cinque anni prima. Era l'auto su cui era salita Elaine? Si era seduta sullo stesso sedile? La vettura non sembrava nuova, ma Rosanna non se la sentì di chiedere niente. Marc Reeve aveva acconsentito a incontrarla solo dopo molte insistenze e lei non voleva spaventarlo bombardandolo subito di domande, mostrando così il proprio volto di zelante giornalista.

Il ristorante era accogliente e tranquillo, c'era un ottimo profumo di spezie indiane e tutti i camerieri indossavano giacche ricamate e grandi turbanti. Era ancora presto e per di più era una serata feriale, così non c'erano molti avventori ai tavoli. Marc Reeve ne chiese uno nell'angolo più remoto. Rosanna capì che non voleva ascoltatori indesiderati.

Ordinarono la cena e, mentre aspettavano sorseggiando del vino, chiacchierarono del più e del meno. Rosanna raccontò qualcosa della sua vita a Gibilterra, poi parlarono del tempo in Inghilterra e della catastrofica situazione del traffico a Londra. La dichiarazione più personale che Reeve concesse fu: «A volte sogno di trasferirmi in campagna. Abbiamo luoghi magnifici in Inghilterra. Luoghi pieni di pace».

Lei lo osservava senza farsi notare. Per qualche motivo se l'era immaginato abbronzato, se non dal sole, almeno dalla lampada, e invece era molto pallido. Il tipico pallore invernale proprio degli abitanti dell'Europa centrale e settentrionale a metà febbraio. Capelli neri, qua e là spruzzati di grigio, camicia, cravatta, abito scuro. Probabilmente era uscito direttamente dallo studio. Aveva l'aria stanca.

Alla fine fu lui a compiere il primo passo. Assumendo un'espressione grave, si sporse leggermente in avanti e guardò Rosanna dritto negli occhi.

«Non ci siamo incontrati per parlare del clima o del collasso automobilistico di Londra», disse, «bensì di Elaine Dawson. Vorrei precisarle che ho acconsentito a vederla esclusivamente perché ho intuito che lei nutre un interesse del tutto personale per il destino di Elaine Dawson a causa dell'amicizia che la legava a lei. Presumo – e la prego di scusarmi se le appaio troppo franco – che non si tratti di un mero trucco giornalistico. Mi rimetto altresì a quanto mi ha garantito circa il fatto che questa sarà una conversazione privata e che senza una mia esplicita autorizzazione niente di essa finirà sulla stampa. Queste sono le mie condizioni per la serata.»

Rosanna annuì. «Sono decisa a mantenere la promessa che le ho fatto, Mr. Reeve. Mi trovo qui nelle vesti di un'amica – anzi di un'intima conoscente – di Elaine Dawson. Non come giornalista.»

Nonostante il lieve sorriso che le rivolse e che era adeguato ad allentare di poco la tensione del momento, Rosanna non ebbe l'impressione che lui si fosse rilassato. Non che lui diffidasse in toto delle sue parole, ma di sicuro era ben lungi dal fidarsi di lei. Di colpo le venne da chiedersi per quale motivo avesse accettato di incontrarla. Non era forse convinto che ne sarebbe uscito perdente?

Come se le avesse letto nel pensiero, lui disse di punto in bianco: «Voglio essere del tutto sincero con lei, Mrs. Hamilton. Ho passato momenti terribili dopo la sua telefonata. Se c'è una cosa al mondo che voglio evitare più di ogni altra è rivangare questa storia. Ma alla fine mi sono detto...» Si interruppe.

«Sì?» lo incalzò Rosanna.

Lui si riscosse. «Come le ho già detto, comprendo il suo coinvolgimento nella faccenda. Ma non ho perso mai di vista il fatto che lei comunque scriverà in proposito un articolo per il *Cover*. Se non mi rifiuto del tutto di collaborare, ho forse l'opportunità di esercitare un certo influsso. Forse. Ma in caso contrario non avrei neppure quella.»

«Lei è molto franco», osservò Rosanna. Dopo un attimo di silenzio aggiunse: «E ho l'impressione che sia rimasto anche molto scottato».

Lui sorrise, ma stavolta con amarezza. «Nel gennaio di cinque anni fa ebbi la sfortuna di scontrarmi letteralmente con una donna in lacrime sulla porta del bagno degli uomini all'aeroporto di Heathrow. Avrei potuto lasciarla perdere e allontanarmi. Non avevo niente da spartire con lei e la cosa non mi riguardava. Ma il suo pianto era così impetuoso, così... disperato, che le chiesi se potevo fare qualcosa per lei. L'unica cosa possible era offrirle un posto per dormire. Sfortunatamente lei accettò la mia offerta. E poi... niente è più stato come prima.»

Un cameriere portò le pietanze. Avevano un profumo delizioso.

«Ho una fame da lupi», disse Rosanna.

Lui annuì. «Anch'io. È il mio primo vero pasto in tutta la giornata.»

«Anche per me», confermò Rosanna. Invece di pranzare ho passato il tempo a parlare di te con il tuo ex vicino di casa, pensò imbarazzata. Si augurava che Reeve non venisse mai a sapere della cosa.

Dopo un paio di minuti Reeve chiese con noncuranza: «Perché tutti sono convinti che a Elaine sia successo qualcosa?»

«Lo credono tutti?» ribatté Rosanna.

Lui assentì. «Una parte almeno. E primo fra tutti il fratello di Miss Dawson. Ne è categoricamente convinto. La polizia accennò a questa ipotesi, del resto era il suo lavoro. La stampa la seguì a ruota... del resto un omicidio vende molto meglio di una semplice scomparsa.»

«Forse nessuno riusciva a spiegarsi dove potesse essere sparita

Elaine senza lasciare traccia. E perché. Voglio dire... non riesco a capirlo neppure io...»

Lui la interruppe. «Ma lei la conosceva. Chi la conosceva doveva essere al corrente di quanto fosse disperata e infelice. A me, un perfetto sconosciuto, lo raccontò subito in ogni caso. Incatenata al fratello. Incatenata al paese. Non vedeva prospettive nella vita. A mio parere era una donna che non sognava altro che di tagliare i ponti.»

«Ma...»

Lui posò la forchetta. «Perché nessuno si è mai detto che molto probabilmente è scappata con il suo ragazzo? E che vuole restare nascosta dal fratello? È semplice.»

Rosanna lo guardò perplessa. «Un ragazzo? Elaine aveva un *ragazzo*?»

Lui parve sorpreso. «Non lo sapeva?»

«No, no. Neppure lontanamente.»

Lui alzò le spalle. «A me in ogni caso ha raccontato di averlo. E che non poteva parlarne con il fratello. E che l'unico suo desiderio era di scappare via. Le dico una cosa, in tutta sincerità, quando venni a sapere della sua scomparsa, non mi sorpresi neppure per un istante.»

Rosanna rimase seduta come se avesse ricevuto uno schiaffo in faccia. Nella vita di Elaine c'era stato un uomo.

Questo cambiava tutto.

Mercoledì, 13 febbraio

1

Quella notte aveva sognato Pit. Non le capitava da tanto tempo di svegliarsi al mattino turbata e confusa, e per un attimo si rivide catapultata nei primi mesi dopo la fuga, quando gli incubi erano stati più frequenti e una costante nella sua vita. Aveva considerato una delle prime vittorie sul passato il fatto che fossero spariti. E ora, invece...

Un semplice scivolone, pensò, alzandosi dal letto. Come sempre faceva molto freddo nella sua cameretta e dalla finestra entravano spifferi gelidi. Un'occhiata fuori rivelò cielo coperto e piovoso. Nella casa dirimpetto qualcuno aveva messo all'aria le coperte e le avrebbe ritirate più umide che arieggiate.

Aveva sognato la scena al parcheggio del supermercato. In parte trasposta nell'irreale, come accade spesso nei sogni. Il supermercato si trovava in un palazzo molto alto, una specie di grattacielo, cosa del tutto falsa, dato che nella realtà si trattava di un edificio basso e lungo. Nel sogno la costruzione gettava un'ombra gelida e ostile su tutto ciò che stava intorno. Si era sentita come una formichina infreddolita alla perpetua ricerca della luce, senza riuscire a trovarla.

Di sicuro dipendeva dal freddo che regnava nella sua camera, pensò lei, alzando le spalle con un brivido, perché in realtà... allora...

Si trattava degli inizi di ottobre ed era una giornata quasi estiva. All'epoca amava Pit, o almeno si era convinta che fosse così. Ovviamente era un po' sorpresa dal nervosismo che l'accompagnava sempre, dalla costante sensazione di infelicità. Se fosse stata davvero innamorata, così pensava, sarebbe stata felice, raggiante, tre metri sopra la terra. Avrebbe goduto la vita che le sarebbe sembrata splendida. Sarebbe stata euforica.

Era chiaro che da parte di Pit non c'era niente del genere. Lei lo imputava sempre più alla presenza costante di Ron. Ron era un poco di buono, ma Pit lo idolatrava. Continuava a invitarlo a casa loro. E lei allora doveva cucinare pranzetti succulenti, solo per farlo felice.

Quel giorno Ron aveva espresso il desiderio di mangiare tacchino «preparato come Dio comanda», aveva specificato. Mentre lei si accingeva ad andare al supermercato, a Pit era venuto in mente di accompagnarla.

Oggi le veniva da pensare a quanto fosse stata stupida a non accorgersi subito che la sua relazione con Pit era sbagliata da cima a fondo. Aveva sognato una vita insieme a lui, ma bastava che lui volesse accompagnarla al supermercato per farla trasalire impaurita con le lacrime agli occhi. Andare a fare la spesa per lei era sempre stato come ritagliarsi piccoli momenti di libertà. Poteva aggirarsi tra gli scaffali, confrontare i prezzi, osservare le altre persone. Poteva sentirsi come una qualsiasi massaia premurosa, che riempiva lentamente e con scrupolo il carrello, con articoli che gettavano luce sul suo tenore di vita. A lei piaceva azzardare ipotesi su come vivevano le altre persone. La signora che aveva tanti cartocci di latte e tante confezioni di cereali diversi molto probabilmente aveva parecchi figli. Un'altra acquistava premurosamente e – a quanto pareva – con scelta accurata diversi barattoli di cibo per gatti e un pacco di croccantini. Il giovane dall'aria affaccendata probabilmente era uno studente: aveva fatto il pieno di cola e caffè e non riteneva di aver bisogno di niente da mangiare. Forse doveva dare un esame e voleva tenersi sveglio durante le notti di studio affannoso.

Non era possibile indugiare in simili piacevoli riflessioni quando Pit era con lei. Sarebbe stato assurdo volersi confidare con lui in proposito e per questo non ci aveva neppure mai provato. Lui era in grado di trattarla con grande dolcezza, quando era dell'umore giusto, ma era anche capace di farle capire con osservazioni taglienti e offensive che la riteneva una povera stupida. Per qualche motivo lei aveva la sensazione che avrebbe liquidato come *idiozie* le storie che intesseva sugli acquisti fatti da altri.

Quel giorno aveva avuto l'impressione fin da subito che Pit fosse in uno stato d'animo di latente aggressività. Aveva fatto guidare lei, ma per tutto il tragitto aveva continuato a criticarla. Andava troppo veloce o troppo piano, frenava troppo presto o troppo tardi, sbagliava tutto ciò che si poteva sbagliare. Il risultato, ovviamente, era stato che lei era diventata sempre più nervosa e quindi insicura.

«Non riesco proprio a capire», sbuffò Pit in tono melodrammatico, dopo che, entrando nel parcheggio del supermercato, avevano evitato per un soffio di scontrarsi con un ciclista, che era riuscito a schivarli con una manovra dell'ultimo istante e si era allontanato imprecando contro di loro. «Non riesco proprio a capire come si possa guidare così male.»

«Allora perché non hai guidato tu, se pensi che io sia così incapace?» domandò lei, gli occhi pieni di lacrime.

«Ma come puoi imparare, se penso sempre a tutto io? È tempo che diventi indipendente! Che cavolo!»

Era comunque riuscita a parcheggiare senza scontentare eccessivamente Pit. Ebbe da ridire comunque, perché erano troppo lontani dall'ingresso, ma lei aveva scelto di proposito quel posto: quello accanto era libero e lei aveva avuto modo di curvare con agio. Agitata com'era, se avesse cercato di infilare l'auto in un posto più stretto, di sicuro avrebbe finito per combinare qualche guaio.

Ciò che era accaduto dopo non era mai stata in grado di ricostruirlo con precisione. Non aveva assistito ai secondi decisivi, e non sapeva se si fosse trattato effettivamente di un *tentato omicidio* come poi aveva affermato Pit. Proprio mentre stavano scendendo dall'auto, ciascuno dalla propria parte, una Mini-Cooper rossa si era infilata nel posto alla loro sinistra con tale slancio da sfiorare la portiera aperta e mancare di un soffio Pit che, come faceva sempre dopo un viaggio in macchina – non importava se breve o lungo –, si stirava e si sgranchiva, approfittandone per mettere in mostra i bicipiti scolpiti.

In realtà non era accaduto proprio nulla. La Mini-Cooper si era fermata in tempo, niente e nessuno si era fatto male e il guidatore, un giovane con jeans e pullover, aveva rivolto loro un sorriso di scuse. Evidentemente non aveva calcolato bene la velocità di manovra e si sentiva in colpa per avere spaventato qualcuno.

Pit era sbottato senza freni.

«Ehi, brutto imbecille», brontolò. «Scendi! Scendi subito!»

Il sorriso del giovane si tramutò in un'espressione sgomenta.

«Fuori, ho detto!» urlò Pit.

Una giovane donna, con un bambino piccolo nel carrello, guardò spaventata dalla loro parte e affrettò il passo. Anche una coppia di anziani cercò di passare indenne.

Il giovane fece retromarcia e per un attimo dette l'impressione di voler ripartire, cosa che probabilmente gli era anche venuta in mente, ma poi l'orgoglio ebbe il sopravvento. Con cautela, ma deciso, parcheggiò l'auto accanto a Pit che continuava a sbraitare.

Lei lo implorò mentalmente: vattene! Vai via!

Il giovane invece scese. Non potevano esserci due tipi più antitetici di lui e Pit. Il giovane era alto, vestiva in maniera costosa e raffinata e sembrava istruito e intelligente. Pit era di due spanne più basso ma molto più muscoloso. Le gambe tozze e storte erano infilate in un paio di jeans troppo aderenti, scoloriti e sfrangiati. Portava una canottiera bianca che metteva in risalto i numerosi tatuaggi sugli avambracci.

«Ehi, vieni un po' qui», brontolò. «Che cosa vuoi? Eh, che cosa vuoi?»

«Non so proprio di che cosa parla», replicò il giovane. «Mi spiace di averla spaventata entrando nel parcheggio. Ma a quanto vedo non si è fatto male e anche la sua auto è a posto.»

«Facciamo gli strafottenti? Prima mi investi e poi fai lo spiritoso?» L'atteggiamento composto dell'altro non fece che accrescere il risentimento di Pit, già alle stelle di fronte alla Mini-Cooper, il maglione di Land's End e le Tod's. Quel tipo incarnava tutto ciò che Pit odiava.

«Io ti spacco i denti!» gridò.

Il giovane era insicuro, ma cercava di nasconderlo. Pur essendo più alto di Pit, senza dubbio avrebbe avuto la peggio in una zuffa con lui. Non era abituato agli scontri fisici, e non disponeva neppure di un briciolo della brutalità per cui andava famoso Pit.

«Non è successo niente», ripeté tranquillo, ma il suo colorito era diventato più pallido.

«Non è successo niente, eh? Niente, dici? Mi hai quasi steso, stronzo, faccia di merda, con la tua auto di lusso e poi vieni qui a protestare che non è successo niente?» Come a sottolineare le proprie parole, Pit assestò un calcio alla scocca della Mini, riuscendo ad ammaccarla.

«La smetta subito!» protestò il giovane.

«Come dici? Ripeti, che non ti ho capito, stronzo. Come hai detto? Alza la voce, che non ti sento!» Pit girò intorno alla macchina e si fermò minaccioso a un passo dallo sconosciuto.

Il giovane era terrorizzato, si capiva bene. Si guardò intorno in cerca di aiuto, ma i pochi passanti in quella zona appartata del parcheggio camminavano a testa bassa. Pit era il genere di uomo che tutti evitano per istinto. Nessuno voleva farsi coinvolgere in una rissa con questa epitome della brutalità e dell'odio.

«Ho detto che deve smetterla di prendere a calci la mia auto», ripeté il giovane, non potendo fare altro, «altrimenti chiamerò la polizia.»

«I piedipiatti? Vuoi chiamare i piedipiatti, stronzo? Mi investi e poi vuoi chiamare i piedipiatti? Non ti sembra di esagerare, eh? Mi sembra un po' troppo, no? Come? Più forte, stronzo. Non ti sento.»

«Non ho parlato», replicò il giovane.

Perché non te ne sei andato prima? pensò lei disperata.

Il pugno di Pit scattò in avanti e colpì il giovane sul naso. Lui cadde immediatamente in ginocchio mentre il naso cominciava a sanguinargli. Si portò una mano sul viso e guardò Pit senza capire.

«Vuoi ancora chiamare i piedipiatti? Sì? Non sento! Continuo a non sentire!» Diede un calcio nelle costole del giovane con tutte le sue forze. Lui rotolò su un fianco, lanciando un urlo e si raggomitolò sull'asfalto tiepido.

«Per favore», gemette piano, «non...»

«Che cosa? Che cosa hai detto? Hai detto qualcosa?» Partì un altro calcio. Pit era deciso a rompere tutte le costole allo sconosciuto. Il giovane gemette più forte.

Lei si accorse che le rivolgeva un'occhiata implorante e girò il capo di lato. Non poteva fare niente per lui. Sapeva che cosa le sarebbe toccato, se si fosse immischiata. Per lui doveva essere terribile, essere picchiato senza motivo nel parcheggio di un supermercato, solo perché aveva avuto la sfortuna di capitare nel posto sbagliato al momento sbagliato e di finire nelle mani di un perdente come Pit, che aspettava solo l'occasione di sfogare la propria aggressività e la rabbia che provava nei confronti della società. Ma non sarebbe morto, sarebbe tornato alla sua vita di sempre, dove non c'erano persone come Pit e dove i rapporti umani erano improntati all'educazione e alla cortesia. Lei invece non poteva. Lei era legata a Pit e a Ron, e non poteva permettersi di peggiorare la propria situazione. Pit non l'aveva mai picchiata finora, ma più di una volta ci era andato vicino e lei sapeva perfettamente che un giorno o l'altro l'avrebbe fatto. In realtà conosceva già allora l'inferno che l'aspettava.

Quel giorno di inizio ottobre nel parcheggio del supermercato, di fronte all'uomo raggomitolato sanguinante ai suoi piedi, per la prima volta si era chiesta se la vita che conduceva prima non fosse stata migliore, dopo tutto.

Ricordava ancora la risposta che si era data allora: non posso stare senza Pit! Non posso più stare senza un uomo che mi appartenga.

Si era voltata per non guardare il giovane che piagnucolava sull'asfalto e alla fine Pit si era stufato, le aveva strappato di mano le chiavi dell'auto e aveva detto: «Forza. Andiamo via».

«Ma... e la spesa?» aveva domandato lei, come se le fosse venuto in mente solo in quel momento.

«La facciamo da un'altra parte. Sali.»

Erano risaliti in macchina ed erano ripartiti, piuttosto velocemente, facendo stridere le gomme, del resto Pit lo faceva sempre quando era al volante. Nel retrovisore aveva visto la figura raggomitolata sull'asfalto ed era stata assalita da un brivido freddo. Pit intanto fischiettava. Era di ottimo umore e dopo l'aveva persino portata a comperarsi un paio di scarpe di vernice nera, dodici centimetri di tacco, una fibbia di strass sulla punta. Gli piaceva che lei portasse i tacchi. A lei no, ma non aveva mai obiettato.

Com'era finita allora? si chiese. Era di nuovo nel bagno angusto e cadente nell'appartamento sopra Mr. Cadwick, il guardone, e osservava allo specchio il proprio volto smagrito, molto più vecchio di quanto fosse. Si strinse nelle spalle rabbrividendo.

Il giovane aveva denunciato Pit. I passanti, troppo vigliacchi per intervenire in sua difesa, avevano annotato almeno il numero di targa. Pit era stato condannato con la condizionale e aveva dovuto pagare una multa. Il fatto che ora non fosse più incensurato non sembrava disturbarlo. Anzi, considerava la cosa quasi un'investitura ufficiale.

Si spruzzò un po' d'acqua sul viso, si spazzolò i capelli. Rinunciò alla doccia per quel mattino, dato che il boiler era troppo piccolo e l'acqua calda finiva sempre troppo in fretta e oggi non se la sentiva proprio di sopportare il getto gelato. Tornò in camera da letto, si infilò in fretta biancheria, jeans, pullover e calzini pesanti. Aveva assoluto bisogno di un bel caffè bollente per riscaldarsi. Era una vergogna che Mr. Cadwick osasse affittare un appartamento così pieno di spifferi. Avrebbe dovuto cambiare gli infissi già da tempo; di sicuro si aggirava di nuovo per le scale oppure premeva l'orecchio alla porta dell'appartamento, mentre era percorso da brividi primaverili. Lei scacciò quel pensiero.

Sul tavolo in cucina era posato un giornale. Lo aveva comperato il giorno prima per scorrere attentamente la rubrica immobiliare. In due paesi vicini c'erano due appartamenti in affitto, che non costavano più del buco in cui abitava adesso e di sicuro non potevano essere peggiori. Il problema era che da lì non avrebbe più potuto raggiungere a piedi l'*Elephant*. C'era la corriera, naturalmente, ma non passava a tarda notte, quando lei finiva di lavorare. Si sarebbe dovuta comperare una bicicletta, ma come avrebbe fatto per l'inverno? Forse poteva trovare un lavoro anche nel paese vicino, in ogni caso poteva guardarsi in giro. Il posto dove stava adesso era l'ideale, naturalmente, ma la sua avversione per Mr. Cadwick aveva raggiunto proporzioni insopportabili e non riusciva a pensare ad altro che a traslocare.

Forse non era una cattiva idea cambiare aria. Ricordava ancora come, nei primi tempi dopo la fuga, si fosse riproposta di non fermarsi mai troppo a lungo nello stesso posto. Forse aveva cominciato a diventare imprudente e l'odioso Mr. Cadwick era un segno mandato dal cielo per indicarle che era il momento di levare le tende. A volte si convinceva di essersi immaginata tutto e che, traumatizzata com'era, proseguisse un'inutile fuga continua. Ma dopo che le era tornata in mente la scena del supermercato sapeva che la prudenza non era mai abbastanza. Era cominciato tutto con il parcheggio. Poi erano successe altre cose. Pit era un vero e proprio psicopatico. E in fondo al cuore lei sapeva di non poter convivere con una minaccia imprevedibile. A volte si svegliava nel cuore della notte con la netta sensazione che Pit la stesse ancora cercando.

Si infilò il giornale in tasca. Evidentemente non poteva usare il telefono di Mr. Cadwick per chiamare gli altri affittuari. L'avrebbe fatto dall'*Elephant*.

Forse non le sarebbe più capitato di svegliarsi intirizzita al buio nelle mattine d'inverno come le succedeva adesso.

E già questa prospettiva bastò a sollevarle notevolmente lo spirito.

2

L'ispettore Fielder di Scotland Yard era seduto nella cucina della famiglia Biggs e avrebbe preferito non trovarsi lì quella mattina. Da ragazzo aveva divorato ogni romanzo poliziesco disponibile, si era identificato con famosi poliziotti e detective e non aveva mai desiderato intraprendere una carriera diversa che entrare in polizia. Voleva risolvere gli omicidi. Voleva dare giustizia postuma alle vittime. Voleva farla pagare a chi non si era tirato indietro di fronte al crimine più efferato: togliere la vita a un altro essere umano.

Ovviamente si era reso conto abbastanza in fretta che la realtà si discosta molto dai romanzi. Del resto non si rimane per sempre giovani e con un ardente anelito verso la giustizia. Certo, per lui restava sempre il principio fondamentale, ma gran parte del suo entusiasmo si era perso lungo la strada. Non solo perché molti casi alla fine rimanevano irrisolti. E neppure per il senso di frustrazione che assaliva i poliziotti di fronte alle pene risibili con cui venivano puniti quanti avevano arrecato sofferenze indicibili al prossimo.

L'aspetto più logorante era l'incessante contatto con la violenza. Con i lati più bassi, odiosi, perversi e depravati dell'essere umano. Tutte le volte che si recava sulla scena di un crimine, si trovava davanti corpi martoriati, vite spente. Doveva affrontare le tracce di una brutalità inspiegabile. E il dolore, la sofferenza dei vivi. Non aveva mai riflettuto su questo aspetto da giovane. Sul fatto di dover incontrare i familiari delle vittime e di dover osservare il raccapriccio e la disperazione in cui erano piombati. Il fatto di doverli interrogare, anche se erano sotto choc e avrebbero avuto bisogno di pace, o quanto meno di sostegno psicologico. Doveva incalzarli, finché le tracce erano ancora fresche. A volte gli sembrava di essere un aguzzino che rigirava il coltello nella piaga.

Il caso Biggs aveva assunto dimensioni tali da catapultarlo nella sfera di competenza di Scotland Yard e questo non lasciava a Fielder altra scelta se non di andare a infastidire la famiglia sgomenta. Il giorno prima Sally e Gordon avevano riconosciuto senza ombra di dubbio il cadavere della Epping Forest come quello della loro figlia Linda. E così la salma aveva ottenuto un nome, un volto, una storia.

Linda Biggs, sedici anni, nata l'8 dicembre 1991, domiciliata nel quartiere londinese di Islington. Studi interrotti. Senza diploma. Senza lavoro.

Nella vita di Linda Biggs non sembravano esserci state molte prospettive. Il minuscolo appartamento in un quartiere socialmente emarginato. Sette persone in appena ottanta metri quadrati. Il padre disoccupato. La madre alcolizzata. Il fratello maggiore già in conflitto con la legge. Fielder sapeva che esistevano giovani in grado di allontanarsi da simili contesti familiari, ma erano la minoranza. La maggior parte di quelli nati in condizioni di indigenza ci restava per tutta la vita e ci moriva.

Linda avrebbe potuto avere una piccola chance: possedeva una bellezza fuori dal comune. I geni dei genitori decisamente anonimi si erano mescolati nella maniera migliore dando vita a una creatura davvero esemplare. Ma purtroppo non era stata capace di sfruttare questa sua qualità. Il suo modo di vestire e di truccarsi non le avrebbe mai permesso l'ascesa in una classe sociale superiore. Purtroppo era vero ciò che affermava il padre: se ne andava in giro come una prostituta.

Era stato questo ad attirare il suo assassino?

Tutti i Biggs erano riuniti. I ragazzini erano muti e attoniti, probabilmente non erano in condizioni di andare a scuola in un giorno simile. Anche Angela aveva telefonato al posto di lavoro per avvisare della propria assenza. Aveva gli occhi gonfi e arrossati. Doveva aver pianto tutta la notte e appariva sfinita.

Gordon fissava il muro. Sally aveva una bottiglia di grappa davanti a sé, anche se non si era ancora versata neppure un goccio in presenza dell'ispettore Fielder. Di tanto in tanto stringeva forte il bicchiere con entrambe le mani, quasi per assicurarsi di avere ancora questo appiglio nei momenti di più nera disperazione.

Fielder aveva porto le proprie condoglianze, senza ricevere alcuna reazione, ma del resto che cosa avrebbero potuto dire quei poveretti? Ora si schiarì la gola. Si era già scusato del suo arrivo quella mattina e Sally aveva risposto con un filo di voce: «Lei deve fare il suo lavoro, è naturale».

«Ci serve un elenco di tutte le persone che frequentava vostra figlia», disse, «soprattutto di quelle con le quali era più in contatto negli ultimi mesi. Ma anche prima, s'intende. Pensate di potermelo fornire?»

Come se avessero ricevuto un ordine segreto, tutti si voltarono verso Angela. Lei si passò la mano sugli occhi gonfi.

«Posso farlo io, sì. Credo... sono quella meglio informata.»

«Lei e sua sorella eravate molto legate?» domandò Fielder.

Angela scrollò le spalle. «Prima sì. Ma negli ultimi sei mesi... molto meno.»

«Come se n'è accorta?»

«Prima si confidava con me. Anche per tutta la notte. Noi... dormivamo nella stessa camera. A volte le dicevo di tacere, perché volevo dormire. Ma lei ricominciava a parlare. Lei... si entusiasmava per ogni cosa. Aveva bisogno di qualcuno con cui condividere questo entusiasmo.»

«Capisco», commentò Fielder. Pensò per un istante poi si rivolse a Gordon. «Mr. Biggs, da quanto ho appreso leggendo il rapporto dell'agente Burns, lei accennò in quell'occasione al fatto che sua figlia... ecco, nella sua vita c'erano numerose conoscenze maschili. Lei dichiarò persino di essere convinto che sua figlia alloggiasse da un uomo. Può darmi il nome e l'indirizzo?»

Gordon alzò la testa con fatica. «C'era quel... come si chiamava? Ben. Ben Brooks. Abita un isolato più in là.»

«Era il suo ragazzo?»

Gordon annuì. «Sì, il suo ragazzo. Un tipo simpatico. Ma del tutto inutile.»

«Inutile?»

«Non aveva un mestiere. Troppo alcol. Nessun futuro. Capisce?»

Fielder assentì. Capiva bene. Brooks era uguale alla maggior parte degli abitanti del quartiere.

«È stata con lui due anni. Si erano lasciati un sei mesi fa.»

«Sei mesi fa...» ripeté Fielder assorto. «E sempre da sei mesi Linda aveva smesso di confidarsi con lei, Miss Biggs. Conosce il motivo per cui si erano lasciati?»

Angela scrollò il capo. «All'inizio non me ne aveva parlato. Poi ho incontrato Ben e lui mi ha chiesto quasi disperato che cosa fosse successo. Linda aveva troncato di punto in bianco il loro rapporto, senza dargli spiegazioni. Non le andava più, aveva detto. Ben pensava che io sapessi qualcosa di più preciso, ma non avevo la minima idea di nulla.»

«Di sicuro avrà fatto qualche domanda a sua sorella?»

«Certo. Mi disse soltanto che Ben era un poppante, si espresse così. Non era un vero uomo. E lei non voleva più stare con un poppante.»

«Quanti anni ha Brooks?»

«Diciotto. È molto simpatico. Con lui non avrebbe preso la strada sbagliata.»

«È un perdente», borbottò Gordon, «un simpatico perdente.»

«E gli altri uomini...?» insistette Fielder cauto.

Angela scoccò al padre un'occhiata risentita. «Papà esagerava dicendo che Linda andava a letto con mezza Londra. Non era affatto vero. Mentre stava con Ben non gli è rimasta sempre fedele, questo sì. A una festa si è chiusa con un tizio nel bagno. E una volta ha attaccato discorso con uno al *Boots* e la cosa è durata per un paio di settimane. Ma questo è stato tutto.»

«Almeno a quanto ne sa lei?»

«Mi raccontava tutto», insistette Angela.

«Mr. Biggs, neppure lei dispone di prove concrete per suffragare l'ipotesi che sua figlia avesse molte conoscenze maschili?» chiese Fielder.

Gordon borbottò qualcosa di incomprensibile.

«Papà non approvava il suo modo di vestire», spiegò Angela. «Diceva che sembrava...»

Sally, che era rimasta zitta per tutto il tempo, intervenne con uno slancio inaspettato. «No! Non dirlo nemmeno! Non ripetere più quella parola per indicare tua sorella!»

«Era *lui* a dirlo sempre», si difese Angela. Aveva le guance rosse. «Era lui a dire che si vestiva come... *una di quelle*, e che quindi si comportava anche come loro.»

«Certo, il suo modo di vestire», cominciò Gordon, ma Fielder si affrettò a cambiare lo spinoso argomento. «In ogni caso non ci sono altri nomi di uomini con cui aveva una relazione?»

«No», rispose Angela.

«No», confermò Gordon.

«Naturalmente parleremo con Ben Brooks», disse Fielder, «e anche con altri amici, conoscenti, vicini di casa. Ogni tessera del mosaico può essere fondamentale, ma immagino che lo sappiate anche voi. Da parte mia tenderei a ipotizzare che circa sei mesi fa, quindi diciamo nell'agosto dello scorso anno, sia successo qualcosa di decisivo che ha cambiato la vita di Linda. Per questi motivi: intorno a quest'epoca lascia il ragazzo con cui stava da due anni senza un motivo apparente. Smette di confidarsi con la sorella, alla quale fino ad allora raccontava tutti gli avvenimenti della sua vita. Terzo, nel primo colloquio con la polizia, Angela ha accennato al fatto che sua sorella ultimamente portava abiti chiaramente costosi, ma la famiglia non riusciva a spiegarsi dove trovasse i mezzi finanziari per permetterseli. È possibile che anche questo cambiamento sia avvenuto all'incirca sei mesi fa?»

Angela ci rifletté. «È possibile», rispose poi.

Fielder annuì. «Si potrebbe ipotizzare l'ingresso di un nuovo uomo nella sua vita», disse. «Uno coi soldi con il quale lei faceva sul serio. A tal punto da non ritenerlo argomento adatto di confidenze serali tra sorelle.»

«Crede che sia stato lui a ucciderla?» domandò Gordon.

«Per il momento non ci sono prove in tal senso. E finché non riusciremo a identificare questa persona brancoliamo nel buio. Ma non è detto che sia coinvolto nella sua morte. Però potrebbe essere il nostro unico punto di riferimento. È probabile che Linda sia andata da lui dopo il litigio con il padre. Quanto meno potrebbe raccontarci qualcosa sugli ultimi giorni della sua vita.» Fielder si alzò. «Potrei dare un'occhiata alle cose di Linda? Armadi, cassetti, borse, tutto. Forse troviamo un indizio su questo grande sconosciuto.»

Anche Gordon si alzò. «Certo», disse. «Venga, le mostro la sua stanza.»

«Vengo anch'io», si offrì Angela precipitosamente. Fielder annuì. Dopo tutto era anche la sua camera.

«A proposito», chiese l'ispettore fermandosi, «il nome *Jane French* vi dice qualcosa?»

Tutti lo guardarono perplessi.

«Jane French?» ripeté Sally.

«È un'amica della nostra Linda?» chiese Gordon.

Fielder scrollò il capo. «No. Direi proprio di no. Jane French era il nome di una giovane assassinata più di cinque anni fa. Anche il suo cadavere fu rinvenuto nella Epping Forest, ma in un punto diverso da quello di Linda. È probabile che i due casi non abbiano niente in comune. Ma... mentre guardavo le foto del ritrovamento e leggevo il referto dell'autopsia, mi è tornata subito in mente quella vicenda. Jane era stata violentata e picchiata, poi era stata legata e abbandonata in riva a uno stagno, dov'era annegata.»

«Come... la nostra...» balbettò Sally.

«Ma non è detto che i due casi siano collegati», ripeté Fielder.

«Si sa... si è scoperto... chi...?» chiese Gordon.

Fielder scrollò il capo mestamente. Il caso Jane French era uno dei più frustranti della sua carriera. Non si era trovata la minima traccia, nessun indizio utile a fare luce sulla vicenda.

«Il caso di Jane French non è mai stato risolto», disse.

3

Rosanna dovette aspettare parecchio, prima che Geoffrey prendesse la cornetta. L'infermiera della casa di cura che aveva risposto e aveva ascoltato la richiesta di Rosanna aveva fatto un sospiro. «Ci provo», aveva detto, «ma con Mr. Dawson è dura. Spero che sia disponibile a parlare con lei.»

Evidentemente il personale era abituato ad aspettarsi scarsa collaborazione da parte di Geoffrey. Mentre attendeva, Rosanna ripensò al giovane pieno di vita che era stato un tempo e paragonò quell'immagine al fardello di amarezza e risentimento che aveva incontrato pochi giorni prima. Un pensiero sconfortante. Capiva la sua rabbia, il suo odio per il mondo, per tutti quanti, per il destino. Molto probabilmente anche lei si sarebbe comportata in maniera analoga.

Sentì i rumori di qualcuno che si avvicinava al telefono – un lieve cigolio, probabilmente le ruote della sedia a rotelle sul linoleum lattiginoso – e poco dopo riconobbe la voce di Geoffrey.

«Rosanna? Che cosa c'è?»

«Ciao, Geoffrey. Scusa se ti disturbo...» Non aveva fatto in tempo a pronunciare quelle parole che si morse la lingua. Una frase di circostanza, ma per uno come Geoffrey doveva suonare cinica. Se gli capitava di ricevere una telefonata al mese, di certo era un diversivo e non un disturbo.

«Ma no, figurati, le mie giornate non sono così impegnate che tu possa disturbarmi», rispose infatti lui, aggiungendo subito: «Hai parlato con quel porco di Reeve?»

«Sì, ieri sera. È stato un lungo colloquio.»

«Ma davvero? Si è degnato? Direi che si sente molto sicuro di sé. Del resto, è naturale. Nessuno più si interessa a Elaine. Tutti si sono rassegnati alla sua scomparsa. Può succedere che una donna sparisca nel nulla. Non sono cose da prendere troppo sul serio!»

«Geoffrey», disse Rosanna, «lo sapevi che Elaine aveva qualcuno?»

Un breve silenzio costernato. Poi Geoffrey chiese: «Che cosa? Un amico? Intendi...?»

«Un uomo. Un... amante. Una relazione. Ne parlò con Reeve. Quella sera.»

«La solita vecchia storia», ribatté Geoffrey, «l'aveva tirata fuori anche allora.»

«Allora?»

«Durante l'interrogatorio della polizia aveva accennato a questo misterioso amico. Gli agenti chiesero conferma a me e la mia risposta fu categorica: no.»

«Il no si riferisce al fatto che tu ne fossi al corrente, oppure...»

«Il *no* si riferisce al fatto che non c'era nessun uomo nella sua vita. *Nessuno*. Reeve si è inventato la storia per sviare i sospetti. Non era una cattiva idea, del resto si tratta di un avvocato di successo. Inventa un fantasma, e il caso acquista subito una luce diversa. Perché così tutti credono che Elaine se la sia svignata con il grande amore. E Reeve si trova fuori dai guai.»

Rosanna esitò. Poi, con estrema cautela, chiese: «Quindi escludi l'ipotesi che non ti avesse informato dell'esistenza di questo... amico?»

«Vuoi dire che aveva un amico e non me ne aveva mai parlato? E ti pare che si sarebbe confidata con il primo sconosciuto incontrato all'aeroporto? Scusa, sai, ma è assurdo.»

Rosanna tacque. Non perché lui l'avesse convinta, ma perché capiva che era impossibile dialogare con lui in maniera obiettiva e distaccata. Geoffrey non aveva la benché minima inclinazione a prendere in considerazione un qualsiasi aspetto poco piacevole. Probabilmente non era neppure in grado di riconoscere quali pressioni esercitava sulla sorella, con quanta crudeltà la tenesse legata a sé. Gli era impossibile pensare che Elaine avesse potuto costruirsi una vita diversa al di fuori della deprimente esistenza come infermiera e glielo tenesse nascosto. Ancora oggi, affrontare un'idea del genere avrebbe significato per lui perdere anche le ultime briciole di stabilità psichica alle quali si aggrappava, forse più disperatamente di quanto fosse evidente a chi gli stava vicino.

Ripensò al dialogo della sera precedente con Marc Reeve.

«Non ha raccontato alla polizia che Elaine poteva essere scappata con il suo fidanzato?» gli aveva chiesto. «Ha accennato a questo sconosciuto con gli agenti?»

Reeve aveva annuito. «Certo. Ma il problema era proprio questo: un amico sconosciuto. Nessuno aveva mai sentito parlare di lui. Nessun nome, nessuna descrizione. Non era scesa nei dettagli neppure con me. Era stato interpellato il fratello, che aveva negato con enfasi che potesse esserci qualcuno nella vita della sorella. Purtroppo neppure i colleghi di lavoro erano al corrente. Questo *amico* rimase un fantasma – una traccia che portava nel nulla.»

«Rosanna!» esclamò Geoffrey con urgenza, strappandola ai propri pensieri. «Stammi a sentire, non devi farti abbindolare da Reeve. Non c'era proprio nessun uomo nella vita di Elaine. Altrimenti l'avrei saputo. Qualcuno l'avrebbe saputo. Puoi chiedere in tutta Kingston St. Mary e in tutta Taunton e non troverai nessuno che l'abbia mai vista insieme a un uomo. Non trovi che sia strano? Non è mica che una relazione possa restare del tutto invisibile!»

A meno che Elaine non avesse fatto di tutto per tenerla nascosta, pensò Rosanna, e per fare in modo che nessuna terza parte potesse riferirti qualcosa. Una cosa del genere non può funzionare alla lunga, ma per un breve periodo sì.

«Rosanna, Reeve è un criminale! È un bell'uomo, interessante, e probabilmente ti sei già...»

«Ma che cosa dici, Geoffrey! Credimi, sono perfettamente in grado di valutare la situazione con obiettività. Non ho avuto l'impressione che Reeve mi mentisse parlando dell'uomo nella vita di Elaine. È possibile che Elaine ci abbia ricamato un po' su, si intende. Forse aveva trovato qualcuno di interessante nel suo ambiente, se n'era invaghita e lo definiva come suo amico, anche se in realtà costui ne era all'oscuro. Sarebbe del tutto plausibile.»

«Certo. Piuttosto che credere che sia Marc Reeve a mentire, preferisci pensare che sia stata Elaine a...»

«Geoffrey, liberati una volta per tutte del tuo modo di pensare bianco o nero. Non ho detto che Elaine abbia mentito. Ma forse sognava a occhi aperti. Bene o male lo facciamo tutti. Era giovane, aveva ventitré anni. Non credi che pensasse a come sarebbe stato bello avere un fidanzato? Essere amata da un uomo? È del tutto normale.»

«Lei aveva me.»

«Tu sei suo fratello.»

«Ero la persona più vicina a lei. Con me non aveva segreti.»

E io scommetto che su questo punto ti sbagli, pensò Rosanna.

La conversazione con Geoffrey non stava portando da nessuna parte. Reeve l'aveva previsto la sera precedente, quando lei gli aveva annunciato di volerlo consultare sull'esistenza di questo misterioso amico.

«Dirà la stessa cosa di allora. Che è escluso. Che Elaine non aveva segreti per lui.»

Chiese a Geoffrey di annotarsi il suo numero di cellulare e anche quello dell'hotel e di chiamarla, se gli fosse venuto in mente qualcosa circa la vita sentimentale della sorella. Geoffrey acconsentì, ma le riconfermò che si stava muovendo in una direzione del tutto sbagliata.

«Geoffrey, ti richiamerò», disse lei alla fine, esausta, «per tenerti aggiornato.»

«Stai attenta che Reeve non ti...»

«Non sono una sprovveduta», disse asciutta, e poi riagganciò energicamente. Provava compassione per Geoffrey, ma le dava anche sui nervi. Parlare con lui era come andare a sbattere contro un muro.

In Geoffrey non si muoveva più niente, come se la perdita della mobilità fisica avesse causato anche una paralisi interiore. Il suo punto di vista era granitico. Era così, punto e basta. Non era neppure concesso prendere in considerazione altre possibilità.

D'un tratto fu assalita da una grande stanchezza e irritazione. Era doloroso vedere quanto fosse cambiato il suo amico d'infanzia, un tempo tanto diverso. Ma non c'era solo la telefonata a turbarla. Anche la conversazione avuta con Robert la sera prima continuava a ronzarle per la testa. E il fatto che Dennis non avesse ancora cercato di mettersi in contatto con lei.

Cominciava a chiedersi se tutta quella faccenda non fosse stata un errore. La storia di Elaine la scombussolava più di quanto credesse. Con le altre storie non andava avanti, perché il suo coinvolgimento personale con Elaine l'assorbiva completamente. Il suo matrimonio era in crisi e il figlioccio soffriva per la sua lontananza ed era tormentato da opprimenti timori. Per quanto la riguardava, viveva in una camera d'albergo che, per quanto il primo giorno le fosse apparsa confortevole e lussuosa, adesso le risultava sempre più impersonale, fredda e soffocante. Di colpo sentiva la mancanza delle sue piccole abitudini quotidiane, avrebbe voluto prepararsi un tè nella cucina di casa sua, riempire la lavatrice, passare l'aspirapolvere in salotto, oppure occuparsi del giardino. Andare a fare la spesa e pensare a che cosa preparare per cena per Dennis e Robert. Si guardò nello specchio che era appeso sopra la scrivania.

«Non riesci a essere obiettiva», si disse a voce alta. «Erano proprio queste le cose che ti facevano soffrire, e soprattutto la monotonia delle tue giornate.»

Vide l'espressione crucciata dei propri occhi.

Una brava giornalista deve mantenere una distanza interiore dai temi che affronta, pensò.

Decise di uscire a correre un po'. Il tempo era sempre orribile, il cielo plumbeo, ma se non altro non pioveva come il giorno prima. Forse un po' di movimento le avrebbe fatto bene. Per esperienza sapeva che correre le era utile quando era sotto stress.

Si infilò i pantaloni della tuta, le scarpe da corsa e una felpa pesante, si calcò in testa un berretto da baseball e uscì dalla stanza. Non aveva più visto né sentito Cedric; forse era rientrato a tarda notte e dormiva ancora, oppure non era neppure tornato. Era un po' preoccupata per lui. L'hotel era caro e lei sapeva che il fratello non aveva molti soldi. Si augurava che non volesse strafare con quel prolungato soggiorno londinese. Inoltre aveva degli impegni che lo attendevano a New York, un lavoro, e poi le aveva parlato di volersi mettere in proprio come fotografo. Tipico di Cedric, invece di decidersi a prendere in mano la propria vita, trastullarsi lì a Londra, passare le giornate a letto e a chiacchierare con i vecchi amici. Ancora una volta fuggiva dalla incalzante necessità di dare senso e struttura alla propria quotidianità. Era un uomo adulto, ma era anche suo fratello e forse sarebbe stato il caso di fargli un discorso serio appena se ne fosse presentata l'occasione.

L'aria fredda e umida le fece bene. A Rosanna bastò attraversare la strada per trovarsi già in Hyde Park. Non c'era molta gente in giro, un paio di persone che portavano a spasso il cane a passo svelto e con il bavero del cappotto sollevato, qualche adolescente sulle panchine, le dita intirizzite a stringere la sigaretta, alcuni ritardatari che affrettavano il passo per andare al lavoro, qualche corridore qua e là. Rosanna si mise a correre e si accorse subito di andare troppo in fretta e di non essere per niente in forma. Non avrebbe resistito a lungo con quel ritmo. Rallentò, trovò l'andatura e il respiro giusti. Con passo regolare percorse i vialetti di sabbia. L'umidità dell'aria si posava come un sottile velo sul viso e sugli indumenti, procurandole refrigerio quando, accaldata e ansimando, si sedette su una panchina per riprendere fiato.

Un'ora dopo, tornò in albergo bagnata e sudata, ma si sentiva meglio. E un po' più motivata a seguire la strada intrapresa.

Aveva lasciato il cellulare sul comodino e lo sentì squillare già dal corridoio. Si affrettò verso la camera, si precipitò dentro e rispose affannata. «Pronto?»

«Dov'eri finita?» chiese Nick risentito. «È mezz'ora che cerco di raggiungerti.»

«Ero andata a correre. Avevo bisogno di sgranchirmi un po'.»

«L'aggeggio sul quale ti sto chiamando è stato inventato proprio per portarlo con sé in simili frangenti», osservò lui un po' contrariato. Poi il suo tono cambiò ed egli aggiunse, esaltato: «Una fantastica novità, Rosanna! Siamo stati invitati a un talk show.»

«A un talk show?»

«Non so se conosci *Private Talk*. Va in onda tutti i venerdì sera alle dieci. Vengono invitati sempre tre o quattro ospiti che non hanno niente in comune ma che sono attualissimi e godono di una certa notorietà – almeno momentanea – per qualcosa accaduto nella loro vita. Attori che presentano un nuovo film, giornalisti di gossip, che hanno scoperto qualche scandalo, scrittori con un romanzo scomodo, la nuova Miss Liverpool, arrivata a conquistare il titolo in maniera poco ortodossa... cose così. Penso che tu abbia capito.»

«E ora hanno invitato te?»

Nick rise. «E a chi interessa vedere un capo redattore sulla via della pensione? No, l'elemento di grido è la giovane e bella giornalista. Sarai l'ospite d'onore dopodomani!»

Per la sorpresa si sentì mancare le ginocchia e lei fu costretta a sedersi sul letto per non cadere. «Io? Oddio, Nick, non ho mai fatto niente del genere!»

«Sarai perfetta, Rosanna. Sei intelligente, eloquente e sei anche bella. E non c'è bisogno che ti dica che sarà un'ottima pubblicità per la nostra serie.»

«Sono stata invitata per via della serie», disse Rosanna, rendendosi conto nello stesso istante di quanto fosse poco furba tale osservazione. Quale altro motivo poteva esserci?

«Sì, certo. Per via della serie e per Elaine e il tuo speciale rapporto con lei in particolare. Il fatto che la giornalista che si occupa del caso abbia un interesse personale per trovare una risposta alla misteriosa scomparsa di Elaine rende la cosa più piccante. Tra l'altro la redattrice responsabile del programma ha chiesto se...» Nick tacque.

«Sì?» domandò Rosanna.

«Ecco, avrebbero piacere a invitare anche Geoffrey Dawson. Il fratello, che vegeta alla casa di cura. Mi capisci, no. Io comunque le ho già anticipato che...»

«Nick, è del tutto escluso!» si affrettò a dire Rosanna. Si immaginava benissimo un intervento di Geoffrey carico di accuse e di battute piene di odio nei confronti di Marc Reeve. La sua apparizione al programma sarebbe stata uguale a una missione di vendetta. Per Marc Reeve sarebbe stato come rivivere il suo incubo personale.

«Lo so. Quell'uomo non ce la fa», disse Nick. «L'ho già spiegato alla redattrice.»

Rosanna sapeva che Geoffrey ce l'avrebbe fatta benissimo e che, anzi, sarebbe stato pronto a farsi il tragitto da Taunton a Londra sulla sedia a rotelle di fronte alla ghiotta occasione di ricoprire di insulti l'odiato Reeve. Ma preferì tenere per sé queste riflessioni. Che Nick e gli autori del programma pensassero pure che per Geoffrey un'apparizione in TV sarebbe stata troppo faticosa.

«Comunque, è proprio una bella occasione per il *Cover*», proseguì Nick, «e questo è ciò che conta. Ti accompagnerò alla trasmissione, Rosanna. Dobbiamo arrivare un paio d'ore prima. Accordi preliminari, trucco ecc. Non sei nervosa, vero?»

«No», disse Rosanna. In effetti non era nervosa. Avvertiva piuttosto un inspiegabile disagio. Come se tutta la storia potesse prendere direzioni imprevedibili con questa svolta televisiva. Fino a diventare incontrollabile.

Conosceva abbastanza bene Nick da sapere che era assurdo cercare di dissuaderlo dal farla partecipare a *Private Talk*. Il maggiore interesse di Nick era sempre il suo giornale. La gigantesca pubblicità gratuita che sarebbe derivata dalla partecipazione al programma era un boccone troppo ghiotto per rinunciarvi solo a causa del vago disagio espresso da una sua collaboratrice. Lei avrebbe dovuto anzi apprezzare il guadagno che ne sarebbe derivato ed essere grata che non fosse lui stesso a contattare Geoffrey Dawson convincendolo così a partecipare. Se non altro così era in grado di controllare il proprio intervento.

«Allora ci vediamo venerdì sera», disse Nick riagganciando.

Lei guardò il cellulare e si chiese: come faccio a dirlo a Marc Reeve, adesso?

4

Doveva essere successo un incidente sulla M11 e la polizia aveva bloccato il traffico, perché da più di un'ora non si muoveva neppure un'auto. Diverse autopattuglie e ambulanze e due veicoli dei pompieri erano passati a gran velocità sulla corsia d'emergenza, lasciando presagire uno scontro alquanto grave. Alla fine spuntò persino un elicottero.

E allora buonanotte, pensò Cedric rassegnato.

Diversi automobilisti erano scesi dalla propria macchina, si aggiravano intirizziti, chiacchierando tra di loro, cercando di controllare in qualche modo il nervosismo per l'imprevista attesa. Per la maggior parte erano pendolari diretti a Londra per lavoro che vedevano ora saltare appuntamenti importanti e si ritrovavano con la giornata sconvolta. Qualcuno parlava concitato al cellulare. Cedric, che non aveva nessuna voglia di uscire nel freddo umido di quella mattinata di febbraio e preferiva restare al calduccio dentro l'auto, pensava che in fondo non aveva niente di cui lamentarsi. L'ingorgo era una seccatura, certo, ma a lui non cambiava proprio niente. Ad aspettarlo c'era solo una camera d'albergo, un pranzo da qualche parte nei dintorni, magari con Rosanna, se aveva tempo. Per il pomeriggio non aveva ancora programmato niente. Quindi gli era del tutto indifferente se lo avrebbe passato o no sulla M11.

Ma, stranamente, questa riflessione non lo fece sentire meglio, né allentò la sua tensione. Al contrario.

Guardava le persone spazientite intorno a sé e di colpo constatò sbigottito che provava invidia nei loro confronti.

Invidia per la struttura della loro vita, l'importanza e il significato di quello che facevano, i traguardi che tutti sembravano avere.

In realtà si era arrovellato per tutta la notte con simili pensieri. Era andato a trovare un'ex compagna di università che abitava a Royston, vicino a Cambridge. Un grazioso paesino, casette linde, prati verdi e curati tutt'intorno. La sua compagna di studi era sposata, aveva tre figlie, splendide bambine con le trecce e le calze bianche. Sul davanzale del salotto erano acciambellati due gatti. Quando il marito tornava a casa la sera era salutato con trasporto dalle figlie. Fino a qualche anno prima Cedric avrebbe pensato: com'è tutto piccolo-borghese. Ma adesso i tempi erano cambiati. Pensò al suo appartamento di New York, che aveva sempre l'aria fredda e cupa, alle sue serate nei bar di Manhattan, alle sue amanti che si succedevano velocemente e ad alcune solitarie domeniche mattina, da trascorrere in compagnia del giornale e dei postumi della sbornia del sabato sera.

Avevano bevuto parecchio, e gli era stato offerto di pernottare da loro nella camera degli ospiti. Al risveglio il mattino dopo si era trovato uno dei gatti acciambellato ai piedi del letto, caldo e morbido, che faceva le fusa, mentre dalla finestra gli giungevano le voci e le risate delle bambine. Si era alzato e le aveva guardate avviarsi verso la fermata dello scuolabus con le loro uniformi. Era stato colto da un feroce senso di solitudine. Era tornato a letto e si era posato il gatto sul petto, con l'assurda sensazione che la sua morbida pelliccia potesse lenire il gelo che sentiva nel cuore.

La sensazione di essersi perduto qualcosa nella vita, di non riuscire ancora a imboccare quella direzione che ormai era tempo di prendere, non gli era nuova. Gli si era posata sul cuore e nella testa come un piccolo dolore incalzante da tre o quattro anni, in maniera così impercettibile che era sempre riuscito a scacciarla con avvenimenti, persone, nuove donne, feste sfrenate, alcol. New York offriva numerose occasioni per far finta che tutto fosse in ordine. Ma ogni volta il dolore si riaffacciava, tenace, quasi a dirgli: ci sono ancora. Ci sarò sempre. Tutte le volte che ti fermerai, ti accorgerai di me.

A volte bastava una serata in compagnia di una famiglia intatta e felice. A volte un ingorgo sull'autostrada.

A New York Cedric era stato un paio di volte da uno psicoterapeuta. La maggior parte dei suoi conoscenti era in terapia o in analisi e, in un momento di particolare solitudine e scoramento, Cedric aveva visto questa strada come un'alternativa. Non sapeva se l'uomo canuto che l'aveva accolto in uno studio spazioso seduto su una comoda poltrona in pelle fosse bravo come medico, ma se non altro era riuscito a individuare quasi subito un paio di punti cruciali nella vita del paziente. Aveva subito preso di mira Geoffrey, per la precisione la notte dell'incidente. Cedric aveva dovuto descrivere ripetutamente gli avvenimenti di quella fatidica serata e analizzare le proprie sensazioni, finché si era sentito sopraffatto. Non era più stato dal medico. Non gli faceva bene parlare di Geoffrey. Non era mica stupido, sapeva bene che era proprio il disagio, anzi, l'orrore che lo assaliva tutte le volte che pensava a Geoff ciò che il terapeuta aveva trovato più interessante. Però poi avrebbe dovuto aiutarlo più in fretta. Non era giusto sconvolgere tutte le volte il paziente e poi rimandarlo a casa. Fino alla volta successiva. Una volta era scoppiato a piangere mentre tornava a casa. Non voleva più vivere un'esperienza del genere. Vagare barcollando e singhiozzando per le strade di Manhattan... ma che si credeva quello?

Geoffrey. Geoffrey e Cedric. Geoffreyecedric. C'era stato un tempo in cui quei due nomi avrebbero potuto essere pronunciati e scritti insieme in un'unica parola, tale era il legame indissolubile che li univa. Non c'era niente che non facessero insieme. Quasi niente. Al gabinetto andavano da soli e gli appuntamenti con le ragazze li gestivano ciascuno per conto suo. Ma per tutto il resto... inseparabili come fratelli.

Fino a quella notte.

Cercò di scacciare il ricordo. Se si fosse messo a pensare a Geoffrey lì, in quel maledetto ingorgo, che lo condannava all'immobilità assoluta, avrebbe finito per gridare o suonare il clacson o entrambe le cose. Probabilmente aveva sbagliato a tornare in Inghilterra. Ma aveva provato pietà del padre rimasto solo e, a essere proprio sincero, era stato assalito anche lui da un senso di solitudine. Del resto non poteva stare per sempre lontano dal suo paese natale a causa di Geoffrey. Forse però non sarebbe dovuto andare a trovarlo in quella squallida casa di cura. Ma se non l'avesse fatto si sarebbe sentito una canaglia.

E poi ci mancavano Rosanna e il suo articolo sulla storia di Elaine. Tutto congiurava contro di lui.

Dovrei quanto meno ripartire al più presto, pensò. Stare così vicino a mia sorella mi distrugge. Non fa che parlare di Elaine.

In realtà non aveva mai conosciuto bene la sorellina di Geoff. Una bambinetta piagnucolosa, che dava sui nervi a tutti. Si era trasformata in un'adolescente piuttosto scialba e questo aveva impedito che l'interesse di Cedric per lei potesse scattare. Se doveva dirla tutta, l'aveva sempre ignorata. Non era rimasto colpito neppure dalla sua sparizione cinque anni prima.

Quella mattina, per la prima volta in mezzo a quel pauroso ingorgo sulla M11, gli venne da chiedersi: la piccola Elaine. Che cosa le è accaduto, per la miseria?

C'erano ragazze delle quali avrebbe pensato all'istante che fossero scappate con qualcuno. O quelle di cui ci si poteva immaginare che partissero senza meta in autostop, finissero in qualche comunità, oppure in un gruppo di autocoscienza in campagna. Quelle che lasciavano tutto per Parigi, o la Provenza, dove si stabilivano vendendo olive o acquerelli. Erano ragazze di cui non ci si doveva preoccupare, perché erano vivaci, curiose, intraprendenti e disinibite.

Ma non Elaine.

Se avesse dovuto descriverla, gli sarebbero venuti in mente aggettivi tipo: impacciata, noiosa, puritana, meschina.

Sapeva che, cresciuta senza il padre morto prematuramente, alla scomparsa della madre si era dedicata con abnegazione alla cura del fratello. Era plausibile pensare che potesse lasciarlo? Sapendo che cosa avrebbe significato per lui vivere in un istituto?

Scrollò il capo. Non era da lei. Ma forse era presuntuoso da parte di chi l'aveva conosciuta credere di poterle assegnare preferenze e gusti. In realtà, proprio il carattere riservato di Elaine rendeva impossibile a chiunque dire di *conoscerla* fino in fondo. Non aveva amiche del cuore. Nessuno che potesse guardarle nell'animo. O almeno nessuno di cui qualcuno fosse stato al corrente.

Appunto, pensò con un moto di stizza verso se stesso, non sono certo neppure di questo. Non so niente. Rosanna non sa niente. Forse neppure Geoffrey sa tutto ciò che crede.

Un nuovo pensiero si fece strada nella mente di Cedric, ma non gli sembrava affatto fuorviante: e se Elaine in realtà fosse stata del tutto diversa da come la credevano tutti quanti? E se dietro il suo aspetto anonimo, dietro il timido riserbo si fosse sviluppata nel corso degli anni una persona totalmente diversa, separata dall'amorevole sorella, dalla premurosa infermiera, dall'anonimo fiorellino di campo? Era possibile che Elaine conducesse una doppia vita. E che avesse sfruttato il viaggio a Gibilterra per immergersi totalmente in quest'altra esistenza.

Cedric si appoggiò al sedile. Un secondo elicottero era comparso all'orizzonte. Doveva essersi trattato di un incidente davvero pauroso.

Le cose potevano andare per le lunghe.

Chiuse gli occhi rassegnato. A quanto pareva, c'era tutto il tempo di schiacciare un pisolino prima che il traffico si rimettesse in marcia.

5

L'appartamento era più piccolo di quello dove abitava, ma molto più luminoso e accogliente. Un soggiorno con angolo cottura arredato con mobili di abete, una minuscola camera da letto con tende a fiori e una stuoia colorata sul pavimento, un bagno con piastrelle azzurre, senza vasca ma con la doccia. Guardando fuori dalle finestre con gli infissi bianchi a riquadri, si vedevano prati a perdita d'occhio. Erba invernale pallida e bassa su terreno sabbioso. Sporgendosi dalla finestra del bagno e guardando verso destra, si riusciva a scorgere un angolino di mare.

Sapeva che sarebbe stata bene lì. Molto meglio che nel buco buio sopra l'odioso Mr. Cadwick.

Mrs. Smith-Hyde, proprietaria dell'appartamento, era una signora sulla sessantina tutt'altro che amichevole, ma se non altro non l'avrebbe spiata né si sarebbe immischiata nella sua vita. Rimasta vedova due anni prima, aveva ristrutturato la casa spaziosa in modo da ricavarne il piccolo appartamento.

«La casa era troppo grande per me», disse, «mi sentivo persa. E poi non sopporto di stare sempre sola. Sono più tranquilla sapendo che c'è un'altra persona in casa.»

«Lavoro come cameriera all'*Elephant* di Langbury. Torno a casa molto tardi la sera...»

«Non importa. Quello che conta è che qualcuno prima o poi si accorga se mi succede qualcosa. Si leggono molte storie agghiaccianti in proposito, non trova? Persone anziane cadute in casa e nessuno che se ne accorga, finché è troppo tardi. Vorrei evitare di finire così.»

«Posso capirla.»

Mrs. Smith-Hyde le rivolse un'occhiata diffidente. «Fa la cameriera ha detto? Non è mica che si porterà degli uomini qui?»

Ma perché tante persone pensano subito male quando una dice loro che fa la cameriera? si chiese.

«No», rispose, «stia pur certa che non porterò nessun uomo.»

«Non sono un albergo a ore», dichiarò Mrs. Smith-Hyde per chiarire meglio il concetto. «L'appartamento l'affitto a lei e non a dei signori che poi si piazzano qui da lei.»

«Non ha motivo di preoccuparsi per questo, Mrs. Smith-Hyde.»

L'anziana signora borbottò qualcosa che sembrava un *lo spero*, poi aggiunse senza batter ciglio: «Deve pagarmi in anticipo l'affitto per il primo mese. Vale a dire, quel che resta di febbraio e tutto marzo. E poi due mesi come cauzione».

Lei deglutì. Le sarebbe costato caro.

«Quando posso trasferirmi?» chiese.

«Subito. Quando vuole.»

«Hm.» Ci pensò su. Aveva già pagato l'affitto di febbraio a Mr. Cadwick e se andava via di casa così su due piedi, senza dargli alcun preavviso, poteva scordarsi di essere rimborsata. D'altro canto non avrebbe resistito un giorno di più da lui, quindi non le restava altra scelta che pagare due volte l'affitto di febbraio, buttando via un sacco di soldi, ma non c'era altro da fare. Comunque Mr. Cadwick doveva restituirle la cauzione e questo le avrebbe permesso di non intaccare troppo i propri risparmi. Poi doveva comperare una bicicletta, altrimenti non sarebbe potuta tornare di notte da Langbury al nuovo domicilio.

«Allora l'affitto subito», disse decisa, «e mi trasferirò nei prossimi giorni. Finora ho abitato in una camera ammobiliata, quindi porterò con me solo i vestiti.»

«D'accordo», dichiarò Mrs. Smith-Hyde. «Ha fatto un ottimo affare, glielo posso assicurare. Se esce dalla parte del giardino e attraversa i campi, arriva alla spiaggia. In estate si può fare il bagno. E non c'è mai gente. Nessuno si spinge fin qui.»

Proprio quello che cercavo, pensò, ma nel contempo questo pensiero le fece provare una stretta al cuore. Già, molto probabilmente fin lì si spingeva persino meno gente che a Langbury. La sua vita scivolava sempre di più nella solitudine, nell'isolamento. Non aveva ancora trent'anni e si ritrovava ad abitare nella casa di un'anziana vedova in un posto dimenticato da Dio. Con la prospettiva che le cose non sarebbero cambiate granché.

«Bene», disse. «Ora mi devo sbrigare, se voglio prendere la corriera per Langbury. Arrivederci, Mrs. Smith-Hyde. Sono molto contenta per l'appartamento.»

«Uno così bello non l'avrebbe trovato da nessuna parte», disse Mrs. Smith-Hyde compiaciuta. Chiuse con cura la porta dell'appartamento. Le due donne si ritrovarono su un terrazzino ventoso sul lato della casa. Da lì si accedeva direttamente all'appartamento. Anche questo era un vantaggio: un ingresso indipendente.

Mentre camminava verso la fermata dell'autobus, piuttosto spedita per scaldarsi e non perdere la corriera, pensò: è una vita d'inferno. Ma non importa. Forse è un primo passo. Forse prima o poi qualcosa cambierà.

Si fermò indecisa davanti a una cartolibreria, poi aprì la porta ed entrò. Comprò una copia del *Daily Mirror*, perché quel giorno non aveva ancora letto il giornale. Per lei era importante sfogliare un quotidiano tutti i giorni. Non per la politica interna, né per sapere che cosa succedeva all'estero. Da cinque anni la sua unica speranza era di leggere un trafiletto che annunciasse l'arresto di Pit. Così sarebbe finito in cella per molto tempo. O ancora meglio: durante l'arresto c'era stata una sparatoria con la polizia e lui aveva perso la vita. Morto. Finito. Innocuo. Un mucchio d'ossa sottoterra e nient'altro.

Sapeva che era assai improbabile trovare una notizia del genere su un quotidiano, anche se fosse accaduto per davvero. Pit e il suo amico Ron erano pesci piccoli. Oppure no. Se finalmente qualcuno scopriva tutti i crimini di cui si erano macchiati, forse avrebbero fatto notizia. Lei comunque doveva tenersi aggiornata.

Riprese il cammino scorrendo i titoli del giornale.

Efferato delitto nella Epping Forest era il titolo in prima pagina. Sotto c'era la foto di una ragazza bionda, molto giovane e molto carina. *Chi ha ucciso Linda Biggs?* ci si chiedeva e poi, in grassetto, *Chi può compiere un simile gesto?*

Seguivano i dettagli. Lei lesse. Si fermò. Non pensò più alla corriera che doveva prendere. Nella sua mente c'era soltanto un pensiero: come Jane French.

Mio Dio, come Jane French!

Era come se avesse appena letto una notizia riguardante Pit.

Solo che non era quella che sperava.

6

Soltanto nel tardo pomeriggio Angela rimase da sola nell'appartamento e osò accendere il computer del fratello Patrick. In effetti non era proprio sola, perché c'era anche Sally, sdraiata sul divano in salotto dopo aver preso un forte tranquillante che, mescolato alla solita abbondante dose di alcol, aveva avuto un effetto dirompente: era riuscita giusto a trascinarsi fino al divano, poi le gambe le avevano ceduto ed era piombata in un sonno profondo. Aveva la bocca socchiusa e il volto tormentato si era in parte rilassato. Angela glielo concedeva. Aveva reagito alla tragedia che di colpo aveva investito la sua esistenza come faceva sempre con tutti i problemi: rifugiandosi nella grappa. Stavolta però l'ebbrezza non le aveva offerto il sollievo ambito, non aveva scacciato i pensieri e le immagini che la tormentavano. Era stato necessario un sonnifero per trovare un po' di pace.

Gordon, che dopo la visita dell'ispettore Fielder era rimasto seduto in cucina a fissare il vuoto, si era alzato di colpo e aveva dichiarato che rischiava di impazzire rimanendo chiuso lì dentro e che aveva bisogno di aria fresca, di camminare, di fare qualcosa. Cereo in viso si era infilato gli stivali, aveva preso la giacca a vento ed era uscito sbattendo la porta. Angela sapeva che cercava di sfuggire alle immagini che lo perseguitavano, che perseguitavano tutti: le immagini delle ultime ore di vita di Linda, dei suoi ultimi minuti. Non si trattava solo del fatto che avessero perso una figlia, una sorella; d'ora in poi dovevano convivere con la consapevolezza che un membro della loro famiglia era stato vittima di una brutale violenza sfociata nella morte. Linda non era morta serenamente. Era passata attraverso l'inferno, era stata violentata e seviziata, probabilmente aveva lottato, aveva implorato, si era difesa con tutte le proprie forze, ma senza avere la benché minima speranza.

«L'assassino di Linda era uno psicopatico», aveva dichiarato Fielder. «Linda è stata sadicamente torturata. Chi lo ha fatto è malato. Ed estremamente pericoloso.»

È spaventoso, pensò Angela, ce lo porteremo dietro per il resto della vita. Non ci abbandonerà mai più.

Niente sarebbe più stato normale.

I ragazzi, che non erano andati a scuola quel giorno, erano spariti l'uno dopo l'altro, dove, nessuno lo sapeva. Probabilmente erano in giro con la loro banda, a fumare, a prendere a calci le lattine vuote, a mettersi in mostra con atteggiamenti sbruffoni. La foto di Linda era stata pubblicata da numerosi giornali quella mattina. A Islington tutti sapevano quale tragedia avesse colpito la famiglia Biggs. Angela immaginava che i fratelli cercassero di darsi delle arie da duri. Era il loro modo di rielaborare il lutto. Una rielaborazione che secondo lei nessuno di loro sarebbe mai riuscito a concludere in maniera soddisfacente.

Aveva già usato in precedenza il computer di Patrick. In realtà avrebbe dovuto chiedergli il permesso prima, ma voleva agire indisturbata. Per fortuna se la cavava. Digitò la password tipica di Patrick – *fuck* – per entrare in rete, andò su Google e inserì il nome che le interessava: Jane French.

Un attimo dopo apparve un fitto elenco di siti.

Jane French era stata rinvenuta il 17 novembre 2002 nella Epping Forest. Stava con la testa dentro l'acqua di un piccolo stagno in prossimità di un capanno che faceva parte di una piazzola da picnic molto isolata. Una coppia di anziani che passeggiava da quelle parti si era rifugiata nel capanno per ripararsi da un improvviso acquazzone e, guardando casualmente dalla finestra posteriore, si era accorta del corpo della donna. L'autopsia aveva stabilito che Jane French si trovava lì da diversi giorni. A novembre nessuno andava più a fare grigliate e di sicuro nessuno era più entrato nel capanno da diverso tempo.

Il luogo del ritrovamento non era quello dov'era avvenuto il delitto.

Jane French presentava profonde ferite nella zona genitale e doveva essere stata stuprata con un oggetto tagliente, probabilmente una bottiglia rotta. Aveva tagli in tutto il corpo e segni di pugni sul viso. Diverse costole rotte e gravi contusioni nella regione addominale dimostravano che era stata presa a calci. Ma tutto ciò non aveva causato la sua morte, che era avvenuta *per annegamento*. Legata e priva di sensi, era stata lasciata in riva allo stagno, con la faccia nell'acqua.

Angela si appoggiò alla spalliera. Si accorse di avere l'emicrania e la nausea. Chi poteva fare una cosa simile a una giovane donna? L'aveva seviziata e torturata nei modi più efferati e infine uccisa con estrema brutalità. Chissà se era scivolata direttamente dallo svenimento nella morte. Oppure si era riavuta, aveva cercato di girarsi su un fianco, non ci era riuscita e alla fine non aveva più avuto la forza di tenere la testa fuori dall'acqua.

Consultò altri articoli. Nessuno aveva denunciato la scomparsa di Jane French e la polizia aveva brancolato nel buio per due settimane, tentando di dare un'identità alla vittima. Alla fine si era presentata una sua amica, che aveva creduto di riconoscerla da una foto sul giornale. Tale amica, una prostituta drogata, aveva a lungo dibattuto se fosse il caso di andare alla polizia, visto che lei stessa aveva parecchio da nascondere ed evitava ogni contatto con le forze dell'ordine, come il diavolo con l'acqua santa. Per fortuna il buonsenso alla fine aveva avuto la meglio e così aveva identificato la salma senza ombra di dubbio. Aveva dichiarato che al momento della morte Jane French aveva vent'anni. Veniva da Manchester e si era trasferita a Londra a diciassette anni. Suo padre era morto da tempo e con sua madre aveva interrotto ogni contatto, al punto che questa non si era resa conto della scomparsa della figlia. A Londra aveva cercato di mantenersi dapprima con ogni genere di lavoro saltuario e alla fine era approdata al marciapiede. Divideva una camera con l'amica. Jane non si drogava, non beveva neppure e voleva lasciare il giro della prostituzione. Sognava di trovare qualcuno che la sposasse e le offrisse una vita migliore.

«Ma i tizi che conosceva», queste erano state le parole dell'amica, «non valevano niente neppure presi tutti insieme.»

Nel marzo del 2002 di colpo non era più tornata nella camera che dividevano. Era scomparsa senza preavviso. A quanto pareva aveva con sé soltanto la borsetta – che non fu più ritrovata – e gli abiti che indossava.

L'amica inizialmente non si era stupita né preoccupata.

«Jane non raccontava mai molto. Pensavo che finalmente avesse conosciuto qualcuno e fosse andata a vivere da lui. Come mai non si era portata via niente? Non ne ho idea. Forse voleva dare un taglio netto alla vita di prima. Sapevo che voleva andarsene da quell'ambiente.»

Stando ai diversi resoconti, la polizia aveva indagato tra i conoscenti di Jane, senza ricavarne nulla. Non era stato possibile risalire a nessuno dei suoi clienti e, ovviamente, nessuno di loro si era presentato spontaneamente. Era stata contattata anche la madre di Jane, che però non la vedeva né la sentiva da tre anni e non era in grado di fornire informazioni utili su di lei. Alla fine si era consolidata l'ipotesi che Jane French fosse caduta nelle mani di uno psicopatico mentre svolgeva il proprio lavoro, salendo ignara sulla sua auto. «Un classico rischio del mestiere per le prostitute», commentava cinico un giornalista. La polizia aveva cercato di scoprire altri casi analoghi a quello, perché si presumeva che un assassino del genere avesse bisogno di sedare ripetutamente la propria sete, ma non era più accaduto niente di paragonabile all'omicidio di Jane French. Lei era rimasta l'unica vittima.

Fino al 12 febbraio 2008. Il giorno in cui una signora che portava a spasso il cane aveva scoperto il cadavere orrendamente martoriato di Linda Biggs nella Epping Forest.

Angela alzò la testa. Le bruciavano gli occhi. Aveva fissato lo schermo con tanta concentrazione che non si era resa conto della tensione che aveva avvolto tutto il suo corpo. Lanciò un involontario gemito di dolore. Le facevano male le spalle e il collo a ogni movimento.

Sapeva di non poter fare il lavoro della polizia, ma aveva sperato di trovare qualcosa che potesse fornirle una prova decisiva. Una qualche analogia tra la sconosciuta Jane French e la sua sorellina Linda. Qualcosa che magari fosse sfuggito alle indagini ma che poteva mettere lei, che conosceva Linda meglio di chiunque altro, sulla strada giusta. Finora non aveva trovato nessuna informazione che l'avesse colpita come un fulmine.

Tornò a fissare lo schermo.

Dove stavano le analogie?

Entrambe le donne erano state rinvenute nella Epping Forest, anche se in punti diversi.

Entrambe erano state violentate allo stesso modo – con un oggetto tagliente – ed erano state prese a calci e pugni. Non erano state ritrovare tracce di fluidi corporei dell'assassino e questo rendeva più difficile un'identificazione.

Alla fine entrambe erano annegate.

Le circostanze della morte recavano decisamente molte analogie.

E le loro condizioni di vita?

Jane French lavorava come prostituta. Linda si vestiva come una prostituta – Angela si costrinse ad ammetterlo suo malgrado. Poteva essere un punto di contatto? Quel pervertito aveva un debole per un certo tipo di abbigliamento?

Ma erano centinaia le ragazze che si conciavano così. Non avrebbe dovuto aspettare cinque anni per trovare la vittima successiva.

C'erano innocenti studentesse liceali che nel fine settimana frequentavano le discoteche vestite come se fossero a caccia di clienti.

Oppure aveva ragione suo padre quando, del tutto involontariamente, aveva definito più volte Linda come una *puttanella*? Esisteva un legame con le mutate condizioni economiche di Linda negli ultimi sei mesi? Possibile che avesse rimpinguato le proprie sostanze di nascosto con questa particolare attività? E possibile che fosse finita nelle mani dello stesso criminale che aveva sulla coscienza la morte di Jane?

Restava la questione del lungo intervallo di tempo. Perché quel tipo non aveva scelto una ragazza ogni due o tre mesi?

Angela tornò a immergersi nella lettura.

Anche a costo di restare sveglia per tutta la notte, avrebbe scovato qualcosa.

Giovedì, 14 febbraio

1

Dennis non si fece sentire neppure per San Valentino. Rosanna aveva sperato di ricevere una telefonata, si era portata il cellulare anche quando era andata a correre, per essere pronta, ma non erano arrivate notizie da Gibilterra.

Tipico di Dennis. Quando era offeso era offeso. Poteva andare avanti all'infinito.

Per un breve periodo aveva valutato l'ipotesi di cedere per prima e di contattarlo, ma temeva la discussione che ne sarebbe scaturita. Siccome quasi sicuramente ce l'aveva ancora con lei, avrebbe sfruttato l'occasione per rimarcare il proprio punto di vista e puntualizzare che non gli importava nulla di ciò che pensava lei. Avrebbero litigato e in quel momento lei non ce la faceva ad affrontare un'altra crisi. Era già abbastanza tesa per via della trasmissione televisiva del giorno dopo. E poi aveva appuntamento con Marc Reeve alle dieci in un bar. Voleva concentrarsi.

Aveva telefonato a Reeve la sera precedente, per informarlo del talk show in programma, cosa che riteneva quanto meno doverosa vista la disponibilità da lui dimostrata a incontrarsi con lei. Venne fuori che ne era già al corrente e che la cosa lo rattristava parecchio.

«Hanno telefonato anche a me», aveva spiegato, «e volevano invitarmi. Io ho detto di no, perché significherebbe riportare alla ribalta la mia faccia. Basta già che il caso sia stato rivangato. E io che pensavo di aver superato la cosa una volta per tutte.»

«Mi rincresce molto, Mr. Reeve. La storia sta riscuotendo più pubblicità di quanta io stessa immaginassi. Purtroppo non posso fare a meno di partecipare alla trasmissione. Il mio capo redattore...»

«Lo so. Lei deve fare il suo lavoro. La capisco, sa.»

Le era venuta un'idea. «Pensa che potremmo incontrarci un'altra volta prima della trasmissione? Se sono così interessati a lei, è sicuro che vorranno sapere da me il suo ruolo nella vicenda. Forse dovrei prepararmi un pochino meglio.»

Lui aveva esitato. Chiaramente. Lei aveva capito che non si fidava ancora del tutto.

«Resta inteso», aggiunse lei, «che non scriverò né dirò niente, se lei non vuole.»

«Va bene», disse lui.

Alla fine aveva acconsentito a incontrarla. Ma lei aveva intuito benissimo che avrebbe preferito di gran lunga dirle: *mi lasci in pace! Mi risparmi tutta questa storia!* Era stato molto franco con lei già il primo giorno: se le permetteva di parlargli era solo perché così avrebbe potuto esercitare un certo influsso su di lei. Non lo faceva né volentieri né con fiducia.

In effetti Rosanna si sentiva un po' come un fastidioso terrier che avesse addentato il calzone di un passante e non volesse mollare la presa. Un ruolo che non le piaceva affatto, e quella mattina all'improvviso le venne da pensare che il suo soggiorno in Inghilterra, che per la prima volta aveva messo a dura prova il rapporto con il marito, alla fine avrebbe avuto un risvolto positivo: lei avrebbe smesso di rimpiangere il suo lavoro di giornalista. Faceva parte del lavoro immischiarsi nei fatti altrui ed evidentemente nel corso degli anni in lei era cambiato qualcosa al riguardo. Era diventata più sensibile. Si sentiva a disagio. Non le sembrava più un ruolo adatto a lei.

Questo se non altro avrebbe fatto piacere a Dennis, pensò.

Arrivò al luogo dell'appuntamento in Oxford Street con un quarto d'ora di anticipo e questo fatto accrebbe ulteriormente il nervosismo che già la tormentava. Di solito non era spinta da una tale inquietudine interiore. Per tenersi occupata, prese qualche appunto su uno degli altri casi che, doveva costringersi a ricordarlo, avevano pari importanza della storia di Elaine. Durante il fine settimana avrebbe scritto il primo articolo su uno dei casi, ne era fermamente decisa. Al più tardi l'indomani dopo la trasmissione avrebbe chiuso con Elaine. Avrebbe usato il materiale di cui disponeva, scritto la storia e poi lasciato tutto a riposo. Basta. Finito. Doveva giungere a una conclusione.

Marc Reeve arrivò puntualissimo. Aveva di nuovo l'aria stanca e affaticata, sebbene fosse ancora mattina. Aveva l'aspetto di chi dorme male la notte. Rosanna fu assalita dai sensi di colpa e provò all'improvviso un certo risentimento nei confronti di Nick. Era lui che l'aveva aizzata su Reeve. Possibile che non si potesse lasciare in pace quest'uomo?

«È da molto che aspetta?» chiese Reeve guardando l'orologio.

Lei scrollò il capo. «Sono arrivata in anticipo. Colpa del nervoso. La trasmissione di domani...» Non terminò la frase e disse invece: «La ringrazio di aver trovato un momento per me nel mezzo della giornata».

«È nel mio interesse», replicò Reeve. Si mise a sedere. «Posso dedicarle giusto un'ora. La mia segretaria ha l'influenza, io sono solo in ufficio e regna il caos più totale. Che cosa voleva sapere? Ha detto di volersi preparare un po' meglio?»

«Sì... esatto...» Rosanna si affrettò a mettere da parte i fascicoli sugli altri casi, tirò fuori un blocco dove si era segnata alcuni punti. «C'è ancora qualche problemino...»

Arrivò la cameriera. Dopo aver ordinato ciascuno un cappuccino, Rosanna riprese: «C'è una domanda che vorrei chiarire. Quella sera lei si trovava a Heathrow per prendere un volo per Berlino. Come tutti gli altri passeggeri, rimase a terra. Il mattino dopo, prestissimo, accompagnò in tutta fretta Elaine alla stazione del metrò di Sloane Square. Perché non andò con lei all'aeroporto? E perché non cercò di trovare un altro volo?»

«Perché per me la cosa era conclusa. Sarei dovuto andare a cena a Berlino. Con un cliente polacco al quale era interessato lo studio dove sarei dovuto entrare. Dopo la cancellazione di tutti i voli, chiamai il nostro contatto e chiesi se era possibile spostare l'incontro al giorno dopo. Non era possibile perché il potenziale cliente doveva rientrare in Polonia il sabato mattina. Ci accordammo per una data un paio di settimane dopo. Ma poi non se ne fece più niente, o quanto meno io non partecipai alla cosa. La stampa mi aveva già distrutto e da parte dello studio legale mi era stato fatto capire che non avevano più interesse a una mia partecipazione. Ero fuori.» Alzò le spalle. La sua espressione non tradiva niente di ciò che provava.

Rosanna, intuendo che lui preferiva la concretezza a qualche osservazione banalmente compassionevole, annuì e scarabocchiò qualche appunto sul blocco. Una vita intera, pensò, una vita intera finita sottosopra nel giro di pochi istanti.

«L'ultima volta che vide Elaine fu all'ingresso del metrò?» chiese.

«No», rispose Reeve. «La vidi dietro il finestrino del treno. L'accompagnai fino ai binari, l'aiutai a comprare il biglietto e mi assicurai che salisse sul treno giusto. Era la prima volta che veniva a Londra ed era ancora molto turbata. Pensai che sarebbe finita in capo al mondo se non stavo attento.»

«Era ancora turbata?»

«Non piangeva più, ma era molto agitata. Non si trattava tanto del volo, o del viaggio a Gibilterra. Era tutta la sua vita. Sì, credo che lei stessa avesse detto proprio queste parole, la sera, quando parlammo insieme. *Si tratta di tutta la mia vita*, disse a un certo punto, *ho la sensazione che ci sia in gioco tutto*. O qualcosa del genere.»

«Ha idea di che cosa volesse dire più precisamente?»

La cameriera portò i due cappuccini accompagnati da un piattino di dolcetti friabili. Reeve ne prese uno, ma invece di mangiarlo prese a rigirarlo tra le dita.

«Ebbi un presentimento. E vorrei prendermi a schiaffi per non aver sentito in tempo il campanello d'allarme. In sostanza mi fece capire quanto mai chiaramente che voleva andarsene. Che non era più contenta della vita che conduceva. Che voleva andare via, in primo luogo da suo fratello, ma anche dal paese, dal lavoro... da tutto, in poche parole. Se avessi riflettuto meglio sulla cosa, forse mi sarei reso conto che avrebbe sfruttato l'occasione per sparire – e che io, essendo l'ultimo a stare con lei, in qualche modo sarei stato coinvolto. Ma non immaginavo che le cose si sarebbero messe in questo modo. Sinceramente devo riconoscere che non mi interessava abbastanza da indurmi a occuparmi maggiormente di lei. Avevo compiuto la mia buona azione. Le avevo offerto una stanza per la notte, avevo ascoltato per ore il suo sfogo e alla fine l'avevo caricata sulla metropolitana giusta. Per me era tutto. Tornato a casa, mi misi allo scrittoio e cominciai a lavorare.»

«E che cosa avrebbe dovuto fare d'altro?»

«Già, che cosa? In seguito me lo sono chiesto parecchie volte. Accompagnarla fino a Heathrow, accertarmi che salisse sull'aereo? In quel modo sarebbe stato dimostrabile che era uscita da casa mia ancora viva. Insistere perché telefonasse al fratello, e gli dicesse che stava bene? Rispedirla personalmente nel Somerset, per stare tranquillo che non commettesse qualche sciocchezza? Facile a dirsi. Del resto, come mi sarei dovuto regolare? Non avevo di fronte un'adolescente. Era giovane, ma era adulta. Poteva fare e disfare quello che preferiva.»

«Io credo che non abbia nulla da rimproverarsi», dichiarò Rosanna a bassa voce.

Reeve scrollò il capo. «Invece sì. C'è qualcosa che devo rimproverarmi. Non mi fraintenda. Non devo rimproverarmi di *non* aver fatto qualcosa, ma al contrario di *averla fatta*. Fu un errore grossolano invitare a casa mia questa giovane donna in lacrime. Fu il gesto più stupido della mia vita. Fu...» con un movimento carico d'ira posò il biscotto sbriciolato sul tavolino, «fu una pazzia bell'e buona!»

«Lei voleva aiutarla.»

«Già, volevo aiutarla. E non pensai alle eventuali conseguenze che ne sarebbero derivate. Eppure... per un attimo all'aeroporto...» Tacque.

«Sì?» domandò Rosanna.

Lui parlò senza guardarla. «Per un attimo il mio sistema di sicurezza funzionò. Prima di offrirle di venire con me, fu come... un riflesso condizionato. La guardai bene per calcolarne l'età.»

«L'età?»

«Volevo accertarmi che non fosse minorenne. Non perché avessi in mente di fare qualcosa con lei. Ma non avrei offerto ospitalità a una minorenne. Semplicemente per non avere guai. Ed è questo che mi rimprovero ancora oggi. Non aver visto il segnale di avvertimento che si era acceso nella mia mente. Era evidente che Elaine doveva avere almeno vent'anni. E con questo misi a tacere ogni dubbio. E fu il mio errore. Mi sarei dovuto immaginare subito che ospitando una sconosciuta in casa mia avrei potuto avere qualche problema, indipendentemente dalla sua età.»

«Lei ha parlato di un riflesso condizionato», disse Rosanna.

Lui abbozzò un sorriso. «È un riflesso comune alla maggior parte degli uomini.»

«Quello di calcolare subito l'età di una ragazza?»

«Esatto», confermò lui con aria impacciata.

Lei ci pensò su. O magari ce l'hanno soltanto i dongiovanni. Come te. Stando alle affermazioni del tuo vicino di casa... Scacciò subito questo pensiero. Non doveva dare troppo peso alle dichiarazioni dell'ex vicino di casa di Marc Reeve. Era fin troppo chiara l'antipatia che quell'uomo provava nei confronti dell'avvocato.

«Lei non ha mai fatto parola di questo breve momento di esitazione, vero?» domandò lei. «Quanto meno, non ne ho trovato traccia sugli articoli di giornale.»

«No, infatti non ne ho mai parlato. L'avrebbero usato contro di me. Avrebbero pensato che avessi invitato Elaine con l'intento di avere un'avventura e questo sarebbe stato un altro passo verso la violenza e il delitto, dove comunque volevano già arrivare quasi tutti. E dove alla fine sono arrivati, nonostante gli elementi che portai in mia difesa.»

Erano arrivati al punto che per Rosanna restava ancora oscuro. Sebbene avesse letto così tanto materiale al riguardo. Sebbene ci fossero le dichiarazioni di Marc Reeve in proposito. Ma non era ancora sicura.

«Mr. Reeve», disse titubante, «non vorrei che mi fraintendesse, ma... c'è ancora una cosa...»

«Sì?»

«Una cosa che non capisco del tutto. So che lei l'ha spiegato varie volte. Non vorrei che pensasse che non mi fido di lei, o...»

«Chieda pure.»

Lei si lanciò. «Può suonare strano, forse, e le chiedo scusa, ma nessuna risposta a questa domanda mi ha convinto del tutto. Per questo gliela pongo ancora una volta, anche se probabilmente ne ha fin sopra i capelli. Per quale motivo invitò a casa sua Elaine

Dawson la sera di quel 10 gennaio? Perché offrì un posto per dormire a una perfetta sconosciuta? Che cosa c'era in lei, che la spinse a fare questo passo? Che cosa la commosse tanto?»

Si aspettava una reazione quanto meno stizzita da parte sua. Questa domanda gli era stata rivolta fin troppe volte.

Con sua sorpresa, però, lo vide farsi molto assorto.

«È un'ottima domanda», disse infine, «nessuno l'aveva mai formulata in questo modo. Ha toccato proprio il punto cruciale. Che cosa mi ha commosso tanto di Elaine Dawson? Ruota tutto intorno a questo punto, vero? Cercherò di spiegarglielo.»

2

Quasi tutti i suoi averi stavano nell'unica valigia che possedeva, e le poche cose rimanenti, soprattutto generi alimentari che non voleva buttare via, finirono, dopo una breve riflessione, in una busta di plastica. Aveva telefonato all'*Elephant* per avvisare che non sarebbe andata al lavoro per colpa di una visita dal dentista. La cosa era stata accettata scontrosamente.

«Stasera ci sono», aveva assicurato.

«Vorrei ben vedere», aveva brontolato Justin. «Stasera ci sarà una squadra sportiva che festeggia. Abbiamo bisogno di te.»

«Contaci.» Sperava di riuscire a rimediare una bicicletta prima di sera. Forse Mrs. Smith-Hyde ne aveva una in garage.

Doveva restare a casa per aspettare il momento in cui Mr. Cadwick sarebbe uscito. Aveva deciso di andarsene alla chetichella, senza affrontare lunghe discussioni, ma se lui l'avesse vista con la valigia l'avrebbe assalita con mille domande. Una volta lui le aveva raccontato che tutte le mattine usciva a comperarsi il pranzo.

«Non sono il tipo da fare la scorta io. Non mi ci raccapezzerei più.»

Sperava che anche quel giorno sarebbe andato in drogheria. La mezz'ora di tempo le sarebbe bastata per uscire di casa senza farsi vedere e raggiungere la fermata dell'autobus. Se non indugiava troppo, forse riusciva a prendere l'autobus delle dodici. Nel giro di un paio di giorni sarebbe tornata da lui per chiedergli la restituzione della cauzione. Ovviamente lui avrebbe protestato, ma lei avrebbe potuto ricordargli che gli lasciava tutto l'affitto del mese di febbraio, anche se non abitava più lì. La sua speranza era di aver acquisito un po' di sicurezza nel nuovo domicilio per avere la forza di affrontare la spiacevole faccenda.

La sua pazienza venne messa a dura prova. Fino alle dieci non le giunsero rumori dal piano di sotto. Probabilmente lui era salito di soppiatto per le scale, chiedendosi come mai la sua inquilina non fosse al lavoro. Oppure si domandava se non l'avesse sentita perché era uscita molto presto. Ovviamente avrebbe potuto accertarsene entrando nell'appartamento, e per questo lei aveva lasciato il cassettone davanti alla porta. Se avesse tentato di aprirla, si sarebbe accorto che lei era ancora in casa. Ma allora lei avrebbe dovuto raccontargli la storia del mal di denti, sperando che poi sarebbe uscito a fare la spesa. Insomma, vivere con un simile padrone di casa era impossibile. Chissà perché aveva aspettato tanto a cambiarlo.

Alle undici finalmente lui diede qualche segno di vita. Trasalì al sentire di colpo la sua voce che proveniva direttamente dal pianerottolo.

«Ehi? Ehi, signorina? È in casa?»

Lei non rispose. Dunque si era accorto che non era andata a lavorare.

«Lo so che è in casa!» gridò.

Forse, nonostante la sua mancanza di educazione, aveva ancora qualche pudore a piombare di sorpresa nel suo appartamento, perché infatti non tentò di aprire la porta.

«Ehi!» gridò ancora.

Lei avrebbe preferito evitare qualsiasi contatto, ma poi le venne il terrore che lui non se ne andasse più e la tenesse prigioniera per il resto della giornata, così si decise a rispondere, ribollendo di rabbia.

«Sono qui, Mr. Cadwick. È tutto a posto.»

«Perché non è andata al lavoro?»

«Ho mal di denti.»

«Allora deve andare dal medico, bambina! Non bisogna aspettare in questi casi.»

«Ho un appuntamento per oggi a mezzogiorno.»

«Posso fare qualcosa per lei?»

«No, grazie. Sto bene così.» *Ti decidi a smammare?*

Dopo un attimo di silenzio lui annunciò: «Allora esco per andare a fare la spesa. Vuole che lc porti qualcosa?»

«Ho tutto quello che mi occorre.»

«Lei deve mangiare di più. È così magra!»

Lo si sarebbe potuto prendere per un vecchietto simpatico e premuroso.

Ma io ti conosco troppo bene, pensò lei.

«Mangio a sufficienza. Davvero, Mr. Cadwick. Non deve preoccuparsi per me. Sto bene.» Gli avrebbe dato volentieri una risposta maleducata, ma temeva che ne sarebbe nata una discussione. E se lui non si sbrigava a uscire lei avrebbe perso l'autobus di mezzogiorno.

«D'accordo. Allora vado», disse lui.

Sì, e sbrigati! Sparisci e non tornare troppo presto.

Due minuti più tardi sentì sbattere il portone d'ingresso. Dopo un pochino si azzardò a guardare fuori dalla finestra. Lo vide trascinarsi lungo il vicolo, l'andatura zoppicante tipica delle persone che passano troppo tempo sedute. *Addio, Mr. Cadwick. Magari troverà presto un'altra vittima da tiranneggiare!*

Si infilò rapidamente stivali e cappotto, prese la valigia e la borsa di plastica e gettò un ultimo sguardo alle stanze dov'era vissuta per quasi due anni. Non si era mai sentita particolarmente bene lì, e tuttavia gli odiosi oggetti e mobili scalcagnati le erano diventati familiari e in un certo senso quella era diventata un pezzo di casa sua. Scacciò subito la malinconia che stava per assalirla. Con il suo modo di vivere non poteva permettersi di mettere radici in nessun luogo. Doveva essere sempre pronta a staccarsi e cambiare casa.

Il tragitto fino alla fermata dell'autobus non era lungo, ma la valigia pesava molto. Doveva continuamente fermarsi a riposare. E poi doveva fare una strada più lunga per evitare il pericolo di incontrare Mr. Cadwick di ritorno dalla spesa. Mentre camminava ripensò all'articolo di giornale che l'aveva tanto scossa il giorno prima. La povera giovane uccisa a Londra in maniera così brutale si chiamava Linda Biggs. Ovviamente non era detto che Pit avesse a che fare con il delitto. Le circostanze descritte nell'articolo ricordavano il caso di Jane French, anche il luogo del ritrovamento era lo stesso. Viceversa, però, aveva già letto spesso di cosiddetti delitti fotocopia. Gli autori sceglievano un caso e si divertivano a ricrearne passo passo tutte le caratteristiche. Poteva benissimo trattarsi di qualche pervertito che aveva letto del caso French su internet e ne era rimasto affascinato. Si era immedesimato, non aveva pensato più ad altro, aveva rigirato nella mente le terribili violenze che erano state commesse su di lei. E ora, ad anni di distanza da quel delitto, tutte le remore morali erano saltate. Il caso gli aveva messo tra le mani la giovane, le circostanze erano state favorevoli e lui aveva agito.

Poteva succedere. Se ne leggeva in continuazione. I folli che ormai con una certa regolarità prediligevano scuole o college per fare strage di studenti e di chiunque capitasse a tiro nascevano da situazioni del genere. Avevano incontrato le scene di sangue che poi avrebbero ricreato, in film e videogiochi, e non erano più riusciti a liberarsene. Chi lo diceva che Linda Biggs non fosse stata vittima di un simile pazzo?

Anche perché personalmente lo preferirei, pensò, visto che l'idea che Pit sia rimasto com'era mi fa gelare il sangue. Perché spero che sia cambiato qualcosa in lui.

Ma era una speranza realistica? A essere proprio sincera, rasentava piuttosto l'utopia. Pit forse non era coinvolto nel caso Biggs, ma non per questo era cambiato. Lei lo aveva riconosciuto per quello che era, uno psicopatico, ed era tuttora convinta che la sua valutazione fosse corretta. Gli psicopatici restano tali, non si scrollano di dosso il loro disturbo da un giorno all'altro, diventando irriconoscibili.

Raggiunse in tempo la fermata e dieci minuti dopo era seduta sull'autobus. Guardando fuori si accorse che il cielo si stava rischiarando. Per la prima volta da giorni, c'erano grossi squarci tra le nubi che mostravano il cielo azzurro e i raggi del sole inondavano il paesaggio invernale di una piacevole luce. Faceva ancora freddo e lei sapeva che la primavera al nord arrivava più tardi che nel sud dell'Inghilterra, ma quel giorno sembrava volerne annunciare l'imminente arrivo e lei lo prese come un auspicio molto promettente.

In un quarto d'ora l'autobus la portò a destinazione. Il tragitto fino a casa di Mrs. Smith-Hyde con la valigia fu un'impresa ardua e, nonostante la temperatura rigida e il vento gelido, arrivò a destinazione tutta sudata. Com'era successo il primo giorno, Mrs. Smith-Hyde le apparve un po' diffidente, ma forse era nella sua natura e non dipendeva da lei.

«Sono arrivata», annunciò ansimando con un filo di voce.

«Lo vedo», replicò la nuova padrona di casa severa. «È stato irragionevole da parte sua fare tutta questa strada trascinando una valigia così pesante. È facile procurarsi uno strappo in queste condizioni e poi se ne soffre a vita!»

«Non c'erano altre possibilità. A proposito, prima che me ne dimentichi: non avrebbe per caso una vecchia bicicletta da vendermi? Oppure conosce qualcuno che me la può procurare?»

«Una bicicletta?»

«Altrimenti non posso tornare da Langbury a qui. Dopo le otto non ci sono più corse.»

«Sa una cosa», disse Mrs. Smith-Hyde, «ci ho pensato su. Non mi piace mica che lavori in quel bar. Non è il luogo adatto per una ragazza. E poi andare in giro di notte in bicicletta... e come pensa di fare per l'inverno? Per non parlare poi dei pericoli che possono nascondersi anche in una zona tranquilla come questa.»

Lei fu colta da un improvviso timore. Mrs. Smith-Hyde aveva forse cambiato idea e non voleva più affittarle l'appartamento? Non reggeva all'idea di tornare da Mr. Cadwick.

«Io... ecco, è il mio lavoro...» balbettò.

«Potrebbe servirmi una donna delle pulizie», spiegò Mrs. Smith-Hyde senza tanti giri di parole, «e conosco altre famiglie cui farebbe comodo. La giovane che si occupava delle pulizie di mezzo paese aspetta un bambino e resterà ferma a lungo. Che ne dice? Lei lavora per me e io la propongo anche agli altri. Così la sera potrebbe rimanere a casa e trascorrere una vita più tranquilla.»

Lei ci pensò su. Tranquilla la sua vita non sarebbe stata di certo. Non doveva essere facile lavorare per Mrs. Smith-Hyde e chissà com'erano le altre. Tuttavia si sarebbe risparmiata di dover girare di notte in bicicletta e avrebbe potuto tagliare del tutto i ponti con Langbury. Si era chiesta un paio di volte se Mr. Cadwick, per vendicarsi e per farle un dispetto, non avrebbe cominciato a frequentare assiduamente l'*Elephant*. Se accettava l'offerta di Mrs. Smith-Hyde, poteva risolvere tutti i suoi problemi.

«Ci penserò», disse.

«Ma non troppo a lungo», l'ammonì Mrs. Smith-Hyde.

In realtà aveva già deciso.

Il pensiero di dare un taglio netto le procurava un'ottima sensazione.

3

Angela scoprì qualcosa il giovedì pomeriggio. Il mercoledì sera non aveva potuto continuare le ricerche al computer, perché Gordon era tornato all'improvviso e aveva avuto un crollo psicologico. Si era messo carponi in salotto, singhiozzando e ripetendo quanto amasse la sua piccola Linda. Ad Angela era venuta la tentazione di ricordargli con quale disprezzo avesse sempre parlato di lei e con quanta freddezza l'avesse trattata, ma poi la compassione aveva avuto il sopravvento e lei gli si era seduta accanto e lo aveva abbracciato.

«Chi può fare una cosa del genere? Chi fa una cosa del genere?» si chiese lui per l'ennesima volta, ma come poteva lei dargli una risposta? Dopo tutto le circostanze della morte di Linda riempivano di sgomento anche lei.

Già, quale essere umano può fare certe cose a un suo simile?

Siccome si era data malata per il resto della settimana, rimase a casa anche quel giovedì. Sally aveva convinto i tre figli maschi ad andare a scuola con una carica di energia insolita per lei, poi si era chiusa in se stessa piena di tranquillanti e di grappa. Gordon si era seduto con lei in cucina, lamentandosi tra sé, senza che nessuno gli desse ascolto.

Angela consultò ancora una volta la grande quantità di materiale sull'omicidio di Jane French, ma dapprima constatò sempre i soliti fatti; la rottura di Jane con la famiglia, il suo lavoro come prostituta a Londra, le dichiarazioni dell'amica e compagna di stanza sulla loro vita in comune. Non c'era niente che indicasse un punto di contatto con Linda Biggs.

Ma poi trovò una lunga intervista con la compagna di stanza e per la prima volta apprese un particolare che le fece drizzare le orecchie.

«Sembrava che avesse scoperto da qualche parte una nuova fonte di denaro», aveva risposto l'amica alla domanda circa le condizioni economiche di Jane French. «Almeno nelle ultime settimane prima della sua scomparsa. Si comprava capi di abbigliamento molto più costosi dei miei. Io non potrei mai permettermi di spendere quello che sborsava lei per vestirsi!»

Angela socchiuse gli occhi e si sentì assalire da una strisciante inquietudine. Ecco, pensò, ecco un punto in comune. Proprio quello che è successo alla nostra Linda. Il netto miglioramento nel suo modo di vestire.

Si alzò, lasciò la camera e si avvicinò alla cucina, per ascoltare. Riconobbe la voce di suo padre che borbottava monotona. Sally invece era silenziosa. La cosa non la sorprendeva. Angela l'aveva vista trangugiare due tranquillanti, anche se ne sarebbe bastato uno per spedirla per ore nel mondo dei sogni.

Non aveva voglia di spiegare qualcosa ai suoi genitori. Voleva parlare direttamente con l'ispettore Fielder. Lui le aveva lasciato il proprio numero.

«Se le venisse in mente qualcosa», le aveva detto, «anche se le pare irrilevante, mi telefoni. Non abbia timore di apparire ridicola. Tutto può essere importante.»

Entrò silenziosamente in salotto dove si trovava il telefono. Quella mattina i genitori si erano dimenticati di richiudere il divano letto dove dormivano. Le lenzuola erano tutte stropicciate. Angela immaginò che Gordon avesse passato la notte a rigirarsi inquieto.

Aveva temuto di incontrare difficoltà nel mettersi in contatto con Fielder, ma poi si rese conto che i propri timori dipendevano dalla sua innata convinzione che una persona come lei, proveniente dall'ambiente sociale di Islington, non avesse il diritto di essere trattata con gentilezza. Invece la sua telefonata fu subito passata. Si ritrovò a parlare con Fielder prima ancora di essersi ripresa dalla sorpresa.

«Miss Biggs!» Sembrava quasi contento. «Le è venuto in mente qualcosa?»

Brancolano proprio nel buio, pensò, se una simile eventualità lo riempie di un tale entusiasmo.

«Ecco... certo, non so se possa servirvi a qualcosa, ma...» Gli riferì quanto aveva trovato su internet. Lui l'ascoltò con attenzione.

«In effetti è un'analogia importante», riconobbe alla fine. Lei ebbe l'impressione che lui fosse già a conoscenza di questo dettaglio, ma che per educazione non volesse dirglielo. «Un altro indizio che rafforza la nostra convinzione che si tratti dello stesso autore in entrambi i casi.»

«Ma chi sia questo autore...»

«...questo naturalmente non lo sappiamo ancora. Ma se abbiamo a che fare con lo stesso uomo sarà più facile accerchiarlo. Adesso abbiamo anche l'ambiente di sua sorella nel quale indagare.»

«Ha parlato con l'ex fidanzato di Linda?» domandò Angela.

«Sì», rispose Fielder. «Purtroppo non è servito a molto. Al massimo possiamo escludere lui come sospettato. Mi è sembrato scioccato e sconvolto e non ha ancora superato la separazione dello scorso anno. Linda non gli aveva fornito la benché minima spiegazione sui motivi della rottura. Ovviamente anche lui aveva immaginato che ci fosse in ballo qualcun altro, ma lei non gli accennò a niente in proposito.»

«Allora siamo sempre allo stesso punto», osservò Angela desolata.

Fielder cercò di mostrarsi fiducioso. «Le assicuro che è mia intenzione trovare l'assassino di sua sorella. La prego di credermi su questo, Miss Biggs. Mi sta a cuore quanto a lei.»

«Ma non ci sono indizi concreti.»

«Molti particolari ci inducono a pensare che nella vita di sua sorella ci fosse un nuovo uomo. Ha passato del tempo con lui, molto probabilmente anche gli ultimi giorni della sua vita, dopo il... litigio con suo padre. Qualcuno deve averli visti insieme. Le persone si muovono sempre nel solito ambiente, anche se cercano di passare inosservate. La foto di sua sorella è su tutti i giornali. Qualcuno si farà avanti, vedrà.»

«Ma non avrebbe già dovuto farlo?»

«Non lo dia per scontato, sa. In base alla mia esperienza la gente in genere ha paura di dire qualcosa di sbagliato, di confondersi e quindi di essere criticata. Vedono la foto sul giornale e pensano di riconoscere la persona, ma poi cominciano a chiedere in giro per avere conferme. Chiedono ad amici e conoscenti: *Senti, ma questa non è la ragazza che la settimana scorsa è entrata da Mr. Taldeitali al terzo piano?* Qualcuno gli dà ragione, qualcuno no. Sono incerti, rimuginano. E poi qualcuno consiglia loro di rivolgersi alla polizia e di manifestare i propri sospetti. Ci riflettono ancora un po', ma alla fine si fanno coraggio e vengono da noi. Tutto questo processo può benissimo richiedere una settimana di tempo.»

«Mi terrà informata?» domandò Angela.

«Naturale», rispose prontamente Fielder. Dopo una breve pausa aggiunse: «La sua scoperta è stata importante, Miss Biggs. Ha fatto bene a telefonarmi. La prego di non indugiare se le venisse in mente qualcos'altro».

Lei promise di farlo, poi si congedò e riattaccò. Aveva l'impressione di non essersi avvicinata neppure di un passo alla sorella morta. Chissà se sarebbe mai stato possibile scoprire chi l'aveva uccisa. Era sempre stata convinta che si sarebbe tolta un peso dal cuore sapendo chi aveva sulla coscienza la morte di Linda. Ma all'improvviso non era più così. Forse non sarebbe cambiato proprio niente.

Forse non ci sarebbe mai stata una cura per alleviare il dolore che provava.

4

Erano le cinque del pomeriggio quando Dennis Hamilton rientrò a casa dall'ufficio. Era un orario insolito per lui, e avrebbe avuto ancora molto da fare. Ma non si sentiva bene, era stato tormentato per tutta la giornata da un feroce mal di testa e intuiva che stava per venirgli l'influenza. Arrivato a casa, per prima cosa prese due aspirine nella speranza che placassero il micidiale martellamento alle tempie.

Non si ammalava quasi mai. Forse non era un caso che succedesse proprio ora.

Era il giorno di San Valentino. E non aveva telefonato a Rosanna. Sapeva che spettava a lui farlo; dopo la loro ultima conversazione, era evidente che toccava a lui. Sapeva che non era stato giusto attaccarla in quel modo per i suoi impegni professionali in Inghilterra. In genere sapeva riconoscere quando assumeva un comportamento sbagliato, anche rispetto al figlio. Tuttavia sembrava incapace di cambiare. Era spinto da timori troppo radicati in lui per poterli dominare.

Andò in cucina, si versò un bicchiere di vino bianco e girovagò per le stanze del pianterreno. L'alcol forse non avrebbe fatto bene all'emicrania, ma era un toccasana per la sua psiche. La casa era così permeata della presenza di Rosanna che di colpo fu di nuovo invaso da un'intensa nostalgia per lei. Era stata lei a scegliere i quadri appesi alle pareti, a comperare i tappeti spagnoli che coprivano il pavimento in cotto. Le foto di famiglia sopra la mensola del camino erano state amorevolmente collocate lì da lei. I comodi divani con i cuscini colorati, le semplici tende bianche alle finestre, era tutta opera sua. Aveva arredato la casa con un'equilibrata miscela di elementi ispanici e britannici. E anche le aiole fiorite nel cortile interno di pietra erano state piantate e curate da lei. Aveva dato tutta se stessa per creare un nido accogliente per lui, per Robert e per sé. E questo sebbene fosse tutt'altro che felice lì a Gibilterra. Lui sapeva della nostalgia che provava per l'Inghilterra – ma che cosa avrebbe dovuto fare?

Si fermò a guardare fuori dalla finestra. Lì a Gibilterra la primavera era già in piena fioritura a febbraio. Gli alberi erano un tripudio di fiori. Quanto gli piacevano. Amava la Spagna, il caldo, la vegetazione lussureggiante. Aveva sempre odiato il clima inglese. Ma ovviamente non poteva aspettarsi che Rosanna fosse come lui. Poteva soltanto rammentarsi che lei aveva saputo dove abitava e dove lavorava lui. E aveva scelto comunque di sposarlo.

Quel'11 gennaio 2003. Quel folle giorno di cinque anni prima.

Che oggi in qualche maniera tornava a tormentarlo. Perché forse questa Elaine Dawson – che lui non aveva mai conosciuto di persona – non sarebbe scomparsa se Rosanna non l'avesse invitata al loro matrimonio. Oppure se il giorno prima a Londra non ci fosse stata tutta quella nebbia. Se, se... in ogni caso Nick Simon non avrebbe avuto motivo per affidare proprio a Rosanna l'incarico di scrivere quegli stupidi articoli sulle persone scomparse, e lei sarebbe andata lo stesso in Inghilterra per il compleanno del padre, ma sarebbe ritornata già il giorno dopo. Avrebbero passato insieme il San Valentino e quella sera sarebbero andati a cena da qualche parte. Non avrebbero litigato. E invece...

Bevve una generosa sorsata di vino.

11 gennaio 2003. Diversi invitati non si erano presentati, perché la maggior parte dei loro amici veniva dall'Inghilterra, e chi non era partito con sufficiente anticipo era rimasto bloccato a Heathrow o in qualche altro scalo londinese. La madre di Rosanna, arrivata tre giorni prima, aveva osservato stizzita che comunque non era stata una buona idea sposarsi a gennaio. Anche Rosanna l'aveva appoggiata. Era sempre stata contraria a quella data. Si sarebbe voluta sposare in estate, ma Dennis aveva insistito. Aveva accennato al caldo estivo di Gibilterra («E allora? Potremmo benissimo sposarci in Inghilterra!» aveva replicato Rosanna e lui aveva sbuffato: «Come no, magari addirittura a Kingston St. Mary, già che ci siamo») e poi lui era un inguaribile romantico e aveva scelto il giorno in cui si erano conosciuti come data per le nozze. E si erano conosciuti proprio un 11 gennaio – il giorno del compleanno di Rosanna.

Era riuscito a convincere Rosanna con l'argomento romantico. E così tutto era andato un po' storto. La festa aveva avuto un tono più sommesso di quanto previsto; Rosanna aveva pianto perché il suo amato fratello, proveniente da New York, era rimasto bloccato allo scalo di Londra per colpa della nebbia; altre persone avevano telefonato, per scusarsi o fornire un nuovo orario di arrivo. Era stato il caos più totale. Altro che *il giorno più bello della vita*.

«Se non altro ci siamo sposati», aveva detto, quando lui e Rosanna si erano coricati nel cuore della notte, sfiniti per la lunga giornata.

Lei si era voltata su un fianco senza rispondergli. Lui le aveva rovinato il matrimonio e non si poteva certo dire che fosse il modo migliore per cominciare una convivenza. Si era consolato dicendosi che molti matrimoni cominciati con feste riuscite e sfavillanti erano poi falliti. Non bisognava essere superstiziosi.

Aveva scelto la sua compagna con molta attenzione. Voleva essere sicuro che fosse quella giusta. Soprattutto per Robert. Quel ragazzo aveva un estremo bisogno di una madre. Quando il figlio aveva cinque anni, Dennis aveva conosciuto una donna con la quale aveva convissuto per due anni. Rob l'aveva idolatrata, accettandola appieno come madre. Lei si era sentita sopraffatta e non aveva saputo come sottrarsi alle manifestazioni d'affetto del bambino. Alla fine aveva conosciuto un altro uomo e se n'era andata sollevata. Per Rob era stata una tragedia. Aveva impiegato molto tempo a superare la perdita, che tuttavia aveva lasciato una profonda cicatrice sulla sua anima. Dennis aveva giurato a se stesso che non sarebbe più accaduto niente di simile. Meglio restare solo con il figlio finché non fosse diventato adulto, se non avesse trovato la donna di cui poter essere sicuro al cento percento. Sempre ammesso che esistesse. Aveva conosciuto Rosanna in maniera del tutto casuale, mentre si trovava a Londra per lavoro. Alloggiava presso un vecchio amico dei tempi di studio che era diventato redattore della rivista *Cover*. La sera dell'arrivo di Dennis, l'amico era stato invitato alla festa di compleanno di una collega e, spinto dai rimorsi di coscienza all'idea che l'amico rimanesse a casa da solo, lo aveva esortato ad andare con lui. Dennis si era sentito in imbarazzo e fuori luogo, ma alla fine aveva accettato l'invito controvoglia. Per fortuna nel piccolo appartamento di Rosanna Jones c'era un tale viavai di gente e una tale confusione che in pratica nessuno si era accorto di lui. A un certo punto si era ritrovato a parlare con la festeggiata. Lei stava in piedi davanti alla grande finestra del salotto, e alle sue spalle grandi fiocchi di neve cadevano lenti sulle strade e le piazze di Londra, avvolgendo la città di quella particolare quiete che accompagna una nevicata. Nel salotto c'erano delle candele accese e la maggior parte degli invitati era già andata via. Era passata mezzanotte.

Ricordava ancora oggi il suo aspetto. Portava un abito di maglia nero abbastanza corto; non indossava gioielli a parte un paio di orecchini di perle. Aveva capelli castani molto corti che le circondavano il viso in riccioli ribelli. A Dennis piacevano le donne con i capelli lunghi, ma a Rosanna stavano così bene corti, che non se la sarebbe potuta immaginare in altro modo. Aveva occhi scuri, il marrone più scuro che lui avesse mai visto. Non era affatto il suo tipo, ma la trovava splendida. Cercava una ragazza all'antica di principi tradizionali. Rosanna appariva giovane, vivace, piena di vita e sfrenata. L'unica cosa antiquata in lei era il nome che, come scoprì in seguito, lei odiava dal profondo del cuore. Insieme a Kingston St. Mary, il paese in cui era nata. Lì il mondo era ancora in ordine. Questo lo incoraggiò.

Si era innamorato perso di Rosanna. Doveva conquistarla. Per sé e per Rob. Quella notte gli parve impossibile tornare a Gibilterra senza la speranza che lei lo seguisse.

Rimase a Londra due settimane, durante le quali si videro ancora un paio di volte, in conseguenza delle sue instancabili telefonate a casa di lei e dei suoi inviti al cinema, a cena, a teatro, a bere un drink. Lui le si era incollato e l'aveva sommersa di attenzioni. A un certo punto si era accorto di aver suscitato il suo interesse e alla fine lei aveva cominciato a ricambiare i suoi sentimenti. Due giorni prima del suo ritorno a Gibilterra, lei lo aveva invitato a passare il fine settimana a Kingston St. Mary, il paese di cui gli aveva tanto parlato. Era rimasto affascinato perché in parte si aveva ancora la sensazione che il tempo lì si fosse fermato. Le villette a schiera, i giardini che persino in gennaio dimostravano quante cure ricevessero e come dovessero essere rigogliosi in estate, i vicoli, la piccola scuola con le finestre addobbate di gnomi e fiori di carta. La chiesetta in pietra con il romantico cimitero e i grandi alberi secolari. In quella stagione erano spogli, ma in estate dovevano offrire ombra e frescura alle tombe e lui aveva capito perché Rosanna dicesse: «Dovunque trascorra la vita, vorrei essere sepolta qui».

Conobbe Victor e Hazel Jones, i genitori di Rosanna, e ringraziò il cielo di essere risultato loro simpatico a prima vista. In segreto li considerava già suoi suoceri. Si rese conto che Rosanna era cresciuta in una famiglia conservatrice e in più in un paese dove i bambini e gli adolescenti erano protetti dagli influssi dannosi. Ovviamente la professione giornalistica a Londra l'aveva portata parecchio lontana, e il fratello, che a quel punto Dennis conosceva solo dai racconti di Rosanna, doveva aver accumulato un sacco di esperienze diverse vivendo a New York. Comunque l'impronta di Rosanna gli piacque. Ne aveva abbastanza di vivere da solo. Voleva ricrearsi una vera famiglia. E pensava di poter azzardare quel passo anche per il bene di Rob.

Quando lei lo portò in gita a Glastonbury, quella località piena di magia nelle pianure del Somerset, dove, secondo la leggenda, Giuseppe di Arimatea aveva costruito la prima chiesa britannica trent'anni dopo la morte di Cristo, lui le chiese se voleva sposarlo mentre erano dentro la cattedrale. Lei era rimasta molto perplessa, e quando si fu ripresa aveva osservato: «Non ti pare di correre un po' troppo?»

Era stato un modo carino per eludere la domanda, ma comunque non gli aveva risposto di *no.* Lui lo giudicò un segnale molto promettente. E in effetti alla fine ci era riuscito. Lei aveva accettato il suo invito a Gibilterra, aveva trascorso le ferie con lui e Rob, e loro due erano stati a Kingston St. Mary per passare il Natale con la famiglia di lei. Si erano sposati a un anno esatto dal giorno del loro primo incontro. Lui si era sentito l'uomo più felice del mondo e da allora era sempre stato felice. Fino a ora. Quando di colpo era stato assalito da una paura strisciante, una paura che lo turbava ancora di più perché non sapeva darle un nome. Finché non riusciva a definirne l'origine, non poteva trovare il modo per difendersi. Com'era possibile affrontare un avversario che si presentava soltanto come un'ombra indistinta?

Sentì aprirsi la porta di casa e si girò.

«Rob?» chiamò. «Sei tu?»

Rob entrò in salotto. Come sempre aveva la faccia scura e chiusa. A volte Dennis si chiedeva che aspetto potesse avere il figlio quando sorrideva. Era ancora capace di farlo? Oppure gli angoli della sua bocca non erano più capaci di sollevarsi verso l'alto, a forza di stare perennemente piegati verso il basso?

Rob non badò al suo umore depresso. «Sei già qui?» chiese, con tono tutt'altro che contento.

«Ho mal di testa. Per questo sono tornato prima.» Dennis rifletté un momento. «Ehi, che ne diresti di andare a mangiare qualcosa insieme stasera, come due scapoloni? Scegli tu dove. Basta che non sia McDonald's...»

«Ma non hai detto che hai mal di testa?» domandò Rob.

«Ho preso due aspirine e sto meglio.»

Rob alzò le spalle. «Non saprei...»

Dennis rimase tranquillo. «Era solo una proposta. Preferisci che ordiniamo una pizza da mangiare qui?»

«Veramente non ho fame.» Dall'espressione di Rob era facile intuire il vero significato delle sue parole: non aveva voglia di cenare con il padre. Non aveva voglia di passare neppure un minuto della serata insieme a lui.

Non serve a niente, pensò Dennis. Non riesco a comunicare con lui.

«Pensaci», disse, «per me va bene qualunque cosa.»

«Ok.» Rob fece per uscire dalla stanza, ma poi ci ripensò e si girò di nuovo verso il padre. Il suo viso adesso era una dichiarazione di guerra.

«Volevo solo dirti... per tua informazione... che ho deciso di andare alla festa di domani. Comunque.»

Dennis non capì subito. «Quale festa?»

«Quella delle quinte. È per domani sera.»

«Ne avevamo già parlato. Ed era già stato detto tutto.»

«*Tu* avevi detto tutto!» sbottò Rob. «Non hai voluto nemmeno stare a sentire quello che avevo da dire io.»

«Sono stato a sentire tutto. Ma ti ho anche fatto presenti le mie perplessità e ti ho spiegato chiaramente il motivo per cui non vorrei che partecipassi.»

«Io ci vado lo stesso. Ci vanno tutti. Non voglio essere l'unico a restare a casa, soltanto perché mio padre è...» si bloccò.

«Sì?» lo incalzò Dennis. «Parla! Che cos'è tuo padre? Un pavido? Un rompiscatole? Un idiota? Un...»

«Un nazista!» disse Rob con tale odio nella voce che Dennis si sentì fisicamente respinto. «Un autentico nazista!»

Dennis era più sconcertato che arrabbiato. «Un nazista?»

«Distruggi tutto quello che non ti va bene. Non accetti opinioni diverse dalle tue. Saresti pronto a rinchiudere in cella chi non fa come dici tu. Sei riuscito a mandare via di casa persino Rosanna!»

«Un momento! Lascia stare Rosanna. È in Inghilterra perché ha ricevuto un'interessante proposta di lavoro. Non è fuggita da me.»

«Non tornerà più», gridò Rob. «Cerca di capirlo una buona volta! Non tornerà più. Ne ha piene le tasche di te! E anch'io.»

Se ne andò impetuosamente, entrò in camera sua sbattendo la porta così forte che in cucina un bicchiere cadde dallo scolapiatti e andò in mille pezzi. Dennis sentì lo scatto della serratura. E subito dopo una musica infernale riempì la casa, facendola vibrare.

A Dennis parve di aver ricevuto un colpo in testa. La rabbia di Rob lo aveva profondamente scosso. Ma c'era anche un'altra cosa che l'aveva sconvolto: in circostanze normali si sarebbe acceso a sua volta di rabbia. Avrebbe preso a pugni la porta di Rob, avrebbe inveito contro di lui, avrebbe annunciato gravissime ritorsioni.

E invece non poteva. Era come paralizzato. Con una sola battuta Rob aveva riassunto le paure latenti in Dennis, gettandogliele ai piedi senza pietà: *Lei non tornerà più. Cerca di capirlo una buona volta! Non tornerà più.*

Si rese conto che stava tremando. Posò il bicchiere di vino sul tavolo, si lasciò cadere sul divano e si prese la testa tra le mani.

E se Rob avesse avuto ragione?

Venerdì, 15 febbraio

Il volto di Elaine occupava tutta la parete di fondo dello studio televisivo. Era il viso della ventitreenne Elaine, la foto che era stata diffusa sui giornali anche all'epoca della sua scomparsa. Una giovane donna, in realtà ancora una ragazza, con grandi occhi spauriti e una piega amareggiata sulla bocca seria. Capelli scuri e sottili le ricadevano sulla fronte ampia. Non era un brutto viso, ma neppure bello. Era anonimo, troppo rotondo, senza carattere. Chi lo osservava abbastanza a lungo notava la tristezza dei lineamenti ancora acerbi.

Davanti alla foto su due grandi poltrone di pelle nera sedevano Rosanna e la moderatrice Lee Pearce. Rosanna aveva riflettuto a lungo su come vestirsi per la sua apparizione in TV e alla fine aveva scelto pantaloni neri e una vivace giacca rossa. Purtroppo anche Lee aveva optato per gli stessi capi. La giacca era una sfumatura più scura e stava molto bene con i lunghi capelli biondi della presentatrice. Di colpo Rosanna si vide brutta con i suoi corti riccioli scuri spettinati. E poi si sentiva troppo truccata. La truccatrice le aveva assicurato che gran parte del make up sarebbe stato inghiottito dalle luci di scena, ma Rosanna era lo stesso insicura.

Non sarei dovuta venire, pensò a disagio.

E non solo perché si sentiva inferiore alla presentatrice bionda stile Barbie, bensì anche perché avrebbe dovuto immaginare che il programma mirava agli effetti speciali anziché a una ricostruzione obiettiva dei fatti. *Private Talk* era una trasmissione scandalistica. Altrimenti Nick Simon non si sarebbe entusiasmato tanto all'idea.

Era seduto nella prima fila del pubblico. C'era una cinquantina di persone, tutti i posti erano occupati. Il pubblico era in prevalenza giovane, con qualche spettatore più attempato. In ogni caso erano tutte persone semplici, come notò Rosanna a prima vista.

«Ci sarebbe molto piaciuto ospitare qui in studio anche Mr. Marc Reeve», stava dicendo Lee Pearce con un sorriso smagliante verso le telecamere, «ma purtroppo non c'è stato modo di persuaderlo.» Si rivolse a Rosanna. «Che cosa succede a Mr. Reeve, Rosanna? Lei scrive su di lui, ha vagliato il materiale. Perché si nasconde?»

Rosanna si immaginava Marc seduto in salotto che si nascondeva il viso tra le mani con un sospiro. Erano stati proprio giornalisti senza scrupoli come Lee Pearce a rovinargli la carriera all'epoca. Domande sensazionalistiche che suggerivano in anticipo un'opinione preconcetta e costringevano l'intervistato nella posizione di doversi giustificare. Questo lo aveva messo in posizione di svantaggio fin dal principio.

«Mr. Reeve non si nasconde affatto e non ne ha neppure bisogno», rispose lei con una certa durezza nella voce. «Tant'è che si è dimostrato molto disponibile a incontrarsi con me. Anzi, per la precisione, ci siamo visti già due volte e abbiamo potuto parlare molto schiettamente.»

Guardò verso Nick e lo vide letteralmente trasalire. A lui aveva presentato la versione secondo la quale Reeve si era rifiutato di prendere qualsiasi posizione. Probabilmente anche Reeve a casa guardava incredulo il programma, perché lei aveva appena infranto uno dei loro primi accordi. Si stava giocando parecchia fiducia con entrambi gli uomini e nel caso di Nick ne avrebbe patito certamente le conseguenze dopo la trasmissione. Ma aveva deciso del tutto spontaneamente di deviare dall'idea di partenza. Intuiva benissimo dove voleva andare a parare la trasmissione: bollare Marc Reeve come colpevole. L'uomo che attirava donne sconosciute in casa sua e poi le faceva sparire per sempre. Avrebbe potuto difenderlo meglio se avesse ammesso di conoscerlo personalmente.

«Parlare schiettamente?» la incalzò Lee. «Le ha raccontato che cosa accadde davvero allora?»

«Mi ha raccontato ciò che ha sempre dichiarato su quella sera di cinque anni fa. Nient'altro. Il suo racconto mi è parso del tutto plausibile. Del resto», aggiunse, «anche la polizia fu dello stesso parere.»

«Mi perdoni se le sembrerò un po' ingenua», disse Lee e la luce nel suo sguardo tradiva come in realtà non si sentisse affatto tale, «ma avevo e ho tuttora un problema con la storia che Marc Reeve ha sempre sostenuto. Voglio dire, non è forse strano che un uomo abbordi una perfetta sconosciuta all'aeroporto e le offra di trascorrere la notte da sola a casa sua? Senza avere intenzioni nascoste né secondi fini?» Tornò a sorridere. «Forse le sembro troppo antiquata?»

Dal pubblico si alzò un mormorio, come probabilmente si era aspettata Lee. Era chiaro che il pubblico solidarizzava con lei e non la considerava né ingenua né antiquata. No, le dava ragione in pieno: il comportamento di Reeve era stato quanto mai sospetto.

«Non l'ha abbordata», tentò di spiegare Rosanna. «Si erano scontrati mentre...»

«Oh», la interruppe Lee, «anche questa è una storia ben strana, non trova? Anche a me capita spesso di scontrarmi con degli sconosciuti nella ressa dell'aeroporto, oppure qui nella mensa dello studio. E se dovessi portarmeli tutti a casa...» Non terminò la frase ma fece un sorriso eloquente. Il pubblico rise.

Rosanna cominciò a sentire con molta intensità un po' della disperazione nella quale doveva essere piombato allora Marc nei confronti dei media.

Ma è stato un punto critico anche per me, si costrinse ad ammettere, la domanda sul *perché*. Perché la invitò da lui?

Che cosa la colpì di lei? gli aveva chiesto appena il mattino prima, nel piccolo bar, e sembrò che per lui quella fosse la prima domanda giusta.

Ripensò alla risposta che le aveva dato.

Non ebbi la sensazione di avere di fronte soltanto una donna in lacrime. Mi sembrò una... sì, una bambina. La sua disperazione mi lacerò, era uno scoramento abissale, una totale mancanza di speranze. Il suo pianto non sembrava causato dalla perdita del volo, né dalla prospettiva di dover trascorrere una nottata in un aeroporto gremito. Piangeva per tutta la sua vita. Più tardi, quando mi raccontò di sé, compresi che le mie impressioni erano state corrette. Si trovava in una situazione senza via d'uscita. Nella sua vita era sempre andato tutto storto. Era la classica pecora nera, la tipica ragazza tappezzeria, la perdente nata. E a un tratto aveva osato fare un passo avanti. Un passo molto coraggioso per lei. Accetta l'invito di andare a Gibilterra. Ignora le suppliche e tutti gli strumenti di coercizione più o meno subdoli del fratello. Riesce a raggiungere Londra, impaurita e insicura. Decisa a dare una svolta alla propria esistenza. A essere coraggiosa. A uscire finalmente dall'ombra, dove non la vede nessuno. E che cosa succede, invece? Per colpa della nebbia il volo viene cancellato. Ancora una volta perde. La vita le va di nuovo storta. I voli partono da Heathrow 364 giorni l'anno, ma non la sera in cui Elaine Dawson ha deciso di partire.

Crolla. La sensazione di essere esclusa da qualsiasi svolta positiva del destino assume una forma ossessiva. Piomba in un dolore incommensurabile. Si scontra per caso con un uomo sconosciuto. Contro di me, purtroppo.

Mi ha chiesto che cosa vide in me? Credo una specie di difensore. Un padre. Sì, il concetto di padre è quello più esatto. Di sicuro non un uomo. Non ero mosso neppure lontanamente da scopi sessuali quando la invitai. Non era possibile averne di fronte a una creatura tanto straziata. Io almeno no.

Ecco com'è andata. Non posso dire di più. Non potrò mai dire di più.

«Rosanna?» chiese Lee. «È ancora qui con noi? Stavo giusto dicendo che...»

Rosanna si riscosse. Non aveva senso ripetere le parole di Marc. Sarebbero sicuramente rimbalzate contro la bambola di fronte a lei. Quanto meno contro il pubblico meno sensibile. E poi avrebbe rivelato troppo di Elaine. Elaine non si meritava che la sua tragedia personale finisse di dominio pubblico.

«Sono ancora qui», rispose Rosanna, «e sto ascoltando. Ha detto che non inviterebbe a casa sua *qualsiasi* uomo che dovesse incontrare per caso.» Sorrise educata come la presentatrice e rimase soddisfatta nel vedere che la sua tagliente osservazione suscitò un lampo adirato negli occhi di Lee. Pian piano stava guadagnando terreno anche lei. Non aveva più voglia di farsi pilotare da Lee Pearce.

«Dovremmo semplicemente prendere atto di un dato di fatto

senza preconcetti», proseguì, prima che Lee potesse colpire. «Una donna in lacrime finisce per sbaglio nel bagno degli uomini di un aeroporto. Un uomo che sta uscendo si scontra con lei e le segnala l'errore che sta commettendo. Lei gli scoppia letteralmente a piangere davanti. Ovviamente lui se ne sarebbe potuto andare senza pensarci oltre. Non la conosceva, i suoi crucci non lo riguardavano. Ma voi l'avreste fatto?» Guardò il pubblico. «Mi dica, lei? O lei? Qualcuno di noi no, altri di certo. Ci lamentiamo sempre della freddezza e dell'insensibilità della nostra società. Nessuno si preoccupa del prossimo. Ma stasera, e non per la prima volta, un uomo che ha contraddetto proprio questa deprecabile tendenza è stato messo alla gogna per il suo altruismo, per il suo senso di responsabilità. Ha aiutato la giovane sconosciuta. L'ha invitata a cena. È rimasto sveglio ad ascoltarla parlare dei propri problemi. L'ha fatta dormire nella propria camera per gli ospiti e il mattino successivo l'ha accompagnata alla stazione del metrò. Si è accertato che prendesse il treno giusto. E che cosa ha fatto di lui la stampa? Lo ha condannato come colpevole. Come stupratore. Non solo, come omicida. Perché sono state proprio queste due accuse – *stupro e omicidio* – che la stampa ha sollevato contro di lui in maniera più o meno implicita. E anche stasera alcune domande puntavano in tale direzione. Devo dire che non potrebbe esistere strategia migliore per scoraggiare chiunque fosse tentato di pensieri di generosità e altruismo.»

Si fermò. Sentiva di avere il pubblico dalla propria parte. Lo aveva conquistato.

«Dimentica un fatto decisamente non secondario», ribatté Lee seccata. Non sorrideva più. «Elaine Dawson è sparita proprio quella notte. Senza lasciare traccia. Ha seguito Marc Reeve a casa sua e non è più stata vista. Questo non porta forse a trarre determinate conclusioni? Anche quando, come pare sia successo a lei, si cade irrimediabilmente vittima del fascino e della comunicatività di quest'uomo attraente?»

Rosanna non colse l'ultima provocazione. «Lei parla di conclusioni. Sui media, però, ne è stata sempre fatta una soltanto. Esistono diverse alternative plausibili.»

«E sarebbero?»

«So per esempio che c'era un uomo nella vita di Elaine. A causa delle particolari circostanze e del senso di responsabilità da lei sviluppato nei confronti del fratello, Elaine aveva tenuto del tutto nascosta questa relazione. So anche che Elaine voleva fuggire dalla propria vita. Per motivi che non riguardano nessuno ma che per me, che l'ho conosciuta fin da bambina, sono molto chiari. Potrei ben pensare che abbia sfruttato l'occasione che le si presentava grazie a questo viaggio e agli inaspettati contrattempi.»

«Ovvero?»

Rosanna fissò l'obiettivo. «Sono convinta che Elaine non sia morta», disse, «e che viva in clandestinità. Forse si trova ancora in Inghilterra, forse no. Ma è viva. Nessuno dovrebbe dichiararla morta solo perché si è presa la libertà di decidere da sola della propria vita.»

Guardò verso il pubblico, ignorando l'occhiata feroce che le lanciò Nick Simon.

«Forse vuole semplicemente essere lasciata in pace», aggiunse, «ed è giusto che si aspetti che tutti rispettino la sua volontà. In particolare la stampa.»

Il pubblico le rivolse un caloroso applauso.

E adesso Nick mi toglierà l'incarico, pensò.

Sabato, 16 febbraio

1

«Sei stata impossibile ieri sera», la rimproverò Nick incollerito, «del tutto impossibile. Ti sei posta come un avvocato difensore in tribunale. Come l'avvocato di Marc Reeve!»

Rosanna era seduta ancora un po' stordita sul letto nella camera d'albergo. Lo squillo del telefono l'aveva svegliata alle sette, strappandola bruscamente dal sonno. Aveva immaginato che si trattasse di Nick. La sera prima, al termine della trasmissione, lo aveva cercato invano. In preda alla collera, lui se n'era tornato a casa senza aspettarla né rivolgerle la parola.

Ecco perché adesso invece parlava tanto.

«Per non dire di come hai aggredito Mrs. Pearce. E in un certo senso tutto il programma. E di riflesso anche il nostro giornale. Sei andata oltre il genere di giornalismo rappresentato da *Private Talk* e da *Cover*. Mi chiedo che cosa ti abbia preso.»

«Nick, io...»

«Lasciamo perdere Elaine Dawson, ok? Voglio dire, non ti rendi conto di quanto debba apparire assurdo? Ricevi l'incarico di scrivere un articolo su di lei e poi spargi chiacchiere del genere sul suo conto.»

Rosanna lo capiva almeno in parte.

«Nick, io non volevo partecipare a questa trasmissione», ribatté quando lui si decise a prendere fiato dandole la possibilità di dire la sua. «Se avessi saputo come si sarebbe comportata questa Lee

Pearce, avrei capito fin da subito che non aveva senso. Mi rimproveri un comportamento da avvocato difensore di Marc Reeve? Allora non ti sembra che Lee Pearce si sia comportata come la pubblica accusa? Ha fatto di tutto per presentarlo come un colpevole.»

«Ma lui si sarebbe potuto presentare per difendersi. Sarebbe bastato che accettasse l'invito in trasmissione.»

«Forse non ha più voglia di difendersi. Rispetto a una storia con la quale non ha niente a che fare!»

«Aha. Che non ci abbia niente a che fare, lo sai per certo?»

«Non sono onnisciente, ma mi è sembrata una persona sincera. E poi non mi riesce di pensare a un movente plausibile per lui. Inoltre la polizia non ha trovato nessuna prova a suo carico. Nick, non si può perseguitare a vita un uomo per colpa di una storia in cui forse non ha davvero nessuna parte.»

«Non si tratta di questo», replicò Nick, «non si tratta di determinare se Reeve sia innocente o no. Se vuoi proprio saperlo, non mi interessa nemmeno un po'. Io vendo storie e in tale contesto mi interessa esclusivamente la tiratura del mio giornale. Per dirla in maniera brutale, Rosanna, è più facile vendere un Marc Reeve sul quale aleggia ancora l'ombra del sospetto, piuttosto che una Elaine Dawson che se l'è filata e vive felice chissà dove. Le cose stanno così. Sei abbastanza pratica del mestiere da saperlo.»

Lei tacque. Lui aveva ragione. Non poteva certo dichiararsi troppo sorpresa dalla sua reazione.

«A prescindere da questo», proseguì Nick, «sono rimasto molto stupito nel sentire dei tuoi buoni rapporti con Reeve. Vi siete visti ben due volte? Avete avuto lunghi dialoghi sinceri? Molto interessante, venirlo a sapere in questo modo. A me avevi detto che Reeve si era rifiutato di instaurare qualsiasi contatto.»

«Lo so e ti chiedo scusa. Ho dovuto promettergli che non avrei parlato con nessuno dei nostri incontri.»

«Immagino allora che nemmeno lui sarà troppo contento delle tue dichiarazioni di ieri sera.»

«È probabile. Ma non ho visto altra scelta se non di *fargli da avvocato difensore* come dici tu. Spero che capirà.»

«Per te dovrebbe contare di più se capisco io», abbaiò Nick, «perché in fondo sono io a pagare il tuo lavoro e il tuo soggiorno londinese. E direi che non te la passi troppo male, no?»

«Lo so. E capirei anche se mi dicessi di non volere più la mia collaborazione...»

«Eh, no. Non te la caverai così facilmente», la interruppe subito Nick. «Tu vai avanti. Abbiamo un accordo. Ma d'ora in avanti tu rispetterai il contratto. E ciò implica che ti asterrai in futuro dal rilasciare qualsiasi dichiarazione sulla stampa o in TV come portavoce del *Cover* o riguardo all'incarico che stai svolgendo. E dovrai concordare con me ogni singolo passo, anche il più piccolo. Intesi, Rosanna? Voglio essere informato. Non dimenticare che sono il tuo capo.» Con queste parole, lui riagganciò.

Rosanna imprecò sottovoce, poi riappese a sua volta e sussultò sentendo nuovamente lo squillo del telefono. Indugiò un istante, incerta se rispondere, perché non aveva voglia di affrontare un'altra discussione. Probabilmente stavolta si trattava di Marc Reeve. Avrebbe preferito quanto meno bere un bel caffè forte prima di parlare con lui.

Alla fine decise di rispondere lo stesso. «Pronto?»

«Ma sei fuori di testa?» gridò Geoffrey nella cornetta. «Che cos'era quell'assurdo spettacolo che hai inscenato ieri? Si può sapere? Non credevo alle mie orecchie. Marc Reeve, un povero innocente! Ed Elaine, che se n'è scappata via con chissà chi, senza dire niente. Ma, dimmi un po', ti rendi conto della merda che hai sparso per il mondo?»

«Geoffrey, lo so che hai le tue teorie dalle quali non ti vuoi staccare riguardo Elaine, ma devi accettare che...»

«Non devo accettare proprio niente! Tantomeno che tu infanghi la reputazione della mia povera sorella assassinata. E come l'hai dipinta, poi. Come una sgualdrinella sventata, che se ne va via con un tizio qualunque, abbandonando il fratello bisognoso di aiuto. Che non ha neppure la decenza di salutare il povero storpio! Lo sai che cosa trovo di tanto deprecabile in te? Che hai ottenuto l'incarico sbandierando in giro di conoscere tanto bene Elaine fin dall'infanzia. Ma chi la conosce bene, chi la conosce davvero, sa che non avrebbe mai fatto niente del genere. Aveva fin troppo stile. E troppa decenza. Tratti caratteriali che evidentemente a te mancano del tutto, e perciò...»

Rosanna non aveva più voglia di ascoltare quei rimproveri offensivi e fece quello che aveva fatto Nick Simon pochi istanti prima: riagganciò con foga.

«Ne ho abbastanza», disse a voce alta. «Non è né il modo né l'ora!»

Il telefono si rimise a squillare immediatamente, ma lei lo ignorò. Si alzò e andò in bagno. Che Geoffrey si facesse pure sanguinare il dito a forza di comporre il numero. Nemmeno un uomo nelle sue condizioni aveva il diritto di fare sempre tutto quello che gli pareva. Non avrebbe mai dovuto dire il nome del suo hotel a quell'isterico, non avrebbe mai dovuto dargli il suo numero di telefono.

Dopo la doccia, si asciugò i capelli, si vestì e si sentì meglio. Poteva capire il malumore di Nick e per certi versi anche il risentimento di Geoffrey, ma in cuor suo continuava a essere convinta di aver agito per il meglio. Qualunque altra cosa le avrebbe provocato meno seccature, ma non sarebbe stato abbastanza per la sua coscienza. E poi era molto più importante difendere le proprie convinzioni piuttosto che voler dare ragione a qualunque costo agli altri intorno a lei.

Quando il telefono suonò per l'ennesima volta, lei si sentiva più forte e pronta a respingere un nuovo attacco. Rispose con voce sicura.

«Pronto? Rosanna Hamilton.»

«Sono Marc Reeve. Spero di non averle telefonato troppo presto.»

«Oh, no, assolutamente. Il mio capo redattore mi ha svegliato alle sei e mezzo inviperito e subito dopo mi ha chiamato anche Geoffrey Dawson per aggiungere la sua parte. Quindi ormai sono più che sveglia. Se anche lei vuole inveirmi contro, si accomodi. Oggi non mi sconvolge più niente.»

Reeve rise piano. «Se lo aspettava, no? Voglio dire, la reazione del suo capo e quella di Mr. Dawson.»

«È probabile. Ma essere aggrediti praticamente nel sonno lascia un po' scombussolati lo stesso.»

«Mi spiace. Ma io non ho intenzione di rimproverarla, al contrario. Volevo ringraziarla.»

«Sul serio?» domandò Rosanna stupita.

«Davvero. Lo ammetto, la mia prima reazione ieri sera sentendola parlare delle nostre conversazioni è stata di collera. Per un attimo ho pensato... non ha importanza. Ma ho capito subito il motivo che l'aveva spinta a farlo. Ha difeso in maniera splendida la mia posizione e ha lasciato davvero senza parole Lee Pearce. Me la sono proprio goduta.»

Rosanna si sentì inaspettatamente sollevata. «Ne sono felice. Davvero, Mr. Reeve. A volte ho la sensazione che tutta la vicenda stia per sfuggirmi di mano, ma finché lei non si sentirà maltrattato da me credo di avere le cose sotto controllo.»

«Di sicuro non si è fatta intimidire da Mrs. Pearce, e questo mi è piaciuto. Mi dica», proseguì senza pause, «le andrebbe di pranzare con me da qualche parte? Dopo le sue dichiarazioni pubbliche di ieri che non mi considera uno stupratore o un assassino, posso rischiare di invitarla fuori. Potremmo cercare un pub in campagna. Il tempo è splendido.»

«Davvero?» Rosanna non aveva avuto ancora modo di guardare fuori dalla finestra. «Molto volentieri! Anzi, mi piacerebbe davvero moltissimo!»

Sapeva che in realtà avrebbe dovuto lavorare. Ma dopo la serata appena trascorsa, dopo gli affettuosi buongiorno che aveva ricevuto al mattino, dopo i giorni di pioggia aveva la sensazione che una gita in campagna in una bella giornata di primavera fosse proprio quello che le occorreva.

«Passo a prenderla alle dieci, allora», disse Marc Reeve.

2

Brent Cadwick non sapeva che cosa fare. Quella notte non era riuscito a chiudere occhio per l'agitazione e si era alzato alle cinque, perché non resisteva più a letto. Fuori era ancora buio. Si era preparato un caffè e un panino ma non ne aveva toccato neppure un boccone. Troppi pensieri per la testa.

A un certo punto cominciò a schiarire. Guardò fuori dalla piccola finestra del salotto e, piegando la testa di lato, scorse un pezzetto di cielo tra le case del vicolo. Azzurro. Finalmente una bella giornata.

La sera prima era stato letteralmente colpito da un fulmine a ciel sereno. In realtà non guardava quasi mai il programma *Private Talk*. Andava in onda troppo tardi la sera, quando lui di solito dormiva già, e i temi che trattava non lo interessavano granché. Ieri, tuttavia, girando i canali si era imbattuto casualmente in Lee Pearce ed era rimasto sul programma se non altro perché trovava comico che la presentatrice e la sua ospite in studio fossero vestite in maniera praticamente identica. Di certo le due donne erano tutt'altro che felici della circostanza e a lui divertiva osservare il loro imbarazzo. Ma poi era stato pronunciato un nome che lo aveva colpito come una scarica elettrica, facendolo sobbalzare sulla poltrona esclamando: «Ma senti un po'!»

Elaine Dawson.

Nella trasmissione parlavano di Elaine Dawson.

Si era trasferita circa un paio di anni prima nel suo appartamento – gli piaceva definire *appartamento* l'alloggio al primo piano, perché lo trovava più raffinato – in una ventosa giornata di aprile e si era presentata a lui con voce incerta. «Elaine. Elaine Dawson. Ho letto l'inserzione e sarei interessata all'appartamento.»

Siccome era stata l'unica a presentarsi, aveva concluso rapidamente un accordo. Lui le aveva chiesto un documento d'identità e una cauzione di due mesi di affitto, che lei aveva pagato senza obiettare. Lavorava in una fabbrica di scarpe a Morpeth ma poi aveva perso il lavoro ed era rimasta disoccupata per qualche mese. Questo le aveva creato delle difficoltà economiche, impedendole di pagare puntualmente la pigione. Lui però non l'aveva cacciata via. Certo, le aveva fatto qualche pressione, come naturale, visto che si trattava di soldi che gli spettavano di diritto. Ma comunque le aveva permesso di rimanere nell'appartamento e alla fine era saltato fuori il lavoro all'*Elephant* e da allora non c'erano più stati problemi. Adesso naturalmente si sentiva scoppiare dalla rabbia. Era stato generoso, comprensivo. Le aveva offerto sostegno per ogni difficoltà. E lei come lo aveva ringraziato? Era scappata via. Era sparita da giovedì. Senza fare rumore e senza sprecare neppure una parola di saluto.

Questo lo aveva scosso. Profondamente scosso.

In altre circostanze avrebbe immaginato che avesse incontrato – finalmente – un uomo e se la spassasse con lui per qualche sera. Era giovane ed era ora che cominciasse a godersi la vita. Ma lui non era riuscito a evitare di ficcanasare un po' nell'appartamento quando se n'era andata, e aveva notato la mancanza di qualsiasi oggetto personale. La sua valigia era sparita, l'armadio era vuoto.

Era rimasto in piedi ammutolito per qualche minuto nella camera da letto di lei, cercando di capire l'intuizione che si era accesa in lui: se n'era andata e probabilmente non aveva intenzione di tornare. E non aveva reputato necessario informarlo della sua decisione.

La grande foto sul fondale dello studio televisivo era parzialmente nascosta dalle due donne sedute lì davanti, ma lui si era avvicinato allo schermo per constatare se si trattasse davvero della sua Elaine Dawson. Era sempre possibile un caso di omonimia. Lui per esempio sapeva di un altro Brent Cadwick che abitava nelle vicinanze. La vita era piena di strane coincidenze...

Ma poteva essere... I capelli lisci e scuri corrispondevano. Il viso della sua Elaine era decisamente più affilato di quello paffuto della ragazza ritratta nella foto, ma come era stato detto dalle due donne durante la trasmissione la foto risaliva ad almeno cinque anni prima. In cinque anni una ragazza poteva cambiare molto, perdendo i tratti rotondi dell'infanzia e trasformandosi in una persona del tutto diversa.

Aveva seguito la trasmissione col fiato sospeso, e aveva scoperto che Elaine Dawson era sparita senza lasciare traccia da cinque anni e che c'era un uomo, un avvocato londinese, che all'epoca era stato sospettato di averla uccisa. La giornalista invitata al programma, tuttavia, sembrava certa che la Dawson fosse ancora viva.

E se era vero ciò che lui, Brent Cadwick, pensava, lei aveva maledettamente ragione.

Brent Cadwick avrebbe sempre desiderato che succedesse qualcosa di eccitante nella sua vita, ma per sessantotto anni il suo desiderio non si era avverato. Adesso sembrava muoversi qualcosa. Se la sua Elaine era identica alla ragazza scomparsa a Londra, allora lui, Brent, era l'uomo che poteva chiarire il mistero. Che avrebbe potuto rassicurare la famiglia di lei, che avrebbe allontanato ogni sospetto dall'avvocato londinese. Come gli sarebbero stati grati tutti quanti! Di sicuro sarebbe finito sui giornali. La sua casa sarebbe stata fotografata, i giornalisti avrebbero voluto vedere l'appartamento dove era vissuta la Dawson. Lo avrebbero intervistato. Forse sarebbe stato invitato a *Private Talk*. Si vedeva già seduto nello studio di fronte a quella bionda attraente che lo intervistava, sarebbe diventato famoso in tutto il paese. La famiglia Dawson gli avrebbe scritto un biglietto per Natale e magari anche per il suo compleanno. Visto che non riceveva mai posta per quelle ricorrenze, bastava questa prospettiva a riempirlo di gioiosa aspettativa.

Ciò che lo aveva tenuto sveglio quella notte e che ancora adesso lo tormentava erano tre interrogativi:

Poteva avere la certezza che si trattasse della stessa persona?

A chi era meglio che si rivolgesse?

E dov'era finita lei?

L'ultima domanda lo inquietava più delle altre. Infatti, se si fosse rivolto alla polizia o a chiunque altro e avesse dovuto ammettere di non avere idea di dove si trovasse in realtà la persona cercata, lo avrebbero preso per un millantatore. Quindi... era meglio non rivelare niente per il momento.

E per quanto riguardava l'identità di Elaine Dawson... non aveva la certezza assoluta che fosse lei. Ma ne era *quasi* sicuro. Bisognava infatti tenere presente anche lo strano comportamento e il bizzarro stile di vita della sua inquilina. Che gli aveva fatto pensare fin dal principio a un qualche segreto nel suo passato.

Alla luce del giorno trovò finalmente le risposte che cercava e riuscì a elaborare un piano d'azione.

Annuì compiaciuto. Avrebbe cominciato a muoversi con astuzia.

3

Quel sabato Angela lasciò finalmente l'appartamento dei genitori. Indossava il pesante giubbotto invernale e la sciarpa, ma si accorse subito che faceva troppo caldo. Il sole splendeva in un cielo senza nuvole ed era già sorprendentemente intenso. Islington, con i suoi anonimi palazzi di edilizia popolare, gli alberi ancora spogli, i prati marroni, aveva un aspetto tuttora sconsolato, ma il cielo sereno rallegrava anche questo pezzo di terra e la lieve brezza portava con sé il profumo di primavera.

Una primavera che Linda non avrebbe vissuto. Angela si sentì salire di nuovo le lacrime agli occhi. Deglutì con forza, cercando di scacciare ogni pensiero sulla sorella. Da quando aveva ricevuto la notizia della sua morte, non era riuscita a pensare ad altro che alle atrocità che aveva subito e sapeva che avrebbe perso la ragione o si sarebbe ammalata se non avesse smesso. O quanto meno se non si fosse presa una pausa. Fare una passeggiata, sentire il vento in faccia, lasciare vagare la mente su altri pensieri e altre immagini. Ma era tanto difficile. Terribilmente difficile.

Per un po' vagò senza meta per le strade e si accorse di sentirsi meglio che stando seduta a casa. Quando si fermò con il fiato corto – non volendo aveva camminato a passo spedito – si accorse di essere finita nei pressi dell'autofficina dove Linda aveva lavorato per sei mesi. Gordon conosceva uno degli impiegati ed era riuscito a sistemare Linda in ufficio dove preparava le fatture e si occupava dell'archivio. Linda odiava quel lavoro e circa quattro mesi prima se n'era andata dichiarando che avrebbe preferito gettarsi dal Tower Bridge, piuttosto che entrare ancora una volta in quell'ufficio buio dove svolgeva la sua noiosa attività. Angela ricordava ancora il furibondo litigio che ne era scaturito a casa; Gordon aveva brontolato e minacciato, ma Linda non aveva ceduto.

In quell'occasione anche Angela aveva rimproverato la sorella. Sotto quell'aspetto erano agli antipodi. Angela era convinta che qualsiasi lavoro fosse meglio di niente e che nella vita può capitare di doversi rimboccare le maniche e accettare quello che viene. Linda obiettava che si vive una volta sola e che non voleva farsi rovinare l'esistenza.

Una dichiarazione quanto mai profetica a pensarci ora. Non solo le avevano rovinato la vita: gliel'avevano anche presa.

Angela si convinse di non essere capitata lì per caso. Per quanto si sforzasse di pensare ad altro, Linda non l'abbandonava mai. In passato era spesso andata a prendere la sorella all'autofficina di ritorno dal lavoro. A volte si fermavano al chiosco sull'altro lato della strada e si comperavano un hot dog. Linda si lamentava del lavoro. Nelle sere d'estate era bello camminare insieme per la strada.

Con la mano si asciugò una lacrima dall'angolo dell'occhio. Constatò che il chiosco c'era ancora.

«Merda», esclamò a voce alta, «merda!»

Un'ombra spuntò all'improvviso accanto a lei e una voce disse: «Non sei la sorella di Linda?»

Si voltò. Davanti a lei c'era una ragazza magra e alta con una tuta da lavoro azzurra e un berretto da baseball sui capelli biondo-ramati. Aveva un vago odore di olio per motore.

«Sì», proseguì la sconosciuta, «tu sei Angela Biggs, vero?»

Angela tirò fuori un fazzoletto dalla tasca del giubbotto e si soffiò il naso energicamente prima di rispondere.

«Sì», disse poi. «Sono la sorella di Linda.»

«Dawn Sparks», si presentò la ragazza. «Faccio il tirocinio come meccanico qui.» Indicò l'officina. «Ti ho vista ferma qui, e ho pensato... sì, volevo dirti che mi spiace un casino per quello che è successo a Linda. Davvero. All'inizio non riuscivo a crederci. Quando ho letto sul giornale... oddio, mi sono sentita raggelare il sangue. Chi può fare una cosa del genere?»

Guardò Angela interrogativamente.

«Non lo so», rispose lei.

«Andavo d'accordo con Linda. Era molto scontenta qui e si lamentava sempre, ma io la trovavo simpatica. Mi è spiaciuto molto quando se n'è andata.»

«Anche a me», rispose Angela. «A tutta la famiglia. Eravamo così felici che avesse trovato un lavoro. Ma...» Levò le braccia al cielo rassegnata, a dimostrare che per certi versi era stato impossibile influenzare Linda.

«Certo, non era il posto giusto per lei», disse Dawn, «aveva altri progetti per la sua vita.»

«Io credo invece», ribatté Angela, «che non sapesse ancora quali fossero con precisione. Era questo il suo problema. Ma del resto era ancora giovane. Voleva vivere. Vivere e basta...»

Le due giovani rimasero in silenzio. Vedevano Linda di fronte a sé, piena di vita, con il suo bel visino, l'abbigliamento provocante, la risata pronta, l'allegria travolgente. Sembrava impossibile che lei, martoriata con feroce accanimento, si trovasse sul tavolo dell'obitorio in attesa dell'autopsia che potesse fornire indizi sulla persona che le aveva tolto la vita.

«Come ho detto, mi era simpatica», riprese alla fine Dawn, «anche se negli ultimi tempi ero un po' preoccupata per lei. Cioè lei... ecco, non era una persona in grado di badare del tutto a se stessa. Non sembrava rendersi conto di determinati segnali di avvertimento. Negli ultimi tempi l'avevo vista con il suo nuovo ragazzo e avevo avuto una brutta sensazione, ma...»

Angela, che fino a quel momento l'aveva ascoltata un po' distrattamente, trasalì e la fissò negli occhi. «Che cosa vuoi dire? A chi ti riferisci?»

«Aveva un nuovo ragazzo. O almeno era in giro insieme a lui.»

«Non intendi Ben Brooks?»

«No, lui lo conoscevo. A volte veniva a prenderla. Sarebbe dovuta restare con lui. Era davvero carino.»

«E allora chi era l'altro? Non sapevamo niente di un nuovo ragazzo.»

Dawn sembrò sorpresa. «Ah no? Forse non era tanto sicura neppure lei. Almeno c'è da sperarlo. Perché era un poco di buono. Brutale e dozzinale.»

Angela avrebbe voluto scuoterla per farla parlare. «Dove li hai visti?»

«Qui vicino. Al *Woolworth*, girato l'angolo. All'inizio non avevo riconosciuto Linda. Qui da noi non veniva conciata in quel modo. Ma di fronte al supermercato... mio Dio, ho pensato, sembra una...» Si morse il labbro per non dire altro.

Angela indovinò che cosa si fosse astenuta dal dire per compassione nei suoi confronti. «Sembrava una che batte il marciapiede», concluse per lei.

Dawn era a disagio. «Ecco. Sì, forse un pochino. Ma era soprattutto il tipo che le stava di fianco a darmi questa impressione. Sembrava in tutto e per tutto un protettore. Mi sono presa un grande spavento.»

«Quando è stato esattamente?»

«Non molto tempo fa. Poco prima di Natale, direi. Io ero uscita per comperare i regali. Metà dicembre, forse.»

«E hai parlato con lei?»

«È stata lei a rivolgermi la parola per prima. *Ciao, Dawn*, mi sono sentita chiamare all'improvviso, e come ho detto ho dovuto guardarla bene prima di riconoscerla. Ho avuto l'impressione che volesse fermarsi a chiacchierare un po' con me, ma il tipo con lei aveva fretta. La strattonò senza parlare.»

«E lei non te lo ha presentato?»

«Veramente no. Ha detto qualcosa del tipo *siamo di fretta, come al solito*, un po' ironica, sai. E io ho immaginato che fosse il suo nuovo ragazzo. Però non posso dire con certezza come stavano le cose tra di loro.»

«Per caso non è che hai sentito come si chiamava...»

Dawn scrollò le spalle, mortificata. «No, non lo disse. È stato tutto molto di corsa. Anch'io avevo fretta. Era la pausa pranzo e volevo trovare almeno un paio di regali. Non ho neppure provato a trattenerla. Però ricordo quello che ho pensato allontanandomi: oddio, ma dove l'ha pescato uno così? Speriamo che lo molli in fretta. Ha un aspetto da vero delinquente.»

Il cuore di Angela batteva all'impazzata. La prima minuscola traccia. Un indizio della nuova presenza maschile nella vita di Linda. La polizia era convinta che ci fosse stato qualcuno. Non doveva essere necessariamente coinvolto nella sua morte. Ma poteva.

«Dawn, è molto importante», disse, accorgendosi del tremito che le incrinava la voce, «è molto importante che tu ricordi l'aspetto dell'accompagnatore di Linda. Ogni particolare possibile, capisci? La polizia cerca un uomo, ma finora non aveva indizi su di lui. Pensi di poter fare un identikit?»

Dawn pareva tutt'altro che felice. «Io non so... vuoi dire alla polizia?»

«Sì. Te ne prego, Dawn. Vengo con te. Ma è il primo punto di riferimento che abbiamo incontrato.»

Tirò fuori il cellulare insieme al biglietto dell'ispettore Fielder che portava sempre con sé: «Adesso chiamo il funzionario responsabile delle indagini», disse, «forse ci vorrà vedere subito. Oppure verrà qui lui».

«Ma sono in orario di lavoro», protestò Dawn. «Di sabato lavoro fino a mezzogiorno. Poi...»

«Non ci vorrà molto», promise Angela. «L'ispettore Fielder parlerà con il tuo capo. Ti garantisco che non avrai problemi.»

Dawn non sembrava dare troppo credito alle parole di Angela, pareva anzi pentita di essere corsa fuori a parlare con la sorella di Linda.

Da parte sua, invece, Angela ringraziava il caso che quella mattina l'aveva condotta proprio fin lì, fino all'ex posto di lavoro di sua sorella.

Sempre che fosse stato il destino. Pur essendo credente, Angela spesso dubitava dell'esistenza di una vita dopo la morte. Di colpo, però, ebbe la sensazione che potesse essere stata Linda a condurla lì.

Forse era stato lo spirito della sorella a guidare i suoi passi.

4

Si erano spinti fino alla regione di Cambridge, percorrendo strade di campagna che in quel mattino di sabato erano vuote e soleggiate. Marc Reeve guidava veloce e sicuro. Sembrava più rilassato rispetto ai loro due incontri precedenti. Rosanna si disse che poteva dipendere dal fatto che in questo caso non si sentiva sotto inchiesta e obbligato a dare giustificazioni. Era stato lui a proporre quell'appuntamento. Dalla trasmissione della sera prima sembrava non sentirsi più come un animale braccato.

Comunque, pensò Rosanna, per il momento sono ancora soltanto io a prendere le sue parti. Bisognerà aspettare per vedere se questo porterà qualche risultato.

Durante il viaggio le aveva raccontato qualcosa di sé. Gli piacevano gli sport acquatici e aveva un motoscafo.

«Lo tengo nel porto turistico di Wiltonfield. Molto pittoresco e idilliaco. Navigavo spesso lungo il Tamigi.»

«Ora non ci va più?»

Lui aveva scrollato il capo. «Dopo la separazione da mia moglie ho lasciato a lei la barca. Entrambi eravamo soci dello stesso yachtclub, non era possibile. Così era più semplice: lei abita a Binfield Heath, a poca distanza da lì, e a me manca il tempo di occuparmi di una barca.»

«Nella sua vita sono cambiate molte cose, vero? Nick mi ha raccontato che non abita più nella casa di prima.»

«L'ho venduta, esatto. Era troppo grande per me solo. Adesso sto in un appartamento di Marylebone.»

«Suo figlio viene a trovarla lì nei fine settimana?»

Era stato l'unico momento in cui un velo invisibile era calato sul volto di Reeve e la sua espressione si era irrigidita. «No», aveva risposto asciutto, «mio figlio non ha più nessun contatto con me.»

Il modo in cui lo disse impedì a Rosanna di fargli ulteriori domande al riguardo. Le sarebbe piaciuto molto sapere se il figlio aveva interrotto i contatti a causa di Elaine Dawson oppure della separazione dei genitori. Forse tale comportamento derivava da un eccessivo senso di solidarietà nei confronti della madre. Ed era anche possibile che la madre lo aizzasse contro il padre. Rosanna comunque aveva l'impressione di aver toccato il punto più dolente dell'intera esistenza di Marc Reeve.

Il pub si chiamava *The Duke of Wellington* ed era quasi vuoto. In un angolo c'era una coppia di anziani astiosi, che osservò con malcelata curiosità l'ingresso dei due sconosciuti.

«Fanno molto bene da mangiare qui», spiegò Marc. «Mia suocera era ricoverata in una casa di riposo poco distante e ogni tanto accompagnavo Jacqueline – mia moglie – a trovarla. Per questo conosco il posto.»

Dopo aver ordinato, Rosanna si azzardò ad avventurarsi ancora una volta su un terreno insidioso. «Quanti anni ha suo figlio?» chiese cauta.

«Compirà quindici anni il primo marzo», rispose Marc.

«E non lo vedrà neppure per il suo compleanno?»

«No.»

«Ecco, dev'essere...»

«Rosanna», la interruppe Marc, «posso chiamarla Rosanna? La prego di non fraintendermi, ma preferirei non parlare di Josh. Accadde il giorno del suo nono compleanno, il 1° marzo 2002. Tornato a casa la sera dallo studio legale, scoprii che mia moglie se n'era andata con lui, senza lasciarmi neppure un biglietto. Poco dopo ricevetti la richiesta di divorzio dal suo avvocato, insieme a un documento in cui mi veniva spiegato che, sebbene la legge mi garantisse ovviamente il diritto di visita con Josh, mio figlio si rifiutava categoricamente di vedermi o di parlarmi. E a parte un breve incontro quanto mai infelice tra di noi non ci furono più contatti. Sono sei anni che vivo in questa situazione e preferisco non affrontare l'argomento.»

«Lo posso capire. Ma, mi scusi, perché ha accettato la cosa per sei anni? Voglio dire...»

«Da parte mia ho tentato di tutto, naturalmente. Ma mi fu inviato persino un certificato medico in cui si spiegava che Josh era colpito da neurodermatite ogni volta che pensava a un incontro con me. Che cosa potevo fare? Continuare cocciutamente per la mia strada? Passare sopra alla cosa? Non volevo.» Giocherellò con la saliera mentre guardava fuori dalla finestra la giornata quasi primaverile. «Un argomento davvero spinoso», aggiunse.

Lei annuì. Capiva di non potergli fare altre domande, del resto si era spinta già molto avanti, e non voleva correre il rischio di rovinare la tenue fiducia che si era instaurata tra di loro. Comunque, se non altro, aveva appreso che i problemi di Marc Reeve con suo figlio non erano stati causati dalla vicenda di Elaine Dawson. Il fatto che il padre fosse stato dipinto dalla stampa come un potenziale assassino di certo aveva peggiorato la situazione, ma non era stato decisivo. Doveva essere accaduto qualcosa prima, che aveva causato il totale distacco di Josh dal padre. Ma forse era tutta una strumentalizzazione da parte di sua madre. Non doveva essere stato difficile influenzare un bambino di nove anni e spingerlo ad assumere una posizione tanto assurda. In questo caso, tuttavia, il tempo lavorava a favore di Marc Reeve. A un certo punto Josh sarebbe stato abbastanza maturo da rendersi conto delle cose e da farsi un'opinione propria.

«Io ho un figliastro di sedici anni», disse lei. «Un'età difficile.»

«È figlio di primo letto di suo marito?»

«Si trattò di una storia tra ragazzi. Il bambino arrivò del tutto non cercato in un momento poco favorevole. La madre non lo voleva assolutamente con sé. In pratica implorò mio marito di tenerlo con sé. Neppure lui all'inizio ne fu troppo esaltato.»

«Oggi però è contento, immagino.»

Lei annuì. «Sì. Ma tra di loro ci sono attriti paurosi. E io provo sempre una grande compassione per Robert. Secondo me lui porta dentro di sé il ricordo dei primi mesi e anni in cui non era desiderato. È come un'ombra su di lui. Un velo di tristezza. E lui reagisce con l'arroganza tipica degli adolescenti. È molto aggressivo. Da questo scaturiscono poi terribili scontri con suo padre che stanno diventando sempre più ricorrenti.»

«In ogni caso», osservò Marc, «un rapporto burrascoso è pur sempre meglio della totale assenza di qualsiasi rapporto.»

«Ha ragione», concordò Rosanna,

Fu servito loro il pranzo. Era delizioso, proprio come aveva detto Marc. Dopo essere rimasti in silenzio qualche minuto a gustarsi il cibo, Marc disse: «Lei ormai sa un sacco di cose riguardo a me. Io invece non so quasi nulla di lei».

Lei rise. «Non è del tutto vero.»

Lui ci pensò su. «Vediamo: so che vive a Gibilterra. Che è sposata e ha un figliastro di sedici anni. Prima di sposarsi lavorava come giornalista. È nata in un angolo sperduto dell'Inghilterra e ha...»

«Trentasei anni.»

Lui scoppiò a ridere. «Non volevo saperlo con tanta precisione. Stavo riflettendo sul suo nome. Rosanna. Molto...»

Ancora una volta fu lei a terminare la frase. «Molto antiquato.»

«Molto musicale, direi. A giudicare dalla sua espressione deduco che non le piaccia molto, o sbaglio?»

Non si era accorta di aver fatto una smorfia. «Lo odio», disse, «e in realtà è persino peggio: il mio nome di battesimo esatto è Rose Anne. Provi un po' a immaginare. Sono molto legata ai miei genitori, ma ancora oggi mi chiedo che cosa gli fosse saltato in mente. Rose Anne Jones. Mio padre poi lo cambiò in Rosanna e io l'ho mantenuto fino a oggi. Se non altro lo trovo un pochino più accettabile di Rose Anne. Ma solo un pochino.»

«Rose Anne», ripeté lui lentamente e assorto, ascoltandone il suono. «Mi piace. Come avrebbe voluto chiamarsi lei?»

«Non so. Da ragazzina forse Nancy. Oppure Patty. Qualcosa del genere.»

«Mi fa pensare a una cheerleader americana.»

«Sì, è vero, del resto a una certa età tutte vorrebbero essere delle tipiche cheerleader americane. Con lunghi capelli biondi, occhi azzurri e nasino all'insù. E con il nome giusto.»

«Adesso non mi dica che non le piace neppure il colore dei suoi capelli e dei suoi occhi.»

Si passò la mano tra i corti riccioli castani. «Mi ci sono abituata. Credo di essere ancora piuttosto lontana dall'accettarmi per come sono, ma mi accorgo che con gli anni va sempre meglio. Probabilmente è uno dei vantaggi dell'età. A poco a poco si impara ad accettarsi.»

Reeve annuì. Di colpo si fece molto serio. «Sì», riconobbe, «è così. È proprio bello essere soddisfatti di se stessi. Cambia tutto, non trova? Ci si sente molto più sereni e rilassati.»

Lei voleva ribattere, ma in quel momento il suo cellulare squillò. Lo tirò fuori dalla tasca con un'espressione stizzita. «Lo so che è scortese durante il pranzo. Ma devo essere sempre raggiungibile per Nick Simon. Non posso permettermi di farlo arrabbiare ancora di più.»

«Si figuri, non c'è problema», le garantì Marc.

Rosanna rispose. «Nick? Sì, ti sento. La linea è un po' disturbata, ma...» rimase in ascolto, gli occhi sempre più grandi e tondi. Alla fine rispose agitata: «Certo. Certo, dagli pure il mio numero. Sì. Chiaro. Sono raggiungibile. Ti tengo informato. Naturale».

Spense il cellulare. «È incredibile», disse.

Marc posò la forchetta sul piatto.

«Che cosa è successo?»

«Era Nick Simon. Ha ricevuto una telefonata anonima. Un uomo del Northumberland. Non ha dato il suo indirizzo preciso. Sostiene che Elaine alloggi in un appartamento di sua proprietà. L'ha riconosciuta dalla trasmissione di ieri sera. Però è disposto a parlarne soltanto con me.»

«Sarebbe sensazionale!» esclamò Marc.

5

La telefonata arrivò circa tre quarti d'ora dopo che Nick aveva chiamato. Sia Rosanna che Marc non erano più riusciti a toccare neppure un boccone per l'agitazione, avevano pagato il conto ed erano usciti frettolosamente dal pub, visto che lì dentro il cellulare di Rosanna prendeva molto male. Avevano girato un po' per le strade del paesino, fino a quando Rosanna aveva individuato il punto in cui il display del cellulare indicava la ricezione migliore.

«Ecco», annunciò, «qui c'è il segnale più forte.»

Si erano fermati davanti al giardino della canonica protetto da un muro in pietra su cui crescevano cespugli di forsizie in fiore che quel giorno illuminavano letteralmente di giallo tutto il paesaggio. L'aria sapeva di terra umida e primavera. Soffiava una tiepida brezza.

«Che magnifica giornata», disse Rosanna.

Marc annuì. Lei gli leggeva il nervosismo nei tratti del volto. E i sentimenti contrastanti che si agitavano in lui. La speranza che si era accesa dentro di lui combatteva con lo scetticismo e lo sforzo di non aggrapparsi troppo presto all'idea che il suo incubo personale stesse per finire.

«Marc», disse lei dolcemente, «forse...»

«È meglio non rallegrarsi troppo presto», la interruppe lui. «Potrebbe essersi trattato solo di un mitomane che non richiamerà. E, anche se lo facesse, potrebbe continuare a prendersi gioco di noi. E, anche se fosse sinceramente convinto, potrebbe sbagliarsi.»

«Lo so.»

«Dopo la sparizione di Elaine Dawson, furono fatti numerosi appelli. Di lei si occuparono varie trasmissioni e ci fu chi la segnalò nei posti più diversi. Alcuni testimoni probabilmente erano convinti di quello che dicevano. Tuttavia tutte le tracce finivano nel nulla.»

Lei capiva che lui doveva evitare facili entusiasmi. Una delusione sarebbe stata disastrosa.

«Vuole parlare soltanto con me. Richiamerà Nick e si farà dare il mio numero e poi staremo a vedere. Ho una certa esperienza con le persone, Marc. Penso di potermi accorgere se vuole soltanto darsi importanza.»

Marc notò due grosse pietre che spuntavano in mezzo al giardino a poca distanza dal cancello. «Venga, sediamoci lì. Non possiamo continuare a restare in piedi qui come se aspettassimo qualcuno che passi a prenderci.» Diede un'occhiata alla strada deserta. «Una situazione assurda», osservò.

Le pietre erano state scaldate dal sole. Rosanna girò la faccia verso i tiepidi raggi. «Potrei camminare all'infinito per campi e prati», disse. «Arrampicarmi su muretti di pietra e staccionate di legno. Seguire l'argine dei torrenti e scoprire le prime primule tra l'erba invernale. Respirare quest'aria limpida. Ma la gente qui in Inghilterra è ancora capace di apprezzare la primavera?»

Lui la guardò. Nel suo sguardo si mescolavano un pizzico di stupore e una comprensione istintiva. «Adesso so un'altra cosa di lei», disse. «So che ha nostalgia di casa. Nostalgia dell'Inghilterra. Lei non è felice a Gibilterra.»

Di colpo lei non ebbe voglia di contraddirlo, di fare affermazioni lapidarie sul clima mite e sulla vicinanza alla Spagna: tutte frasi che aveva sentito pronunciare spesso da Dennis quando decantava i pregi della sua patria elettiva: *noi viviamo dove gli altri vengono in vacanza*.

Invece assentì con il capo e disse, sorprendendosi per prima della veemenza delle proprie sensazioni, «Sì. Sì, Marc, mi sento morire di nostalgia per l'Inghilterra. Sono già diversi anni. Credo che sia stata questa la ragione principale che mi ha spinto ad accettare l'offerta di Nick. Volevo venire in Inghilterra. Non solo per il compleanno di mio padre, ma per qualche settimana. Provavo una travolgente nostalgia e...» Lasciò la frase a metà, girò lo sguardo di lato. Conosceva appena Marc Reeve. Perché gli raccontava tutte queste cose?

«Ed è così?» domandò lui. «L'ha ritrovata come la ricordava? Ha placato la sua nostalgia?»

Lei fece un profondo sospiro. «Sì. Ma avrei sperato...»

«Che cosa?»

«Avrei sperato il contrario. Pensavo di aver idealizzato tutto. Di essermi creata immagini e ricordi del tutto staccati dalla realtà. Pensavo che forse, durante le settimane trascorse qui, mi sarei resa conto che le cose non erano poi così migliori rispetto a Gibilterra e che sarei tornata indietro soddisfatta. Sarebbe stato bello.»

«Invece adesso si è accorta che qui è meglio che a Gibilterra?»

Lei si guardò intorno. La vecchia canonica. Il giardino ancora spoglio, gli alberi che in estate dovevano piegarsi sotto il peso dei loro frutti. Le casette lungo la via. L'aria tiepida. Somigliava un po' a Kingston St. Mary. Ma non era quello il punto decisivo. Negli ultimi giorni il tempo era stato freddo, grigio e umido, un tipico, desolato febbraio, e lei si era trovata a Londra, in mezzo al cemento, senza neppure un raggio di sole a fare capolino tra le nubi. E tuttavia aveva già avuto questa sensazione. La sensazione di essere giunta a casa. Di essere lì dov'era il suo posto.

«Non si tratta tanto se sia meglio o peggio», disse. «Credo che si tratti di quanto una persona si senta a proprio agio in un certo luogo. Gibilterra non fa per me. Ciò non significa che soltanto l'Inghilterra mi vada bene. Forse potrei stabilirmi felicemente anche in Sudafrica. Oppure in Canada oppure in India. Non so. Ma Gibilterra... quello non è il mio posto.»

«Una situazione piuttosto difficile. Suo marito e il suo figliastro vivono lì.»

«Lo so. E il mio posto è con loro. Ma vorrei tanto poter rimanere qui. Qui, in questo posto, seduta al sole su questo sasso. Non muovermi più.»

«È possibile che le riesca di farlo», osservò Marc. «Probabilmente resteremo qui per ore ad aspettare un millantatore che non si sogna neppure di telefonare di nuovo. Da qui a stasera ne avrà piene le tasche, glielo dico io. Alla lunga i sassi sono molto duri.»

Si scambiarono un'occhiata e scoppiarono a ridere e nel mezzo di questa risata liberatoria, il cellulare prese a squillare.

Marc ammutolì, le labbra sottili. «Forse è lui.»

Rosanna rispose alla chiamata con la voce un po' arrochita dall'emozione. «Pronto? Sono Rosanna Hamilton.»

All'altro capo della linea ci fu un lungo silenzio. Poi un respiro nervoso. E poi la voce esile di un uomo anziano disse: «Sono Brent Cadwick. Telefono da Langbury, Northumberland».

«Mr. Cadwick!» esclamò Rosanna.

Lui tacque di nuovo. Era *il* momento della sua vita. Fu scosso da un brivido di nervosismo.

«Ho... ho delle informazioni», riuscì a dire alla fine, «informazioni riguardanti Elaine Dawson.»

«Elaine Dawson è viva?» chiese Rosanna.

Un'altra breve pausa. Mr. Cadwick era emozionato e inoltre non era abituato a conversare. Men che meno al telefono con una perfetta sconosciuta.

Poi una risata. Una risata gutturale, forse un po' falsa, di cui Rosanna non capì l'origine. Che cosa c'era da ridere?

«È viva», dichiarò Brent Cadwick. «Eccome se è viva!»

E poi rise di nuovo.

6

Arrivato mezzogiorno, Dennis Hamilton era nella più completa disperazione. Talmente disperato che era pronto a gettare al vento tutte le sanzioni che aveva già pensato, formulato e preparato per stringere tra le braccia il figlio traboccante di sollievo e amore.

Se il figlio fosse stato lì.

Ovviamente Dennis aveva immaginato che Rob avrebbe tentato di opporsi al divieto di partecipare alla festa del venerdì sera e si era cautelato. Il venerdì era uscito dall'ufficio nel pomeriggio – anche se sulla sua scrivania il lavoro arretrato ormai arrivava a sfiorare il soffitto – per essere sicuro di beccare Rob a casa. Si era riproposto di parlare ancora una volta con lui, in maniera pacata e ragionevole, esponendo il proprio punto di vista e ottenendo la comprensione del figlio. Era comunque disposto anche a chiudere a chiave Rob, se necessario, se avesse insistito nel voler partecipare a quella sbronza collettiva – tale era infatti la valutazione che Dennis dava in segreto della serata.

Ma poi aveva aspettato invano. Rob lo aveva preceduto: il venerdì non era proprio tornato a casa.

Molto probabilmente si era fermato a scuola, oppure da un amico per non correre il rischio di doversi imbattere nel padre e vedersi costretto alla fine a trascorrere a casa la serata.

Dennis aveva aspettato, anche se era stato chiaro che Rob non sarebbe rincasato e, a ogni minuto che passava, la sua collera cresceva. Così non poteva andare avanti. Un sedicenne non poteva comportarsi in quella maniera. Persino Rosanna, che prendeva sempre le sue difese, stavolta gli avrebbe dato ragione. Stavolta ci sarebbero state gravi conseguenze. Divieto di uscire per almeno otto settimane. Sospensione della paghetta per i successivi tre mesi. Insieme al divieto di usare il computer, il che aveva pure il vantaggio di costringerlo a fare una pausa dal suo interminabile *World of Warcraft*. E quand'era stata l'ultima volta che aveva dato una mano in casa o in giardino? In primavera si sarebbe occupato di estirpare le erbacce e innaffiare i fiori. Poi c'era da tinteggiare la ringhiera della veranda. Già, e poteva scordarsi l'idea di fare un viaggio in Inghilterra con Rosanna in estate.

Dennis era andato da una stanza all'altra. Per due volte aveva tentato invano di raggiungere il figlio al cellulare, ma, come prevedibile, l'aveva trovato spento. Si era bevuto due whisky con ghiaccio per calmarsi, ma non era riuscito a mandare giù neppure un boccone. Sperava solo che non fosse successo niente! Due anni prima sulla stampa era stata data molta risonanza a una festa simile in cui due studenti avevano passato il confine con la Spagna, si erano ubriacati e al ritorno erano andati a schiantarsi contro il pilastro di un ponte. Uno era morto sul colpo, l'altro era rimasto paralizzato. All'epoca dei fatti Dennis aveva ritagliato tutti gli articoli e li aveva messi sulla scrivania di Rob. Aveva cercato di parlare della cosa con il figlio, ma Rob non gli era sembrato interessato. Non riusciva a vedere come quella storia c'entrasse con lui. *Shit happens*. Le disgrazie accadono. Perché dovrei frenare la mia voglia di vivere per questo?

A un certo punto Dennis andò a letto e, siccome non era abituato a bere il whisky, gli fece subito effetto: si addormentò all'istante e trascorse la notte in un sonno senza sogni, risvegliandosi il sabato mattina poco prima delle sette. Convinto di trovare Rob in camera sua, si era alzato ed era andato a spiare dalla porta. Il letto era vuoto e ancora intatto.

Ok. Non significa per forza che gli sia successo qualcosa. Forse Rob aveva bevuto così tanto da non essere stato in grado di tornare a casa. Era probabile che tutta la compagnia fosse rimasta a bivaccare nella scuola, in mezzo a lattine di birra, assaliti da emicranie e malesseri vari, tutti troppo impegnati a vomitare per avere anche solo il tempo di telefonare a casa e avvisare.

A sedici anni! A sedici anni, lui, Dennis, non se lo sarebbe mai permesso!

Aveva paura per il figlio. Cercò di tenere a bada l'ansia, di non comportarsi come una madre isterica. Erano le madri a perdere la testa per simili storie e a immaginare subito il peggio. I padri ritenevano che una bella sbronza ci stava bene, quando un giovane era sulla strada di diventare adulto. Così come ci poteva stare una notte passata fuori casa e magari anche correre un po' troppo in macchina. Non si voleva mica crescere un figlio pappamolla, no?

E allora perché non riesco a stare tranquillo? si chiese Dennis in piedi in cucina, mentre beveva un caffè e guardava la splendida mattinata, perché non posso essere un padre normale, che non si fa troppi problemi e non ha una visione troppo ristretta delle cose?

Forse non si poteva essere un padre normale, quando per troppo tempo si era stati padre e madre insieme. Quando per molti anni la responsabilità era ricaduta su una persona solamente. Non c'erano state altre spalle su cui distribuire una parte del fardello. Non c'era stata nessuna seconda opinione a disposizione, alla quale ispirarsi, che non fosse quella di una persona responsabile al cento per cento. E poi c'era sempre la strisciante sensazione di non essere mai del tutto giusti nei confronti della piccola persona che si era messa al mondo, nonostante gli sforzi e l'impegno. Lui si era reso conto di quanto Rob sentisse la mancanza di una madre. Lui non aveva potuto sostituirla.

E Rosanna era arrivata troppo tardi. Si era dedicata a Rob con impegno ed entusiasmo. Eppure... soprattutto negli ultimi due o tre anni a Dennis era parso di cogliere segnali che indicavano come cominciasse di nuovo a prendere le distanze dalla piccola famiglia-patchwork nella quale era entrata a far parte. Era come se volesse isolarsi mentalmente. I suoi pensieri erano rivolti verso mete che a lui sfuggivano. Lei pareva vedere immagini che nessun altro era in grado di vedere. Faceva sogni a occhi aperti che non condivideva con nessuno. Forse anche Rob aveva percepito questo cambiamento? Altrimenti come spiegare quell'inaspettato ma quanto mai lucido sfogo delle proprie paure qualche giorno prima: *Lei non tornerà! Lo vuoi capire una volta per tutte?*

E poi aveva detto anche un'altra cosa: È scappata via da te. Tu l'hai fatta andare via.

Non voleva pensare a queste cose. Non ora. Quei pensieri gli incutevano troppa paura e alla fine lo avrebbero messo di fronte a se stesso, costringendolo a un processo di autoanalisi che non si sentiva in grado di affrontare al momento.

Decise di farsi una doccia, vestirsi, andare a fare la spesa e al ritorno fermarsi a scuola a riprendere Rob. E a cercare di parlare con lui. Senza alzare la voce per nessun motivo.

Quando rincasò a metà giornata aveva un feroce mal di testa e si sentiva sfinito. Posò la spesa in cucina, ma era troppo stanco per mettere i generi alimentari a posto in frigorifero. Aveva cercato dappertutto, non sapeva più dove sbattere la testa.

A scuola non aveva trovato nessuno. Almeno nessuno studente. C'era solo un'impresa di pulizie, che cercava di rimettere ordine nell'aula devastata.

«Qui non c'era più nessuno neppure stamattina alle sette», spiegò irritata una giovane spagnola che trascinava dietro di sé un enorme sacco della spazzatura, rispondendo alla domanda di Dennis. «Alle prime ore dell'alba vanno sempre da qualche altra parte, nei bar in discoteca, in Spagna... che cosa ne so io!»

Che cosa ne so io!

Con uno sforzo di concentrazione si era ricordato l'indirizzo dei due migliori amici del figlio ed era passato anche da casa loro. Uno di loro era ancora a letto che dormiva, ma era stato svegliato dai genitori. Non era stato alla festa e quindi non poteva fornire informazioni utili.

«Non mi hanno permesso di andare», disse scoccando un'occhiata risentita verso la madre.

«Neppure Rob aveva il permesso», replicò Dennis stanco. Evidentemente esistevano ragazzi che si conformavano alle decisioni dei genitori. Suo figlio però non era tra questi.

L'altro ragazzo, Harry, aveva in effetti partecipato alla festa, ma se n'era andato prima di mezzanotte e comunque non aveva visto Rob.

«Rob non era alla festa?» domandò Dennis sconcertato, e non sapeva se valutare la cosa come un bene oppure viceversa come estremamente preoccupante.

«Questo non lo so», rispose Harry. «Io non l'ho visto, ma c'era un casino di gente, almeno un migliaio di persone, credo, che non facevano parte della scuola. In quella confusione non si riusciva quasi a muoversi ed era impossibile vedere chi non ti stava direttamente davanti. Per questo me ne sono andato presto. Era una vera baraonda.»

«Per caso sai dov'era andato Rob alla fine delle lezioni? Perché non è passato da casa.»

Harry alzò le spalle. «Non ne ho idea, veramente. Ha preso la solita strada. Pensavo che volesse tornare a casa.»

«Avete parlato della festa? Ti ha detto che voleva venirci?»

Harry ci pensò su. «Se non sbaglio, mi disse che non ne era ancora sicuro.»

«Non hai proprio la minima idea di dove potrebbe trovarsi?»

«No. Assolutamente.»

Dennis aveva salutato e si era rimesso in cammino verso casa, angosciato, sperando che nel frattempo Rob fosse rientrato per conto suo. Ma Rob non c'era. Niente musica dalla sua camera. Niente riflesso dello schermo del computer. Niente zaino di scuola, abbandonato come capitava in mezzo al corridoio, nonostante le ripetute richieste di metterlo via. Se lo avesse visto lì, stavolta Dennis ne sarebbe stato soltanto felice. Si accorse che la rabbia pian piano svaniva, sostituita da un crescente patema che inghiottiva tutto il resto.

Dov'era finito Rob?

Aveva senso informare la polizia? Avrebbe dovuto ammettere il loro litigio. Avrebbe dovuto ammettere che Rob voleva andare alla festa. Immaginava già la reazione di un agente: «E si preoccupa? Suo figlio avrà festeggiato tutta la notte, avrà bevuto fino a scoppiare e adesso dorme chissà dove per smaltire la sbornia. Tornerà a casa quando gli sarà passata, sono pronto a scommetterci. Non se lo sogna nemmeno di tornare a casa adesso con la coda tra le gambe».

Poteva essere vero.

Forse era assurdo da parte sua mettersi così in agitazione.

Eppure non riusciva a liberarsi dall'angoscia. Al contrario, essa cresceva con il passare dei minuti.

Alla fine comprese di avere una sola via d'uscita, se non voleva perdere del tutto il senno. Offeso e risentito, finora l'aveva respinta; era stato troppo orgoglioso – o, come ammetteva adesso con se stesso, troppo cocciuto – per compiere il primo passo, ma adesso, al diavolo l'onore, era con le spalle al muro.

Prese il telefono e compose il numero di cellulare di Rosanna.

7

«È una pazzia», disse Rosanna. «Non abbiamo dietro nemmeno lo spazzolino da denti!»

«Per non parlare del pigiama o della biancheria di ricambio», rincarò la dose Marc, «ma...» Non aggiunse altro, però Rosanna annuì. «Tornare a Londra sarebbe stato troppo lungo. E poi non sto nella pelle dall'emozione.»

«E come pensa che mi senta io?» disse Marc. Da quando era arrivata la telefonata di Brent Cadwick, il suo volto era una maschera di tensione. Una traccia. Dopo cinque anni una traccia che forse non avrebbe condotto da nessuna parte, ma che avrebbe anche potuto significare la completa riabilitazione per lui.

«Se la donna del Northumberland è davvero Elaine», aveva detto Rosanna dopo aver parlato con Cadwick, «le prometto, Marc, che costringerò Nick a tirarne fuori una storia da prima pagina. Il *Cover* griderà così a gran voce la sua innocenza che gli altri giornali di tutto il paese non potranno fare altro che imitarlo. E allora in Inghilterra non ci sarà più nessuno all'oscuro del fatto che Elaine Dawson è viva e che lei non ha mai avuto niente a che fare con la sua sparizione.»

E poi, mentre tornavano dal punto in cui aveva parlato con Cadwick verso la macchina, si era fermata in mezzo alla strada e aveva aggiunto: «Marc – e se partissimo subito? Adesso, da qui. Per raggiungere... Langbury, mi pare si chiami la località? Per vedere se Cadwick ha detto la verità».

Anche Marc si era fermato e si era guardato intorno sorpreso. «Adesso, subito?»

«Non ha voglia di sapere se questa donna misteriosa è la nostra Elaine? In tutta sincerità, io non potrei resistere un minuto di più. Non ce la farei a tornare a Londra, aspettare domani, valutare il prossimo passo...»

«Quindi, secondo lei...»

«Direi di salire in macchina e partire. A meno che... lei ha voglia di venire? Forse aveva già un altro impegno?»

Lui aveva scrollato la testa. «Non ho niente da fare. Mi farebbe molto piacere venire. Non pensavo che me l'avrebbe chiesto.»

«È la persona più coinvolta nella storia. Venga anche lei. Ce l'ha un atlante in macchina?»

«Sì. Troveremo di sicuro Langbury. Troveremo Elaine, se esiste davvero. Ma non dovrebbe informare Nick Simon?»

«Ci penserà lui a chiamarmi», profetizzò Rosanna.

E infatti lui le telefonò che erano appena usciti dal paese e si stavano dirigendo verso l'autostrada.

Era così esaltato che urlò nel cellulare. «Allora? Ho dato a Cadwick il tuo numero. Ti ha chiamato?»

Rosanna scostò il telefono dall'orecchio. «Non gridare così. Sì, mi ha chiamato. Mi ha detto dove abita. Pare che Elaine Dawson sia una sua inquilina. Nick, sto già andando lì.»

Nick trattenne il fiato in maniera udibile. «Che cosa?»

«Ero già dalle parti di Cambridge e così ho pensato...»

«Come, scusa? Sei dalle parti di Cambridge e tu lo chiami essere a due passi dal Northumberland? Pensi forse di potertene andare così, per vedere di persona questa Dawson?»

«Ecco, io...»

«Posso ricordarti i termini del nostro contratto? Mi sembra che continui a scordarli. Tu stai scrivendo una serie per me. Che tratta di Elaine Dawson, ma anche di altre persone scomparse. E devi limitarti a raccontare esclusivamente i fatti accaduti in origine. Hai capito, maledizione? Te lo ripeto, non ti deve interessare la domanda su che fine abbia fatto Elaine Dawson adesso. *Non è il tuo lavoro!*» Aveva alzato di nuovo la voce.

«Nick, Mr. Cadwick si è rivolto a me e...»

«E che cosa? Per questo devi partire a razzo e giocare a fare l'investigatrice? Quando ti deciderai invece a compiere il lavoro per cui sei pagata e a metterti seduta a scrivere gli articoli?»

«Avrai i tuoi articoli, Nick. Puntualmente. Ma siccome è sabato ho deciso di fare una gita nel Northumberland e tu non me lo puoi impedire.»

«Non è possibile! Non può essere vero!»

«Ma come, non sei curioso di sapere se la donna di cui parla Cadwick è davvero la nostra Elaine Dawson?»

«Certo che sono curioso. E se lo fosse voglio lo scoop. Ma ci avrei mandato uno dei miei corrispondenti. Qualcuno che ha esperienza con questo genere di ricerche. E non una giornalista a tempo perso, che da cinque anni non bazzica più nell'ambiente!»

Adesso anche Rosanna si alterò. «Se questo significa che non so scrivere, non mi avresti dovuto chiamare», sbraitò.

«Tu sai scrivere, ma non sei il tipo adatto per questo genere di giornalismo.»

«Andrò a trovare Cadwick, Nick. Che ti piaccia o no.»

«Dammi il suo indirizzo!»

«No.»

Nick imprecò a lungo e a voce alta. E poi – siccome era un uomo a cui non piaceva perdere ma che sapeva riconoscere la sconfitta – aggiunse: «Mi terrai informato su ogni tuo passo, intesi? Non deve succedere niente senza che io non lo sappia. Altrimenti ti torcerò il collo, se venissi a scoprirlo. Te lo garantisco!»

Chiuse bruscamente la comunicazione.

«È fuori di sé», disse Rosanna.

Marc le lanciò una breve occhiata. «Preferisce tornare indietro?»

Lei scrollò il capo. «No. È escluso.»

«Non gli ha detto che ci sono anch'io con lei», osservò Marc.

«Si sarebbe arrabbiato ancora di più. L'avrebbe visto come un tradimento. Ce l'ha già abbastanza con me perché fin dall'inizio non l'ho informato dei nostri incontri.»

«Gli sfugge il controllo. A nessuno piace che accada.»

«Da me se lo sarebbe dovuto aspettare», disse Rosanna. «Non mi piace essere controllata e mi conosce da parecchio tempo.»

Il suo cellulare squillò di nuovo. Guardò il display e si lasciò sfuggire un gemito.

«Parli del diavolo...» disse. «A proposito di controllo. È mio marito.»

Dalla loro burrascosa telefonata non aveva più avuto notizie di Dennis e questo le aveva provocato una notevole inquietudine, ma in ogni caso avrebbe preferito che lui non la chiamasse proprio adesso. Non era il momento di affrontare una lunga discussione emotivamente difficile con lui.

Comunque rispose.

Ma Dennis non l'aveva chiamata per tenerle un discorso sui principi, come aveva temuto.

Era agitato, quasi isterico. La informò che Robert era scomparso. E le chiese quando contava di tornare a casa date le circostanze.

8

Nella casa di riposo aleggiava un penetrante odore di detergente aromatizzato al limone. Il sole entrava dalle finestre tirate a lucido e inondava i disegni colorati realizzati dai pazienti, tutti dall'aria estremamente naïf. Cedric non aveva mai visto delle finestre così pulite. Senza un alone, senza una riga. Pensò ai vetri del suo appartamento a New York, che praticamente diventavano opachi quando il sole era basso. Stranamente in quel frangente il suo squallido appartamento sporco e in disordine, dal quale spesso era fuggito perché non aveva voglia di mettersi a pulire, non gli risultava più opprimente. Di sicuro era molto meno opprimente di questa pulizia esagerata e quasi maniacale.

Come faceva Geoff a respirare in questo posto? si chiese, per trovare subito dopo la risposta, semplice e agghiacciante: non poteva fare altrimenti. Non aveva altra scelta.

In realtà non avrebbe voluto tornare lì a Taunton, per niente al mondo. Di primo mattino si era seduto sull'auto presa a noleggio da Rosanna dopo che la sorella lo aveva informato di non averne bisogno e aveva raggiunto Kingston St. Mary. Le strade erano deserte in quel sabato mattina ed era arrivato in fretta.

«Vado a trovare papà», aveva detto a Rosanna e il sorriso della sorella gli aveva fatto capire quanto lei ne fosse felice. La solitudine del padre vedovo la crucciava. Era quindi grata che il fratello se ne occupasse.

Per questo Cedric si sentiva in colpa. Ovviamente gli stava a cuore anche il padre, ma non era questo il motivo che lo aveva spinto fino a quell'angolo sperduto di mondo. No, aveva bisogno di soldi. E non aveva nessun altro a cui rivolgersi.

Non aveva più soldi per la sua costosa camera d'albergo. Non aveva soldi per pagarsi il volo di ritorno a New York. Non aveva soldi da restituire all'amica che glieli aveva prestati per il viaggio di andata. Non aveva soldi per finanziare la sua attività di fotografo.

Era al verde.

A trentotto anni era senza un mestiere, senza soldi, senza una donna, senza figli.

In sostanza, pensò, la mia vita non è poi tanto diversa da quella del paralitico Geoffrey. Con la differenza che non posso incolpare niente e nessuno del mio fallimento. Ho braccia e gambe perfettamente sane. Sono forte e non sono stupido. Ma, a un certo punto del cammino, devo aver sbagliato direzione.

Victor era stato raggiante. Le visite a sorpresa erano una rarità per lui e aveva subito invitato il figlio a pranzo allo *Swan at Kings-*

ton. Avevano parlato dell'apparizione televisiva di Rosanna la sera prima e naturalmente del caso Elaine Dawson, e Victor gli aveva elencato tutte le piante che aveva intenzione di mettere a dimora in giardino a primavera.

«Ma non ti sei mai occupato del giardino», osservò Cedric un po' stupito. Suo padre incarnava esattamente il cliché dell'uomo di lettere: colto, intelligente, del tutto privo di senso pratico nella vita quotidiana. Immaginarselo a brandire le cesoie per le rose provocò un moto di allegria e di inquietudine in Cedric.

«Tua madre amava molto il giardino», spiegò Victor, «e io... mi sento molto vicino a lei quando me ne prendo cura.»

Allora avevano parlato per un po' di Hazel e alla fine, giunti al caffè, Cedric aveva affrontato l'argomento che gli stava a cuore. Chissà se Victor poteva...

«Ma certo!» aveva risposto prontamente il padre. «Quanto ti serve?»

Quando Cedric gli aveva detto la cifra, Victor aveva deglutito, ma gli aveva subito dato un assegno. «Ecco. Con questi puoi cominciare a respirare.»

Era più denaro di quanto avesse chiesto. Cedric lo ringraziò commosso e si preparò per la ramanzina che era certo sarebbe seguita e che lui avrebbe dovuto ascoltare senza fiatare: che così non poteva più andare avanti, che doveva fare qualcosa nella vita, se non pensava che fosse il momento di diventare adulto ecc. ecc... Victor invece non disse niente di tutto ciò. Mentre uscivano dal pub si limitò a dichiarare: «Vorrei che andassi a far visita a Geoff, Cedric, prima di tornare a Londra. Non sta per niente bene. Secondo me soffre di depressione. Sono stato da lui la settimana scorsa e il suo aspetto mi ha molto impensierito. Quindi, se avessi un po' di tempo...»

Tempo ne aveva, naturalmente, ma nessuna voglia, però si sarebbe sentito un verme se non avesse esaudito il desiderio paterno. Ecco perché adesso si trovava in quella sala comune tirata a lucido in mezzo a persone in carrozzella mentre aspettava Geoffrey. Se non altro aveva in tasca un cospicuo assegno che gli dava un po' di respiro e un senso di calore. Durante il tragitto verso Taunton aveva ricevuto la telefonata di Rosanna, la linea era molto disturbata, ma aveva grossomodo capito che era diretta nel Northumberland, in un posto chiamato Langbury, perché lì abitava una persona che sosteneva di conoscere la scomparsa Elaine e di sapere dove si trovava. Cedric avrebbe voluto chiederle altre informazioni, ma prima che potesse farlo la comunicazione si era interrotta e adesso doveva accontentarsi dei frammenti che era riuscito a cogliere.

Si era fatta coinvolgere troppo da quella storia, pensò, e un attimo dopo si chiese come stava viaggiando, dato che la macchina ce l'aveva lui. In treno? Aveva noleggiato un'altra auto? Forse era in compagnia di Nick Simon, il suo equivoco datore di lavoro?

Quando Geoff entrò nella sala, parve sorpreso di trovare Cedric ad aspettarlo. Non si capiva se fosse anche contento di vederlo. In effetti aveva un aspetto orribile. Victor non si sbagliava. Occhi cerchiati. Labbra esangui.

«Ah, Cedric. Pensavo che fossi già tornato a New York.»

«Ciao, Geoff. No, come vedi sono qui... mi sono fermato per un po' in Inghilterra e sono appena stato a trovare mio padre.»

«Allora è stato lui a spingerti a venirmi a trovare, vero?» osservò Geoff tagliente. «Tuo padre è una cara persona, Cedric. L'unico che passa a trovarmi di tanto in tanto. Ma non può aiutarmi.»

Cedric non rispose. Odiava l'insicurezza che Geoffrey era in grado di creare in lui nel giro di pochi secondi. Quel miscuglio di sensi di colpa, compassione, impotenza. Rimpiangeva già di aver ceduto alle insistenze paterne e di non essere in viaggio per Londra – fischiettando, con il finestrino abbassato, una lattina di Coca in mano. E invece...

«Vuoi che andiamo nel bar dove siamo stati con Rosanna?» chiese Geoff. «Oppure preferisci la soffocante atmosfera di questa schifezza tirata a lucido», fece un movimento della testa per indicare la stanza, «piena di storpi senza speranza?»

«Va bene qui», rispose Cedric, «ma posso portarti a fare un giro, se preferisci. Il tempo è molto bello.»

Geoff scrollò il capo. «Grazie. Apprezzo l'offerta, ma per me certe uscite sono deleterie. Vedere le persone sane, la vita e l'affaccendarsi, la bella natura di Dio... e poi tornare qui dentro è come un pugno allo stomaco.»

Manovrando la sedia a rotelle grazie ai comandi sul bracciolo,

Geoff si spostò verso un tavolo. Cedric lo seguì e si sedette di fronte a lui. Geoffrey fissò la superficie azzurra del tavolo. Aveva l'aspetto di chi vorrebbe morire. Questo pensiero attraversò improvvisamente la mente di Cedric. Non era mai stato in grado di dire da che cosa si capisse. Forse era una specie di aura. Ma se avesse dovuto definire il concetto di *stanco di vivere* avrebbe fatto senza esitazioni il nome di Geoffrey.

Si sporse in avanti.

«Geoffrey», disse, «eri così in gamba un tempo. Sono passati vent'anni dall'incidente. Avevi imparato a vivere con la tua menomazione. So che quando eri a Kingston St. Mary andavi anche in giro con la sedia a rotelle. Avevi persino un lavoro come fattorino di prodotti pubblicitari. Voglio dire... eri molto più avanti di adesso. Ora... ora sembra che vegeti e basta.»

Geoffrey alzò la testa. Cedric trasalì di fronte all'espressione carica di odio e amarezza nei suoi occhi.

«Ti sorprende?» esclamò. «Ti sorprende che adesso io *vegeti* e basta, come dici tu? Guardati intorno, allora, e prova a paragonare la mia vita con la tua. Facciamo un esempio, come comincia la tua giornata? Vai a correre? Vai in palestra? Di sicuro fai qualcosa del genere, altrimenti non avresti un fisico così atletico e muscoloso.»

«Vado a correre», disse Cedric, con l'impressione di aver appena confessato un peccato imbarazzante.

«Vai a correre!» ripeté Geoffrey sprezzante. «Lo immaginavo. Sai come comincia la mia giornata? Mi lavano, mi danno da mangiare e poi si passa al *programma intestinale* che amo tanto! Sai che cos'è?»

«Ecco, io...»

«Tutto ciò che mi viene ficcato giù per la bocca deve anche uscire in qualche modo da questo rottame di corpo. Esattamente come capita a te. Come per tutti. Il problema è che il mio intestino non riesce a farlo da solo. Anche lui è completamente paralizzato come tutto il resto. Allora arriva un inserviente con dei guanti di gomma e...»

«Geoff, per favore!» lo interruppe Cedric. Si sentiva la fronte imperlata di sudore, ma non osava asciugarsela.

Geoff rise. «Visto? Non sopporti nemmeno di sentirlo raccontare. Ma io, io devo sopportarlo su di me. Ogni giorno. Da vent'anni. Ogni maledettissimo giorno, finché il buon Dio non si renderà conto di avermi fatto soffrire abbastanza e non staccherà la spina. Questa merda durerà fino ad allora!»

«Geoffrey, posso capire che tu...»

«No. Non puoi capire proprio niente. E ancora meno capisce tua sorella. Dici che avevo fatto dei passi avanti? Certo, maledizione, era vero. Quando Elaine stava con me. Quando abitavamo insieme a casa dei nostri genitori. Quando non ero costretto a sopportare giorno dopo giorno questi storpi e queste infermiere insistenti. Quando avevo una casa e una persona che mi voleva bene. Quando ero protetto da un'istituzione come questa. E sai perché voglio che quel pezzo di merda di Marc Reeve alla fine confessi? Perché allora saprò, con assoluta certezza, che Elaine è stata assassinata. Non servirà a riportarla in vita. Ma avrò la certezza che non mi ha lasciato di sua volontà. Riesci a capirlo? Il pensiero che possa essersene andata volontariamente mi uccide. Che possa avermi lasciato in asso. Che possa avermi fatto tutto questo.»

Aveva le lacrime agli occhi. E Cedric comprese. Per la prima volta comprese appieno perché Geoffrey avesse così tanto bisogno di trovare un colpevole. Perché volesse vedere Marc Reeve sotto accusa. Ne andava della sua pace interiore e di tutta la sua vita futura.

«E invece Rosanna lavora alacremente in tutt'altra direzione», proseguì. «L'hai vista in quella disgraziata trasmissione ieri sera? Santo cielo, nessun imputato ha mai ricevuto una difesa tanto accorata e vibrante. All'inizio pensavo di aver sentito male. Ha sprecato il fiato per descrivere Reeve come un santo, un martire ingiustamente accusato. Si può sapere perché lo fa, maledizione? Che cosa c'è tra lei e questo Reeve? Tu sai qualcosa? Si fa scopare da lui?»

«Io... no, non credo», rispose Cedric perplesso.

Geoff rise. «Non mi sorprenderebbe. Sono molto bravo a cogliere certe sfumature, sai? Quando si è completamente paralizzati come me, gli altri sensi si sviluppano molto bene.»

«E se Reeve fosse effettivamente innocente?» domandò Cedric.

Geoffrey fece per ribattere con veemenza, ma Cedric lo bloccò subito. «Un momento. Non lo dico tanto per dire. Prova a immaginare... prova a immaginare se Elaine ricomparisse all'improvviso.»

«Dopo cinque anni. È impossibile.»

«In questi cinque anni non l'ha cercata nessuno. Quindi non poteva muoversi neppure niente. Ma ieri è andato in onda questo programma alla televisione...» Si bloccò. Non era sicuro che Rosanna avrebbe approvato che parlasse del Northumberland e di questo misterioso testimone. La loro telefonata precedente era stata troppo breve e frammentaria per poterle chiedere anche questo. Cedric immaginava che Rosanna avrebbe preferito passare sotto silenzio, almeno temporaneamente, questa traccia ancora poco chiara. Ma d'altro canto che cosa sarebbe potuto mai accadere se Geoffrey ne fosse venuto a conoscenza? Non poteva fare assolutamente niente. E anche se avesse diffuso l'informazione lì nella casa di riposo – a chi poteva interessare?

Geoff era tutto orecchi. «Sì, il programma di ieri. E che cosa è successo? È venuto fuori qualcosa di nuovo?»

«È ancora tutto molto vago», rispose Cedric. Si sentiva come una vecchia pettegola. Perché raccontava a Geoff queste cose? Rosanna non ne sarebbe stata entusiasta e per quanto riguardava Geoffrey avrebbe potuto accendere in lui una speranza forse destinata a spegnersi di nuovo. Ma lo fece lo stesso, per ottenere un po' di respiro. E per gettare qualcosa a Geoffrey – un osso, come a un cane – che gli permettesse di andare via da lui con il cuore un po' più leggero. L'istituto, Geoffrey, le sue condizioni, la sua depressione, tutto questo soffocava Cedric. Non sapeva come congedarsi e andare via. Non sapeva come lasciare in quell'inferno quello che un tempo era stato il suo migliore amico d'infanzia. Sentiva il disperato bisogno di lasciargli qualcosa, di regalargli qualcosa che lo tenesse occupato, lo facesse uscire anche solo per un po' dalla disperazione.

Sono un vigliacco, pensò rassegnato.

«Non so molto in proposito», cominciò col dire, per mettere le mani avanti, «ma pare che Rosanna abbia ricevuto la telefonata di uno spettatore. Da un posto non so dove nel Northumberland – Langbury, credo. Costui sostiene di conoscere Elaine. Vive vicino a casa sua, o qualcosa del genere.»

Geoffrey lo guardò fisso.

«Che cosa? Elaine? Nel Northumberland?»

«Potrebbe trattarsi di un errore, è evidente. Un'omonimia casuale. Una somiglianza esteriore. Oppure il tizio è un millantatore. E allora sarebbe tutto falso. Tuttavia...»

«Ci furono numerose telefonate del genere subito dopo la scomparsa di Elaine», disse Geoffrey, «ma nessuna portò mai a un risultato concreto.»

Cedric annuì. «Per questo è necessario muoversi con la massima prudenza. Ma non si può tralasciare un indizio del genere.»

Il pallore di Geoffrey era, se possibile, ancora più intenso di prima. «Non ci credo. Non credo che Elaine viva nel Northumberland.»

«Rosanna si sta recando lassù», disse Cedric. «Così potremo saperne di più.»

«Certo che si dà proprio molto da fare per quel tipo!»

«Per Reeve? Geoffrey, io credo che in realtà le stia a cuore Elaine. Non riesce più a liberarsene. Vuole sapere che cosa accadde cinque anni fa.»

«Vuole scagionare Reeve.»

«Smettila con questa fissazione!» esclamò Cedric spazientito.

Geoff alzò gli occhi al cielo. «Ma certo, è semplice. Geoff lo storpio è posseduto da un'idea fissa. Sei bravo a semplificarti le cose, Cedric. Mi racconti di questa presunta traccia che tua sorella sta seguendo, poi ti alzi e sparisci di nuovo nella tua vita al di là di queste maledette mura. E mi lasci qui in balia di emozioni contrastanti. Come dovrei comportarmi adesso con queste informazioni? Dovrei nutrire delle speranze? Che Elaine sia viva e che forse sarà possibile convincerla a tornare da me e a togliermi da questo inferno? Oppure al contrario sperare che sia una falsa pista? Perché altrimenti sarei costretto ad affrontare il fatto che in effetti cinque anni fa se l'è battuta di proposito? E che forse non si sogna neppure di legarsi di nuovo al piede la palla di un fratello paralitico da accudire a vita?»

Aveva alzato la voce. Alcuni degli altri pazienti si voltarono a guardarlo incuriositi.

Cedric cercò di tranquillizzarlo. «Penso che dovresti guardare avanti e basta. Aspettare quello che verrà e poi adattarti. Chiudere gli occhi, crearti una tua verità e ignorare la realtà non ti porta a nulla. Alla fine serve solo a peggiorare le cose. Non serve a niente,

Geoff. Tutti dobbiamo imparare a convivere con ciò che la vita ci ha gettato ai piedi.»

«Già, e tu in modo particolare. La vita ti ha davvero messo un sacco di bastoni tra le ruote!»

«Forse anche nei miei confronti ti sei creato una tua immagine. Forse vedi solo la facciata. Che, lo ammetto, è più sana e più intatta della tua. Però non ti interessa scoprire se ho il controllo della mia vita, se sono soddisfatto o felice.»

«E a che scopo dovrei...?»

«Già, che ragione avresti per interessarti eccezionalmente di qualcuno diverso da te? Negli ultimi anni è una cosa che hai totalmente disimparato, Geoffrey. Anche quando riesci a pronunciare un cordiale *come stai?* si capisce benissimo che non ti interessa sentire la risposta. Perché sei convintissimo che qualsiasi creatura al mondo se la passi meglio di te e che per questo sia superfluo occuparsi anche solo per un secondo dei problemi e dei crucci del prossimo.»

«Credo che sia meglio se adesso vai via», disse Geoffrey, stringendo le labbra.

Cedric si alzò. «Pensaci», disse più calmo, «un tempo ero il tuo amico più caro. Forse mi sarei meritato di poterti confidare anche le mie preoccupazioni. Oppure credi che non ne abbia?»

Si voltò per andare via. Fu bloccato da un risolino – cattivo, quasi sinistro. Proveniva da Geoffrey, che lo guardava seduto sulla sua sedia a rotelle.

«Non c'è bisogno che ti chieda che cosa ti cruccia, Cedric», disse con una luce diabolica negli occhi, «perché lo so. Conosco bene il tuo problema.»

«E allora?» Cedric sapeva che sarebbe stato meglio andare via senza dire altro.

«Ti perseguita da vent'anni. Il pensiero che sarebbe potuta andare al contrario. Che potresti esserci tu seduto al mio posto e che io potrei uscire da quella porta. Fu un'idea idiota all'epoca. Per uno di noi è finita molto male. Tu dici che bisogna prendere ciò che la vita ci getta ai piedi? Purtroppo la vita è dannatamente ingiusta e questo rende tutto più difficile. Se fosse giusta, ci saresti tu seduto al mio posto, lo sai. E per quanto cerchi di scacciare questa consapevolezza essa agisce in te. E guarda», abbassò la voce, a un sussurro incalzante, «la giustizia sta cominciando ad agire. La giustizia che regna, nonostante tutto, e che prende sempre una forma diversa da quella che pensiamo noi, così diversa che a volte impieghiamo molto a rendercene conto. La tua consapevolezza, Cedric, la tua consapevolezza ti paralizza. Nonostante la tua bellezza e la tua salute, sei paralizzato e storpio quanto me. Uno storpio, Cedric, sei uno storpio nell'anima. E vuoi sapere una cosa? Questo fatto mi rende molto, molto felice!»

Scoppiò a ridere di nuovo.

Cedric si voltò e uscì a grandi passi. La risata di Geoffrey lo raggiunse fino al corridoio.

9

In effetti avevano trovato Langbury sull'atlante di Marc, ma essendo un'edizione vecchia di vent'anni non indicava la strada a scorrimento veloce che era stata costruita nel frattempo per raggiungere quella località. La vecchia provinciale che avevano imboccato terminava bruscamente contro una transenna bianca e rossa, al di là della quale proseguiva per qualche decina di metri e poi si perdeva, inghiottita dalla vegetazione. Era ormai sera e faceva buio. Il cielo era punteggiato di stelle e la temperatura prossima allo zero. Marc si fermò, entrambi scesero dall'auto e osservarono il blocco.

«Temo che da qui non arriviamo da nessuna parte», disse Marc. «Dobbiamo tornare indietro e cercare una deviazione. Deve pur esserci una strada per arrivare in quel maledetto paese.»

Rosanna si strinse nelle braccia, rabbrividendo. Era vestita troppo leggera per il freddo della notte. «Speriamo che Mr. Cadwick sia ancora sveglio al nostro arrivo. Muoio dalla curiosità, Marc. Mi piacerebbe tanto riuscire a scoprire entro stanotte se abbiamo davvero a che fare con la nostra Elaine.»

Marc guardò l'ora. «Le nove e mezzo. Se Mr. Cadwick non va a letto con le galline, dovremmo riuscire a trovarlo. Venga, torniamo in macchina che faccio manovra. Sinceramente sono stanco morto e non vedo l'ora di arrivare da qualche parte.»

Ripercorsero la vecchia strada per un tempo infinito. Alla fine arrivarono a un benzinaio dove chiesero indicazioni per Langbury. Rincuorati, si misero di nuovo in marcia per l'ultimo tratto di strada. Alle dieci entrarono nel pittoresco borgo che sembrava già addormentato. Solo qua e là si scorgevano luci accese dietro le finestre.

«Certo che qui la gente va a dormire presto», osservò Rosanna meravigliata.

«Siamo proprio in capo al mondo», commentò Marc. «Qui non succede mai niente. Anche il cinema più vicino dev'essere a chilometri di distanza. Mi chiedo...» Lasciò la frase a metà.

«Che cosa?» lo incalzò Rosanna.

«Se davvero si tratta di Elaine Dawson, la nostra Elaine Dawson, allora mi chiedo perché sia venuta a rinchiudersi proprio quassù. Voglio dire, non è logico. Quando la conobbi mi sembrava una donna decisa a gettarsi alle spalle la limitatezza e l'isolamento del suo paese natale. Ma questo posto qui è persino più addormentato e remoto di Kingston St. Mary. Non pare anche a lei?»

«Rispetto a Langbury», rispose Rosanna, «Kingston St. Mary sembra una metropoli. Nemmeno io riesco a capirlo. Di sicuro tutta la storia è piuttosto misteriosa e posso solo sperare che entro stasera troveremo una spiegazione all'enigma.»

Consultò assorta un foglietto che aveva tirato fuori dalla tasca. Si era annotata le indicazioni piuttosto confuse che Cadwick le aveva dato per raggiungere casa sua. «Aspetti, Marc! Credo che dobbiamo girare in questo vicolo.»

Si persero, vagarono per vicoli così stretti che spesso Marc temeva di strisciare gli specchietti. Rosanna era contenta che la ricerca la tenesse occupata impedendole di rimuginare. Da quando aveva ricevuto la telefonata di Dennis a mezzogiorno, era afflitta da una strisciante inquietudine.

Robert.

Non era rimasta troppo sorpresa nell'apprendere della sua scomparsa. Da quando lui le aveva parlato della festa e della reazione che suo padre aveva manifestato in proposito, si era quasi aspettata che succedesse qualcosa del genere. Aveva capito che Rob voleva partecipare alla festa nonostante il divieto paterno e anche che avrebbe commesso un qualche gesto eclatante. Rimase abbastanza tranquilla, perché era convinta che non fosse successo niente al ragazzo.

«Se si fosse trattato di un incidente, saresti già stato informato da tempo», aveva detto. «A Rob non è successo niente, Dennis. È stato alla festa, sa che per questo avrà dei problemi con te e allora preferisce trascorrere il fine settimana da qualche amico.»

«Sono stato dai suoi amici. Non c'è.»

«Non è possibile che tu sia stato da tutti i suoi amici. Ne conosci solo un paio!»

Dopo qualche secondo di silenzio, riempito solo dal respiro affannato di Dennis, lei aveva aggiunto: «Non ti sto facendo un rimprovero, Dennis. Nemmeno io conosco tutti i suoi amici. Rob non è tanto estroverso al riguardo».

«Significa che non hai intenzione di tornare subito a casa?» aveva chiesto Dennis.

Lei aveva lanciato un'occhiata a Marc, che guardava fisso davanti a sé e le dava l'impressione di non ascoltare la telefonata – anche se, date le circostanze, non poteva fare altrimenti.

«Dennis, non posso tornare proprio ora. Ho accettato un incarico. Sai che ci vorranno un paio di settimane.»

«Mio figlio è sparito e tu...»

«Avete litigato e lui non ha voglia di tornare a casa. Non credo proprio che sia accaduto qualcosa.»

«Secondo me hai avuto il tempo di fare tutte le ricerche che volevi per questa dannata serie. Gli articoli potresti benissimo scriverli stando qui!»

«Non è vero. Sono emersi nuovi indizi e... ah, per favore, Dennis, non rendermi le cose tanto difficili. Non posso tornare adesso. Non posso interrompere così su due piedi un impegno che mi sono assunta. Non lo faresti nemmeno tu.»

«Si tratta di mio figlio!»

«Con il quale hai litigato! Perché dovevi impedirgli di andare a quella festa?»

«Perché era pericolosa.»

«Non puoi tenerlo incatenato in casa. Ha sedici anni. Alla sua età i ragazzi vogliono uscire. È normale. È evidente che si stia in ansia per loro. Ma Rob non è avventato. Secondo me ti preoccupi eccessivamente per lui.»

«Dunque non vieni», affermò Dennis. La sua voce era priva di qualsiasi emozione, ma Rosanna sapeva che faceva sempre così quando era particolarmente arrabbiato.

«Non vengo *adesso*. Tienimi informata, ok? Se dovessero sorgere dei problemi, è naturale che...»

Non riuscì ad aggiungere altro. Dennis aveva riattaccato.

Non aveva voglia di parlare con Marc della telefonata con il marito e gli era stata grata quando lui non aveva fatto domande in proposito.

Adesso, giunta a Langbury, pensò: non posso mollare tutto proprio adesso. Se entro lunedì non ci saranno notizie di Rob, dovrò pensare a qualcosa, ma per il momento voglio chiarire la faccenda di Elaine. E posso solo sperare che...

«Dev'essere qui», disse Marc, strappandola alle sue riflessioni.

... che il mio matrimonio sopravviva a questa crisi, concluse lei mentalmente, poi scacciò Rob e Dennis dalla mente, perché le tremavano le gambe per l'agitazione e voleva concentrarsi completamente sull'imminente incontro con Mr. Cadwick.

«Questo è il numero 7», osservò lei, «e anche la via corrisponde. Com'è stretto qui! E guardi le case. Sembrano sul punto di crollare.»

«A casa di Mr. Cadwick comunque la luce è ancora accesa», disse Marc. «Che ne dice, lasciamo la macchina qui? Certo, blocchiamo il passaggio, ma se dovessi cercare un altro parcheggio non ritroverei più la casa.»

«Secondo me a quest'ora non passa più nessuno», disse Rosanna, aprendo con cautela la portiera per non farla sbattere contro il muro. «Accidenti, come fa Elaine a vivere qui?»

Era evidente che Brent Cadwick era letteralmente in attesa, perché la sua porta si spalancò ancor prima che Rosanna o Marc avessero il tempo di suonare il campanello. Se lo trovarono davanti, illuminato dalla luce dell'androne, un vecchio con un gilet di maglia e pantaloni sformati. Portava spessi calzini grigi ma era senza pantofole. Aveva un odore cattivo, come di chi si lava di rado e porta sempre gli stessi vestiti.

Rosanna provò un'antipatia immediata per lui, senza riuscire a definire da che cosa fosse dovuta. Avvertì Marc accanto a lei che si distaccava interiormente dalla situazione e ne capì il motivo. Si preparava a una possibile delusione. Questo Brent Cadwick aveva tutta l'aria di uno che si è inventata una storia per distrarsi un po' da un'esistenza grigia e monotona. E sembrava il classico millantatore.

«Mr. Cadwick?» disse Marc, porgendogli la mano. «Sono Marc Reeve e questa è Rosanna Hamilton. Le ha telefonato oggi.»

Mr. Cadwick strinse a turno la mano di Marc e quella di Rosanna, poi ridacchiò. «Mr. Reeve! Ieri in televisione si è parlato anche di lei! È venuto direttamente da me? Ha fatto tutta questa strada? Sì, certo, posso capire. Sono cinque anni che vive con addosso il sospetto di omicidio, giusto?»

Rosanna prese fiato, pronta a sistemare il vecchio con qualche parola tagliente, ma Marc la precedette. «In effetti la stampa saltò a qualche conclusione un po' affrettata», disse cortese. «Ma con il suo aiuto, forse, riusciremo a chiarire definitivamente la storia.»

«Sa se Miss Dawson è ancora sveglia?» chiese Rosanna. «Vorremmo andare subito da lei, se non le dispiace.»

«Ma, prego, accomodatevi un istante, prima», rispose Cadwick facendosi da parte. «Accidenti che freddo fa. E lei è vestita troppo leggera, signorina. Ma le donne sono così, vero? Sempre poco vestite e poi si ritrovano con la bronchite!» Ridacchiò di nuovo, poi precedette i visitatori in casa. Rosanna alzò gli occhi al cielo e Marc le rivolse un sorriso d'incoraggiamento.

Com'era da aspettarsi, l'appartamento, pieno di mobili pesanti, era troppo caldo e l'aria era stantia, come se non venisse arieggiato da mesi. Molto probabilmente durante l'inverno Cadwick non apriva mai la finestra, per impedire che anche la minima folata di freddo entrasse in casa. La televisione era accesa a volume molto alto. Cadwick la spense, poi indicò due bicchieri già pronti sul tavolino davanti al divano. «Che cosa vi posso offrire? Devo aggiungere un bicchiere, vero? Credevo che la signorina sarebbe venuta da sola! Non sapevo che ci fosse anche Mr. Reeve...» Prese un altro bicchiere da un'orribile credenza.

«Uno sherry, magari?»

«È molto gentile da parte sua, Mr. Cadwick, ma non vogliamo bere niente», disse Rosanna. «Come potrà certo capire, siamo molto ansiosi di parlare con Miss Dawson. Ha detto che è la sua inquilina, giusto? È in casa?»

«Lavora fino a tarda notte all'*Elephant*», spiegò Cadwick. Nonostante il rifiuto di Rosanna, versò lo sherry nei bicchieri. «È il pub del paese. Già, nessuno penserebbe che ce l'abbiamo, vero? Ma vi dico che d'estate qui si riempie di turisti. Il mare non è molto lontano, sapete? Si può fare il bagno. E qui si trova tutta la pace che si desidera.»

«Miss Dawson non è ancora rincasata?» chiese Marc.

«Di solito rientra verso mezzanotte», rispose Cadwick. Alzò il bicchiere. «Alla vostra salute! Santo cielo, come sono emozionato. È passato molto tempo dall'ultima volta che ho avuto ospiti. Anni!»

«Forse ci converrebbe andare direttamente al pub», propose Rosanna ignorando lo sherry. I bicchieri erano incrostati di sporcizia.

«Se lavora lì, forse non è il luogo migliore dove può parlare con noi», obiettò Marc. «Dobbiamo pensare che resterà parecchio turbata quando ci vedrà. Se si tratta della nostra Elaine, è chiaro che ha fatto di tutto per far perdere le proprie tracce e per vivere nascosta. Sarà tutt'altro che felice di vederci.»

Rosanna sapeva che aveva ragione lui. «In effetti sarebbe meglio aspettarla qui», ammise.

«Dunque questa donna ha cancellato con cura tutte le proprie tracce», osservò Mr. Cadwick emozionato. «L'ho capito fin dal primo giorno che c'era qualcosa di strano in lei. *Questa qui ha qualcosa che non va, Brent*, mi dissi. Ma era molto cortese e educata. Io sto sempre attento di dare l'appartamento solo a persone perbene.»

Di sicuro non c'è la fila per ottenerlo, pensò Rosanna. Chi vorrebbe abitare qui volontariamente?

«In che senso trovava strana Miss Dawson?» domandò Marc.

«Ecco», rispose Cadwick, «sembrava... impaurita. Sì, come una persona che vive sempre nel terrore. Ho avuto l'impressione che volesse davvero nascondersi.»

«Da chi?» chiese Rosanna.

«Non saprei dirle, purtroppo», dovette riconoscere Cadwick, «non era molto estroversa. Ho cercato spesso di parlare con lei, capisce, per darle una mano! Una creatura così giovane e impaurita. E così sola. Non aveva proprio nessuno. Né amici né conoscenti, nessuno! Come se fosse del tutto sola al mondo. In due anni non è mai uscita con nessuno. Non è sano! Voglio dire, una donna della sua età desidera sposarsi, mettere su famiglia, costruirsi un nido. E non nascondersi in un paesino sperduto senza avere contatti con nessuno.»

«Una donna della sua età», ripeté Rosanna. «Quanti anni può avere Miss Dawson?»

«A occhio e croce poco meno di trenta.»

«D'accordo», disse Rosanna rassegnata. «Aspetteremo che torni a casa. Che ne dice di sederci fuori in macchina, Marc? Non dobbiamo importunare così a lungo Mr. Cadwick.» Provava un tale ribrezzo verso quel vecchio e il suo appartamento polveroso da non riuscire più a resistere nel salotto soffocante.

«Non mi importunate affatto», si affrettò a rassicurarla Mr. Cadwick. «Anzi! Vi prego, rimanete pure qui. Mi piace avere ospiti. Sapete, spesso mi sento molto solo. È una delle ragioni per cui ho affittato l'appartamento di sopra. I soldi in realtà non mi servono, per vivere mi basta la pensione, ma la solitudine... spesso è molto dolorosa. Non è facile da sopportare. Allora ho pensato che avere un inquilino fosse una buona idea. Si potrebbe bere il tè insieme ogni tanto, fare due chiacchiere, oppure una passeggiata. Purtroppo Miss Dawson era così riservata che dovevo letteralmente appostarmi per riuscire a incrociarla. Una persona molto, molto strana. Nel suo passato dev'esserci un qualche segreto...» Si morse il labbro inferiore. Sembrava a disagio. Rosanna ebbe l'impressione che volesse confidare ancora qualcosa, ma che non sapesse esattamente come formularlo.

«Mr. Cadwick...» fece lei.

Lui la interruppe. «Come ho detto, una persona molto strana. Mi è venuto da pensare che non fosse molto normale di testa. Altrimenti non mi spiego come mai...»

«Come mai che cosa?» intervenne Marc.

Mr. Cadwick si fece visibilmente coraggio. «A quanto pare ha lasciato l'appartamento. Da due giorni. Giovedì.»

«Che cosa significa *a quanto pare*?» domandò Marc con voce inquisitoria.

Cadwick adesso aveva un'aria patetica. «Voglio dire che non mi ha informato né altro. Non mi ha neppure salutato. È sparita e basta.»

«Ma nessuno può sparire così», obiettò Rosanna, «voglio dire, quando si cambia casa arriva il camion dei traslochi, e poi c'è un sacco di trambusto... avrebbe dovuto sentire qualcosa, come minimo!»

«Lei non possiede niente», spiegò Cadwick, «soltanto una valigia con i suoi vestiti. È arrivata qui portandosi solo quella. L'appartamento è già ammobiliato. Completo di tutto, fino al portauovo. Presumo che giovedì abbia sfruttato la mezz'ora che sono uscito a fare la spesa per sparire. Da allora non l'ho più vista.»

Con espressione terrea, Marc disse: «Allora dobbiamo fare subito un salto al pub dove lavora. Forse...»

«Non l'hanno più vista neppure lì», disse Cadwick, senza guardare i suoi ospiti. «Ci sono passato io stesso giovedì sera e poi anche ieri, due ore prima della trasmissione. Justin McDrummond, il proprietario dell'*Elephant*, era molto contrariato. In un primo tempo ha pensato che fosse malata e che si fosse dimenticata di telefonare per avvisare, ma quando sono arrivato io a dirgli che aveva preso il largo... ecco, si è immaginato che avesse fatto lo stesso anche con lui. È sparita senza dire niente.»

«Vuole dire che non si trova più qui a Langbury?» domandò Rosanna. «E non mi ha fatto parola di questo durante la nostra telefonata? Siamo venuti fin quassù in questo dannato paese per... per niente?» Non avrebbe saputo descrivere la rabbia e la delusione che provava.

«Comunque sia, fino a l'altro ieri era qui», osservò Marc conciliante, «e forse non è andata tanto lontana. Mr. Cadwick, lei è proprio sicuro che sia andata via definitivamente? Non è che magari ha deciso di passare un weekend lungo da qualche altra parte?»

«Sono stato nell'appartamento. L'armadio è vuoto. La valigia non c'è. Non c'è più niente delle sue cose.»

«Potrebbe mostrarci l'appartamento?» chiese Marc.

«Certamente», rispose Cadwick, affrettandosi in cucina a prendere le chiavi. Era tornato nel suo elemento. Finalmente si era sbarazzato di quella scomoda verità che fortunatamente non aveva portato all'immediata fuga dei suoi ospiti.

Li precedette su per una ripida scala, aprì la porta dell'appartamento e accese le luci.

«Ecco», spiegò. «Abitava qui.»

Rosanna non aveva mai visto un luogo così malmesso da provocare una grave depressione a chiunque ci abitasse. I bassi soffitti. Le minuscole finestre piene di spifferi che gelavano l'aria nelle stanze. L'orribile tappezzeria. La moquette da poco, piena di macchie, dove probabilmente proliferava ogni genere di insetto. Una camera angusta con un vecchio letto. Un salotto poco più grande con un vecchio divano. Mr. Cadwick aveva utilizzato tutti i mobili vecchi e decadenti per arredare il suo cosiddetto appartamento. Chiunque altro li avrebbe buttati nella spazzatura.

Cadwick aprì l'armadio in camera da letto. Era vuoto.

«Visto? Niente. E neppure nel comò. La valigia stava sopra l'armadio. È sparita anche quella.»

«Era rossa?» chiese Rosanna, ripensando al suo dialogo con l'ex vicino di casa di Marc. «Una valigia di plastica rossa da poco?»

Cadwick scrollò il capo. «No, marrone. Di plastica ma marrone scuro.»

Ovviamente non era un particolare rilevante. Niente avrebbe potuto impedire a Elaine di comperarsi una valigia nuova nei cinque anni precedenti. Rosanna si guardò intorno. Dunque aveva abitato lì. Fino a due giorni prima. Sospirò piano. Come se Elaine l'avesse saputo! Se l'era filata prima che qualcuno potesse rintracciarla.

Nel silenzio Marc disse: «Devo dire che condivido l'idea di Mr. Cadwick. L'appartamento sembra abbandonato. Tutto pare indicare che Elaine Dawson si sia effettivamente trasferita altrove».

«E adesso che cosa facciamo?» domandò Rosanna. Fu assalita da un'improvvisa stanchezza. Si sentiva sfinita. Le tornò in mente la conversazione telefonica con Dennis. L'aveva trattato proprio bruscamente, presa com'era dalla sua febbre della ricerca. Forse aveva sbagliato. Adesso si ritrovava qui, in un vicolo cieco, non sapeva come muoversi e aveva deluso e probabilmente anche ferito Dennis.

Tutto invano, pensò.

«Per oggi non facciamo proprio più niente», rispose Marc. «Ci troviamo un alloggio per la notte e domattina presto ripartiamo per Londra, oppure valutiamo un'altra mossa da fare qui. Staremo a vedere. Al momento sono troppo stanco per riuscire a pensare lucidamente.»

«Se volete, potete dormire qui», propose Cadwick. «Tanto l'appartamento è vuoto.»

«Grazie, ma non vogliamo approfittare della sua ospitalità», si affrettò a rispondere Rosanna. «Preferiamo...»

«Qui a Langbury non troverete niente», la interruppe Cadwick. «Nemmeno l'*Elephant* ha camere da affittare. Davvero volete girare per i paesi qui intorno alla vana ricerca di una camera con il rischio di perdervi?»

Marc e Rosanna si scambiarono un'occhiata. Non era certo una prospettiva allettante.

«D'accordo, se è sicuro che non le reca disturbo...» concordò Rosanna rassegnata. Quell'appartamento le metteva i brividi, ma era troppo stanca per cercare ancora. Le venne in mente che non toccava cibo da mezzogiorno, che non aveva con sé né uno spazzolino né una salvietta né un cambio di vestiti – aspetti che non l'avevano inquietata mentre era ancora in preda alla frenesia della caccia. Adesso avrebbe voluto solamente tornare nella sua accogliente camera d'albergo londinese, fare una lunga doccia calda, infilarsi un morbido accappatoio, ordinare un bicchiere di vino bianco e un enorme panino con molta insalata e maionese.

Ma era ad anni luce di distanza da tutto questo.

Cadwick sorrise allusivo. «Se per voi è troppo intimo dormire quassù insieme, posso ospitare uno di voi di sotto da me. Per esempio Mr. Reeve. Anche se preferirei Mrs. Hamilton!»

Che uomo disgustoso, pensò Rosanna.

Marc la guardò. «Preferirebbe che io...?»

Lei non riusciva a immaginarsi di restare da sola in quello squallore. «No. Resti qui con me. Non c'è problema.»

Marc la guardò sollevato. Cadwick deluso.

«Bene», disse titubante, «se non avete altro da chiedermi... non vorreste finire di bere il vostro sherry di sotto con me?»

«Siamo molto stanchi, Mr. Cadwick», rispose Marc in tono gentile ma fermo, «e vorremmo andare a dormire.»

Cadwick uscì dall'appartamento al rallentatore. Voleva strappare ancora tutto il tempo che poteva. Quando alla fine fu uscito, Marc chiuse con cura la porta e si appoggiò a essa da dentro. Rosanna si accorse che aveva l'aria sfinita.

«Bella...» disse lui, ma poi si interruppe.

Rosanna a quel punto non si faceva più problemi di galateo. «... merda», concluse per lui.

Non aveva mai pronunciato quella parola con maggiore convinzione.

SECONDA PARTE

Domenica, 17 febbraio

1

Marina Bowling aveva l'abitudine di correre per mezz'ora tutte le mattine, caparbiamente, anche con un freddo polare, sotto la pioggia o con la nebbia, perché era decisa ad acquistare una figura slanciata. Non che fosse proprio obesa. Ma aveva accumulato uno strato di grasso in tutto il corpo che non le permetteva più di definirsi magra. I fianchi erano troppo larghi, l'addome troppo sporgente, per non parlare del sedere e delle cosce. La maggior parte delle donne di quel quartiere modesto ma molto curato nella parte sud di Londra erano così, avevano intorno ai quarant'anni e si portavano in giro più o meno convinte i loro chili di troppo. Avevano marito e figli e in genere non lavoravano, il pomeriggio si incontravano troppo spesso con le amiche per un drink e uno spuntino. Marina non apparteneva alla comunità, non foss'altro perché lavorava come consulente fiscale a tempo pieno, era separata e non aveva figli. Nelle serate solitarie beveva troppo vino rosso e troppo spesso seppelliva la solitudine sotto montagne di spaghetti. Secondo lei non esisteva modo migliore per consolarsi di un bel piatto fumante di pasta al profumo di pomodoro e basilico. Purtroppo era anche un piatto abbastanza calorico.

Per il suo trentottesimo compleanno nel novembre precedente, Marina aveva deciso di cambiare stile di vita. Non voleva più restare sola. Voleva conoscere un uomo, voleva vivere con qualcuno. E riteneva che un'ottima mossa iniziale per avere successo fosse quella di riservare maggiore cura al proprio aspetto esteriore. Si tinse di biondo i capelli sale e pepe, si comperò un completo da jogging all'ultima moda e studiò un percorso che ogni giorno la faceva correre per trenta minuti con una bella sudata. Adesso, a distanza di tre mesi, aveva perso già quattro chili, che avrebbero potuto essere di più, se la sera non avesse continuato a indulgere in troppo vino rosso. Non c'era in vista ancora nessun possibile compagno di vita – e solo quando l'avesse trovato avrebbe abbandonato completamente la bottiglia. Forse quando veniva l'estate, si diceva Marina, perché l'estate era la stagione migliore per conoscere qualcuno, anche se non ne sapeva esattamente la motivazione.

Quella domenica mattina molto presto la giornata già prometteva di essere splendida. Il cielo stava assumendo un bel colore azzurro e la primavera, arrivata fin dal giorno prima, cominciava a manifestarsi con più decisione. L'aria profumava di terra umida. Gli uccelli cinguettavano. I giardini erano un'esplosione di narcisi. Nelle annate più favorevoli, in Inghilterra la primavera era abbastanza precoce. Bastava un'ondata di caldo a metà febbraio e la natura si risvegliava con forza. Il gelo non era tanto frequente sull'isola e dopo marzo del tutto assente. Le giornate come quella, secondo Marina, facevano dimenticare le estati troppo piovose.

Si era divertita a correre. Ansimando sudata girò nel vialetto di casa sua, tirando fuori la chiave dalla tasca della tuta. L'interrogativo più grande ora era che cosa fare per il resto della giornata. Prima di tutto una doccia, poi un bel caffè caldo. Magari una colazione con uova e pane tostato, ma solo una fetta al massimo. Doveva ricordarsi che era a dieta.

E poi? Poi la giornata era comunque molto lunga. Stava leggendo un libro coinvolgente, ma voleva davvero sprecare una giornata del genere restandosene al chiuso a leggere? Era l'aspetto più diabolico delle belle giornate di primavera, perché accentuavano ancora di più il senso di solitudine. D'inverno ci si poteva rintanare comodamente su una poltrona davanti al camino e sentirsi bene. In primavera bisognava uscire, occupare lunghe giornate di sole e incontrare dovunque famiglie e coppie di innamorati.

Aveva compiuto un paio di gravi errori in vita sua, lo riconosceva, ma come avrebbe potuto sapere da giovane che le cose sarebbero andate così? Con il senno di poi era facile individuare a quale incrocio si sarebbe dovuta imboccare un'altra strada, ma quando ci si trovava davanti alla scelta non era altrettanto semplice.

Invece di entrare subito in casa, decise di passare dal garage, perché le era venuto in mente di fare un giro in bicicletta dopo colazione. In questo modo non sarebbe stata costretta a restarsene a casa e inoltre avrebbe contribuito al suo piano per ottenere un figurino da sogno. La sua bicicletta era rimasta ferma per tutto l'inverno e lei sperava che fosse in condizioni decenti. Avrebbe controllato subito.

Il garage era insolitamente spazioso, progettato per ospitare due automobili, ma siccome Marina ne aveva una soltanto il resto dello spazio era stato riempito con ogni genere di cosa, utile e superflua. C'erano mobili da giardino, il tosaerba, vasi di terracotta, pale e rastrelli, ma anche un vecchio divano, una lavatrice rotta, tappeti arrotolati, diversi sacchi straripanti di vestiti vecchi, scatoloni del trasloco e montagne di riviste.

La lampadina sul soffitto era fulminata da tempo, ma dalla finestrella sul lato del giardino filtrava un poco di luce. La porta del garage non veniva mai chiusa a chiave. Marina si fece largo tra i mucchi di roba accatastata fino alla bicicletta, che a prima vista sembrava in ordine. Lì accanto c'era pure la vecchia bici di Ken. Come mai non se l'era portata via? Probabilmente usava il tandem per andare in giro con la sua nuova bella. Di sicuro anche nello sport preferivano stare più vicini possibile.

Si inginocchiò, controllò lo stato delle gomme. Sembravano gonfie e in buone condizioni. Poteva farci chilometri. Quella sera sarebbe stata tutta indolenzita, ma in compenso si sarebbe sentita molto eroica.

Si alzò e di colpo ebbe la netta sensazione di non essere sola. Non avrebbe saputo spiegare da dove provenisse questa intensa sensazione, perché non aveva sentito nessun rumore né visto nessun'ombra. Nessun respiro, niente.

Eppure si sentiva osservata e fu assalita dalla pelle d'oca.

Si voltò, rimpiangendo che non ci fosse più luce.

«C'è qualcuno?» chiamò.

Nessuna risposta.

«Ehi?» disse ancora.

Chiunque poteva entrare lì. Ma che cosa poteva cercare una persona in quell'ammasso di oggetti senza valore? L'auto era chiusa a chiave. C'era ancora chi rubava biciclette oggigiorno, a meno di non trovarsela servita su un piatto d'argento?

Tutto era immobile, silenzioso.

Forse non si tratta di rubare, forse è qualcuno che mi ha preso di mira.

«Scemenze!» disse a voce alta. Chi poteva violentare una consulente fiscale quasi quarantenne e rotondetta? Sarebbe stata proprio un'ironia del destino se, dopo anni di astinenza maschile nonostante tutti gli sforzi dedicati alla questione, fosse finita vittima di uno stupratore nel suo stesso garage.

Il suo cuore, che si era messo a battere all'impazzata, tornò a calmarsi. La pelle d'oca su tutto il corpo si abbassò.

Quale era mai stato il motivo di quella sua improvvisa paura? Niente. Assolutamente niente, a parte una sensazione improvvisa.

C'è qualcuno qui. Qualcuno mi osserva. Due occhi mi fissano alle spalle.

Ripeté di nuovo: «Scemenze!»

Era tornato tutto normale. Non c'era nessuno che la guardava, non c'era nessuno nel garage. Probabilmente si era autosuggestionata. Succede, quando si vive da soli troppo a lungo.

Nonostante questo, prima di uscire definitivamente dal garage, lanciò un'ultima occhiata nella penombra. Nascondigli ce n'erano in quantità, questo era sicuro. Ma non si sentiva niente, nessun fruscio o cigolio, nessun rumore. Solo freddo e buio silenzio.

Evidentemente si era immaginata tutto.

Ma quando entrò in casa decise, diversamente dal solito, di chiudersi a chiave a doppia mandata.

2

Rosanna non aveva mai dormito tanto male come la notte appena passata. Si era coricata sul letto di Elaine, e il materasso era così vecchio da formare al centro una cavità dove si sprofondava inesorabilmente. Già dopo un'ora Rosanna era tutta indolenzita. E poi era tormentata da diverse immagini: Rob, che non era tornato a casa; Dennis, che probabilmente, in preda all'ansia, camminava avanti e indietro per le stanze, da solo, mentre sua moglie nel Northumberland dava la caccia a un'amica scomparsa che, a quanto pareva, si era tramutata in un fantasma.

Non era forse vero che l'intera faccenda le era sfuggita di mano? Altrimenti, come avrebbe fatto a finire in quel paese sperduto, in quello squallido alloggio, da quel disgustoso Mr. Cadwick?

Quando finalmente le prime luci del mattino filtrarono dalle imposte, si alzò. Per fortuna le lenzuola avevano un aspetto pulito. Rosanna immaginava che non fossero state cambiate dopo la partenza di Elaine – Mr. Cadwick le avrebbe lasciate così anche per il suo prossimo inquilino, sempre ammesso che ne trovasse uno – ma la ragazza doveva essere stata molto pulita. Il letto sembrava essere stato cambiato di recente, aveva un profumo piacevole di detersivo ai fiori.

In bagno non c'erano asciugamani, almeno non in vista. Nella cassetta del bucato Rosanna trovò uno straccio che puzzava di muffa. Davanti allo specchio era posato un pezzo di sapone. Si lavò alla meno peggio e si pettinò i capelli con le dita. Aveva un aspetto orribile. Di solito le occorreva il phon e un sacco di lacca per domare i riccioli ribelli e al momento non aveva nessuno dei due a disposizione. La sua testa sembrava la pelliccia di un gatto malato.

«Oppure quella di un ratto rognoso, a voler essere proprio maligni», mormorò sottovoce. Ma perché non si era portata neppure un fard o un eyeliner nella borsa? Aveva soltanto un rossetto, ma le labbra vermiglie sul viso slavato non avrebbero certo migliorato il suo aspetto.

Nella minuscola cucina trovò Marc, con indosso boxer e maglietta, che sembrò sorpreso di vederla.

«A quest'ora pensavo che dormisse ancora.»

«Credo di non aver chiuso occhio per tutta la notte», rispose Rosanna. «Il letto era una specie di strumento di tortura. Com'è andata sul divano?»

«Non molto meglio, temo. Sono finito a sfiorare il pavimento.

Mi ritengo un uomo sportivo e atletico, ma i primi passi stamattina sono stati quelli di un vegliardo. Non sapevo che si potesse avere un mal di schiena così atroce.»

«La mia testa sembra appena uscita da una centrifuga o simili.» Si passò una mano tra i capelli, incerta. «In bagno purtroppo non c'è quasi nulla utile a rimettersi in forma. Per oggi le toccherà stare con una donna che ha i capelli per aria.»

«In compenso io non posso farmi la barba», disse Marc. «Ascolti, ho dato un'occhiata in giro e non ho trovato neppure un caffè. Proporrei quindi di uscire il più silenziosamente possibile e di andare a cercare questo pub – mi pare si chiamasse *Elephant*. Con un po' di fortuna, magari sono aperti anche a colazione la domenica mattina. Altrimenti temo che ci toccherà prendere il caffè nel salotto del lindo appartamento di Mr. Cadwick, e non credo che le faccia più gola che a me.»

Rosanna rabbrividì. «Io non sono schizzinosa, ma a vedere le sue stoviglie così sporche ho paura di prendermi qualche malattia. E poi quel tipo mi ripugna totalmente. È viscido e insinuante. Se dovessi vivere da sola con lui in questa casa, mi verrebbero gli incubi. Che cosa ne pensa, secondo lei è vera la storia che ci ha raccontato? Che qui abbia abitato una Elaine Dawson? Che qui abbia mai abitato una donna in assoluto?»

«Intende dal momento che è scomparsa con un tempismo così perfetto?» Marc annuì. «Ci ho pensato stanotte. Ovviamente esiste la possibilità che si sia inventato tutto quanto. Credo che non si fermerebbe davanti a niente di fronte alla prospettiva di avere un po' di compagnia nella sua vita desolata. Dopo tutto è un poveraccio.»

«Tuttavia non riesco a compatirlo.»

«In ogni caso, ragione di più per andare all'*Elephant.* Visto che lei dovrebbe aver lavorato lì, se non si tratta di un'invenzione di sana pianta, dovremmo trovare conferma del racconto di Mr. Cadwick. O, viceversa, avere la prova che è falso.»

Mentre Marc era in bagno, Rosanna rifece il letto, poi prese il telefono per chiamare Dennis a Gibilterra. Voleva sapere se Rob era tornato e aveva il cuore in gola. Temeva di essere nuovamente aggredita da Dennis, oppure di non poter più sfuggire alle sue insistenze circa il suo immediato ritorno.

E forse dovrei farlo, pensò, tanto Elaine non la troviamo più e ho abbastanza materiale per lavorare. Potrei tornare a Gibilterra domani...

A casa non rispose nessuno. A volte la domenica mattina Dennis andava in palestra. Oppure era uscito per continuare le ricerche di Robert. Il fatto che il ragazzo non rispondesse al telefono non era significativo: nel fine settimana dormiva fino a mezzogiorno e niente lo avrebbe svegliato, neppure una bomba – figurarsi poi lo squillo del telefono.

Marc si era vestito. Si infilarono i cappotti e lasciarono l'appartamento in punta di piedi. Mr. Cadwick doveva essere ancora a letto, perché non si sentirono rumori nella casa, sebbene diversi scalini cigolassero. Entrambi fecero un sospiro di sollievo quando si ritrovarono in macchina di Marc e ripartirono.

Alla luce del giorno era tutto più semplice. Impararono in fretta la disposizione delle strade e dei vicoli di Langbury e, dopo averli percorsi in maniera sistematica, si ritrovarono davanti all'*Elephant*, un imponente edificio di mattoni rossi, dall'aria curata e opulenta. C'era anche un piccolo giardino che d'estate offriva riparo sotto alberi frondosi. Adesso i rami erano ancora spogli, sedie e tavolini erano accatastati contro il muro, coperti da grossi teli di plastica contro le intemperie.

Con loro sollievo, la porta d'ingresso era aperta e furono accolti da un invitante aroma di caffè. Un uomo dall'aria assonnata era dietro il bancone e li guardò stupito.

«Così presto di solito non viene nessuno», disse.

Rosanna gli rivolse un sorriso vincente. «Potrebbe darci lo stesso un caffè?»

L'uomo assentì. «Il caffè è pronto, ma per la colazione ci vuole ancora un pochino. In genere la domenica prepariamo un brunch dalle dieci in poi, ma adesso ho soltanto pane e marmellata.»

«Andrà benissimo», lo tranquillizzò Marc. «Ci basta qualcosa che ci ridia un po' di energie.»

Si accomodarono a un tavolo d'angolo, notarono con sollievo la tovaglia immacolata e le tazze di porcellana floreale. L'uomo di prima portò personalmente un cestino di pane tostato e un piatto con diversi vasetti di marmellata e panetti di burro. Rosanna intuì che doveva trattarsi del proprietario del pub.

Anche Marc doveva aver avuto la stessa idea, perché chiese: «Lei è Justin McDrummond?»

«Sì. Perché?»

«Marc Reeve. Lei è Rosanna Hamilton. Veniamo da Londra.»

«Non è proprio la stagione migliore per fare una vacanza da queste parti.»

«In realtà non siamo in vacanza», disse Marc. «Siamo alla ricerca di una nostra vecchia conoscente e ci è stato detto che lavorava qui. Elaine Dawson.»

Justin alzò le sopracciglia. «Elli?»

«È esatto? Ha lavorato qui?»

Justin posò il cestino del pane sul tavolo con troppo impeto. Dietro la maschera di stanchezza si vedeva che era molto in collera. «Eccome», disse, «eccome se ha lavorato qui. E vi posso dire un'altra cosa: la vostra conoscente è la persona più stramba con la quale abbia mai avuto a che fare. Mancava spesso, ma per qualche motivo l'ho sempre sopportato, perché mi faceva pena. Proprio per questo non mi meritavo...» Si interruppe.

«Sì?» domandò Rosanna. «Che cosa non si meritava?»

«Che se ne andasse così senza avvertirmi», rispose Justin furibondo, «dall'oggi al domani, senza una parola. Sapete, in questa stagione non c'è molto lavoro, ma il sabato sera viene la gente del posto – anche dai paesi vicini. E ieri sera c'è stato un banchetto di nozze. Centododici persone che hanno festeggiato fino a tarda notte. Elli lo sapeva. Avevo assunto due lavoranti per l'occasione, ma Elli era assunta regolarmente. E non si è fatta vedere. Giovedì, venerdì e ieri sera. Via. Sparita. Come potete immaginare non sono riuscito a trovare un rimpiazzo così velocemente. Lei conosceva il mestiere, era pratica. Non immaginate neanche quanto ci siamo dovuti dare da fare tutti quanti ieri sera. Ve lo dico, se rimette piede qui dentro...»

«Non potrebbe esserle capitato qualcosa?» domandò Rosanna.

Justin sbuffò. «Era quello che avevo pensato anch'io all'inizio. Ma poi è passato di qui quel vecchio bavoso – Cadwick. Il suo padrone di casa. Le aveva affittato il suo buco di appartamento. E mi ha raccontato che aveva fatto le valigie. Senza dire niente neppure a lui. Ora mi chiedo, non è che se ti succede un incidente prima svuoti l'appartamento, giusto? No, probabilmente deve avere trovato una sistemazione e un lavoro migliori e se l'è battuta! »

Rosanna frugò nella borsa e tirò fuori la foto di Elaine che portava sempre con sé. « È lei? »

Justin osservò l'immagine accuratamente. « Non saprei... » rispose incerto. « Elli è molto più magra. Pelle e ossa direi. »

« Questa foto ha più di cinque anni », spiegò Rosanna, « e non ne abbiamo una più recente. In questi anni evidentemente può essere dimagrita. »

« Come tipo potrebbe essere lei », disse Justin, « il colore dei capelli corrisponde, anche la pettinatura. È difficile a dirsi. Questa persona rotondetta – e la Elli che conoscevo. Ma potrebbe essere lei. Però non posso garantirvelo con sicurezza. »

« Elaine dovrebbe avere ventotto anni adesso », disse Rosanna. « Ne compirà ventinove il primo agosto di quest'anno. »

« L'età potrebbe essere quella », confermò Justin. « A dire la verità non sapevo quando fosse il suo compleanno né quanti anni avesse con precisione, ma a occhio e croce immaginavo intorno ai trenta. »

« Da quanto tempo lavorava qui? » domandò Marc.

« Dal giugno dello scorso anno. Entrò un giorno e chiese se avevo un lavoro da offrirle. Per sua fortuna la mia cameriera se n'era appena andata. Le diedi quel posto. »

« Immagino avrà voluto vedere i suoi documenti », osservò Marc.

Justin sembrava un pochino a disagio. « Mi mostrò il passaporto. Non aveva referenze. Mi disse che aveva lavorato in nero per una fabbrica di scarpe, nel magazzino. »

« E preferiva lavorare in nero anche per lei », concluse Marc.

« Sì, ecco... »

« Non siamo né poliziotti né finanzieri », chiarì Rosanna, « quindi non deve farsi problemi con noi. »

Justin si mise a sedere accanto ai clienti e si appoggiò la testa tra le mani. « Sapete, anch'io ho avuto qualche sospetto. Sembrava essere letteralmente spuntata dal nulla. Avevo avuto già dei problemi con un cuoco, un pachistano: era venuto fuori che non aveva il permesso di soggiorno e la polizia mi fece una perquisizione. Ma Elli se non altro aveva un passaporto britannico e mi sembrava a posto. Per me naturalmente era molto vantaggioso avere qualcuno che lavorasse in nero. Ma... forse l'avrei mandata via. Solo che era una situazione simile a quella di ieri. Un fine settimana in cui aveva prenotato un gruppo numeroso. Mi occorreva tutto l'aiuto che potevo trovare. Lei arrivò come un dono del cielo e poi è rimasta e... a un certo punto non ho più badato a com'era arrivata.»

Rosanna rimise a posto la foto. Si era svegliata del tutto. Forse dipendeva anche dal caffè che aveva bevuto a piccoli sorsi e che era delizioso.

«Ha definito Elaine *stramba*. Che cosa intendeva dire con precisione?»

Justin ci pensò. «C'era qualcosa in lei», disse alla fine, «qualcosa... come potrei dire? Qualcosa di malato. Disturbato. Isterico. Depresso. Tutto quello che vuole. Direi che mi sembrò una persona proprio a terra. Quale giovane donna verrebbe fino a Langbury per rinchiudersi nell'appartamento di Mr. Cadwick e imperniare la sua vita sul suo lavoro qui al pub? Non aveva amici. Nessun contatto. Non raccontava niente di sé. Mai. Era davvero come se fosse giunta dal nulla. Non parlava mai dei genitori. O della famiglia. Amici, parenti, conoscenti, insegnanti, vicini... qualunque cosa. Voglio dire, anche la persona più sola al mondo stringe contatti almeno con un paio di persone in vita sua, no? Lei invece no. Come se si aggirasse completamente sola per il pianeta. Ecco come mi sembrava.»

«E mancava spesso?» lo incalzò Rosanna.

«Sì. A intervalli regolari. E poi stava assente due o tre giorni di seguito. Però avvisava sempre. Una volta era il mal di denti, un'altra il mal di gola o che so io. Stranamente... ho sempre avuto l'impressione che non fosse la verità. Che i suoi disturbi non fossero fisici, ma solo un pretesto. Però non ho mai potuto dimostrarlo.»

«Secondo lei che cosa aveva in realtà?» chiese Marc.

Justin ebbe un altro istante di esitazione. «Credo che soffrisse di attacchi di panico. Di tanto in tanto veniva sopraffatta dalle sue paure. E allora non ce la faceva a uscire da quella topaia dove abitava.»

«Le sue paure?» domandò Rosanna. «Quali paure?»

Justin la guardò sorpreso. «Credevo che la conosceste. Non penso che sarebbe potuto rimanere nascosto a qualcuno. Elli aveva paura. Di qualcosa o di qualcuno. Una paura tremenda. Sussultava tutte le volte che la porta si apriva. A volte, quando qualcuno rideva forte o schiamazzava, sbiancava di colpo.»

Rimase un attimo a pensare e poi aggiunse: «Secondo me aveva paura della morte. Era tangibile. Elli aveva paura di morire, ma in tutto il tempo che ha lavorato per me non sono mai riuscito a scoprirne il motivo».

3

Geoffrey intuiva che l'autocommiserazione poteva diventare un atteggiamento automatico che portava spiacevoli effetti collaterali: per un po' le persone intorno potevano essere tenute in scacco, sentirsi in colpa e quindi diventare manipolabili, ma alla lunga l'effetto si ritorceva contro chi l'aveva causato.

Chi si cala troppo a lungo e troppo comodamente nel ruolo di vittima alla fine lo diventa per davvero.

Qualcuno gli aveva rivolto questa frase una volta, non ricordava più se un'infermiera, un medico, un assistente. Comunque uno di quelli che si occupavano di lui e cercavano caparbiamente di convincerlo che, nonostante tutto, la sua vita era ancora vivibile. Cosa decisamente non vera e, tutte le volte che una persona sana osava spiegare a un malato come lui che la sua situazione non era grave come credeva, veniva assalito da una rabbia feroce.

Tuttavia, doveva ammettere che quel discorso sul ruolo di vittima e sui suoi effetti aveva qualcosa di vero. Perché se lui, Geoff, non si fosse sepolto così tanto sotto uno strato di apatia adesso avrebbe avuto un cellulare e avrebbe potuto cercare un posto tranquillo nell'istituto o fuori per telefonare. E invece doveva usare il maledetto telefono pubblico in corridoio, con il timore che qualcuno passasse di lì e si mettesse a origliare.

In realtà possedeva un cellulare, ma risaliva agli anni di Elaine e non era più stato ricaricato da tempo, anche se le infermiere si erano offerte diverse volte di farlo per lui.

«Avanti, Mr. Dawson. Le ricarichiamo il telefono! Sarebbe meglio se fosse raggiungibile senza problemi.»

Lui aveva sempre respinto l'offerta, anzi, aveva pure preso in giro quelle persone servizievoli. E per chi, di grazia, avrebbe dovuto essere raggiungibile? Chi gli telefonava? Chi nutriva ancora interesse verso di lui? Era come se non esistesse già più.

Che stupido, pensava adesso.

Per fortuna era domenica. In genere la domenica le attività nell'istituto prendevano un ritmo più rallentato, il che significava che in corridoio non c'era il solito andirivieni di pazienti e personale. Esisteva dunque la possibilità di telefonare senza essere disturbati. Certo, le cose potevano cambiare da un momento all'altro. Geoff sapeva di avere a disposizione un intervallo di tempo breve ma non quantificabile.

Era stato semplice chiedere al servizio informazioni il numero della emittente televisiva che trasmetteva *Private Talk*. Più difficile si era rivelato mettersi in contatto con la redazione giusta. Una voce femminile maldisposta al centralino lo aveva informato che avrebbe cercato di metterlo in comunicazione, ma da allora Geoff si era ritrovato sospeso in un limbo d'attesa con in sottofondo le note di una sonata per pianoforte che non conosceva. Ecco il lato negativo della domenica: anche in uno studio televisivo l'attività rallentava. In ogni caso doveva pur esserci chi lavorava nel fine settimana. Chissà se Lee Pearce era tra questi? Era la persona con cui avrebbe preferito parlare Geoff.

Era rimasto sveglio tutta la notte a riflettere sul da farsi. La notizia datagli da Cedric circa la possibile esistenza di una nuova traccia aveva fatto crescere in lui l'inquietudine, l'agitazione, la paura. Era in preda a sensazioni contrastanti: la speranza che Elaine fosse ancora viva, tornasse da lui e lo salvasse; la preoccupazione che fosse sì viva, ma si rifiutasse di tornare e dichiarasse addirittura che era proprio il fratello la persona da cui aveva voluto nascondersi in quegli anni. Subito dopo gli si era affacciato alla mente un altro pensiero: e se in realtà non fosse stata lei, ma quella vipera di Rosanna Hamilton avesse dichiarato lo stesso di aver trovato le sue tracce lassù in Northumberland? Da quando Geoff aveva rivisto l'ex amica d'infanzia alla televisione, sapeva due cose: Rosanna aveva un debole per Marc Reeve, anzi probabilmente aveva già una relazione con lui. E da questo presupposto nasceva il suo atteggiamento: Rosanna voleva allontanare da Reeve ogni sospetto relativo a Elaine. A qualsiasi costo. Geoff era convinto che sarebbe stata capace di rintracciare Elaine ancora in vita, sbandierarlo a gran voce su una rivista scandalistica e così facendo riabilitare il nome e la reputazione di Marc Reeve. Chi sarebbe andato a controllare? La polizia aveva chiuso e archiviato il caso da tempo.

«Che cosa crede lei, sono tante le persone che abbandonano ogni giorno la propria vita, si nascondono e poi cominciano allegramente una nuova esistenza», gli aveva detto uno degli agenti all'epoca, subito dopo la scomparsa di Elaine. «Persino persone con famiglia, figli. Persone che conducono esistenze in apparenza senza problemi, dalle quali non ci si aspetterebbe mai un simile gesto. Ma in fondo all'animo non ne possono più delle responsabilità, i legami e che so io. E così spariscono. Lasciando esterrefatti quanti li conoscono.»

Nel suo caso, nessuno era rimasto esterrefatto e questa era la cosa peggiore. Nessuno gliel'aveva detto apertamente, ma lui non era stupido, aveva letto tra le righe: tutti avevano immaginato che Elaine se la fosse svignata da un'esistenza accanto a un paralitico, che la ostacolava in tutti i sensi. E tutti avevano capito. Se non fosse venuta fuori la storia di Marc Reeve, che almeno per un breve periodo aveva aperto la strada all'ipotesi di un delitto, nessuno avrebbe mosso neppure un dito per cercare di rintracciare una donna che sembrava essere stata inghiottita dalla terra.

Già, ma lui non poteva certo mettersi in viaggio per il nord e controllare se effettivamente la donna che si nascondeva lassù fosse Elaine. Gli era capitato raramente di compiangere così tanto la sua impotenza, di maledire così la propria menomazione. Nel corso delle lunghe ore di insonnia, l'odio verso il proprio corpo si era tramutato in un odio feroce per Rosanna Hamilton, che lo aveva esposto a quella situazione, che si era permessa di immischiarsi nella sua vita, che si arrogava il diritto di decidere del destino altrui senza poi curarsi delle conseguenze per le parti in causa. Era un suo atteggiamento tipico, come di suo fratello, i due insopportabili e arroganti fratelli Jones. Del tutto indifferenti alle reali necessità e difficoltà del prossimo, riuscivano ad attivarsi efficacemente quando c'erano in ballo i loro interessi – come in questo caso la relazione con il bel Reeve.

La cosa che lo irritava più di tutte era che nessuno aveva sentito il bisogno di informarlo. E ciò lo rafforzava nella convinzione che ci fosse sotto qualcosa di losco. Rosanna non gli aveva detto neppure una parola sulla nuova traccia e anche Cedric non lo aveva fatto spontaneamente il giorno prima. Si era sentito messo alle strette e gli aveva gettato qualche briciola, per distrarlo, ma probabilmente si pentiva già della propria avventatezza. Rosanna, che era la più astuta tra i due, gli avrebbe fatto di sicuro una partaccia se fosse venuta a saperlo. Ben gli stava.

Nelle prime ore del mattino, Geoffrey aveva delineato un piano d'azione. Non si sarebbe fatto sfruttare, non sarebbe rimasto a guardare passivamente, non con tipi come Rosanna e Cedric. Anche se non poteva muovere quel maledetto corpo, la sua testa funzionava ancora, ed era perfettamente in grado di attivarsi a suo modo. Avrebbe sfruttato altre persone perché compissero ricerche nel Northumberland e mandassero a monte i piani di Rosanna, quali che fossero. E chi era più adatto allo scopo se non la giornalista televisiva Lee Pearce, che aveva trattato il tema nella sua trasmissione? Di sicuro sarebbe stata più che contenta di farla pagare a Rosanna Hamilton.

La voce della centralinista gli risuonò inaspettatamente all'orecchio. «Le passo la chiamata», disse annoiata.

Si sentì uno scatto sulla linea.

«Pronto?» chiese un'altra voce femminile, nettamente più allegra e bendisposta.

«Ah... salve», disse Geoff. «Sono Geoffrey Dawson.» Fece una pausa, nella speranza che il suo nome dicesse qualcosa all'interlocutrice. Dopo tutto il *caso Dawson* era stato il tema dell'ultima puntata. Ma a quanto sembrava non ci furono scintille elettrizzate di trepidazione all'altro capo della linea.

«Che cosa posso fare per lei, Mr. Dawson?» domandò la voce, pur sempre amichevole.

Viviamo in un'epoca troppo veloce, pensò Geoff. Stanno già preparando la prossima puntata e non si ricordano più di che cosa avevano parlato due giorni fa.

Lui non aveva pensato a come presentare la propria richiesta, soprattutto perché dubitava che sarebbe riuscito a condurre un dialogo senza essere disturbato.

Allora saltò tutti i preamboli.

«Vorrei parlare con Mrs. Lee Pearce», chiese audace.

«A quale proposito, per piacere?»

«Mi chiamo Dawson», ripeté lui con enfasi, «sono il fratello di Elaine Dawson. Si ricorda? Elaine Dawson è stata il tema di *Private Talk* venerdì scorso. Uno dei temi», aggiunse.

«Giusto, adesso ricordo il nome», disse l'altra sempre piena d'allegria e questo indusse Geoff a chiedersi che cosa ci trovasse di tanto allegro in tutta la faccenda. «Di che cosa vorrebbe parlare con esattezza con Mrs. Pearce?»

Se non altro non gli aveva comunicato direttamente che Mrs. Pearce non era in studio. E questo lasciava presupporre che la moderatrice era lì e che lui aveva una concreta possibilità di parlare con lei, se solo fosse riuscito a convincere l'oca giuliva con cui era al telefono dell'urgenza della propria richiesta.

«Grazie alla trasmissione si è aperta una nuova traccia molto promettente», spiegò. «Esistono indizi che fanno pensare che mia sorella sia ancora viva.»

«Allora forse farebbe meglio a rivolgersi alla polizia.»

«La polizia ha archiviato il caso già da tempo. Non credo che andrebbe a scavare fino nella contea del Northumberland per seguire un semplice indizio.»

Dall'altro capo del filo gli giunse un sospiro appena udibile. «Mr. Dawson, non so proprio come potrebbe aiutarla Mrs. Pearce.»

«Non si tratta solo di questo», si affrettò a dire, sentendo dei passi che si avvicinavano in corridoio e guardandosi furtivamente intorno. In fondo era spuntata un'infermiera che si era fermata su una delle porte aperte e parlava con uno degli occupanti. Ben presto si sarebbe mossa di nuovo e lui poteva solo sperare che non si fermasse una seconda volta alla sua altezza.

Merda! Possibile che quella stupida non si decidesse a passargli la giornalista?

«Senta», disse a bassa voce, «ho motivo di credere che Mrs. Hamilton, che è stata vostra ospite venerdì, cerchi di nascondere qualcosa in questa faccenda. A causa dei suoi piccanti rapporti personali con...» Si fermò. *Private Talk* era una trasmissione molto popolare e terra terra. Sperava di aver destato un certo interesse nell'interlocutrice.

Lei sospirò di nuovo, ma stavolta non fece niente per nasconderlo. «Chiederò a Mrs. Pearce se ha tempo di parlare con lei», disse. «Ma è probabile che sia in riunione. Aspetti in linea.»

Si sentì un altro clic e lui si ritrovò immerso ancora una volta negli accordi per pianoforte.

L'infermiera gli venne incontro, con quel passo deciso e brusco che implicava assoluta precedenza e che lui tanto odiava, ma con il quale doveva fare i conti tutti i giorni lì in istituto.

Le infermiere hanno mai riflettuto sull'effetto che ha la loro camminata sui pazienti? si chiese per l'ennesima volta. Vogliono dimostrarci la loro superiorità, farci capire sempre che sono superiori a noi? Oppure questo atteggiamento presupporrebbe un coinvolgimento verso di noi che non esiste per davvero? Forse non gliene frega niente di noi, in realtà si limitano a fare il loro lavoro senza troppi problemi?

L'infermiera era arrivata alla sua altezza e gli rivolse uno smagliante sorriso che lui trovò affettato.

«Allora, Mr. Dawson?» Era vivace come un pesce nell'acqua. Ma perché quel giorno erano tutti così schifosamente di buonumore? Soprattutto chi doveva lavorare di domenica? «Come si sente?»

Lui le rivolse un cenno vago con la testa. Non vedeva che stava telefonando? Si sarebbe comportata così anche nei confronti di un non-paziente? Senza rispetto per il fatto che al momento era impegnato in un'altra cosa?

Stava per porgli la domanda successiva, ma in quel momento all'orecchio di Geoff risuonò l'ormai familiare clic del telefono. «Mr. Dawson? Le passo Mrs. Pearce.»

Subito dopo si sentì un gelido: «Pearce. Che cosa desidera?»

Lui posò la mano sulla cornetta, si girò per quanto glielo consentiva il corpo paralizzato, verso l'infermiera che continuava a sorridergli e sibilò piano, ma in maniera chiara: «Vada al diavolo, dannazione a lei!»

4

Avevano girovagato senza meta per i dintorni, poi avevano parcheggiato non lontano dal mare e passeggiato fino alla spiaggia. Il silenzio era interrotto solo dallo scroscio delle onde e dai versi dei gabbiani. Nonostante il sole primaverile, lì sul mare tirava un vento gelido che si infilava sotto i vestiti. Camminarono a passo svelto sulla sabbia, per scaldarsi. Non c'era anima viva in giro.

«Io non capisco», dichiarò Rosanna. «Voglio dire, il concetto *paura della morte* mi sembra così... eccessivo. Siamo partiti dal presupposto che Elaine volesse liberarsi da una esistenza come infermiera del fratello e di sicuro sarebbe stata tutt'altro che contenta nel vederselo comparire all'improvviso sulla porta del pub, ma altrettanto certamente la cosa non l'avrebbe riempita di paura di morire. In fondo, che cosa avrebbe potuto farle lui?»

Marc si chinò, raccolse un sasso piatto e levigato e lo gettò di nuovo in terra. «Forse partiamo dal presupposto errato che la sua scomparsa – sempre ammesso che si tratti di una scomparsa volontaria – avesse a che fare con il fratello. Del resto mi aveva parlato di un uomo che ricopriva un ruolo determinante nella sua vita. Non potrebbe essere che con quest'uomo qualcosa sia andato male? Che si nasconda da lui?»

«Non riesco a immaginare che Elaine si lasci conquistare da un tipo poco affidabile che poi si rivela un pericolo», obiettò Rosanna mentre ripensava all'adolescente timida e taciturna che aveva paura di tutto e non si avventurava mai in imprese anche solo minimamente rischiose. «Era fin troppo prudente. Estremamente timida. Non il tipo di persona che si trova di colpo in una situazione pericolosa.»

«Ma è proprio a queste persone che può succedere», disse Marc, «di diventare vittime di qualche balordo. Elaine mi era apparsa quanto mai ingenua. Non sapeva nulla del mondo, della vita. Sì, certo, piena di timori, ma nel contempo incapace di riconoscere i veri pericoli. Elaine è – o era – una persona che poteva benissimo capitare con un poco di buono.»

«Ma perché? Voglio dire, che cosa potrebbe volere un poco di buono da una come Elaine?»

Lui scrollò le spalle. «Non ne ho idea. Forse non aveva a che fare necessariamente con lei. Ci sono persone che hanno bisogno di una vittima. Una qualsiasi. Non si tratta della vittima come persona, bensì soltanto del suo status come vittima. Elaine potrebbe essere finita in una situazione del genere. Ma ovviamente anche questa è solo una supposizione.»

«D'accordo, ammettiamo che abbia incontrato l'uomo sbagliato», ragionò Rosanna, «e che sia scappata con lui. A un certo punto nei cinque anni trascorsi, è successo qualcosa. Qualcosa che si è tramutato in una minaccia. Perché non si è rivolta alla polizia?»

«Perché forse sapeva che in certi casi non serve a niente», disse Marc. «Io sono avvocato, e ne so qualcosa. Potrebbe essere finita nelle mani di uno psicopatico, che però non aveva ancora commesso niente che giustificasse un suo arresto. Lei intuisce che egli rappresenta una minaccia, ma la polizia può intervenire solo quando qualcuno commette un reato. A volte alla vittima non resta altra scelta che di nascondersi.»

«Questo significherebbe che Elaine, proprio Elaine, aveva capito qualche meccanismo della vita reale, dopo tutto.»

«Cinque anni sono tanti. Aveva lasciato la protezione di Kingston St. Mary. Forse ha frequentato una specie di corso sul campo circa la valutazione della realtà. L'Elaine di oggi probabilmente non ha niente a che fare con quella di un tempo. E non solo per quanto riguarda la corporatura.»

Rosanna rimase pensierosa. «Perché allora non cambiare nome? Le avrebbe fornito una protezione migliore!»

«Non è così semplice. Nella maggior parte dei casi bisogna avere un documento d'identità per ottenere un alloggio o un lavoro. Ciò significa che avrebbe dovuto procurarsi documenti falsi. E come avrebbe potuto riuscirci una ragazza come Elaine?»

«Difficile a immaginarsi», concordò Rosanna, «però è tutto così confuso e incomprensibile. Non si accorda con la Elaine del passato.»

«Forse dovremmo smetterla con le speculazioni», disse Marc, «non ci portano da nessuna parte e ci confondono. Forse sarebbe meglio rassegnarci al fatto di essere arrivati troppo tardi. Abbiamo perso per un soffio la Elaine Dawson che si nascondeva a Langbury e non la troveremo più. Siamo stati sfortunati. Forse era lei, o forse no. Dobbiamo lasciare che le acque si calmino.»

Rosanna si fermò. «Mi sorprende che lei riesca a essere così rilassato. Per lei c'è in ballo molto di più che per me. Ritrovare Elaine per lei significherebbe la completa riabilitazione. Eppure ho l'impressione di essere più contrariata io di lei per averla mancata di un soffio.»

Anche Marc si fermò. «Rosanna, non voglio negare di aver nutrito grandi speranze. Ma mi sforzo anche di vedere tutta la faccenda in maniera realistica. L'interesse sul caso Dawson si è molto placato ormai. Non c'è più nessuno che mi addita passo passo. Nel mio ambiente non c'è più nessuno che si interessa della faccenda. Trovarla adesso non cambierebbe molto le cose per me.»

Lei guardò altrove, perché sapeva che stava per toccare un punto dolente. «Ma pensi a suo figlio... potrebbe dimostrargli la sua innocenza. Non è importante?»

Lui rimase in silenzio così a lungo che lei temette di essere stata troppo sfacciata.

«Le chiedo scusa», si affrettò a dire, «non vorrei averla...»

«Non si preoccupi», la interruppe lui, «ha ragione. Per mio figlio sarebbe stato importante. Anche se probabilmente non sarebbe servito a cambiare nulla.»

Proseguirono, infreddoliti dal gelido vento di nordest, e di colpo la spiaggia apparve a Rosanna ostile e distaccata, e tutta l'impresa le sembrò assurda e destinata al fallimento fin dal principio.

Si fermò di nuovo. Non voleva allontanarsi ulteriormente dall'auto.

«Marc», disse. «Sarebbe meglio...»

Si interruppe, perché Marc si voltò verso di lei e lei notò, piena di stupore, come la sua espressione cambiava prima che la baciasse. Fu un bacio fugace, soltanto un breve sfiorarsi delle loro labbra.

Lui fece un passo indietro. «Scusa», disse, «non sono riuscito a trattenermi.»

Lei continuava a fissarlo muta.

«Era meglio...» proseguì lui, ma poi si bloccò e alzò le braccia in un gesto impotente di scusa. «Non avrei dovuto.»

Alla fine lei ritrovò la parola. «È solo che...»

«Lo so. È impossibile.»

«No...» Lei cercò le parole giuste. «Non sono arrabbiata, sai. Davvero.»

Lui era fermo davanti a lei, le mani affondate nelle tasche del giaccone. Il vento freddo gli aveva arrossato le guance. «So che sei sposata. Che hai un figliastro che si fida di te. Che la tua vita non è qui in Inghilterra. So tutto questo. E tuttavia è da stamattina... tutte le volte che ti guardo...»

Lasciò anche questa frase a metà, come se fosse chiaro ciò che voleva esprimere.

Lei si passò la mano tra i capelli scompigliati, che il vento aveva devastato ancora di più. Pensò agli occhi non truccati, al viso che sicuramente rivelava la stanchezza della notte insonne.

«Proprio oggi», disse, «proprio oggi che ho un aspetto orribile!»

«Proprio oggi», disse Marc, «sembri giovanissima.»

La prese tra le braccia e la baciò di nuovo, più a lungo e in maniera meno innocente di prima, e lei ricambiò il bacio e l'abbraccio, perdendosi per qualche istante, dimenticando per alcuni secondi Dennis, dimenticando Robert, Gibilterra, la sua vita vera.

Quando si staccarono dopo qualche minuto, tutto intorno a lei era tornato come prima, la spiaggia ancora invernale, il freddo sole primaverile, il vento gelido.

La domanda era se dentro di loro e nella loro vita fosse cambiato qualcosa.

Soltanto se lo permettiamo noi, pensò Rosanna.

«Le mie scuse evidentemente valevano così poco», disse Marc, «che stavolta non dirò neppure che mi dispiace. Sarebbe una bugia.»

«E perché dovresti scusarti?» domandò Rosanna. «Lo desideravo quanto te. Ma potrebbero esserci dei problemi, se... se dovessimo andare avanti.»

«Già», concordò lui indeciso.

Stavano uno di fronte all'altro. Rosanna si rese conto con sgomento che la parte della guastafeste era la sua. Marc era libero. Rosanna no.

«Ho freddo», disse lei alla fine. Era un'osservazione innocua e corrispondeva al vero. «Possiamo tornare alla macchina? E andare da qualche parte a bere un caffè?»

«Certo», concordò subito Marc. «Non c'è niente come un caffè caldo per risvegliare la voglia di vivere.»

Rosanna non poté trattenere un'improvvisa risata, pur avendo la sensazione che riflettesse in buona parte le proprie perplessità. «Non mi sembrava che la nostra voglia di vivere fosse in condizioni tanto critiche», osservò.

Lui la prese per mano mentre tornavano alla macchina e lei non se la sentì di impedirglielo. E a quale scopo, poi? Avevano fatto ben altro che tenersi per mano. Non era mantenendo le distanze ora che poteva cancellare il bacio di prima.

Si erano allontanati molto più di quanto pensassero e impiegarono diverso tempo a raggiungere il parcheggio sul ciglio della solitaria strada di campagna dove avevano lasciato l'auto. Rosanna si mise a sedere sollevata. Marc accese il motore e fece subito partire il riscaldamento.

«Ci vuole un pochino. Ma poi si scalda.» Non diede segno di voler partire.

«Che cosa c'è?» domandò Rosanna.

Lui esitò. «Credo che sia tu», disse alla fine, «sei tu il motivo per cui vorrei trovare Elaine e guardarla negli occhi. So di non averla sulla coscienza, ma per me sarebbe molto importante poter fugare definitivamente ogni minimo dubbio anche dalla tua mente.»

«Ma io non ho dubbi», replicò Rosanna. «Ho smesso di averne quando ho cominciato a occuparmi del caso in modo più approfondito.»

Lui annuì, fece manovra e imboccò la strada. Le sarebbe piaciuto convincerlo di quanto fosse vero ciò che aveva detto, ma temeva che le sue giustificazioni gli apparissero appunto come tali, ovvero giustificazioni dietro le quali era difficile cogliere l'autentica misura di verità. Anche se dentro di lei non fosse rimasto neppure un briciolo di incertezza, in lui avrebbe sempre albergato il dubbio relativo alle convinzioni di lei. Questo fatto non rivestiva alcun significato per il futuro, perché non avrebbero mai avuto un futuro *insieme*: non potevano. Che fastidio poteva dare a Marc l'immagine che lei avrebbe serbato di lui, una volta tornata dalla sua famiglia a Gibilterra? Che cosa sarebbe importato a Rosanna sapere che lui dubitava di lei, una volta ripreso il suo lavoro a Londra, dato che non l'avrebbe mai più rivista?

Era irrilevante. Per loro era irrilevante rintracciare o no Elaine.

«Dobbiamo assolutamente trovarla», disse lei, contraddicendo in pieno il corso dei propri pensieri, mentre percorrevano la strada soleggiata.

Marc la guardò. «Sarebbe un problema in meno», disse.

Entrambi sapevano che comunque ne restavano molti altri.

5

«Telefono», disse Sally, infilando la testa nella camera di Angel, la camera che fino a poco tempo prima era chiamata *la camera di Angela e Linda*. Parlava con la bocca impastata.

Angela, sdraiata sul letto ad ascoltare dentro di sé le voci che sembravano ancora riempire la camera – le voci sue e di sua sorella –, alzò la testa.

«Chi è?»

«Non ho capito bene il nome», mormorò Sally, «era un nome strambo. Vuole parlare con te.»

Angela si alzò con movimenti stanchi. Si sentiva acciaccata e distrutta. Il giorno prima era rimasta per ore dalla polizia insieme a Dawn, guardando mentre l'altra consultava gli schedari, aspettando che venisse realizzato un identikit. Dawn si era impegnata al massimo, ma aveva continuato a ripetere contrita di non ricordare chiaramente.

«Quel tipo l'ho visto solo per poco. E non ci ho badato troppo. Ero molto più occupata con Linda. Ed è passato anche qualche tempo...»

«Faccia con comodo», aveva ripetuto Fielder, «a volte la memoria torna a poco a poco. Non si metta fretta da sola.»

Dawn non aveva riconosciuto nessuno tra le foto segnaletiche, ma si era soffermata su cinque o sei volti.

«Potrebbe essere lui», diceva, ma tre o quattro foto più avanti si ricredeva. «No, questo. Anche se... dovrei ricordarmi se aveva le orecchie così a sventola, no? Oppure portava il berretto?»

Alla fine era stato fatto un identikit, ma Dawn era stata così vaga nel fornire i dettagli che Angela non credeva al valore del ritratto. A lei in ogni caso non diceva assolutamente niente.

«No. Non conosco nessuno così. Di sicuro non ho mai visto Linda con un tipo simile. Anche se veramente non l'ho mai vista con nessuno. Questo suo nuovo amico era un segreto che custodiva molto gelosamente.»

Quando le due ragazze erano uscite, l'ispettore Fielder si era dichiarato comunque molto soddisfatto. «Abbiamo un piccolo indizio», aveva detto, «e sicuramente è meglio di niente.»

«Ma non mi sono ricordata granché», aveva obiettato Dawn scontenta.

«È normale», la tranquillizzò Fielder, «lo ha visto solo per breve tempo e non c'era motivo di osservarlo attentamente. Ma ora il suo subconscio è stato sollecitato ed è probabile che altri ricordi possano riaffiorare con il tempo. Mi è già capitato altre volte.»

Angela non era altrettanto convinta, ma aveva ringraziato Dawn con molto entusiasmo. «Sei stata davvero carinissima, Dawn, a concederci tutto questo tempo. E sai che se ti venisse in mente qualche particolare, piccolo o grande che sia, mi devi chiamare. Oppure rivolgiti direttamente all'ispettore.»

Fu questo il pensiero che le si affacciò alla mente mentre andava al telefono. Che si trattasse di Dawn? Poteva darsi che alla fine le si fosse accesa una lampadina.

Il puzzo di vodka in salotto le tolse quasi il respiro. Prese la cornetta. «Sì, pronto?»

Era proprio Dawn, che parlava con voce agitata e innaturalmente stridula.

«Angela, sei tu?»

«Sì. Che cosa succede?»

«L'ho visto!» squittì quasi l'altra. «L'ho visto! L'amico di Linda. Ne sono sicurissima. E stavolta l'ho guardato per bene.»

«Era quasi nello stesso punto dell'ultima volta», dichiarò Dawn esaltata, quando si ritrovò seduta di fronte all'ispettore Fielder insieme ad Angela. Fielder era rientrato nel suo ufficio a Scotland Yard interrompendo il riposo domenicale. Aveva una traccia di pomodoro agli angoli della bocca e Angela immaginò che fosse stato interrotto mentre mangiava la pasta al sugo. «Vicinissimo al *Woolworth*. Era seduto sulla piazza lì davanti, sul bordo della fontana. Se la piazza fosse stata più affollata, probabilmente non mi sarei accorta di lui. Ma oggi il grande magazzino è chiuso e non c'è molta gente in giro. Solo quelle come me, che di domenica si annoiano a morte e girano un po' senza meta per la città.»

«Era seduto sul bordo della fontana?» domandò Fielder. «È possibile che sia ancora...»

Dawn lo interruppe scuotendo la testa mestamente. «Si è alzato come sono arrivata. L'ho visto scomparire in una strada lì vicino.»

«L'ha riconosciuta? È per questo che...»

«Non credo. Non mi dava questa impressione. Non ha neppure guardato dalla mia parte. Era lì da qualche minuto, la faccia rivolta verso il sole, e poi ha ripreso il cammino. O almeno è l'impressione che ho avuto io.»

Fielder si accese una sigaretta dopo aver offerto il pacchetto alle due donne che avevano entrambe rifiutato.

«Miss Sparks, ieri ha avuto qualche esitazione di fronte ad alcune foto segnaletiche che le abbiamo mostrato. Vorrebbe riguardarle? La possibilità di riconoscere qualcuno adesso è maggiore.»

Dawn annuì convinta. «Se è lì in mezzo lo troverò. Ce l'ho stampato in mente. Accidenti, di sicuro abita dietro l'angolo! Chissà quante volte l'ho incontrato negli ultimi mesi senza farci caso.»

Un quarto d'ora più tardi, lo aveva individuato.

«È lui», dichiarò convinta, indicando i lineamenti brutali di un uomo moro che nessuno dei presenti avrebbe voluto incontrare di notte. «Al cento percento. È lui!»

«Ronald Malikowski», disse Fielder lentamente. «Lo guardi.»

Angela osservò raccapricciata il volto dell'ex amico della sorella morta. In nome del cielo, com'era possibile che Linda si fosse messa con un tipo simile? L'aspetto criminale di quel tipo saltava agli occhi a prima vista ed era impossibile che qualcuno potesse credere di cavarsela senza danni entrando nel giro di un individuo simile. Per non parlare poi di diventarne la compagna.

«Mio Dio», esclamò involontariamente.

«Già, proprio un bel tipo», confermò Fielder. «Ha diverse condanne all'attivo. Spaccio, sfruttamento della prostituzione, estorsione... è stato coinvolto in un sacco di reati. Purtroppo trova sempre giudici troppo liberali! A mio avviso un tipo del genere dovrebbe stare dietro le sbarre, e a lungo!»

«Ha avuto a che fare con lui?» domandò Angela.

«Più di una volta», rispose Fielder a denti stretti. «E sarei ben felice di acciuffarlo una volta per tutte.»

«Sfruttamento della prostituzione!» ripeté Angela. «Corrisponderebbe al caso di Jane French. Lei lavorava come prostituta.»

Fielder si grattò la testa. «È vero. Tuttavia...» tacque. Le due donne lo guardarono con espressione interrogativa.

«Malikowski è un pezzo di merda», dichiarò Fielder senza troppi giri di parole, «un farabutto senza scrupoli e con una tendenza alla violenza. Questo è vero. Ma a quanto posso giudicare, e ho una certa esperienza in materia, non è uno psicopatico. Le torture e le sevizie subite da Jane French e Linda Biggs, durate ore e in apparenza perpetrate senza alcuno scopo evidente, non corrispondono all'immagine che mi sono fatto di Malikowski. E giurerei anche che eviterebbe a ogni costo un omicidio.»

«Allora, lei non crede che...?» chiese Dawn delusa.

Fielder le rivolse un sorriso d'incoraggiamento. «Lo scopriremo», promise. «Lei ci è stata di grande aiuto, Miss Sparks. Adesso abbiamo una traccia concreta sulla quale lavorare. Se non si è trattato personalmente di Malikowski, può darsi che sia comunque qualcuno del suo ambiente. E adesso abbiamo ottime carte per scoprirlo.»

6

Marina tornò intorno alle quattro e mezzo dal suo giro in bicicletta e si congratulò con se stessa. Era partita verso le undici, dopo una bella colazione, una lunga doccia e dopo aver riordinato un po' la casa. Alla fine si era preparata ed era tornata in garage, curiosa di sapere se sarebbe stata assalita dalla strana sensazione di prima. Stavolta però non aveva avuto l'impressione di essere osservata e questo l'aveva spinta a dimenticare definitivamente quella particolare esperienza, che tale non era stata, si disse.

Dal quartiere in cui abitava si raggiungeva facilmente l'aperta campagna. Come capitava in molte metropoli, il passaggio da palazzi, gente, traffico a campi aperti, boschi e solitudine era alquanto brusco. Ben presto Marina si era ritrovata su una stradina che correva lungo l'alzaia di un canale. Era un percorso rilassante, interrotto solo di rado da qualche salita e poco trafficato dalle auto. C'erano però molte altre biciclette, come aveva previsto Marina, soprattutto famiglie. Oppure coppie. Non incontrò nessun'altra donna che pedalava in solitudine per quella strada. Certo che il mondo era ben strano, pensò. I media descrivevano la società di single che ormai era il modello predominante e che, stando alle affermazioni di TV e giornali, era composta principalmente da uomini e donne in carriera tra i trenta e i cinquant'anni. Ma bastava uscire dalle quattro mura domestiche in un soleggiato mattino di inizio primavera e ci si imbatteva ovunque in famigliole felici, con almeno due o tre bambini.

Forse sono io l'unica stupida a venire qui a pedalare? si chiese. Forse tutti gli altri single non fanno una cosa tanto sciocca. Forse restano a casa, oppure vanno dove sono sicuri di non incontrare famiglie e coppie di innamorati.

Aveva pranzato nella locanda di un paese, anche se detestava andare da sola al ristorante. Ma aveva fame e doveva andare in bagno.

Quando si era rimessa in marcia verso casa, il sole era già basso e la temperatura era sensibilmente diminuita. Pedalò con più energia. Il vento le scompigliava i capelli e l'aria fresca e pulita le faceva bene ai polmoni. Era bello aver trascorso una giornata in movimento. Sarebbe stato ancora più bello tornare a casa e sedersi in due davanti al camino, con un bicchiere di vino, e gustarsi la serata in compagnia.

Sistemò la bici in garage e notò l'indolenzimento dei muscoli delle cosce mentre si incamminava verso casa. L'indomani sarebbe stato una tortura. Ma andava bene così. Se non altro le sarebbe servito per tutta la settimana come monito per la sua eroica prestazione sportiva della domenica.

Chiuse la porta di casa ed entrò nello stretto corridoio sulla destra nel quale si trovava la scala a chiocciola che portava di sopra.

«Sono tornata!» annunciò, anche se nessuno poteva sentirla. Si sarebbe accesa da sola il fuoco nel camino e stappata una bottiglia. Sapeva che l'alcol aveva assunto fin troppo una funzione consolatoria nella sua vita, ma per il momento non vedeva via d'uscita al problema.

Andò in cucina, che dava sul giardino posteriore. Era una cucina antiquata, con armadietti laccati di bianco, un bovindo con tendine azzurre e una porta che dava sul giardino. I gradini all'esterno erano tanto malmessi da rappresentare un serio pericolo, così da parecchio tempo Marina aveva preso l'abitudine di uscire in giardino passando dalla porta del tinello. Come d'abitudine controllò comunque la porta della cucina e si spaventò: non era chiusa a chiave.

«Maledizione», imprecò. «Di nuovo!» Girò la chiave e tirò il chiavistello. Le succedeva spesso di dimenticare di chiudere da quella parte. Dopo colazione aveva l'abitudine di gettare le briciole fuori, sui gradini, per una coppia di colombi che da anni abitava in giardino e aspettava sempre con ansia i suoi pasti. Troppo spesso si scordava di richiudere a chiave la porta. Più di una volta le era capitato di tornare dal lavoro e constatare che un eventuale ladro sarebbe potuto entrare comodamente in casa sua. Per fortuna non era ancora successo. La zona non era propriamente ricca e la sua casa non era certo tra quelle che dimostravano il buon conto in banca dei suoi proprietari. Avrebbe avuto bisogno di una bella tinteggiata e il giardino anteriore dell'intervento di un abile giardiniere. Secondo Marina dava l'impressione di essere abitata da persone che si tenevano appena a galla e questo la rendeva più sicura.

Prese una bottiglia di vino bianco dal frigorifero e si riempì il bicchiere.

Poi andò in salotto, accese la TV per avere almeno qualche voce intorno a sé. Trasmettevano un reportage sui bambini orfani in India. Per qualche secondo fissò lo schermo. Un bambino...

Cambiò canale e capitò su un vecchio film, poi si dedicò al camino. Un bel camino in pietra che il suo ex marito aveva costruito personalmente. Stava per scendere la sera e un bel fuoco avrebbe trasmesso un senso di calore e accoglienza.

Proprio mentre si accucciava a prendere alcuni ciocchi dalla cesta accanto alla parete, sentì il rumore.

Era lo scricchiolio delle assi del pavimento e proveniva da qualche parte al piano di sopra. Se avesse dovuto dire con precisione da dove, avrebbe optato per il suo studio.

Si alzò, rimase in ascolto. Silenzio.

Probabilmente si era sbagliata. Voleva riprendere il lavoro, quando captò un altro scricchiolio. Abitava da abbastanza tempo in quella casa per sapere che si trattava delle assi del pavimento e adesso aveva la certezza che fossero quelle del suo studio.

Balzò in piedi.

Resta calma, si disse, a volte le case vecchie scricchiolano, non significa niente.

Non si era ancora infilata le pantofole, così avanzò silenziosamente verso il corridoio a piedi scalzi. La scala si trovava proprio di fronte al salotto.

«Ehi?» chiamò piano. Posò la mano sul pomello della porta d'ingresso. Poteva uscire e chiamare aiuto in qualsiasi momento. I vicini non mancavano. Qualcuno l'avrebbe sentita.

Tutto era silenzio. Marina si rimproverò di essere isterica. Esistevano centinaia di motivi per far scricchiolare le assi del pavimento.

E quali motivi? si chiese subito dopo, senza riuscire a farsene venire in mente neppure uno abbastanza convincente.

Salì di sopra a controllare, prima di passare tutta la sera in preda al nervosismo.

Si soffermò a pensare brevemente se fosse il caso di correre dalla vicina e pregarla di accompagnarla, ma si sentì ridicola. Probabilmente non avrebbe trovato niente, ma tutti nel vicinato avrebbero sparlato di lei, di quanto era tesa e impaurita come una vecchia zitella.

Vive da sola. Non le fa bene. Diventa sempre più stramba. In questo modo non può certo trovare un uomo!

Strinse i denti, accese la luce delle scale e salì con una certa determinazione. Le tornò in mente la strana sensazione del mattino in garage e il fatto che era stata via tutto il giorno e la porta della cucina era rimasta aperta. Chiunque sarebbe potuto entrare in casa senza difficoltà. Ma a quale scopo? I ladri andavano per rubare, mica per nascondersi e aggredire la padrona di casa. Oppure sì? Forse di sopra c'era un tizio che non era interessato a computer e soldi. Bensì a una donna.

Ma che idiozie, Marina, è da tanto tempo che nessuno ti tocca che cominci ad avere fantasie di violenza, si disse severa, ma il cuore le salì in gola. Lì sopra stava per cadere in trappola. Lì sopra poteva solo sperare di raggiungere in tempo una finestra, spalancarla e chiamare aiuto.

Continuò a salire.

Il corridoio si allungava silenzioso e deserto davanti a lei. C'erano quattro porte: il bagno, la camera da letto, l'ex studio di Ken, che Marina aveva trasformato in camera per gli ospiti, e il suo studio. La porta di quest'ultimo era proprio dirimpetto alla scala e, diversamente dalle altre, era soltanto accostata.

L'aveva lasciata lei così al mattino? Ma era entrata nello studio quel giorno? Non lo ricordava ed era comunque assurdo fissarsi su quel particolare. La porta era socchiusa e poteva dipendere da lei o da un'altra circostanza qualsiasi, e lei adesso l'avrebbe scoperto e non sarebbe rimasta lì indecisa a tormentarsi sul pianerottolo.

Prese fiato, si drizzò in tutta la sua altezza e marciò decisa per il corridoio, diede una spinta alla porta dello studio e nello stesso istante accese la luce. Il lampadario al centro della stanza la inondò di luce.

Nonostante i timori, Marina era stata convinta di non trovare nessuno. L'idea che qualcuno potesse essersi introdotto in casa sua era troppo assurda, in fondo.

Con suo sgomento, invece, c'era un uomo in mezzo alla stanza. Proprio sotto il lampadario. Sbatté gli occhi abbagliato e la fissò incredulo almeno quanto lei.

Per un paio di secondi rimasero l'uno di fronte all'altra. Marina si rese conto che l'uomo era molto alto e molto giovane e probabilmente l'avrebbe sopraffatta quanto a forza fisica. Aprì la bocca, per gridare, ma lo sconosciuto fece un passo verso di lei e disse: «No! La prego, non gridi!» Aveva lo sguardo impaurito e la voce incerta.

«Ma che diavolo...?» chiese Marina, spaventata e scioccata che in effetti qualcuno si fosse introdotto in casa sua durante la sua assenza. Erano cose che succedevano nei libri. Nei film. Non nella vita reale.

Balle. Perché non nella vita reale? Proprio di recente aveva letto che solo in Gran Bretagna ogni due minuti si verifica un furto in appartamento. Era come per le malattie, gli incidenti, e altri rovesci del destino: si pensava sempre che colpissero soltanto gli altri.

«Io... la porta era aperta...» si affrettò a dire il giovane. In effetti era poco più che un *ragazzo*. Marina se ne rese conto solo adesso, man mano che superava lo choc iniziale.

«La porta era aperta? E tu allora ti introduci tranquillamente in una casa sconosciuta? Non è possibile!»

«Avevo tanto freddo.»

«Eri tu stamattina in garage?» chiese Marina.

Lui annuì. «Sì, ma a un certo punto mi è venuto tanto freddo e allora ho fatto il giro della casa per vedere se trovavo il modo di entrare. Ecco, e poi la porta della cucina...»

«Sei scappato di casa», constatò Marina, «e sei venuto a nasconderti proprio da me. Senti un po', adesso vorrei sapere chi...»

Lui la interruppe. «Lei è Marina Bowling?»

«Sì, ma...»

Lui la interruppe di nuovo. I suoi occhi si incollarono letteralmente a quelli di lei e lui disse: «Io sono Robert Hamilton. Sono suo figlio».

7

La telefonata raggiunse Rosanna quando lei e Marc si erano già rimessi in viaggio per Londra. Era tardo pomeriggio e le ombre del tramonto si allungavano sul paesaggio. Avevano girato per i dintorni di Langbury, si erano fermati ripetutamente, avevano attraversato paesi, si erano guardati intorno, nella remota eventualità di incontrare per caso la scomparsa e avevano cercato di accettare due fatti: che Elaine fosse sfuggita loro per un soffio e la loro affannosa e frenetica ricerca fosse destinata a finire nel nulla e che a quanto sembrava avrebbero dovuto rinunciare per sempre e rassegnarsi a rimanere con un mistero irrisolto. Inoltre dovevano affrontare in un modo o nell'altro i sentimenti che erano sbocciati in loro e che si erano manifestati in spiaggia. Non avevano più parlato dell'accaduto. Rosanna paventava il momento in cui ciò sarebbe avvenuto. Con il viso premuto contro il finestrino, osservava il paesaggio invernale che scorreva davanti a lei. Una cosa era sicura: non doveva più rivedere Marc Reeve. E doveva tornare a Gibilterra il prima possibile. Il suo posto era lì, e lì c'era bisogno di lei adesso. Elaine e il suo destino appartenevano al passato, erano un mistero insolubile che non spettava a lei, Rosanna, risolvere. Dennis e Robert, al contrario, erano il presente, il suo presente.

E qual è il mio futuro? si domandò. Preferiva non darsi una risposta. Era troppo pericoloso.

Avevano giusto lasciato la contea e viaggiavano in direzione York, quando il cellulare di Rosanna squillò. Se lo strappò letteralmente di tasca. Sperava fosse Dennis per informarla che Robert era tornato a casa sano e salvo.

«Pronto?» disse.

«Mrs. Hamilton, mio Dio, dove siete? Dove siete?»

Non riconobbe subito la voce, ma capì che comunque non era Dennis. «Chi parla?»

«Sono io, Brent. Brent Cadwick!»

«Oh, Mr. Cadwick. Che cosa succede?» con la coda dell'occhio si accorse di Marc che aveva girato la testa di scatto verso di lei.

La voce di Mr. Cadwick era concitata. «Ce l'ho! Elaine Dawson! Ce l'ho! Venite subito! Sbrigatevi!»

La faccia di Mr. Cadwick aveva assunto un preoccupante colorito paonazzo. Doveva avere la pressione alle stelle. Era sulla porta di casa e si dondolava da una gamba all'altra quando Marc e Rosanna arrivarono da lui più di un'ora dopo la sua telefonata. Marc aveva superato i limiti di velocità, ma avevano dovuto attraversare molti paesi che lo avevano costretto a rallentare e poi avevano dovuto fare benzina altrimenti non sarebbero mai giunti a destinazione.

«Finalmente!» esclamò Mr. Cadwick agitato. «Finalmente! Ma dove vi eravate cacciati?»

«Eravamo arrivati quasi a casa», rispose Rosanna diffidente. Non si fidava di Cadwick. Quel tizio era capace di averli fatti tornare in quel posto dimenticato da Dio solo per informarli che Elaine gli era sfuggita di nuovo. «Allora, Mr. Cadwick, dov'è? Dov'è Elaine Dawson?»

Lui la minacciò con il dito. «Mi ha fatto molto arrabbiare, lo sa, Mrs. Hamilton. Non è stato per niente carino filarvela alla chetichella questa mattina, senza salutare. Ma le sembra il caso?»

«È domenica, e non volevamo svegliarla così presto», intervenne Marc. «Allora, Mr. Cadwick, Miss Dawson è tornata?»

Cadwick abbassò la voce e indicò verso la finestra del primo piano. «È di sopra, nell'appartamento. L'ho chiusa a chiave!»

Rosanna trasalì. «L'ha chiusa a chiave? Ma non può farlo!»

«Già, e lei crede che avrebbe aspettato qui di sua volontà fino al vostro ritorno?» esclamò Cadwick. «Quella voleva solo i soldi e poi sparire di nuovo.»

«Quali soldi?» chiese Marc.

«La cauzione. Mi aveva lasciato due mesi di cauzione. Li rivoleva. Le servivano per il nuovo alloggio. E allora l'ho incastrata per benino. Le ho detto che di sopra avevo trovato ancora della roba sua e che doveva portarla via e, non appena è entrata, ho chiuso la porta a chiave da fuori. E poi vi ho telefonato!»

«Questo potrebbe costarle una denuncia per sequestro di persona», disse Marc.

Cadwick sogghignò. Era sempre paonazzo in viso. Era il giorno della sua vita. «Quella non va alla polizia. Sono pronto a scommetterci. Quella ha troppa paura.»

«Possiamo salire ora?» chiese Rosanna. «Vorremmo incontrarla solo per un momento e poi lasciarla andare libera per la sua strada.»

Cadwick esitò. «L'altro signore è già stato di sopra», annunciò.

Rosanna e Marc si scambiarono un'occhiata. «Quale altro signore?»

«Sì, quello della stampa.»

«Un giornalista? Ha informato la stampa?» esclamò Rosanna.

Cadwick parve prendersela. «Certo che no. L'unico giornalista con cui ho parlato è stato Mr. Simon del *Cover*, e solo per chiedergli il suo numero di telefono, Mrs. Hamilton. No, non ho la minima idea di come abbia fatto la stampa a venire a sapere la cosa. In ogni caso è spuntato qui dal nulla.»

«Tony Harper», disse una voce alle spalle di Cadwick. Un uomo uscì dal corridoio male illuminato. Rosanna non avrebbe saputo dire se si trovasse lì fin da prima. Si avvicinò a Mr. Cadwick. «*Daily Mirror*. Abbiamo ricevuto una segnalazione stamattina che qui si trovava una donna ritenuta scomparsa da anni.»

«Non è possibile», esclamò Rosanna sconcertata.

«E da dove è giunta questa notizia?» chiese Marc asciutto.

Harper scrollò le spalle. «Lee Pearce. *Private Talk.* È stata lei a informare il mio capo. Non so come l'avesse saputo. In ogni caso devo scoprire se la donna di sopra», fece un cenno del capo verso il soffitto, «è veramente la scomparsa Elaine Dawson. Per questo consiglio di salire insieme e che voi la identifichiate. Poi me ne andrò subito. Devo ancora cercarmi una sistemazione.»

«Non crederà sul serio che adesso saliremo di sopra con lei e venderemo la donna che si trova lassù a lei e al suo giornale», osservò Marc. «Chiunque sia e qualunque sia la sua storia, a lei non deve interessare!»

Tony sogghignò e indicò la voluminosa sacca a tracolla che aveva sulla spalla sinistra. «Ho una sua foto. Significa che in un modo o nell'altro scopriremo chi è. Voi al massimo potete facilitarmi il compito dandomi subito le informazioni che cerco.»

«Col cavolo che le avrà!» esclamò Marc con veemenza. «Sparisca, per favore! Altrimenti resteremo qui per tutta la notte, visto che non ho nessuna intenzione di salire di sopra insieme a lei.»

Harper scrollò le spalle. Non sembrava neppure offeso. «Il capo ha detto che avrei incontrato qualche problema. La cosa non mi disturba Mr. Reeve. Più il suo atteggiamento è sospetto più la nostra storia sarà piccante. Come ho detto, ho scattato un paio di ottime foto e riusciremo comunque a scoprire quello che ci interessa.» Indicò verso Cadwick. «Arrivederci, Mr. Cadwick. Vado a cercarmi un posto per la notte. Magari torno da lei più tardi.»

Cadwick annuì con foga. «Ma certo. Torni pure quando vuole.»

Appena Tony Harper fu scomparso nel buio, Rosanna aggredì Cadwick. «È stato lei a telefonare a Lee Pearce», esclamò. «Lo ammetta!»

Cadwick scrollò il capo. Sembrava sinceramente turbato. «Le giuro di no. Non ho telefonato a nessuno, a parte lei! Me lo sono trovato davanti oggi pomeriggio e ha cominciato a farmi un sacco di domande. L'ho fatto entrare e mentre eravamo ancora in salotto è arrivata la Dawson. L'ho fatta andare di sopra e...» Tacque, improvvisamente a disagio.

«...e allora Mr. Harper ha voluto assolutamente andare di sopra a farle una foto», concluse Marc per lui. «E siccome non aveva altro di meglio da fare lei gli ha gentilmente concesso questo piacere.»

«Voi come vi siete comportati con me?» ribatté Cadwick sulla difensiva. «Siete scappati di nascosto, lasciandomi qui da solo. Dopo tutto quello che ho fatto per voi! Non è stato carino! Sono umanamente molto deluso e...»

«Mr. Cadwick, adesso potremmo andare di sopra da Miss Dawson?» lo interruppe Rosanna freddamente.

Mentre salivano la ripida scala dietro il vecchio, Rosanna bisbigliò: «Che cosa sarà successo?»

Marc alzò le spalle. «Non ne ho idea. Non può essere stato Nick Simon?»

«Nick non informerebbe mai la concorrenza. Piuttosto verrebbe lui di persona, ma non manderebbe mai qualcuno del *Daily Mirror*.»

«È vero. Ma a parte noi è l'unico a essere al corrente. No, l'hai detto anche a tuo fratello. Almeno glielo hai accennato.»

«Cedric? Non si sarebbe mai rivolto alla stampa per rivelare questa informazione. Lo escludo.»

«Chiariremo il mistero più tardi», concluse Marc. «Adesso abbiamo altro da fare.»

Erano arrivati davanti alla porta dell'appartamento. Mr. Cadwick l'aprì. «Prego», disse, «entrate. La strada la conoscete già.»

Rosanna e Marc entrarono nell'appartamento angusto e buio che avevano lasciato in punta di piedi quasi dodici ore prima. Rosanna si era quasi aspettata di essere aggredita da una donna in preda all'ira appostata dietro la porta, che avrebbe preteso da lei spiegazioni, invece non c'era nessuno nell'ingresso e anche le stanze erano silenziose.

C'era da augurarsi che non avesse cercato di uscire da una delle finestre, si disse Rosanna, ma sarebbe stata un'impresa rischiosa e non osava neppure immaginarlo.

Seguita da Marc, entrò in soggiorno. L'unica luce accesa era la lampada a stelo nell'angolo che diffondeva un alone fioco.

Sul divano era seduta una donna. Indossava un pesante parka, con sciarpa e guanti, come se non si trovasse chiusa lì da due ore, ma volesse andarsene da un momento all'altro – cosa che corrispondeva in effetti alle sue intenzioni. Girò la testa quando Rosanna e Marc entrarono nella stanza, ma non disse niente, non si alzò neppure. Si limitò a osservarli. Rosanna non colse lampi di rabbia nella sua espressione. Nei suoi occhi non c'era né collera né risentimento, neppure turbamento. Soltanto rassegnazione. Totale passività. Avevano davanti una persona chiusa in se stessa e quieta, che sembrava nutrire un unico desiderio: quello di non suscitare interesse, di passare inosservata nella vita. Quella donna aveva paura, ma anche la paura in lei aveva raggiunto uno stadio in cui era priva di qualsiasi forza per lottare. La paura era diventata da tempo parte di lei, imprescindibile, come un braccio o una gamba, il naso o la bocca. La paura non ardeva più. Si era radicata nelle fibre del suo essere.

E Rosanna notò ancora una cosa: quella donna non era sicuramente Elaine Dawson.

8

«Devo telefonare a tuo padre», disse Marina, «di sicuro sarà fuori di sé per l'ansia. Lo capisci, vero?»

Lui scrollò le spalle. «Non so. È proprio necessario?» domandò con voce triste.

Lei aveva ancora le gambe molli e le mani che le tremavano. Se si fosse imbattuta in un ladro, non sarebbe rimasta più colpita e sconcertata di com'era adesso.

Suo figlio, Robert. Il bambino che aveva visto per l'ultima volta quando aveva quattro settimane di vita – un neonato morbido e roseo con una soffice peluria sulla testa. Una creatura innocente, che non voleva farla arrabbiare, ma che piangeva sempre, dormiva poco e aveva sempre fame. Che scatenava in lei una gamma completa di sentimenti di ansia e che la faceva piombare in crisi di pianto isterico che duravano giorni.

Erano seduti in salotto. Robert aveva acceso il fuoco nel camino, mentre Marina gli preparava due grosse fette di pane e burro e una tazza di cioccolata calda.

La cioccolata calda è adatta a un ragazzo di sedici anni? si chiese, mentre era in cucina e sorseggiava piano il vino bianco per calmarsi i nervi, notando che il tremito alle dita le impediva quasi di reggere in mano il coltello. Forse dovrei offrirgli un bicchiere di vino? No, no, niente alcol. Che cosa bevono i ragazzi? Coca-Cola. Ma non ce l'ho in casa.

Alla fine la cioccolata si era rivelata la scelta giusta. Robert la trangugiò in un lampo e poi si avventò sui panini.

«Santo cielo», disse lei guardandolo mangiare, «ma perché non ti sei preso qualcosa da mangiare dal frigorifero mentre eri qui? Da quant'è che non mangi?»

Lui scrollò il capo. «Da ieri a pranzo. Ma non volevo derubarti.»

Io però sono tua madre, stava per dire, ma quella frase le suonava terribilmente falsa. Com'era possibile che Robert la considerasse come una madre? Lei stessa non ci riusciva. In sostanza erano due estranei, seduti insieme in un salotto, che non sapevano che cosa sarebbe accaduto.

Lei lo guardava di nascosto. Somigliava molto a Dennis, aveva persino gesti e movimenti che le ricordavano l'amore giovanile di tanti anni prima. Di sé non riusciva a scoprire nulla. Era carino. Alto. Aveva l'aria sportiva. Ma anche molto sensibile. Timido.

«Come hai fatto a trovarmi?» gli chiese. Non c'erano stati più contatti tra lei e Dennis, ormai da molti anni.

Lui alzò lo sguardo. «Qualche anno fa ho scoperto il tuo indirizzo sulla scrivania di papà», spiegò, «e me lo sono annotato. Così, senza motivo. E poi mi è venuto in mente di venire a trovarti. Ho pensato che forse ero fortunato e tu abitavi ancora qui.»

Lei ricordava vagamente di aver comunicato a Dennis il proprio indirizzo dopo aver sposato Ken ed essersi trasferita in quella casa. Dovevano essere passati otto anni. Gli aveva scritto una lettera breve e distaccata, in cui lo informava di essersi sposata e di abitare a quell'indirizzo. In seguito si era chiesta perché l'avesse fatto. Non voleva niente da lui. Quando Robert aveva tre anni, lui le aveva spedito qualche foto della festa di compleanno del bambino e lei gli aveva risposto che non doveva più farlo, perché voleva dimenticare del tutto quel capitolo della propria vita. Dopodiché Dennis non si era più fatto sentire. Lei aveva capito che la considerava la madre più insensibile di tutti i tempi, ma sapeva anche che non c'era altro modo per lei di accettare il fatto che non era stata in grado di avere un figlio e di integrarlo nella propria vita.

Otto anni. Robert doveva aver conservato a lungo il suo indirizzo.

«E quindi sei andato all'aeroporto, hai comperato un biglietto e sei venuto fino a Londra?» domandò lei. La considerava un'impresa straordinariamente indipendente per un ragazzo di sedici anni.

Lui annuì, con studiato distacco, ma anche con evidente orgoglio. «Più o meno. Ho prenotato un biglietto elettronico su internet. All'aeroporto me lo hanno dovuto solo stampare.»

«E come hai pagato?»

Lui perse la sua aria sicura. «Con la carta di credito di papà. Gli restituirò tutto. Ho dei soldi sul libretto di risparmio.»

«Ma poi la carta di credito ti è servita all'aeroporto. Ciò significa che sei scappato portandotela dietro.»

«Non l'ho più usata. Davvero. Avevo paura che non mi avrebbero venduto il biglietto vedendo che avevo solo sedici anni e quindi...» Lasciò a metà la spiegazione appena iniziata.

«Molto astuto», osservò Marina, dato che non le veniva in mente nient'altro da dire.

Robert fissò le fiamme nel camino. «Non voglio più tornare da papà. Tra di noi le cose non funzionano.»

«Che cosa è successo precisamente?»

«Veramente succede sempre qualcosa», rispose Robert. «Mi critica in continuazione. Non gli va mai bene niente di me. Non posso fare niente. Se potesse, mi terrebbe chiuso a chiave. Questa volta si trattava di una festa. Il party d'addio dell'ultimo anno. Ci vanno tutti. Soltanto io non potevo. Perché girano alcolici, e secondo papà io salgo in macchina con qualcuno e vado a schiantarmi contro un albero. Accidenti, come se fossi scemo!» Lanciò un'occhiata di sfida a Marina.

«Invece di andare alla festa, sei andato all'aeroporto», dedusse lei.

«Perché non mi andava più di starlo a sentire. Il prossimo autunno compirò diciassette anni. Per quanto tempo ancora ha intenzione di trattarmi come un bambino piccolo? E per di più adesso c'è anche...» si bloccò.

«Che cosa?» domandò Marina.

«Rosanna è andata via. Non lo sopporto più.»

«Rosanna?»

Robert parve sorpreso. «Non lo sapevi che papà si è sposato?»

«No. Non mi ha scritto niente al riguardo. Ma è da molto che non ci tenevamo più in contatto.»

«Si sono sposati cinque anni fa. Rosanna è davvero eccezionale. Molto più disponibile di papà, molto più aperta. In genere prende sempre le mie parti. È davvero in gamba.»

«E come mai se n'è andata?»

«Prima faceva la giornalista. E adesso ha ricevuto un incarico in Inghilterra.»

«Ma allora poi torna da voi!»

Lui la guardò. «Io non lo credo.»

«E perché?»

«Tra lei e papà le cose non funzionano più. Litigano in continuazione. E Rosanna non è felice a Gibilterra. È infelice con papà.»

«Forse è una tua impressione. Forse Rosanna e tuo padre vedono le cose in maniera diversa. E poi a volte ci sono fasi in cui una coppia non va molto d'accordo, ma poi tutto torna a funzionare per il meglio.»

Lui scrollò il capo. «No, non è il loro caso.» Poi aggiunse senza fare pause: «Tu sei sposata?»

«Divorziata.»

«Visto? A volte le cose non tornano a posto», disse Robert.

«La mia è una storia del tutto diversa. Ascolta, Robert, come ti ho già detto, devo telefonare a tuo padre. Deve sapere dove sei.»

«Ma...»

«Altrimenti potrei finire nei guai con le autorità.»

«Ma tu sei mia madre.»

«Ma la tua custodia spetta a lui. E, a prescindere da questo, non credo che si meriti di ritrovarsi in una situazione di tale angoscia e incertezza. Non è giusto. Indipendentemente dai vostri problemi.»

Robert assunse un'espressione contrariata. «Però non voglio tornare da lui.»

«Robert, tu vai ancora a scuola. I tuoi amici sono lì, tutta la tua vita... non puoi mollare tutto così. Solo perché tuo padre è dell'avviso che tu sia troppo giovane per feste in cui si bevono alcolici! Cosa che, detto tra noi, nemmeno io trovo troppo entusiasmante. Voglio dire, l'alcol alla tua età non va bene. Non credo che stando con me avresti possibilità maggiori di cavartela.»

«Ma c'è anche... il suo modo di fare», aggiunse Robert vago.

Marina poteva immaginare a che cosa si riferisse. La sua storia con Dennis Hamilton era durata diversi anni. Lei lo conosceva. Sapeva che in fondo era una brava persona, ma la diplomazia non era mai stata il suo forte. Poteva diventare davvero rude e autoritario quando voleva raggiungere qualcosa. Lei stessa aveva litigato spesso per questo motivo. E per un adolescente la situazione doveva risultare molto più difficile.

«Ti prego, dammi il vostro numero di telefono», insistette comunque. «Devo chiamarlo. Posso farmelo dare dal servizio informazioni, ma tu potresti facilitarmi le cose.»

«E va bene», accettò Robert controvoglia. Poi la guardò direttamente negli occhi e lei pensò d'un tratto: gli occhi. Gli occhi sono i miei.

Era come guardare in uno specchio. Era incredibile.

«Posso rimanere qui?» chiese lui.

Lei trasalì. «Per questa notte?»

«Per sempre.»

«Robert, io...»

«Non voglio tornare da papà. E non ho nessun altro. Tu sei mia madre. Pensavo...»

«Che cosa?»

«Pensavo che ti avrebbe fatto piacere conoscermi», rispose Robert.

9

«Ci rincresce», disse Rosanna a Brent Cadwick, «ma questa signora non è la Elaine Dawson che cerchiamo.»

Erano sul pianerottolo. Dalla porta d'ingresso, che nessuno aveva pensato di chiudere, entrava un freddo polare. Cadwick guardò dentro con aria delusa. La sensazione che aveva sperato di provare si era dissolta in nulla nel giro di pochi secondi.

Ma non può essere più deluso di me, pensò Rosanna.

Di colpo si sentiva sopraffatta dalla stanchezza – e da un senso di profonda frustrazione. Solo adesso si rendeva conto di quanto avesse sperato nel successo. Quando aveva creduto di dover abbandonare le ricerche, perché Elaine le era sfuggita per un soffio, aveva provato tristezza, ma in lei era rimasta comunque la convinzione che potesse trattarsi della donna giusta. E forse avrebbe avuto un'altra occasione per trovarla.

Adesso era sicuro: avevano seguito una pista sbagliata. Una prova concreta, in apparenza miracolosa dopo cinque anni, si era rivelata errata. Una donna, che per caso portava lo stesso nome e somigliava vagamente alla persona cercata, nient'altro. Si ritrovavano a mani vuote come al principio.

Non sarebbe stato possibile svelare l'enigma.

«Però», dichiarò Cadwick testardo, come se la propria caparbietà potesse cambiare i fatti, «questa donna è davvero stramba!»

«È vero», riconobbe Rosanna. Quella strana espressione, la paura... di sicuro c'era qualcosa che non andava in quella donna.

«Ma questo non fa di lei la persona che stavamo cercando», disse Marc.

«Io l'ho fatto con buone intenzioni», precisò Cadwick.

«E le siamo sinceramente grati», riconobbe Rosanna controvoglia.

Rimasero lì a guardarsi incerti sul da farsi.

Di sicuro non ce la facciamo a tornare a Londra per stasera, pensò Rosanna stanca e subito dopo: devo assolutamente telefonare a Dennis.

Udì dei passi strascicati e si girò. La donna, che si chiamava Elaine Dawson, uscì lentamente dall'appartamento.

«Adesso posso andare?» chiese.

Rosanna rimase stupita da quanto fosse umile e quasi sottomessa. Cadwick l'aveva chiusa dentro casa. Poi l'aveva mostrata a un giornalista e infine a due perfetti sconosciuti che si erano aspettati di trovare una persona affatto diversa da lei. Rosanna non si sarebbe sorpresa se la donna avesse dato in escandescenze, avesse preteso spiegazioni e scuse da loro. Avrebbe persino potuto minacciare di denunciarli. Invece sembrava volersi fare sempre più piccola e anonima e non avere altro pensiero che di uscire da questa situazione senza altri danni. Sembrava una persona che volesse dissolversi. Ogni suo sguardo sembrava dire: non sono qui! Dimenticatevi di me in fretta. Non mi avete vista. Io non esisto!

«Certo che può andare», disse Rosanna al posto di Brent Cadwick, al quale in realtà sarebbe spettata la risposta. Lui taceva e fissava il pavimento, contrariato. «Ci rincresce molto per quello che è successo. Lei è stata vittima di un caso di omonimia, ma la situazione ovviamente non avrebbe dovuto precipitare in questo modo. Sono davvero desolata.»

La donna la guardò. I suoi occhi erano scuri di paura. «Un uomo mi ha fotografato», disse con un filo di voce. «Anche lui sta con voi?»

Rosanna scrollò il capo. «È un giornalista», disse. «Sappiamo da chi ha avuto l'informazione, ma non siamo in grado di stabilire chi l'abbia fatta trapelare per primo. Cercherò di scoprirlo, ma, per il momento, non ho alcun indizio.»

Gli occhi della donna si spalancarono un po' di più. «Un giornalista?» chiese di colpo affannata.

«Del *Daily Mirror* per la precisione. Ma...»

«Che cosa vuole? Che cosa vuole fare con la mia foto?»

Rosanna avvertì il panico che stava per assalire la sua interlocutrice. Le posò una mano sul braccio. «Molto probabilmente nulla», disse per tranquillizzarla, «perché lei non è la persona al centro di questa storia. La sua foto quindi non dovrebbe avere alcun valore per la stampa. Anche se qualcuno la pubblicasse, si chiarirebbe molto in fretta che...»

«Che cosa significa *se qualcuno la pubblicasse*? Che cosa significa? Significa che...»

«Probabilmente non lo farà nessuno», intervenne Marc in tono pacato, ma la donna, che non aveva più niente a che fare con il manichino passivo di poco prima, lo interruppe: «Probabilmente? *Probabilmente?* Non posso accontentarmi di un *probabilmente*! Devo avere la sicurezza, al cento percento, che la mia foto non apparirà su nessun giornale! Lo capisce? La certezza assoluta».

Era cerea in volto. «È importante!» gridò. «È molto importante! Voi non potete immaginare...»

Con grande sconcerto di Rosanna scoppiò a piangere, in un pianto dirotto e disperato, poi scivolò con la schiena lungo il muro e si raggomitolò sul pavimento, rimanendo lì a singhiozzare sulle mattonelle sporche.

In qualche maniera erano riusciti a scendere le scale e a risalire in macchina. Era chiaro che non potevano lasciarla lì e scomparire nel nulla. Inoltre Rosanna aveva l'impressione che qualunque cosa quella donna, che si chiamava Elaine Dawson, avesse da raccontare era meglio che lo facesse lontano da Brent Cadwick. Costui aveva scritta in faccia la sete di rivelazioni sensazionali e non si poteva sapere che cosa avrebbe fatto con le informazioni che avesse raccolto. Rosanna continuava a sospettare che fosse stato lui ad avvertire Lee

Pearce. Non riusciva a capire da che cosa dipendesse il terrore della giovane, ma era sicura che il suo segreto non fosse al sicuro in presenza di Cadwick.

Lui ovviamente li aveva invitati ad accomodarsi in salotto, ma quando aveva capito che i suoi ospiti non si sarebbero trattenuti da lui aveva cominciato a inveire e imprecare con foga. Rinfacciava loro la mancanza di gratitudine, di rispetto e lamentava la generale freddezza della società, ma nessuno badava a lui. Marc riuscì a guidare la sconosciuta, che dopo la crisi di pianto era ripiombata nella totale apatia, fino al sedile posteriore dell'auto e Rosanna le si mise accanto.

Ignorando le parolacce di Cadwick erano partiti nella notte. Rosanna guardava spesso dietro di loro, per assicurarsi che Tony Harper non cercasse di seguirli, ma a quanto pareva per il momento si era dileguato. In ogni caso erano circondati dalle tenebre più complete e potevano sperare che, a parte Cadwick, nessuno avesse notato la loro partenza.

Viaggiarono in completo silenzio per una ventina di minuti, poi Marc imboccò una stradina di campagna che poco prima era apparsa nella luce dei fari. Procedette brevemente rimbalzando su sassi e altre asperità, poi si fermò. Spense i fari e il motore e accese la luce di cortesia.

Si voltò verso le due donne.

«Lo so, è tutt'altro che un luogo idilliaco», disse scusandosi, «ma pur sempre fuori dalla portata dello spiacevole Mr. Cadwick. Penso che sia meglio parlare un po', prima di proseguire il viaggio. Per capire se Miss Dawson ha voglia di venire con noi. Oppure per sapere dove lasciarla. Oppure...» esitò per un istante, ma poi proseguì deciso, «oppure potrebbe raccontarci di che cosa ha paura, Miss Dawson. Voglio dire... in un certo senso è colpa nostra la storia del giornalista, anche se le assicuro che ne avremmo fatto volentieri a meno. Ma forse potremmo aiutarla, nel caso sorgessero eccessivi problemi per lei.»

La donna non reagì. Guardava fisso davanti a sé, assente, come se non fosse lì con loro.

Rosanna le prese una mano, si accorse che era gelata e inerte. «Miss Dawson, Elaine, forse dovremmo spiegarle prima un paio di cose. Come avrà già capito è stata vittima di uno scambio di persona. Noi cerchiamo urgentemente una donna scomparsa cinque anni fa che si chiamava anche lei Elaine Dawson. Mr. Cadwick si è messo in contatto con me dopo aver visto un programma televisivo al riguardo, affermando che la persona cercata era sua inquilina. Per questo io e Mr. Reeve siamo venuti qui da Londra. Ma come si è dimostrato lei si chiama Elaine Dawson, ma non...»

La sconosciuta si decise a reagire. Da quando era crollata sul pianerottolo di Mr. Cadwick, si mosse per la prima volta di sua volontà. Girò il capo verso Rosanna e la guardò. I suoi occhi avevano sempre l'espressione atterrita di vuoto, ma qualcosa stava cambiando in lei. Si avvertiva un afflato di vita, il desiderio di non nascondersi più.

«Non mi chiamo Elaine Dawson», disse e poi spalancò di scatto la portiera.

«No! Dove crede di andare!» esclamò Rosanna, temendo che l'altra volesse scappare terrorizzata.

Ma la giovane non aveva questa intenzione. Si sporse fuori e vomitò sulla strada sterrata, con conati violenti e ripetuti.

Quando ebbe finito, rimase seduta con il fiato corto, ma prese il fazzoletto che Rosanna le porse e si tamponò la bocca.

«Mi scusi», disse alla fine.

Tornò a guardare Rosanna. «Mi chiamo Pamela», riprese. «Pamela Luke. Il nome *Elaine Dawson* l'ho utilizzato in questi anni per nascondermi.» Prese la borsetta, ci frugò dentro, trovò quello che cercava e lo gettò in grembo a Rosanna: era un passaporto del Regno Unito.

Rosanna lo aprì e per un istante credette di vederci male.

«Non è possibile», ansimò.

«Che cosa?» chiese Marc.

Lei continuava a fissare il documento, attonita. Non c'erano dubbi: la foto, le date...

Teneva tra le mani il passaporto della scomparsa Elaine Dawson.

Lunedì, 18 febbraio

1

Pit Wavers non frequentava più Ron come un tempo e gli dispiaceva. Gli stava simpatico e quando era con lui si sentiva sempre bene, ma doveva accettare che la cosa non era ricambiata. Avevano passato insieme momenti fantastici, anni prima, lì a Londra, ma determinate storie avevano contrariato Ron, che di sicuro non era riuscito neppure a capirle.

«Tu sei malato», gli aveva detto una volta e Pit era rimasto profondamente ferito. A chiunque altro avrebbe assestato qualche pugno sul muso per una simile offesa, ma Ron era amico suo e godeva di una certa impunità. Poteva permettersi cose che per altri erano fuori discussione. Pit comunque non riusciva proprio a immaginare che qualcuno potesse osare aggredirlo. La maggior parte della gente del suo ambiente si guardava bene dal pestargli i piedi. Era piccolo, ma aveva la forza di un leone. E quando lo provocavano diventava ancora più forte. E perdeva facilmente il controllo dei propri pugni. Una volta cominciato a darle a un avversario, non avrebbe più smesso. Era come una droga. Gli piaceva sentire le grida di dolore e i lamenti della vittima, gli piaceva il rumore delle costole che si rompevano o delle articolazioni quando si dislocavano. Alla vista del sangue o di una mascella rotta arrivava quasi all'orgasmo. Ed era proprio questa la differenza con Ron. Neppure Ron ci andava leggero con i nemici, questo era sicuro, ma restava freddo nel cuore e nel cervello quando picchiava un avversario. Era violento, ma i suoi impeti di violenza non avevano il carattere orgiastico di quelli di Pit. Pit era inebriato di fronte a una vittima, e raggiungeva l'estasi quando il suo sfogo di violenza cruda, rabbiosa e indifferenziata si tramutava in una mirata *sevizia* dell'altro. Non se lo concedeva troppo spesso – del resto era difficile trovarsi nelle circostanze adatte – ma quando capitava per lui era un delirio. Non avrebbe mai potuto rinunciarvi del tutto, anche se questo lo allontanava dall'amico. Non capiva che cosa avesse Ron da prendersela tanto.

Sii un po' più tollerante, vecchio mio, pensava spesso, sono soltanto noccioline, in fondo. Non c'è motivo di arrabbiarsi.

Era lunedì mattina presto e lui era diretto all'appartamento di Ron a Islington. Era passata l'epoca – purtroppo! – in cui abitavano insieme, in una perfetta comunità al maschile, allietata da relazioni sentimentali a volte brevi, altre lunghe, con giovani femmine carine, formose e dai capelli lunghi, che capivano spesso che dovevano sottomettersi se non volevano ritrovarsi con il naso rotto o gli incisivi spezzati. A Pit piaceva spaventare le donne. Gli piaceva vederle sbattere gli occhioni sgranati e parlare con voce flebile. Aveva scoperto che le donne possiedono un istinto molto migliore degli uomini. Non gli era mai capitato di incontrare una donna che lo sottovalutasse. Con gli uomini capitava di continuo. Dipendeva dalla sua statura di uno e sessantatré. Gli uomini lo credevano un nanerottolo, una nullità, uno che si vantava, ma che non aveva niente dentro. Anche questo, ovviamente, aveva un suo fascino particolare. Lui era più forte e brutale di quanto gli altri avrebbero mai immaginato e, quando alla fine lo capivano, erano già spacciati. Godeva in particolare del momento in cui sui loro volti si leggeva la comprensione del proprio errore e il profondo rimpianto di essersi immischiati con lui.

Come tutti i giorni, anche quella mattina Londra si era risvegliata in un traffico micidiale, milioni di persone che si riversavano per strade, piazze, stazioni del metrò. Migliaia di voci e colpi di clacson, stridore di freni, rombo di motori, campanelli di bicicletta. Il lunedì la città era particolarmente chiassosa, affollata, viva. Quella frenesia, quel movimento indaffarato erano semplicemente esaltanti. E in questo caso c'era anche il cielo azzurro e limpido che annunciava la primavera. Finalmente neve e nebbia erano finite. Cominciava la stagione più bella.

Svoltò l'ultimo angolo prima del palazzo in cui Ron occupava un appartamento al pianterreno, giusto in tempo per vedere l'amico uscire dal portone – le mani dietro la schiena, accompagnato da due energumeni a destra e a sinistra. Un'auto della polizia era in attesa con accanto altri due agenti.

Era più che evidente: Ron Malikowski, che aveva già visto da dentro numerose aule di tribunale e celle di prigione, ma che non vi aveva soggiornato mai a lungo, veniva arrestato.

In quella mattinata di sole tanto promettente.

Merda! Che cosa era successo?

Pit si nascose immediatamente dietro l'angolo, intuendo subito che non sarebbe stata una buona idea farsi notare nei paraggi proprio adesso. Impugnò istintivamente la pistola che teneva alla cintura e che portava spesso con sé quando usciva, ma poi tolse la mano. In un film si sarebbe messo a sparare all'impazzata per liberare l'amico, ma nella realtà non si compivano mai gesti così azzardati e pericolosi. Si mise invece a riflettere alacremente. Che cosa poteva essere accaduto? Perché gli sbirri stavano arrestando Ron? Anche se la loro amicizia non era più quella di un tempo, si tenevano comunque sempre informati sulle reciproche attività. O per meglio dire: sulle attività criminali nelle quali erano rispettivamente coinvolti. E, stando a quello che sapeva Pit, Ron non aveva niente di concreto per le mani al momento. Con gli anni Ron era diventato decisamente più cauto, questo bisognava riconoscerlo. Si guadagnava da vivere ancora con la prostituzione e nel suo giro c'erano anche ragazze dell'Est costrette con la forza a battere la strada. Ma non c'erano stati nuovi arrivi di recente, almeno non tramite i contatti di Ron. Le donne che lavoravano per lui si erano più o meno rassegnate al proprio destino. Per la maggior parte era comunque meglio che vivere nella merda da cui provenivano, se non altro era quello che ripeteva sempre Ron. Era assai improbabile che una di loro si fosse rivolta di punto in bianco alla polizia rischiando di persona. All'inizio qualcuna aveva provato a farlo, quando si rendeva conto di ciò che l'aspettava in Inghilterra. E allora poteva saltare qualche copertura e rendersi necessaria un'azione di emergenza.

Ma nessuna era mai sfuggita alla pianificazione. Il sistema di sorveglianza di Ron era ingegnoso e privo di falle. Le ragazze erano sempre arrivate puntualmente. Dopo un trattamento intensivo da parte di Ron e dei suoi amici in genere perdevano la voglia di tentare la fuga. Allora diventavano così docili che dopo un po' diventava persino noioso. A Pit piacevano le donne che lottavano. Gli piaceva stroncare la loro volontà, ma questo poteva accadere dov'era ancora presente una certa volontà. Le donne che erano passate per le mani di Ron non erano più in grado nemmeno di pronunciare una parola.

Quindi, se non si trattava di una puttana, che cosa poteva essere?

Aveva il vago presentimento che potesse essere qualcosa che riguardava lui. E la storia con quella dannata Linda. Cielo, che femmina ostinata era! Peccato che non riusciva a tenere la bocca chiusa e doveva sempre contraddirlo. Una ragazzina davvero testarda. A un certo punto era stato preso dalla collera... veramente voleva darle soltanto una ripassata, ma la cosa era degenerata. Sul giornale aveva letto che avevano ritrovato il suo cadavere.

C'erano forse testimoni che l'avevano vista in compagnia di Ron? Qualche volta erano usciti insieme quei due.

Pit imprecò sottovoce ma abbondantemente.

Ron poteva pure essere un amico, ma di certo non ci avrebbe rimesso la testa per lui. Se cercavano di affibbiargli la storia con Linda, avrebbe spiegato senza il minimo scrupolo com'erano andate veramente le cose. E questo significava che lui, Pit, doveva mettere in conto che gli sbirri avrebbero cominciato a cercarlo fin dalle ore successive.

Meglio non tornare a casa.

Ma dove poteva andare? Merda! Se almeno avesse saputo che cosa era successo in realtà! Forse era del tutto inutile evitare di tornare nel suo appartamento. Viceversa, farlo senza problemi era un rischio troppo grande.

Accidenti! Se la cosa riguardava Linda era proprio nei casini.

Non aveva ancora fatto colazione perché in realtà aveva calcolato di bere un bel caffè forte a casa di Ron, ma era chiaro che adesso se lo poteva scordare. Entrò nel primo *Starbucks* che trovò, ordinò un cappuccino, si mise seduto in un angolino al calduccio e cominciò a riflettere con calma. Per un paio di giorni e forse anche tre, era meglio se non si faceva vedere nei paraggi del suo appartamento, questo era sicuro. Era anche una bella scocciatura – visto che non aveva preso niente con sé. Avrebbe potuto fermarsi per qualche tempo da un conoscente, ma la cosa migliore sarebbe stata di farsi venire in mente qualcuno che non conoscesse Ron. Non era possibile sapere quanti nomi avrebbe fatto il suo amico, nel caso si fosse trovato costretto a salvarsi il culo.

Che seccatura! Una maledetta seccatura. Non ci voleva proprio.

Bevve un paio di sorsi di caffè, ne gustò il calore in gola. Forse avrebbe dovuto dare un'occhiata al giornale, magari alla fine avrebbe trovato qualche indizio utile. Andò al bancone, prese una copia del *Daily Mirror* dal mucchio e tornò a sedersi al suo posto.

L'omicidio di Linda, delle cui atroci circostanze la stampa si era occupata con autentica voluttà negli ultimi giorni, era scomparso dalla prima pagina. In effetti dopo un'attenta lettura di tutte le pagine del giornale, Pit non trovò neppure un trafiletto al riguardo. Questo ovviamente non significava che la polizia avesse smesso di cercare alacremente il colpevole o che non seguisse magari già delle tracce concrete. Del resto non rivelavano sempre tutto alla stampa.

La lettura del quotidiano non gli servì granché. A parte il fatto di escludere un nuovo delitto in cui fosse coinvolto in qualche maniera Ron. E questo non faceva che aumentare la probabilità che si trattasse di Linda.

Continuò a sfogliare distrattamente il giornale – e di colpo si bloccò.

«Non è possibile», mormorò a mezza voce.

Si trattava di una fotografia davvero brutta, che gli saltò all'occhio dalla parte inferiore della pagina, troppo scura e sgranata e un po' sfocata, eppure avrebbe riconosciuto quel volto tra mille altri. Nonostante gli anni passati. Nonostante la pessima qualità tecnica dell'immagine.

E sebbene la donna della foto avesse cercato di modificare il proprio aspetto. Aveva i capelli scuri e non più biondi; un tempo lunghi fino alla vita, adesso erano tagliati a caschetto. Abbigliamento semplice, niente trucco, almeno a quanto poteva giudicare. In ogni caso era l'esatto contrario di una vamp. Somigliava piuttosto a una modesta casalinga di una piccola città di provincia. Solo che aveva un'aria più triste delle normali casalinghe, affranta e impaurita.

E ne aveva proprio tutte le ragioni, maledizione, pensò.

Era Pamela. Al cento percento la sua Pamela. Non avrebbe mai dimenticato quella bocca grande e piena. Quel naso perfetto. Era stata una vera bellezza. E poteva tornare a esserlo, se smetteva di stare rinchiusa in quell'anonimato.

Che strano. Lui aveva sempre saputo che un giorno l'avrebbe ritrovata. E adesso gli si parava davanti dalle pagine di uno dei maggiori quotidiani inglesi...

Lesse con attenzione il breve articolo e rimase un po' sorpreso. A quanto sembrava Pamela si faceva passare per Elaine Dawson e viveva in un piccolo villaggio del Northumberland, Langbury.

Nel Northumberland! Quel sogno divenuto realtà lassù al nord, nell'angolo più remoto del mondo... incredibile!

Se aveva capito bene, una donna di nome Elaine Dawson era scomparsa cinque anni prima in circostanze misteriose, e l'uomo che era stato collegato alla sua sparizione ma che negava qualsiasi responsabilità aveva creduto di averla scoperta tra la popolazione di Langbury seguendo un indizio. Ma la pista si era dimostrata sbagliata. Il giornale accennava a una casuale omonimia.

Pit sogghignò. No, il caso era ben diverso, ma quei cretini della carta stampata non potevano saperlo. Pamela viveva semplicemente sotto falso nome.

Il tipo tanto ansioso di chiarire la vicenda, un avvocato di Londra di nome Marc Reeve, era affiancato nelle sue ricerche da una giornalista, una certa Rosanna Hamilton, la quale si era impegnata, stando alle parole del *Mirror*, «a dimostrare l'innocenza di un uomo che vive da anni all'ombra di un odioso sospetto – e al quale già da qualche tempo lei non è più indifferente». Il *Mirror* alludeva inoltre in maniera molto sottile ma riconoscibile tra le righe che Reeve e la Hamilton avevano sperato di far passare la falsa Elaine Dawson per la vera, in modo da mettere in chiaro una volta per tutte che la donna scomparsa non era rimasta vittima di un delitto, ma viveva contenta nel nord dell'Inghilterra. Grazie alla vigilanza dei media questo progetto era stato prontamente sventato.

Bella storia, pensò Pit, mi piacerebbe tanto sapere come ha fatto il *Mirror* a venirne a conoscenza. Ma non importa. Adesso che ci faccio?

Il suo primo impulso sarebbe stato di mettersi in viaggio subito per Langbury. Se non poteva tornare nel suo appartamento, un viaggio fino in Scozia non sarebbe stato poi tanto male per passare il tempo. E per portare a termine qualcosa che aveva sempre saputo di dover terminare, se non avesse voluto morire con un conto ancora aperto.

Quello che lei aveva fatto con lui non aveva mai osato farlo nessun'altra donna. Doveva capire di aver commesso un errore abbindolandolo e poi mettendolo in ridicolo. Nessuna donna sfuggiva a un uomo come lui. E anche se ci fosse riuscita allora l'avrebbe pagata cara. Cosa che sicuramente Pamela sapeva benissimo, e questo spiegava i capelli tinti, il nome falso, il domicilio remoto e quello sguardo impaurito, con il quale aveva fissato l'obiettivo di un giornalista. Sogghignò. Peccato per lei, poverina! Si era nascosta molto bene e probabilmente si sentiva già al sicuro. Ma poi – quasi sicuramente per una serie di spiacevoli coincidenze – si era trovata a confrontarsi con questo caso di scomparsa di parecchi anni prima ed era finita sulla stampa. Una notizia marginale, che non avrebbe dovuto interessare a nessuno.

A parte lui. E molto, anche.

Avrebbe voluto subito prendere il volo verso nord, ma si costrinse a ragionare freddamente sulla cosa. Pamela era una stronza, ma non era stupida. Sapeva che la sua copertura era saltata e che si sarebbe ritrovata sul giornale, e di sicuro non avrebbe corso il rischio di restare a Langbury in attesa che Pit la raggiungesse. Probabilmente sperava di tutto cuore che lui non leggesse l'articolo o quanto meno non la riconoscesse dalla foto, ma non avrebbe certo fatto affidamento su queste possibilità. Sapeva fin troppo bene che cosa l'aspettava, trovandoselo di nuovo davanti.

Quasi certamente aveva già lasciato il paese.

Ma per andare dove?

Se non voleva mettersi a cercare in lungo e in largo per tutto il Northumberland, senza avere la certezza che lei si trovasse ancora nella contea, doveva sfruttare i pochi punti di riferimento che aveva. Essi erano Marc Reeve e la sua ardimentosa accompagnatrice Rosanna Hamilton. Reeve era avvocato a Londra, sarebbe stato facile rintracciarlo. Forse poteva venirne fuori qualcosa di buono. Magari lui e la Hamilton si erano portati dietro la sua Pamela.

Finì di bere il caffè, ripiegò il giornale e se lo infilò nella tasca interna della giacca. Si sentiva pervaso da nuove energie e da buoni propositi. La giornata era iniziata male con l'arresto di Ron, ma ora era spuntata una luce alla fine del tunnel.

Fischiettando piano tra sé, Pit uscì dal bar e si confuse tra la folla mattutina che animava le strade di Londra.

Mentre cercava di rintracciare Reeve, avrebbe potuto pensare a ciò che avrebbe fatto a Pamela una volta trovatala.

La vita poteva essere davvero divertente!

2

Mentre Marc preparava il caffè, Rosanna diede un'occhiata al suo appartamento. Due camere, cucina, un bagno – non c'era altro, ma evidentemente bastava per un uomo che viveva da solo e trascorreva ogni giorno almeno dodici ore nel suo studio. In salotto era appeso un acquerello con una barca a vela davanti a un molo di pietra. Nell'angolo in basso a destra Rosanna scoprì le lettere J.R. Jacqueline Reeve. Le tornò in mente ciò che le aveva detto Mrs. Hall, la ex vicina di casa dei Reeve: Jacqueline era una pittrice dotata e affermata. Il quadro era molto bello, ma anche molto cupo. Strano che Marc tenesse appeso in salotto un quadro della sua ex moglie, ma forse questo dimostrava soltanto che era in grado di superare i rancori. Inoltre le era parso che nella sua voce non ci fosse né odio né disprezzo quando parlava di Jacqueline e del loro matrimonio. Semmai tristezza. Sembrava che non cercasse di addossare la colpa ad altri. Forse un tempo lo aveva fatto, ma aveva superato questo stadio. Nonostante la perdita del figlio – e lei aveva percepito quanto dolore gli causasse – sapeva affrontare la realtà in maniera concreta e ragionevole.

A parte il quadro non c'erano molti altri oggetti personali. A dire il vero niente. Né libri né CD. Nessuna fotografia incorniciata né altri oggetti decorativi. Neppure una pianta sul davanzale della finestra. Forse era tipico per un uomo che aveva fatto della professione il centro della propria vita. Chissà se da qualche parte teneva un ritratto del figlio? Forse in camera da letto. Rosanna provò a dare un'occhiata dalla porta socchiusa, perché non osava entrare. Vide un letto matrimoniale con un copriletto grigio scuro gettato sopra alla rinfusa, e accanto una pila di giornali sul pavimento. Da fuori non riusciva a scorgere altro.

Avevano sistemato l'apatica Pamela Luke sul divano, e lei non si era più mossa da lì. A Rosanna tornò in mente un gattino ferito che una volta aveva portato a casa. Il cucciolo era così malato e debole che restava sempre nell'esatta posizione in cui Rosanna lo metteva. Non aveva più nemmeno la forza di spostare la zampina anche solo di un millimetro. Alla fine, nonostante le cure, era morto.

Durante il viaggio notturno fino a Londra, Pamela non aveva più aperto bocca, e Rosanna aveva smesso di farle domande sul passaporto di Elaine, sperando in un momento più favorevole. Pamela aveva mostrato un'unica reazione energica: quando Marc le aveva chiesto se voleva essere portata a casa. «No! No, per amor del cielo. No! Devo andarmene da qui.»

«Ma le sue cose», aveva obiettato Rosanna. «Dovrà pur...»

«Voglio andarmene. Vi prego, portatemi via di qui.»

«Allora la portiamo con noi a Londra», aveva deciso infine Marc, «ma poi dovrà spiegarci un paio di cose, Miss Luke. È davvero molto importante per noi.»

Pamela aveva appoggiato la testa al finestrino e si era chiusa in un silenzio impenetrabile.

Avevano attraversato la notte, nell'oscurità più completa, interrotta solo dai fari delle auto che venivano loro incontro. Anche Rosanna e Marc erano rimasti in silenzio. A un certo punto Marc si era fermato in un'area di servizio.

«Ho bisogno di fare una pausa. Non voglio addormentarmi al volante.»

Lui e Rosanna erano entrati nell'autogrill aperto anche di notte. Pamela non aveva reagito alle loro suppliche di accompagnarli. Era rimasta seduta, la testa sempre appoggiata al vetro. Ma non dormiva. Aveva gli occhi spalancati.

Rosanna espresse il timore che potesse sfruttare la sosta per dileguarsi, però Marc lo riteneva improbabile.

«È troppo sfinita. E sa bene che da qui non può arrivare da nessuna parte. Lasciamola tranquilla. Probabilmente ha bisogno di staccarsi da tutto.»

L'autogrill era vuoto e male illuminato e la donna dietro il bar aveva una faccia equina e un pessimo umore. Se non altro il caffè era abbastanza buono e forte. Rosanna e Marc si misero a sedere a uno dei tavolini di plastica. Qualcuno aveva scritto con un pennarello verde *I love Jeremy forever*.

Rosanna non aveva restituito a Pamela il passaporto di Elaine. Ora lo tirò fuori dalla tasca. «Il viaggio a Langbury non è stato del tutto inutile», disse, «perché adesso abbiamo una vera traccia. Il passaporto di Elaine. Sembra impossibile. Se vuoi saperlo, sono più confusa di prima!»

«Sei proprio sicura che si tratti del passaporto di Elaine?» domandò Marc. Era pallido e aveva gli occhi arrossati per la stanchezza, ma nella sua voce c'era una vibrazione che tradiva tutta la sua tensione e il suo nervosismo.

Lei aprì il documento. «Non è possibile che ci siano tante coincidenze. Elaine Susan Dawson. Questo è il suo nome completo. Data di nascita, 1 agosto 1979. Anche questo corrisponde. Luogo di nascita, Taunton, Somerset. Anche qui, centro.» Lo richiuse. «Hai ancora qualche dubbio? E la foto ritrae sicuramente la mia Elaine. No, Marc, non c'è dubbio, questo è proprio il suo passaporto. Se riusciremo a scoprire come è finito nelle mani di questa strana Pamela Luke, forse ci avvicineremo alla soluzione del mistero.»

«Ce lo racconterà lei», disse Marc. «La domanda è: quando? Mi sembra del tutto traumatizzata. È spaventata a morte da qualcosa, che le impedisce di parlare. Forse dovremmo andare subito alla polizia con lei e con questo passaporto.»

«Non possiamo darle l'impressione che non possa fidarsi di noi. Altrimenti non dirà più nemmeno una parola. Prima dovremo portarla da qualche parte dove possa riposare.»

«Allora consiglio di andare a casa mia», disse Marc. «Il mio appartamento è tranquillo e vuoto, e lì potrà riprendersi. Ma si tratta di una sistemazione soltanto temporanea, hai capito? Bisogna assolutamente informare la polizia. Non voglio che alla fine qualcuno sospetti nuovamente di me, pensando che io abbia cercato di insabbiare prove o tracce. Voglio giocare a carte scoperte.»

Lei annuì. «Ma certo. È chiaro. Solo che non trovo sensato andare direttamente alla polizia con lei in questo stato. Scommetto che non pronuncerebbe nemmeno una parola di fronte a un interrogatorio.»

«E poi mi piacerebbe davvero scoprire chi abbia informato Lee Pearce», disse Marc. «Questo Tony Harper potrebbe rappresentare un problema per noi, Rosanna. Se la sua storia, comunque la rigiri, fosse pubblicata prima che noi ci rivolgiamo alla polizia, ci troveremmo in un bel guaio.»

«Va bene», disse lei posando il bicchiere e alzandosi, «rimettiamoci in marcia. Dobbiamo arrivare a Londra il prima possibile.»

Avevano raggiunto la periferia della capitale nelle prime ore del mattino, ma nonostante l'ora avevano incontrato diversi ingorghi. Erano le otto quando si fermarono sotto l'appartamento di Marc, che si trovava in un condominio moderno e anonimo. Erano tutti e tre sfiniti, indolenziti e con gli occhi arrossati. Rosanna anelava assolutamente a una doccia. Le era capitato raramente di sentirsi così sporca, trascurata e brutta. La presenza di Marc e le sensazioni imbarazzanti che le provocava non facevano che aumentare il suo disagio.

Lui uscì dalla cucina con un vassoio dov'erano sistemati una grossa caffettiera, tre tazze, una zuccheriera e un bricco per il latte. «Tanto per cominciare», disse lui. «Che ne dici, faccio un salto dal fornaio di fronte a comprare un paio di brioche?»

Rosanna si riscosse dall'osservazione dell'appartamento e dal tentativo di trarre conclusioni sul carattere del suo proprietario osservando l'arredamento. «Vado io. Resta con Pamela e versale un goccio di caffè, se ci riesci.»

Quando ritornò con un voluminoso sacchetto pieno di fragranti muffin ai mirtilli, Pamela si era spostata dal divano al tavolo da pranzo e aveva cominciato a sorseggiare il caffè. Sulle guance le era comparso un lieve colorito.

Marc era seduto di fronte a lei. Non pareva che i due avessero parlato durante la sua assenza, constatò Rosanna con un certo disappunto. Sperava che Pamela si sarebbe confidata con loro e soprattutto avrebbe giocato a carte scoperte.

Posò i muffin in un cestino preparato apposta, si mise a sedere a tavola e mescolò un cucchiaino di zucchero nel caffè.

Poi guardò Pamela con espressione seria.

«Pamela, non vogliamo metterle fretta. Ma per noi è di vitale importanza che ci spieghi come ha ottenuto il passaporto della mia amica Elaine. La prego. Purtroppo non abbiamo tutto il tempo che vogliamo per farlo.»

Pamela posò sul tavolo la tazza di caffè.

«No», confermò, «non abbiamo molto tempo. Se questo reporter pubblicherà la mia foto, Pit metterà in moto tutti gli ingranaggi, per trovarmi. E allora mi ucciderà.»

Pronunciò queste parole piena di paura, ma nel contempo con un'enorme naturalezza, che risultava scioccante alla luce del loro contenuto.

Rosanna e Marc la guardarono sconvolti.

«La ucciderà?» domandò Rosanna, mentre Marc chiedeva: «Chi è Pit?»

Pamela rispose per prima alla domanda di Marc.

«È uno psicopatico. Un assassino. La persona più pericolosa che io conosca. Ha già ucciso una donna. E lo farà anche con me. È malato.»

«Ha ucciso una donna?» ripeté Marc. «E vuole uccidere anche lei? Ma perché, in nome del cielo, non si è rivolta alla polizia? Voglio dire, sapendo queste cose...»

Pamela lo interruppe. Sorrise. Non era un sorriso felice, ma rivelò che Pamela Luke era una donna particolarmente attraente, come Rosanna constatò con sorpresa. Sistemata in maniera diversa, avrebbe potuto fare la fotomodella. Però aveva impiegato tutte le proprie energie per sembrare una donna del tutto anonima.

«Con gli uomini come Pit», spiegò, «la polizia non può fare molto.»

«Se gli viene imputato un omicidio, sarebbe condannato come minimo per qualche decennio», obiettò Marc.

«E se non fosse possibile dimostrare l'accusa?» ribatté Pamela. «Mr. Reeve, lei sa come vanno le cose. La vittima non interessa a nessuno. E tantomeno la futura possibile vittima. Comprensione e interesse sono rivolti sempre al colpevole. Anche quando un assassino viene condannato, torna fuori prima del tempo, perché è sicuro che si troverà uno psicologo che garantisce la sua completa riabilitazione. Gli basterà mantenere un comportamento irreprensibile, e nessuno potrà leggergli dentro e accorgersi che si tratta soltanto di una perfida strategia. Così non sarei stata più sicura per tutta la vita. L'unica possibilità per me era di cambiare identità.»

«La donna che lei ha detto essere stata uccisa da Pit», disse Rosanna, «potrebbe...»

«Che cosa?»

«Potrebbe trattarsi di Elaine Dawson?»

Pamela scrollò il capo. «No. La conoscevo. Jane French. Una prostituta. Di sicuro non era la sua Elaine Dawson.»

«Continuo a non capire», disse Marc, «ma allora dove ha trovato questo documento?»

«Nell'appartamento di Ron. E me ne sono appropriata. Nella speranza di poterlo utilizzare.»

«Chi è Ron?»

«Ron Malikowski. Il miglior amico di Pit. Stanno sempre insieme.»

«E che tipo è questo Ron?» domandò Rosanna.

«Un protettore. Spietato e brutale. Ma non malato, come Pit. Non è uno psicopatico, è soltanto un tipo senza scrupoli, che sfrutta le donne, per guadagnare denaro. Lui e i suoi rendono docili le donne che vogliono uscire dal giro con violenze prolungate. Ma non credo che ne abbia mai uccisa qualcuna. Non vuole avere a che fare con l'omicidio.»

«Lei ha trovato il passaporto di Elaine a casa sua?» ripeté Rosanna. «Mi domando che cosa potesse farci Elaine con un protettore.»

Pamela scrollò le spalle. «Probabilmente lavorava per lui. Alle ragazze vengono sottratti tutti i documenti. Così in genere sono sicuri che nessuno possa risalire a loro. Il passaporto di Elaine era in un cassetto in camera da letto di Ron. La cosa mi sorprese, ma lo considerai una svista, una dimenticanza. E colsi l'occasione.»

La mente di Rosanna era in subbuglio. Pensava a Elaine, la sua piccola Elaine Dawson di Kingston St. Mary. Una prostituta? Era un'idea assurda, come immaginarsi la regina stessa in questi panni.

«Elaine non sarebbe mai andata sul marciapiede», disse perplessa.

«Se l'avessero costretta, forse non le sarebbe rimasta altra scelta», osservò Marc. «E mi sembra che questo Malikowski usi metodi piuttosto drastici, per ottenere ciò che vuole.»

«Ma come hanno fatto a incontrarsi? Tu l'avevi fatta salire sulla metropolitana diretta all'aeroporto. È stato lì che lui l'ha abbordata? Oppure all'aeroporto? O forse lei aveva deciso per qualche motivo di non volare a Gibilterra, e stava tornando a casa a Kingston St. Mary, quando la incontrò?»

«Si possono fare speculazioni in qualsiasi direzione», disse Marc. «Dopo tutto resta sempre Mr. X, il grande sconosciuto. L'amico di Elaine del quale mi parlò. Forse era lui.»

«Una ragazza come Elaine non avrebbe mai frequentato un tipo del genere. Sua madre l'aveva sempre messa in guardia dagli uomini. Vedeva depravati anche dove non ce n'erano.»

«Ma sono proprio ragazze di questo tipo a cui può succedere di commettere gli errori peggiori», osservò Marc, «perché sono piene di paure e pregiudizi, e insieme del tutto inesperte. Basta che un uomo ci sappia fare un po', e le può ingannare facilmente. Conquistarsi la loro fiducia e purtroppo anche il cuore. Quando si accorgono in che mani sono capitate, di solito è già troppo tardi.»

Rosanna annuì. Sapeva che aveva ragione. Poteva benissimo essere successo così.

Si girò nuovamente verso Pamela, che aveva seguito quello scambio senza fiatare.

«Pamela, sarebbe davvero importante che venisse con noi alla polizia», disse quasi implorando. «Vede, adesso è troppo complicato spiegarle tutto, ma Marc Reeve a suo tempo era stato sospettato di aver commesso qualche azione criminosa in relazione alla sparizione di Elaine. Non furono formulate accuse precise, e non fu possibile imputargli nulla, ma ancora oggi questa... ombra resta su di lui e sulla sua famiglia. Se finalmente venisse fuori che cosa accadde per davvero a Elaine, lui potrebbe chiudere definitivamente un capitolo molto drammatico e molto negativo della sua vita.»

Pamela la guardò, quasi incredula. «Fu sospettato?» chiese facendo un cenno della testa verso Marc. «Mio Dio, è assurdo. Non è il tipo. Rosanna, purtroppo non so che cosa sia accaduto, ma credo che questa Elaine sia entrata in contatto in qualche modo con Ron o con Pit, oppure con entrambi. E questo, mi spiace dirlo, è un pessimo indizio. Ammesso che sia ancora viva, è nella merda fino al collo, e da parecchi anni. Si può scommettere!»

3

Dopo aver rotto il ghiaccio, Pamela aveva raccontato tutta la sua storia. Con voce monotona, con un'espressione stranamente distaccata negli occhi.

Raccontò cose raccapriccianti e, quando ebbe finito, per diversi minuti né Marc né Rosanna riuscirono a dire una parola. Rosanna si sentiva stordita. Le sembrava di essere in un brutto sogno e pensava che da un momento all'altro qualcuno sarebbe venuto a svegliarla.

Alla fine era stata comunque lei a rompere quell'opprimente silenzio.

«Devo assolutamente fare una doccia», aveva detto, e questa frase, che non c'entrava nulla con quanto ascoltato finora, aveva rotto la paralisi che li bloccava.

Marc si era offerto di accompagnare Rosanna fino al suo albergo, ma lei aveva scrollato la testa. «Tu resta con Pamela. Io prendo un taxi.»

Ovviamente avrebbe potuto fare la doccia anche lì a casa di Marc, ma aveva assolutamente bisogno di biancheria pulita, indumenti nuovi, trucchi. Erano passate quarantotto ore senza che avesse potuto rinfrescarsi o cambiarsi i vestiti, anche di notte. Se fosse stato necessario, sarebbe andata a piedi fino all'hotel, pur di cambiarsi.

Aveva proposto a Pamela di andare con lei, ma il pensiero di un grande albergo e di una hall piena di persone l'aveva spaventata. «No, no, meglio di no. Preferisco restare qui.»

Nell'appartamento tranquillo di Marc sembrava sentirsi un po' più sicura.

Marc era riuscito a spostare due appuntamenti del mattino al pomeriggio, però si sarebbe dovuto recare in ufficio al più tardi per le undici e mezzo. La sua segretaria era sempre in malattia, e lui aveva un sacco di lavoro arretrato da sbrigare.

«Per allora io sarò sicuramente tornata», gli assicurò Rosanna, «e allora o porterò Pamela con me oppure resterò qui con lei. In questo momento non può restare sola. Altrimenti potrebbe andare a nascondersi chissà dove oppure gettarsi nel Tamigi o, ancora, compiere un gesto impulsivo. Le sue condizioni psicologiche sono molto instabili, e di questo non bisogna sorprendersi.»

Marc l'aveva accompagnata giù in strada, dopo aver chiamato un taxi.

«Sai bene che dobbiamo andare alla polizia», le disse, una volta rimasti soli, «non può restare per troppo tempo nel mio appartamento oppure nel tuo albergo e noi non possiamo tacere su quello che ci ha raccontato. Con la mia professione non posso permettermelo. Deve fare una deposizione, non ha altra scelta.»

Rosanna annuì. «Parlerò con lei quando torno. Vedrai che capirà.»

Rimasero uno di fronte all'altra. La giornata era ancora fredda, ma il sole splendeva di già.

Marc protese la mano, accarezzò lievemente la guancia di Rosanna con le dita. «Il viaggio con te nel Northumberland è stato qualcosa di particolare», disse piano. «Quella spiaggia. Una sensazione davvero unica.»

Lei sapeva che stava giocando con il fuoco, accettando un dialogo di quel tipo, però gli chiese lo stesso: «E adesso? Adesso, qui a Londra, quella sensazione unica non c'è più?»

Lui ci pensò su. A lei parve che non volesse darle una risposta tanto per dire. Quella tra di loro non era una semplice schermaglia.

«I miei sentimenti non sono cambiati», disse alla fine, «ma cerco di far attenzione. Non so che cosa succederà. So solo che le circostanze non sono favorevoli per me. Non mi voglio sbagliare.»

Lei alzò le braccia in un gesto impotente. «Vorrei poter...»

«Ti prego, non sentirti messa alle strette», si affrettò a interromperla lui. «Ci troviamo entrambi in una situazione piuttosto complicata. Propongo per prima cosa di risolvere il mistero di Pamela ed Elaine – sempre ammesso che sia possibile. Per tutto il resto... aspettiamo e vediamo.»

Rosanna sorrise suo malgrado, sebbene non si sentisse affatto felice. «È molto ragionevole.»

«In questo momento l'unica cosa possibile per noi è di essere ragionevoli», disse lui.

Il taxi si fermò accanto a loro. Marc aprì la portiera. «È bello sapere che ti rivedrò», disse.

Tutto il resto sarebbe difficile da sopportare, pensò Rosanna, e questo pensiero la spaventò a tal punto che non si voltò neppure indietro per controllare se lui la salutava. Fissò dritto davanti a sé chiedendosi che cosa le fosse successo e come mai fosse accaduto. Ma prima di trovare una risposta, ammesso che ce ne fosse una, il suo cellulare squillò. Era Nick Simon e ancora una volta era furente.

Aveva letto il *Mirror*.

Rosanna si precipitò nella hall dell'albergo e si fece dare la chiave della propria camera. Accanto alla reception c'era uno scaffale con i quotidiani, lei prese il *Mirror*, lo pagò con una banconota troppo grossa, e non si voltò neppure quando il portiere la chiamò per darle il sostanzioso resto. Mentre saliva con l'ascensore, cercò l'articolo che la interessava. Il volto impaurito di Pamela la fissava dalla pagina, con accanto il testo che dipingeva lei e Marc come autori di un tentativo di depistaggio, e attribuiva loro anche una relazione intima. Era evidente, e del tutto prevedibile, che Tony Harper fosse tornato a parlare con Brent Cadwick perché sapeva già che la sconosciuta non era la Elaine ricercata.

«Non è possibile!» disse a voce alta. Marc aveva ragione: dovevano andare alla polizia il più in fretta possibile.

Arrivata di sopra, cominciò a battere i pugni sulla porta della camera del fratello.

«Cedric? Ci sei? Apri, per favore! Sono io, Rosanna. Apri per favore.»

Cominciava già a sospettare che avesse passato la notte di nuovo chissà dove e non fosse raggiungibile, ma dopo quella che le parve un'eternità la chiave dall'interno fu girata e la porta aperta. Un Cedric dall'aria assonnata con indosso soltanto i boxer le si presentò davanti.

«Che cosa succede?» le domandò. «Che cos'è tutto questo chiasso?»

Lei lo spinse da parte ed entrò, poi si voltò verso di lui e gli mise in mano il giornale. «Il motivo è questo. Devo parlare con te!»

Lui richiuse la porta e fissò il giornale. «Chi è questa?» domandò confuso.

«Si chiama Pamela. Pamela Luke. Da quasi cinque anni vive sotto il nome di *Elaine Dawson*.»

Sebbene in quel momento fosse ancora in uno stato di dormiveglia, Cedric riuscì a trarre conclusioni sorprendentemente intelligenti. «La donna del Northumberland. Non è la nostra Elaine. Un caso di omonimia. Ma perché è sul giornale?»

Rosanna gli sputò addosso tutta la rabbia che Nick Simon un quarto d'ora prima le aveva scaricato al telefono. «Già, come mai è sul giornale?» gridò. «Ottima domanda, Cedric. Com'è possibile che un giornalista sia spuntato proprio al momento giusto lassù nel Northumberland, in quel paese dimenticato da Dio e che si chiama Langbury? Messo sulle nostre tracce personalmente dalla brava Lee Pearce. Sono dodici ore che mi chiedo come ha fatto la Pearce a sapere di questa cosa!»

«E io come faccio a saperlo?» domandò Cedric

Lei gli puntò un dito contro il petto nudo. Lui indietreggiò con un gemito di dolore.

«Perché», urlò lei, «soltanto due persone a parte me e Marc erano al corrente della pista di Langbury: Nick Simon, che avrebbe fatto un putiferio, piuttosto che vendere la storia alla concorrenza, e che mi ha appena fatto una lavata di capo per telefono, e tu. Te l'avevo raccontato. E adesso ho il terribile sospetto che sia stata tu la talpa!»

Grazie agli urli della sorella, Cedric era completamente sveglio e riusciva a pensare lucidamente.

«Aspetta un momento», disse risentito, «stai dicendo una sciocchezza! Credi che divulgherei ad altri le cose che mi racconti? Credi che potrebbe venirmi in mente un'idea tanto assurda? Ma sei ammattita?»

«Ecco, non saprei...»

«Comunque c'era sempre quella persona che ha chiamato da Langbury. Non hai pensato che, oltre a telefonare a te, abbia informato di questa storia tutta la stampa?»

Lei richiuse la bocca. In effetti aveva sospettato di Mr. Cadwick fin dal primo momento. Una telefonata a Lee Pearce sarebbe stata sicuramente nel suo stile.

Decisamente più tranquilla di prima, e un pochino mortificata, lei aggiunse: «Quindi non hai parlato con nessuno?»

«Certo che no. E con chi avrei...» si interruppe. Lei lo vide sbiancare in viso. «Santissimo iddio», mormorò.

Lei arrivò subito alla conclusione giusta. «Allora ne hai parlato con qualcuno? Con papà? Ma lui...»

Lui non osava guardarla. «No, non con papà. Con Geoff.»

«Con Geoff?»

«Sono andato a trovarlo sabato all'istituto. Tra di noi c'era un'atmosfera orribile. Geoff era di pessimo umore. Pieno di risentimento verso di me, e insieme disperato. A un certo punto... non so come spiegarmi... a un certo punto ho sentito il bisogno di dargli qualcosa al quale potesse appigliarsi.» Alzò gli occhi sulla sorella. «È stato un gesto vigliacco. Volevo distrarlo da me. Dai rimproveri che mi faceva, o che quanto meno io percepivo in tutto quello che diceva. Ho pensato che se avesse saputo che era spuntata una donna che forse poteva essere la sorella scomparsa... è stata un'assurdità, naturalmente. Offrirgli speranze, senza sapere se esisteva una minima possibilità che fosse reale... comunque non ha funzionato. Ha subito immaginato un complotto da parte tua per ripulire la reputazione di Marc Reeve...»

Rosanna fece un profondo sospiro. «Esattamente l'ipotesi avanzata dal giornale. Credo che ora sia chiaro chi dobbiamo ringraziare per questo articolo.»

«Pensi davvero che Geoff abbia preso il telefono e...»

«Geoff è ossessionato dall'idea che Marc Reeve sia un assassino. Farebbe qualunque cosa pur di riuscire a incriminarlo. O quanto meno a impedire che possa dimostrare la propria innocenza.»

Cedric si passò le dita tra i capelli. Anche lui li aveva mossi come la sorella. «Mi spiace davvero molto, Rosanna. Non avrei dovuto farlo. Non avevo previsto questa reazione a catena, ma... in ogni caso non avrei dovuto farlo.»

Diede una scorsa all'articolo. «Ma», disse cauto, «ecco... voglio dire: a parte che ti viene attribuita una relazione con Reeve, cosa che sicuramente ti creerà qualche difficoltà, se per qualche motivo Dennis lo venisse a sapere, non vedo dove sia il problema. Che cosa c'è di tanto negativo in questo articolo? Avete rintracciato la donna sbagliata, l'equivoco è stato chiarito, e domani non interesserà più a nessuno. Geoff ha soltanto fatto in modo di impedirvi di spacciare la falsa Elaine per la vera – cosa che mi auguro fortemente non avevate comunque nessuna intenzione di fare.»

Lei scrollò il capo. «Certo che no. Un'idea simile può nascere soltanto nella mente contorta di Geoff. Però, l'articolo è comunque una catastrofe, Cedric. Anche se non potevi di certo immaginarlo quando ti sei lasciato andare con Geoff.» Cedric la fece entrare in camera e le indicò di accomodarsi in una poltrona. «Siediti.» Prese l'accappatoio, se lo infilò e si sedette di fronte alla sorella sul letto sfatto.

«Adesso devi raccontarmi tutto», la esortò, poi aggiunse: «se posso dirlo, hai l'aria sconvolta».

«Ho passato la notte in viaggio sull'autostrada, la notte prima non avevo chiuso occhio perché ero in un letto scomodissimo, e l'ultima volta che mi sono fatta la doccia è stato sabato mattina presto.» Fece un profondo respiro. «Cedric, ci siamo imbattuti in una storia davvero agghiacciante, e adesso temo veramente che Elaine non sia più viva. La donna che abbiamo rintracciato a Langbury, Pamela Luke, è di Liverpool e viene da una famiglia di alcolizzati. Undici anni fa, quando aveva diciotto anni, se ne andò a Londra, dove si manteneva con lavori saltuari. Conobbe un tipo, Pit Wavers, e diventò la sua ragazza. Pit aveva un amico del cuore, Ron Malikowski. I due erano individui estremamente brutali e, oltre a un sacco di altre attività criminose, erano principalmente sfruttatori. Molto probabilmente lavoravano anche con trafficanti di persone che attiravano in Inghilterra le ragazze dell'Est e poi le costringevano a prostituirsi con la violenza. Mentre Malikowski, pur essendo brutale, era prevedibile, Pamela comprese in breve tempo che nel caso di Pit Wavers si trovava di fronte a uno psicopatico – o quanto meno è così che lo descrive oggi. Lui la minacciò in ogni maniera possibile per impedirle di lasciarlo, dandole l'impressione che non si trattasse di vuote minacce. Lei allora cominciò a pensare alla fuga giorno e notte, senza riuscire a trovare mai il coraggio. Pit cominciò a maltrattarla sistematicamente, facendola sentire sempre più impaurita e impotente.»

«Perché non si rivolse alla polizia?» chiese Cedric.

«Non credeva più che qualcuno potesse aiutarla. Pit e il suo amico Ron si muovevano in un ambiente di delinquenti, e lei aveva capito che la polizia non sarebbe mai riuscita ad arrestare e condannare tutti. Immaginava quale destino l'aspettasse come delatrice. Ancora oggi continua a non nutrire la minima fiducia nella polizia.»

«Capisco», disse Cedric.

Rosanna riprese: «Alla fine di ottobre 2002, Pamela visse un'esperienza spaventosa che secondo me l'ha lasciata traumatizzata fino a oggi. Una delle prostitute che lavorava per Pit e Ron, una ragazza inglese di nome Jane French, riuscì a fuggire. Jane aveva avuto per qualche tempo una relazione con Pit, e lui, probabilmente offeso nell'onore, uscì fuori di testa. Mise in moto tutti i suoi contatti per ritrovarla e alla fine la rintracciò in una casa abbandonata di Hackney, dove si era nascosta. Pamela, che ormai non considerava più Jane French una rivale nonostante la storia tra lei e Pit, aveva cercato di avvertirla, ma era giunta troppo tardi. E così fu testimone delle brutali violenze e sevizie che Wavers inflisse alla giovane per ore prima di ucciderla. Per sua fortuna Wavers non si accorse della sua presenza».

«Mio Dio», commentò Cedric scosso.

«A quel punto il pensiero di fuggire diventò un'ossessione per

Pamela. Sapeva che la sua relazione con Pit Wavers poteva concludersi soltanto in violenza e orrore. Aveva conosciuto il suo lato più oscuro, e da quel momento viveva nel terrore. Poi, nell'aprile 2003, scoprì casualmente in un cassetto dell'appartamento di Malikowski un passaporto inglese. Malikowski aveva l'abitudine di sottrarre alle donne i documenti, però di solito li custodiva in un luogo sicuro. Anche Pamela era senza documenti d'identità. Il ritrovamento casuale di quel passaporto valido rappresentò per lei un'occasione imperdibile. Riuscì a impossessarsene. E prova a indovinare a chi apparteneva quel passaporto?»

«Non ne ho idea.»

Lei tirò fuori il documento dalla tasca e lo porse al fratello, che lo aprì e sgranò gli occhi per lo stupore.

«Non è possibile!» disse.

«Ora capisci perché credo che Elaine sia morta oppure si trovi in gravi difficoltà? Sparisce nel gennaio 2003. Nell'aprile dello stesso anno il suo passaporto viene ritrovato nell'appartamento di uno sfruttatore di Islington. Cedric, è evidente che il mattino della sua scomparsa Elaine debba essersi imbattuta in Ron Malikowski oppure Pit Wavers durante il tragitto dall'appartamento di Marc Reeve all'aeroporto di Heathrow. E questo ha segnato la sua rovina.»

Cedric si alzò. «Rosanna, devi andare subito alla polizia per informarla di tutto questo», disse.

Lei annuì. «Lo so. Il problema è Pamela. È terrorizzata.»

«L'avete portata con voi a Londra?»

«In questo momento si trova nell'appartamento di Marc e si rifiuta di uscire. È riuscita a scappare una volta. Viveva in incognito da quasi cinque anni, cambiando spesso domicilio, soprattutto nel nord dell'Inghilterra. Usava il nome di Elaine Dawson.»

«Ma non era rischioso? Dopo tutto quel nome doveva essere conosciuto al nostro amico Wavers.»

«Certo. Ma doveva pur mostrare un documento per ottenere un lavoro e affittare una stanza, e non aveva che quello.»

«Cinque anni... perché non è andata all'estero?»

Rosanna scrollò le spalle. «Per paura. Viaggiava comunque con documenti falsi, e non aveva idea da dove provenissero. Se era possibile ingannare un padrone di casa del Northumberland, sarebbe stato molto più difficile superare un controllo doganale.»

«Però sono passati cinque anni... e lei continua ad avere sempre tanta paura di questo Wavers? Voglio dire, dopo tutto questo tempo a lui non interesserà più niente di lei.»

«Pamela sostiene che con il passare degli anni la sua sete di vendetta può essere solo peggiorata. E poi oggi dovrebbe anche denunciarlo. E lui non sarebbe certo felice se lei andasse a raccontare alla polizia chi ha ucciso Jane French e in generale quali sono le attività sue e di Malikowski.»

«Sì, certo, capisco il problema. Però dovete andare alla polizia. Non ci sono alternative. Che ne pensa Reeve?»

«Anche lui ritiene che dobbiamo andare alla polizia il prima possibile.»

«E ha perfettamente ragione. Rosanna...»

«Lo so. Ma sono molto preoccupata per Pamela. Perché questo maledetto articolo», e indicò il giornale, «potrebbe metterla in gravissimo pericolo. È possibile che Wavers si metta sulle sue tracce. Per questo ha voluto a tutti i costi lasciare il Northumberland. Non sa ancora niente di questa schifezza che è stata pubblicata, ma ieri pomeriggio ha assistito all'arrivo del reporter, naturalmente, e sa che le ha scattato una foto. In ogni caso mi chiedo come abbia fatto il giornalista a trasmettere così in fretta la foto al giornale.»

«Gli bastava avere un portatile dove scaricare le foto e un collegamento a internet. Non è certo complicato. È probabile che la foto e le informazioni del caso fossero in possesso del *Mirror* fin da ieri sera, perfettamente in tempo per l'edizione odierna.»

«Tra l'altro l'articolo cita anche Marc e me, e questo potrebbe offrire un altro appiglio a Wavers.»

«Di sicuro riuscirà a trovare velocemente l'indirizzo di Reeve. Direi quindi che il suo appartamento non è certo il luogo più sicuro dove tenere Miss Luke. Anche se comunque ritengo che le sue paure siano eccessive. Voglio dire, dopo tutto quello che ha vissuto, è comprensibile che reagisca così, ma non posso credere che questo Wavers dopo cinque anni non abbia niente di meglio da fare che occuparsi di una donna che tempo fa sfuggì al suo controllo.»

«Sarebbe impossibile persuaderla in tal senso. E io non voglio scavalcarla, mi capisci? Questa donna ha vissuto un'esperienza spaventosa. Andare alla polizia, farsi interrogare dagli agenti, costringerla a rivivere tutto quanto... mi sembrerebbe di essere una traditrice.»

Si scambiarono un'occhiata. Alla fine Rosanna disse: «Ho pensato così: Marc va alla polizia e racconta tutto quello che sappiamo. Prima però io porto Pamela in un luogo sicuro. Una pensione, un bed & breakfast fuori Londra. Ovviamente bisognerà registrarla sotto un altro nome. Magari posso restare con lei – dipende da cosa vorrà. Pamela poi resterà nel nascondiglio, finché la polizia non avrà arrestato Wavers».

«La polizia vorrà subito parlare con lei.»

Lei alzò le spalle. «Nessun problema. Un agente potrà incontrarsi con lei. Ma l'incontro dovrà avvenire in un luogo dove lei si senta sicura. Come hai detto tu stesso, l'appartamento di Marc Reeve non è adatto, e l'idea di trasferirsi qui nel nostro hotel le è subito risultata spaventosa – troppo centrale, troppo affollato.»

«Non è una cattiva idea, ma ci penserò io», dichiarò Cedric deciso, «dopo tutto sono stato io a creare questo pasticcio. Porterò Miss Luke in campagna, cercherò un luogo adatto, e aspetterò lì con lei. Tu e Reeve andate insieme alla polizia. Siete entrambi direttamente coinvolti in questa storia.»

«Davvero lo faresti?»

Cedric annuì. «Sono io il responsabile della pubblicazione della foto di Pamela Luke sul giornale. Vorrei rimediare in qualche modo. E poi...»

«Sì?» lo spronò Rosanna, visto che taceva.

«E poi finalmente avrei la sensazione di fare qualcosa di utile», spiegò Cedric. «Sono giorni che me ne sto qui a fare niente, dormo fino a tarda ora, vivo con i soldi di papà...»

«Ti sei fatto prestare dei soldi da lui?»

«Perché, credevi che mi sarei potuto permettere questo hotel con le mie magre sostanze?»

«Cedric...»

«Lo so, non posso continuare così. È chiaro. Non credere che questo pensiero non mi perseguiti di già.»

«Mi fa piacere che tu aiuti Pamela. Ma questo non cambia niente della tua vita, lo sai bene!»

Lui fece un gesto spazientito. «Lo so. Lo so! Lasciami cominciare da qualche parte però, va bene? È solo l'inizio. Un minuscolo passo. Poi vedremo.»

«Ok, come vuoi.» Non voleva metterlo ulteriormente alle strette, ma temeva che ancora una volta si trattasse di un comportamento tipico di Cedric e di tutta la sua vita finora: un gesto spettacolare, qualcosa di speciale, qualcosa di ammirevole, che però non serviva a farlo progredire nel suo cammino personale.

Però non era il momento di parlarne. C'erano troppi problemi da risolvere.

Si alzò anche lei. «Ora vado a farmi una doccia e a cambiarmi. E devo telefonare a Dennis. Rob è scomparso da venerdì sera.»

«Che cosa?»

«Hanno litigato di nuovo, per via di una festa. Dennis non voleva che ci andasse. È sempre la solita storia tra di loro. In realtà, non credo che sia successo qualcosa, penso semplicemente che Rob ce l'abbia a morte con suo padre e si sia nascosto da qualche amico. In ogni caso è una situazione spaventosa per Dennis.»

«Forse Rob si è nascosto anche perché tu non ci sei», suggerì Cedric.

A questo Rosanna non aveva pensato. «Lo credi davvero?»

«Io credo che tutti e due stiano vivendo una situazione d'inferno lì a Gibilterra, ciascuno a suo modo. Tu sei l'elemento stabilizzatore in questa famiglia. Quando manchi tu entrambi hanno enormi problemi.»

«Ma non posso occuparmi di loro sempre.»

«Certo che no. Ma ogni volta che provi a tagliare il cordone ombelicale loro due vanno in tilt. Questo è giusto che tu lo sappia.» Lei andò alla porta. Era così stanca che si sarebbe addormentata lì sul posto. Nel contempo aveva i nervi a fior di pelle. Tutta la sua vita in quel momento le appariva come un film folle e angosciante.

«Ah, Rosanna», disse Cedric, mentre lei aveva già aperto la porta. «È vero quello che c'è scritto sul giornale? Che... tra te e Marc Reeve c'è qualcosa?»

Da bambini erano soliti litigare come cane e gatto, e a volte si sarebbero volentieri cavati gli occhi a vicenda, ma non avevano mai avuto segreti. Ciascuno era sempre stato il confidente dell'altro.

«Sì», rispose lei semplicemente, «è vero.»

Cedric fischiò tra i denti. «Allora hai ancora più problemi di quanto pensassi.»

Lei non replicò, ma uscì dalla camera. Una volta fuori si appoggiò per qualche secondo con la schiena alla parete e respirò a fondo.

Una cosa alla volta. Altrimenti rischi di impazzire. Una cosa alla volta!

Il passo successivo era una bella doccia calda.

Finché non fosse uscita dal bagno, non avrebbe pensato ad altro.

4

Per prudenza Pit Wavers non aveva preso la sua macchina. L'aveva parcheggiata nelle immediate vicinanze del suo appartamento e, anche se aveva con sé la chiave, gli sembrava un rischio eccessivo. Inoltre il numero di targa sarebbe stato segnalato alle pattuglie di tutto il paese, se Ron avesse cantato e gli sbirri si fossero messi a cercare lui, Pit. E non era stupido. Non aveva intenzione di farsi rinchiudere per vent'anni, soltanto perché aveva tolto di mezzo due balorde, che non servivano a niente a questo mondo.

Conosceva un tizio che gli doveva un favore, e si fece prestare un'auto da lui.

«Può essere che te la restituisca tra qualche giorno», disse.

Il tipo si era appena fumato qualche spinello e lo guardò con occhi vitrei. «Chiaro. Nessun problema», biascicò. Pit ebbe l'impressione che nel giro di dieci minuti non si sarebbe più ricordato a chi aveva prestato la macchina.

Tanto meglio.

Non aveva faticato a trovare l'indirizzo dello studio di Marc Reeve in un elenco telefonico alla posta. Ci si recò subito e rimase per qualche tempo davanti all'elegante edificio in arenaria ornato di stucchi di Belgravia. La targa sopra il campanello indicava che lo studio si trovava al primo piano, ma Pit aveva l'impressione che non ci fosse nessuno. Le finestre si affacciavano a nord e inoltre erano nascoste da alti alberi. La luce avrebbe dovuto essere accesa, anche se i rami erano spogli. E invece tutto era molto buio.

Alla fine provò a suonare il campanello, ma come sospettava non accadde nulla. Reeve non c'era. Non aveva trovato nessun indirizzo per Rosanna Hamilton. Londra era piena di Hamilton, compresi parecchi che avevano una R come iniziale del nome. Era impossibile trovare quella giusta. No, se poteva esserci una possibilità di arrivare a Pamela Luke, passava per forza da Marc Reeve.

Rimase ancora un po' indeciso davanti al portone, quando un'anziana signora impellicciata uscì e gli lanciò un'occhiata diffidente.

«Cerca qualcuno?» gli chiese con voce aspra e ostile.

«L'avvocato Reeve», rispose Pit. Affascinato fissò i pesanti orecchini d'oro della donna. Tutte le volte che incontrava qualcuno che sfoggiava in maniera tanto sfacciata la propria ricchezza, gli veniva voglia di risolvere la cosa con un manrovescio e di prendersi il trofeo messo in mostra.

Ma certamente non era il momento adatto.

«Allo studio non c'è nessuno», disse l'anziana signora, «io abito al piano di sotto, lo so. Sento tutti i passi sopra di me, capisce? È lo svantaggio di abitare in una casa tanto vecchia. I pavimenti scricchiolano. Non si sta mai in pace.»

«Santo cielo, una vera seccatura», commentò Pit. «Ho degli importanti atti processuali da consegnare a Mr. Reeve. Deve averli il prima possibile. Non c'è neanche la sua segretaria?»

«È a casa con l'influenza da più di una settimana.» La vecchia era ben informata. Il suo sguardo si fece ancora più diffidente. «Ma i documenti dove li tiene?»

«Ce li ho in macchina», rispose Pit frettolosamente. «Sono maledettamente pesanti. Per questo ho voluto sincerarmi prima che ci fosse qualcuno.»

La vecchia scrollò le spalle. Una ventata di intenso profumo costoso investì Pit con questo movimento. «La posso lasciare entrare sulle scale, così lei posa il pacco davanti alla porta dello studio», gli propose.

Non era assolutamente ciò che voleva Pit. Si finse scandalizzato. «Per amor del cielo! Sono documenti estremamente scottanti! Devo consegnarli personalmente a Reeve, altrimenti passerò dei guai.» Si grattò la testa come se riflettesse.

«Non sa mica per caso dove abita Reeve?» Domandò. «Potrei fare un salto a portargli tutto quanto.»

«Certo che so dove abita Mr. Reeve», replicò la donna severa. «Ma non so se posso dirglielo.»

E io sono sicuro di conoscere qualche trucco per fartelo dire rapidamente, stupida vecchiaccia, pensò Pit.

Si voltò per andarsene con espressione rassegnata. «In questo caso... non c'è niente da fare», disse piano.

Era già sulla strada, quando l'anziana donna lo richiamò. «Aspetti, se è davvero tanto importante...»

Lui si voltò a guardarla. «Signora, se Mr. Reeve viene a sapere che è stata tanto gentile da aiutarmi a consegnargli questi documenti tanto in fretta, le darà sicuramente una medaglia», disse sollevato.

Trenta secondi dopo era in possesso dell'indirizzo.

Mentre parcheggiava di fronte al palazzo di Reeve, e si metteva ad aspettare, si disse che forse la sua attesa lì era del tutto inutile e che quella tattica non gli avrebbe dato alcun risultato. Non aveva idea se Reeve fosse tornato a Londra oppure si trovasse ancora nel Northumberland. In effetti c'era da chiedersi come mai in un lunedì feriale non si trovasse in studio. La segretaria era malata e quindi lui avrebbe dovuto a maggior ragione presentarsi al lavoro. Ovviamente poteva darsi che fosse impegnato in un'udienza in tribunale, e che sarebbe tornato in ufficio più tardi. In questo caso quasi certamente sarebbe rincasato nel tardo pomeriggio. A meno che non dormisse da qualche altra parte. Il *Mirror* non aveva forse dichiarato senza mezzi termini che c'era qualcosa tra lui e questa Hamilton?

Più Pit ci rifletteva più la sua sicurezza aumentava. Il sole di febbraio ancora basso sull'orizzonte non aveva raggiunto la strada e in auto faceva freddo. Pit non osava lasciare acceso il motore, perché non voleva che qualcuno notasse la sua presenza. Oggigiorno pullulava dappertutto di quegli insopportabili ecologisti che davano in escandescenze di fronte a qualsiasi emissione di biossido di carbonio da loro ritenuta superflua. E nel caso Ron avesse parlato come un pappagallo ammaestrato era assai probabile che fosse già stato diramato un ordine di cattura nei confronti di Pit. Non era proprio il caso di farsi notare dalle autorità per colpa di uno stupido ambientalista.

E se invece fosse partito per il Northumberland? Il suo odio verso Pamela, la sua paura per l'arresto di Ron, tutta quella situazione di merda lo avevano caricato di sufficiente adrenalina da rendergli irresistibile il pensiero di mettersi in autostrada e pigiare il pedale del gas. Ma si sforzò di tenere le proprie emozioni sotto controllo. Non aveva alcun senso lasciarsi travolgere dagli istinti. Il Northumberland era molto grande. Lassù non avrebbe trovato né Pamela né Marc Reeve né questa Hamilton.

Si soffiò aria calda sulle mani intirizzite e si strofinò le dita. Se solo non fosse stato così freddo! Gliel'avrebbe fatta pagare cara a Pamela, per il solo fatto di averlo costretto a star lì a congelarsi il culo. Tastò brevemente l'arma, accarezzando quasi con amore il freddo metallo. Avrebbe squarciato Pam. Aspettava da quasi cinque anni il momento di trovarsela davanti, e ora avrebbe pensato un paio di trattamenti speciali per lei.

All'epoca era rimasto talmente turbato dalla fuga di Pamela, che per giorni si era rifiutato di accettare il fatto che fosse scappata per davvero. Per di più in un momento in cui lui se la passava male. Era stato un aprile insolitamente freddo e piovoso e lui era stato tormentato dalla febbre per quasi due settimane. Quel martedì si era sdraiato sul divano, afflitto da un micidiale mal di testa, e aveva ordinato a Pamela di portargli due aspirine. L'aveva sentita trafficare nel bagno, poi era comparsa in salotto. «Sono finite. Vuoi che faccia un salto in farmacia a comprarle?»

Lei aveva un livido sull'occhio destro, ricordo della loro ultima lite. Lui se ne ricordava ancora oggi. E ricordava anche di aver pensato: non farla andare. Chiama Ron, oppure qualcun altro da mandare in farmacia, ma tieni la sgualdrina con te dentro casa.

A quel punto era già consapevole che lei pensava alla fuga. Riconosceva sempre i segnali quando una donna era arrivata a quel punto. Lei aveva ormai abbandonato la speranza di guadagnarsi ancora una volta i suoi favori. Viveva nella costante paura dei suoi accessi di violenza. Perdeva sex appeal, era dimagrita, pallida e spesso aveva un tic nervoso all'occhio. Si manteneva prudentemente a distanza di sicurezza da lui, perché doveva sempre fare i conti con i suoi pugni improvvisi – anche quando in apparenza non ce ne sarebbe stato motivo. Pit sapeva che il modo più efficace per intimorire un'altra persona era di comportarsi in maniera del tutto imprevedibile. Pamela non aveva idea di quale comportamento tenere con lui, per non farlo arrabbiare, e questo rendeva la sua vita un vero inferno.

Già da tempo lui le aveva sottratto i documenti, ma aveva anche preso l'abitudine di chiuderla a chiave nell'appartamento quando usciva senza di lei. L'accompagnava a fare la spesa, e stava sempre attento a non farla mai uscire da sola. In passato le piaceva andare a fare jogging; aveva dovuto rinunciarci, perché naturalmente lui non aveva nessuna voglia di faticare correndole accanto.

In realtà ormai lui non la desiderava più come *la sua donna*. Si era invaghito pazzamente di lei perché era una persona affascinante, ma nel frattempo ormai provava soltanto irritazione nei suoi confronti. In ogni caso non era più così attraente come all'inizio. Nonostante la giovane età, mostrava già segni di invecchiamento. Lui aveva ricominciato da tempo a guardare impudentemente le altre donne, e alla fine aveva avuto anche la storia con Jane French, quella vigliacca che aveva tentato di sfuggirgli.

Ma era lui a decidere quando una donna doveva farsi da parte, lui soltanto! E anche con Pamela sarebbe stato lo stesso.

Quel giorno di aprile, alla fine l'aveva lasciata andare a prendere l'aspirina, perché non ce la faceva più a sopportare l'emicrania, e non aveva più avuto la forza di organizzarsi in altro modo. Poi si era addormentato, e al risveglio aveva scoperto che erano passate più di tre ore. La farmacia era a cinque minuti di strada. Nell'appartamento non c'era più traccia di Pamela.

Si era alzato in preda ai dolori, aveva gridato il suo nome, aveva cercato in tutti gli armadi, sotto tutti i letti. Le sue cose erano ancora lì, ma questo non significava nulla. Lei sarebbe andata via anche senza valigia.

In bagno trovò un pacchetto di aspirine nascosto dietro un ripiano. Lei gli aveva mentito quando aveva detto che erano finite.

Dopo aver preso due compresse, si era sentito lentamente meglio. Sebbene gli indizi fossero più che evidenti, lui si ripeté che sarebbe tornata di sicuro. Dopo tutto non sarebbe sopravvissuta a un'esperienza del genere. Non Pamela, con i suoi tic nervosi e i suoi modi sottomessi. Avrebbe girato per un po' senza meta, ma alla fine sarebbe tornata a casa con la coda tra le gambe. E lui le avrebbe preparato un'accoglienza che non avrebbe mai dimenticato.

Continuò a crederlo anche il giorno successivo e quello dopo. Il terzo giorno Ron gli disse: «Se n'è andata, amico, mettitelo in testa una volta per tutte. Ha tagliato la corda. Non la rivedrai mai più».

Ancora oggi ricordava come, nei secondi successivi a quelle parole, aveva temuto letteralmente di soffocare per la rabbia e per l'odio.

Stranamente, nel corso degli anni il suo odio non era diminuito. Rimaneva sopito nel profondo del suo animo, senza muoversi, e poi si risvegliava, di colpo, senza una ragione apparente. Allora Pit girava per la città, cercandola. Così com'era accaduto nelle settimane successive alla sua sparizione. Studiava i volti, le fisionomie, cercava la sua inconfondibile camminata. Era come posseduto. In quei momenti non esisteva nient'altro per lui. L'unica cosa importante era lei e l'assoluta necessità di ritrovarla. Spesso Ron gli aveva dato del pazzo. «Ehi, si può sapere che cosa vuoi ancora da lei? Tanto ormai non ti piaceva nemmeno più. Che senso ha correre dietro a una donna che alla fine ti dava comunque sui nervi!»

«Direi che nemmeno tu ci vai tanto leggero, quando una cerca di scappare!»

«Perché le mie ragazze sono il mio lavoro. Il mio capitale. E devo creare un deterrente, altrimenti sparirebbero tutte, e io rimarrei senza niente. Ma tra te e Pamela le cose sono diverse. Prova a dimenticarla una volta per tutte.»

Non c'era verso, non poteva spiegare a Ron quello che provava. L'offesa ricevuta gli bruciava ancora, non era in grado di controllare la collera che l'abbandono aveva scatenato in lui. La collera era come un incendio che non si estingueva mai e cercava sempre nuovo nutrimento. E lo consumava. Soltanto quando fosse riuscito a concludere la cosa, avrebbe ritrovato la pace.

In alcuni momenti particolari, a volte nelle primissime ore del mattino, intuiva che sotto la rabbia si nascondeva il dolore, un dolore incomprensibile, innominabile, e lui capiva di aver bisogno della rabbia per tenere lontano il dolore. Perché non lo avrebbe sopportato.

Era una cosa davvero strana. Perché quel dolore? Non aveva mai amato Pamela. L'aveva desiderata, e poi l'aveva trovata noiosa. Non riusciva proprio a capire. Sapeva soltanto che doveva trovarla a ogni costo.

E adesso ci sono molto vicino, si disse, soffiandosi di nuovo sulle mani intirizzite per il freddo.

Era stato così immerso nei suoi pensieri, che per qualche istante aveva smesso di tenere d'occhio la strada. Trasalì quando vide due persone entrare nel palazzo dove abitava Marc Reeve. Un uomo e una donna. Reeve e la Hamilton? Ovviamente avrebbe potuto trattarsi benissimo di qualcun altro, dopo tutto era un palazzo con molti appartamenti. Purtroppo non aveva notato se avessero suonato oppure avessero aperto con la chiave. Avvicinò il viso al parabrezza, ma questo non lo aiutò molto. I due entrarono nel palazzo. Il portone si richiuse alle loro spalle.

Qualcosa si era finalmente mosso, in ogni caso. La donna non era di sicuro Pamela. Pamela era più alta e aveva un'altra postura. Spalle curve in avanti e braccia di solito incrociate sul petto. Aveva un seno magnifico, incredibilmente pieno, che cercava sempre di nascondere. Per lei gli uomini erano dei nemici dei quali preferiva non attirare l'attenzione. Era sempre stato così, fin dai tempi in cui stava con Pit. Tutto merito di suo padre. Dai primi giorni della pubertà, lei non era più stata al sicuro con lui.

Questa donna, al contrario, procedeva a testa alta, e anche da dietro era evidente che disponeva di una quantità di autostima superiore alla media. Poteva trattarsi della Hamilton, la giornalista. Lui odiava le donne di quel tipo.

Tornato vigile, concentrò lo sguardo sul palazzo. Per diverso tempo non accadde nulla. Guardò l'ora. Erano le undici e quaranta. Ormai si trovava lì da due ore buone. Se Reeve era a casa, di sicuro se la passava molto meglio di lui lì fuori seduto in macchina. Sarebbe stato bello bere una tazza di caffè caldo. Stava giusto riflettendo se fosse il caso di lasciare per qualche minuto il suo posto di osservazione e andare a scaldarsi nel bar più vicino, quando il portone del palazzo si aprì di nuovo e questa volta ne uscirono due persone. Un uomo e una donna. Ma mentre l'uomo era lo stesso entrato circa un quarto d'ora prima la donna era un'altra.

Era Pamela.

L'avrebbe riconosciuta immediatamente, anche senza la nuova foto sul giornale, nonostante gli anni passati, e sebbene fosse cambiata moltissimo. I capelli corti e castano scuro al posto della lunga chioma bionda la rendevano un tipo del tutto diverso. Quando stava con lui, la costringeva a vestirsi sempre in maniera molto vistosa e appariscente, mentre adesso si era trasformata nell'esatto contrario, la totale anonimità. Jeans neri, parka verde oliva, sciarpa grigia, scarpe nere basse. Nemmeno un grammo di trucco sul viso, o almeno così gli sembrava da quella distanza. Aveva un aspetto scialbo e grigio. E sembrava più vecchia della sua età.

Mio Dio, che cosa le è successo? pensò lui perplesso.

Il cuore gli batteva a mille. Era sicuro di avere la pressione alle stelle. Ebbe un capogiro, per un istante si aggrappò istintivamente con entrambe le mani al volante, sebbene fosse seduto.

Eccola. Di colpo se la rivide davanti come era quel giorno di aprile nel salotto del loro appartamento. Minigonna di jeans, tacchi a spillo color argento. I capelli biondi le ondeggiavano raccolti in una coda sulla schiena.

E ora, in quel giorno di febbraio, usciva di soppiatto da un palazzo londinese, senza più né minigonna né tacchi a spillo, eppure era come se il cerchio si chiudesse e le cose si preparassero a tornare a posto.

Provò la tentazione di balzare giù dall'auto, di attraversare la strada a grandi falcate, di afferrarla per un braccio, di sistemare il tipo con lei con un paio di pugni ben assestati e poi di portarla via con sé, in un posto tranquillo, dove fossero completamente soli. E dove poter affrontare con calma ciò che era successo fra di loro.

Ma non sarebbe stata una mossa furba. Non lì, nel centro di Londra. Molto probabilmente quel tipo avrebbe opposto resistenza, avrebbe gridato, avrebbe richiamato attenzione. Qualcuno si sarebbe annotato il numero di targa della macchina di Pit. Non sarebbero andati lontano.

Pamela lanciò un'occhiata nervosa alla strada, e Pit si nascose all'istante dietro il cruscotto. Incredibile, teneva sempre le braccia conserte davanti ai seni. Era sempre in guardia.

E ne aveva tutte le ragioni.

Quando si azzardò a risollevarsi, vide che il tipo – Reeve? – apriva la portiera di un'auto parcheggiata proprio di fronte alla casa con una targa di Londra e faceva salire Pamela. Poi si metteva al volante e si allacciava la cintura. Aveva intenzione di partire subito.

Pit doveva decidere all'istante che cosa fare.

Ma in realtà non aveva dubbi. Li avrebbe seguiti. Non c'era alternativa.

Mentre l'auto imboccava la strada, anche Pit uscì dal parcheggio. Aveva le mani sudate. Non doveva assolutamente perdere di vista quei due, ma nel contempo non doveva dare nell'occhio. Se per qualche motivo Pamela avesse guardato nello specchietto retrovisore, lo avrebbe riconosciuto. Lui non era cambiato, e immaginava di aver popolato abbastanza spesso i suoi incubi. Lei conosceva ogni riga del suo viso.

Adesso devi compiere un capolavoro, amico mio, si disse.

Da tempo non gli capitava più di essere così desto e teso.

E così determinato.

5

Erano quasi le quattro, quando Marc e Rosanna si accomodarono nell'ufficio dell'ispettore Fielder a New Scotland Yard, con la sensazione di avere davanti finalmente la persona giusta.

Dopo che Cedric e Pamela erano partiti per una destinazione sconosciuta, Marc aveva fatto un salto in ufficio, sostanzialmente per ritirare la posta e per rimandare definitivamente gli appuntamenti di quel pomeriggio.

Poi lui e Rosanna erano andati al commissariato di zona dove un agente incredibilmente flemmatico li aveva tenuti bloccati un'eternità per protocollare tutto quello che dicevano, dando chiaramente l'impressione di considerare la loro storia improbabile e facendo loro capire di non essere sicuro se fosse il caso di prenderla sul serio o no. A un certo punto Marc aveva perso la pazienza e aveva preteso di parlare con un superiore dell'agente. Dopo un po' di tira e molla gli era stato concesso, e allora tutto il meccanismo si era messo in movimento, in particolare dopo che era stato fatto il nome di Jane French. C'erano state un paio di telefonate concitate, poi Marc e Rosanna erano stati condotti con un'auto di servizio a Westminster, dove si trovava la sede centrale di Scotland Yard. Erano stati fatti accomodare in una specie di sala conferenze ed era stato detto loro che l'ispettore Fielder sarebbe arrivato da un momento all'altro. Nell'attesa, Rosanna cercò per l'ennesima volta di mettersi in contatto con Dennis, ma non lo trovò né a casa né in ufficio e anche il cellulare squillava a vuoto. Si sentiva nervosa e inquieta a non sapere che cosa fosse accaduto a Rob, e nel contempo avvertiva crescere dentro di sé la rabbia e il risentimento nei confronti di Dennis. Lasciarla completamente all'oscuro era il suo modo di punirla per il suo soggiorno in Inghilterra, e lei era sempre più consapevole che la loro relazione aveva bisogno di una serie di dialoghi chiarificatori, per poter proseguire – ammesso che riuscissero a trovare un fondamento su cui farlo. Nonostante la tensione del momento, fu assalita all'improvviso da una profonda tristezza. Negli ultimi giorni erano cambiate tantissime cose.

Alla fine Fielder era arrivato. Si trattava di un uomo tranquillo, a prima vista abbastanza comune, e dai modi riservati. Ma, a guardare bene, ci si rendeva conto che sarebbe stato uno sbaglio sottovalutare la sua determinazione e la sua caparbietà.

Fielder li aveva portati nel proprio ufficio facendoli accomodare davanti alla sua scrivania, poi era arrivata una segretaria con del caffè e alla fine l'ispettore aveva detto: «Avete detto di sapere chi uccise Jane French nel novembre del 2002? Vi prego di raccontarmi tutto».

Rosanna lasciò che fosse Marc a riferire l'intera storia in tutti i suoi incredibili particolari. Fielder lo ascoltò con attenzione, senza mai interromperlo. Quando Marc ebbe finito, chiese per prima cosa: «Dove si trova ora Pamela Luke?»

«È in viaggio insieme a mio fratello», rispose Rosanna. «Ci telefoneranno non appena avranno trovato una sistemazione.»

«Ma Miss Luke dovrebbe essere qui», osservò Fielder aggrottando la fronte.

Marc annuì. «Lo sappiamo. E ci sarebbe piaciuto portarla con noi. Ma non siamo riusciti a convincerla. Ispettore, questa donna è veramente traumatizzata. È convinta che Mr. Wavers l'abbia già rintracciata, grazie alla foto sul giornale. Lei non voleva assolutamente denunciarlo alla polizia, per paura della sua ritorsione. Ovviamente non abbiamo potuto accontentarla, ma non vorremmo nemmeno scavalcarla del tutto e rischiare che venga presa da una crisi di panico.»

«Capisco», disse Fielder.

«Per questo ci siamo accordati che saremmo venuti alla polizia, ma che prima l'avremmo portata in un luogo sicuro. Almeno fintanto che questo Pit Wavers non sarà arrestato.»

«E il suo appartamento, Mr. Reeve, non le sembrava abbastanza sicuro?»

Marc scrollò la testa. «La questione non era tanto che cosa io ritenessi sicuro e cosa no. Si trattava di ciò che pensava Miss Luke. Secondo lei il fatto che il *Mirror* avesse citato il mio nome rendeva possibile per Mr. Wavers risalire al mio indirizzo. Per questo è voluta andare via. Sono incline a credere che le sue preoccupazioni siano eccessive, ma non è stato assolutamente possibile convincerla che in realtà non si trova in una situazione tanto pericolosa come immagina.»

«Capisco», ripeté Fielder. Poi aggiunse: «Lei è avvocato, Mr. Reeve, se ne intende. Presumo che le sia chiaro che la decisione di trasferire questa importante testimone in una località sconosciuta proprio in questo momento non è stata affatto felice».

Marc accettò questo rimprovero. «Ne sono perfettamente consapevole. Ho pensato a tutte le possibili alternative in questo caso, e alla fine ho preso la mia decisione. Che ovviamente non è quella condivisa da lei.»

«Cedric, mio fratello, si farà vivo presto», assicurò Rosanna.

Fielder non prestò ascolto a queste parole. Era irritato, si vedeva chiaramente, ma cercava di nascondere il più possibile la propria rabbia.

«Per caso Miss Luke vi ha mai fatto il nome di *Linda Biggs*?»

Marc aggrottò la fronte. «Il suo caso è stato appena trattato dal giornale, giusto? Il ritrovamento del cadavere di una giovane donna uccisa nella Epping Forest.»

«Abbiamo trovato delle analogie con il caso French. Naturalmente è assai improbabile che Miss Luke ne sappia qualcosa, dal momento che ha vissuto per anni nascosta nel Northumberland.»

«No, non ha mai fatto quel nome», disse Rosanna.

«Secondo voi, quindi, Pit Wavers ha brutalmente ucciso un'altra donna pochi giorni fa?» domandò Marc incredulo, e dalla sua espressione si capiva che cominciava a prendere un po' più sul serio di prima i timori di Pamela nei confronti di Wavers.

«Come ho detto, esistono delle coincidenze con la storia di Jane French», spiegò Fielder cauto. Rimase un momento a pensare e poi aggiunse: «Stamattina abbiamo arrestato Mr. Ronald Malikowski. Una testimone ha dichiarato di averlo visto lo scorso dicembre in compagnia di Linda Biggs».

«Malikowski è in carcere?» disse Marc. «Si tratta del miglior amico di Wavers. Certo, è prematuro trarre conclusioni, ma mi pare che alcuni tasselli del puzzle comincino ad andare al loro posto.»

Anche Fielder la pensava così. «Senza dubbio. Malikowski respinge categoricamente qualsiasi coinvolgimento in entrambi gli omicidi. Finora però non ha fatto ancora nessun altro nome. Ma probabilmente è solo questione di tempo. Gente come quella non si fa problemi a parlare, quando si tratta di salvarsi la testa.»

«Ispettore», disse Rosanna, «lei si è fatto un'idea di cosa potrebbe essere accaduto a Elaine Dawson?»

Lei ormai aveva capito che l'ispettore non amava le speculazioni. Al massimo le faceva dentro di sé, ma senza mai manifestarle apertamente. In ogni caso, però, le interessava davvero molto conoscere l'opinione di uno dei maggiori esperti di Scotland Yard.

«Il fatto che sia scomparsa da anni senza lasciare traccia, e che il suo passaporto sia stato ritrovato, poco dopo la sua scomparsa, nell'appartamento di un uomo implicato in due omicidi non lascia purtroppo spazio a conclusioni troppo ottimistiche circa il suo destino», rispose Fielder. «E anche se venisse fuori che questo Malikowski non è l'uomo che cerchiamo, ma un suo stretto amico, il risultato purtroppo non cambierebbe poi molto. Di certo non resterà sorpresa, Mrs. Hamilton, se le dico che nel caso di Elaine bisogna pensare al peggio.»

In effetti la sua risposta non la sorprese. Era quello che pensava anche lei fin dal principio.

«Lo so», disse.

«Interrogheremo Malikowski anche su questo», disse Fielder, «dovrà fornirci una spiegazione per la presenza del passaporto in casa sua. A proposito, per caso avete con voi questo documento? Oppure Miss Luke lo usa sempre per viaggiare in incognito?»

Rosanna aprì la borsa, tirò fuori il passaporto e lo porse all'ispettore. Questi lo esaminò con cura, poi lo depose accanto a sé sulla scrivania. Era chiaro che lo avrebbe trattenuto.

Si alzò per segnalare che il dialogo era finito, e porse la mano prima a Rosanna e poi a Marc. «Vi ringrazio di essere venuti. Ci avete fornito informazioni davvero preziose. Abbiamo già il vostro indirizzo qui a Londra. Vorrei pregarvi di non lasciare la città per il momento. E inoltre dovrete informarci immediatamente dell'indirizzo di Pamela Luke, non appena ne entrerete in possesso.»

«Ci può contare», disse Marc.

Rosanna controllò di nascosto il display del suo cellulare. Ancora nessuna chiamata da Cedric.

Lui e Pamela erano in viaggio da quattro ore.

6

Uscito da Londra, aveva preso la direzione della Somerset, senza pensarci, ma era una strada che gli era familiare. Che aveva percorso moltissime volte. Soprattutto nei fine settimana. Per qualche istante aveva pensato di andare direttamente dal padre e di sistemare Pamela lì da lui, ma quando le aveva proposto questa possibilità lei l'aveva respinta terrorizzata. «No! Potrebbe scoprirlo. Dobbiamo trovare un luogo assolutamente neutro.»

«Sinceramente, non credo che Wavers possa scoprirlo. Al massimo conosce il cognome *Hamilton*, che è quello da sposata di mia sorella. Scoprire come si chiamava da ragazza e dove abitava sarebbe quasi impossibile.»

La sua unica risposta era stata: «Lei non lo conosce».

Cedric aveva abbandonato l'idea. Forse era meglio così. Altrimenti avrebbe dovuto raccontare al padre tutta la storia, e forse sarebbe stato un colpo troppo duro per un uomo della sua età.

Il viaggio procedeva lentamente, rallentato da un ingorgo dopo l'altro. Con il passare delle ore, Cedric proponeva sempre più spesso di entrare nel primo paese e di cercare una sistemazione, ma tutte le volte Pamela protestava. «Siamo ancora troppo vicini a Londra!»

«Ma ormai siamo quasi a Bristol!» obiettò Cedric. «Secondo me ormai siamo fuori dalla portata di questo spietato delinquente londinese.»

Si rendeva conto sempre più chiaramente di essersi accollato un ruolo particolarmente difficile in tutta la storia. Gli sarebbe piaciuto molto chiacchierare con Pamela, per scoprire nuove cose di lei, ma tutti i suoi tentativi in tal senso erano stati regolarmente frustrati. Stava rannicchiata sul sedile, le braccia conserte sul petto, senza muoversi. Teneva la testa tra le spalle, come una tartaruga diffidente. Dava l'impressione di volersi dissolvere nell'aria, o comunque di rendersi il più possibile invisibile. La paura la circondava come un'aura quasi visibile, sembrava di poterla tastare e di sentirne l'odore. A Cedric pareva di intuire che essa fosse diventata da tempo parte integrante di questa donna, ormai impossibile da separare da lei, come un qualsiasi altro organo. Anche se tutti i Pit Wavers del mondo fossero finiti dietro le sbarre, la paura sarebbe rimasta. Pamela Luke ormai viveva il mondo soltanto come un luogo di orrori, come un animale troppo a lungo torturato che non è più in grado di percepire il bene.

Quando cominciò a scendere la sera, poco dopo Glastonbury in direzione Burnham-on-Sea, Cedric decise di non dare più ascolto alle indicazioni isteriche di Pamela di proseguire. Aveva capito che se fosse stato per lei non si sarebbero mai fermati.

Entrò in un parcheggio e si fermò. La guardò e il suo viso pallido nella luce del tramonto somigliava a uno spicchio di luna.

«Pamela, cercheremo qui una sistemazione», disse gentilmente, ma con un tono che lasciava intuire chiaramente che non avrebbe accettato obiezioni. «Potremmo proseguire ancora fino alla Cornovaglia, poi attraversare anche quella, ma alla fine arriveremo a Land's End e non potremmo più andare avanti. L'Inghilterra è un'isola!»

La vide annuire. «Lo so. Solo che...» Lei tacque. «Solo che avverto una minaccia imminente», aggiunse poi. «Il cuore mi batte forte. C'è qualcosa...» Cercò le parole per esprimere quello che provava, ma non le trovò.

«Pamela, lo posso capire, ma quello che prova non è sicuramente una sensazione obiettiva, soltanto una proiezione delle sue paure», disse lui. «Sa bene come funziona: quando si ha paura, si vedono e si sentono dappertutto segnali di pericolo. Mi ricordo benissimo di quand'ero bambino. Avevo una gran paura della cantina in casa nostra. E tutte le volte che dovevo scendere lì, per prendere una bottiglia di vino, sentivo strani rumori oppure vedevo occhi ardenti nell'oscurità. Sarei stato pronto a giurare che non era frutto della mia immaginazione, e mi arrabbiavo sul serio quando mio padre raccontava ad altri queste mie sfrenate fantasie. Eh, già, ma oggi so bene che non c'era niente di vero. Non c'erano spettri in cantina. Come non c'è nessun Pit Wavers nelle nostre vicinanze. Siamo vicini al mare, e domani la porterò alla spiaggia di Burnham-on-Sea. Ci sono stato spesso in passato. È una zona meravigliosa. Magari l'aiuterà a dimenticare le sue paure.»

Si rese conto di non averla raggiunta con le proprie parole, ma che lei comunque avrebbe smesso di difendersi. Non perché i suoi timori fossero diminuiti, ma perché capiva che le cose non sarebbero migliorate nemmeno se fosse arrivata in capo al mondo.

Non fu facile trovare un alloggio, e l'ora tarda rese ancora più complicata la ricerca. Cedric imprecò tra sé, perché aveva dato retta a lei anziché cercare un posto dove fermarsi quando c'era ancora abbastanza luce. Arrivarono a Cannington, dove si trovavano un paio di bed & breakfast, che in quella stagione non erano occupati, ma purtroppo nella maggior parte dei casi non avevano ancora aperto. La gente del posto a febbraio non pensava ai turisti, e nessuno era disposto a preparare in fretta e furia una stanza per accogliere due ospiti inattesi giunti di sera. Cedric propose di proseguire fino a Bridgewater, dove avrebbero potuto cercare un hotel, ma Pamela ricominciò a mostrare segni di ansia.

«No, non voglio andare in hotel», lo implorò, e lui rinunciò del tutto a cercare di farla ragionare.

«Provate a sentire Mrs. Blum, in fondo alla strada, proprio all'angolo», consigliò loro una donna dalla quale avevano suonato perché aveva esposto il cartello di affittacamere. Le camere però erano in ristrutturazione e quindi non disponibili. «Mrs. Blum ha una casa fuori dal paese con quattro appartamenti per le vacanze. Forse ve ne può affittare uno.»

Il suggerimento si rivelò utile. Sebbene Mrs. Blum si mostrasse alquanto restia a lasciare il suo comodo e caldo divano in una serata tanto fredda, la prospettiva di un guadagno inaspettato alla fine la fece muovere.

«Quale nome devo registrare?» domandò diffidente, e Cedric preferì non correre rischi.

«Mr. e Mrs. Jones», spiegò. «Siamo di passaggio, ma forse ci fermeremo per un paio di giorni.»

«Strano periodo per viaggiare», commentò Mrs. Blum scrollando la testa, «e per di più è rischioso non prenotare in anticipo. Vi informo che gli appartamenti non hanno riscaldamento. Mi costerebbe troppo, visto che d'inverno non viene nessuno. Se l'avessi saputo...»

«Ci arrangeremo», disse Cedric.

«La stufa a gas funziona bene, ma impiegherà parecchio tempo a riscaldare le stanze. I muri sono freddi.»

Mrs. Blum partì con l'auto e Cedric la seguì. Percorsero tortuose stradine di campagna verso l'interno. Ben presto non si videro più da nessuna parte luci che indicassero la presenza di altre abitazioni. Ogni tanto incrociavano una macchina solitaria.

Pamela si rannicchiò sul sedile. «È un posto molto isolato!»

Lui reagì lievemente irritato. «In una città più grande e in albergo non vuole andare. Non possiamo cercare all'infinito. Sono stanco e voglio fermarmi. Se voleva la sistemazione perfetta, avrebbe dovuto cominciare a cercarla prima. Quando non era ancora notte fonda! »

Lei non disse altro, ma lui si accorse che tremava. Avrebbe voluto posarle la mano sul braccio, per tranquillizzarla, ma non osava farlo. Aveva la sensazione che qualsiasi tipo di contatto fisico la spaventasse.

A un certo punto Mrs. Blum imboccò un vialetto d'accesso, fiancheggiato su entrambi i lati da una fila di alti alberi che, sebbene ancora spogli, erano così fitti da nascondere del tutto la luce della luna e gettare i dintorni in un'oscurità ancora più nera. Cedric non aveva paura, ma capiva che non era il posto adatto per la sua accompagnatrice già tanto turbata.

Si ripropose di cercare una sistemazione più adatta l'indomani.

La casa era situata in mezzo agli alberi. A quanto poteva vedere Cedric, era moderna e non particolarmente bella, un edificio rettangolare, molto funzionale, con il tetto a terrazza, senza fronzoli e piuttosto freddo.

« Mio marito ha ereditato questo lotto di terreno parecchio tempo fa », spiegò Mrs. Blum. « Abbiamo demolito la vecchia casa per costruirci questa. È composta da quattro appartamenti. Ci siamo indebitati parecchio, ma tutte le estati siamo al completo, e ben presto avremo estinto il nostro debito. »

Sembrava una persona molto compiaciuta di sé. Cedric la trovava indisponente quanto la casa.

Lui e Pamela la seguirono all'interno. Lei aprì la prima porta che si trovava sul corridoio ed entrò in un piccolo appartamento che, come Cedric notò immediatamente, era composto da due minuscole camere da letto, un bagno e un salotto con angolo cottura. L'arredamento era spartano e da poco. In effetti faceva un gran freddo. Non importava. Per una notte sarebbe andato bene.

Mrs. Blum si mise ad armeggiare vicino alla stufa sistemata accanto alla parete, e con sollievo di Cedric questa si mise in moto scricchiolando e scoppiettando.

« Tra poco farà caldo », annunciò Mrs. Blum. Porse loro la chiave e si fece pagare in anticipo per la prima notte.

«Torno a trovarvi domattina», promise, ed era chiaro che la sua visita riguardava esclusivamente l'incasso dei pernottamenti successivi. Cedric sapeva che in estate la costa intorno a Bristol era letteralmente invasa dai turisti. Soltanto questo poteva spiegare come questa donna indisponente riuscisse ad affittare apparentemente senza problemi quella casa isolata, simile a un alloggio di edilizia popolare.

Forse però il paesaggio era bello, pensò Cedric. Domani ne sapremo di più.

Richiuse con cura la porta dietro Mrs. Blum, non tanto per sé, quanto per tranquillizzare Pamela. Lei era in piedi nell'orribile salotto, le braccia sempre conserte sul petto. Era bianca come un lenzuolo.

«Bene», disse Cedric in tono forzatamente allegro, «adesso chiamerò Rosanna e le racconterò dove siamo finiti. Forse anche lei ha qualche bella notizia da darci. Magari Wavers è già finito dietro le sbarre.»

Il suo display mostrava diverse chiamate senza risposta, che probabilmente non aveva sentito quando era in auto. Doveva essere stata Rosanna. Chiaro, la sorella non riusciva a spiegarsi perché fosse rimasto tutto quel tempo senza dare notizie. Imprecò tra sé, constatando che dentro casa non c'era campo. Non c'era da sorprendersi, vista la posizione isolata della casa. Provò con il telefono dell'appartamento, collocato sul bancone della cucina, ma non c'era linea. L'apparecchio era staccato. Maledetta vecchiaccia! Immaginò che ci fosse bisogno di una carta telefonica e che Mrs. Blum in questo modo si assicurasse un guadagno aggiuntivo.

Pamela lo guardò. «Il telefono non funziona?»

«Occorre una carta. Mrs. Blum si preoccupa che i suoi inquilini possono mandarla in rovina facendo troppe telefonate.»

«Il cellulare?»

«Non c'è campo. Probabilmente basterà uscire di qui davanti in strada. Io...»

«No!» Pamela impallidì ulteriormente. «Non se ne vada ora!»

«Devo telefonare a mia sorella.» Rimase un istante a pensare. «Senta, non so lei, ma io ho una fame da lupi. Propongo di salire in macchina e fare un salto a Burnham per cercare un pub e mangiare qualcosa. Da lì potremo anche telefonare.»

Lei sembrava indecisa. «Ma se mentre noi siamo via...»

«Che cosa?» Lei gli dava sui nervi. Somigliava a un topolino, con gli occhi spalancati.

«Lui potrebbe arrivare qui e aspettare il nostro ritorno.»

L'idea gli pareva così assurda da rasentare il ridicolo. Ma si trattenne, perché si rendeva conto che l'angoscia di lei era autentica. «Per farlo, dovrebbe sapere dove siamo. E come potrebbe scoprirlo? Questa idillica località non è proprio sulla strada.»

Lei non era convinta, ma non obiettò. Lui aveva l'impressione che non fosse sua abitudine opporsi agli uomini. Probabilmente aveva fatto troppe brutte esperienze.

Prese le chiavi della macchina dallo scaffale. «Andiamo.» Uscirono nella notte fredda. Tutt'intorno a loro silenzio e oscurità e neppure un refolo di vento a muovere i rami spogli degli alberi.

7

Rosanna era nella sua camera d'albergo e si stava chiedendo se il tubino nero che indossava fosse troppo corto e troppo provocante, quando sentì squillare il cellulare. Con sua sorpresa era Dennis. Lei aveva provato ripetutamente a telefonargli e alla fine aveva quasi rinunciato all'idea di riuscire a raggiungerlo. Adesso era lui a farsi vivo. La sua voce suonava stranamente esausta.

«Rosanna? Sono io, Dennis.»

Lei rimase in silenzio qualche secondo, ma poi invece di salutarlo lo aggredì dicendo: «Dennis? Non è possibile! Hai idea di quanto mi hai fatto preoccupare?»

«Rosanna...»

«L'ultima volta che ti ho sentito Rob era sparito di casa. E poi sei scomparso del tutto anche tu, non eri raggiungibile. C'è qualche novità?»

«Rob è a Londra. Da sua madre.»

Rosanna trattenne il fiato, sconcertata.

«Che cosa?» domandò quindi, incredula.

«Stammi a sentire, Rosanna, sono anch'io a Londra. Sono arrivato oggi a mezzogiorno. Marina mi ha avvisato ieri sera. Non voleva che venissi; credo che non lo volesse neppure Rob. Ma io... io non ce la facevo più a stare ad aspettare da solo a Gibilterra.»

Dennis era a Londra. Nelle sue immediate vicinanze. All'improvviso le parve di faticare a respirare.

«Possiamo vederci?» chiese Dennis.

Lei deglutì. «Quando?»

«Ora. Prendo un taxi e vengo in albergo da te.»

Lei aveva un appuntamento per cenare con Marc, ma ora c'era di mezzo Rob, e aveva la sensazione che fosse impossibile sottrarsi a un dialogo chiarificatore.

«Ok», rispose suo malgrado. Le parve che Dennis volesse chiederle ancora qualcosa – forse si era accorto di quanto poco la entusiasmasse la prospettiva di incontrarlo – ma dopo un momento di esitazione si limitò a dire: «a presto allora», e riattaccò.

Un attimo dopo il telefono squillò di nuovo. Era Cedric.

«Avevi il telefono occupato», disse. In sottofondo si sentiva un brusio di voci e un tintinnare di bicchieri.

«Cedric! Finalmente! Dove siete?»

«A Burnham. Nel Somerset. Pamela non voleva fermarsi. Fosse stato per lei, saremmo arrivati all'altro capo del mondo. È completamente fuori di sé.»

«Cedric, io e Marc siamo stati a Scotland Yard. Ron Malikowski, il tizio nel cui appartamento Pamela ha trovato il passaporto di Elaine, è stato arrestato stamattina presto in relazione a un omicidio avvenuto la settimana scorsa. Ma può darsi che il colpevole in realtà sia Wavers. Lo stanno cercando.»

«Bene. Spero che lo prendano presto.»

«Le autorità non sono state contente che Pamela abbia lasciato Londra. Il funzionario incaricato delle indagini vuole parlarle a tutti i costi.»

«Non credo che riuscirò a convincerla a tornare a Londra, finché Wavers è a piede libero.»

«Ma forse accetterà un incontro lì a Burnham. Dove siete esattamente?»

«Un po' fuori Cannington. In un'orribile casa per le vacanze, dove di sicuro non resterò più di una notte. Il telefono è bloccato e il cellulare non ha campo. Ti sto chiamando da un pub dove siamo venuti a mangiare un boccone. Domani cercherò una sistemazione migliore.»

«Per favore, richiamami domattina presto, appena possibile. L'ispettore Fielder deve parlare con Pamela.»

«D'accordo. Mi farò sentire appena sveglio. Promesso.» Chiusero la comunicazione. Rosanna si mise davanti allo specchio. L'abito era davvero troppo corto, ma non aveva nessuna voglia di cambiarsi.

Guardò il proprio volto riflesso.

Sappi che hai qualche problema, Rose Anne!

Le cose in realtà stavano andando bene. Il delitto di Elaine – ormai non aveva più dubbi che si trattasse di omicidio, e anche la polizia ne era convinta – era prossimo alla soluzione. In base alle informazioni che aveva, Pit Wavers doveva essere la figura centrale. Era solo questione di tempo, prima che venisse arrestato. Forse allora Pamela Luke avrebbe potuto cominciare una nuova vita. Marc sarebbe stato liberato dall'incubo del suo passato. Geoff Dawson avrebbe avuto la conferma che sua sorella non lo aveva abbandonato volontariamente, e forse questo gli avrebbe ridato un po' di pace. E magari sarebbe stato anche possibile tumulare Elaine nella tomba di famiglia a Kingston St. Mary.

Tutto si sarebbe risolto per il meglio.

E io tornerò a Gibilterra e vivrò felice e contenta con Dennis.

Fece una smorfia al viso che la guardava con grande serietà dallo specchio.

Mi sono innamorata di Marc Reeve. Posso veramente far finta che non sia successo, e ricominciare da dove ero rimasta? Ma dove ero rimasta? Felice con Dennis? Felice a Gibilterra? Felice della mia vita?

Se voleva essere sincera con se stessa, alle ultime tre domande avrebbe dovuto rispondere con un chiaro e netto no.

E proprio qui stava il suo grande problema. Sarebbe riuscita a mettere da parte e ignorare il fatto che il suo matrimonio non era felice se nella sua vita non fosse entrato un altro uomo. Ma adesso c'era Marc. Adesso non avrebbe più potuto attuare la strategia dello struzzo.

Si girò. Marc! Doveva chiamarlo e disdire la cena di quella sera. L'appuntamento con suo marito aveva ancora la precedenza.

«Avevi qualche impegno per la serata?» domandò prontamente Dennis, dopo un saluto piuttosto impacciato nella hall dell'hotel. Si erano accomodati in un angolo conversazione e il cameriere aveva portato un'acqua minerale a Rosanna e un gin tonic a Dennis. Lui, che aveva sempre mostrato un'estrema cura nell'abbigliamento, era vestito in maniera insolitamente trasandata: jeans, una camicia a quadri non proprio pulita, una giacca di un colore stonato. Era mal rasato e aveva l'aria stanca. Probabilmente non aveva più dormito dalla sparizione di Robert.

Rosanna scrollò il capo in risposta alla sua domanda. «No, nessun impegno.»

«Sei molto bella.»

«Grazie.»

«Sì, dunque», Dennis si schiarì la gola, «la situazione è tutt'altro che semplice. Come ti ho già detto...»

«...Rob è scappato da sua madre. Gli hai parlato? Come sta?»

«Mi è parso confuso. Non è stato per niente felice di vedermi, in realtà non ha parlato molto. In sostanza ha detto che non vuole tornare a Gibilterra con me.».

«Ma deve finire la scuola!»

«Secondo lui, può benissimo proseguirla qui in Inghilterra. Il che, ovviamente, è vero.»

«Vorrebbe vivere con sua madre?»

Dennis scrollò le spalle. «In realtà non mi sembra che abbia le idee molto chiare. Ho avuto l'impressione che voglia semplicemente allontanarsi da me. Non ha ancora valutato fino in fondo le conseguenze del suo gesto. Ha agito impulsivamente, e si è rivolto all'unica persona che ha al mondo oltre me: sua madre.»

«E lei come l'ha presa?»

«Marina? Mi ha dato l'impressione di essere un po' in difficoltà. È stata una cosa del tutto inaspettata, lui non le aveva detto niente. Se l'è ritrovato all'improvviso dentro casa, dopo essere tornata da una scampagnata, e stava già per chiamare aiuto, perché pensava si trattasse di un ladro. Adesso si ritrova di colpo con un figlio che esige da lei che si comporti come una madre. Si è presa un paio di giorni di ferie, per poter trascorrere un po' di tempo con lui. E cerca di fare del suo meglio.»

«In fondo non è poi così negativo che si siano ritrovati e che possano conoscersi meglio», osservò Rosanna. «La madre di Rob non è morta. Mi ha sempre rattristato molto il fatto che non ci fossero contatti tra di loro. Robert è in un'età difficile. In questo momento è alla ricerca della sua identità, e per questo ha bisogno anche di sua madre. Forse la sua fuga in Inghilterra riguarda più questo bisogno che il vostro litigio.»

«Secondo te il litigio è stato una specie di pretesto per qualcosa di più profondo?»

«Io direi che l'interrogativo sulle sue origini tormentava Robert già da parecchio tempo. Deve chiarire le cose con Marina. E forse sarebbe il caso di non ostacolarlo.»

«Non è tutto, però», disse Dennis. Invece di guardare Rosanna, tenne gli occhi rivolti verso la hall dove regnava la vivace attività di una sera qualunque: molti uomini d'affari che cenavano insieme per lavoro, qualche coppia di anziani che, a giudicare dall'abbigliamento, era in procinto di andare a teatro, viaggiatori appena arrivati che si dirigevano verso la reception con i loro trolley. C'era un vociare sostenuto, e da qualche parte giungevano le note di un pianoforte.

«Non è tutto», ripeté Dennis. «Robert era molto turbato prima di... scappare di casa. È ossessionato dalla fissazione che tu non voglia tornare da noi. A quanto pare è già da diverso tempo che nutre timori in tal senso, e la tua permanenza a Londra non ha fatto altro che confermarglieli. Credo abbia la sensazione che il suo mondo stia crollando. Che la nostra famiglia entro breve non esisterà più. Io credo che, se il mio divieto di andare alla festa fosse stato il vero motivo della sua fuga, allora sarebbe venuto a rifugiarsi da te. Visto l'ottimo rapporto che avete sarebbe stato logico. Ma lui crede di doverti perdere. Di averti già perso, forse. Per questo prima ho definito Marina *l'unica persona che ha al mondo oltre a me.* Lui sta cercando di trovare in lei un tuo sostituto. Cosa che naturalmente non può funzionare.»

Lei era segretamente sollevata che lui fissasse tanto ostinatamente davanti a sé, perché temeva che la propria espressione potesse tradirla: era sgomenta e pensava che si vedesse.

«Te lo... te lo ha detto lui?» chiese dopo un po' con voce incerta. «Che... io non sarei tornata?»

Dennis continuava a guardare altrove. «Lui ha detto che tu non sei felice con me. E che te ne vuoi andare. Questo lo ha detto chiaramente.»

Lei non rispose. Alla fine Dennis si voltò a guardarla.

«È possibile», domandò, «che abbia ragione?»

Lei stringeva convulsamente il bicchiere in mano. Le parve di vedersi da fuori, inondata da una luce spietata: i capelli appena lavati, il viso più truccato del solito, l'abito troppo corto. Dennis aveva di fronte un'altra donna. Bastava il suo aspetto per rispondere alla sua domanda.

«Non lo so», rispose, quando il silenzio le diventò insopportabile e per questo inequivocabile. «Veramente, Dennis, non lo so più.»

Lui fece un profondo respiro. «Ti rendi conto di quello che mi stai dicendo?» domandò.

Lei annuì.

Lui la osservò. «C'è un altro uomo. E stasera saresti dovuta uscire con lui.»

«Per favore, Dennis...»

«Potresti essere sincera con me?»

«Sono sincera quando ti dico che non lo so. È vero, ho conosciuto un altro uomo. Ma non so se questa cosa abbia un futuro, non so nemmeno se voglio che lo abbia. Non riesco a definire con chiarezza i sentimenti che provo per quest'uomo, né quelli per te. Ho bisogno di tempo.»

«Tempo!» esclamò lui sprezzante, ma nel suo disprezzo si sentiva l'eco della disperazione.

«Ho bisogno di ritrovare me stessa, Dennis.» Gli rivolse un'occhiata implorante, affinché capisse ciò che voleva dire. «Quando ci siamo messi insieme, ho abbracciato totalmente la tua vita. Il tuo paese, tuo figlio, i tuoi amici. Mi sono lasciata alle spalle tutto ciò che mi apparteneva. E per qualche motivo la cosa non mi ha reso più felice.»

«Ma all'epoca tu...»

«Lo so. Nessuno mi ha obbligato. Ma veramente non avevo altra scelta, se volevo vivere insieme a te. Fin dall'inizio è stato chiaro che avremmo vissuto la tua vita e non la mia.»

«All'epoca avevo già una società immobiliare ben avviata a Gibilterra. Non potevo mollare tutto.»

«E io avevo un lavoro che mi soddisfaceva.»

«Ma non eri dipendente. Avresti potuto cercare un posto anche altrove. Io avrei dovuto gettare via tutto quello che mi ero costruito, per ricominciare completamente daccapo.»

«Già. Proprio per questo non ci sono mai state discussioni tra di noi in proposito. Ma forse proprio per questo non hai mai capito che io ho compiuto un grandissimo passo verso di te. Io stessa non l'ho mai riconosciuto fino in fondo. Ma tutte le volte che cercavo di trovarmi un lavoro a Gibilterra tu hai sempre avanzato così tante obiezioni che alla fine ci ho rinunciato. E così sono arrivata ad avere l'impressione di starmène solo seduta a casa, fare il bucato, cucinare, e appianare gli attriti tra te e Robert. Questo non mi bastava. Dennis, era troppo poco per me.»

Lui annuì lentamente. «Io volevo soltanto... volevo offrire a Rob una vita stabile. Fargli trovare una mamma quando tornava da scuola. Dare un ritmo regolare alle sue giornate. Quando eravamo da soli, era un continuo cambiare programmi, lo lasciavo da una parte o dall'altra... passavamo da una sistemazione provvisoria all'altra... volevo evitargli di continuare così. Volevo offrirgli una vita emotivamente stabile.»

Lei gli sfiorò il braccio. Sapeva quanto amava Robert. Sapeva anche che gran parte dei sentimenti che provava per lui nascevano proprio da lì: da questo amore per il figlio e dalla commozione che esso le aveva suscitato. Ma, nel contempo, le aspettative di cui si sentiva caricata l'avevano annichilita. Per Dennis lei poteva interpretare un ruolo solamente, ovvero la perfetta madre per Rob. Tutte le sue altre caratteristiche gli rimanevano del tutto indifferenti. Al punto tale che alla fine lei stessa non era quasi più riuscita a percepirle.

«Forse è stato proprio questo il problema», disse. «Tu cercavi prima di tutto una madre per Rob. E solo in seconda istanza una donna per te. Non può funzionare. E la cosa più triste è che alla fine non funziona neppure per Rob.»

«Sì», concordò lui, «così pare.»

Lui aveva gli occhi arrossati per la stanchezza. Rosanna provò il desiderio di abbracciarlo, di accarezzare quel volto stanco e di rassicurarlo che tutto sarebbe tornato a posto.

Ma non sarebbe stata sincera.

«Dammi tempo», lo implorò nuovamente, «negli ultimi anni anch'io mi sono persa da qualche parte. Devo scoprire che cosa vorrei fare con il resto della mia vita.»

Lui si stropicciò gli occhi. «E che cosa accadrà? Io ti do del tempo e aspetto e alla fine mi dici di aver scelto quest'altro uomo e che purtroppo non tornerai più e questo è quanto.»

«Guarda che non si tratta principalmente della questione di quale uomo sceglierò. C'è molto di più.»

I suoi occhi febbricitanti lampeggiarono di collera. «Ma davvero? Non si tratta di uomini? Ma guardati! Il tuo abbigliamento stasera è un messaggio lampante a qualsiasi uomo di avvicinarsi a te più di quanto sarebbe lecito con una donna sposata. Perlomeno quando avrai concluso questo spiacevole dialogo con tuo marito e lo avrai rispedito senza troppi complimenti dalla sua ex compagna e da suo figlio. Con molti bei discorsi sul ritrovare se stessi e la richiesta di avere del tempo. Tempo che sicuramente userai in maniera decisamente piacevole, questo è sicuro.»

«Non sono andata a letto con quest'uomo e non ne ho neppure l'intenzione.»

«È per questo che ti sei messa un chilo di trucco in faccia e porti un abito talmente corto che devi stare sempre attenta che non si vedano le mutandine, ammesso che le porti. Non hai mai accolto me vestita così.»

«Perché a te non piace.»

«Esatto», disse lui con enfasi, «non mi piace affatto!» Si alzò, posò rumorosamente il bicchiere, fece un cenno al cameriere che serviva nella hall.

«Ci penso io», disse Rosanna alzandosi a sua volta, «del resto sono io l'ospite in questo albergo.»

Lui scrollò il capo testardo. «Posso almeno offrirti da bere. Non è un gesto che ti crei alcun obbligo nei miei confronti.»

Aveva l'aria così ferita, che le venne voglia di piangere. «Mi piacerebbe vedere Rob», disse, «magari domani?»

«Telefonagli», disse lui brusco.

Rimasero in piedi l'uno di fronte all'altra, indecisi. Poi il cameriere arrivò da loro e Dennis pagò.

«Sì, lo farò», disse Rosanna riferendosi a Rob.

«Come va il lavoro?» domandò Dennis. «Il motivo – o forse dovrei dire il pretesto – per cui ti trovi qui?»

«È tutto molto confuso», rispose lei, senza raccogliere la provocazione, «ma le cose si vanno chiarendo pian piano.» Nonostante tutto le venne da pensare a Cedric, che si trovava a Cannington con la povera Pamela. E alla polizia, che cercava Pit Wavers con grande impegno. E d'un tratto le venne in mente anche Geoff, amareggiato, risentito, rinchiuso in quell'orribile istituto di Taunton. Erano successe così tante cose nella sua vita negli ultimi giorni, molte più che nei cinque anni precedenti messi insieme.

Dennis le sfiorò la guancia con un bacio. Lei avvertì il ruvido della sua barba. Dennis non rasato! Stava proprio male.

Lo guardò uscire dall'hotel. Aveva affrontato la situazione con più dignità di quanto lei lo avrebbe creduto capace.

Provò l'improvviso bisogno di salire in camera sua a piangere.

Per oggi non avrebbe più telefonato a Marc. Le sarebbe parso del tutto fuori luogo.

8

Erano passate da poco le dieci di sera, quando Cedric e Pamela ripartirono per tornare nell'appartamento. Erano rimasti a lungo in un pub di Burnham, perché nessuno dei due aveva molta voglia di tornare in quelle stanze gelide e squallide che li aspettavano. Il locale era semivuoto, ma l'atmosfera era comunque accogliente. Il fuoco scoppiettava in un grande camino di pietra, e il cibo che veniva servito era davvero delizioso. Cedric aveva mangiato di gusto, mentre Pamela aveva giocherellato per un po' con il cibo e alla fine aveva posato la forchetta con un sospiro.

«Non serve a niente. Non riesco proprio a mangiare.»

Lui aveva chiamato Rosanna e immediatamente dopo aveva informato Pamela delle novità: l'arresto di Malikowski, il mandato di cattura contro Wavers. Per il momento tralasciò il fatto che il funzionario incaricato delle indagini volesse parlare urgentemente con Pamela, e che il giorno dopo lei si sarebbe dovuta mettere in contatto con Scotland Yard in un modo o nell'altro. Ci sarebbe stato tempo di affrontare l'argomento il mattino successivo. Temeva infatti che Pamela potesse farsi prendere di nuovo dal panico e piombare in una crisi isterica, e non voleva rovinare la serata ancora di più. Non gli dispiaceva essere nel Somerset, e pregustava già la giornata da passare sulla spiaggia. Questo viaggio, per quanto nato in circostanze quanto mai particolari, rappresentava un bel diversivo dal soggiorno londinese, dalle giornate intere a dormire e le nottate passate a ubriacarsi per scacciare qualunque pensiero sul futuro, ma la donna che gli sedeva di fronte gli rovinava un po' il buonumore. Affilata e pallida in volto, aveva occhi enormi e impauriti, che saettavano irrequieti e spaventati all'intorno, quasi si aspettasse da un momento all'altro di vedere entrare dalla porta il destino in carne e ossa. Per non essere ingiusto, lui si ricordava continuamente che lei aveva vissuto esperienze orribili e che aveva tutto il diritto di vedere il mondo con totale raccapriccio. Tuttavia gli risultava difficile capire perché dovesse sentirsi tanto in pericolo in quella innocua cittadina, lontanissima da Londra.

È traumatizzata, e le persone traumatizzate non agiscono secondo logica, si disse.

Bevve un po' troppa birra, in realtà soltanto per rimandare il momento della partenza. Siccome in genere sopportava bene l'alcol, non se ne accorse, ma senza dubbio non avrebbe dovuto mettersi al volante. Che importava. In un modo o nell'altro dovevano pur raggiungere la loro raffinata dimora. Saliti in macchina, Pamela disse all'improvviso: «Non capisco perché abbiano spiccato un ordine di cattura nei confronti di Pit. Perché non lo arrestano semplicemente a casa sua?»

«Perché probabilmente non era a casa quando sono andati a prenderlo», rispose Cedric, «e da allora non c'è più tornato. Di sicuro sorvegliano il suo appartamento. Prima o poi cadrà nella trappola. Forse è già accaduto.»

«A meno che non sia al corrente dell'arresto di Ron.»

«Come potrebbe saperlo?»

Lei alzò le spalle scarne. «In quell'ambiente le notizie si spargono in fretta. Se Pit non è stato ancora arrestato, sicuramente qualcuno deve avergli riferito che Ron era stato beccato. E allora non tornerà più per nessun motivo a casa sua.»

«Perché dovrebbe ritenere che l'arresto di Malikowski indichi un destino analogo anche per lui?»

«Quanto meno lo penserà. Pit non è stupido. È pericoloso e malato, ma è molto astuto. E conosce Ron. Quei due sono molto amici, ma ciascuno di loro tradirebbe senza problemi l'altro, se sapesse di poterne trarre vantaggio.»

«Bella dimostrazione di onore», mormorò Cedric.

«L'onore è una parola sconosciuta per loro», disse Pamela, «e anche se la conoscessero ci riderebbero su.»

Cedric imprecò sottovoce, accorgendosi di aver passato il bivio per la casa di Mrs. Blum. Di notte era facile sbagliarsi e non individuare lo stretto e buio viottolo nel bosco. Ingranò la retromarcia, tornò indietro e poi svoltò. Raggiunta la casa isolata, Cedric si girò verso Pamela.

«Pamela, dove sta il problema? Ammettiamo pure che Wavers tema di essere arrestato e si sia nascosto, e che lo faccia con grande abilità e cautela. Ma proprio per questo non uscirebbe mai allo scoperto per cercare di sfogare su di lei la sua sete di vendetta. In questo momento è impegnato a salvarsi la pelle. E poi come potrebbe trovarci? Si guardi intorno! Qui non ci troverebbe nessuno!»

Anche se era buio, intuì che lei stava tremando. «Lei non lo conosce», bisbigliò.

«No, infatti non lo conosco, ma agisco in base al mio buonsenso», spiegò Cedric scendendo. «Pamela, la smetta di avere tanta paura. Capisco quello che prova, ma non ha motivo di torturarsi così.»

Né di torturare me, aggiunse mentalmente.

Raggiunsero la porta di casa nella totale oscurità. Cedric l'aprì. Accese la luce ed entrò insieme a lei nell'appartamento. La stufa a gas tossiva e puzzava, ma se non altro spandeva un lieve calore. Nelle stanze però faceva ancora molto freddo.

«I letti sono fatti?»

Pamela diede un'occhiata in una delle camere. «No.»

Lo aveva immaginato. «Allora prima di tutto dobbiamo cercare delle lenzuola. Speriamo che ci siano!»

Trovarono la biancheria in un piccolo armadio in salotto. Dava l'idea di essere pulita, anche se era umida al tatto e sapeva un po' di muffa. Pamela non sembrava troppo contrariata, ma Cedric a poco a poco cominciava a odiare quell'avventura.

Alle prime luci del giorno, giurò a se stesso, ripartiamo da qui. E cerchiamo un albergo carino e curato da qualche altra parte.

«In quale camera preferisce dormire?» domandò. «Scelga pure.»

Lei scrollò il capo. «Non mi va di dormire. Resterò a sedere qui in salotto.»

«E si può sapere perché?»

«Qui sono meno vulnerabile.»

«Non può essere vero! Pamela, ha bisogno di dormire! Ha l'aria sfinita. E Wavers non è qui. Glielo assicuro!»

Lei scrollò nuovamente il capo. I suoi occhi erano spalancati e pieni di paura. «Ho un bruttissimo presentimento», mormorò.

Lui si sentì crescere dentro la rabbia. Al diavolo, a lui non importava se voleva passare la notte in quella stanza gelida, a fissare i muri. Però il giorno dopo sarebbe stata di sicuro ancora più nervosa, e lui avrebbe dovuto farci i conti. La trovava insopportabile e isterica, e si domandava perché fosse stato tanto stupido da buttarsi letteralmente a capofitto in questa vicenda. La storia riguardava Rosanna, e non lui.

«Forse sarebbe il caso di affrontare questo suo *brutto presentimento*», disse irritato, «invece di continuare a crogiolarcisi dentro.

Non ha mangiato niente, non vuole dormire, e poi si sorprende di essere tanto suggestionabile! »

« Sento che Pit... » disse lei con le lacrime agli occhi, ma lui la interruppe bruscamente: « Ma la pianti con le sue sensazioni! Si sta autosuggestionando e, se devo essere sincero, mi sta veramente dando sui nervi! »

Aveva alzato la voce. Quando fece per passarle accanto diretto fuori dal salotto, lei lanciò un grido e si ritrasse spaventata.

Lui si fermò di colpo.

« Pamela », la chiamò piano.

Lei emise un gemito che lo fece pensare a un cane preso a calci o a un bambino maltrattato.

« Pamela », ripeté. Protese lentamente la mano, ma poi la ritrasse. « Pamela, mi spiace. Non volevo spaventarla. Che cosa le ha fatto quel tipo? Che cosa le ha fatto? »

Lei non rispose. Il panico le sbarrava gli occhi.

« La prego, si calmi », la implorò lui.

Lei annuì. « Pensavo... » cominciò lei, ma non terminò la frase.

« Lo so, che cosa pensava », disse Cedric, « ma la prego di non farlo più. » Si passò una mano tra i capelli corti e in disordine. « Non tutti gli uomini sono come Pit Wavers », disse.

Lei era un fascio di nervi e di terrore, e lui comprese che non le sarebbe stato possibile addormentarsi in quelle condizioni.

« Senta, che ne direbbe se restassimo ancora un po' seduti qui in salotto », propose lui, « e io do un'occhiata in cucina per vedere se Mrs. Blum non tiene nascosto un goccio di alcol da qualche parte? Una bella grappa ci farebbe proprio bene. »

Lei non rispose, ma lui riconobbe un lampo di gratitudine nel suo sguardo. Gli era grata perché lui non aveva insistito per farla andare a dormire. Perché lui non la lasciava da sola.

Si mise a cercare sistematicamente in tutti gli armadietti. Un goccetto avrebbe ridato un po' di colore alle guance di Pamela.

E l'avrebbe tranquillizzata.

Non sapeva che cosa l'avesse svegliato. In ogni caso impiegò qualche istante per comprendere la situazione in cui si trovava: era seduto in una scomoda poltrona, nell'oscurità più completa e al freddo, era intirizzito fino al midollo e l'innaturale posizione lo aveva indolenzito in tutto il corpo. Fece per alzarsi e soffocò un grido di dolore. Era veramente in condizioni pietose.

Come mai la luce era spenta? Lui e Pamela si erano seduti insieme, ciascuno con un bicchiere, che lui aveva riempito con la grappa che un villeggiante estivo aveva lasciato in cucina. Avevano bevuto e chiacchierato un poco, ma lui ricordava di essere stato assalito da una stanchezza sempre più forte, che gli aveva reso sempre più faticoso tenere gli occhi aperti. A un certo punto doveva essersi addormentato.

Lei è andata a letto e ha spento la luce, pensò.

Si alzò e a tentoni cercò la lampada a stelo che ricordava trovarsi lì vicino. Ci andò a sbattere e riuscì a stento a trattenerla prima che cadesse in terra. Accese la luce. Gettò un'occhiata alla stufa a gas, che nel frattempo non gemeva più né tantomeno riscaldava.

Domani mi farò ridare una parte dell'affitto da quella vecchiaccia, pensò irritato.

Guardò l'ora. Era passato molto meno tempo di quanto credesse, erano solo le undici e mezzo. Aveva dormito giusto una mezz'ora.

Fu allora che udì il rumore.

In seguito si sarebbe chiesto se fosse stato quello a svegliarlo, ma quella domanda sarebbe rimasta per sempre senza risposta, e forse non era neppure così importante. Pieno di raccapriccio, riusciva soltanto a pensare a quello che sarebbe successo se non si fosse svegliato per tempo. Se fosse rimasto addormentato in quella poltrona... meglio non pensarci.

Il rumore proveniva dalla porta dell'appartamento. Qualcuno armeggiava con la serratura. Qualcuno che era già riuscito a forzare il portone d'ingresso e si trovava all'interno dell'edificio.

Il rumore era in realtà inequivocabile, eppure lui pensò di soffrire di allucinazioni, oppure che quanto meno ci fosse una spiegazione logica e del tutto innocua. Possibile che si fosse lasciato contagiare in tale misura dall'isteria di Pamela da cominciare a sentire e a vedere cose che non esistevano?

Il pensiero di Pamela gli fece venire in mente un'altra idea. Forse era uscita, e la porta si era richiusa inavvertitamente alle sue spalle. Ora lei cercava di rientrare senza svegliarlo. L'ipotesi che cercasse di forzare la porta dell'appartamento era assurda, tanto quanto l'idea che fosse uscita in quella notte fredda e buia, ma nel suo stato di profondo turbamento era possibile che seguisse in ciò che faceva una logica tutta sua.

Decise di non restare in mezzo alla stanza ad aspettare quel che sarebbe successo, bensì di andare ad aprire la porta di casa. Maledizione, di solito abitava nel cuore di Manhattan, di certo non il luogo più sicuro al mondo. Non aveva nessuna intenzione di lasciarsi intimidire da qualcosa o qualcuno in quell'isolato idillio del Somerset.

Raggiunse l'ingresso e stava per andare alla porta, quando fu bloccato da un sibilo soffocato. Proveniva dal bagno, situato accanto al salotto.

«È qui», bisbigliò una voce.

Lui sbirciò nella stanza priva di finestre. Era completamente buia.

«Pamela?» chiamò sottovoce.

«È alla porta», bisbigliò lei. Doveva essersi rannicchiata lì da qualche parte nel buio, e lui immaginava che tremasse come una foglia. Evidentemente aveva sentito anche lei i rumori alla porta, aveva spento tutte le luci in preda al panico e si era rifugiata in bagno, la stanza meno indicata, perché non offriva vie di uscita.

Il fatto che lei si trovasse lì, significava tuttavia un'altra cosa, che gli fece provare una stretta allo stomaco: non era lei che stava armeggiando alla porta.

Ma allora, per Dio, chi era?

Per un attimo Cedric non seppe assolutamente che cosa fare. Era lì, come paralizzato, la mente occupata da un unico pensiero: come ho potuto essere così stupido! Una casa così isolata. Niente telefono, niente campo per il cellulare. Ma come ho potuto, in nome di Dio...

Non riuscì ad andare oltre. La porta si aprì e Cedric capì all'istante che quello gnomo con lo sguardo stralunato, in piedi sulla soglia, doveva essere Pit Wavers.

Piccolo, brutale e mentalmente disturbato. Ed era armato.

«Lei dov'è?» domandò.

«Non capisco di che cosa parla», rispose Cedric.

Pit Wavers aveva vissuto a lungo con Pamela. E negli ultimi cinque anni il pensiero di questa donna non lo aveva mai abbandonato, lo aveva accompagnato a letto e lo aveva salutato al risveglio. La conosceva perfettamente, in ogni sua sfumatura. La conosceva meglio di se stesso, perché preferiva evitare di osservare se stesso con altrettanta meticolosità.

La pistola puntata su Cedric, si spinse verso il bagno, camminando all'indietro, e accese la luce.

Cedric udì il grido di Pamela.

«Lo sapevo», disse Pit, «un topo si nasconde sempre nel luogo più buio. Non sei cambiata, Pammy. Alzati e vieni qui.»

Si appoggiò allo stipite, l'arma sempre puntata sul petto di Cedric.

«Mi stia a sentire...» cominciò Cedric, senza sapere bene che cosa volesse dire. Un incisivo *esca subito da questa casa*? Ridicolo. Wavers era in posizione di vantaggio. Perché avrebbe dovuto ubbidire a una qualsiasi richiesta di Cedric? Teneva il dito indice sul grilletto. Gli sarebbe bastato esercitare una leggera pressione.

Cedric si accorse di essere madido di sudore.

«Chiudi la bocca, tu», disse Pit, «a te toccherà dopo, mezza sega.»

Pamela uscì dal bagno, accecata dalla luce. Ubbidendo all'ordine di Pit, gli andò vicino. Lui l'afferrò per i capelli, tirandola brutalmente, piegandole la testa all'altezza del proprio gomito. La costrinse a restare in questa scomoda posizione.

«Non ti avevo proibito di tagliarti i capelli?» chiese. «E non eravamo forse d'accordo che avresti sempre fatto ciò che dico?» Diede un altro strattone, e Pamela lanciò un grido di dolore, gli occhi pieni di lacrime.

Cedric smise di esitare. In un attimo gli era diventato perfettamente chiaro che non avevano più nulla da perdere. Wavers li avrebbe uccisi. Entrambi. Lui, Cedric, probabilmente più in fretta, Pamela più lentamente. Ma alla fine di quella notte sarebbero stati entrambi morti, e non potevano aspettarsi alcun aiuto dall'esterno.

Con un repentino balzo in avanti, strappò di mano l'arma a Wavers con un solo energico movimento. La pistola scivolò dentro il bagno. Per la sorpresa Wavers lasciò Pamela.

«Ehi», esclamò perplesso.

Cedric gli si mise proprio davanti.

«O sparisce all'istante», lo minacciò, «oppure dovrà vedersela con me. Ma tolga le mani da Pamela!»

Invece di rispondere, Wavers assestò un pugno in faccia a Cedric. Lui sentì il sangue sgorgargli caldo dal naso, prima di cadere all'indietro. Il dolore era insopportabile.

Ho il naso rotto, pensò, e subito dopo: alzati! Alzati subito, prima che riesca a recuperare la pistola!

Riuscì a rimettersi in piedi barcollando. Sovrastava Wavers di almeno due spanne, era muscoloso e in ottima forma fisica, ma non si illuse neppure per un istante di essere superiore a quel concentrato di violenza in miniatura che gli stava davanti. Wavers era abituato alle risse, aveva muscoli d'acciaio, probabilmente disponeva di un'incredibile agilità e traeva una forza quasi soprannaturale dalla brutalità che derivava dalla sua assoluta spietatezza. Nel dubbio, lui non faceva differenza tra ammazzare un uomo oppure storpiarlo per sempre. Per lui non esistevano tabù.

Pamela lo aveva definito uno psicopatico. Cedric comprese che aveva ragione.

Partì all'attacco e sferrò a Wavers un gancio al mento che lo fece andare a sbattere all'indietro contro lo stipite. Prima che Wavers potesse riprendersi, il pugno di Cedric lo colpì nuovamente al viso. Un istante dopo, però, Wavers si chinò fulmineo su un lato e si lanciò in avanti da un'altra angolatura. Colpì Cedric con brutale violenza allo stomaco, lasciandolo senza fiato. Per qualche secondo la vista gli si oscurò. Si piegò su se stesso, provando nel contempo un dolore acuto al fianco destro. La punta dello stivale di Wavers lo aveva colpito nelle costole. Con sgomento, Cedric si rese conto che era destinato a perdere la lotta. Non aveva commesso l'errore di sottovalutare Wavers, perché la forza che quell'uomo stava dimostrando andava al di là di ogni immaginazione. Cercò di difendersi, colpì l'altro sotto la cintura – un punto tabù, ma Cedric aveva già capito che le regole d'onore imparate a scuola non erano applicabili in questo caso – e in effetti Wavers lanciò un grido strozzato e rimase paralizzato per qualche secondo. Cedric si rialzò tossendo, si passò il braccio sul viso e vide che la manica del maglione era intrisa di sangue. Wavers era riverso ai suoi piedi, raggomitolato in posizione fetale, e gemeva piano. Una voce interiore disse a Cedric che era il momento giusto per assestargli un calcio ben mirato alla testa, per fargli perdere i sensi, ma impiegò troppo tempo a superare quella soglia invisibile che nonostante tutto gli impediva di attaccare un avversario indifeso a terra. Si trattò di pochi secondi di dilemma interiore, ma bastarono a Wavers per riprendersi. Tendendo di colpo il braccio in avanti, afferrò con la mano la gamba destra di Cedric e la tirò in un solo brusco gesto. Cedric perse l'equilibrio tanto faticosamente ritrovato e cadde all'indietro. Si rese conto che la sua testa sbatteva contro qualcosa di duro e, mentre perdeva i sensi, pensò: merda. È finita.

Non sapeva quanto tempo fosse rimasto svenuto, ma quando riaprì gli occhi vide Wavers in piedi davanti alla porta d'ingresso. Immobile. Leggermente piegato in avanti. Lo sguardo vacuo.

Cedric era un ammasso di dolori. Dal naso si irradiavano saette infuocate su tutto il viso, e inoltre era così gonfio all'interno, da rendergli impossibile respirare. La testa sembrava scoppiargli. Quando provò a muoversi, soffocò a stento un grido: il fianco destro gli faceva talmente male da fargli pensare che lo stivale di Wavers gli avesse rotto almeno una costola se non di più. Stringendo i denti riuscì a sollevarsi sui gomiti e a piegare la testa verso l'alto. Gli si offrì una vista sorprendente. Pamela era sulla porta del salotto, girata di spalle, con in mano la pistola di Wavers. La teneva puntata sul proprio aguzzino, ma non dava l'impressione di poter fare nulla di concreto: tremava così tanto che, se avesse sparato, molto probabilmente avrebbe colpito i muri, il soffitto o il pavimento, anziché Wavers.

«Sparisci», disse con voce roca, e Cedric immaginò che lo avesse ripetuto già molte volte. Wavers non sembrava badarci. Pur essendo ancora stordito, Cedric capì che la situazione poteva cambiare da un momento all'altro. Al momento Wavers era ancora in preda allo stupore che il gesto di Pamela – probabilmente il primo gesto di ribellione in tutta la sua vita – gli aveva provocato. Ancora qualche secondo e avrebbe capito che quella donna con i nervi scossi non rappresentava un vero pericolo.

Cedric riuscì a mettersi seduto. Accidenti, non aveva mai provato dolori simili in tutta la sua vita. Ma non poteva essere rimasto svenuto a lungo. La scena di fronte ai suoi occhi doveva essersi sviluppata in un paio di minuti. E comunque adesso la sua mente era tornata perfettamente lucida.

«Dammi la pistola, Pamela», disse, correndo il rischio che lei potesse far cadere l'arma per la sorpresa. Pamela si voltò di scatto.

«Cedric!» gridò.

«La pistola!» ripeté lui.

Lei lo raggiunse fulminea.

Adesso era lui che aveva la pistola. Si accorse con sollievo che la mano non gli tremava, anche se ciò non offriva alcuna garanzia.

Dalla sua posizione seduta, puntò la pistola freddamente su Wavers e disse con voce gelida: «Le faccio saltare la testa, Wavers, non mi sottovaluti. Se prova a fare un passo è morto!»

Vide che Wavers valutava la serietà della situazione. Cedric sapeva di avere un aspetto miserevole, coperto di sangue e contuso, ma aveva la pistola e insieme niente da perdere.

Wavers parve trarre le proprie conclusioni. Prima che qualcuno potesse dire o fare qualcosa, si era diretto verso la porta del salotto con un movimento quasi strisciante, ed era sparito talmente in fretta da dare quasi l'impressione di non essere mai stato lì. Il silenzio era totale.

Pamela si inginocchiò accanto a Cedric. «Cedric, lei ha bisogno di un dottore!»

Lui si sollevò ancora un poco, gemendo piano. «Pamela, senta, temo che possa ritornare. Dobbiamo andarcene da qui.»

«Ma se ci barricassimo...»

«Lui ha forzato il portone d'ingresso e la porta dell'appartamento. Non si possono più chiudere. E le porte qui dentro sono di cartapesta. E poi...»

«Che cosa?»

«Nessuno sa dove ci troviamo, neppure Rosanna conosce la località esatta. L'unica che domattina potrebbe passare di qui è Mrs. Blum. Non che nutra grande simpatia per lei, ma non possiamo permettere che cada nelle mani di questo psicopatico. Sarà pronto a fare qualunque cosa sia necessaria per impedirle di avvertire la polizia.»

Lei annuì. «Ha ragione.»

«Mi aiuti ad alzarmi», le chiese Cedric.

Lei lo sostenne, finché si mise in piedi. Teneva il busto piegato in avanti. Le fitte al fianco lo facevano impazzire. Respirava sempre più a fatica.

«Ha sentito qualcosa?» domandò. «Negli ultimi cinque minuti? Un motore?»

Lei lo guardò confusa.

«L'unico modo in cui Wavers può averci scoperto è avendoci seguito da Londra. Ciò significa che è venuto in macchina.»

«Non ci ho fatto caso», disse lei disperata, «non ne ho idea, Cedric. Non so dire se ho sentito qualcosa oppure no. Non so neppure se qui dietro in salotto sarebbe stato possibile sentire qualcosa!»

Nemmeno lui lo sapeva, non aveva fatto caso a eventuali rumori esterni. Un errore dopo l'altro, pensò. Wavers poteva trovarsi ancora dentro la casa, ma poteva anche essersi dato alla fuga. Non c'era modo di saperlo. In ogni caso era meglio pensare al peggio.

Strinse più forte la pistola nella mano.

«Ora cerchiamo di raggiungere la nostra macchina», disse. «Siamo armati. Lui no. È la nostra chance.»

Una donna prossima a una crisi di nervi. Un uomo gravemente ferito, che non riusciva a stare in piedi da solo. E una pistola.

Sapeva che le loro possibilità erano assai limitate.

Martedì, 19 febbraio

Era passata mezzanotte, quando raggiunsero il portone di casa. Procedevano con una lentezza esasperante, i pochi passi sul pianerottolo durarono un'eternità. Cedric riusciva a respirare solo attraverso la bocca, e ogni respiro gli causava lancinanti fitte ai polmoni e nei fianchi. Doveva fermarsi in continuazione e, piegato in avanti, superare l'ennesimo attacco di dolore, prima di riuscire a muoversi. Cercava di non pensare a ciò che aveva letto sulle fratture delle costole. C'era chi si rendeva conto per caso e magari a giorni di distanza di essersene rotta una, e altri, come lui, che si sentivano quasi mancare per il dolore. Spesso questo dipendeva dal fatto che la costola rotta aveva a sua volta lesionato un organo interno. Il caso più temuto era la perforazione del polmone. Senza cure immediate, c'era il rischio di morire, e lui si domandava se il fatto che gli costasse tanta fatica respirare fosse proprio un sintomo di questa terribile eventualità.

Si affrettò a scacciare subito questo pensiero. Non serviva a niente immaginare il peggio. Il suo compito ora era concentrarsi per lasciare quella casa e quel bosco dimenticati da Dio.

Se fossero riusciti a muoversi più velocemente! La cosa peggiore era che Wavers là fuori era in grado di valutare perfettamente le pessime condizioni del proprio avversario a causa della loro avanzata al rallentatore. In effetti Cedric si sentiva così debole e stordito da non essere sicuro che in caso di necessità sarebbe stato in grado di sparare un colpo, e men che meno di colpire qualcuno.

Tornò a pensare ciò che gli era passato per la testa appena un'ora prima, durante la rissa con Wavers: sono destinato a perdere.

Poco prima di raggiungere il portone d'ingresso, lui si fermò di nuovo, sfinito. Prese fiato e fu punito da una micidiale fitta di traverso nel petto. Come se qualcuno lo avesse pugnalato.

«Per la miseria, Pamela», disse piano, «come ha potuto mettersi con un tipo del genere?»

Non riusciva a vederla bene al buio, ma riconobbe il bagliore dei suoi occhi. Sembravano grandissimi. Pamela doveva essere in uno stato di assoluto terrore.

«È stata la prima persona nella mia vita che mi amasse», rispose, poi aggiunse, quasi si rendesse conto dello stupore di lui: «la prima persona di cui ero convinta che mi amasse. Nei primi due anni sarei stata pronta a leccare il terreno dove camminava, se me lo avesse chiesto».

Il portone di casa era solo accostato. Cedric lo socchiuse un po' e sbirciò fuori. La notte era immobile e completamente buia lì sotto gli alberi, e tuttavia lui dubitava che l'oscurità sarebbe bastata a rendere lui e Pamela del tutto invisibili. Visto tra l'altro che non potevano muoversi in silenzio, date le sue patetiche condizioni. Riuscì a distinguere la sagoma della loro auto. Non si era reso conto di averla parcheggiata tanto distante, ad almeno una decina di metri dalla porta. Imprecò in silenzio tra sé. Certo, se l'avesse messa più vicina, sarebbe stato meglio adesso!

Tutt'intorno a loro alberi e cespugli silenziosi. Una vegetazione impenetrabile. Era pronto a scommettere che Wavers si fosse nascosto proprio da qualche parte lì dentro. Poteva sfruttare a meraviglia la notte come copertura.

Ovviamente non può sapere che il telefono non funziona e che il cellulare non ha campo, pensò Cedric, sarà convinto che abbiamo già chiamato la polizia. In questo caso per lui sarebbe troppo pericoloso indugiare ancora a lungo qui.

Era come una roulette russa. Dovevano affrontare un rischio altissimo, senza sapere che cosa sarebbe successo.

«Mi ascolti bene», disse piano. «Adesso corriamo il più velocemente possibile fino alla macchina. Si trova un po' alla nostra destra, purtroppo a una certa distanza. Riesce a vederla?»

«Sì.»

«Le chiavi le ha?»

Le aveva prese dalla mensola, mentre aiutava Cedric ad attraversare faticosamente il salotto.

«Sì», ripeté.

«Ok. Allora andiamo, senza guardarci intorno. È troppo buio. In ogni caso ci accorgeremmo di Wavers soltanto... quando fosse troppo vicino.»

Si accorse che lei ricominciava a tremare.

«Ehi», disse, cercando di usare un tono incoraggiante, ma non troppo convincente, «non dimentichi che siamo armati!»

«Ma se lui ci aggredisse da dietro», bisbigliò lei, «forse non avrebbe alcuna possibilità di sparare.»

Sarebbe potuto arrivare da dietro fin dal primo momento, pensò Cedric. Quel pensiero gli era venuto mentre attraversavano il pianerottolo. E se si fosse nascosto di sopra sulle scale? aveva pensato. Però aveva preferito non dire niente. Sconvolgere Pamela più di quanto non lo fosse già avrebbe soltanto peggiorato le cose.

«E se aspettassimo domattina...» proseguì lei.

Lui era in affanno. «Ho bisogno di un medico, Pamela. E in fretta. Temo di avere gravi lesioni.»

Più che vederla, la sentì annuire. «Allora andiamo subito», dichiarò lei, con maggiore determinazione di quanta ne avesse mai dimostrata nelle ultime dodici ore, ovvero da quando lui la conosceva.

I dieci metri successivi gli apparvero una distanza lunghissima, incommensurabile. Anni prima aveva partecipato alla maratona di New York, e a un certo punto i polmoni avevano cominciato a bruciargli, tanto che nell'ultima parte gli era sembrato che il tragitto mancante non finisse mai. Tuttavia in quell'occasione i polmoni non lo avevano tormentato neanche la metà di adesso. E quell'ultimo tratto di corsa non gli era apparso così lungo, così difficile, così disperato come i dieci metri di quella notte.

Avanzò senza concedersi pause, anche se le gambe minacciavano di non sostenerlo più. Era prossimo allo svenimento, se ne rendeva conto, e si aggrappava alla disperata speranza di riuscire a salire in macchina e di allontanarsi prima che i sensi gli venissero meno.

«Guidi lei», sibilò a Pamela, che lo tirava, lo sosteneva, lo trascinava.

Raggiunsero la macchina senza intoppi. Pamela la aprì con il telecomando. Spalancò la portiera del passeggero e fece scivolare sul sedile Cedric, che aveva preso a lamentarsi troppo forte. Poi fece il giro della macchina e, mentre apriva la portiera del guidatore, lui le disse: «controlli il sedile posteriore. Presto!»

Lui non ce la faceva a voltarsi, ma temeva di veder spuntare all'improvviso Wavers nello specchietto retrovisore. L'auto gli era sembrata chiusa a chiave, ma chi poteva dirlo con sicurezza? Ansimando di paura, guardò Pamela.

«Non c'è nessuno», disse lei.

«Allora partiamo!»

Le dita di Pamela tremavano a tal punto che riuscì a mettere in moto solo al terzo tentativo.

«Io so guidare solo le auto con il cambio automatico», bisbigliò.

«Al diavolo. Non importa. Ce la farà lo stesso!»

«Sì, ma...»

«Parta. In qualche modo. Dobbiamo andarcene da qui. Devo andare in ospedale.» Fu assalito dalla nausea. Respirare gli risultava sempre più difficile. Sperava che Pamela riuscisse a restare lucida e ad accompagnarlo a un commissariato, oppure direttamente in ospedale, nel caso perdesse i sensi. Che non si fermasse da qualche parte a piangere. Non sapeva quali lesioni avesse con precisione, ma era pronto a scommettere che in un paio d'ore sarebbe morto, se non fosse andato immediatamente da un dottore.

La pistola gli sfuggì dalle mani. Non poté evitarlo. Aveva perso la sensibilità delle dita e non aveva più un briciolo di energia. La vista cominciò ad appannarglisi.

«Dia gas!» riuscì a dire.

L'auto si mise in moto lentamente. Percorsero il vialetto a singhiozzo. Pamela guidava sporta in avanti, il naso vicino al parabrezza. Non aveva acceso i fari. Ma forse era meglio così. Una volta raggiunta una zona più abitata, avrebbe dovuto dirle dove si trovava la leva per farlo. Chissà se sarebbe stato ancora in grado di farlo. Si sentiva la lingua gonfia e secca.

Sto per andarmene, pensò.

Eppure in lui c'era ancora un bagliore di speranza.

Siamo in macchina. Siamo in viaggio. Ce ne andremo da qui. Quel pezzo di merda non riuscirà più a prenderci.

In quel momento Pamela frenò tanto bruscamente, da catapultare Cedric in avanti. Lanciò un grido di dolore.

«Ma, maledizione...» fece, poi ammutolì.

Notò la macchina che ostruiva loro il passaggio a pochi metri dalla statale.

«Merda», tossì.

In questi casi James Bond premeva l'acceleratore e compiva un salto spettacolare sopra il cofano dell'altra auto. Pamela invece cercò disperatamente di ingranare la retromarcia.

«Non trovo la retromarcia!» gridò.

«Non indietro», la incalzò Cedric. Il dolore gli impediva quasi di parlare. «Indietro no... se no... cadremo nella trappola...»

Si rese conto di una figura che scendeva dall'auto. Un'ombra. Pit Wavers.

Pamela continuava a trafficare freneticamente e invano con la leva del cambio.

«Spari», gridò, mentre Wavers si avvicinava lentamente. «Spari!»

«Mi... è caduta... la pistola...»

Il cambio fece un rumore pietoso. Cedric capì che doveva essere prossimo a rompersi. Pamela evidentemente si era dimenticata di schiacciare la frizione mentre muoveva alla cieca la leva avanti e indietro.

Wavers continuava ad avvicinarsi, pronto a mettersi al riparo se gli avessero sparato addosso.

Nonostante la debolezza, Cedric riuscì ancora a formulare un pensiero relativamente lucido: sta rischiando molto. Ciò significa che nell'arma probabilmente restano solo uno o due colpi. Il parabrezza diminuisce parecchio la precisione del nostro tiro. Se riuscisse a schivare il colpo, noi resteremmo disarmati in sua balia.

«Dov'è finita quella maledetta pistola?» gridò Pamela isterica.

«Da... qualche... parte... sotto... il sedile...»

Lei smise di maltrattare il cambio e si chinò tra i piedi di Cedric. Cedric ora riconosceva il viso bianco e madido di sudore di Wavers. Non aveva mai visto una faccia tanto carica di odio.

È finita, pensò disperato, anche se trovasse la pistola, è finita. Non posso... più...

Aveva la mente sempre più annebbiata, i pensieri rifiutavano di ubbidirgli.

Non... posso... più... sparare...

Wavers continuava ad avvicinarsi. Adesso era proprio di fronte all'auto.

«L'ho trovata», sibilò Pamela.

Si sollevò a sedere. Le immagini erano sempre più confuse davanti agli occhi di Cedric.

«Spara!» mormorò lui. «Maledizione, spara!»

Ripensò a come le tremava la mano quando aveva puntato la pistola su Wavers poco prima in salotto. Era impossibile che riuscisse a prenderlo. Erano perduti.

«Spari», ripeté comunque, senza che questa esortazione fosse legata ad alcuna speranza.

La detonazione gli squarciò i timpani. La pallottola colpì il parabrezza e in una frazione di secondo lo trasformò in un'enorme ragnatela. Semisvenuto, Cedric riconobbe lo scatto a vuoto del percussore, che si ripeteva sempre più in fretta.

«È scarica!» gridò Pamela. Aveva la voce stridula, quasi strozzata. «È finita, Cedric! La pistola è scarica!»

Lo sapevo, pensò lui, quasi con un senso irrazionale di orgoglio, perché aveva visto giusto. Ma certo, lo sapevo!

Poi, perse i sensi.

TERZA PARTE

Mercoledì, 20 febbraio

1

Il dolore e ancor più l'inconcepibile che di colpo era piombato nella loro vita aveva trasformato i loro volti in maschere. Fu la prima impressione che l'ispettore Fielder provò quando tornò a trovare la famiglia Biggs. Nei pochi giorni trascorsi erano cambiati tutti, anche i ragazzini, sebbene cercassero imperterriti di dimostrarsi dei duri come prima.

Sono sotto choc, pensò Fielder, e si vede.

Angela appariva la più colpita. La disperazione cominciava a essere incisa nei suoi lineamenti. Per quanto fosse ancora giovane, d'un tratto sembrava stranamente invecchiata. Gli occhi privi di luce, le labbra serrate insieme, e più sottili di prima.

Il padre Gordon sembrava un sonnambulo. Un uomo che si muove in un bizzarro incubo e non ha più speranza di potersi risvegliare. Era già scivolato in uno stato di profonda rassegnazione. Quale che fosse stato l'effetto della morte violenta della figlia su di lui, non si sarebbe opposto. Non lo aveva mai fatto in tutta la vita.

Sally appariva la meno cambiata: dipendeva dal fatto che era ubriaca e che l'alcol creava una specie di muro difensivo tra lei e la realtà. L'unica differenza visibile era che adesso utilizzava un elegante calice alto per bere la grappa. Lo riempiva con espressione concentrata, sostenendosi il braccio con l'altra mano, per riuscire a fermarne il tremito. Era come se il bicchiere e la bottiglia fossero l'unica cosa importante della sua vita. L'unica cosa che contasse davvero.

Erano di nuovo seduti tutti nella cucina che Fielder ormai conosceva bene. Si erano riuniti tutti, sebbene fosse metà mattina. I ragazzi sembravano aver preso la morte della sorella come pretesto per non frequentare più la scuola, e a quanto pareva anche Angela aveva preso un lungo periodo di aspettativa dal lavoro.

È possibile che finiscano per perdere anche quei pochi appigli che finora li hanno tenuti a galla, pensò Fielder, e questa prospettiva lo riempì di profonda stanchezza e tristezza.

«Ha delle novità da comunicarci?» domandò Angela. Si era pettinata i capelli all'indietro ed era senza trucco. Sembrava non nutrire più alcun interesse per il proprio aspetto esteriore. «Si trattava dell'uomo identificato da Dawn?»

Fielder scrollò il capo. «Molto probabilmente non è lui il colpevole. Ma la testimonianza di Mrs. Sparks è stata comunque molto preziosa. Infatti, in base a tutti gli indizi e le testimonianze raccolte, sospettiamo di un amico di questo Ron Malikowski. Pit Wavers. Per caso ricordate se Linda ha fatto questo nome qualche volta?»

Si scambiarono tutti un'occhiata, tranne Sally, nuovamente intenta a compiere il miracolo di equilibrio tra bottiglia e calice da champagne.

«No», rispose Gordon, «non ho mai sentito questo nome.»

«Sicuramente no», confermò Angela, «altrimenti me ne ricorderei. Il problema era che negli ultimi sei mesi non parlava quasi più con noi.»

«Abbiamo arrestato Malikowski ieri mattina presto», disse Fielder, «e dopo qualche esitazione ci ha raccontato un sacco di cose. Pare che Pit Wavers e Linda si fossero conosciuti l'estate scorsa. Malikowski sostiene che Wavers l'avesse abbordata in metropolitana, anche se non ha potuto confermarlo con certezza. Difficile dire se fosse veramente innamorato di lei, o fingesse soltanto. In ogni caso con lei si comportava come un uomo di mondo, la portava in ristoranti di lusso e le faceva regali generosi. Questo conferma le vostre osservazioni sul fatto che improvvisamente si vestisse in maniera costosa e sembrasse vivere al di sopra delle proprie possibilità. Malikowski ha detto che Linda cadde ben presto in una sorta di dipendenza da Wavers. Voleva piacergli, voleva conquistarsi a tutti i costi la sua dedizione e la sua approvazione. Ha detto che era il tipico andamento in tutte le relazioni intrattenute da Wavers. Per qualche motivo riusciva sempre a rendere le ragazze malleabili in breve tempo.»

«Questo non si addice a Linda», osservò Angela in tono assente.

Fielder le rivolse un'occhiata compassionevole. «Purtroppo il suo carattere determinato è stato forse la sua rovina», disse piano. «Malikowski ha raccontato che i sentimenti di Wavers verso Linda si erano raffreddati abbastanza presto e che lui aveva in mente per lei la stessa destinazione di tutte le altre sue donne precedenti: la strada. In questo modo avrebbe potuto accrescere i propri guadagni.»

Gordon emise un'esclamazione disperata e si prese la testa tra le mani. «Mio Dio», sussurrò.

«Pare fossero sorti dei problemi perché Linda si rifiutava di accettare la cosa. Malikowski riferisce che litigavano spesso. Poi Wavers venne a scoprire che Linda gli aveva mentito a proposito delle proprie condizioni di vita. Aveva sostenuto di abitare soltanto con la sorella maggiore, ma Wavers era venuto a sapere che c'erano anche padre, madre e tre fratelli. Questo faceva di Linda un pericolo. Fino a quel momento Wavers aveva frequentato esclusivamente ragazze che avevano tagliato tutti i legami familiari. Malikowski presume che Wavers abbia perso il controllo a causa dell'ennesima discussione. Sembra essere una cosa che gli capita sovente. Non sopporta di essere contraddetto. E perde il controllo di se stesso.»

«Quale certezza avete che non sia stato questo Malikowski...?» domandò Angela.

«Al momento nessuna», rispose Fielder, «e non abbiamo ancora finito con Malikowski. Comunque lo incrimineremo per sfruttamento della prostituzione, stupro e lesioni personali. Ma abbiamo una testimonianza del tutto attendibile riguardo al caso Jane French. Una testimone oculare ha visto Wavers seviziare a morte la giovane donna. L'analogia tra le circostanze dei due delitti ci induce a pensare che anche nel caso di Linda l'assassino sia stato lui. Però finora non siamo riusciti a trovare nessuna prova concreta.»

«Potete arrestare Wavers?» chiese Angela. «Lo state cercando?»

Fielder tacque per un attimo, profondamente a disagio. «Wavers è morto», disse poi.

Tutti lo fissarono allibiti.

«Morto?» ripeté uno dei fratelli, in tono così incredulo, come se una simile possibilità fosse al di là di qualsiasi immaginazione.

«È stato ucciso in Cornovaglia nella notte tra lunedì e martedì. Per legittima difesa da parte di una donna che da anni viveva in incognito per sfuggirgli e che lui era riuscito a rintracciare. Era privo di sensi quando è stato portato in ospedale. Ed è morto dopo poche ore.»

Queste parole furono seguite dal silenzio. Tutti cercavano di comprendere il significato di ciò che avevano appena appreso.

Fu Angela a parlare per prima. «Questo significa che non sarà mai possibile avere una certezza», disse.

Fielder alzò le spalle, impotente. «Di sicuro non sotto forma di una confessione di Pit Wavers. Resta ancora da vedere quali prove sia possibile raccogliere da un punto di vista medico-legale. Forse Malikowski non ci ha rivelato tutto quello che sa. Ha così tante imputazioni a proprio carico che di sicuro scenderà a patti con la polizia prima o poi. Ma da tutto quello che so, e in base alla mia decennale esperienza, sono convinto al novanta percento che sia stato Pit Wavers a uccidere Linda.»

«Non si terrà alcun processo», disse Angela.

«No», confermò Fielder, «non sarà possibile processare Wavers.»

Di nuovo silenzio. Sally litigava con la bottiglia, mormorando tra sé parole incomprensibili.

«Mi sarebbe piaciuto guardare negli occhi quel tipo», disse Gordon, affermazione questa che strappò un sorriso cinico al suo primogenito. «E poi, papà? Che cosa avresti fatto? Gli avresti dato una lezione? Gli avresti mostrato i pugni?»

«Credetemi», disse Fielder, «anch'io detesto una conclusione del genere. Preferisco le prove chiare e un vero processo. Per quel che riguarda il duo Malikowski-Wavers, stiamo indagando anche su una donna scomparsa da anni senza lasciare traccia, che potrebbe essere stata a sua volta una loro vittima. Anche in questo caso la morte di Wavers ci frena alquanto. Su tutta la linea purtroppo, ma non ci possiamo fare niente. Non possiamo riportarlo in vita.»

«Certo che no», disse Angela con voce esausta.

Fielder si alzò. Avrebbe bevuto volentieri un caffè, ma nessuno aveva pensato di offrirglielo. La notte precedente aveva dormito soltanto tre ore. Aveva assoluto bisogno di qualcosa che lo tenesse sveglio.

«Vi terremo comunque informati», disse, «per questo sono venuto. Qualunque cosa trovassimo, non servirà a riportare in vita vostra figlia e vostra sorella. Ma per esperienza so che per i parenti è ancora peggio quando non si dispone di informazioni certe. Nonostante tutto bisogna cercare di tornare in pace con se stessi. E forse è possibile soltanto quando si ha un quadro chiaro dal quale ci si può in qualche modo distaccare.»

Nessuno gli rispose. Gordon guardava fisso davanti a sé. Sally aveva chiuso gli occhi. I fratelli tenevano lo sguardo chino a terra e disegnavano cerchi immaginari con la punta delle scarpe.

«L'accompagno alla porta», si offrì Angela.

Lei va per la sua strada, pensò Fielder, ha più intelligenza e più energia del resto della famiglia messa insieme. Se questa storia non la sconvolgerà troppo, riuscirà a prendere le redini della propria vita.

Giunti alla porta dell'appartamento, lui disse: «Miss Biggs, potrà sembrarle banale, ma deve sfogare il suo dolore. Non cerchi di ottenebrarsi come fa sua madre, e non si sotterri nel mutismo passivo come suo padre. Cerchi di affrontare questa perdita inconsolabile. Soltanto allora...» Esitò. Lei lo guardava con molta attenzione.

«Sì?»

«Soltanto allora riuscirà a vivere di nuovo. E a creare qualcosa nella sua vita. Sono sicuro che sua sorella lo avrebbe voluto.»

Lei annuì e ricambiò la sua stretta di mano. Non energicamente, ma neppure del tutto apatica. Aveva la mano gelata.

Mentre scendeva le scale, Fielder pensò: solo un mucchio di chiacchiere vuote. Che cosa volevo dirle veramente?

Si stropicciò gli occhi. Era sfinito.

2

«Capisco, certo, Rosanna», disse Nick. «Non sono contento della tua decisione, ma ti posso capire.»

Dopo le accese discussioni che avevano caratterizzato i loro ultimi contatti, Nick era tornato a parlarle in tono amichevole, era tornato quello di un tempo, la persona che era sempre stata in primo luogo l'amico di Rosanna piuttosto che il suo capo. Lei si rese conto che questo la riempiva di sollievo. Gli aveva appena annunciato di voler rinunciare all'incarico e interrompere qualunque collaborazione da parte sua alla serie. Lui avrebbe potuto benissimo prendere la cosa molto male. E lei temeva quasi che in questo caso sarebbe scoppiata a piangere. Aveva i nervi a fior di pelle. Gli avvenimenti che si erano susseguiti negli ultimi giorni avevano lasciato il segno. La cosa peggiore erano le ferite riportate dal fratello. Pit Wavers gli aveva rotto diverse costole, i dolori avevano compromesso la sua respirazione.

Nick la guardò con aria compassionevole dalla sua scrivania. Erano seduti nel suo ufficio, ciascuno con una tazza di caffè, ma Rosanna non aveva neppure toccato la sua.

«Come sta oggi Cedric?» le chiese. «Sono sicuro che gli avrai già telefonato.»

«Certo. Penso che il peggio sia passato. Si trova all'ospedale di Taunton e nostro padre è con lui. Ho raccontato a papà tutta la storia, e lui è rimasto molto turbato. È sconvolto.»

«Il fatto che Pamela Luke sia riuscita a stendere Wavers con un colpo solo è sicuramente notevole. Quella ragazza ha decisamente del sangue freddo.»

«Le probabilità di colpirlo erano uno a centomila, secondo i miei calcoli. Sono stati davvero molto fortunati. Soprattutto Cedric.»

«Miss Luke ora si trova a Londra?»

Rosanna annuì. «Si è stabilita nella camera di Cedric al mio albergo. Scotland Yard continua a interrogarla. Questa storia è un vero e proprio ginepraio. Wavers e il suo compare Malikowski sono coinvolti in un sacco di crimini. Ma Wavers era il peggiore. È accusato di due omicidi. E, se venisse dimostrato che ha ucciso anche Elaine, sarebbero tre.»

«Ed esistono delle prove in tal senso?»

«Pare di sì. Pamela ha trovato il passaporto di Elaine nell'appartamento di Malikowski. Tuttavia costui nega categoricamente di aver mai conosciuto Elaine, o di essere mai stato in possesso dei suoi documenti.»

«Al suo posto, lo negherei anch'io.»

«Tuttavia non respinge altri addebiti che gli vengono fatti.»

«Nel caso di Elaine potrebbe trattarsi di un omicidio. È tutta un'altra faccenda. Finirà di sicuro in galera, ma per quanto tempo non è del tutto irrilevante!»

«Staremo a vedere», disse Rosanna.

Lui notò il suo pallore e le profonde occhiaie. «C'è dell'altro? Hai l'aria molto infelice.»

Lei si passò una mano sugli occhi. «È solo stanchezza. La storia con Cedric... e tutto il resto...»

«Secondo me dovresti tornare quanto prima a casa dalla tua famiglia. E riposare come si deve. Non sono arrabbiato per il progetto saltato, sul serio.»

Lei replicò piano: «Mi faccio un sacco di rimproveri. Sono stata io in primo luogo a mettere in moto tutto quanto. Mi sarei dovuta limitare a scrivere le mie storie e a consegnartele. Non avrei dovuto cominciare a fare ricerche di mia iniziativa».

«Il fatto che ti stesse a cuore fare luce sul destino di Elaine era del tutto naturale», disse Nick. «E, in ogni caso, che cosa avresti fatto di male? La valanga vera è stata causata dal talk show, al quale hai partecipato solo per mia richiesta. Sono stato io a indirizzare verso di te il padrone di casa di Pamela Luke. Se non gli avessi dato ascolto tu, si sarebbe rivolto a qualcun altro, e non avrebbe trovato pace, finché qualcuno non si fosse interessato. Quell'uomo cercava pubblicità, lo hai detto tu stessa.»

«Questo è sicuro. Però non sarei dovuta diventare proprio io un suo strumento. Quanto meno avrei dovuto agire in maniera più sensata. È stato un errore cedere alle paure di Pamela, per quanto fossero comprensibili. Io e Marc Reeve avremmo dovuto consegnarla alla polizia. E non portarla lontano da Londra, né tantomeno coinvolgere anche Cedric. È stata una pazzia!»

«Non potevi certo immaginare che Wavers sarebbe riuscito a trovarli così in fretta e che li avrebbe inseguiti!»

Lei scrollò il capo con forza. «Sì, invece! Avrei dovuto capire che gli sarebbe bastato leggere il giornale per ottenere comodamente tutti i punti di riferimento necessari. Veniva citato il nome di Marc Reeve, e questo era l'indizio decisivo. L'indirizzo dello studio l'ha trovato subito sull'elenco telefonico. La polizia sa che ha estorto con l'inganno l'indirizzo privato di Marc a una signora che abita nello stabile dove si trova lo studio legale. E poi gli è bastato aspettare. Aveva capito che avrebbe trovato Pamela lì, oppure Marc l'avrebbe condotto da lei. Non doveva far altro che pazientare.»

«Ma...»

«Non ho voluto credere a Pamela», disse lei affranta, «ed è stato il mio errore più grave. Era quasi isterica per la paura e continuava a ripetere che Wavers era ossessionato dal pensiero di vendicarsi di lei. Io pensavo che esagerasse. Non riuscivo a immaginare che un uomo si vendichi di una donna perché lei l'ha lasciato cinque anni prima. Cinque settimane, oppure anche cinque mesi dopo il fatto, è plausibile, ma non dopo cinque anni! Quanto meno non credevo che si sarebbe dato tanto da fare per rintracciarla. E invece, come si è visto, ho pericolosamente sottovalutato la situazione. Pamela lo conosceva fin troppo bene. Avrei dovuto prendere più sul serio quello che diceva. Lei sapeva che era mentalmente instabile – uno psicopatico, lo ha definito. Io non ho voluto crederle. E per colpa mia mio fratello avrebbe potuto rimetterci la vita!» Si sforzò di ricacciare indietro le lacrime.

Nick si alzò, girò intorno alla scrivania, le porse un fazzoletto. Lei si tamponò gli occhi.

Non era il momento di piangere, si ammonì in silenzio. Intuiva che, se avesse cominciato, non le sarebbe stato facile smettere.

Lui le diede qualche pacca amichevole sulla spalla. «Cerca di vedere il lato positivo della cosa», le disse. «Sono successe molte cose e molte altre si sono chiarite. Pit Wavers è morto. Non Cedric, lui ce la farà. Quello che non c'è più è Wavers, lo psicopatico, l'omicida, l'uomo che rappresentava un costante pericolo per gli altri.

Pamela Luke non dovrà più nascondersi dietro una falsa identità e vivere isolata in un villaggio in un angolo sperduto del paese. Le ci vorrà del tempo, ma poi potrà ricominciare a vivere normalmente. E adesso abbiamo anche indizi più concreti circa Elaine. Non ancora la sicurezza definitiva, ma è sempre più evidente che anche lei debba essere stata vittima di un delitto commesso da Pit Wavers e Ron Malikowski. È triste dirlo, ma questo significa due cose: Marc Reeve è riabilitato, l'ombra di questa storia non cade più su di lui. E anche Geoffrey Dawson, il fratello di Elaine, può finalmente mettersi il cuore in pace. Ora sa che sua sorella non lo ha abbandonato di sua volontà. Conosce il suo destino, per quanto tragico. Ma quando scompare una persona per i parenti non c'è niente di peggio dell'incertezza. La morte si può piangere – e accettare, presto o tardi. Si può continuare a vivere. In questo momento Dawson non se ne renderà ancora conto, ma facendo luce sul caso gli hai fatto un regalo. Qualcosa cambierà nella sua vita. Non dovrà continuare a vegetare pieno di rancori. Si congederà da Elaine con amore e riuscirà ad affrontare il suo destino.»

Lei annuì. Tutto quello che diceva Nick era vero, eppure lei si sentiva impotente e piena di tristezza.

Forse è stato troppo, pensò.

Appallottolò il fazzoletto, lo infilò nella borsa e si alzò. «Non voglio trattenerti oltre, Nick», disse. «Ti ringrazio per la comprensione. E... per l'amicizia. È stato bello...» sorrise, «è stato bello respirare di nuovo per un po' l'aria di un giornale!»

«Quando vuoi», disse Nick. «Quando ti sarai ripresa e ne avrai voglia, fatti sentire. Potrai sempre lavorare per me!»

Si sentiva già un pochino meglio, quando uscì in strada poco dopo. L'affetto di Nick le aveva fatto bene. Il sole sorprendentemente caldo di febbraio le splendeva in faccia. Sbatté le palpebre. Che cosa doveva fare ora?

Con Nick non ne avevano parlato, ma era evidente che avrebbe dovuto lasciare quanto prima la costosa sistemazione in hotel. Da quel momento in avanti il suo soggiorno a Londra non era più pagato dal *Cover*, e anche per quanto riguardava il periodo trascorso le cose non erano chiare. Era stata lei ad abbandonare il progetto, e la parte di costi che Nick si sarebbe accollato dipendeva esclusivamente dalla sua generosità. Non aveva più alcun obbligo verso di lei. Di suo lei non disponeva di soldi. Chissà se Dennis avrebbe pagato il conto dell'albergo.

Le sembrava improbabile.

Il pensiero di Dennis le fece venire in mente un'altra cosa, e imprecò sottovoce. Rob! Aveva promesso di chiamarlo il martedì. Oggi era mercoledì e, con tutto quello che era accaduto, si era completamente dimenticata del figlio adottivo. Un altro punto in meno agli occhi di Dennis. Sembrava destinata a commettere un errore dopo l'altro.

Tirò fuori il cellulare dalla tasca e compose il numero di Dennis mentre era per strada.

Lui rispose subito. «Sì?»

«Dennis? Sono io, Rosanna. Mi spiace, ma...»

«Non devi scusarti con *me*», la interruppe lui con voce gelida.

Lei non aveva neppure preso in considerazione l'ipotesi che lui potesse manifestare partecipazione e comprensione, e non le risultava nuovo trovarsi ancora una volta sulla difensiva. Si accorse che dentro di lei cresceva la rabbia, ma nel contempo si rese conto che non era giusto essere in collera. Prima di adesso non aveva mai notato veramente che questa ambivalenza nei confronti di Dennis si era presentata fin dai primi tempi del loro matrimonio.

«Siete ancora a Londra?» domandò.

«Rob sì. Io sono tornato a Gibilterra ieri sera. Devo occuparmi del mio lavoro, restare non sarebbe servito a niente. Rob si è rifiutato categoricamente di venire con me.» Aveva un tono accusatorio, ma nel contempo anche molto affranto. Rosanna provò pietà per lui. Poteva immaginare quanto lo tormentasse quella situazione.

«Sono accadute tante cose», disse, pur intuendo che questo non lo interessava affatto. «Cedric è all'ospedale di Taunton. È stato brutalmente picchiato da uno psicopatico. Lo stesso che molto probabilmente ha ucciso Elaine cinque anni fa.»

«Aha», fece Dennis.

«Ho rinunciato alla serie. Non porterò a termine l'incarico. Dopo tutto ciò che è successo...»

Si aspettava una replica da lui, ma Dennis rimase in silenzio.

«Telefonerò a Rob», aggiunse allora lei. «Gli spiegherò tutto. Sono sicura che mi capirà.»

«E quando pensi di tornare a casa?» domandò Dennis. «Sempre ammesso che sia nei tuoi programmi?»

«Per il momento devo rimanere qui con Cedric. Alloggerò da mio padre. Non posso andarmene così. Io... sono stata io a coinvolgere Cedric in questa situazione, e...»

«Direi che il tuo progetto di lavorare a ogni costo per Nick Simon non si sia rivelato particolarmente fortunato per nessuna delle persone coinvolte», osservò Dennis. «Rob è confuso, Cedric è in ospedale, a Elaine comunque non è servito a niente, e alla fine non scrivi neppure la storia. Ci sono state soltanto spese. E un sacco di seccature per chiunque fosse anche solo lontanamente legato a questa storia.»

«Se non altro, il destino di Elaine è stato chiarito. E si conosce il colpevole.»

«E allora? Che importanza ha per noi? Ovvero, in altre parole: il motivo che ti ha spinta ad accettare l'incarico era forse di fare luce sulle circostanze di quel fatto? Non mi sembra che ti interessasse scoprire nulla, quindi adesso non dovresti far finta di avere raggiunto l'obiettivo che ti eri posta. In sostanza ti è sfuggito tutto quanto di mano.»

«Io non la vedo così», obiettò Rosanna, ma lei stessa si rese conto di quanto le sue parole fossero poco convincenti, e che comunque non raggiungevano Dennis. Non sarebbe riuscita a persuaderlo neppure con gli argomenti migliori e più incalzanti. Lui era ferito e risentito e aveva enormi problemi con il figlio, e tutto il resto non lo interessava.

«Ti richiamerò», si affrettò perciò a dire, l'unico suo desiderio in questo momento era concludere il più in fretta possibile quello scomodo dialogo. «Parto oggi stesso per Kingston St. Mary. A presto, Dennis!»

«Saluta tuo padre», rispose lui formale, poi riattaccò.

Lei chiuse il cellulare, vinse la tentazione di dare libero sfogo alle lacrime, lacrime che non scaturivano soltanto dal comportamento di Dennis, ma da tutti gli avvenimenti delle ultime ventiquattro ore.

«Non metterti a piangere. Pensa alle prossime mosse», si disse a voce alta, e due passanti si voltarono a guardarla stupefatti.

Quali erano le mosse successive?

Andare in hotel, fare i bagagli, pagare il conto con la sua carta di credito che era collegata a quella di Dennis, e sperare che funzionasse.

Salutare Pamela Luke, nel caso si trovasse in camera e non nell'ufficio dell'ispettore Fielder, cosa assai più probabile.

Andare alla stazione, e trovare un treno per Taunton.

Una volta a casa, cercare di mettersi in contatto con Rob. Se voleva parlare seriamente con lui, non poteva farlo di corsa e in mezzo a una strada.

Quella sera avrebbe dormito di nuovo nella sua vecchia camera a casa dei genitori a Kingston St. Mary, e questa prospettiva le ridiede un po' di buon umore. Anche da adulti a volte si ha bisogno di un nido dove potersi rifugiare. Lei aveva sempre avuto un ottimo rapporto con suo padre. Forse avrebbe potuto raccontargli tutto. Del matrimonio con Dennis. Di quanto fosse stata sempre infelice a Gibilterra. Di Marc Reeve, che...

Il pensiero di Marc Reeve la fece bloccare.

Era la primissima cosa che doveva fare. Doveva chiamare Marc. Doveva congedarsi da lui, prima di partire per Kingston St. Mary.

3

«C'è qualcosa che non mi convince», disse l'ispettore Fielder aggrottando la fronte. Era seduto in un bar di Mayfair davanti a un caffè doppio e a un cornetto così secco che sembrava risalire a un'epoca remota. Quel giorno non aveva avuto tempo di fare colazione, e la sera precedente aveva saltato pure la cena. Cedendo a un'improvvisa debolezza dovuta al languore, aveva seguito l'esortazione della sua collaboratrice Christy MacMarrow e si era lasciato convincere a mangiare qualcosa in un bar. Lui e Christy avevano pensato di andare da Pamela Luke in albergo, ma non l'avevano trovata in camera. La chiave della stanza era alla reception. Il portiere spiegò loro che Miss Luke aveva lasciato l'hotel intorno alle otto del mattino.

«Non ha pagato il conto», spiegò, «e non aveva con sé nessun bagaglio.»

«Non possiede nessun bagaglio», aveva borbottato Fielder, lanciando occhiate inquiete nella hall, «quindi nessuno può capire se abbia intenzione di partire o voglia semplicemente andare a fare un giro.»

«Per quale motivo dovrebbe partire?» aveva domandato Christy, ma poi si era accorta del pallore del suo capo e dopo qualche insistenza lui aveva ammesso che in effetti si sentiva poco bene. Siccome volevano parlare del caso Wavers, ma non volevano farlo nella promiscuità della folla, dove altri avrebbero potuto ascoltare i loro discorsi, Christy aveva proposto di entrare nel bar che si trovava a poca distanza dall'hotel. Se Pamela fosse rientrata, l'avrebbero intercettata.

«Che cos'è che non la convince?» domandò Christy. Lei aveva ordinato soltanto un'acqua minerale, perché era a dieta. «Il fatto che non sia in hotel?»

«Dopo tutto avevamo concordato che si tenesse sempre a nostra disposizione.»

«Ma come potrebbe resistere a stare sempre rinchiusa nella sua camera? Forse doveva fare qualche spesa – le mancava il dentifricio, o le calze oppure una crema per il viso. Non le abbiamo preannunciato il nostro arrivo.»

«Quando ho finito dai Biggs, ho cercato di chiamarla, ma non era già più in camera sua.»

Christy MacMarrow non lo trovava tanto strano. Pamela Luke ne aveva passate molte. Il giorno precedente era stata condotta da Taunton a Londra con una macchina della polizia. Fielder aveva parlato con lei per ore. La notte precedente doveva essere stato un vero incubo per lei: il confronto con il suo aguzzino, le gravi ferite di Cedric, il colpo che aveva sparato a Wavers, uccidendolo. Dopo era perfino riuscita a portare Cedric privo di sensi fino a un commissariato, dove era stata chiamata immediatamente un'ambulanza. Pamela aveva avuto grosse difficoltà con l'auto, aveva guidato a fari spenti, perché non aveva trovato il comando. Probabilmente bisognava ringraziare le strade di campagna poco trafficate se non era rimasta coinvolta in un grave incidente. Christy poteva quindi ben immaginare che la giovane quel mattino avesse sentito il bisogno di sottrarsi all'ambiente angusto della camera d'albergo e di girare per la città. Nella sua mente dovevano essersi impresse a fuoco immagini spaventose. Trovarsi rinchiusa tra quattro pareti non le avrebbe certo permesso di sfuggire alla loro forza.

Fielder scostò il piattino con il cornetto. Era disgustoso.

«Comunque non intendevo il fatto che non sia in hotel», disse. «Ho riscontrato qualche contraddizione nelle sue dichiarazioni.» Si strofinò gli occhi stanchi. «Mi sembra una persona profondamente contraddittoria.»

«Ha passato momenti difficili.»

Lui mescolò assorto il caffè. «Sostiene di aver trovato il passaporto di Elaine Dawson cinque anni fa in un cassetto nella camera da letto di Ron Malikowski. Ci andava spesso insieme a Wavers. Alle mie domande più precise, ha parlato di un comò, del quale tuttavia non ricordava l'esatta posizione nella camera. Ieri sera ho parlato con Malikowski. Afferma con assoluta certezza che Pamela Luke non è mai entrata nella sua camera da letto. E comunque nella stanza non c'è nessun comò, né ce n'è mai stato uno.»

«Non deve essere necessariamente così.»

«Siamo stati nell'appartamento. In effetti non c'è nessun comò in camera da letto. Non c'è proprio nessun cassetto. Nella stanza c'è solo un futon e un enorme armadio bianco con le ante scorrevoli e i ripiani aperti. Nient'altro.»

«Può darsi che cinque anni fa l'arredamento fosse diverso.»

«Il mobilio non mi è sembrato particolarmente nuovo. Comunque ho incaricato un agente di perquisire l'appartamento alla ricerca di fotografie. Può darsi esistano foto che possano esserci utili.»

Christy scrollò il capo. «Come mai si fida della parola di quel tipo? È uno sfruttatore del genere peggiore. Ha costretto con la violenza alla prostituzione donne attirate con false promesse dall'Europa dell'Est. È un delinquente. O è stato lui a eliminare Elaine Dawson oppure l'ha fatto il suo amico Pit Wavers. Poi ha conservato i documenti, perché nel suo ramo certe cose possono sempre tornare utili. Wavers era un killer senza scrupoli.»

«Per quale motivo uno dei due avrebbe dovuto uccidere Elaine Dawson?»

«Per lo stesso motivo per cui sono state uccise Jane French e Linda Biggs.»

«Wavers aveva avuto una relazione con entrambe.»

«Forse l'aveva avuta anche con Elaine.»

«Non era il suo tipo.»

«Senta, mi stia ad ascoltare...» cominciò Christy, ma lui la interruppe. «È un particolare fondamentale, Christy. Wavers stava per diventare un serial killer, e in questi casi è possibile riscontrare sempre delle analogie nelle vittime. Jane French, Pamela Luke e Linda Biggs appartengono alla stessa categoria femminile, anche se nel frattempo la Luke si è camuffata a tal punto che risulta difficile immaginare come fosse prima. Tutte molto giovani, molto attraenti, a loro modo appariscenti, ma con uno stile che corrispondeva esattamente al gusto di Wavers. Provenivano da famiglie che offrivano poca protezione e mostravano poca attenzione per loro, in molti casi erano già venute in contatto con la violenza in precedenza. Avevano e hanno un livello di istruzione relativamente basso. Tutto questo non è applicabile a Elaine Dawson.»

«Si è occupato in maniera specifica del caso?»

Lui annuì. «È per questo che stamattina sono così sfinito. Stanotte ho studiato di nuovo tutti gli atti e i protocolli. Elaine Dawson aveva un diploma di scuola superiore e lavorava come infermiera. Il suo datore di lavoro l'ha descritta come insolitamente timida e impacciata, ma molto scrupolosa e intelligente. Era considerata decisamente colta. Una donna che sarebbe andata sicuramente all'università, se dopo la morte dei genitori non si fosse dovuta occupare del fratello gravemente handicappato. Non era mai stata fuori dal Somerset, ma aveva raccontato qualcosa di un amico, che tuttavia nessuno conosceva. Probabilmente era molto inesperta. Dalle foto risulta una giovane paffuta, che sicuramente non aveva mai neppure visto da lontano un rossetto. In ogni caso non il genere di donna che poteva suscitare l'interesse di Wavers. Né che Malikowski avrebbe usato per i propri traffici. E poi ho la sensazione che una come lei non avrebbe mai seguito due uomini come loro. Per quanto fosse inesperta, mi dà l'idea di una persona di sani principi.»

«Però il suo passaporto deve essere pur finito per qualche motivo nell'appartamento di Malikowski.»

«È finito per qualche motivo nelle mani di Pamela Luke», la corresse Fielder.

Christy MacMarrow avvicinò silenziosamente a sé il cornetto lasciato dal suo capo, e ne prese un boccone. A dieta da due settimane, aveva un tale appetito che avrebbe addentato persino il tavolo.

«Secondo lei, quindi, la storia di Pamela non è attendibile?»

«Sto solo dicendo che ci sono un paio di discrepanze. Forse la giudico male, ma preferisco andare a fondo di tutti i particolari che non quadrano.»

Christy prese un altro pezzetto di cornetto. «Secondo lei sarebbe plausibile che Pamela Luke abbia ucciso Elaine Dawson e si sia impossessata del suo passaporto?» domandò senza tanti giri di parole. «È questo che intende dire?»

«Diciamo soltanto che l'istinto e la conoscenza per il momento ancora superficiale di Elaine Dawson mi inducono a pensare che questa *ragazza di campagna*, descritta da tutti come estremamente timida e timorosa, si sarebbe più facilmente fatta avvicinare da una donna che da un uomo. Soprattutto non da uomini come Wavers e Malikowski, che hanno scritto in faccia la loro propensione alla violenza e la loro indole primitiva.»

«Ma, allora, che cosa sarebbe accaduto?» chiese Christy.

Fielder alzò le spalle. «Per scoprirlo, dobbiamo raccogliere una dichiarazione di Pamela Luke. Penso che quanto ci ha raccontato finora corrisponda al vero solo in parte. Ha assistito all'omicidio di Jane French e da quel momento è rimasta traumatizzata. Ha cominciato a pensare alla fuga giorno e notte. Ma nel contempo sapeva che questo la esponeva a grandissimi rischi. Wavers le aveva sottratto i documenti. Ma, anche se li avesse avuti, non poteva sparire da un momento all'altro e cominciare una nuova vita da un'altra parte. Doveva trovarsi anche una nuova identità.»

«E giusto in quel momento ha incrociato Elaine Dawson?» domandò Christy scettica.

«Elaine Dawson ha lasciato l'appartamento di Marc Reeve, l'avvocato che le aveva dato ospitalità, il mattino dell'11 gennaio 2003. Reeve l'ha vista salire sulla metropolitana diretta a Heathrow, da dove sperava di riuscire a prendere un volo che la portasse in tempo al matrimonio della sua amica a Gibilterra. Posto che le dichiarazioni di Reeve siano veritiere – e non mi pare ci siano indizi per dimostrare il contrario – allora possiamo prendere per vera anche la sua affermazione che Elaine era confusa e disperata e sempre più oppressa dalla sua vita come infermiera del fratello. Deve aver espresso ripetutamente a Reeve il desiderio di non tornare più a casa. Fatto sta che non è mai arrivata a Gibilterra. È scomparsa.»

«Secondo lei, quindi, avrebbe incontrato per caso Pamela Luke in metropolitana, si sarebbe messa a parlare con lei, le avrebbe raccontato delle proprie tristi condizioni di vita e a questo punto Pamela le avrebbe promesso chissà che cosa – un lavoro fantastico, una vita nuova. Invece poi l'attira da qualche parte in un luogo isolato, l'aggredisce e le ruba il passaporto. Poi nasconde il cadavere in maniera così perfetta che nessuno è più riuscito a ritrovarlo. Mi scusi se glielo dico, capo, ma mi sembra un'ipotesi alquanto traballante.»

«Non dimentichi che la nostra Miss Luke sa anche sparare dannatamente bene.»

«Vuol dire che...?»

«Voglio dire che il coraggioso colpo di grazia con cui ha ucciso Pit Wavers la notte scorsa non è stato un caso. Quanto meno non dovremmo darlo per scontato. Il fatto è che Pamela Luke si trovava in una situazione disperata. Di notte, in completa solitudine, seduta in una macchina che non conosceva, con accanto un uomo gravemente ferito che non riusciva a respirare ed era del tutto indifeso. Davanti a lei un killer psicopatico determinato e senza scrupoli. Lei stessa ha detto che tremava come una foglia, e le credo. Tremava ancora quando l'ha raccontato. Nella pistola c'era un solo colpo, vale a dire che non poteva mettersi a sparare a casaccio sperando che una pallottola vagante colpisse Wavers. Tra lei e lui c'era il parabrezza. In realtà tutto congiurava contro di lei. E tuttavia è riuscita ad abbatterlo con un colpo solo. La pallottola è finita proprio accanto al cuore. Secondo me sapeva quello che faceva.»

«Oppure ha avuto una fortuna sfacciata», obiettò Christy.

«Nel caso venga fuori che le sue affermazioni circa l'arredamento della camera da letto di Malikowski e di conseguenza il luogo del ritrovamento del passaporto non corrispondano, quanto meno ci deve una spiegazione convincente», disse Fielder.

«E adesso che cosa facciamo?» domandò Christy.

Fielder guardò l'ora. «Aspettiamo ancora una mezz'ora. Può darsi che Miss Luke nel frattempo torni, e allora la portiamo al commissariato per interrogarla. Altrimenti torniamo in ufficio da soli e vediamo a che punto è il nostro collega con la ricostruzione della camera da letto di Malikowski nell'anno 2003. Poi telefonerò all'ospedale di Taunton. Non appena Cedric Jones sarà in grado di parlare, vorrei sentire anche lui.»

Tamburellò nervoso con il dito medio sul tavolo.

Christy fece un cenno alla cameriera. Ormai non aveva più importanza. Avrebbe ordinato un altro cornetto.

4

«Non partire oggi per Taunton», disse Marc, «resta almeno fino a domani.»

Lei era in piedi nel suo studio, indecisa, troppo nervosa per restare seduta più a lungo. Aveva lasciato la sua camera all'hotel e, portandosi appresso la valigia, era andata da Marc dopo che lui aveva tanto insistito al telefono per vederla. Non era mai stata nel suo studio prima d'ora. Librerie fino al soffitto, pile di fascicoli su tavolini bassi e sul pavimento. Tanto era ordinato e vuoto l'appartamento, quanto si presentava caotico e straripante lo studio. Marc era in mezzo a quel disordine, la cravatta allentata, le maniche di camicia arrotolate: aveva l'aria stressata.

«La mia segretaria non è ancora tornata. Non posso andarmene da qui. Sono sommerso dal lavoro. Sono due settimane che nessuno si cura più del lavoro d'archivio...» Si passò la mano tra i capelli. «Per favore, Rosanna. Sono sicuro di riuscire a liberarmi per stasera alle sei. Passiamo ancora una serata insieme. Andiamo a mangiare da qualche parte, parliamo un poco.»

Lei guardò fuori dalla finestra. «Ho la sensazione di giocare con il fuoco, Marc. Sono sposata. Non posso fare semplicemente...»

«Che cosa?»

«Quello che mi pare», rispose lei piano.

«Ma io voglio solo parlare», disse Marc.

Lei alzò le spalle rassegnata. «Ho lasciato l'albergo. E praticamente sono senza soldi.»

«Adesso vai a casa mia, ti do le chiavi e mi aspetti lì. Puoi restare a dormire da me, e domattina presto prendi il treno per Taunton.»

«Sai che cosa direbbe mio marito se rimanessi a dormire da te?»

«Allora prendi una macchina a noleggio e parti stasera per Taunton. Ma lasciati un po' di tempo per parlare con me. Ho l'impressione...» Il telefono si mise a squillare, ma lui lo ignorò: «ho l'impressione che, se parti adesso, non ti rivedrò mai più».

Lei tacque. Lo squillo del telefono si interruppe, ma poco dopo ricominciò. Marc sembrava deciso a far aspettare l'interlocutore finché Rosanna non avesse acconsentito alla sua richiesta.

«Ok», disse lei alla fine.

Lui tirò un sospiro di sollievo. «Tieni», disse prendendo due chiavi dalla scrivania ingombra di carte, «le chiavi dell'auto e dell'appartamento. Prendi pure la mia macchina. La strada la sai?»

«Sì, ma...»

«Io prenderò la metropolitana. Non c'è problema. Per favore.»

Il telefono ricominciò a suonare.

«Rispondi, per piacere», disse Rosanna. «Io me la cavo da sola.»

Lasciò l'ufficio, e vide che lui le rivolgeva un cenno ammiccante, mentre rispondeva alla telefonata.

Con un senso di oppressione al petto, lei si chiese se stesse facendo la cosa giusta.

Mentre cercava di parcheggiare l'auto di cui non era pratica in un posto alquanto stretto davanti al palazzo di Marc, il cellulare squillò. Imprecando, lei abbandonò il tentativo di parcheggio e frugò nella borsa.

«Sì?» rispose affannata. La macchina bloccava tutta la strada, e lei poteva solo augurarsi che nessuno dovesse passare proprio in quel momento.

«Mrs. Hamilton? Sono Fielder. Mi dica, lei ha idea di dove potrebbe trovarsi Pamela Luke?»

«No. Non è all'hotel?»

«È uscita stamattina verso le otto. Ora è quasi l'una, e non è ancora tornata.»

«Aveva un appuntamento con lei?»

«Niente di preciso. Ma eravamo d'accordo che si sarebbe tenuta a nostra disposizione. Sono un po' meravigliato. Anche se avesse voluto sbrigare qualche commissione, non ci avrebbe messo cinque ore! E per fare acquisti importanti le mancano i mezzi.»

Rosanna si accorse che Fielder aveva un tono molto serio. Anzi, inquieto.

«Dove si trova lei ora?» le chiese.

Lei non voleva dirgli la verità. «Mi trovo a casa di alcuni amici qui a Londra», rispose, «e stasera o al massimo domattina partirò per Taunton. Vorrei andare da mio fratello.»

«Potrebbe avvertirmi, prima di partire per Gibilterra? Può darsi che ci sia ancora bisogno di lei.»

«La chiamerò di sicuro, ispettore.»

Lui esitò. «Mrs. Hamilton, lei ha rintracciato Miss Luke nel Northumberland e ha passato diverse ore con lei. Per caso le ha raccontato qualcosa da cui sia possibile risalire al suo domicilio di allora? Qualcosa che magari finora lei non ha segnalato, perché le appariva insignificante?»

Rosanna ci pensò. Capì che cosa stava implicando Fielder. «Lei pensa che sia scomparsa? Che abbia fatto perdere le sue tracce?»

«Non possiamo escluderlo», rispose Fielder. «Sarò sincero con lei: la sua dichiarazione presentava alcune incongruenze. In particolare circa il luogo di ritrovamento del passaporto di Elaine Dawson.»

«Era nella camera da letto di quel protettore. Malikowski mi pare si chiamasse. È ciò che ha raccontato a me e all'avvocato Reeve.»

«Abbiamo prove concrete che le sue indicazioni circa l'appartamento di Malikowski siano false. Probabilmente in realtà non è mai stata nella suddetta camera da letto. In questo caso non può aver trovato lì il passaporto.»

«Sono trascorsi cinque anni. Magari...»

«Magari la memoria le gioca qualche scherzo, certo. Sarebbe

possibile. Ma potrebbe anche darsi che abbia dichiarato il falso di proposito. E purtroppo devo ammettere che, alla luce della sua improvvisa scomparsa, sono incline a propendere per questa ipotesi.»

Nello specchietto retrovisore, Rosanna vide un'auto che si avvicinava e che non sarebbe riuscita a passare. «Ispettore, sono ferma in mezzo alla strada», si affrettò a dire, «devo lasciarla. Sono davvero spiacente, ma al momento non ho la minima idea di dove possa trovarsi Pamela. Se mi venisse in mente qualcosa, la richiamo.»

L'automobilista dietro di lei strombazzò impaziente. Lei chiuse il cellulare e infilò la macchina alla meno peggio nel posteggio. Aveva la ruota posteriore sul marciapiede e il muso quasi in mezzo alla carreggiata. Due passanti scrollarono il capo quando Rosanna scese. Si rese conto di essere fradicia di sudore sotto il pullover. Tutto a causa di un parcheggio? Oppure la telefonata dell'ispettore l'aveva tanto turbata?

Mentre saliva lentamente le scale fino all'appartamento di Marc, ripensò al significato delle parole di Fielder. Sembrava convinto che Pamela avesse mentito a proposito del luogo in cui aveva trovato il passaporto. Ma per quale motivo l'avrebbe fatto?

Perché per qualche motivo è entrata in possesso del documento in un modo che non può rivelare, si rispose da sola. Fu assalita da un leggero brivido. Possibile che Pamela Luke non fosse soltanto una vittima di questa intricata vicenda? Che fosse meno innocente di quanto volesse far credere?

Era per questo che era scomparsa?

Aprì la porta dell'appartamento ed entrò. L'alloggio era immobile, freddo e anonimo come lo ricordava. In cucina c'era una tazzina sporca nel lavandino, accanto l'involucro accartocciato di un muffin. Un muffin e una tazza di caffè, probabilmente la consueta colazione di Marc. Di colpo le venne da chiedersi come dovesse sentirsi solo, quando la mattina consumava questo triste pasto appoggiato al bancone della cucina. Dubitava che si sedesse. Chissà se in quel momento pensava alla famiglia che aveva avuto un tempo? Una moglie che preparava la tavola. Un figlio che chiacchierava.

Non le aveva mai parlato dell'argomento, teneva chiuse dentro di sé tutte le emozioni al riguardo. Ma quanto doveva pesargli ancor oggi quella perdita?

Aprì il frigorifero. Era malinconicamente vuoto. Una bottiglia aperta di acqua minerale, una bottiglia ancora chiusa di vino bianco. Un vasetto di margarina, un pacchetto di pane a fette. Un pezzetto di formaggio avvolto nella carta stagnola. Tutto qui.

Si rese conto di avere fame, prese una fetta di pane e formaggio e li mangiò lì in piedi, bevendo poi un sorso d'acqua. Fu assalita dai sensi di colpa. Fare la spesa non sembrava essere una delle attività preferite di Marc, e lei gli aveva appena divorato gran parte delle magre provviste. Sarebbe potuta uscire, andare al supermercato più vicino e riempirgli il frigorifero con qualche leccornia, ma scartò subito questo pensiero. Sarebbe apparsa troppo invadente. Marc era un adulto. Poteva badare a se stesso.

Si mise a girare a casaccio nell'appartamento. Come le era accaduto la prima volta, rimase colpita dalla incredibile impersonalità degli ambienti. Sembrava una camera d'albergo o un appartamento ammobiliato. E forse lo era. Forse, dopo il divorzio, Marc aveva lasciato tutti i mobili e tutto il resto alla ex moglie, oppure li aveva depositati da qualche parte per non avere più ricordi di questa fase della sua vita, e si era cercato il primo alloggio disponibile. Di sicuro viveva peggio di quanto dovesse. Perché? Forse la vicenda lo aveva colpito più profondamente di quanto ammettesse? Il divorzio, di questi tempi, era un'esperienza abbastanza comune che, stando alle statistiche, riguardava una coppia su tre. Ma che cosa doveva aver significato per lui la tragica separazione dal figlio, il suo unico bambino? Pensò a Dennis che, nonostante i burrascosi rapporti con Rob, lo amava con tutto se stesso. Se a Dennis fosse capitato un destino come Marc, sarebbe piombato nella più tetra disperazione. Forse Marc ora non dava più importanza a come o dove vivesse. Aveva ridotto la propria vita al lavoro. Probabilmente andava lì nell'appartamento solo per dormire. Non le era difficile immaginare che passasse anche i fine settimana nel suo studio.

Il pensiero di Dennis e Rob le fece venire in mente la telefonata da tempo promessa. Tirò fuori il cellulare e compose il numero di Rob. Si sentiva a disagio. Conosceva il modo diretto che aveva Rob di porre le domande. Non voleva mentirgli, ma che cosa gli avrebbe detto circa il loro futuro? Non lo sapeva ancora neppure lei.

Rob rispose al primo squillo. Aveva riconosciuto il suo numero, perché disse subito: «Rosanna?»

«Ciao, Rob. Allora, che cosa mi combini?»

«Non lo so.»

«Ma certo che lo sai! Senti, trovo del tutto comprensibile e naturale che tu abbia voluto rimetterti in contatto con tua madre, ma avresti dovuto avvertire tuo padre prima. Siamo stati entrambi molto in ansia per te.»

«Mmm.»

«Come stai?»

«Bene.»

«Tua madre è con te?»

«È uscita a fare la spesa, ma tornerà presto a casa. Poi faremo qualcosa insieme. Andremo da McDonald's, o che so io. Papà è tornato a Gibilterra.»

«Lo so. Ho già parlato con lui. Rob...» esitò, perché non voleva ripetergli le stesse cose che tutti gli adulti intorno a lui gli dicevano probabilmente da giorni. Ma del resto non sarebbe servito a niente risparmiargli la verità.

«Rob, sai che non puoi abbandonare di punto in bianco la tua vita. Tu vivi a Gibilterra. Vai a scuola lì. Non puoi piantare tutto e trasferirti armi e bagagli in Inghilterra.»

«Tu però lo hai fatto.»

«La mia è una situazione del tutto diversa. Io...»

«Sei scomparsa di colpo, e da allora noi non esistiamo più per te. Ci hai dimenticati. Volevi chiamarmi ieri, ma ovviamente non era abbastanza importante!»

«No, era importante. Per me tu sei importante. Ma ieri...» Non voleva raccontargli tutta la storia. Era del tutto irrilevante per quel che riguardava loro due.

«Mio fratello Cedric ha avuto un incidente», si limitò quindi a spiegare. «È stato portato in ospedale. A Taunton. Perciò ieri ero molto agitata e confusa. Mi spiace molto di essermi dimenticata di telefonarti.»

Rob tacque qualche istante. «Dove sei adesso?» domandò.

«Qui a Londra. A casa... di amici. Molto probabilmente partirò stasera per Taunton. Voglio andare a trovare Cedric.»

«Posso venire con te?»

Era ciò che aveva temuto. Che Rob si attaccasse a lei. Lei voleva tornare a Kingston St. Mary, rifugiarsi nella casa paterna. Cercare di fare chiarezza per il proprio futuro. Rob era l'ultima persona di cui aveva bisogno in quel momento.

«Rob, non è possibile. Tu...»

«Perché no?»

«Perché in realtà tu dovresti tornare il prima possibile a casa da tuo padre. Che cosa racconterà ai tuoi professori?»

«Potremmo tornare insieme!»

«Io non so ancora quando tornerò.»

Un altro silenzio prolungato, e poi Robert disse in tono tanto aggressivo quanto disperato: «Tu non sai ancora *se* tornerai! Giusto? È questo il punto cruciale. Per questo non mi vuoi tra i piedi!»

«Non so come sta Cedric. Tutto il resto dipende da questo.»

«E se stesse bene? Quando tornerai?»

«In questo momento non sta bene.»

«È proprio una fortuna per te», commentò Rob tagliente.

Rosanna si accorse di stringere troppo forte il cellulare con la mano, e di tenerlo premuto così tanto all'orecchio che il lobo le si era arrossato. Fece un respiro profondo, cercò di rilassarsi un poco.

«Rob, quello che dici non è giusto», replicò tranquilla, «e credo che lo sappia anche tu. Posso benissimo comprendere la tua difficile situazione, ma tu non sei l'unico ad avere dei problemi, e dovresti rendertene conto una buona volta. Del resto, trovo che, già che sei in Inghilterra, dovresti sfruttare il tempo per conoscere meglio tua madre. Invece di sedere al capezzale di Cedric insieme a me.»

Robert disse piano: «Mia madre l'ho conosciuta. Tra di noi non funziona».

«Ma...»

«È gentile. Credo che si stia anche sforzando. Ma in sostanza non conosce minimamente né me né il mondo dei giovani. Le uniche cose che le vengono in mente sono di trascinarmi continuamente da McDonald's, oppure a vedere film per bambini. È completamente stressata, e credo che non veda l'ora che io riparta.»

«Non essere tanto duro con lei! Che cosa ti aspettavi? Piombi da un giorno all'altro nella sua vita, e pretendi che lei trovi immediatamente il modo giusto di trattarti e che indovini esattamente i tuoi desideri. È naturale che sia stressata dalla situazione, lo sarei anch'io. Lo sarebbe chiunque.»

«Ma con te è sempre stato diverso. Con te è sempre stato... così naturale!»

«Ma noi abbiamo avuto molto più tempo per abituarci l'uno all'altra.»

«Tu sei stata perfetta fin dal principio!»

«E tu eri più giovane. È molto più facile rapportarsi con un ragazzino di dieci anni. Mi bastava regalarti gli accessori della squadra di calcio giusta per conquistarmi il tuo cuore. Adesso hai sedici anni. È tutto molto più difficile.»

«Tu però sapevi qual era la squadra giusta», ribatté Rob testardo.

Rosanna scoppiò a ridere. «Ora ti rivelerò un segreto: fu tuo padre a dirmelo allora. Io non sapevo proprio niente di calcio.»

Rob parve impiegare qualche momento per digerire questa informazione. Poi disse: «*Lei* non è mia madre, adesso lo so. Sei *tu*».

Detto questo riattaccò.

«Accidenti», esclamò Rosanna a voce alta. Valutò se fosse il caso di richiamarlo, ma decise di non farlo. Non serviva a niente, continuavano a girare in cerchio. E inoltre lui avrebbe cercato ancora di strapparle promesse che lei in quel momento non poteva fare. Forse era un gesto vigliacco, ma per il momento non lo avrebbe più richiamato.

Guardò l'ora. L'una e mezzo. Come avrebbe potuto riempire le lunghe ore che l'aspettavano fino a sera?

Decise di fare una passeggiata. Camminò per più di un'ora nella giornata fredda e immobile. Dopo il sereno degli ultimi giorni, il cielo aveva cominciato a velarsi di striature bianche, il sole aveva perso il suo vigore. Non c'era un alito di vento. A poca distanza dall'appartamento di Marc c'era un piccolo parco, che Rosanna trovò molto pittoresco. Si mise seduta su una panchina a guardare distrattamente le acque grigio-verdi di uno stagno. Il parco le fece tornare alla mente ricordi di serate estive a Londra. Il calore che emanava dall'asfalto. I parchi pieni di gente che passeggiava, ragazzi con lo skateboard, persone sedute nell'erba a mangiare un gelato. Il fruscio delle foglie sui grandi alberi frondosi. E su tutto l'odore di metropoli fatto di benzina, gas di scarico, polvere.

Questa è la mia città.

Non lo aveva mai pensato tanto chiaramente come in quel momento. La mia città. La mia vita. Quanto tempo andava sprecato impunemente, vivendo in una maniera inadeguata, discrepante con se stessi?

Con notevole ritardo, si accorse di essere completamente gelata. Si alzò in fretta e si mise sulla via del ritorno.

Giunta all'appartamento di Marc, si spogliò, si fece una lunga doccia calda, tirò fuori dalla valigia della biancheria pulita, un pullover più caldo e un paio di calze pesanti e si rivestì. Accese la televisione, guardò una soap opera in cui due donne lottavano furiosamente per un uomo, così giovane, bello e limitato, che Rosanna non lo avrebbe voluto neppure in regalo.

Verso le quattro e mezzo, stappò la bottiglia di vino che era in frigorifero e se ne versò un bicchiere pieno. Dopo il secondo bicchiere erano le cinque e l'alcol l'aveva resa tanto audace da spingerla a entrare nella camera da letto del padrone di casa, nella speranza di imbattersi in qualche oggetto personale, qualcosa che le fornisse qualche indizio sulla personalità di quest'uomo.

A prima vista la camera rivelava poco come il resto dell'appartamento. Un letto molto basso che poteva ospitare comodamente due persone, senza tuttavia essere così grande da dare la sensazione di essere sperduto a chi ci dormiva da solo. Niente comodino, solo una lampada a stelo da una parte. Ai piedi della lampada diversi quotidiani e riviste.

Di fronte alla finestra c'era un grande armadio grigio chiaro. La finestra, come quella del salotto, dava direttamente sulla strada.

Due paia di jeans e alcuni pullover erano gettati distrattamente sulla spalliera di una poltroncina di vimini laccata di bianco in un angolo.

La parete di fronte al letto era occupata quasi per tutta la lunghezza da una libreria bianca, piena di libri ammucchiati in maniera disordinata, che fornivano il primo indizio che Marc Reeve possedeva una vita al di là del lavoro e dello studio, e che nelle serate di libertà gli piaceva sedersi comodamente con un bicchiere di vino e un bel libro.

Tuttavia, nemmeno in camera da letto era visibile alcuna fotografia del figlio.

Rosanna esaminò i libri. Marc aveva una spiccata predilezione per le biografie storiche, in particolare di personalità anglosassoni. I volumi riempivano la maggior parte dello scaffale. Oliver Cromwell compariva quattro volte, Tommaso Moro tre. Accanto altri libri di storia, con una netta prevalenza di quelli dedicati al tema rivoluzioni: la rivoluzione francese, la rivoluzione russa, la rivoluzione inglese. Diversi volumi sulla seconda guerra mondiale. Per il resto qualche giallo di Dorothy Sayers e la raccolta completa di tutti gli scritti di Stephen King. Questi ultimi strapparono un sorriso a Rosanna.

Prese in mano qualche libro, lo sfogliò distrattamente. Si capiva che era un lettore accanito e che amava rileggere gli stessi libri, perché molti erano particolarmente usati. Ogni tanto qualche commento scritto a matita sul margine della pagina con una grafia del tutto illeggibile. Ma la cosa più particolare era che lui aveva l'abitudine di usare lettere e cartoline come segnalibri e di lasciarli poi nel libro. In pratica quello scaffale era pieno zeppo di corrispondenza e Rosanna sapeva che a questo punto avrebbe dovuto smettere di rovistare e sarebbe dovuta uscire dalla stanza. Tuttavia si imbatté in una cartolina rimasta tra le pagine di *Gaudy Night* di Dorothy Sayers. Raffigurava un mare azzurro e un'insenatura idilliaca con una spiaggia bianca e veniva dalla Provenza.

«Caro Marc, siamo qui ormai da quasi tre settimane. Il tempo è da sogno, le spiagge purtroppo sono abbastanza affollate, ma c'è venuto in mente di noleggiare una barca e di raggiungere le insenature più isolate. Fare il bagno lì è un vero divertimento. Tu come stai? Abbiamo saputo che in Inghilterra piove di continuo. Saresti dovuto venire con noi. Passare le ferie da solo a casa è un peccato. La prossima volta, magari...? Cari saluti da Ellen e Dan.»

Cercò di decifrare il timbro postale. Agosto 2002. L'anno in cui la moglie lo aveva lasciato. La sua prima estate dopo la separazione. Gli amici lo avevano invitato in vacanza con loro, e lui evidentemente aveva declinato l'offerta. La storia con Elaine in quel momento apparteneva ancora al futuro. Chissà se gli amici avevano cercato di aiutarlo a uscire dalla solitudine anche in seguito? Oppure dopo quella vicenda avevano preferito non avere più niente a che fare con lui? Del resto, aveva sofferto anche un rovescio professionale. Qualcuno forse non lo trovava più così interessante, così affascinante. Di punto in bianco l'avvocato di grido era diventato un perdente sotto tutti i punti di vista.

Si imbatté in un paio di fatture, dépliant pubblicitari, un foglietto per le ordinazioni di una pizzeria a domicilio. Marc aveva spuntato la *pizza alla diavola*, descritta come molto piccante. Rosanna sorrise. Anche lei avrebbe fatto la stessa scelta.

Prendendo uno dei volumi della biografia di Cromwell, ne scivolò fuori una lettera ripiegata. Sconvolta da se stessa e dal proprio comportamento, ma incapace di fermarsi nelle proprie ricerche, la aprì. In alto a destra campeggiava a grosse lettere l'intestazione di un'associazione: *F.I.D. Fathers in Defence.*

Si trattava di un'associazione registrata.

Rosanna si passò la lingua sulle labbra asciutte. La lettera recava la data del 25 novembre 2002. Un lunedì.

«Egregio Mr. Reeve», stava scritto, «è stato un vero piacere per me conoscerla venerdì scorso alla festa *In vino veritas.* Non credo sia stato un caso che proprio noi due ci siamo trovati a parlare insieme durante un ricevimento a cui erano presenti circa centocinquanta invitati. Ben presto è anche venuto fuori che abbiamo entrambi lo stesso problema.

«Come le ho già spiegato, Fathers in Defence, in breve F.I.D., è stata fondata cinque anni fa e da allora abbiamo avuto un massiccio incremento di iscritti. Si tratta di uomini che si trovano più o meno nella nostra stessa condizione, uomini separati dai loro figli e ridotti al rango di sostentatori economici. Che vengono spremuti fino all'osso, ma poi vengono sottoposti a tutte le angherie immaginabili quando si tratta di limitare al massimo i contatti con i figli, se non addirittura di interromperli.

«Insieme siamo forti. Quanto meno più forti che ciascuno per sé. Abbiamo già raggiunto alcuni risultati, ma c'è ancora molta strada da fare. A molti di noi bastano comunque gli incontri con persone che vivono lo stesso destino, lo scambio di opinioni con chi sa in prima persona di che cosa si tratta.

«Il nostro prossimo incontro è fissato per venerdì 29 novembre, nel ristorante indicato in calce a questa lettera. A nome di tutti gli altri membri la invito calorosamente a partecipare. Non c'è bisogno che le sottolinei quanto sia importante la presenza di esperti in diritto tra le nostre fila.

«Nella speranza di una sua risposta positiva, le invio i miei più cordiali saluti...»

Seguiva una firma illeggibile e sotto il nome di un ristorante scritto a mano e una piantina disegnata piuttosto frettolosamente.

Rosanna lasciò cadere la lettera.

F.I.D.

Aveva sentito parlare spesso di gruppi di questo genere. Come giornalista diversi anni prima aveva partecipato a un incontro di uno di essi, scrivendoci poi un articolo. In quell'occasione l'aveva colpita soprattutto la sincera disperazione di molti uomini, la sofferenza che la separazione dai figli causava loro, ma anche l'indignazione e il senso di ingiustizia che suscitava. Si ricordava di essere rimasta molto colpita. Non aveva avuto l'impressione di avere a che fare con dei fanatici, bensì con persone profondamente infelici.

Chissà se Marc si era iscritto a questo gruppo. Forse il distacco che mostrava adesso quando parlava di Josh era solo apparente? Dietro questa facciata faticosamente controllata si nascondeva una disperazione ancora intensa? L'appartamento spartano, il frigorifero vuoto, l'estrema solitudine che si respirava dentro le sue quattro mura erano forse espressione della profonda angoscia che lo teneva prigioniero?

Udì il rumore della porta con un lieve ritardo. Non le riuscì di rimettere a posto la lettera dentro il libro. La teneva ancora aperta in mano quando Marc si fermò davanti a lei.

«Sei qui», disse lui disinvolto. «Sono riuscito a liberarmi prima del previsto. Ma, senti, come hai parcheggiato l'auto? Non riesce a passare nessuno così!» Non sembrava arrabbiato per il fatto che lei fosse entrata in camera sua.

Il suo sguardo cadde sulla lettera.

«Una lettera?» domandò aggrottando la fronte.

Lei non si era mai vergognata tanto in vita sua. «È stato imperdonabile da parte mia, Marc. Veramente volevo solo dare un'occhiata ai tuoi libri, ma...»

Lui adesso aveva riconosciuto l'intestazione dell'associazione. «Invece hai fatto centro al primo colpo», disse.

5

Ogni respiro era una sofferenza. Ma se non altro poteva respirare di nuovo. Il suo ultimo ricordo era la totale oscurità in cui era piombato; quando si era riavuto, intorno a lui c'erano medici e infermiere ed era stato attaccato a una macchina per la respirazione. Per un agghiacciante momento si era sentito più vicino alla morte che alla vita, perché non era riuscito a adattarsi all'apparecchio, e si era sentito soffocare, ma alla fine bene o male ce l'aveva fatta a trovare il ritmo.

«L'abbiamo ripreso», aveva detto qualcuno, e lui aveva riconosciuto intorno a sé facce preoccupate e sguardi che lo osservavano intensamente.

«Respiri per bene», disse un'infermiera, e a lui sarebbe molto piaciuto spiegarle quanto gli facesse male, ma non riusciva a parlare. Probabilmente gli avevano dato un qualche sedativo, perché nel giro di pochi istanti gli occhi gli si erano richiusi. Quando si era risvegliato non era più attaccato al respiratore, ma i dolori lo tormentavano forse più intensi di prima. Di sicuro gli avevano somministrato un analgesico. Altrimenti sarebbe stato ancora peggio, in preda a sofferenze praticamente insopportabili.

Era passato un giorno, poi un altro. Cedric non era mai stato in ospedale prima d'ora, e la trovava un'esperienza terrificante. L'odore. L'orribile pavimento di linoleum. Le lenzuola dure. Il cibo. Ma la cosa peggiore era semplicemente il fatto di non potersi muovere. Di essere inerme. Totalmente dipendente.

«Ha subito una frattura composita», gli aveva spiegato il medico, un uomo dalla chioma brizzolata ma d'aspetto giovanile. «Si sono fratturate quattro costole adiacenti. L'aspetto peggiore di queste rotture è soprattutto la possibilità di lesioni agli organi interni. Siccome faticava a respirare, temevamo già che fosse stato interessato un polmone e che fosse già collassato. Invece è stato fortunato. Né i polmoni né altri organi interni hanno subito danni.»

«Allora come mai non riuscivo a respirare?» domandò Cedric. Si ricordò del senso di soffocamento che aveva provato negli ultimi istanti prima di perdere i sensi.

«È una conseguenza del dolore», spiegò il dottore, «e non è raro in presenza di fratture come le sue. Il dolore è così forte che il paziente involontariamente respira contro di esso, ovvero cerca di prendere aria per fuggire al dolore quasi insopportabile. In questo modo si crea una contrazione che porta a un blocco quasi totale della respirazione. Alcuni pazienti devono imparare a respirare daccapo con grande fatica e grande sforzo. Nel suo caso invece è andato tutto molto velocemente.»

Wavers, brutto stronzo, aveva pensato, se riesco a metterti le mani addosso, ti restituisco fino all'ultimo colpo, te lo prometto!

Era venuto a trovarlo anche il padre. Aveva una faccia spaventata e angosciata, e cercava di non lasciar trapelare troppo chiaramente la propria preoccupazione.

«Ragazzo! Che cosa mi combini?»

«Sai che fine ha fatto Pamela, papà?» domandò Cedric. Si rese conto che non era affatto facile parlare senza muoversi. Perché ogni minimo movimento del corpo gli causava fitte indicibili dappertutto.

«Pamela? La donna che era con te? A quanto ne so si trova a Londra. La polizia la sta interrogando. Santo cielo, in che storia ti sei fatto trascinare? Rosanna mi ha raccontato che...»

A poco a poco Cedric aveva raccolto tutte le informazioni che cercava. Aveva saputo che Pamela aveva ucciso Pit Wavers. Che aveva portato lui al commissariato più vicino. Che nel frattempo era a Scotland Yard. Erano tutte belle notizie.

Adesso non gli restava che uscire di lì. Il medico gli aveva detto che sarebbe stato dimesso a breve.

«Le costole guariscono allo stesso modo qui come a casa. Le

forniremo la quantità sufficiente di antidolorifici, e poi non c'è bisogno che rimanga ricoverato. Però deve stare a riposo, capito? Fare jogging per il momento è escluso!»

Nel tardo pomeriggio era arrivato anche un agente, che era stato severamente ammonito dall'infermiera di non affaticare il paziente per più di dieci minuti. Aveva spiegato di essere venuto da parte di Scotland Yard, e poi aveva cominciato a fare domande irritanti su Pamela Luke.

«È scomparsa. Il suo interrogatorio non era ancora concluso e aveva ricevuto chiare indicazioni di tenersi a disposizione. Stamattina alle otto è uscita dall'hotel. E da allora ha fatto perdere le sue tracce. Per caso lei ha un'idea di dove possa trovarsi?»

«No. Nessuna.»

«È importante ritrovarla per noi.»

«Non so che cosa dirle, mi spiace.»

«Ha notato qualcosa di strano in lei?»

«In che senso? Era terrorizzata a morte da Pit Wavers, e dapprima mi è sembrata decisamente tesa e isterica. Ma come hanno poi dimostrato i fatti i suoi presentimenti di un pericolo mortale erano del tutto giustificati.»

L'agente consultò il fascicolo. «Mentre era con lei le ha forse parlato del passaporto che sosteneva di aver trovato cinque anni fa nell'appartamento di un certo... Ron Malikowski?»

«No, non abbiamo mai parlato. Non ha parlato molto. Continuava a ripetere soltanto che aveva paura. Che aveva un brutto presentimento. Purtroppo non l'ho presa sul serio. E adesso mi ritrovo qui.» Quando l'agente se ne fu andato, Cedric ripensò alle parole che aveva usato per formulare la domanda: *il passaporto che sosteneva di aver trovato...*

A quanto pareva Scotland Yard nutriva dei dubbi in proposito.

Se la prese con se stesso per non aver chiesto spiegazioni al riguardo. Forse era colpa degli antidolorifici che gli confondevano le idee. Non riusciva a reagire nel modo giusto. Come mai Pamela era scomparsa? Di che cosa aveva paura ancora?

Fuori stava scendendo la sera e Cedric era sul punto di addormentarsi, quando la porta della sua camera si aprì nuovamente. Sollevò il capo e gemette subito di dolore. E un po' anche di sorpresa. Nella sua camera stava entrando Geoffrey con la sua sedia a rotelle.

«Tuo padre mi ha telefonato e mi ha raccontato tutto», disse Geoff, «e allora ho pensato... ma sì, che volevo venire a trovarti.»

«Come hai fatto ad arrivare qui?»

«Mi ha accompagnato una delle assistenti. Mi aspetta di sotto.» Fece un sorriso storto. «Siccome in genere non riescono mai a convincermi a fare niente, all'istituto hanno fatto i salti di gioia quando ho annunciato di voler andare a trovare un amico in ospedale. Si sono prodigati per accompagnarmi qui. Non è stato un problema.»

«Sei stato davvero gentile», mormorò Cedric. Era disteso immobile come un pezzo di legno. «Scusa se non mi giro a guardarti, ma quando mi muovo ho dei dolori atroci!»

«Il corpo a volte può veramente far impazzire», osservò Geoff, e Cedric replicò serenamente e senza il solito tono difensivo: «Di sicuro tu ne sai qualcosa!»

Dopo un momento di silenzio, Geoff disse: «Stammi a sentire, l'infermiera sul piano mi ha detto che non posso restare a lungo, quindi verrò subito al punto. Volevo scusarmi».

«Di che cosa?»

«Ecco, mettendo insieme tutti i frammenti che ho raccolto da tuo padre, mi rendo conto di aver creato un bel casino con la mia telefonata a Mrs. Pearce di *Private Talk*. Ho messo in moto una valanga che... insomma, tutto questo non sarebbe dovuto succedere.»

«Di sicuro non è stata l'idea migliore della tua vita.»

«Ero furibondo con tua sorella, Cedric. L'avevo vista alla televisione e avevo assistito al suo tentativo di riabilitare Marc Reeve. Poi sei venuto tu a raccontarmi di questa persona segnalata nello Yorkshire, che si chiamava Elaine Dawson. E che Rosanna stava andando da lei. Non ci ho visto più. Ero convinto che non si trattasse della mia Elaine, e in questo avevo ragione, ma ho pensato, Ok, adesso Rosanna va da lei e cerca di combinare qualche trucchetto per mettere in buona luce il suo Marc Reeve. Quel tipo l'ha abbindolata, puoi dire quello che ti pare!»

«E anche se fosse? Geoff, dovresti conoscerla bene! Non per questo cercherebbe di mettere in piedi qualche storia fasulla. Non è tanto stupida!»

«In ogni caso, mi è venuta l'idea di telefonare a Mrs. Pearce e di raccontarle tutta la storia. Pensavo che, sotto gli occhi della stampa, Rosanna non potesse giocare sporco. Ovviamente la Pearce ha colto al volo la ghiotta occasione. Mi promise che avrebbe inviato un collega suo amico nel Northumberland.»

«Di sicuro si trattava di un reporter del *Mirror*!»

«Esatto. In questo modo vi ho messo tutti in grandi difficoltà e addirittura in pericolo di vita.» Geoff fece un profondo sospiro e aggiunse sottovoce: «Mi rincresce molto. Spero che tu voglia accettare le mie scuse».

Cedric fece un gesto vago con la mano e fu subito assalito da una fitta lancinante. «Ma certo. Passiamoci un colpo di spugna. In quel momento eri...»

«... ossessionato. Dal pensiero di Marc Reeve come assassino. E dal desiderio di fargliela pagare. E invece... a quanto pare le cose stavano molto diversamente...»

Cedric disse con cautela: «Lo sai che molto probabilmente Elaine... non è più viva, vero?»

Geoff annuì con enfasi. «Me l'ha detto tuo padre. Quasi sicuramente è stata vittima di un omicidio. Un protettore londinese, se non ho capito male. Non riesco ancora a capacitarmi che sia finita nelle mani di un tipo del genere, ma... deve pur essere successo qualcosa, no?»

Elaine e un protettore londinese – anche Cedric la trovava un'ipotesi piuttosto assurda. Continuavano a girargli per la mente le parole del poliziotto: *... il passaporto che dichiara di aver trovato...*

Il caso era davvero concluso? Perché Pamela era scomparsa?

Decise che non c'era motivo di inquietare ulteriormente Geoffrey. «Geoff, forse non sapremo mai con precisione com'è andata, ma ci sono varie ipotesi plausibili. Sappiamo che la cancellazione del volo l'aveva fatta piombare in uno stato di grande disperazione e confusione. Magari, tornata all'aeroporto, venne a sapere che non c'erano più voli. Oppure che erano tutti al completo. O forse decise di non voler più partire. Perché aveva perso il coraggio. Forse qualcuno la interpellò. Forse salì sull'auto sbagliata. Era inesperta e un po' avventata, questo non devi dimenticarlo. Del resto, ha seguito anche Reeve senza esitazioni. E forse la volta successiva ha avuto meno fortuna.»

«Mi piacerebbe tanto saperlo.»

«Pit Wavers è morto. Ma può darsi che il suo socio parli ancora.»

Geoff annuì. «Sì, forse.» Poi aggiunse distrattamente: «Sai, per quanto possa sembrare assurdo, ora che ho la certezza che mia sorella non è più viva, posso finalmente far pace con tutta la vicenda. Per me la cosa peggiore è sempre stata il pensiero che potesse avermi abbandonato. Che se ne fosse andata, senza alcun rimorso verso di me. Non riuscivo a capacitarmene, ma ovviamente ho sempre avuto la sensazione che la maggior parte delle persone intorno a me prendesse in considerazione questa ipotesi, e a volte mi sentivo del tutto sperduto. Mi sono tormentato tantissimo per questo. Per quanto sia terribile sapere che è stata uccisa, ora sono libero. Lei non voleva andarsene via da me».

Cedric pensava che Geoff non poteva averne la certezza assoluta, ma preferì non dirglielo. L'unica possibilità accettabile era che Elaine fosse stata trascinata a forza in un'auto, scaricata da qualche parte e uccisa. Altrimenti bisognava prendere in considerazione l'ipotesi che fosse andata via deliberatamente con un uomo per sfuggire alle circostanze soffocanti della sua vita. Poteva trattarsi di una persona conosciuta a Londra, oppure frequentata da più tempo. A Cedric tornò in mente che Rosanna aveva accennato a un amico del quale Elaine aveva parlato con Marc Reeve.

E quale ruolo svolgeva Pamela in tutta la vicenda?

C'erano ancora molti particolari poco chiari, e forse anche Geoff se ne sarebbe reso conto pian piano, ma al momento era sollevato, e Cedric non voleva privarlo di questo sollievo.

Rimasero entrambi in silenzio per un po', poi Geoff si schiarì la gola. «Ecco, ero venuto per dirti questo. Per scusarmi e per dirti che mi sento meglio e... e naturalmente anche per vedere come stavi.»

Cedric sollevò lentamente una mano. «Mi ha fatto piacere, Geoff. Sul serio. Molto più di quanto possa dimostrarti.»

Geoff strinse debolmente la mano di Cedric. «Tornerai negli Stati Uniti?»

«Appena sarò in grado di muovermi. Resterò ancora un paio di settimane con mio padre. So che gli farà piacere.»

«Verrai a trovarmi di nuovo?»

«Credi che me ne andrei senza salutarti?» domandò Cedric indignato.

Geoff girò la sedia a rotelle e la sospinse verso la porta.

«Geoff!» lo chiamò Cedric.

Geoff si fermò. «Sì?»

«Dovremmo restare in contatto. Certo, fra Taunton e New York c'è una bella distanza, ma ci sono e-mail e telefoni. Dovremmo... ecco, sarebbe bello sapere sempre che cosa fa l'altro e come sta.»

«Mi farebbe piacere», disse Geoff. Aprì la porta. Le ruote della sua sedia a rotelle stridettero piano sul linoleum, mentre si allontanava.

Cedric girò con molta cautela la testa verso la porta, e la vide richiudersi piano.

È un inizio, pensò, è pur sempre un inizio. E dopo tutto quello che c'era stato forse era più di quanto avesse potuto sperare.

Si sentiva molto stanco. Il colloquio con il poliziotto e la visita di Geoff lo avevano sfinito. Maledizione, sono ancora molto debole, pensò.

La porta si aprì lentamente. Doveva trattarsi dell'infermiera. Accidenti, possibile che non potessero lasciarlo dormire in pace?

Girò di nuovo la testa stancamente. Se solo non gli fosse costato tanto fare anche il più piccolo movimento!

La figura che si avvicinava al suo letto in punta di piedi gli risultava familiare, ma controluce non ne riconobbe subito il viso. Soltanto quando crollò singhiozzando accanto al suo letto, Cedric capì chi era il terzo visitatore di quella giornata.

«Pamela!» esclamò sgomento. «Che cosa ci fai qui?»

Lei lo guardava con occhi gonfi e arrossati. «Cedric! Cedric, devi aiutarmi!»

«Calmati», disse Cedric. Maledisse ancora una volta la propria immobilità. Gli sarebbe piaciuto stringerla a sé, accarezzarle i capelli, consolarla. «Calmati. Non gridare. Altrimenti arriva l'infermiera e ti butta fuori.»

«Ho aspettato fuori in corridoio tutto il tempo. Finché il tipo con la sedia a rotelle non è andato via. Cedric...»

«Pamela, la polizia ti sta cercando! Lo sai?»

Lei annuì con forza. «Sono scappata. Non sapevo dove andare. L'unica persona che mi è venuta in mente sei stato tu. Ho preso la corriera, poi ho proseguito a piedi e... ah, ho viaggiato tutto il giorno. Sono esausta.»

In effetti aveva l'aria sfinita. Pallida, derelitta, i capelli in disordine. Sembrava una vagabonda. Cedric temeva che l'infermiera potesse dare l'allarme, se l'avesse trovata lì.

«Santo cielo, Pamela! Non puoi andartene senza dire niente nel bel mezzo di un interrogatorio di Scotland Yard! Perché l'hai fatto?»

Lei lottò contro le lacrime. «Perché quello lì non mi crede. Quel tipo, Fielder o come diavolo si chiama! L'ho capito ieri sera. Non mi crede, e cerca di farmi cadere in contraddizione. Ma io non sono mica stupida, me ne accorgo se qualcuno prova a farmela. Sono rimasta sveglia tutta la notte, e poi ho capito che dovevo andarmene, perché altrimenti ero nella merda e...»

Lui interruppe quel torrente di parole. «Parla piano! Vuoi proprio farti notare dall'infermiera in corridoio? Che cosa significa che lui non ti crede? A che cosa non crede?»

Lei fece un profondo respiro. «Non crede che io abbia trovato il passaporto di Elaine Dawson nell'appartamento di Ron Malikowski.»

«E perché non dovrebbe crederci?» domandò Cedric confuso, aggiungendo paziente dopo un attimo di esitazione, «lo hai trovato lì veramente, oppure no?»

Pamela rimase in silenzio.

«Pamela! Hai raccontato a tutti che...»

Lei lo interruppe aggressiva. «So benissimo che cosa ho raccontato!»

Lui riuscì a muovere la testa quel tanto da poterla guardare negli occhi.

«Hai mentito», constatò.

Lei chinò lo sguardo a terra. «Sì», ammise con un filo di voce.

«Dannazione!» esclamò Cedric. «Dannazione! E perché? Perché lo hai fatto, Pamela?»

Lei tacque.

Quanto avrebbe voluto prenderla per le spalle e scrollarla. Era arrabbiato e deluso. Perché aveva capito che poteva aver mentito per un motivo soltanto: era coinvolta più di quanto volesse far sapere alla polizia. Era venuta in possesso del passaporto di Elaine in una maniera che era meglio non far sapere a nessuno. Molto probabilmente Pamela non era migliore dei tipi di cui aveva tanto terrore. E pensare che lui l'aveva vista come una vittima! Aveva attraversato mezza Inghilterra con lei, alla ricerca di un posto dove potesse sentirsi al sicuro. Aveva cercato di proteggerla. Si era fatto picchiare per lei. Adesso si ritrovava immobilizzato in questo letto, ogni respiro gli costava sofferenze atroci, e doveva venire a sapere che lei gli aveva mentito. A sangue freddo.

«Come sono andate veramente le cose?» domandò. «Pamela, raccontami una buona volta la verità! Come sei entrata in possesso del passaporto di Elaine?»

Lei scoppiò a piangere, e stavolta non cercò di dominarsi.

«Non mi crederesti mai», singhiozzò disperata.

6

«Quella volta andai all'incontro al quale ero stato invitato», raccontò Marc, «ma poi non aderii al F.I.D. Il mio problema era... di natura diversa.»

Erano seduti sul pavimento nel salotto di Marc. Con la schiena appoggiata al divano, le ginocchia piegate. Sorseggiavano il vino che aveva aperto Rosanna. Fuori, oltre la finestra, era scesa la notte. L'ambiente era buio a parte la luce sopra il bancone in cucina.

Lui non si era arrabbiato. Né di aver sorpreso Rosanna in camera sua né del fatto che avesse frugato tra i suoi libri. E neppure che avesse letto una lettera indirizzata a lui.

Era andato in bagno a fare una doccia, si era cambiato indossando un paio di jeans e un pullover.

«Vogliamo andare da qualche parte?» aveva chiesto poi.

Lei aveva scrollato la testa. «Io voglio imparare a capirti, Marc.»

Alla fine si erano ritrovati seduti sul pavimento con un bicchiere di vino. Avevano lasciato che l'oscurità si diffondesse nella stanza mentre parlavano. Rosanna aveva raccontato la sua giornata. Gli aveva riferito del colloquio con Fielder. Del fatto che qualcosa nelle dichiarazioni di Pamela non funzionava. Della sua passeggiata. Della sensazione che l'aveva colpita una volta nell'appartamento di Marc.

«Qui dentro non ci sei tu. Questo è... un confortevole rifugio d'emergenza. Sì, mi pare proprio questo. Che cosa è successo alla tua vita?» Con questo erano arrivati alla lettera. E a quanto stava per dire.

«Non voglio dire che non trovassi giusto ciò che facevano quelle persone. Ciò per cui o contro cui lottavano. Ma il mio caso personale era di altra natura. Le mogli o le ex mogli di questi uomini facevano di tutto per negare loro qualsiasi diritto di visita nei confronti dei figli, usando tutti i possibili stratagemmi legali. A volte appigliandosi a cavilli astrusi. Il mio problema invece non era Jacqueline. Il mio problema era Josh. Non era la mia ex moglie a mettermi i bastoni tra le ruote. Era mio figlio stesso. E questo rendeva la situazione del tutto disperata.»

«Già, disperata», osservò Rosanna, «ecco la parola giusta. La parola che cercavo nel tentativo di descriverti, Marc. La tristezza nel tuo sguardo. Il tuo sorriso che non sembra venire mai da dentro. Il tuo appartamento, dove sembra di gelare. La tua vita è dominata dalla disperazione.»

Lui abbozzò un sorriso. «Sì, hai ragione.»

«Quando ho trovato questa lettera, scritta da un altro padre disperato, ho avuto la netta sensazione di avere in mano la chiave del mistero. Ho capito che l'abbandono di tuo figlio occupava e occupa ancora nella tua vita un posto più grande di quanto tu sia disposto ad ammettere. Hai evitato ogni conversazione in proposito, e questo era comprensibile, ma mi hai sempre dato l'impressione di esserti rassegnato alla cosa. Di riuscire addirittura a considerare questo destino avverso con un certo distacco. E invece... in realtà ci sei ancora in mezzo.»

Lui appoggiò la testa sulle mani. «Non ne ho mai parlato con nessuno, Rosanna. Non volevo lasciarmi andare. Non volevo entrare a far parte della schiera di persone che si iscrivono ad associazioni come questa», indicò la lettera posata sul divano. «Il tono di quella lettera mi pareva patetico. Non mi piacciono termini come *compagni di sventura*. Anzi, in generale direi che non sopporto il concetto di *sventura* collegato a me.»

«Perché non hai lottato per Josh?»

«Oh Dio, certo che l'ho fatto! Ci ho provato in ogni modo. Gli ho scritto. Sono andato a prenderlo a scuola. Ho tentato di parlare con lui. Lui ha respinto ogni tentativo. Non riesco a comunicare con lui.»

«Ma perché? Perché, Marc? Com'è possibile che un figlio respinga in questo modo suo padre?»

Lui tornò a posarsi il capo tra le mani. Aveva l'aria stanca e sembrava invecchiato. «Sono successe delle cose. Credo di averlo deluso troppo spesso. Lo adoravo, ma non ho mai capito che un bambino ha bisogno di sentire l'amore anche in forma di tempo dedicato a lui. Ero un padre che brillava per la sua assenza. E forse questo non sarebbe stato l'aspetto peggiore, ma troppo spesso ho fatto ciò che proprio con i bambini non andrebbe fatto: non ho mantenuto la promessa. Gli prospettavo una qualche attività per il fine settimana, poi subentrava un impegno di lavoro e tutto il resto saltava. Così. Non gli ho mai dato neppure troppe spiegazioni. Mi sembrava naturale che il mio lavoro avesse la priorità, dopo tutto serviva per mantenere la famiglia. Pensavo che Josh lo capisse, che gli fosse chiaro che le cose non potevano andare altrimenti. In realtà, lui piangeva molto spesso. Si sentiva ferito e respinto. E io non me ne sono mai accorto.»

«E poi...»

«E come se non bastasse vedeva spesso sua madre piangere per colpa mia.»

«Perché piangeva?»

Lui esitò. «Era molto sola. E questo forse la portava a... immaginarsi delle cose. A partire da un certo momento del nostro matrimonio, non fu più disposta a credere che fosse soltanto il mio lavoro a tenermi costantemente lontano dalla famiglia. Dapprima furono episodi saltuari, ogni tanto mi accusava di avere una relazione con una collega o una cliente, ma riuscivo a persuaderla del contrario parlando con lei. Ma a poco a poco questa idea fissa si radicò in lei. Diventò quasi un'ossessione. Sosteneva che guardavo le donne giovani e attraenti per strada e che alle feste flirtavo spudoratamente senza nessuno scrupolo nei suoi confronti. Questo causava terribili litigi tra di noi. Lei perdeva totalmente il controllo. Mi lanciava oggetti, urlava e strepitava. Alla fine piombava in una crisi di pianto e si rifugiava da Josh per farsi consolare da lui. Io capivo che questo suo atteggiamento aveva conseguenze catastrofiche per lui, ma non potevo farci niente.»

«E i sospetti di tua moglie erano sempre del tutto infondati?» domandò Rosanna. Le tornò in mente l'ex vicino di casa di Marc. Non era stata solo Jacqueline a considerarlo un adultero.

«Ti assicuro, Rosanna, a quell'epoca lavoravo così tanto che non avrei avuto neppure la forza di imbastire una storia con un'altra donna. Ero ossessionato dal lavoro. Avevo un'ambizione sconfinata. Ero deciso ad arrivare molto in alto. La mia famiglia doveva pagarne il prezzo, questo posso certamente rimproverarmelo. Ma non ho mai tradito Jacqueline.»

Lei fece scorrere lo sguardo per il salotto. «In tutto l'appartamento non ho trovato neppure una foto di tuo figlio», disse a bassa voce.

Lui annuì. «Non potrei sopportarla.»

«Come non sopporti il vecchio arredamento, vero?»

«Infatti. Ho affittato questo appartamento già ammobiliato. Mi sento meglio così.»

«Quando hai visto Josh l'ultima volta?»

«Dopo la storia con Elaine. I giornali avevano parlato di me. Un giorno andai a prenderlo a scuola. Volevo spiegargli che... che quello che c'era scritto non era vero. Volevo dargli la mia versione. Immaginavo che questa storia avrebbe fatto traboccare il vaso.»

«Non ti permise di parlare con lui?» dedusse Rosanna.

«Nemmeno lontanamente. Purtroppo arrivò anche Jacqueline che era venuta a prenderlo. Ne nacque una scenata spaventosa.

Josh protestava che dovevo lasciarlo in pace e Jacqueline sbraitava perché avevo avuto il coraggio di andare lì dopo tutto quello che era successo. La gente intorno ci guardava, qualcuno mi riconobbe. Qualcuno si offrì di chiamare la polizia... un vero incubo. Mi resi conto che non era possibile. Da allora non ho più provato ad avere contatti con lui. Da allora sono piombato... proprio come hai detto tu, nella disperazione. Non ho più speranze rispetto a Josh. E, cosa forse ancora peggiore, non ho più coraggio.»

«Pensi molto a lui?»

«Ogni giorno.»

Lei gli prese timidamente la mano. Lui non si ritrasse.

«Perché ti sforzi tanto di non farlo notare a nessuno?» gli chiese lei. «Ci si sente più soli a tenere chiuso dentro di sé ciò che ci turba e ci angoscia di più.»

«Sto meglio a non parlarne.»

Lei ripensò a ciò che le aveva detto a proposito della lettera. A quanto lo disturbasse la definizione *compagni di sventura*. A quanto respingesse categoricamente il concetto di *sventura*.

«Immagino che per te tutto questo abbia un po' a che fare con l'idea di *perdere*, giusto? Tu pensi di...»

Lui si girò a guardarla. I suoi occhi erano carichi di odio. «Ma come sei perspicace, Rosanna! Vuoi forse dire che mi sento un perdente? Certo, che altro? Ho distrutto il mio matrimonio. Ho perso l'amore di mio figlio. E l'unica volta in cui ho assunto il ruolo di buon samaritano nella mia vita mi sono ritrovato accusato di omicidio. Secondo te non basta per far sentire una persona un perdente?» Si alzò di scatto, andò alla finestra e guardò la strada illuminata dai lampioni, ancora semibloccata dall'auto parcheggiata di traverso.

«Maledizione», disse con enfasi, «mi sento molto meglio quando non ne parlo. Mi chiedo perché le donne debbano sempre *parlare di ogni cosa*!»

Anche lei si alzò, irritata da quel cambio di atmosfera. «Io credevo...»

«Che cosa credevi? Che una ferita faccia meno male dopo averla tormentata? Hai detto che volevi imparare a capirmi. Ma forse *io* non ci tengo a farmi capire. Forse voglio solo restare in pace. Non posso più fare niente per quanto riguarda Josh, e per questo trovo sia meglio non pensarci incessantemente.»

«Questo lo capisco. E mi addolora molto, che...» cercò le parole giuste. Lui la guardava con aria interlocutoria.

«Ti chiedo scusa per aver letto questa lettera», disse lei alla fine. «Non avrei dovuto farlo. Forse non sarei dovuta neppure venire qui.»

Lui non disse niente e guardò nuovamente fuori dalla finestra.

L'atmosfera era radicalmente cambiata da un momento all'altro. Rosanna comprese quanto fosse fragile la facciata di disinvoltura ed equilibrio che Marc si era creato intorno. Era un uomo ferito, che si considerava un fallito; era un padre respinto, che non nutriva più speranze di potersi riconciliare con il figlio. Sopportava la vita rifugiandosi nel lavoro e sforzandosi di scacciare ogni pensiero del passato. Era il modo maschile di scendere a patti con una tragedia, nove uomini su dieci avrebbero reagito allo stesso modo.

Lei protese la mano e lo accarezzò timidamente sul braccio. Lui si staccò immediatamente.

«Devo andare a spostare la macchina», disse, poi si allontanò dalla finestra e prese le chiavi dell'auto posate sul tavolino accanto al divano. «Non posso lasciarla in quel modo sino a domattina.»

Era quasi giunto alla porta, quando Rosanna si abbandonò alla paura che l'aveva assalita di colpo.

«Marc! No, non andare!»

Lui si fermò. «Vado solo a spostare la macchina.»

Lei non sapeva da dove provenisse quell'agghiacciante terrore, né se fosse giustificato. Ma qualcosa le diceva che, una volta salito in auto, Marc avrebbe cercato di sfuggire a quella situazione in un modo qualsiasi e se ne sarebbe andato. Magari in un bar, per perdersi nel frastuono e passare il resto della serata fissando un bicchiere di birra. Oppure in ufficio, per immergersi tutta la notte in una montagna di documenti.

«Ti prego, non andare», ripeté lei. All'improvviso le appariva insopportabile restare da sola in quell'anonimo appartamento. Ad aspettarlo invano. E il giorno dopo partire per Taunton senza averlo salutato, prigioniera per sempre del ricordo di quella infelice serata.

«Voglio solo spostare l'auto», ripeté lui per la terza volta con una nota di impazienza, ma di colpo parve cogliere qualcosa nell'urgenza con cui lei lo implorava, perché posò le chiavi sul bancone della cucina e fece un passo verso Rosanna.

«Che cosa succede?» le domandò.

Lei non rispose. La tensione tra di loro di colpo era diventata troppo grande. Non c'era più niente da dire.

Si incontrarono al centro della stanza e si abbracciarono con foga nello stesso istante. Per un secondo questo abbraccio somigliò a una stretta di disperazione, una ricerca di protezione e consolazione, ma non appena i loro corpi si toccarono tutto questo scomparve in un'esplosione che travolse ogni altra sensazione nel desiderio sessuale reciproco che da giorni ormai cercavano disperatamente di ignorare.

Ogni loro resistenza cedette, anche se Rosanna, assalita dal pensiero di Dennis e del legame che ancora la univa a lui, tentò un ultimo debole tentativo per evitare l'ineluttabile.

«La macchina», bisbigliò, «non puoi lasciarla così fino a domani...»

«Al diavolo la macchina», ribatté Marc con voce roca.

La sua pelle profumava dello shampoo con cui si era appena fatto la doccia. Il suo respiro del vino che avevano bevuto insieme.

In seguito le sarebbe tornata in mente questa mescolanza di odori. Uno shampoo, che non conosceva. Un vino non particolarmente buono, che però aveva bevuto in abbondanza. La luce dei lampioni che filtrava dalla finestra. E la consistenza ruvida della moquette. Era economica e funzionale, come tutto il resto in quell'appartamento. Spartana, come la vita di Marc Reeve.

Le venne da chiedersi se lui riuscisse a dimenticare la propria tristezza mentre faceva l'amore con lei, ma il suo viso era imperscrutabile, e lei non osò chiedergli nulla.

Giovedì, 21 febbraio

1

La magia non scomparve neppure l'indomani mattina, sebbene la giornata si annunciasse grigia e nebbiosa e senza la minima traccia del sole al quale si era già fatta l'abitudine e che rappresentava la definitiva vittoria della primavera sull'inverno. All'improvviso sembrava che fosse tornato novembre. Si notavano di nuovo gli alberi spogli e il grigiore della città. La nebbia attutiva ogni rumore. Il panorama fuori dalla finestra raggelava il cuore. Fuori doveva essere umido e freddo e i mezzi di trasporto probabilmente pullulavano di germi e batteri.

A un certo punto della notte Rosanna e Marc si erano alzati dal pavimento del salotto e si erano coricati sul letto di Marc, avevano fatto di nuovo l'amore, parlato, dormito, e una volta Rosanna aveva pianto senza sapere bene il perché. Marc non le aveva fatto domande. Sembrava sapesse che neppure lei era in grado di dare un nome alla tensione che sentiva dentro.

Si alzarono intorno alle sei e mezzo, perché Marc aveva un appuntamento in tribunale. Rosanna trovò un paio di muffin avanzati dalla colazione con Pamela nello scomparto del ghiaccio.

Marc li prese e li infilò nel microonde, poi preparò due tazze di caffè.

«Che strano», osservò, «colazione per due. Era da tempo che non la preparavo.»

«Non hai mai invitato nessuna donna qui dopo la separazione?»

Lui sorrise. «In questo appartamento in effetti no. Nei primi sei mesi dopo la separazione ho avuto un paio di donne, ma stavo ancora nella vecchia casa. A un certo punto però mi sono stancato delle avventure di una notte. Alla fine mi sentivo più vuoto e più solo che se fossi rimasto per conto mio. Almeno è quello che provo io.»

Lei mescolò lentamente il caffè. «E che cosa provi rispetto a quello che c'è stato tra di noi?»

«Spero», rispose Marc serio, «che non si limiti solo alla notte scorsa.»

«Oggi io devo partire per Taunton.»

«E se aspettassi fino a domani? Oggi non posso rimandare gli appuntamenti, ma domani posso liberarmi per le cinque. Potrei venire con te, se ti fa piacere.»

«A Kingston St. Mary?»

«Avresti qualcosa in contrario?»

«Mio padre...»

«Ne resterebbe scioccato?»

«Lui non sa che tra me e Dennis le cose non vanno. Devo farglielo capire un poco alla volta. È rimasto vedovo da pochi mesi e comincia solo adesso a elaborare il lutto. Non posso annunciargli di punto in bianco che il mio matrimonio è finito.» Guardò Marc con aria triste. «Per lui sarebbe troppo sconvolgente. Mio padre è... di vedute molto tradizionali.»

«Capisco», disse Marc. Si appoggiò con la schiena a uno degli armadietti della cucina. Rosanna si era seduta di fronte a lui sul bancone. Come si era immaginata, Marc faceva colazione in piedi.

«Stammi a sentire, ho una proposta da farti», disse lui. «Tu vai a Kingston St. Mary. Da sola. Vai a trovare tuo fratello e tuo padre. Cerchi di capire come vorresti che proseguissero le cose. Che cosa vorresti fare per il futuro. Tutte queste cose. Prenditi tutto il tempo che ti occorre.»

«Trovo molto difficile separarmi da te adesso.»

«E credi che per me sia facile lasciarti andare? Ma hai una famiglia. Un marito e un figliastro. Per me è più facile impegnarmi con te. Tu devi fare un passo molto più difficile. Può darsi che tu abbia bisogno di qualche giorno per riflettere.»

Sapeva che lui aveva ragione. Ma il pensiero di lasciarlo lì le causava un'inaspettata sofferenza.

«Puoi prendere la mia macchina», disse Marc, «a me non serve né oggi né per il fine settimana.»

«Ma...»

«Ti prego, prendila. Così almeno sarai costretta...»

«A fare che cosa?» chiese Rosanna, vedendo che lui si era bloccato.

Lui posò la propria tazza, prese dolcemente quella di Rosanna. Poi si strinse a lei, nascondendo il viso nel suo collo.

«Sarai costretta a tornare da me», bisbigliò, «dato che non puoi scappare via con una macchina che non ti appartiene. Torna la prossima settimana, te ne prego. Più a lungo non potrei resistere.»

Dopo che Marc fu uscito dall'appartamento, Rosanna lavò le tazze e le rimise al loro posto. Andò in camera per rifare il letto, premette il naso per qualche secondo nelle lenzuola, respirò il profumo della sua notte con Marc. Ripensò al giorno prima, quando era stata assalita dal desiderio struggente di fuggire nel paese della sua infanzia, di rifugiarsi a casa dei genitori, di ritrovare la pace dei suoi giorni passati. Non era rimasto più nulla di questo anelito, era svanito completamente durante la notte. Provava un intenso senso di colpa nei confronti del fratello, bloccato in un letto d'ospedale, ma non sentiva l'impulso di andare da lui. Non voleva nient'altro che restare con Marc. Voleva aspettarlo quando fosse rincasato la sera. Voleva immergersi con lui nella vivace atmosfera della notte londinese, andare a mangiare un boccone da qualche parte bevendo un bicchiere di vino. Tornare a casa a braccetto.

Entrò in bagno e si guardò allo specchio. I suoi occhi splendevano grandi e lucenti.

«Bel pasticcio», si disse, «sei proprio cotta a puntino.»

Dopo aver fatto un sacco di cose inutili che in quel momento erano del tutto insensate – togliere la polvere immaginaria dalle librerie pulite, infilare nella lavatrice i pochi panni nella cesta del bucato, portare fuori il sacco della spazzatura quasi vuoto – smise di illudersi di voler partire per Taunton nel corso della giornata. Non ce la faceva. Non solo perché temeva la separazione da Marc.

Soprattutto aveva paura di ciò che l'aspettava: telefonate di Dennis e Rob, i miti rimproveri del padre interdetto, gli ammonimenti di Cedric. Che impressione avrebbe fatto agli altri? Era stata così brava a tenere nascosto il proprio disagio degli ultimi anni, arrivando talvolta a convincere persino se stessa, che tutti dovevano essere convinti che volesse gettare al vento un matrimonio felice per una breve storia di sesso. Almeno quasi tutti. Cedric si era accorto di qualcosa. Ma tutti gli altri... l'avrebbero presa per pazza. Nessuno l'avrebbe capita. Avrebbe passato il fine settimana a giustificarsi e alla fine non avrebbe ottenuto l'assoluzione.

Si preparò una tazza di tè e, mentre lo sorseggiava lentamente davanti alla finestra, si mise a riflettere.

In questo momento Cedric non ha bisogno di me. C'è papà che se ne occupa. Rob è con sua madre, anche se non sta troppo bene con lei, è un'esperienza importante per lui. Dennis ha il suo lavoro e comunque è convinto che io resti ancora per un po' in Inghilterra. Non mi aspetta a breve. Ho rinunciato al lavoro per Nick. Scotland Yard si occupa di Pamela Luke e, se ci fosse effettivamente qualcosa che non va in lei, quanto meno non mi riguarda.

Era libera. In sostanza era libera di fare ciò che voleva. Per la prima volta dopo tantissimo tempo. Libera dai suoi impegni come moglie e madre. Libera dai suoi obblighi di figlia e sorella. Libera dal suo lavoro di giornalista.

E di colpo capì ciò che voleva. Qualcosa a cui non era obbligata. Che nessuno si aspettava da lei. Men che meno Marc.

Versò quel che restava del tè nel lavandino, si infilò stivali e cappotto, si spazzolò velocemente i capelli che con l'umidità dell'aria quel giorno erano particolarmente ribelli, prese le chiavi dell'auto e uscì dall'appartamento.

2

Sperava di ricordare correttamente il nome. Marc lo aveva pronunciato una volta soltanto. Binfield Heath.

Non era stato difficile trovare la località nell'atlante stradale di

Marc. Si trovava a poca distanza da Henley-on-Thames. C'era già passata qualche volta. Erano le dieci quando imboccò la M40 in direzione Oxford.

Poco dopo uscì dall'autostrada e si trovò a percorrere strade di campagna che attraversavano paesini idilliaci cresciuti lungo le rive del Tamigi. La nebbia si era un po' diradata, ma ammantava ancora prati e muri, i rami neri e lucidi degli alberi, i tetti delle case, stalle e fienili. Qua e là in mezzo a vasti pascoli spuntavano piccole chiesette o fattorie cinte da mura. Ogni tanto scorgeva il fiume, una volta vide una grande chiatta nera che solcava le acque lenta e maestosa. La nebbia la faceva apparire malinconica e solitaria, come i paesi e i boschi all'intorno. La campagna era umida, immobile, in letargo. Di tanto in tanto Rosanna era assalita da un brivido che non derivava dal freddo esterno, visto che il riscaldamento dell'auto funzionava perfettamente. Era l'atmosfera che la circondava a farla rabbrividire. Sapeva che stava attraversando una delle regioni più belle dell'Inghilterra e che d'estate, o comunque in una giornata serena, il paesaggio era incantevole. Ma quel giorno era semplicemente desolato. Avrebbe dovuto continuare sull'autostrada.

Superò le località di Marlow, Henley e Shiplake. Quella successiva sarebbe stata Binfield Heath.

Un paesino minuscolo, che in quella giornata grigia somigliava piuttosto a un ammasso casuale di case in mezzo alla campagna. Era probabile che l'abitato si estendesse sulle colline circostanti, in quel momento nascoste alla vista dalla nebbia. Al centro del paese un incrocio dominato da un massiccio edificio di mattoni: ospitava un negozio e l'ufficio postale, che sembravano gli unici esercizi commerciali della zona. Un cartello segnalava che d'estate era possibile bere tè e mangiare dolci nel giardino adiacente.

Molto grazioso, pensò Rosanna. Parcheggiò davanti all'edificio e decise di entrare a chiedere informazioni su Jacqueline Reeve. Immaginava che nel paese si conoscessero tutti e che quella bottega fosse il fulcro di tutte le notizie e le informazioni.

Appena scese dall'auto calda, fu avvolta dal freddo e dall'umidità. Ebbe un momento di esitazione. Quale pazzia stava per commettere? Poteva ancora tornare indietro. Lasciare all'oscuro Binfield Heath e Jacqueline Reeve. E non solo. Poteva tornare a Londra, parcheggiare l'auto di Marc davanti a casa sua, prendere la valigia e salire su un treno per Taunton. Andare a trovare Cedric e papà e poi tornare a Gibilterra con un Rob sicuramente fuori di sé dalla gioia. Riprendere la vita di un tempo. Dimenticare l'intermezzo inglese con Elaine, Pamela, Pit Wavers e Marc.

Sono pazza se non lo faccio, pensò, e con un'improvvisa sensazione di panico aggiunse: forse potrei perdere completamente il controllo.

Ciononostante, chiuse a chiave l'auto, si alzò il bavero del cappotto ed entrò nella bottega che offriva tutto l'occorrente per le necessità quotidiane della popolazione, dal tè al caffè, passando per chiodi e viti sino a giornali e cartoline. Al bancone c'era una giovane donna che sfogliava una rivista con aria vagamente annoiata. Com'era prevedibile, conosceva Jacqueline Reeve.

«Ma certo che so dove abita! È una pittrice davvero brava. Siamo molto fieri di lei qui!» Esaminò Rosanna con curiosità. «Lei è una gallerista?»

«No. Si tratta di... una questione privata.»

«Ah, capisco.» La donna parve un po' delusa. «Allora, da qui può andare tranquillamente a piedi. Prosegua diritto e poi giri a destra. La terza casa sul lato sinistro. Abita lì.»

«E dove ha l'atelier?»

«Sempre lì a casa. È davvero facilissimo.»

Forse tornerei indietro, se non fosse così facile, pensò Rosanna una volta tornata fuori.

Cinque minuti dopo arrivò davanti all'atelier e all'abitazione di Jacqueline. Era una minuscola casetta molto vecchia, tinteggiata di bianco, con la porta d'ingresso laccata di un rosso acceso e un tetto di paglia molto inclinato. Il piccolo giardino anteriore era un mare di crochi. Un graticcio appoggiato alla parete sosteneva una rosa potata. D'estate i suoi fiori dovevano ricoprire l'intera facciata della casa.

L'idillio era perfetto, ma il contrasto con Londra, con la casa di Belgravia dove un tempo abitavano i Reeve, era tanto evidente da lasciare Rosanna allibita. La casetta qui a Binfield Heath rifletteva uno stile di vita del tutto diverso, rappresentava un mondo completamente differente. Che effetto poteva aver fatto un tale drastico cambiamento sul piccolo Josh?

Rosanna aprì il cancelletto del giardino, percorse il vialetto di pietre irregolari fino alla porta di casa. Nessuno rispose ai suoi timidi colpi, ma la porta si aprì senza fatica non appena la spinse. Si sentì risuonare un lieve scampanellio. Rosanna si trovò in una piccola anticamera le cui pareti erano tappezzate di quadri. Si trattava esclusivamente di paesaggi locali. Un prato in riva al fiume. Delle colline nella bruma del mattino, una barca a vela sul Tamigi. Gli acquerelli avrebbero potuto risultare kitsch, ma non lo erano. Rosanna li trovò semplicemente molto belli. Li avrebbe appesi subito tutti in casa sua.

L'aria era satura dell'odore di tempera e trementina. Una spessa tenda verde scuro impediva la vista dell'ambiente adiacente. Da qualche parte giungevano le note di un pianoforte.

«Desidera?» Una donna uscì da dietro la tenda e guardò Rosanna. Indossava un pullover a collo alto verde scuro su un paio di jeans e una camicia da uomo bianca fino al ginocchio macchiata di colori. Aveva i capelli scuri raccolti in una crocchia sulla nuca tenuta ferma in qualche modo da diversi fermagli. Non aveva trucco.

Ciononostante era una delle donne più belle che Rosanna avesse mai visto.

Si sentì la bocca secca. Chi avrebbe mai pensato che Marc fosse stato sposato con una donna tanto attraente? Com'era possibile che Jacqueline potesse aver pensato che lui la tradisse? Quale donna avrebbe potuto superarla?

In tono educato ma lievemente spazientito, Jacqueline chiese: «Che cosa posso fare per lei? Sto lavorando...»

Di colpo Rosanna si sentì fuori luogo. Invadente e indiscreta. Goffa. Avrebbe preferito mormorare una scusa qualsiasi e lasciare di corsa la casa e il paese, ma per qualche motivo le gambe non volevano ubbidirle. Era come paralizzata.

«Lei è Jacqueline Reeve?» domandò.

«Sì, sono io.»

Rosanna si riscosse e protese la mano. «Rosanna Hamilton.»

Jacqueline si pulì la mano sulla camicia e ricambiò la stretta. «Piacere di conoscerla, Mrs. Hamilton. Che cosa la porta da me?»

«È una faccenda piuttosto complicata...» rispose Rosanna titubante.

«Si tratta dei quadri? Della mostra in programma la prossima settimana?»

«No. No, è una questione diversa. Io...» Faceva caldo nella stanza. Sotto il cappotto pesante, Rosanna sudava copiosamente.

«Si tratta di suo marito», disse, facendosi coraggio. «Del suo ex marito. Marc Reeve.»

Lo sguardo di Jacqueline si fece diffidente. Senza muoversi fisicamente, parve voler stabilire all'improvviso una distanza tra sé e la sua visitatrice.

«Oh. Non sapevo che...» cominciò.

Rosanna nel frattempo aveva ritrovato un po' della propria sicurezza. «La prego», disse, «è importante. Avrebbe qualche minuto da dedicarmi?»

Jacqueline non pareva entusiasta dell'idea. «Sono nel bel mezzo del lavoro. La settimana prossima ho una mostra e non so ancora che cosa riuscirò...»

«Le chiedo pochi minuti soltanto», la interruppe Rosanna. «Per favore.»

Jacqueline si arrese. Forse aveva colto l'urgenza nella voce di Rosanna, ma forse, pensò Rosanna, era pure un po' curiosa.

«D'accordo», disse scostando la tenda. «Si accomodi. Si tolga il cappotto. Vuole una tazza di tè?»

«Lei quindi è la nuova fidanzata di Marc», disse Jacqueline. Non aveva un tono ostile, soltanto divertito. Invece di invitare Rosanna nell'atelier, le aveva offerto di sedere a un tavolino da bistrot in una minuscola cucina. Rosanna si era sfilata il pesante cappotto e aveva cominciato ad acclimatarsi. In uno specchio con la cornice di vimini intrecciato appeso al muro, aveva colto la fugace immagine del proprio volto pallido e affilato con i capelli scuri ancora più scompigliati del solito. Rassegnata, si chiese se sarebbe mai giunto il giorno in cui sarebbe stata soddisfatta del proprio aspetto. Probabilmente mai. Di sicuro almeno non finché si trovava di fronte un esempio di bellezza come la ex moglie di Marc.

Il tè aromatizzato alla frutta era molto caldo e molto dolce. In sottofondo continuava a sentirsi la tranquillizzante musica per pianoforte.

Probabilmente era il modo in cui Jacqueline trovava ispirazione. Che strano modo di vivere! Il paese, la nebbia, l'odore di tempere... la quiete interrotta soltanto dagli accordi di pianoforte... per tutto questo aveva rinunciato alla vita londinese accanto a un uomo come Marc.

«Veramente», disse Rosanna in risposta all'osservazione di Jacqueline, «ci conosciamo soltanto da poco tempo, però...» Si bloccò.

«... siete molto innamorati», terminò Jacqueline per lei. «Sì, posso immaginarlo. È un uomo molto attraente. È comprensivo, generoso e affettuoso. Capisco che si sia innamorata di lui.»

Lo disse in maniera molto aperta e senza inibizioni. Rosanna cercò di cogliere una nota di ironia nelle sue parole, ma non la rilevò. Jacqueline sembrava pensare seriamente ciò che diceva.

«Mrs. Reeve, io...»

«Mi chiami pure Jacqueline.»

«Jacqueline, non sono affatto sicura che sia stato giusto da parte mia venire qui. La decisione di venirla a trovare mi è venuta stamattina, spontaneamente. Marc non ne sa nulla. Forse ne sarebbe rimasto sconvolto.»

«È probabile.»

«Tuttavia, ci sono alcuni punti poco chiari che vorrei... ci sono alcune cose che non riesco a capire...» Si interruppe. Non sarei dovuta venire, si disse a disagio. Balbetto confusa e mi sento profondamente in imbarazzo.

Jacqueline si sporse in avanti. «Che cosa desidera sapere, Rosanna? Che cosa la inquieta tanto? Si tratta della storia di allora?»

«Si riferisce...»

«La storia con quella donna. Come si chiamava... Madleine...»

«Elaine. Elaine Dawson.»

«Esatto. Elaine Dawson. Conosce la vicenda?»

Eccome! «Sì.»

«Vuole sapere da me se credo che mio marito abbia ucciso Elaine Dawson? Ha paura di essersi innamorata di un assassino?»

Rosanna si appoggiò alla spalliera, leggermente più rilassata. Se non altro aveva già risposto da sola e con assoluta certezza a questa domanda. «No. Non ho questa paura. Ma la mia visita in effetti ha qualcosa a che fare con il caso Dawson, questo è vero. Non ho tempo di spiegarle tutta la situazione, ma a quanto pare il mistero si è appena risolto. Elaine Dawson è rimasta vittima di un delitto. E la polizia conosce quasi certamente il colpevole.»

Pit Wavers. Pit il morto. E che fine ha fatto Pamela Luke?

Un pensiero le attraversò la mente per un istante. Pamela era andata via da Londra. E se si fosse recata da Cedric? Era plausibile? Quali conseguenze avrebbe avuto per Cedric, se lei in effetti non fosse stata l'anima candida che tutti avevano creduto?

Possibile che mio fratello si trovi in compagnia di un'assassina?

Scacciò subito quell'idea. Non era il momento per pensarci. Ma Jacqueline aveva notato la nube fugace nei suoi occhi.

«Veramente?» chiese. «Il caso è risolto?»

«Praticamente sì. Presumo che nei prossimi giorni la notizia arriverà alla stampa. E questo mi ha dato l'idea...»

«Quale idea?»

Rosanna si riscosse. «Si tratta di suo figlio Josh. E del suo rapporto, o per meglio dire del *non*-rapporto con suo padre. Che a sua volta ha a che fare per certi versi con il caso Dawson e i sospetti mai completamente fugati contro Marc.»

«E quindi?»

«Jacqueline, Marc soffre terribilmente. Si è rassegnato, per quanto riguarda Josh, ma il fatto che suo figlio abbia interrotto qualsiasi contatto con lui pesa sulla sua vita come un'ombra scura. Si seppellisce nel lavoro, ha successo, ma è un uomo profondamente solo, che non riesce più a provare la minima gioia di vivere.»

«Non è possibile che sia così solo. Dopo tutto ha lei!»

«Io non posso sostituire suo figlio. È proprio questo che mi addolora tanto: lui è solo anche quando è insieme a me. È solo tra milioni di persone. È triste anche quando ride. Non ha più speranza.»

«Già», disse Jacqueline, ma non era rilassata come voleva far credere. Prese un pacchetto di sigarette dalla credenza, lo offrì a Rosanna con sguardo interrogativo, poi se ne accese una dopo che l'ospite ebbe rifiutato. Aspirò intensamente.

«E come posso aiutarla io?» domandò.

Rosanna la guardò intensamente. «Secondo lei non ci sarebbe una possibilità di avvicinamento da parte di Josh verso suo padre? Basterebbe anche un breve incontro. Un breve colloquio. Un modo qualunque per riallacciare il filo interrotto? Se venisse fuori che Marc non ha commesso nessun crimine, e se...»

«Rosanna! Si svegli!» disse Jacqueline brutalmente. Si alzò e rimase in piedi in mezzo alla cucina con la sigaretta in mano. «Non ho pensato neppure per un istante che Marc c'entrasse qualcosa con la sparizione di questa Dawson. E so che anche Josh in fondo non l'ha mai creduto né lo crede. Se la polizia ha trovato un colpevole e se nei prossimi giorni leggeremo sui giornali la notizia, per noi non sarà una grossa sorpresa. Sono contenta che Marc finalmente venga riabilitato una volta per tutte, la vicenda gli ha causato Dio solo sa quanti problemi. Ma per me non è una svolta. E nemmeno per mio figlio.»

«Ma...»

«Chiaramente Josh rimase molto turbato all'epoca dei fatti. Del tipo: visto, papà è davvero terribile, adesso ha pure ucciso una donna! In un certo senso sfruttò la vicenda come ulteriore giustificazione del proprio distacco. Mise a tacere i sensi di colpa che forse provava nei confronti del padre. Nessuno poteva costringerlo a trascorrere i suoi fine settimana con un uomo su cui aleggiavano simili sospetti, giusto? In un certo senso la storia capitò quasi a proposito. E ovviamente scatenò in lui una violenta ambivalenza: l'odio che provava verso il padre era accresciuto dalle notizie sui giornali. Tutti a scuola conoscevano la storia, i suoi amici della squadra di calcio, i vicini... Josh non aveva ancora dieci anni. Che cosa crede lei, quale fu per lui lo choc nel vedere il padre esposto in questa maniera? Uno stupratore e un assassino! Quanto fossero inconsistenti le accuse, quanto velocemente la polizia lasciò cadere i sospetti, questo non interessò nessuno. La gente la trovava una storia incredibilmente raccapricciante e avvincente. Per noi fu come essere messi alla gogna. E per Josh fu ancora peggio.»

«È comprensibile», disse Rosanna, «deve essere stato terribile. Ma... Jacqueline, la prego di dirmelo se sono troppo indiscreta e troppo invadente, ma c'è una cosa che non riesco a spiegarmi. Non capisco questo odio di un ragazzo nei confronti del proprio padre.»

Jacqueline scoppiò in una risata priva di allegria. Schiacciò la sigaretta in un piatto e tornò a sedersi. «Josh si è separato da Marc, Rosanna, definitivamente. Proprio come me.»

Rosanna sapeva di aver oltrepassato il limite. «Perché? Perché questa separazione?»

Jacqueline la guardò per un istante senza parlare. Non era ostile, quanto piuttosto assorta. Rosanna temette che volesse alzarsi e chiudere lì il loro incontro. *È stato bello conoscerla, Rosanna, ma i miei problemi coniugali non la riguardano. Impari lei stessa a conoscere Marc. La convivenza con un'altra persona non è fatta soltanto di qualche notte di passione. Scopra lei stessa cosa vuol dire vivere giorno dopo giorno con Marc Reeve!*

Io direi così al suo posto, pensò.

Jacqueline però non lo disse. Prese un'altra sigaretta e la tenne tra le dita senza accenderla. Poi mormorò: «La vita con Marc era un inferno, Rosanna. Per me e anche per Josh. Non credo che Josh possa perdonare a suo padre ciò che fece a sua madre».

3

La camera era piccola e arredata senza gusto, ma lei la preferiva al pretenzioso albergo di Londra. Lì aveva avuto la sensazione di impazzire. Le finestre non si potevano aprire, lei non era riuscita a regolare adeguatamente il riscaldamento, e si era sentita sopraffatta dal lusso che la circondava. Già solo l'enorme bagno rivestito in marmo con lo specchio a parete l'aveva intimidita. Se voleva uscire a prendere una boccata d'aria, doveva attraversare la hall che somigliava al salone delle partenze di un aeroporto. Tanta gente, tante voci, sguardi curiosi, viavai di personale indaffarato. Un caos chiassoso e frenetico che le rimbombava in testa.

E poi c'era l'ispettore Fielder. Era stato gentile, le aveva offerto un caffè e dell'acqua minerale e le aveva parlato in tono amichevole. Ma a lei non erano piaciuti i suoi occhi, il suo sguardo freddo e implacabile. Dalle sue domande aveva intuito quanta diffidenza provasse verso di lei. Non credeva alle sue dichiarazioni circa il luogo del ritrovamento del passaporto. Non credeva che lei non avesse mai impugnato un'arma prima d'ora. Le sorrideva cordiale, e intanto le poneva domande spietate e ineludibili. Continuava a scavare senza lasciarle un attimo di requie.

Alla fine non l'aveva più sopportato. Né l'hotel né la stanza degli interrogatori. Forse era vissuta troppo a lungo in fuga. Troppo a lungo in paesini remoti. Troppo a lungo senza contatti con altre persone.

Si avvicinò alla bassa finestra e aprì i vetri. Un'aria fredda e umida entrò nella stanza. Lei respirò a fondo. Sotto di lei la strada residenziale era silenziosa, non c'era in giro anima viva. Notò uno scoiattolo che saltellava da un giardino all'altro. Per il resto non si muoveva nulla. La quiete era un balsamo per la sua anima.

Era stato Cedric a indicarle quella pensione. Le aveva messo in mano venti sterline e l'aveva spedita a pernottare lì. A lei sarebbe piaciuto restare in ospedale con lui, ma aveva capito che l'infermiera si sarebbe opposta.

«Vuoi che si metta a fare domande spiacevoli e che alla fine chiami la polizia?» le aveva domandato Cedric e lei ovviamente non lo aveva voluto.

La proprietaria le aveva dato la stanza senza tante storie, ma al mattino seguente, di fronte a una ghiotta colazione – che Pamela aveva praticamente lasciato intatta –, si era rivelata una donna piuttosto curiosa e indiscreta. Pamela si era resa conto di doversene andare velocemente anche da lì. Aveva l'aria scompigliata e non aveva bagaglio: la combinazione perfetta per destare sospetti e accendere l'immaginazione delle persone.

«Mio padre viene a prendermi oggi all'ospedale», le aveva detto Cedric, «poi passiamo dalla pensione e ti portiamo con noi. Tanto per cominciare puoi stare nella camera di mia sorella. Ma, Pamela, c'è una cosa che deve esserti chiara: né io né mio padre abbiamo intenzione di nasconderti da Scotland Yard. Dovrai informarli della tua presenza. Dovrai raccontare loro quello che hai raccontato a me!»

Lei si allontanò dalla finestra. Era infreddolita, ma l'aria frizzante le faceva bene, non voleva rinchiudersi di nuovo. Non sapeva dire con certezza se Cedric avesse creduto al suo racconto. Gli aveva detto tutto e lui l'aveva ascoltata serio e senza interromperla.

«Perché non lo hai detto subito?» le aveva chiesto alla fine, e lei aveva cercato di fargli capire che temeva di essere in qualche modo accusata lei stessa.

«Con il tuo comportamento, però, ti sei resa ancora più sospetta», aveva detto lui.

Esatto. Aveva commesso un errore. Non c'era bisogno che lui glielo ricordasse. C'era bisogno che lui l'aiutasse.

Alla parete della camera era appeso un antiquato orologio di porcellana decorato con tralci verdi e fornito di due pendoli a forma di grappoli d'uva lilla scuro. Dov'era mai possibile trovare un oggetto del genere? Non erano nemmeno le dodici. Probabilmente mancava ancora diverso tempo prima che Cedric e suo padre arrivassero lì. Sempre ammesso che lo facessero e non mandassero direttamente la polizia. Ma in quel caso sarebbe già arrivata da tempo, giusto?

Negli ultimi due giorni continuava a vedere Pit Wavers. Non il Pit energico, brutale, con le gambe storte, che l'aveva fatta vivere nel terrore per anni, bensì quello riverso su una strada di campagna da qualche parte nella zona di Cannington nel Somerset. Con un buco nel petto. E con gli occhi chiusi.

Si era chinata su di lui trattenendo il respiro per la paura. Se si fosse ripreso? Se si fosse alzato di scatto e le avesse stretto il polso nella sua morsa d'acciaio? Se l'avesse colpita allo stomaco con l'altro pugno, come aveva fatto spesso in precedenza? Era stramazzato a terra dopo che lei aveva sparato il colpo, questo era riuscita a vederlo prima che il parabrezza si trasformasse in un'enorme ragnatela nel giro di un secondo. Ma non aveva saputo dire se l'avesse colpito. Avrebbe potuto benissimo essersi abbassato di proposito.

Aveva cercato di sparare altri colpi alla cieca verso il bersaglio ormai invisibile, ma la pistola era scarica e alla fine lei ci aveva rinunciato. Era rimasta seduta in macchina. Senza muoversi. Letteralmente paralizzata dal terrore. Consapevole che lui sarebbe potuto spuntare accanto alla portiera da un momento all'altro. E si sarebbe ritrovata a guardare nei suoi occhietti spietati. Erano sempre stati i suoi occhi a tradire tutto di lui. Una volta sul giornale aveva letto che uno psicopatico si caratterizza per la totale mancanza di qualsiasi emozione, l'assenza di ogni empatia che gli permetta di provare compassione e rispetto per gli altri. Allora aveva capito che nel caso di Pit si trovava di fronte a una personalità gravemente deviata. La sua disperazione aveva raggiunto livelli incommensurabili.

Dopo un po' si era resa conto di non poter restare seduta all'infinito nell'auto a fissare il parabrezza incrinato. Accanto a lei Cedric doveva aver perso i sensi. Respirava in maniera irregolare e faticosa. Aveva bisogno di un medico, questo era evidente, e anche in fretta.

Alla fine si era decisa a scendere. Ancora adesso ricordava quel momento con grande raccapriccio. Si era convinta che lui si fosse appostato accanto all'auto in attesa di aggredirla. Lei stringeva ancora in mano la pistola, sebbene fosse inutile. Aveva sparato l'unico colpo che aveva a disposizione.

Era buio, ma i suoi occhi si erano abituati all'oscurità della notte. Aveva girato intorno all'auto, finendo quasi per inciampare sul corpo di Pit, che era esattamente nel punto in cui era caduto. Lo aveva guardato fisso, il sangue che le ribolliva nelle orecchie, aspettando che succedesse qualcosa, senza sapere esattamente che cosa.

Alla fine era stato il pensiero di Cedric a spingerla a muoversi. Se fosse rimasta lì ancora un po', lui sarebbe morto. Si era accucciata, era rimasta in ascolto, scrutando la sagoma davanti a lei. Non riusciva a capire se Pit fosse vivo o morto, se respirasse o no. Alla fine si era fatta coraggio e gli aveva posato la mano sulla parte sinistra del petto, dove le era sembrato di sentire un lieve battito. Ma poteva benissimo trattarsi del tremito della propria mano, non poteva dirlo con certezza. Quando l'aveva staccata, se l'era sentita bagnata e appiccicaticcia e dopo un istante di stupore aveva capito che era sangue.

Ti ho colpito al cuore, Pit. Ma guarda, la piccola Pam, questo pezzo di merda, come mi chiamavi spesso, si è data una mossa, ha mirato e sparato e ha fatto centro. Niente male. Non te lo saresti mai immaginato, vero?

No, lui non l'avrebbe ritenuto possibile. Ancora due ore prima, in quello squallido appartamento per le vacanze, lei non gli aveva fatto alcuna paura, quando gli aveva puntato contro la pistola. Ma in quel momento neppure lei si sarebbe creduta capace di un gesto simile. Per questo tremava così tanto. E si era sentita tanto sollevata quando Cedric aveva preso la pistola.

Era stata assalita da un'ondata di euforia, ma aveva percepito chiaramente che non si trattava di autentico sollievo, quanto dei suoi nervi che erano a un passo dal collasso totale. Aveva voglia di ridere e di piangere insieme e ci mancava poco che si mettesse a urlare.

Potrai crollare, ma solo dopo aver portato Cedric in ospedale!

Aveva gettato la pistola ormai inutile da qualche parte nell'erba, poi, facendo un enorme sforzo su se stessa, aveva afferrato Pit sotto le ascelle e lo aveva spostato di lato, lasciandolo sul ciglio della strada. Era salita sulla macchina di Pit e con sollievo aveva visto che le chiavi erano ancora inserite. Sarebbe stato raccapricciante dover frugare il corpo di Pit in cerca delle chiavi. Con mani tremanti era riuscita a mettere in moto al quarto tentativo. Aveva portato l'auto un po' più avanti in modo che non ostacolasse più il passaggio. Poi era scesa, era tornata di corsa all'auto di Cedric, aveva impiegato un'altra mezza eternità per accendere il motore. Per tutto il viaggio – soltanto più tardi si era resa conto di aver guidato a fari spenti – aveva continuato a parlargli mentalmente.

Non ti preoccupare. Presto saremo all'ospedale. Ti aiuteranno. Pit non può più farci nulla. L'ho sistemato per benino, che te ne pare? È rimasto nel bosco ed è morto, o moribondo. Invece noi due, noi due ce la faremo!

Ora non sapeva più come ci fosse riuscita. Aveva guidato alla cieca per i dintorni, alla fine non aveva più saputo dove si trovasse. L'importante era trovare un qualche centro abitato e individuare un ospedale, oppure passare davanti a un commissariato. Alla fine, quando, giunta a una cittadina sonnolenta, aveva scorto l'insegna della polizia, si era quasi messa a piangere per il sollievo.

Da quel momento erano stati altri a prendere la regia. Ricordava vagamente una scomoda sedia di plastica nel commissariato, dove era rimasta seduta almeno un'ora, stringendo in mano un bicchiere di polistirolo piena di caffè, a piangere in silenzio e ininterrottamente.

Tornò alla finestra e la chiuse. Stava diventando troppo freddo e in quel momento non poteva permettersi di prendere un raffreddore.

Non avrebbe mai creduto che un giorno avrebbe ripensato con affetto a suo fratello Liam. Era un tipo brutale, scontroso e vendicativo, indolente e ubriacone, ma era stato lui a portare la sorellina al tirassegno. Liam era ossessionato dalle armi. Prima che l'alcol lo riducesse a un rottame, trascorreva ogni momento libero a esercitarsi con la pistola. Pam, sempre in fuga da suo padre, che aveva cominciato a guardarla con un interesse lascivo a partire da quando aveva undici anni e poi l'aveva violentata regolarmente dai tredici, aveva implorato Liam di portarla con lui. Lui la maltrattava spesso, ma se non altro non se la portava a letto. A un certo punto lei aveva avuto addirittura l'impressione che lui cominciasse a divertirsi a darle lezioni del suo passatempo preferito, e lei, quanto mai ansiosa di compiacerlo, si era impegnata a fondo, diventando molto brava. Perfino Liam di tanto in tanto la lodava e lei si era accorta che parlava con orgoglio della sorellina anche con i suoi amici.

«Ha un talento naturale», si vantava, «finirà per diventare una poliziotta, da quanto è brava!»

Alla polizia in effetti ci era finita. Ma in maniera diversa da come pensava Liam. Le sarebbe piaciuto dirgli che in fondo era stato lui a salvarle la vita, ma l'ultima volta che lo aveva visto era stato dodici anni prima, all'ingresso di una galleria commerciale di Liverpool. Dormiva rannicchiato su se stesso, ubriaco, puzzolente, intontito dalla grappa. Teneva la bottiglia stretta in mano e, quando lei lo aveva svegliato, lui non l'aveva riconosciuta.

Aveva scoperto che Pit possedeva una pistola poco dopo essersi trasferita a vivere con lui. L'aveva trovata in fondo a una scarpiera, nascosta tra vecchi stivali di gomma, mazze da baseball e sciarpe di lana ammuffite. Siccome intuiva che non avrebbe dovuto rovistare lì dentro e aveva già avuto modo di sperimentare uno degli accessi di rabbia di Pit, preferì non rivelare la propria scoperta. Istintivamente non gli aveva neppure rivelato di saper sparare come una professionista. Per qualche motivo aveva intuito che un giorno avrebbe potuto risultarle utile avere un qualche vantaggio su di lui.

Quando Pit aveva cominciato a trattarla sempre peggio e ad angariarla, mostrandosi sempre più violento, lei, in preda a un'incessante paura, aveva cominciato a sognare la pistola. Non di notte, bensì di giorno. Si vedeva che puntava la canna sul viso del suo aguzzino, sparava e cancellava quel ghigno spaventoso, e questa immagine era diventata la sua consolazione. Si immaginava la scena mentre i suoi pugni le percuotevano l'addome, mentre la scopava con tale violenza da farla gridare di dolore, mentre la trascinava per l'appartamento tenendola per i capelli per mostrarle un punto che si era dimenticata di pulire. Aveva bisogno di questa fuga interiore per non piombare del tutto nella disperazione, per non gettarsi dalla finestra oppure tagliarsi le vene. Nei momenti più neri si rendeva conto che non avrebbe mai avuto il coraggio di farlo sul serio. Non si sarebbe mai messa dietro la porta ad aspettarlo, per spararagli appena entrava. Ma anche un sogno bastava a dare coraggio, lei se n'era resa conto allora. Quando aveva deciso di scappare, aveva pensato di portare con sé l'arma, per non essere completamente vulnerabile, ma due settimane prima che compisse quel passo decisivo la pistola improvvisamente era scomparsa dal suo nascondiglio. Evidentemente Pit non lo riteneva più sicuro. E lei non era più riuscita a scoprire dove lui l'avesse spostata.

Adesso l'ho fatto, pensò, e nonostante lo scoramento che provava avvertì un piccolo brivido di esaltazione. Dopo tanti anni il sogno si era avverato. Aveva sistemato Pit una volta per tutte. Se ora non fosse finita in gattabuia, significava che sarebbe stata veramente libera per la prima volta dopo tantissimo tempo.

Diede un'altra occhiata all'orribile orologio. Erano trascorsi cinque minuti.

Aveva senso aspettare Cedric e suo padre? Magari il padre avrebbe chiamato direttamente la polizia. Ma quali alternative aveva? Dove poteva andare? Non aveva soldi, né documenti, neppure un cambio di biancheria. E probabilmente non sarebbe passato molto tempo prima che fosse spiccato un ordine di cattura nei suoi confronti.

«Fidati di me», le aveva detto Cedric la sera prima al momento di salutarsi, «ti scongiuro! A questo punto non puoi che peggiorare la tua situazione!»

Fidati di me.

Si sedette sul letto e si nascose il viso tra le mani. Se c'era una cosa che aveva capito nella vita era quanto fosse impossibile fidarsi di un uomo, e tutto in lei si opponeva alla prospettiva di mettere il proprio futuro anche soltanto in parte nelle mani di Cedric.

Odiava sentirsi in trappola. Trascorsi altri cinque minuti si era morsa le unghie a sangue e si era data un limite di tempo: avrebbe aspettato ancora mezz'ora. Se Cedric e suo padre non fossero passati da lei, allora sarebbe sparita per sempre.

4

La nebbia si era infittita, invece di diradarsi come solitamente accadeva intorno a mezzogiorno. Gravava tetra e impenetrabile al di là della piccola finestra. In cucina regnava un meraviglioso tepore. Jacqueline aveva preparato dell'altro tè e aveva portato in tavola lo zucchero. Fumava una sigaretta dopo l'altra.

«Impiegai parecchio tempo, prima di rendermi conto che Marc era un fedifrago patologico. Forse non cominciò subito. All'inizio è probabile che i suoi sentimenti verso di me lo trattenessero. Ma in seguito... perse ogni scrupolo. La cosa peggiore era che non doveva neppure darsi da fare. Le donne gli cadevano letteralmente ai piedi. Non dipende soltanto dal suo aspetto esteriore. C'è anche il suo atteggiamento. Questa sua serietà posata e riservata, i suoi modi raffinati, l'amichevole distanza... forse non bisognerebbe sorprendersi se un uomo cede alle proprie debolezze quando si trova la strada spianata in questa maniera.»

Rosanna sorseggiò il tè. Era molto caldo e le scottò le labbra. Posò la tazza lanciando un gemito soffocato.

Jacqueline fraintese la sua reazione. «Sì, immagino che per lei sia spiacevole», disse, «ma mi ha chiesto di raccontarle la verità.»

«Volevo sapere come mai suo figlio...»

Jacqueline rise. «Non riesce a immaginarselo? Quasi tutte le sere, quando Marc non tornava a casa per l'ennesima volta, dopo avermi promesso il contrario, Josh veniva svegliato dal mio pianto. Allora veniva in camera nostra dove io singhiozzavo nel grande letto vuoto. Papà non è ancora tornato? mi chiedeva, e io gli rispondevo, no, papà è al lavoro, farà tardi anche stasera. Non piangere, mamma, mi diceva e poi si infilava sotto le coperte, mi abbracciava stretta stretta e premeva il viso contro le mie guance rigate di lacrime. Dapprincipio credeva sul serio che il padre avesse sempre tanto da lavorare e che io piangessi soltanto perché ero da sola. Però, man mano che cresceva, le discussioni tra me e Marc diventarono più accese, e Josh cominciò a capirci di più e alla fine si rese conto della realtà. Il padre non lavorava, il padre andava a letto con altre donne e la mamma ne soffriva terribilmente. Capisce anche lei che in tali circostanze un figlio può cominciare a odiare suo padre.»

Invece di rispondere, Rosanna formulò un'altra domanda: «Non è plausibile che Marc effettivamente avesse da lavorare? A me ha spiegato di essere stato veramente ossessionato dalla carriera. Si rende perfettamente conto di aver trascurato la famiglia, e ne soffre profondamente».

«Sa una cosa», replicò Jacqueline, «se io fossi in procinto di allacciare una nuova relazione, non direi certo per prima cosa al nuovo partner che il mio matrimonio è fallito per colpa dei miei tradimenti. È vero, Marc era un autentico stakanovista. Nutriva un'ambizione sfrenata. Era sposato prima con il lavoro poi con me. Questo era il secondo problema dopo l'adulterio. Ci trascurava continuamente. Qualunque cosa progettassimo come famiglia, un weekend al mare d'estate, oppure un pomeriggio al cinema o una gita in bicicletta, nove volte su dieci potevo essere sicura che alla fine mi sarei ritrovata da sola con Josh. All'ultimo istante arrivava la solita telefonata di Marc che affermava di doversi occupare di una questione imprescindibile. Potevo scommetterci. E lei non immagina nemmeno con quanta amarezza possa piangere un ragazzino quando la cosa si ripete all'infinito.»

«E secondo lei, nella maggior parte dei casi...»

«... si trattava dell'ennesima biondina? Credo che la percentuale fosse alla pari. Lo studio per il quale lavorava in effetti spremeva a sangue i collaboratori al punto che lasciare un sabato sera libero a uno degli associati era considerato un comportamento disdicevole. Non so quante volte lo implorai di andarsene da lì, ma lui riteneva che fosse il trampolino di lancio ideale per una carriera di successo.

Fu molto interessante assistere poi al modo in cui lo lasciarono cadere come una patata bollente quando scoppiò il caso Dawson. Per anni si era fatto un mazzo così per lo studio, gli aveva sacrificato la famiglia, e adesso non vedevano l'ora di liberarsi di lui. Ma», diede una scrollata di spalle, «a quel punto ormai la faccenda non mi riguardava più.»

Rosanna decise di prendere il toro per le corna anche a costo di essere buttata fuori di casa da Jacqueline. «Marc mi ha raccontato che lei lo accusò di diverse relazioni», disse, «ma secondo lui si trattava di una sua... fissazione. Era fin troppo stressato per cercare un'avventura. Mi ha giurato di non averla tradita neppure una volta.»

Jacqueline rise. «Una fissazione? Anch'io al posto suo la definirei allo stesso modo. E devo dire che è anche stato gentile. Mi accusava in continuazione di essere malata di nervi. Deve sapere che mi trovai a vivere un momento difficile quando dovetti occuparmi di mia madre gravemente inferma. Era ricoverata in un istituto nei pressi di Cambridge e io andavo a trovarla regolarmente, per offrirle calore e affetto. Assistere alle sue sofferenze era spaventoso e terribilmente deprimente. In quel periodo piangevo molto. Ero molto triste, ma per nulla esaurita. Non cominciai a immaginarmi le cose, come invece mi viene rinfacciato dal mio ex marito. Ero perfettamente in grado di capire lucidamente ciò che mi accadeva intorno.»

Era proprio così? Rosanna non voleva scivolare in un modo di pensare tanto scontato, e sapeva anche che ciò che provava per Marc non le permetteva di essere completamente obiettiva, ma d'altro canto non era disposta a prendere le affermazioni di Jacqueline come l'unica verità valida. Quella donna le sembrava un po' disturbata. Si era stabilita in questo paesino dimenticato da Dio e dipingeva acquerelli. Costringeva il figlio a vivere in una situazione che non avrebbe potuto essere più diversa di così dalla sua vita precedente. Forse aveva del talento, ma non era vero che proprio gli artisti più dotati hanno la tendenza a crearsi un mondo fantastico? Marc era a casa di rado, aveva trascurato emotivamente moglie e figlio, lo aveva ammesso lui stesso senza esitazioni. Possibile che avesse avuto anche delle amanti? Jacqueline era rimasta decisamente vaga nelle proprie accuse. Aveva parlato di donne che si gettavano numerose ai suoi piedi, ma non aveva indicato un nome preciso né una descrizione più accurata del tipo: aveva avuto una relazione durata mesi con una sua collega bionda, oppure, tutte le volte che andavo da mia madre, lui se la faceva con la donna che abitava due case più in là. Una persona schietta come Jacqueline non avrebbe dovuto essere più esplicita? E alla fine aveva ammesso di essere stata molto turbata dalla lunga malattia della madre – cosa del tutto naturale. Non ero per nulla esaurita, aveva detto, ma una donna che andava regolarmente da Londra a Cambridge per assistere impotente alle sofferenze di una persona cara, e che per questo piangeva spesso e di getto, aveva quanto meno i nervi scossi. Forse si sentiva abbandonata dal marito tutto dedito al lavoro, e questo l'aveva fatta sentire ancora più triste e disperata e magari trattata ingiustamente. Le cose potevano stare così, oppure diversamente. C'erano due dichiarazioni che si contrapponevano e Rosanna aveva la vaga sensazione che non sarebbe riuscita a trovare prove convincenti né per l'una né per l'altra.

Scostò la tazza da una parte e si alzò per segnalare di non voler mettere ulteriormente alla prova la pazienza della padrona di casa. «So che è molto occupata», disse, «e non vorrei disturbarla oltre. La ringrazio di essere stata così franca con me.»

Anche Jacqueline si alzò, la sigaretta accesa stretta tra le dita. «Mi ha fatto piacere conoscerla», disse in tono sincero, «e le auguro veramente tanta fortuna con Marc. Più di quanta ne abbia avuta io.»

«È del tutto escluso pensare a una riconciliazione di Josh con suo padre? Credo che sia il più grande desiderio di Marc.»

Jacqueline scrollò le spalle dispiaciuta. «In tutta franchezza non credo che ci sia molto da fare. Dirò a Josh che la vicenda di Elaine Dawson si è chiarita, ma, come le ho già detto, non era quello il motivo del distacco. Forse deve crescere ancora per riuscire a riavvicinarsi a suo padre. Io ne sarei davvero molto felice.»

«Già», osservò Rosanna affranta. Il suo bel sogno di offrire a Marc una commovente riconciliazione con il figlio era svanito. Si chiese se fosse valsa la pena di fare quel viaggio fino a Binfield Heath. Aveva scoperto cose che avrebbe preferito non sapere. Se Jacqueline Reeve era vittima di autosuggestione, era possibilissimo che fosse un fenomeno contagioso. Qualunque cosa fosse accaduta, le accuse di Jacqueline sarebbero rimaste come un piccolo tarlo tenace nella mente di Rosanna, implacabili e sempre presenti tutte le volte che Marc avesse compiuto qualcosa di incongruente. D'un tratto si rese conto che sarebbe stato meglio evitare quest'incontro.

Mentre usciva domandò: «Era un comportamento tipico di Marc? Quello di offrire alloggio a una sconosciuta in preda alla disperazione?»

Jacqueline fece una smorfia. «Se si fosse trattato di una donna attraente, l'avrei definito un comportamento del tutto tipico di Marc. Ma dopo aver visto le foto della donna pubblicate dai giornali mi sono detta che il suo doveva essere stato un gesto di pietà.»

«Direi che si tratta di un dato caratteriale positivo.»

«Non ho mai sostenuto che Marc fosse una persona del tutto negativa», replicò Jacqueline, «anch'io ero molto innamorata di lui un tempo. Era in grado di dimostrare grande affetto e grande cuore. Credo che questa Dawson lo avesse veramente impietosito. Manifestava spesso una generosità spontanea. Ricordo quanto fosse amato al nostro yachtclub, almeno finché lo frequentammo nei fine settimana. In seguito gli mancò tempo anche per quello. Ma si dava sempre da fare dove c'era bisogno di aiuto ed era in grado di capire dove potesse essere utile.»

«Anche a me ha fatto questa impressione.»

«Allora non c'è più niente che ostacoli la vostra felicità insieme», osservò Jacqueline, ma stavolta a Rosanna parve di cogliere una nota di amarezza nelle sue parole.

Uscirono fuori. La nebbia le avvolse come uno straccio bagnato.

«D'estate dev'essere un posto davvero pittoresco questo», osservò Rosanna.

«Proprio così», confermò Jacqueline. «Tuttavia è pur sempre un paese piuttosto soffocante. Ma ho molti conoscenti nei dintorni e questo rende le cose più facili.»

Le due donne si scambiarono una stretta di mano. Fatti due passi, Rosanna fu inghiottita dalla nebbia. La visibilità era ridotta a pochi metri.

Come allora, pensò all'improvviso con un brivido, come quella sera di gennaio. Quando l'aeroporto venne chiuso. Quando Elaine si trovò improvvisamente bloccata a Heathrow. Riusciremo mai a sapere con certezza che cosa accadde?

Quando e dove Elaine aveva incontrato il suo assassino?

E costui si chiamava davvero Pit Wavers?

5

La nebbia rimase su Londra fino a sera. Quando giunse il tramonto la cappa di piombo al di là della finestra non si era mossa. Rosanna aveva mangiato in un *Burger King* bevendo tre tazze di caffè per darsi una scossa, poi aveva comprato qualcosa per cena ed era tornata nell'appartamento di Marc nel primo pomeriggio. Si sentiva affranta. Rimpiangeva di essere stata a Binfield Heath.

Verso le quattro telefonò al padre a Kingston St. Mary. Victor rispose subito con voce impacciata.

«Che bello sentirti», disse, «quando arrivi?»

«Presto. Io ho... ho ancora delle cose da sbrigare qui a Londra. Come sta Cedric?»

«Considerate le circostanze, direi bene. Sono andato a prenderlo oggi a mezzogiorno all'ospedale. Ha ancora forti dolori, ma gli hanno dato degli antidolorifici. Se la caverà.»

«Papà, che cosa c'è? Hai una voce strana!»

Victor esitò, come se fosse in preda a un dilemma interiore. «C'è qui quella Pamela Luke», disse alla fine.

Rosanna trattenne il respiro. «Pamela Luke? Scotland Yard la sta cercando!»

«Lo so. È di sopra da Cedric, che sta cercando di convincerla a costituirsi. Si è presentata da lui ieri sera in ospedale. Ha un aspetto terribile e sembra sull'orlo di una crisi isterica. Devo dire che questa svolta degli avvenimenti non mi piace per niente.»

Rosanna poteva ben capirlo. Povero papà! Rispettoso delle leggi e sempre corretto, la massima deviazione fino a quel momento in vita sua erano state due o tre multe per sosta vietata. E adesso una donna dalla reputazione sospetta si nascondeva a casa sua, ricercata dalla polizia e probabilmente in combutta con delinquenti senza scrupoli. Due notti prima aveva ucciso un uomo, dopo che costui aveva picchiato brutalmente Cedric rompendogli quattro costole. Victor Jones doveva avere la sensazione di essere piombato in un incubo.

«Mi puoi passare Cedric?» domandò Rosanna.

«Un momento, prego», rispose Victor con quel suo modo a volte così formale, poi schiacciò qualche tasto.

Qualche istante dopo Cedric fu all'apparecchio. «Rosanna?»

«Cedric! Che cosa succede? Come mai Pamela è scappata? Puoi parlare liberamente?»

Cedric sospirò. «È di là in camera tua a riposare», disse. «È molto provata psicologicamente. Si è cacciata in un grosso guaio non dicendo la verità all'inizio. Non è vero che ha trovato il passaporto di Elaine nella camera da letto di Ron Malikowski. Non era mai entrata lì, e ora lo sa anche la polizia.»

«Ma allora... dove l'ha preso? Cioè... è forse coinvolta nella sparizione di Elaine?»

«Lei sostiene di no. Anche se a questo punto diventa un po' difficile crederle, dopo che ha mentito fino adesso.»

«Quindi...?»

«Lei dice di aver trovato per caso il passaporto. Nel gennaio 2003. A quanto sembra poco dopo la scomparsa di Elaine.»

«E dove lo avrebbe trovato?»

«In un paesino sperduto, Wiltonfield o qualcosa del genere. Parecchio fuori Londra. Lei e Pit avevano fatto una gita insieme e lei scoprì il passaporto accanto a una serie di cassonetti in un parcheggio ai margini del paese. Dentro c'erano vestiti usati. Il passaporto era per terra. Lei lo prese e se lo infilò nella tasca del cappotto, senza farsi vedere da Pit. Una volta tornata a casa scoprì che era intestato a Elaine Dawson e che questa Dawson aveva grosso modo la sua stessa età. Colse al volo l'occasione, lo nascose e nell'aprile successivo decise di fuggire.»

«Tu le credi?»

«Difficile a dirsi. Se fosse vero... sai che cosa significa?»

«Qualcuno ha gettato i vestiti di Elaine nel cassonetto senza accorgersi che il passaporto era caduto per terra.»

«Lei era stata all'aeroporto. Immagino che tenesse il passaporto nella tasca del cappotto, perché pensava di doverlo esibire. Era evidente che qualcuno l'avrebbe trovato.»

«Ma in questi casi il ritrovamento viene segnalato alla polizia.»

«A meno che non ci si trovi in una situazione disperata e ci si renda conto all'improvviso che un documento del genere può rappresentare la chiave per una nuova vita.»

Rosanna tacque per un istante. «Vale a dire...»

«Vale a dire che anche in questo caso molto probabilmente Elaine è stata vittima di un delitto», concluse Cedric, «altrimenti per quale motivo avrebbe dovuto gettare lei stessa il proprio passaporto in un cassonetto da qualche parte in provincia? Oppure disfarsi dei propri vestiti? Non ha alcun senso.»

«Ma in questo caso il colpevole tornerebbe a essere ignoto. Pamela ha ritrovato il passaporto in maniera del tutto casuale, e questo sta a significare che il delitto non è necessariamente collegato al suo ambiente. Wavers e Malikowski sarebbero del tutto estranei alla vicenda.»

«In ogni caso il loro coinvolgimento non è né più né meno probabile di quello di un qualsiasi altro delinquente», concordò Cedric. «Che cosa terribile per Geoff. Il fatto di avere un nome lo aveva tanto sollevato.»

«Mi chiedo come abbia fatto Elaine a finire in quel paesino sperduto.»

«Non ne ho idea. Forse è salita sulla macchina sbagliata con l'uomo sbagliato. Costui l'ha portata in una zona appartata, l'ha violentata, l'ha uccisa, l'ha scaricata da qualche parte e poi si è disfatto dei suoi vestiti. Purtroppo storie del genere capitano molto spesso.»

«Ma lei era diretta a Heathrow!»

«Era disperata. Chissà, magari è scesa dalla metropolitana a una stazione intermedia. Quello che è successo dopo... probabilmente non verremo mai a saperlo con sicurezza.»

A Rosanna venne in mente un'altra cosa. «Perché allora Pamela ha voluto attirare i sospetti su Malikowski? Non sarebbe stato meglio scegliere Wavers? Dopo tutto aveva già commesso altri delitti.»

«È quello che le ho chiesto anch'io. Lei si giustifica dicendo che era terrorizzata. Imputare qualcosa a Malikowski le sembrava meno pericoloso – quanto meno in vista di una possibile vendetta. Wavers la teneva in pugno. Me ne sono accorto io stesso mentre eravamo in viaggio. Ovviamente, dopo la morte di Wavers, la cosa migliore sarebbe stata affibbiare a lui tutta la colpa. Ma nel frattempo lei aveva già dato un'altra versione dei fatti a te e a Marc Reeve, e non poteva rimangiarsela. Doveva restare coerente con la storia di aver trovato il passaporto nella camera da letto di Malikowski.»

«Perché non ha detto la verità fin dal principio? La sua storia non è affatto improbabile.»

«Rosanna, Pamela è cresciuta in un ambiente criminale», disse Cedric, «e subito dopo averlo lasciato è finita in un altro analogo. In un certo senso per lei il crimine era la realtà quotidiana. Certe persone ragionano in maniera diversa da noi. Io e te racconteremo le cose come sono andate, perché abbiamo la coscienza a posto e non ci verrebbe mai in mente che qualcuno possa accusarci di qualcosa. Ma le persone come Pamela sanno di essere considerate sospette a priori dalla polizia già a causa della loro estrazione sociale. Vivono sempre con un piede in galera, e di solito le loro dichiarazioni godono di scarsa credibilità. Per questo agli occhi di Pamela aveva perfettamente senso presentare alla polizia un possibile sospetto, piuttosto che lasciar intendere anche lontanamente di essere coinvolta in un qualche atto delittuoso. Del resto lei avrebbe avuto un movente per eliminare Elaine: le serviva disperatamente un documento d'identità. E adesso si trova proprio nei pasticci.»

«Secondo te come stanno le cose? Tu le credi?»

Lui esitò. «Per certi versi, sì», rispose poi. «Non riesco a capire fino in fondo le sue motivazioni, ma ho l'impressione che mi abbia detto la verità. Naturalmente potrei sbagliarmi. Una donna che ha vissuto per cinque anni sotto falsa identità è abituata a fingere con chi le sta intorno. Forse la sua è tutta una messinscena. Non so che dire.»

«A me è sembrata una vittima. Non mi ha dato affatto l'impressione di essere colpevole.»

«Nonostante tutto però sa sparare molto bene. Lo ha ammesso lei stessa. È stato suo fratello a insegnarglielo da ragazzina. Il fatto di aver centrato in pieno Wavers con un colpo solo non è stato una fortunata coincidenza, né la mano di Dio. Il proiettile ha colpito il bersaglio perché lei ha una mira micidiale.»

«E Wavers possedeva un'arma che molto probabilmente le era accessibile.»

«Già», disse Cedric, «può essere andata così. Oppure in maniera diversa.»

Rosanna lo incalzò: «Cedric, in ogni caso, deve andare alla polizia. Non può nascondersi a casa nostra. Non puoi fare una cosa del genere a papà. La cosa lo preoccupa molto e non abbiamo il diritto di coinvolgerlo in questa vicenda».

«Lo so», replicò Cedric, «e sto facendo del mio meglio per convincerla, credimi.»

Rimasero in silenzio per un po'. Vorrei tanto che fosse finito tutto, pensò Rosanna, una volta per tutte, e che potessimo sapere con certezza cosa è accaduto.

Udì il rumore della chiave che girava nella toppa. Marc! Sarebbe stato sorpreso di trovarla lì. Lei non aveva ancora deciso se raccontargli o no del suo incontro con l'ex moglie.

«Ora ti devo lasciare», disse al fratello, «Marc è appena arrivato.»

«Sei a casa di Marc Reeve?» le domandò Cedric.

«Sì», rispose lei semplicemente e riattaccò.

Non aveva voglia di sentire l'opinione di Cedric riguardo a questo argomento. Le dava già abbastanza da pensare. Se non altro perché non riusciva a liberarsi della spiacevole sensazione di aver tralasciato qualcosa nella sua conversazione con Cedric. C'era qualcosa che avrebbe dovuto farle scattare un interruttore in testa.

Ma per quanto si sforzasse di trovarlo non riusciva proprio a capire di che cosa potesse trattarsi.

6

Quella notte Rosanna non riuscì a chiudere occhio. Era tormentata da troppi problemi, da troppi pensieri ossessivi. A tarda sera si era accorta che Dennis aveva cercato per due volte di telefonarle sul cellulare, ma era stata troppo vigliacca per richiamarlo. Lui la credeva a Kingston St. Mary. Come avrebbe potuto spiegargli il motivo per cui si trovava ancora a Londra?

Marc era rimasto sorpreso e contento di trovarla a casa sua.

«Ehi», aveva esclamato piano, abbracciandola, «che cosa è successo? Come mai non sei andata da tuo fratello?»

«Non volevo andarmene da qui», gli aveva risposto lei semplicemente, dopodiché erano finiti subito a letto e ci erano rimasti per un paio d'ore. Lei aveva deliberatamente ignorato lo squillo del cellulare, impedendo così al marito di parlarle. Più tardi si erano infilati l'accappatoio e avevano preparato la cena con le provviste comprate da Rosanna. Avevano cenato a lume di candela, bevendo una bottiglia di vino che Marc aveva preso dalla cantina. L'oscurità e la nebbia erano rimaste chiuse fuori, e per una volta il piccolo e squallido appartamento era diventato un luogo caldo e accogliente pieno di romanticismo e di passione. Durante la cena Rosanna aveva raccontato a Marc della telefonata con Cedric e delle dichiarazioni di Pamela.

Marc l'ascoltò con attenzione.

«Ma tu pensa!» disse alla fine. «Tu credi che il suo racconto sia plausibile?»

Rosanna scrollò le spalle. «Difficile a dirsi. Praticamente non conosco affatto Pamela, l'ho frequentata solo di sfuggita. Cedric, che ha passato più tempo con lei, è incline a crederle. Ma nemmeno lui può esserne del tutto certo.»

«Se ciò che afferma fosse vero, il mistero resta fitto come prima», osservò Marc. Assunse un'espressione frustrata. «A questo punto torno in corsa come possibile colpevole.»

«Non credo che nessuno sarebbe disposto ad accusarti», obiettò subito Rosanna. «Tu l'avevi...»

«Io l'avevo fatta salire sulla District Line e l'avevo guardata partire. Altro non so. Può essere vero oppure no.»

«Le avevi spiegato dove doveva cambiare?»

«Certo. South Ealing. Piccadilly Line. Forse si è confusa. Forse è salita sul treno sbagliato ed è finita da tutt'altra parte. Probabilmente non lo sapremo mai, Rosanna. E sai una cosa?» Scostò da sé il piatto ancora mezzo pieno e si alzò. «Pian piano comincia a farmi impazzire continuare a chiedermi che cosa sia successo. Non ha senso. Non ci porterà da nessuna parte. Vorrei lasciar perdere una buona volta e dimenticare tutto quanto.»

Da quel momento non ne avevano più parlato, ma Rosanna non aveva osato rivelare a Marc della sua visita a Jacqueline. L'atmosfera era già cupa, e lei non vedeva il motivo di rovinarla ulteriormente. Guardarono insieme un talk show in televisione sorseggiando vino, e Rosanna si accorse che le faceva male la gola e le bruciavano gli occhi. Benissimo, adesso si era presa pure il raffreddore. Ci mancava solo quello.

Quando andarono a letto, il mal di gola aumentò. E i pensieri cominciarono a vorticarle per la testa. Ascoltando il respiro regolare di Marc, era tormentata da immagini inquietanti. Marc, che girava per Londra in compagnia di giovani donne attraenti. Lei che lo aspettava a casa, preoccupata, lentamente divorata dalla gelosia. Marc che tornava a casa tardi, con un alone di profumo sconosciuto e dando spiegazioni poco plausibili. Percepiva la frustrazione che avrebbe avvolto la sua esistenza, intuiva quanto sarebbe stato inquietante convivere con l'incessante interrogativo se lui le mentisse oppure no.

Alla fine si alzò, richiuse in silenzio dietro di sé la porta della camera, accese la luce in cucina, prese un bicchiere dalla credenza e lo riempì di acqua fredda. Il freddo diede sollievo alla sua gola irritata. Tenendo il bicchiere in mano, si guardò lentamente intorno per la stanza. Doveva trovare il modo di calmarsi. Non poteva permettere alle immagini che la tormentavano di prendere il sopravvento. L'insonnia accendeva la fantasia, induceva a vedere fantasmi destinati poi a svanire alla luce del giorno.

Marc aveva sempre respinto categoricamente le accuse che la ex moglie gli rivolgeva. L'aveva descritta come una donna patologicamente gelosa, una persona che era in preda a una vera e propria pazzia. Lui non aveva mai cercato in nessun modo di descriversi come marito ideale, padre eccezionale e premuroso capo famiglia. Aveva riconosciuto tutti i propri errori, era stato spietato con se stesso. Ma aveva negato di aver tradito la moglie. Per quale motivo lei avrebbe dovuto dare maggior credito a Jacqueline piuttosto che a lui?

Se io fossi in procinto di allacciare una nuova relazione, non direi certo per prima cosa al nuovo partner che il mio matrimonio è fallito per colpa dei miei tradimenti, aveva detto Jacqueline. Ovviamente aveva ragione. Tuttavia le cose non dovevano necessariamente stare come affermava lei. Poteva benissimo darsi che la realtà fosse quella descritta da Marc. Rosanna appoggiò la fronte rovente contro il vetro della finestra. Era come per Elaine e Pamela. Forse Pamela diceva la verità. Oppure la verità era del tutto diversa. Tutto sfumava nell'incertezza. Era come quello che vedeva fuori dalla finestra: nebbia. Semplicemente e soltanto nebbia.

Il pensiero di Pamela le fece tornare in mente che qualcosa nel suo racconto le aveva provocato un moto di inquietudine. Mentre Cedric le riferiva il colloquio avuto con Pamela, a un certo punto lei aveva sentito un clic.

Se solo fosse riuscita a ricordare in quale momento!

Svuotò il bicchiere. Il mal di gola era sempre molto intenso e adesso le sembrava di avere pure la febbre. Davvero un ottimo presupposto per individuare possibili incongruenze. Sempre ammesso che dovesse farlo.

Ma perché non lascio perdere, pensò, perché non lascio che il mistero della scomparsa di Elaine rimanga tale? Perché non mi abbandono semplicemente al futuro con Marc? Perché non la smetto di voler cercare di chiarire tutte le controverse vicende intorno a me? Con gli occhi doloranti guardò l'acquerello di Jacqueline Reeve appeso alla parete, lo guardò senza vederlo veramente. Un cielo temporalesco. Montagne sullo sfondo, le vette avvolte dalle nuvole. Acqua plumbea. Una barca a vela ormeggiata davanti a un molo di pietra. Un quadro malinconico, triste e buio.

L'immagine le richiamò qualcosa alla mente.

La barca a vela. Le vele ammainate. La pioggia.

Perché una scena così triste? pensò, dal momento che lei e Marc amavano tanto le barche.

In quel momento allora capì. Capì che cosa l'aveva tormentata per tutto il tempo. Capì che cosa la ossessionava da quando Cedric le aveva riferito il racconto di Pamela.

La località. Wiltonfield. Aveva già sentito il nome di quel posto. Quando Marc le aveva parlato della sua barca mentre erano in viaggio verso Cambridge. Le aveva raccontato del club di cui era stato socio insieme a Jacqueline. Lo yachtclub di Wiltonfield.

Di colpo si sentì perfettamente sveglia. Il cuore prese a batterle più velocemente.

Devo restare calma, pensò, non posso permettermi di arrivare a conclusioni affrettate.

Tornò in cucina e si riempì nuovamente il bicchiere. Lo bevve a piccoli sorsi concentrati. Fissò un punto immaginario nella notte buia al di là della finestra.

Quali sono i fatti, ammesso che la storia di Pamela sia vera?

Nel gennaio 2003, presumibilmente poco tempo dopo la scomparsa di Elaine, Pamela Luke ritrova il suo passaporto alla periferia di un piccolo paesino fuori Londra. Wiltonfield. Il documento si trova per terra accanto a un cassonetto per indumenti usati.

A Wiltonfield ha sede lo yachtclub di cui Marc e Jacqueline Reeve sono soci da anni.

Sbagliato! Concentrati.

Nel gennaio 2003 Marc non è più socio del club. Dopo la separazione non vuole più incontrare sua moglie lì e si è dissociato. Ha lasciato la barca a Jacqueline. Lei ce l'ha ancora, e continua a essere socia attiva del club.

Ricordava bene ciò che Jacqueline le aveva detto quella mattina: riusciva a sopportare di vivere a Binfield Heath perché molti suoi amici vivevano nella zona.

Naturale. Wiltonfield doveva trovarsi lì nei paraggi, a pochi chilometri di distanza. Probabilmente molti membri dello yachtclub risiedevano intorno a Wiltonfield e Binfield Heath. Si trattava di persone che Jacqueline conosceva da molti anni, alle quali era legata da una solida amicizia. Per questo aveva scelto quella località come sua nuova residenza. Non doveva sentirsi sola lì.

Nel gennaio 2003 Marc Reeve porta a casa sua la perfetta sconosciuta Elaine Dawson. Subito dopo la giovane scompare misteriosamente senza lasciare traccia. Poco dopo il suo passaporto spunta nella località in cui si trova la barca di Jacqueline Reeve, la località che si trova nelle immediate vicinanze della sua nuova residenza.

Una coincidenza?

Rosanna si massaggiò lentamente le tempie. Nonostante il malessere e la febbre, era perfettamente lucida.

Non può trattarsi di una coincidenza.

La storia della sparizione di Elaine era cominciata con un Reeve. E ora sembrava concludersi di nuovo lì. In un collegamento con la famiglia Reeve. Ma forse non necessariamente con Marc.

Un pensiero prese forma nella sua mente, un'idea, forse dissennata, ma che non sembrava del tutto campata per aria. L'idea che Jacqueline fosse coinvolta nella vicenda. La moglie divorziata – all'epoca, cinque anni prima, in procinto di divorziare – alla quale nessuno aveva mai pensato.

La donna in preda a una gelosia ossessiva, quasi una vera e propria forma di paranoia.

Marc l'aveva descritta in questi termini. Aveva detto che sospettava sempre di lui. Lo perseguitava con le proprie accuse. A un certo punto la loro vita insieme era diventata una serie di litigi, accuse e scene ripugnanti. Lei era letteralmente ossessionata dall'idea che lui la tradisse in continuazione.

Senza che in realtà lui gliene avesse mai dato un vero motivo.

Se questo corrispondeva al vero, Jacqueline era veramente in preda a una fissazione. Del resto, durante il colloquio con Rosanna, in pratica non aveva parlato d'altro. Anche il loro ex vicino di casa aveva riferito dei litigi su questo argomento. Ammettendo che Marc dicesse la verità e che fosse sul serio votato alla professione, ma non fedifrago, l'immagine che scaturiva della moglie era quella di una donna vittima della propria immaginazione che aveva perso a poco a poco il contatto con la realtà.

E se quella sera avesse visto Elaine a casa di Marc?

Rosanna si premette il bicchiere freddo alla tempia, come se bastasse per scacciare la febbre. Le sue erano semplici illazioni, oppure un'ipotesi concreta? Bisognava presumere che Jacqueline si trovasse nelle vicinanze della sua ex abitazione. Forse era seduta in auto. Forse aveva preso l'abitudine di continuare a spiare e a seguire suo marito anche dopo diversi mesi dalla separazione. Se la sua era veramente una psicosi ossessiva, non sarebbe cessata semplicemente allontanandosi da lui e andando a vivere da un'altra parte.

Forse Jacqueline si trovava persino all'aeroporto. Forse voleva partire, era stata bloccata dalla nebbia, e aveva visto il marito allontanarsi con un'altra donna. Oppure si trovava a bordo del metrò il giorno successivo. Aveva parlato con Elaine? Le aveva raccontato qualcosa per attirarla fuori città?

Rosanna si costrinse a pensare lucidamente e obiettivamente. Tutte quelle ipotesi sembravano assurde, ma non troppo assurde per la realtà. Poteva essersi trattato di una coincidenza, oppure di una situazione creata deliberatamente da Jacqueline, ma non le sembrava troppo azzardato immaginarsi che Jacqueline Reeve avesse visto o fosse venuta a sapere qualcosa che aveva acceso la sua gelosia.

E poi?

Era plausibile pensare che Jacqueline Reeve avesse ucciso Elaine Dawson?

Allo stesso modo in cui era plausibile e non plausibile pensare che l'avesse fatto Marc. Un colpevole sconosciuto restava ancora l'ipotesi più probabile, perché poteva provenire da un ambiente in cui tali crimini erano abituali: lesioni personali, omicidio, sevizie, dovuti a istinti irrefrenabili, oppure avidità o brutalità. Nessuno poteva obiettare sull'esistenza di questo mondo raccapricciante, le gesta dei suoi abitanti riempivano ogni giorno la cronaca dei giornali. Ma Marc non ne faceva parte. E neppure Jacqueline, a quanto poteva giudicare Rosanna. Escluderli entrambi, tuttavia, avrebbe significato considerare il luogo del ritrovamento del passaporto di Elaine come una pura coincidenza.

Pure questo era plausibile. Le coincidenze erano sempre plausibili.

Trasalì sentendo dei passi alle proprie spalle. Marc uscì dalla camera da letto sbattendo gli occhi per la luce che proveniva dalla cucina.

«Mi sono svegliato e tu non c'eri», disse, «che cosa succede? Non riesci a dormire?»

«Credo che mi stia per venire l'influenza», rispose Rosanna, «mi fa male la gola. Avevo bisogno di bere qualcosa.»

Lui l'abbracciò. Il suo corpo era caldo e stranamente confortante.

«Povero tesoro mio. Non dovresti startene qui in piedi senza accappatoio. Fa troppo freddo.» La allontanò da sé e la esaminò attentamente, posandole poi la mano sulla fronte.

«Scotti», disse.

Forse era solo colpa della febbre. Forse era per questo che le venivano tutte quelle folli idee. Eppure...

«Marc, è possibile...» cominciò lei, ma poi si interruppe.

È possibile che tua moglie ti abbia visto all'epoca? La tua moglie patologicamente gelosa? Quando portasti Elaine a casa tua?

Era troppo presto per formulare questa domanda. Troppo presto per metterlo di fronte a questo agghiacciante sospetto.

«Sì?» domandò lui.

Lei sorrise e scrollò il capo. «Ma niente. Hai ragione, ho freddo. Torniamo a letto.»

Venerdì, 22 febbraio

1

Le cose stavano come aveva intuito Rosanna: Wiltonfield si trovava a poca distanza da Binfield Heath e vicina a Reading; era un paesino da sogno, circondato da boschi e prati, direttamente sulle rive del Tamigi, che qui scorreva ampio e lento. Lo spettacolo delle stradine tortuose e dei vicoli con le casette di mattoni rossi e le porte a colori sgargianti era molto idilliaco, perché nel frattempo la nebbia si era diradata e il cielo, pur sempre nuvoloso, si era schiarito. Dappertutto qua fuori si sentiva la primavera in boccio, l'erba sembrava in attesa di spuntare rigogliosa e la terra nera e umida appariva pronta a lasciar germogliare tutto ciò che custodiva dentro di sé. Le giornate di sole avevano risvegliato la vegetazione e l'ondata di freddo era stata soltanto una pausa temporanea. Non appena fosse tornato il bel tempo, la terra si sarebbe accesa di colori.

Rosanna trovò subito il posto con i cassonetti di cui aveva parlato Pamela. Wiltonfield era talmente piccola, che si girava in un baleno e in effetti all'uscita occidentale dell'abitato si trovava un parcheggio dal quale partivano diversi sentieri escursionisti, ciascuno contrassegnato da cartelli di colore diverso. Un grande tabellone informava in maniera esauriente sulla flora e la fauna della regione, e dava indicazioni per raggiungere una locanda piuttosto fuori mano dove si mangiava molto bene e lo yachtclub che si trovava nelle immediate vicinanze del ristorante.

Ai margini del parcheggio erano collocati tre grossi contenitori per vestiti usati. Un cartello invitava a lasciare soltanto capi d'abbigliamento ancora portabili, possibilmente puliti. Le scarpe dovevano essere appaiate e collocate a parte.

In quella fredda mattinata il parcheggio era completamente deserto. Rosanna parcheggiò l'auto e si avvicinò a esaminare meglio i cassonetti. Si teneva le braccia strette al corpo perché aveva freddo. Prima di partire era passata in farmacia a comprare delle pastiglie per la gola e un antipiretico, e adesso si sentiva un pochino meglio, ma non si faceva illusioni sul proprio stato di salute e sapeva che l'indomani o al più tardi il giorno dopo si sarebbe dovuta mettere a letto. In realtà aveva promesso a Marc di farlo già quel giorno. A colazione lui l'aveva guardata con espressione preoccupata e infine l'aveva pregata di restare a letto fino al suo ritorno.

«Oggi è venerdì. Non farò tardi», le aveva detto uscendo di casa.

Lei lo aveva guardato allontanarsi dalla finestra e con sollievo l'aveva visto dirigersi verso la fermata del metrò. In questo modo aveva a disposizione l'auto per sé.

Rabbrividì. Non era colpa soltanto dell'aria fredda, ma anche della solitudine del luogo. Probabilmente aveva avuto lo stesso aspetto anche nel gennaio di cinque anni prima. In una mattinata d'inverno non sarebbe stato problematico lasciare qui degli abiti e senza farsi notare da nessuno. D'estate e nei fine settimana molto probabilmente il parcheggio era animato da turisti ed escursionisti, ma al momento non si vedeva anima viva.

Di che cosa ci si poteva disfare, oltre che degli abiti?

In effetti la domanda era legittima: se qualcuno – Jacqueline? – aveva gettato lì i vestiti di Elaine, che cosa ne era stato di Elaine? In tutti quegli anni non era mai stato rinvenuto nessun cadavere da poter far risalire a quel caso.

Starnutì, tirò fuori di tasca un fazzoletto e si soffiò energicamente il naso.

Sto male, pensò, e mi fisso sulle cose.

Vide davanti a sé la figura massiccia di Elaine, e la piccola e delicata Jacqueline. Che cosa avrebbe potuto fare questa fragile donna con un cadavere? Come sarebbe riuscita a disfarsene con le sole proprie forze?

Guardò assorta verso i prati che digradavano fino al fiume. Si vedeva molto bene la sponda opposta, ma il letto del fiume in questo punto era davvero ampio. I rami di grandi salici sfioravano la corrente. Se si fosse fatto scivolare qualcuno in un fiume, non ci sarebbe stato bisogno di scavare una fossa.

Lo yachtclub era poco distante. Come pure la barca di Jacqueline.

Seguendo un impulso spontaneo, Rosanna tornò verso l'auto e gettò uno sguardo al tabellone. In base alle indicazioni, doveva percorrere soltanto un pezzo di strada per raggiungere il club. Lì giunta avrebbe formulato una semplice domanda. Forse era una pazzia, ma ormai era arrivata fin lì.

Raggiunse il club in dieci minuti. Un ampio edificio di legno, una vasta terrazza sull'acqua con tavolini e panche coperti con teli di plastica. Lungo i pontili che si allungavano sul fiume erano ormeggiate numerose barche a motore grandi e piccole. Direttamente accanto all'edificio del club si trovava una casa con le imposte serrate. D'estate il posto doveva essere molto animato. Al momento era immerso in una solitudine totale e sconfortante.

Rosanna fermò l'auto nel parcheggio che si trovava poco più in alto dell'edificio e percorse un sentierino di sabbia verso il fiume. L'aria fredda sapeva di acqua. Il cielo plumbeo non dava né luce né colore alle onde, che erano di un grigio giallastro, ostili, quasi minacciose.

Tutto il complesso dello yachtclub era circondato da un'alta staccionata di legno e Rosanna temette di aver compiuto un viaggio a vuoto, ma poi si accorse che il portone era aperto e che lì accanto era posata una bicicletta. Segno che doveva esserci qualcuno.

Superò la staccionata, salì due gradini verso la terrazza, fece il giro del club e si accorse che questo era aperto su un lato. Da lì si raggiungeva una specie di rimessa ingombra di attrezzature di ogni genere e di grandi armadi. Una comoda scala portava al piano superiore dove con ogni probabilità si trovavano altre attrezzature velistiche. Una porta dava in un locale adiacente. Rosanna bussò, nella speranza che la persona che aveva lasciato la bicicletta fuori si trovasse lì.

Non ottenendo risposta, aprì la porta ed entrò. Per prima cosa fu colpita dall'odore pungente di un detersivo. Notò seggiole e tavoli, qualche quadro di barche alle pareti e un grande bancone pieno di bicchieri e bottiglie. In piedi lì dietro c'era una donna anziana che sembrava occupata a pulire il lavandino. Davanti al bancone un secchio, un aspirapolvere e diversi flaconi di detersivi.

«Buongiorno», gridò Rosanna con voce un po' roca.

La donna dietro il bancone trasalì. «Santo cielo, mi ha spaventato», disse risentita, «a quest'ora qui non c'è mai nessuno.»

«Mi spiace. Avevo bussato.»

«Ero distratta. Che cosa vuole?» La donna la guardò con diffidenza.

Rosanna fece un passo avanti e si accorse che il pavimento era stato appena lavato e che lei vi aveva lasciato una serie di impronte infangate. Giusto quello che ci voleva per mettere di buonumore la donna già scontrosa di suo.

«Mi chiamo Rosanna Hamilton. Sono una vecchia amica di Jacqueline Reeve.»

«Ah. E che cosa vuole qui?»

Rosanna cercò di sorridere con la massima naturalezza. «Io e Jacqueline siamo andate a scuola insieme, ma poi io mi sono trasferita a vivere all'estero per molti anni. Adesso mi piacerebbe rintracciarla. So che è divorziata...»

«Chi non lo è oggigiorno?» replicò la donna contrariata. «Il mio se l'è svignata nove anni fa. Ha preso il largo senza una parola. Secondo lei, altrimenti, starei qui a fare le pulizie? Ma i soldi non bastano mai. È diventato tutto così caro.»

«Ha ragione. Non è facile vivere di questi tempi.»

«Ieri sera c'è stata una grossa festa qui. Stamattina quando sono arrivata ho trovato proprio un bel caos. Festeggiavano un compleanno. C'ero anch'io. Ovviamente non faccio parte del club, ma in queste occasioni mi occupo della mescita. Per racimolare qualcosa in più.»

«Certo che deve lavorare molto», disse Rosanna in tono partecipe, cercando intanto disperatamente il modo per introdurre nel discorso la barca di Jacqueline e un giorno di gennaio di cinque anni prima. Tanto comunque sarebbe stato inutile. Chi si sarebbe ricordato di qualcosa accaduto tanto tempo prima, se non si fosse trattato di un evento spettacolare?

«In questa stagione non mi posso lamentare in realtà. Non c'è molto da fare. Un compleanno, oppure qualche pranzo la domenica. D'estate, invece, c'è il pieno tutte le sere. E nei fine settimana organizzano delle grigliate in riva al fiume. Quando si hanno i soldi, si può fare la bella vita.»

Rosanna concordò educatamente. Poi aggiunse: «Senta, a proposito di Jacqueline...»

«Le posso dire soltanto che non la troverà qui. Sono anni che non è più socia del club.»

«Davvero?» Rosanna era stupefatta. Neppure Marc sembrava al corrente della cosa. «Ma se questa era la sua seconda casa!»

«Già, nessuno ci ha capito niente. Forse dipendeva dal figlio. Quando arrivano alla pubertà, i ragazzi danno parecchio da fare. Alla fin fine secondo me si trattava solo di una questione di tempo.»

«E la barca?» domandò Rosanna.

L'altra fece un gesto vago verso la finestra. «La *Heaven's Gate*. È ormeggiata ancora là fuori. Lei l'ha venduta a un altro socio del club che voleva averla a tutti i costi.»

«Quando è successo con precisione?»

«Oddio, come faccio a ricordarmelo? È passato un sacco di tempo.»

«All'incirca. L'anno. Il mese.»

La donna parve concentrarsi intensamente per ricordare. «Aspetti... se non ricordo male, non era passato molto tempo dalla nascita del primogenito di mia figlia...»

«E quando fu?»

«Nel novembre 2002. Il 30 novembre, per la precisione. Il mio primo nipotino.»

«Congratulazioni! Possibile che la vendita della barca sia avvenuta nel gennaio successivo? Nel 2003?» Rosanna fremeva di impazienza.

«In effetti mi pare che fosse l'anno nuovo. Gennaio o febbraio. Di sicuro non più tardi, era ancora inverno. Sì, giusto, deve essere stato più o meno in quel periodo.»

«E da allora Jacqueline non ha mai più messo piede nel club?»

«Che io sappia no. Credo che si veda ancora in privato con qualche socio, che poi viene qui a raccontare di lei. Credo che abbia molto successo come pittrice. Organizza mostre e cose del genere. Ma i quadri non mi interessano. Del resto non c'ho neppure i soldi per comprarli.»

«Per caso saprebbe dirmi se Jacqueline avesse preso un'ultima volta la barca verso metà gennaio?» domandò Rosanna. «Intorno al 10 o l'11 del mese?»

Il viso dell'altra si chiuse nuovamente in un'espressione diffidente. «Che importanza avrebbe?»

«Semplice curiosità. È possibile che l'avesse usata? Oppure che qualcuno fosse uscito con la *Heaven's Gate*?»

«Non ne ho idea. Non sto sempre qui.»

«Capisco», disse Rosanna. Non voleva che la donna si accorgesse di quanto fosse nervosa. Perché Jacqueline aveva venduto la barca subito dopo la scomparsa di Elaine? Un'altra coincidenza?

«Provi a chiedere giù alla chiusa», le disse l'altra, «la chiusa di Mapledurham, il guardiano dovrebbe saperlo. Se la *Heaven's Gate* era uscita per parecchio tempo, doveva passare di lì. Alla chiusa viene registrato il numero della barca, la data, l'ora eccetera. È tutto conservato.»

Rosanna strinse le dita intorno alla borsetta. «Dove posso trovare esattamente il guardiano della chiusa?»

«Lungo la strada. Vedrà la chiusa già da lontano, non si può sbagliare.»

«Grazie. Grazie infinite!» Rosanna corse verso la porta e l'eccitazione le fece dimenticare quanto stesse male in realtà.

«Ehi», la chiamò l'altra, «a che cosa le serve sapere queste cose? Non mi aveva detto di voler rintracciare la sua amica?»

Rosanna non rispose. Mentre si allontanava in fretta, sentì ancora le proteste della donna: «Ma guarda un po', se è il modo questo. Mi ha sporcato tutto il pavimento e adesso...»

Imboccò di corsa il pontile. L'aria fredda le bruciò nei polmoni. *Heaven's Gate*. Dov'era la *Heaven's Gate*?

La trovò molto avanti. Era una delle ultime barche ormeggiate. Un'imbarcazione da favola, tutta di legno, dipinta di blu, con il nome scritto in bianco sulla fiancata. Sull'altro lato si trovava il numero di identificazione.

Rosanna rovistò nella borsetta, trovò un pezzetto di carta e una matita e si annotò il numero. Lanciando un'occhiata verso il club, si accorse che la donna delle pulizie la guardava minacciosa dalla finestra. Non aveva importanza. Adesso aveva ciò che le serviva.

La mossa successiva l'avrebbe portata alla chiusa di Mapledurham.

2

«Perché non mi volevi?» domandò Rob. Lo chiese senza giri di parole, in tono neutro, come se volesse sapere perché avesse scelto le mattonelle grigie per il pavimento della cucina. Intuiva che sua madre da giorni paventava proprio questa domanda, e gustò il senso di potere che provava al vederla così impaurita. Lui soltanto poteva decidere il momento in cui l'avrebbe messa di fronte a quell'interrogativo che molto probabilmente riguardava uno dei ricordi peggiori della sua vita. O quanto meno così sperava lui. Non si dà via un neonato come se fosse un cappotto vecchio.

Erano seduti a pranzo in cucina. Dopo una mattinata trascorsa con agonizzante lentezza, in cui Rob aveva ciondolato per il salotto, dimostrando a Marina quanto si annoiasse con lei, lei aveva proposto – miracolo, una variazione al solito McDonald's – di andare a pranzo al Pizza Hut, ma lui aveva declinato.

«Uffa, è sempre un fast food! Da quando sono qui non ho mangiato altro che schifezze pronte. Non ti ha mai detto nessuno che i ragazzi in crescita di tanto in tanto hanno bisogno anche della verdura?»

Lei aveva sussultato, poi si era infilata le scarpe, il cappotto e aveva preso il borsellino. «Ok, vado a comprare delle verdure», aveva detto gelida, «vuoi venire anche tu?»

Lui era stravaccato in poltrona davanti alla televisione. Davano l'ennesima replica di una puntata del *Mondo di Elmo*, che non lo interessava affatto, ma aveva fatto presto a scoprire che Marina detestava che la televisione restasse accesa tutto il giorno.

«Nooo. Non mi va. Vacci da sola.»

Era tornata con broccoli e patate e poi si era messa a cucinare il pranzo. Durante una delle loro lunghe serate, in cui lei aveva tentato di stabilire un rapporto con lui, gli aveva raccontato di non saper cucinare e di farlo solo per forza, e per questo lui aveva provato una gioia estrema nel costringerla a spignattare, ma quando si erano seduti a tavola aveva capito di essersi tirato la zappa sui piedi. Non aveva mai mangiato una pietanza tanto insipida e cucinata male. Gli venne da chiedersi se Marina avesse mai sentito parlare del sale e del pepe e del loro uso. In segreto avrebbe voluto una succulenta pizza farcita con molto formaggio e tutto il resto, e questo lo fece arrabbiare con se stesso.

Per sfogare la collera, le aveva fatto quella domanda sulla separazione.

Marina si bloccò con la forchetta a mezz'aria. Lui la osservò con attenzione e vide che le sue pupille si erano un po' dilatate. Lentamente lei posò la forchetta sul piatto e la lasciò lì.

«Forse in fondo è un bene parlarne una volta per tutte», disse dopo un po'.

Lui la guardava in attesa. Aveva sperato di vederla tremare, magari persino piangere, lei invece riusciva a controllarsi perfettamente.

«Non è vero che non ti volessi, Robbie. Io...»

Prima d'ora non lo aveva mai chiamato Robbie, e d'impulso lui trovò quel soprannome odioso.

«Mi chiamo Robert. Oppure Rob!»

«Va bene, Rob. All'epoca ti chiamavo così. Robbie.»

«Non si può certo dire che la fase sia durata così a lungo da impedirti di perdere questa abitudine! A quanto ne so, ne hai avuto abbastanza di me dopo quattro settimane, e te ne sei andata.»

«Ti ho affidato a tuo padre.»

«Te ne sei andata. Che tu mi abbia affidato a mio padre, oppure mi abbia lasciato all'orfanotrofio, non cambia nulla.»

«Non è vero. Un orfanotrofio è un orfanotrofio. Un padre è un padre. Ti garantisco che la tua infanzia in un orfanotrofio sarebbe stata ben diversa da quella che hai vissuto in realtà.»

Lei rimase tranquilla. Lui provava un tale risentimento verso di lei, che avrebbe voluto rovesciarle in faccia il piatto con l'orribile cena. Su quella faccia, su quegli occhi nei quali riconosceva i propri.

«La maggior parte dei bambini però vive con la madre!»

Lei non poteva che dargli ragione. «Sì, lo so. Ma... ero tanto giovane. Stavo ancora studiando. Non sapevo...» Scrollò le spalle rassegnata.

«Se non mi sbaglio, diciassette anni fa esisteva già la pillola. Se non volevi avere bambini, perché non la usavi?»

«Non la tolleravo. Tuo padre e io... cercavamo di stare attenti, ma...»

«Ma poi accadde l'imprevisto. L'incidente. La scocciatura. Come mi chiameresti, mamma? Imprevisto? Incidente? Scocciatura? Quale parola preferisci?» Si accorse che lei tremava leggermente. Peccato. Avrebbe dovuto essere scossa dai brividi.

«Non mi piace nessuna di queste parole», rispose Marina. «Non eri niente di tutto questo. Eri – e sei – quello che sono tutti i bambini: un dono.»

Lo stava prendendo in giro?

«I doni però si tengono.»

«Esistono doni meravigliosi che però arrivano quando una persona non è pronta.» Scostò il piatto di lato e si alzò. «Io non ero pronta, Rob. Ero troppo immatura per avere un figlio. Quando anche tu avrai un figlio, capirai quello che voglio dire. Un bambino è un impegno enorme. Un bambino piange. Notte e giorno. Ha sempre bisogno di qualcosa da mangiare e da bere. Ha sempre bisogno di essere cambiato. Passi le notti camminando avanti e indietro cullandolo tra le braccia e chiedendoti perché non dorme. Ti bruciano gli occhi, e avresti voglia di urlare per la stanchezza. Sai che il giorno dopo devi dare un esame importante. Sai che dopo una nottata insonne ti alzerai all'alba per portare il bambino alla baby-sitter e arrivare in tempo all'università. Sai che durante l'esame ti si chiuderanno gli occhi e che verrai bocciata. Provi a immaginare quanti esami potrai ripetere prima che l'università non voglia più sapere nulla di te. Vieni assalita dalla paura per il futuro e... ma», si passò stancamente una mano sugli occhi. «Ogni situazione esistenziale è diversa», disse, «la mia era quella.»

Anche lui si alzò da tavola. Aveva incominciato quel dialogo a sangue freddo, e nel giro di pochi minuti gli tremavano già le ginocchia, si sentiva mancare. Ciò che lei diceva lo irritava, lo irritava a dismisura.

«Adesso sarebbe colpa mia? Perché ero un bambino tanto impegnativo?»

«Certo che no. Non intendevo dire questo. Volevo soltanto darti... una spiegazione.» Alzò entrambe le mani, in segno di sconfitta. «Probabilmente qualunque cosa dica ora suonerebbe sbagliata. Perché non ci mettiamo a sedere, preparo un caffè e poi cerchiamo di parlare con calma...»

Lui la interruppe. «Papà ce l'ha fatta. Anche papà stava studiando. Anche lui aveva degli esami da dare e tutto il resto. E tuttavia si è occupato di me.»

«Lo so. Era più grande, più responsabile. Lui...»

«...mi amava. A differenza di te.»

«Anch'io ti amavo. Rob, nessuna madre si separa a cuor leggero dal proprio bambino. Devi credermi. Ma dopo una gravidanza come quella...»

Lui la interruppe di nuovo. «Adesso non cominciare con la storia che è tutta colpa degli ormoni! A quanto ne so sono proprio loro che nelle donne normali stimolano l'amore e il senso di protezione verso i loro piccoli. Funziona così anche negli animali. Soltanto per te no!»

«Adesso stai semplificando troppo le cose», ribatté Marina, «e mi chiedo se tu voglia davvero confrontarti con me, oppure ti voglia semplicemente sfogare della collera che hai tutto il diritto di provare. In questo caso allora farò meglio a stare zitta. Vorrei avere la tua comprensione, ma non ho la minima possibilità di ottenerla.»

Lui la guardò sprezzante. «Almeno è servito a qualcosa? Hai ottenuto qualcosa perseguendo i tuoi obiettivi con tanta tenacia ed eliminando tutto ciò che poteva esserti d'ostacolo? Sei felice oggi? Del tuo lavoro, di questa casa? Da sola? Senza marito, senza dei figli? Era quello che volevi, giusto? Non doversi occupare di nessuno, non doversi sacrificare per nessuno. L'unica cosa a cui non hai pensato è che alla fine probabilmente non ci sarà nessuno che si occuperà di te. Ma forse sei pronta a rinunciarvi senza problemi!»

Finalmente vide la sua bocca tremare. Aveva toccato il punto dolente. Lei era sola, disperatamente sola, se ne era accorto negli ultimi giorni. Non c'era un cane intorno a lei. Il telefono non suonava quasi mai, nessuno veniva a trovarla, nessuno veniva a prenderla per fare qualcosa. Le sue serate erano lunghe e sconsolate. Ne pagava il prezzo, e questo lo riempiva di perfida soddisfazione.

«Non voglio parlarne più», riuscì a dire lei.

Lui scostò la sedia all'indietro e prese il giaccone che, per farla arrabbiare, aveva appoggiato sul frigorifero.

«Ho bisogno di uscire», annunciò, «devo prendere una boccata d'aria.»

«Dove vuoi andare?»

«A fare un giro.»

«Rob!» Lei girò intorno al tavolo, fece per afferrargli il braccio, ma lui schivò il contatto, come se lei avesse voluto picchiarlo.

«Io ho già una madre», spiegò, «e quindi per fortuna non ho bisogno di te. Mia madre è Rosanna. È una donna fantastica. Ha tutto quello che tu non hai.»

«Sono convinta che sia una persona fantastica, Rob. E sono molto felice che possa stare con te, cosa che a me non è stata possibile. Però...»

«Sì?»

«Ah, niente.» Che senso aveva argomentare? Dennis le aveva raccontato che il suo matrimonio era in crisi, che non era per niente sicuro che Rosanna tornasse da lui e da Rob. L'espressione negli occhi di Rob, improvvisamente sperduti e impauriti come quelli di un bambino, le fece capire che anche lui stava pensando proprio alla stessa cosa. Che nutriva un profondo terrore.

Quanto le faceva pena. Era così addolorata per questo ragazzo alto, aggressivo, vulnerabile, che le sarebbe piaciuto fare ciò che quando era stato un neonato non le era mai riuscito: stringerlo tra le braccia, cullarlo dolcemente avanti e indietro, premere il viso contro il suo e mormorargli che tutto sarebbe andato bene. Cullarlo sino a farlo addormentare.

Ma era un'idea assurda.

«Quando tornerai?» gli chiese.

«Non so», rispose lui, poi uscì dalla cucina e lei sentì sbattere la porta d'ingresso. Sulla casa si adagiò lo strano e inquietante silenzio che segue un acceso bisticcio.

Si erano annusati e girati intorno come due gatti, per giorni. Alla fine era accaduto. La bomba era esplosa. Forse era meglio così. Era inevitabile che succedesse qualcosa.

Ma quanto faceva male.

Marina tornò a sedersi al suo posto. Appoggiò il viso alle mani e scoppiò a piangere.

3

Marc era irritato, quando Rosanna piombò nel suo ufficio di primo pomeriggio. Aveva risposto al citofono distrattamente, poi era andato in anticamera per accogliere il visitatore, e si era trovato inaspettatamente di fronte la donna che credeva a letto a curarsi l'influenza.

«Ciao», la salutò, «non dovresti andare in giro nelle tue condizioni!» Notò poi le guance arrossate e gli occhi lucidi, il respiro affannato e l'impazienza.

«Che cosa è successo?» domandò.

Lei si lasciò cadere su una sedia. «Devo raccontarti una cosa», sbottò.

Lui prese una sedia, si sistemò di fronte a lei e le strinse le mani nelle proprie. «Secondo me hai la febbre», dichiarò.

«Non lo so. Può darsi. Marc, ho fatto una scoperta incredibile.»

«Cerca di calmarti prima di tutto, e dimmi che cosa ci fai in giro.»

Lei sottrasse le mani dalle sue, rovistò freneticamente nella borsetta e tirò fuori un foglietto sul quale aveva annotato qualcosa con la sua calligrafia illeggibile.

«L'11 gennaio 2003, alle otto di mattina, la *Heaven's Gate* passò per la chiusa di Mapledurham a Purley-on-Thames. L'11 gennaio! Di mattina presto!»

Lui la guardò senza capire.

Lei era talmente agitata, che le risultava difficile raccontare i fatti con senso logico.

«Ho parlato con il guardiano della chiusa. E lui ha consultato i suoi registri. Il giorno dopo la scomparsa di Elaine la barca della tua ex moglie è salpata lungo il Tamigi di primo mattino, in inverno. Con la nebbia. Sai che cosa significa?»

Lui era sempre perplesso. «No. Che cosa? E come hai fatto...?»

«Il passaporto. Il passaporto di Elaine! Pamela lo aveva ritrovato a Wiltonfield. Poco distante dallo yachtclub. E poi questa strana gita in barca a un'ora inspiegabile. Oppure a Jacqueline capitava spesso di uscire sul fiume di mattina presto in inverno?»

«No. Credo che non lo farebbe nessuno. Ma...»

«E sai che cosa ho scoperto ancora? Subito dopo lei vendette la barca. A un socio del club. La *Heaven's Gate* non le appartiene più.»

«Non lo sapevo», esclamò Marc sorpreso. A poco a poco cominciava a comprendere ciò che gli stava dicendo Rosanna, e quali implicazioni avesse.

Impallidì. «Non vorrai mica dire che...?»

Lei si accorse di averlo turbato profondamente e la sua reazione sconvolta le fece capire che avrebbe dovuto dargli simili notizie in maniera meno irruente e con più tatto. Per un attimo si appoggiò le mani gelate sulle guance roventi, come per raffreddare il fuoco che sentiva dentro di sé.

«Non lo so, Marc. Non so che cosa sia accaduto, e non vorrei giungere a conclusioni affrettate che potrebbero mettere in seria difficoltà le persone intorno a me, ma da qualunque parte consideri le cose non posso liquidarle come semplici coincidenze. Mi verrebbe da pensare che Jacqueline sia in qualche modo coinvolta con la sparizione di Elaine, anche se naturalmente mancano molti pezzi del puzzle e ci sono parecchie incongruenze, tuttavia...»

Lui la interruppe. «Il movente, Rosanna. Non vedo alcun movente. Per quale motivo Jacqueline avrebbe dovuto far sparire Elaine, per dirla con garbo? Come poteva conoscerla?»

Con lo sguardo rivolto alla finestra, per non guardarlo negli occhi mentre gli confessava quanto avesse indagato profondamente nella sua vita senza chiedergli il permesso, gli rispose: «Sono stata a trovarla, Marc. Ieri. Sono stata a Binfield Heath, nel suo atelier. Ho parlato con lei per un'ora e mezzo».

«Non è possibile!»

«Invece sì. E per tutto il tempo non ha parlato d'altro che di una cosa soltanto: la tua infedeltà. I tuoi tradimenti. Il fatto che tu, secondo lei, durante il vostro matrimonio l'hai tradita senza interruzione. Ancor oggi è convinta che le cose stiano così.»

Lui si alzò. Lei si rese conto che stava facendo un grandissimo sforzo per tenere a bada la collera.

«Mio Dio», mormorò.

Si alzò anche lei. «Il movente, Marc, il movente potrebbe essere quello. La gelosia. Mi hai raccontato che è malata. Che si è inventata delle cose che non erano vere. Che proprio per questo litigavate continuamente. Che lanciava oggetti, distruggeva cose, tutte le volte che era convinta che tu avessi una relazione. Alla fine se ne andò di casa, ma sei proprio sicuro che la sua follia terminasse così? Forse la rabbia, la disperazione e la sensazione di essere stata tradita e pertanto respinta continuarono a ribollire per mesi dentro di lei. Forse addirittura per anni.»

«Ma come...»

«La domanda è una soltanto, Marc. Esiste la possibilità che vi avesse visto? Tu ed Elaine insieme, quella sera di gennaio, quando tu la portasti a casa tua? È possibile che vi avesse visto e avesse tratto le conclusioni sbagliate?»

Lui scrollò il capo. «È un'assurdità», dichiarò.

Ma non sembrava del tutto convinto.

«Tutta la tua... teoria si basa sul presupposto che Pamela Luke abbia detto la verità riguardo al luogo del ritrovamento del passaporto di Elaine», disse Marc. «Sebbene dapprincipio abbia raccontato a noi e alla polizia una versione del tutto diversa, evidentemente ora sei pronta a crederle senza riserve. Io lo trovo un po' azzardato.»

Parlava a voce bassa, sebbene intorno a loro ci fosse molto rumore. Erano usciti dallo studio, dopo che Marc aveva dichiarato all'improvviso di volersene andare.

«Se resto qui dentro, impazzisco. Andiamocene.»

Erano finiti in un bar poco lontano che pian piano si era riempito essendo venerdì pomeriggio tardi. Casalinghe, commercianti, studenti erano seduti ai tavolini a bere cappuccini o frappé e riempivano il locale di risate sguaiate, accese discussioni e allegro chiacchiericcio. Marc e Rosanna avevano occupato un tavolino d'angolo, avevano ordinato acqua minerale e caffè, e poi si erano guardati intorno circospetti, per accertarsi che nessuno li ascoltasse con troppo interesse. Un luogo tanto animato non era certo l'ambiente ideale per il loro dialogo, ma Rosanna aveva capito che Marc non poteva resistere nel silenzio del suo studio, e quello del suo appartamento non sarebbe stato di certo migliore. Ben presto Rosanna si accorse che le loro preoccupazioni erano ingiustificate: nessuno badava a loro.

«Se partiamo dal presupposto che Pamela non abbia detto la verità neppure stavolta», replicò all'obiezione di Marc, «allora dobbiamo concludere che abbia scelto casualmente come luogo del ritrovamento proprio la località in cui si trova lo yachtclub di cui è socia Jacqueline. Perché di sicuro non poteva esserne al corrente.»

«Sarebbe comunque un'eventualità plausibile. Quella zona è molto frequentata la domenica. Quasi sicuramente era già stata proprio in quel parcheggio e sapeva che lì ci sono dei cassonetti per gli indumenti usati. Dopo essersi resa conto che la sua dichiarazione di aver trovato il documento a casa di questo Malikowski non poteva più reggere, ha scelto una nuova versione. Allora le è venuto in mente Wiltonfield, perché conosce la regione e non voleva tradirsi di nuovo con una descrizione sbagliata dei luoghi.»

«D'accordo. Ammettiamo che si tratti di una coincidenza. Però non trovi comunque strano che Jacqueline abbia preso la barca proprio la mattina dell'11 gennaio? In un freddo mattino di nebbia? Di sicuro il guardiano della chiusa mi ha raccontato la verità. Quale spiegazione ti viene in mente?»

Lui mescolò il caffè con la fronte aggrottata. «Nessuna», rispose dopo un po'. «Di primo acchito non mi viene in mente nessuna spiegazione valida. Però non mi sembra giusto accusarla per questo di chissà che cosa. Forse potrebbe offrirci lei stessa una spiegazione plausibile di tutto questo.»

«Resta comunque il fatto che subito dopo l'11 gennaio vendette la barca. Improvvisamente. Dopo tanti anni.»

«Ne sei proprio sicura? Sei sicura che la barca sia stata venduta dopo l'11 gennaio? Non potrebbe essere successo qualche giorno prima?»

Rosanna fu colta dall'incertezza. La donna delle pulizie al club non era riuscita a essere del tutto precisa su questo particolare. Aveva dichiarato soltanto che la vendita era avvenuta a inizio anno, quando era ancora inverno, quindi al massimo entro febbraio.

«No», replicò incerta, «non ne ho la certezza. Ma di sicuro sarà possibile risalire alla data esatta.»

«Se Jacqueline avesse venduto la *Heaven's Gate* prima dell'11 gennaio, allora quella mattina lungo il Tamigi c'era qualcun altro.»

«Il fatto è che comunque resta piuttosto bizzarro.»

«Esatto. Ma che non deve essere necessariamente collegato a Elaine.»

Rosanna curvò le spalle. Le scoperte che aveva fatto l'avevano riempita di slancio, ma adesso non c'era più niente di sicuro. Forse Pamela aveva davvero mentito di nuovo. Forse lei aveva collegato avvenimenti che in realtà erano innocue coincidenze.

«Prova a pensarci», disse Marc, «quando e come avrebbe fatto Jacqueline a scoprire che Elaine aveva pernottato a casa mia? Doveva trovarsi proprio davanti alla mia porta.»

«Le persone patologicamente gelose possono fare cose del genere. Non sarebbe stata la prima.»

«All'epoca eravamo separati da quasi un anno.»

«Ciò non toglie che avrebbe potuto spiarti lo stesso. Ci sono persone divorziate da un'eternità che si struggono ugualmente quando l'ex partner trova un nuovo amore.»

«D'accordo. E allora? Come andarono poi le cose secondo te? Lei è rimasta ad aspettare in macchina davanti a casa mia, mi ha visto uscire il mattino dopo con Elaine. Ci ha seguito – necessariamente a piedi – fino al metrò. E poi è salita anche lei? Ha rivolto la parola a Elaine? L'ha convinta a seguirla? È tornata a prendere la macchina – che tra parentesi io non avevo notato, pur essendo parcheggiata direttamente vicino a casa mia? Sono partite insieme per Wiltonfield? Considera che deve aver agito molto in fretta, altrimenti non sarebbe riuscita a passare la chiusa alle otto di mattina. Ha ucciso Elaine al parcheggio? Oppure sulla barca?»

Da come lo raccontava lui, sembrava tutto assurdo e incredibile. Rosanna non rispose.

Probabilmente ho lasciato correre troppo la fantasia, pensò sconfortata.

Marc posò entrambe le braccia sul tavolo e fissò Rosanna intensamente. «Rosanna, conosco molto bene le debolezze della mia ex moglie, probabilmente meglio di chiunque altro. So che è isterica, eccessiva, fanatica, patologicamente gelosa e spesso anche distruttiva – contro se stessa e contro gli altri. Tuttavia ciò è molto diverso da un omicidio. Perché è di questo che la stai accusando: dell'omicidio di Elaine Dawson.»

«Io non accuso proprio nessuno», ribatté Rosanna. «Mi sono limitata a notare alcune coincidenze che mi hanno colpito. Ma certamente sono fatti che possono portare a più di una conclusione.»

«Prova a immaginartelo anche visivamente. Hai conosciuto Jacqueline. È piccola e delicata, tutt'altro che una persona robusta. Elaine era almeno una spanna più alta di lei e pesava parecchi chili di più. Secondo la tua ipotesi, Jacqueline avrebbe gettato in acqua il cadavere di Elaine. Come ci sarebbe riuscita? Con le sue sole forze? Voglio dire, occorre una grande energia criminale per commettere un omicidio. E Jacqueline non ne ha mai mostrata neppure un briciolo.»

«Però hai detto tu stesso che si abbandonava ad atti di violenza quando era presa dalla gelosia. A vote il risultato può essere quanto mai grave. In questo caso non si tratterebbe di omicidio vero e proprio ma di un gesto inconsulto.»

«In base alla tua teoria, tuttavia, Jacqueline dimostrerebbe una notevole pianificazione.»

«Forse voleva soltanto parlare con lei. Poi la situazione è precipitata.» Rosanna stessa si rendeva conto di quanto fosse opinabile la propria ricostruzione. E pensare che si era sentita così sicura. Adesso, nel giro di pochi istanti, era crollato tutto quanto. Si prese la testa tra le mani. Forse stava troppo male per riuscire a pensare anche solo con un briciolo di lucidità.

Percepì lo sguardo di Marc su di sé e alzò la testa. Lui aveva un'espressione molto seria.

«Rosanna», le disse, «perché vuoi sapere a tutti i costi cos'è successo? Dopo tutti questi anni, perché vuoi sapere che cosa accadde a Elaine? Perché non riesci a smettere di pensarci? Perché cerchi sempre nuove tracce, ti getti nelle ipotesi più azzardate? Perché?»

Lei scrollò le spalle. «Non saprei, è che...»

«Perché sei andata a trovare Jacqueline? Non riesco proprio a capirlo, sai? Perché hai dovuto coinvolgere la mia ex moglie?»

Perché? Se l'era chiesto ripetutamente anche lei. Il suo primo impulso era stato quello di provare a raggiungere una riconciliazione tra Marc e Josh. Inconsciamente però doveva esserci stato qualcos'altro. Il desiderio di avvicinarsi a Marc, di scoprire aspetti del suo passato. Possibile che una parte di lei ancora non si fidasse completamente di lui? Non aveva una risposta per questa domanda.

«È a causa mia», riprese lui, strappandola ai suoi pensieri, «non è così? Forse non te ne rendi neppure conto, ma un'ultima ombra di sospetto che aleggia su di me ti costringe a darti da fare in questo modo. Del resto hai soltanto la mia parola che non ho fatto nulla a Elaine e che ne so quanto gli altri del suo destino. Forse è vero, oppure no. Non posso dimostrare nulla. Tu speravi di ottenere da Jacqueline qualche rivelazione sul mio carattere. Ma, a parte questo, vorresti avere finalmente un resoconto dei fatti e un colpevole dichiarato. Soltanto così potresti sentirti tranquilla. Potresti spegnere definitivamente il barlume di dubbio che ancora arde in te. È possibile che sia così? Che sia questo ciò che ti anima?»

Avrebbe preferito negare categoricamente e con enfasi questi suoi sospetti, ma poteva farlo? Non c'era forse un briciolo di verità in ciò che lui aveva detto? Nutriva ancora un dubbio, oppure erano quanto meno i dubbi intorno a lei che la disturbavano e che lei avrebbe volentieri demolito e fatto sparire per sempre?

Forse le cose stavano così, ma c'era anche dell'altro. Il problema di Elaine era complesso e sfaccettato.

Si strofinò stancamente gli occhi che bruciavano.

«Posso solo ripeterti che non lo so», disse. «Non nutro alcun dubbio consapevole su di te, ma non riesco a separare obiettivamente tutti gli aspetti di questa storia. Ciò di cui sono consapevole, da quando sono arrivata in Inghilterra e ho accettato l'incarico di Nick, è che provo dei sensi di colpa rispetto a Elaine. Credo di aver cercato inutilmente di scacciarli in tutti questi anni. Adesso sono riaffiorati e a volte mi pesano come macigni sul petto.»

Lui parve leggermente stupito. «Sensi di colpa? Per averla...»

«Per averla invitata allora. È stato per causa mia che ha lasciato il suo piccolo mondo protetto di Kingston St. Mary e si è gettata nell'avventura di un viaggio all'estero. Lo ha fatto per me e per il mio matrimonio. E adesso sono ossessionata dall'idea di dover cercare quanto meno di chiarire il suo destino. Non perché in questo modo possa servire a lei o a qualcun altro, bensì perché... non è giusto dimenticarla così, senza una parola. Altrimenti la sua sparizione, la sua morte forse sarebbero esattamente come la sua vita: qualcosa che non interessa a nessuno. E lei resterebbe per sempre una persona anonima e ignorata.»

Lui annuì, e lei comprese che la capiva. «In ogni caso», disse cauto, «il fatto di averla invitata a un matrimonio non era un gesto negativo di per sé. Era una cosa bella. Un gesto d'amicizia. Era il tentativo di strapparla proprio alla sua monotonia, alla sua solitudine, ormai evidentemente così radicate in lei da non consentirle di sfuggirne con le proprie forze.»

Lei sorrise triste. Che belle parole! Se le cose fossero state davvero così!

«Mi piacerebbe che avessi ragione. Anch'io vorrei pensare che fosse così. Vorrei credermi un'amica di buon cuore e premurosa, che voleva aiutare Elaine. Ma non era così. Le mie motivazioni non erano così nobili.»

Lui allungò un braccio sul tavolino, le prese la mano nella propria. La osservò serio, sforzandosi di comprenderla fino in fondo. «Quali erano queste motivazioni, allora?»

Le guance già calde le si accesero ancora di più.

«Le mie motivazioni», dichiarò infelice, «credo che fossero le stesse che muovevano la maggior parte degli abitanti di Kingston St. Mary quando si trattava di Elaine. Vedi, lei era semplicemente la perdente nata. Una persona che passava nella vita senza che nessuno si accorgesse di lei e le volte in cui veniva casualmente notata era proprio per la sua assoluta timidezza e ritrosia. Era una di quelle ragazze che non vengono mai invitate a ballare e che quando sono in coda in un negozio vengono superate dagli altri perché sono troppo timorose per protestare. Capitavano sempre situazioni in cui la gente diceva: dobbiamo fare qualcosa per la povera Elaine! Allora veniva invitata per un compleanno, oppure a una festa locale, ma si intuiva sempre chiaramente che il motivo di tanta premura non era lei, bensì il fatto che in questo modo qualcuno poteva rivestire i panni del buon samaritano o, peggio ancora, per assicurarsi la presenza di una persona a confronto della quale tutte le altre facevano un'ottima figura. Accanto a Elaine ci si sentiva attraenti, arrivati e privilegiati nella vita, in qualunque condizione ci si trovasse. Nessuno era mai tanto male in arnese quanto lei, anche soltanto per il fatto che tutti gli altri nutrivano dentro di sé la speranza di un cambiamento e di un miglioramento. Lei al contrario non sembrava poterci sperare. Non si prendeva cura di sé, né altri lo facevano per lei. Dopo l'incidente al fratello ancora meno. Sembrava condannata a trascorrere la vita come una vecchia zitella e a fungere da domestica di un uomo costretto sulla sedia a rotelle. Noialtri potevamo essere bocciati agli esami, le nostre relazioni potevano fallire, potevamo rimanere al verde, oppure essere licenziati, ma se non altro avevamo una vita. E così potevamo dirci: mi sono cacciato proprio in un bel casino, ma se non altro non sono un povero diavolo come Elaine. Bastava questo per farti sentire meglio.»

«Capisco», disse Marc.

Lei lo guardò. «Non trovi anche tu che sia comunque una forma di sfruttamento? Nei confronti di un altro essere umano?»

Lui ci pensò su. «Non direi. Io trovo che sia semplicemente... un comportamento molto umano. In fondo lei aveva la possibilità di abbandonare il proprio ruolo. Elaine non doveva necessariamente restare per sempre ancorata alla propria situazione.»

«Ma...»

«È facile a dirsi, lo so. Tuttavia è così. Non doveva essere per forza così poco appariscente. Non doveva permettere a chiunque di metterle i piedi in testa. Non doveva lasciarsi sfruttare fino a tal punto da suo fratello. Era una sua scelta, nessuno poteva farci niente. Nessuno ne era responsabile. Neppure tu.»

«Quando le spedii l'invito, mi sentii molto generosa. La povera

Elaine! Non era certo un arricchimento per una festa, ma nella mia bontà l'avrei accolta lo stesso. La verità era un'altra. Le avrei mostrato fin dove ero arrivata: un marito bello e di successo, un figlioccio fantastico, una casa meravigliosa al sole caldo di Gibilterra. Un matrimonio sfavillante. Sapevo benissimo quanto avrebbe sofferto a partecipare ai festeggiamenti e che sarebbe rimasta in un angolo, ma per certi versi la sua patetica presenza mi avrebbe messo in luce, e non volevo rinunciarvi.»

Lui le strinse la mano. «Ammetto che non fosse un nobile pensiero da parte tua. Ma tanti l'avrebbero pensata come te. Non siamo santi.»

«Poco prima del matrimonio telefonai a Cedric e gli raccontai che Elaine aveva accettato l'invito. Ci prendemmo gioco di lei, dicendo che non sarebbe mai riuscita a staccarsi da Geoffrey, e che sicuramente avrebbe comprato il vestito nell'orribile boutique di Taunton. Alla fine facemmo una scommessa: Cedric disse che non sarebbe arrivata perché non sarebbe riuscita a raggiungere l'aeroporto il giorno giusto all'ora giusta e non avrebbe preso l'aereo giusto. Io scommisi che sarebbe arrivata, ma sarebbe finita nella chiesa sbagliata e prima di raggiungere la festa giusta sarebbe stata completamente trafelata. Lo trovavamo molto comico. Ma poi... non è arrivata sul serio, e alla fine... non c'era più niente di comico.»

Marc annuì. «Capisco quello che provi. Ma sai bene che niente di tutto questo ha a che fare con quanto è successo, di qualunque cosa si sia trattato. Qualcuno è responsabile della sparizione di Elaine, ma non sei tu. E anche se i motivi che ti avevano spinta a invitarla fossero stati più nobili ed elevati le cose non sarebbero cambiate minimamente.»

«Sarebbe però cambiato tutto se non l'avessi invitata. Sapevo che questo viaggio rappresentava una sfida troppo grande per lei.»

«Se non l'avessi fatto, sarebbe stato come condannare per davvero qualcuno a restare nel suo isolamento per tutta la vita. Vedila così: il viaggio avrebbe potuto rappresentare una reale possibilità per lei. Se tutto fosse andato bene, avrebbe dato un impulso decisivo alla sua autostima. Forse si sarebbe spinta a viaggiare di nuovo. Così avrebbe avuto anche la possibilità di staccarsi un pochino da Geoffrey, a osare un primo passo verso l'emancipazione. Per lei era importante. E bisogna riconoscere che ci era riuscita. L'aveva costretto ad accettare l'idea del suo viaggio. Come mi raccontò, ci furono scene madri a tale proposito, ma alla fine riuscì a partire lo stesso. Per lei era un passo enorme. Avrebbe potuto essere il principio di un'evoluzione completamente nuova. Nessuno poteva prevedere che le cose sarebbero andate diversamente.»

Quelle parole le facevano bene, ma ancora non riusciva a mettersi il cuore in pace.

«Ciò nonostante mi piacerebbe tanto sapere che cosa è accaduto. Continuo a pensare di doverle almeno questo.»

«E se le cose fossero andate come avevamo già pensato in precedenza, se si fosse allontanata volontariamente, facendo sparire le proprie tracce? Forse adesso spera che nessuno riesca a rintracciarla.»

«Perché allora avrebbe lasciato il suo passaporto accanto al cassonetto degli indumenti usati di Wiltonfield?»

Marc scrollò le spalle. «Questo non lo so neppure io.»

«Vorrei tornarci domani», disse Rosanna, «a Wiltonfield. Vorrei scoprire la data esatta in cui Jacqueline ha venduto la barca. E a chi.»

Marc la guardò con un misto di benevolenza e rassegnazione. «Sei proprio decisa a non mollare.»

«Mi accompagni?»

Lui tirò fuori il portafoglio, posò due banconote sul tavolo e si alzò. «Sì, verrò con te», disse sfinito. «Ma adesso tanto per cominciare ti riporto a casa. Devi andare a letto, hai un aspetto terribile e credo che ti sia salita la febbre. Ti garantisco una cosa: se domani non stai meglio, sono pronto a legarti a letto, piuttosto che farti andare in giro per Wiltonfield.»

Lei annuì. Intuiva che non ci sarebbe stato bisogno di farsi legare al letto se l'indomani non si fosse sentita meglio.

Non sarebbe stata comunque in grado di muovere un passo da sola.

Sabato, 23 febbraio

1

C'era stata un'altra terribile scenata la sera precedente, e Marina non era riuscita a prendere sonno, continuando a sentire il cuore batterle in gola. Dopo il litigio a pranzo, Rob era rimasto fuori per un po', rincasando verso le quattro e chiudendosi senza dire una parola nella camera degli ospiti che occupava a casa di sua madre. Quando lei era andata a chiamarlo per cena, lui non aveva reagito. Soltanto verso le nove e mezzo si era deciso a scendere. Marina, che stava guardando la televisione in salotto, lo sentì prendere la giacca dal guardaroba.

Lo raggiunse in corridoio.

«Vuoi fare un altro giro per il quartiere?» domandò in tono volutamente disinvolto, anche se intuì subito con un certo sgomento che le sue intenzioni erano altre. Si era messo un sacco di gel nei capelli e profumava di dopobarba.

Lui si infilò il giubbotto. «Vado a cercare», rispose, «qualche posto dove ci sia un po' di vita.»

«Che cosa significa *un po' di vita*?»

«Quello che significa. È venerdì sera. Non ho intenzione di passare il venerdì sera qui in periferia a guardare stupidi quiz in televisione!»

«Dove hai intenzione di andare precisamente?»

Lui alzò le spalle. «Non ne ho idea. Darò un'occhiata in giro.»

«Rob, non sei pratico dei dintorni. Non hai né amici né conoscenti qui. E hai solo sedici anni!»

Lui fece finta di non averla sentita, prese le chiavi di casa che lei gli aveva dato per la durata del suo soggiorno, e fece per uscire.

«Rob!» lo chiamò Marina duramente.

Lui si girò controvoglia. «Sì?»

«Non voglio che tu esca. Londra non è un paese. Non posso permetterti di andartene in giro da solo. È troppo pericoloso!»

Lui si sforzò di mantenersi freddo e superiore, ma i suoi occhi erano pieni di rabbia e sofferenza.

«Come farai a impedirmelo?»

«Te lo proibisco.»

Lui sogghignò. «Che cos'è questa scenata, *mammina*?» domandò. «Credi veramente di potermi proibire qualcosa? Vuoi che ti mostri quanto me ne importi di quello che vuoi o non vuoi? Me ne importa così!» Le mostrò il dito medio e scomparve fuori nella notte prima ancora che Marina si fosse ripresa dallo sgomento di quel gesto osceno e potesse reagire.

Non avrebbe più saputo dire come aveva passato la serata. Era rimasta davanti alla televisione, ma non aveva seguito nessuno dei programmi trasmessi. Si mise a bere del vino, troppo vino, le lacrime le rigavano il viso, e continuava a vedersi davanti due scene distinte: il giorno della nascita di Rob, il momento in cui l'infermiera le aveva messo in braccio il neonato roseo e paffuto e lei era scoppiata a piangere, così forte e sconsolatamente, che alla fine le avevano dovuto fare un'iniezione per farla calmare. E la scena di quella sera, il ragazzo che le mostrava il dito, e poi, ignorando le sue proteste, usciva di casa e sbatteva la porta alle sue spalle. Era come se le lacrime che aveva versato tanti anni prima avessero avuto come conseguenza diretta e inevitabile l'odio che aveva visto quella sera negli occhi del figlio e che l'aveva tanto spaventata.

Era andata a letto verso mezzanotte, aveva dormito male fin verso le quattro, ascoltando tutti i rumori che potessero annunciare il ritorno del figlio, e cercando di placare il battito del proprio cuore con una respirazione più regolare. Alla fine si era addormentata, per risvegliarsi di nuovo alle sei e mezzo con la bocca asciutta e l'emicrania.

Si alzò a sedere gemendo. Stava pagando a caro prezzo la sbornia della sera prima. Probabilmente aveva bevuto molto più di quanto si fosse resa conto.

Si alzò dal letto, si infilò l'accappatoio e a piedi nudi raggiunse la camera degli ospiti, sbirciando all'interno. Regnava un gran disordine, perché Rob non si preoccupava di rifarsi il letto né di riporre la roba nei cassetti e nell'armadio, ma lasciava cadere tutto quanto nel punto in cui si spogliava. Nell'aria aleggiava ancora una traccia del suo dopobarba. Lui non c'era.

Scese di sotto. Le mattonelle del corridoio erano gelide sotto i piedi nudi. Le bastò un'occhiata per accertarsi che il giaccone di Rob non era appeso nel guardaroba e che mancava anche la chiave di casa. Senza dubbio non era ancora rincasato dalla sera prima.

Sul tavolo in cucina c'erano due bottiglie di vino vuote. Marina le guardò. Ricordava vagamente che una era stata mezzo piena e l'altra l'aveva stappata la sera prima. Si era scolata un litro e mezzo di vino da sola. Non c'era da sorprendersi che si sentisse la testa stretta da una morsa.

Prese un bicchiere dalla credenza, lo riempì di acqua fresca, lo svuotò avidamente, lo riempì una seconda volta. In un cassetto trovò ancora un'aspirina effervescente e la gettò nel bicchiere.

La domanda era che cosa fare adesso.

Stava albeggiando, il cielo era sereno, senza nebbia, la giornata prometteva bene. Il freddo del pavimento le risalì per le gambe nude. Aspettò che la compressa si sciogliesse meditando nel frattempo se fosse il caso di chiamare Dennis. Sarebbe servito ad alleggerirla in parte dal peso opprimente della responsabilità che gravava tutta sulle sue spalle, ma d'altro canto in quel momento Dennis non avrebbe potuto fare assolutamente nulla e si sarebbe soltanto preoccupato. Forse non era accaduto niente. Tuttavia... dove aveva passato la notte Rob?

Bevve l'aspirina, poi risalì in bagno, si fece una lunga doccia calda, indossò abiti caldi, tornò di sotto, mangiò una fetta di pane tostato e bevve una tazza di caffè forte. Cominciava a sentirsi già meglio. Siccome restare a casa le risultava impossibile, decise di prendere la macchina e di perlustrare i dintorni. Forse non aveva alcun senso, ma non era neppure escluso che lui si trovasse da qualche parte lì fuori e di sicuro era più logico che starsene lì ad aspettare. Si sarebbe data un orario per informare Dennis e per rivolgersi alla polizia con il suo consenso. Alle tre del pomeriggio. Se non fosse riuscita a rintracciare Rob per allora, e se lui non si fosse fatto vivo, avrebbe imboccato la via ufficiale.

Uscì di casa. L'aria era fredda, tersa e immobile. Le case tutt'intorno sembravano ancora addormentate.

Marina si mise alla ricerca del figlio.

2

«Ti ammiro», disse Cedric dolcemente, «sei forte e coraggiosa. Sul serio.»

«Vorrei sentirmi così anch'io», replicò Pam. «Forte e coraggiosa. In questo momento però provo soltanto tanta paura.»

Aveva l'aria stanca e scompariva quasi in un pullover grigio che le aveva prestato Cedric per darle modo di lavare le sue cose. Non era truccata, teneva i capelli scuri pettinati all'indietro. Sembrava più giovane della sua età. Una ragazza di vent'anni. Se non addirittura un'adolescente.

Erano seduti nel salotto della casa paterna di Cedric, Pam sul divano con le ginocchia raccolte al petto, Cedric in poltrona. Soffriva ancora di forti dolori, ma erano migliorati e quel giorno gli era bastata una dose di antidolorifici inferiore a quella del giorno prima.

La primavera si stava risvegliando impetuosamente. Nella stanza si sentiva il lieve ticchettio di un orologio. La strada fuori era silenziosa quel sabato mattina.

Cedric e Pam aspettavano la polizia.

Victor aveva preferito allontanarsi per delicatezza ed era andato al mercato per fare la spesa per la domenica.

Tre quarti d'ora prima Pam aveva acconsentito a costituirsi all'ispettore Fielder e Cedric lo aveva immediatamente avvisato.

Fielder, che aveva risposto personalmente, lo aveva subito aggredito: «È lì da lei? Da quanto tempo?»

Cedric non aveva nessuna voglia di mentire. «Da mercoledì sera.»

«E mi telefona soltanto oggi?»

«Ha avuto bisogno di tempo. E io non sono un delatore. La sto chiamando con il consenso di Pamela, e per me era molto importante.»

Fielder era molto arrabbiato, ma parve rendersi conto da solo che non era il momento di impartire una ramanzina a Cedric. «Si trova a casa di suo padre in questo momento?» si accertò. «Benissimo. Mando da voi qualcuno della polizia di Taunton. Pamela Luke verrà condotta a Londra immediatamente.»

«Sì, lo immaginavamo», disse Cedric formale, poi diede a Fielder l'indirizzo esatto e riagganciò.

«Non preoccuparti», disse quindi rivolto a Pam, «basta che tu dica la verità. Vedrai che Fielder si convincerà. Ne sono sicuro.»

«Io invece no. Gli ho già mentito una volta. Non ha motivo di credermi ora.»

«Non succederà niente.»

Lei gli rivolse un'occhiata triste. «Peccato che tu non possa accompagnarmi.»

Lui scrollò il capo mestamente. «Lo farei subito, se potessi. È un viaggio troppo lungo, e non sono ancora in condizioni di affrontarlo.»

«Naturale. Devi riguardarti. È già abbastanza quello che stai sopportando per causa mia. Vorrei averti potuto evitare quell'incontro con Pit. Però...» alzò le braccia in un gesto sconsolato e contrito, «sarebbe stato meglio se non lo avessi mai conosciuto. Il dramma è cominciato allora.»

«In effetti non è stata proprio una scelta felice», ammise Cedric. Poi aggiunse pensieroso: «mi piacerebbe tanto sapere che cosa ti ha attirato in lui. Che cosa ti ha fatto credere di essere amata da lui. Era così brutale. Così disturbato. Così imprevedibile. E si capiva subito».

Lei scrollò le spalle. «Mi dava la sensazione di essere importante. Non mi era mai capitato prima. Era una cosa molto... speciale per me. È pazzesco, vero?»

«No. Pazzesco no. Ma del tutto fatale.»

Lei annuì lentamente, poi si passò entrambe le mani sugli occhi, come se cercasse di cancellare dalla retina l'immagine del suo aguzzino. Quindi chiese senza preamboli: «Quanto tempo ti fermerai, prima di tornare a New York?»

«Finché i medici non mi daranno il via libera», rispose Cedric. «Sono molto felice di restare qui ancora un po'. A mio padre fa molto piacere.»

«Deve sentirsi molto solo.»

«Già.»

«Andrai a trovare anche quel tuo amico? Quello sulla sedia a rotelle? Quello che è venuto a trovarti in ospedale quella sera che c'ero anch'io?»

«Si chiama Geoffrey. Geoffrey Dawson. È il fratello di Elaine. Sì, andrò a trovarlo. Anche lui è molto solo.»

«Come vi siete conosciuti?»

«Oh... oddio, è passata un'eternità. Siamo cresciuti insieme qui. Da piccoli costruivamo castelli di sabbia. Siamo andati a scuola insieme. E anche all'università. Eravamo inseparabili. Fino... al giorno dell'incidente.»

«Che cosa accadde?» domandò Pam.

Lui esitò. Non ne parlava mai. Con nessuno. E tutti quelli che lo conoscevano rispettavano questo suo desiderio. Ma Pamela non poteva saperlo.

«Ecco... mi spiace, ma non voglio parlarne», rispose impacciato.

Lei lo guardò con attenzione, senza dire niente.

Cedric girò faticosamente la testa verso la finestra. La strada era inondata di sole. Vuota e silenziosa. In giardino i narcisi sbucavano dal terreno. Non era ancora arrivato nessuno.

Pam seguì il suo sguardo. «Se non vengo arrestata», disse, «posso venire a trovarti a New York?»

Lui le fu grato di aver abbandonato il tema Geoffrey. «Naturalmente», rispose. «Ne sarei felicissimo.»

«Non sono mai stata a New York. E neppure negli Stati Uniti. Ho sempre creduto che non sarei mai riuscita ad andarci.»

«New York ti piacerà. Per me è la città migliore al mondo.» Cedric tornò a guardare fuori, abbracciando con lo sguardo la strada tranquilla, le casette sul lato opposto, annidate dietro muretti in pietra e cespugli di ginestra, e i narcisi che sua madre aveva piantato, accudito e curato. Lo capì con assoluta certezza soltanto ora, contemplando questo idillio rurale. Nonostante la sensazione di essere a casa, nonostante la magia esercitata su di lui da tale sensazione, la nostalgia di New York era così intensa da fargli venire voglia di salire sul primo aereo e partire.

«È l'unico posto dove vorrei vivere», disse.

Lei annuì e si avvicinò alla finestra. «Com'è bello qui», osservò. «Devi aver avuto un'infanzia molto felice e protetta.»

Aveva ragione. Protezione e affetto a volontà, che forse spesso non aveva saputo apprezzare. Molte volte aveva trovato soffocante la vita a Kingston St. Mary, e non si era mai soffermato a riflettere su quanta serenità gli avessero dato l'amore e la dedizione incondizionata dei genitori. Negli anni passati aveva spesso creduto di essere una foglia in balia del vento, si era tormentato e lamentato, perché non era in grado di dare stabilità alla propria esistenza, né dal punto di vista professionale né nella vita privata. Ma osservando adesso il volto di Pamela, l'espressione di intenso terrore radicata negli occhi, si rese conto di quanta forza lui avesse effettivamente tratto dalla sua infanzia felice e spensierata. Aveva spesso imboccato strade sbagliate, molte volte si era sentito insicuro riguardo al futuro, ma intuiva che, nonostante tutto, alla base del suo essere c'era una sana fiducia istintiva nella vita, che lo aveva portato fin lì e avrebbe continuato a sostenerlo. La convinzione di essere finalmente all'altezza della vita era così radicata in lui quanto in Pamela la sensazione di dover affrontare con la vita il suo nemico più spietato. Da quando aveva aperto gli occhi aveva conosciuto soltanto minacce.

Lui, soltanto amore.

Si chiese fugacemente che cosa sarebbe accaduto tra di loro se lei fosse andata veramente a trovarlo a New York. Era diversa da tutte le donne che aveva conosciuto in vita sua, e gli piaceva. Lo interessava più di quanto avessero fatto le donne precedenti, e poteva darsi che questo interesse si trasformasse in fascino.

Avrebbe aspettato il corso degli eventi. Non si poteva ancora dire se lei sarebbe andata. Dipendeva in parte dalle disposizioni della polizia, dal fatto se la sua storia avrebbe retto agli interrogatori di Scotland Yard.

Si accorse di sperarlo con tutto il cuore. Allo stesso modo in cui sperava che lei non gli avesse mentito.

Sentì il rumore di un'auto che si avvicinava, rallentava, si fermava.

Pamela si staccò dalla finestra. Era molto pallida. «Sono arrivati», annunciò. «La polizia.»

Di colpo sembrava completamente perduta. Fuori si sentì sbattere una portiera.

Cedric si alzò faticosamente dalla poltrona. Gli costava ancora un'immensa fatica muoversi. Maledisse la propria lentezza. Gli sembrava di essere un matusalemme.

«Ho paura», disse Pamela.

«Lo so», replicò lui. Stavano l'uno di fronte all'altra. Una seconda portiera si chiuse sbattendo. Doveva trattarsi di due agenti.

«Davvero non ti dispiacerebbe se venissi a trovarti a New York?» domandò Pam. Aveva occhi enormi. Sembrava che per lei molto dipendesse dalla sua risposta.

«Ne sarei felicissimo», ribadì lui, rendendosi conto che era la verità. L'idea che lei andasse a trovarlo lo riempiva di gioia fin da ora. «Sul serio, Pam, ci conto.»

Il cancelletto del giardino cigolò.

«Allora, ci vediamo», disse Pam.

Improvvisamente lui provò il bisogno di regalarle qualcosa. Un... pegno, qualcosa che legasse entrambi ora che lei doveva tornare a Londra per farsi torchiare dall'ispettore Fielder. Qualcosa che li unisse quando lui fosse tornato a New York, con l'Atlantico a separarli, man mano che l'intimità tra di loro in quella stanza in un soleggiato giorno di febbraio fosse scivolata sempre più lontana.

«Accadde il primo anno di università», disse precipitosamente. «Io e Geoff avevamo entrambi diciott'anni. Un nostro amico ci aveva invitato alla sua festa di compleanno.»

Passi pesanti fuori sul vialetto.

Pamela era totalmente concentrata su di lui.

«I genitori di questo nostro amico non erano in casa. Eravamo da soli. Il tizio aveva invitato un sacco di gente. Saremmo stati almeno una sessantina.»

Il campanello suonò.

Lui continuò il racconto frettolosamente. «Mancavano due giorni a Natale. Non aveva nevicato, ma di notte gelava. Faceva un gran freddo. Bevemmo fiumi di alcol. La musica era assordante. Ci sembrava... di non aver mai partecipato a una festa più esaltante.»

«Capisco», disse Pam.

«A un certo punto io, Geoff e qualcun altro uscimmo sul balcone al primo piano. Saranno state le quattro di mattina. Eravamo piuttosto su di giri. A qualcuno venne l'idea di salire in equilibrio sulla ringhiera.»

Il campanello suonò per la seconda volta.

«La cosa peggiore era che poi nessuno seppe dire a chi fosse venuta questa idea assurda. Come ho detto, eravamo completamente sbronzi. In seguito Geoff ha sempre affermato che fossi stato io a proporla. Non posso né confermarlo né negarlo, non lo so più.» Tacque.

«Dovevamo salire due alla volta, alle estremità opposte e, camminando tenendoci in equilibrio, dovevamo incontrarci a metà e poi cercare di raggiungere l'estremità opposta. La ringhiera era molto larga. Ma era anche molto liscia. Coperta di brina, come ci dissero poi. Ma noi non ce ne rendemmo conto.»

«Capisco», ripeté Pam.

Lui si accorse che qualcosa si muoveva dentro di lui. L'impotente disperazione che portava in sé da quella notte, che aveva seppellito in fondo alla propria anima, talmente in fondo che non riusciva più a vederla né a sentirla. Una parte di essa risalì in superficie, provocandogli un suono strozzato in gola.

«Era andato tutto bene. Per ultimi toccava a me e Geoff. Ci tenemmo in equilibrio...»

Rivide la scena davanti a sé. Il cielo buio e immenso pieno di stelle. La casa con le molte finestre illuminate. I volti degli altri ragazzi presenti. Geoffrey che avanzava verso di lui, barcollando ubriaco. Se stesso, che agitava le braccia per mantenere l'equilibrio. Si incontrarono quasi esattamente a metà del balcone.

«Cercammo di scambiarci di posto. Ma... per qualche motivo ci trovammo in difficoltà. Non riuscivamo più a ritrovare l'equilibrio, ma credo che non ce ne rendessimo neppure conto, non vedevamo il pericolo.»

Gli bruciavano gli occhi. Sentì nuovamente il grido di Geoffrey: *sto volando!*

Gli agenti suonarono per la terza volta, mettendosi poi a bussare alla porta.

«Scivolammo entrambi nello stesso momento. Fu una cosa repentina, troppo veloce per poter fare qualcosa. Ciò che accadde dopo fu il destino, non dipendeva dal fatto che uno di noi fosse più sportivo, più agile o più previdente dell'altro. Fu soltanto destino.»

Lei sapeva che cosa era successo. «Tu cadesti all'interno del balcone», disse lei, «e il tuo amico dall'altra parte.»

«Non cadde soltanto di un piano», proseguì Cedric. La sua voce, se ne rendeva conto lui stesso, suonava stranamente monotona. «Proprio sotto il balcone c'era una piscina. Dieci metri per dieci, in cemento. Ovviamente, essendo dicembre, era vuota.»

La frase che spiegava in tutta la loro portata le conseguenze di quella bravata risuonò a lungo nella stanza. *Ovviamente, essendo dicembre, era vuota.*

Fu riconoscente a Pam che non disse niente. In precedenza, quando lui era stato ancora in contatto con le persone che avevano assistito alla tragedia, si era sentito sempre rivolgere frasi del genere, *non potevi farci niente. Nessuno sa a chi è venuta quell'idea pazzesca. Tutti quelli che vi hanno partecipato sono allo stesso modo colpevoli o innocenti.* Oppure: *Geoffrey non era un bambino piccolo. Sapeva di correre un rischio. Non l'ha costretto nessuno. È lui il responsabile del suo destino.*

Non voleva più sentire certe parole. Indipendentemente che fossero giuste o no, non voleva più sentirle e basta.

«Dobbiamo aprire la porta», disse, «altrimenti i poliziotti la sfonderanno.»

Lei fece un cenno d'assenso. Poi lo abbracciò, con cautela, teneramente, in un gesto di tacita comprensione.

Dopodiché andò alla porta e aprì ai due agenti che l'avrebbero portata a Londra a Scotland Yard.

3

Marina trovò Rob quando stava per abbandonare le ricerche e voleva tornare a casa. Aveva perlustrato per due volte tutto il quartiere, cercando nei giardini, alle fermate degli autobus, scendendo persino dall'auto e inoltrandosi a piedi in qualche piccolo parco, ma non aveva trovato traccia di lui. Alla fine si convinse di essere stata ingenua. Come poteva pensare che lui si trovasse ancora nei paraggi? La giornata prometteva di essere soleggiata, ma l'aria era ancora fredda e nessuno sarebbe rimasto per strada dopo una notte passata all'aperto.

Ma allora dov'era? Dove si era rifugiato?

Non avrei dovuto permettergli di andarsene, pensò, ma sapeva di non aver avuto alcuna possibilità di fermarlo. Lui era stato determinato, a tal punto da essere pronto a commettere pure un gesto clamoroso.

«Maledizione!» imprecò lei a voce alta, dando un pugno al volante. Era stufa di tutti i sensi di colpa che le piovevano addosso da ogni parte. I sensi di colpa per non avere impedito a Rob di uscire di notte. I sensi di colpa per essersi evidentemente comportata sempre nel modo sbagliato con lui. I sensi di colpa perché tanti anni prima non si era sentita né comportata come una madre.

Per la prima volta da quando Rob era spuntato inaspettatamente a casa sua si sentiva davvero irata.

Fece un ultimo giro alle propaggini esterne del quartiere, dove si trovavano le case più nuove, con i giardini ancora spogli e dove c'erano lotti ancora da costruire, terreni incolti pieni di rovi e piccoli abeti, e lo vide. Stava percorrendo uno dei tanti sentierini creati da generazioni di conigli, e non assomigliava affatto al giovane arrogante e arrabbiato della sera prima, che aveva deciso di andare per la sua strada. Ora le veniva incontro come un povero diavolo, infreddolito, affamato, con gli abiti stropicciati, le spalle curve in avanti. Indubbiamente doveva aver passato una nottata terribile.

Lei gli si fermò proprio accanto, si sporse di lato e aprì la portiera del passeggero.

«Forza», gli disse, «sali!»

Lui non si era accorto dell'auto che si avvicinava e trasalì spaventato. Quando la riconobbe, il suo sguardo si rabbuiò, strinse le labbra e scrollò energicamente il capo.

«Avanti, sei gelato e scommetto che non hai fatto colazione», disse lei. «Al tuo posto non mi farei sfuggire una doccia calda, degli indumenti puliti, un caffè e qualche fetta di pane tostato.»

Lui si avvicinò strascicando i piedi, salì controvoglia in auto.

Lei immaginò dove avesse trascorso la notte. Dall'altra parte dei terreni edificabili, da cui l'aveva visto provenire, si trovavano diversi orti con serre.

«Sei entrato in uno dei capanni», disse. «Spero che tu non abbia fatto danni.»

Lui scrollò le spalle senza rispondere.

Lei si rese conto di ribollire ancora di rabbia.

Spense il motore. «Bene, adesso ascoltami», disse. «Non ho nessuna voglia di continuare questo gioco. Non ho nessuna voglia di vedere giorno dopo giorno la tua faccia risentita, di ascoltare le tue domande e di dovermi giustificare continuamente. Ti ho detto tutto quello che avevo da dirti. Ti ho spiegato perché all'epoca mi comportai in un certo modo, ti ho esposto le mie ragioni. Puoi cercare di comprendermi, ma non posso certo costringerti a farlo. Non vorrei dovermi ripetere all'infinito e sentirmi come un'imputata. Non vorrei ripetere la scena di ieri sera né restare sveglia un'altra notte senza sapere dove ti sei cacciato. Non vorrei più uscire di mattina presto e battere tutte le strade del quartiere per cercarti, chiedendomi intanto se non ti sia capitato qualcosa di male. Hai capito?»

Lui borbottò qualcosa di incomprensibile, senza guardarla. Lei si accorse che aveva le labbra bluastre per il freddo.

«Se non vuoi cambiare il tuo atteggiamento nei miei confronti», proseguì, «allora mi spiace, ma non puoi restare ancora con me. Dovresti prendere il primo volo disponibile per Gibilterra e tornare da tuo padre.»

Lui continuava a guardare fisso fuori dal parabrezza.

«Ho rotto un vetro», confessò controvoglia.

Marina annuì. «Lo immaginavo. Per entrare in una delle serre e passare lì la notte.»

«Sì.»

«Troveremo il proprietario e tu ripagherai il danno. Con i tuoi soldi.»

Lui annuì.

Lei riaccese il motore. «Adesso torniamo a casa mia. E poi potrai dirmi come vuoi che proseguano le cose. Se vuoi rimanere con me ancora qualche giorno con presupposti diversi, oppure se dobbiamo subito prenotare un volo.»

Alla fine lui si voltò a guardarla. Era molto pallido. «Vorrei andare da Rosanna», disse.

4

Questa volta il club e la casa adiacente – dove abitava il custode delle barche, come spiegò Marc – erano completamente deserti. Non c'era neppure la donna delle pulizie, né una bicicletta appoggiata alla staccionata, o una macchina nel parcheggio. Nella quiete del mattino d'inverno, si sentivano soltanto i richiami di alcuni uccelli acquatici. Il sole si stava levando all'orizzonte sulla riva opposta del fiume, dissolvendo con i propri raggi gli ultimi brandelli di nuvole nel cielo. Di tanto in tanto un refolo di brezza increspava le onde, facendo dondolare piano le barche ormeggiate al molo.

«È rimasto tutto uguale», disse Marc. Si era fermato un po' più in alto del complesso, sul sentiero di sabbia che scendeva fino alla riva del fiume e osservava il panorama davanti a sé. «Sembra che non sia passato neppure un giorno. Persino l'odore è quello di un tempo.»

Rosanna, in piedi poco più indietro, cercò di osservare la scena con gli occhi di lui. Stava pensando agli spensierati fine settimana che un tempo trascorreva lì con la moglie e il figlio? Rivedeva loro tre insieme, mentre preparavano la barca? Josh, in pantaloncini e maglietta, allegro e contento di avere entrambi i genitori con sé. La bella Jacqueline, che probabilmente si portava a bordo un assortimento di matite e fogli da disegno, per catturare immagini e atmosfere. Lui stesso, Marc, ansioso di godersi qualche ora di tranquillità.

Ma forse le cose non erano mai state così. Forse anche gli innocui fine settimana da trascorrere in famiglia erano stati rovinati da litigi e accuse. Forse Jacqueline non aveva smesso neppure in barca di manifestare i propri sospetti e di rimproverarlo. Forse non erano immagini liete quelle che Marc vedeva davanti ai propri occhi.

«Quando sei stato per l'ultima volta?» domandò lei.

Lui ci pensò su. «Credo che sia stato diverso tempo prima della nostra separazione. La mia costante frenesia di lavoro travolgeva anche i fine settimana qui al club, e poi il nostro matrimonio andava sempre peggio. Negli ultimi tempi Jacqueline veniva qui quasi sempre da sola con Josh.»

«Ne sentivi la mancanza? Della barca? Degli amici?»

«Dopo la separazione mi mancava soltanto Josh. Non avevo tempo per nient'altro.»

Scesero per il sentiero. L'odore di acqua si fece più intenso. Marc respirò profondamente. Aveva sottovalutato la forza dei ricordi che lo assalirono in questo luogo. Gli risultava faticoso stare qui. A Josh piaceva tanto giocare sul fiume. Lo rivide mentre preparava canali, costruiva dighe, creava intere città di terra e fango lungo la riva, concentrato sul lavoro, la lingua infilata tra i denti. A volte il padre lo aiutava, in quei rari momenti in cui riusciva a mettere da parte la professione e la carriera.

Si domandò se Josh pensasse a quelle ore, e se il ricordo gli desse felicità. Oppure esse erano scomparse, inghiottite dall'immagine di un padre che si affannava da un appuntamento all'altro e restava inavvicinabile, un padre che non si meritava tale definizione?

Si voltò verso Rosanna e si accorse che era rimasta indietro per parlare al cellulare con qualcuno. Lui non aveva sentito lo squillo, ma del resto era stato immerso nei propri pensieri. La osservò attentamente. La notte di riposo le aveva fatto bene, stava meglio che la sera prima. Quel mattino non aveva più febbre. Lui avrebbe comunque preferito che rinunciasse al suo progetto di tornare ancora una volta lì a Wiltonfield. Avrebbe voluto che si fosse congedata definitivamente da tutta la vicenda di Elaine. Se doveva esserci un futuro insieme per loro due, dovevano affrontarlo in tutta tranquillità, perché c'erano già abbastanza problemi da superare.

Ma forse anche questo ha un suo ruolo, pensò improvvisamente.

Di sicuro lei è consapevole degli ostacoli che ci aspettano. È sposata, e il pensiero di chiarire tutta la situazione deve pesarle come un macigno sul cuore. Finché si occupa di Elaine può rimandare il momento fatidico in cui dovrà affrontare un simile fardello.

Lei intanto aveva finito di parlare e gli stava venendo incontro. Aveva un'aria preoccupata.

«Era Marina. La ex fidanzata di mio marito. La madre di Rob. Ci sono problemi con Rob, è completamente sconvolto e vuole venire da me a tutti i costi. Non vuole tornare da suo padre, non vuole stare con lei. Soltanto con me.»

«Allora forse dovresti...»

Lei scrollò il capo. «Le ho detto che andrò da lei oggi pomeriggio. Fino ad allora Rob dovrà aspettare.»

Si diressero verso gli edifici del club. Marc era ancora in possesso della sua vecchia chiave, ma naturalmente aveva messo in conto che nel frattempo le serrature potessero essere state cambiate. Di fatto, invece, ebbero fortuna: il portone d'accesso si aprì senza fatica. Attraversarono l'edificio che Rosanna già conosceva, e uscirono sul pontile. Era inondato di sole. Le barche ormeggiate luccicavano pulite. Su alcune si erano appollaiati dei gabbiani che, giunti dal mare, avevano risalito il fiume fino nell'entroterra.

«Anche la barca è al suo solito posto», dichiarò Marc, una volta raggiunta la fine della passerella. Si fermarono davanti alla *Heaven's Gate*. «Qui non è cambiato proprio nulla.»

«Possiamo salire a bordo?» domandò Rosanna.

Lui esitò. «La barca non è più mia. E probabilmente non è neppure di Jacqueline.»

«Ma non c'è nessuno. E che cosa potrebbe obiettare il nuovo proprietario? Potresti sempre dire di esserci salito perché volevi darle un'occhiata per motivi sentimentali.»

«Però dobbiamo togliere il telo di copertura.»

«Vedrai che non arriverà nessuno», lo incalzò lei.

Lui cedette. Con gesti abili e veloci arrotolò il telo protettivo e lo ripose nella cabina aperta. Si capiva chiaramente che conosceva molto bene la barca. Ma lei si rese conto anche che non era convinto. Si capiva che avrebbe preferito piantare lì quell'impresa secondo lui priva di senso. Neppure lei avrebbe saputo spiegargli che cosa l'avesse spinta a chiedergli di salire a bordo. Aveva seguito l'istinto. L'istinto che le diceva che qui a Wiltonfield e a bordo di questa barca si sarebbe forse avvicinata alla risposta sul mistero della fine di Elaine. Tuttavia, non avrebbe saputo dire se ciò che definiva *istinto* non fosse piuttosto un suo desiderio inconscio che alla fine non l'avrebbe condotta da nessuna parte.

Seguì Marc a bordo dell'imbarcazione. Ora che era stata tolta la copertura, le assi diffondevano un odore di marciume.

«Credi che qualcuno sia mai salito a bordo in inverno?» domandò lei.

Lui scrollò le spalle. «Difficile a dirsi. Però direi di no. Navigare con il freddo e la nebbia non è proprio piacevole.»

«Potremmo uscire sul fiume per un pezzettino?»

«E poi? Che altro?» Lui si passò entrambe le mani tra i capelli. «Perché, Rosanna? Che cosa credi di scoprire? Che cosa credi di trovare?»

Lei non sapeva spiegare neppure questo. «Vorrei provare qualcosa. Nel caso Jacqueline fosse uscita in barca quel mattino, vorrei sapere che cosa provò.»

«Che cosa ti porterà questo?»

«Non lo so. Forse niente. Ma ho la sensazione che la barca sia importante. Non so dirti altro.»

«In mezzo al fiume farà molto freddo. Molto più freddo che qui sulla riva. E tu sei già malata. Ho paura che tutto quello che otterrai da questa impresa sarà una bella polmonite e nient'altro.»

Lei osservò lo scafo di legno scuro e il timone fissato alla poppa. Sul pavimento del pozzetto c'era una botola, chiusa con un lucchetto.

«Lì dentro c'è il motore, giusto?»

«Sì.»

«Hai la chiave del lucchetto?»

«Ho la chiave del lucchetto che usavamo un tempo. Il nuovo proprietario di sicuro l'avrà cambiato.»

«Prova lo stesso. Se non funziona, pazienza. Ti prometto che allora scenderemo dalla barca, torneremo a Londra e io non dirò più nemmeno una parola sulla faccenda.»

Lui imprecò sottovoce, tirando fuori nuovamente il mazzo di

chiavi dalla tasca della giacca. Chiavi dell'auto, chiavi di casa, chiavi dell'ufficio. Ce n'era un'altra piccolina, quadrangolare. La infilò nella serratura e il lucchetto scattò.

«Bingo!» esclamò Rosanna.

Lui guardò il lucchetto aperto con un'espressione a metà tra la collera e la rassegnazione. «Tu adesso vorresti partire e navigare lungo il fiume? Con una barca che non ci appartiene? Ma lo sai in che guaio potremmo finire?»

«Non dobbiamo necessariamente sapere che la barca non appartiene più a Jacqueline. Quanto meno tu non devi saperlo.»

«È una follia. Che cosa cerchi di fare? Di ricostruire una situazione? Jacqueline ed Elaine su questa barca una mattina di gennaio di cinque anni fa? Che cosa credi che succederà? Pensi forse che avrai un'illuminazione improvvisa?»

Lei gli stava di fronte sulla barca che ondeggiava piano, e di colpo curvò le spalle.

«Forse hai ragione tu. Forse... mi sono sbagliata.»

Aveva l'aria sconsolata e sofferente. Il che molto probabilmente dipendeva, oltre che dalla momentanea delusione, anche dal malanno che si era presa, ma tuttavia di colpo lui si impietosì. E pensò anche un'altra cosa: quello era il posto in cui lei doveva chiudere con qualcosa. Chiarire qualcosa per se stessa che non era in grado di spiegare a parole. Forse in ultima analisi si trattava soltanto di congedarsi da Elaine e dalla speranza di poter fare luce sul suo destino.

«Provo a vedere se il motore parte», disse lui, «e se ci riesco usciremo un pochino sul fiume. In caso contrario non mi metterò di certo a rubare il carburante a un'altra barca. È chiaro? Se non c'è benzina, torniamo a casa e dimentichiamo tutto quanto.»

Lei annuì.

Il motore partì sputacchiando e borbottando al terzo tentativo.

«Aiutami a mollare le cime», disse Marc. «Salpiamo.»

Marc aveva ragione, al largo sul fiume soffiava un vento gelido. Rosanna si strinse nel giaccone, incrociando le braccia sul petto. Si calcò il berretto di lana sulla fronte e rimpianse di non aver dato ascolto a Marc: dopo questa avventura si sarebbe di certo ammalata sul serio.

La barca procedeva lentamente. Presero la stessa direzione che Jacqueline, o chi per lei, doveva aver preso quella mattina di gennaio. Dolci colline coperte di pascoli lungo le rive, grandi salici, qua e là fitti canneti, poi di nuovo ciottoli che l'acqua lambiva dolcemente. Ogni tanto un paesino, poi una cittadina ancora addormentata nel letargo invernale. Videro un ciclista solitario che arrancava faticosamente sull'alzaia sconnessa più in alto. Ma per il resto erano circondati dalla solitudine. Nessun indizio che lasciasse intendere che si trovavano a poca distanza dalla grande capitale. Erano in mezzo alla campagna, in mezzo al nulla. Completamente soli.

Poco prima di raggiungere Purley, Marc domandò: «Vuoi passare anche la chiusa? Potrebbe volerci molto tempo».

Lei scrollò il capo, improvvisamente stanca e rassegnata. «No, non ce n'è bisogno.»

Si rannicchiò sulla panca e si chiese che cosa avesse provato Jacqueline Reeve cinque anni prima. Forse portava a bordo il cadavere di Elaine, era impaziente e nervosa, si chiedeva se le sarebbe riuscito di superare velocemente la chiusa di Mapledurham. Doveva liberarsi del suo carico, cancellare le prove. Scossa dall'odio verso il marito, disperata, perché tale odio l'aveva condotta a compiere un gesto spaventoso.

La luce doveva essere stata ancora scarsa a quell'ora del mattino, il cielo grigio, nebbioso, appena più chiaro verso est. Era da escludere che si fosse trattato di una gita di piacere. Rosanna non riusciva proprio a immaginare che il viaggio della *Heaven's Gate* nelle prime ore del mattino dell'11 gennaio 2003 potesse aver avuto motivazioni innocenti.

Come se le avesse letto nel pensiero, Marc, seduto al timone, disse: «Sarebbe fondamentale accertare la data esatta della vendita della barca. Se fosse avvenuta subito prima della data fatidica, riterrei possibile che il nuovo proprietario, soddisfatto dell'acquisto, avesse voluto provare la sua nuova imbarcazione anche in un momento dell'anno così poco favorevole. Viceversa, la vendita poteva essere imminente, e allora si sarebbe potuto trattare di un viaggio di prova».

«A quell'ora? In inverno?»

Lui scrollò le spalle. «Può darsi che Jacqueline e l'acquirente non avessero trovato un altro momento disponibile. All'epoca lei andava tutti i fine settimana da sua madre a Cambridge. Quel giorno era un sabato. La sua giornata era già tutta occupata, l'unico momento libero era solo di primo mattino. Lo trovi tanto assurdo?»

Lei sapeva che non era affatto assurdo. Molto spesso i comportamenti apparentemente inspiegabili delle persone avevano in realtà spiegazioni estremamente semplici, una volta che si guardava dietro le apparenze. Forse l'unica a sostenere una teoria del tutto assurda era proprio lei.

«Va bene se torniamo indietro?» domandò Marc. «Ci terrei a rimettere la barca a posto al club prima che arrivi qualcuno. Non credo che sarebbe poi così facile spiegare il nostro gesto.»

Lei sapeva che aveva ragione. Non aveva senso continuare a percorrere il fiume. L'illuminazione non era arrivata. Restava il disagio, ma se fosse giustificato o no non era in grado di dirlo.

«Possiamo tornare indietro», concordò lei. «Probabilmente è stata un'idea stupida da parte mia, inscenare... questo viaggio. Non mi è servito a nulla.»

Tornarono in vista dello yachtclub intorno alle dieci. Come prima, non sembrava esserci nessuno. Porte e finestre erano ermeticamente chiuse e, a quanto poteva giudicare Rosanna da lì, il parcheggio era vuoto. Erano stati fortunati, nessuno avrebbe scoperto la loro piccola infrazione.

«Ora so che cosa farò», annunciò lei. «Dirò definitivamente addio a tutta questa storia. Non ce la faccio più a vivere con questi dubbi che mi affollano la mente. Mi sono lasciata coinvolgere troppo emotivamente. Ora voglio liberarmi.»

Erano seduti l'uno di fronte all'altra. Marc la guardò speculativamente. «Sarà difficile», disse, «perché ti sei spinta molto in là.»

«Lo so. Ma ce la farò.»

«Però...»

«Telefonerò all'ispettore Fielder. Gli racconterò quello che ho scoperto, che la barca della tua ex moglie quel mattino di gennaio fece un misterioso viaggio. Forse lui sa già che il passaporto venne ritrovato qui a Wiltonfield, di sicuro lo verrà a sapere non appena Cedric avrà convinto Pam a costituirsi. Il resto lo valuterà da solo. Può darsi che giunga a conclusioni completamente diverse dalle mie.»

«Nel caso Jacqueline neghi di essere uscita con la barca, il suo alibi verrà verificato», disse Marc, «e la *Heaven's Gate* verrà esaminata in cerca di prove. Di prove che possano confermare la presenza di Elaine Dawson a bordo.»

«A distanza di cinque anni?»

«Non hai idea di cosa sia possibile fare oggigiorno. Se è stata a bordo della barca, lo scopriranno.»

Lui aveva l'aria distrutta. Lei intuiva quanta fatica gli costasse consegnare alla polizia con un'accusa di omicidio la sua ex moglie, che era la madre e l'unica persona di riferimento del figlio. Le conseguenze sarebbero state particolarmente devastanti per Josh. Se la responsabilità di Jacqueline fosse stata dimostrata, per lui sarebbe stata una catastrofe.

Lei protese un braccio per accarezzare Marc, ma, colta da un impeto di timidezza, non lo fece. «Marc, comprendo quanto sia difficile per te. Ma non posso tenere nascosto quello che so. Non mi darei pace. So che questo significa un eventuale processo per Jacqueline e...»

Lui scrollò il capo. Il suo volto era diventato ancora più cereo.

«Jacqueline non finirà in tribunale», la interruppe. «Ha un alibi per tutto il periodo incriminato.»

Lei lo fissò senza capire. «Come?»

«Il 10 gennaio 2003 morì la mamma di Jacqueline», disse Marc. «Proprio il giorno in cui incontrai Elaine all'aeroporto. Siccome alla casa di cura si erano accorti che la fine era prossima, Jacqueline era stata informata telefonicamente il giorno prima, il 9 gennaio, e si era recata immediatamente a Cambridge. L'11 e il 12 gennaio rimase lì per occuparsi delle questioni organizzative. Per tutto il tempo Josh rimase a casa di un'amica. Jacqueline mi informò subito dopo il suo ritorno. Ci sono tantissime persone alla casa di riposo che possono testimoniare la sua presenza lì in quei giorni.»

Lei continuava a non capire. «Ma... come...?»

«Mi spiace, Rosanna», concluse Marc, «ma Jacqueline è esclusa dalla lista dei sospettati.»

5

La barca rollava lievemente vicina alla riva, dall'altra parte del canale, sempre in vista del club. Se qualcuno fosse arrivato lì, si sarebbe subito accorto che la *Heaven's Gate* non era al suo posto, ma galleggiava poco più al largo. Probabilmente la cosa avrebbe suscitato meraviglia, ma a quel punto Marc, che era sembrato tanto ansioso di tornare, non pareva più interessato.

Comunque non c'era anima viva in giro. L'edificio del club, il molo e il parcheggio erano sempre vuoti.

Rosanna era seduta sulla panca che aveva occupato per tutto il viaggio. Nella testa le vorticava una miriade di pensieri, senza che potesse dire esattamente che cosa riguardassero. Era come se fosse assalita da un gran numero di immagini, possibilità e conclusioni che avrebbe preferito lasciar fuori.

Marc era sempre seduto al timone. Il motore borbottava in folle. Nella fredda luce di quel mattino di fine inverno, aveva un aspetto quasi malato.

«Quando mi hai telefonato quasi due settimane fa», raccontò, «informandomi del reportage per il *Cover*, ho capito subito che ci sarebbero stati dei problemi. Non immagini neppure quanto mi abbia sconvolto l'idea che tutta la vicenda sarebbe stata rivangata. La notte successiva non sono riuscito a chiudere occhio. E ho deciso di incontrarti. Se non altro per riuscire a mantenere almeno una parvenza di controllo sulla situazione.»

Rosanna aveva l'impressione di essere sotto anestesia. «Lo hai... detto anche allora», replicò faticosamente. «Avevi... paura di finire nuovamente sotto accusa. Per questo volevi collaborare.»

«Esattamente», confermò lui. «Per questo ho collaborato.»

Lei guardò la riva del fiume alle spalle di lui. Nonostante gli alberi ancora spogli, il paesaggio appariva pieno di vita. Sereno. Preservato dai lati oscuri del mondo, dagli atroci segreti che le persone si portavano dentro.

«Che cosa mi hai tenuto nascosto?» gli domandò. «Che cosa c'è che ancora non so di tutta la storia?»

Lui cercò le parole giuste per rispondere. «Non ti ho raccontato tutto di quella notte», disse alla fine. «Della notte in cui Elaine rimase da me.»

«Perché non era rilevante?»

Lui le scoccò un'occhiata quasi condiscendente. «Sai perfettamente che era rilevante. Altrimenti avrei potuto raccontartelo.»

Era come se un grosso macigno le stesse calando sul petto. Come se la gola si stringesse, impedendole di respirare. L'inconcepibile che stava prendendo forma di pensiero nella sua testa era così scioccante che tutto il suo essere si rifiutava di accettarlo. Di colpo lei capì perché le dame dell'epoca vittoriana avessero l'abitudine di svenire quando la situazione in cui si trovavano diventava troppo stressante. Per la prima volta in vita sua si augurò la stessa cosa: di perdere i sensi e di sperare che al suo risveglio tutto si fosse risolto. Ma non si sarebbe verificata né l'una né l'altra cosa. Non sarebbe svenuta, anche se respirava a fatica, e tanto meno sarebbe cambiato qualcosa quando si fosse riavuta.

«È vero che Elaine è stata su questa barca?» domandò lei. Si accorse che la sua voce suonava diversa dal solito.

Lui annuì. «Sì. Probabilmente la polizia scientifica ne troverebbe ancora le tracce.»

«Tu hai ancora la chiave del motore. Sei stato tu a uscire con la barca quel sabato mattina.»

Lui annuì nuovamente.

«Ma perché?» domandò lei sottovoce. «Perché hai portato Elaine sulla barca?»

«Già, perché?» ripeté lui. «Un'ottima domanda. Perché, prima di tutto, portare Elaine nel mio appartamento? Perché mi feci coinvolgere in tutta questa maledetta vicenda?»

«Perché...?»

Lui la interruppe. «Ti sei mai chiesta dei *tuoi perché*? Perché volevi scrivere un articolo su Elaine? Perché volevi scavare nel passato? Perché invece non lasciare perdere tutto a un certo punto? Perché *non lasciar perdere tutto a un certo punto*?»

«Dapprincipio», rispose lei, «era soltanto un lavoro. Un incarico che mi permetteva di uscire dalla monotonia della mia vita.»

«E poi? Che cosa è diventato? Come mai a un certo punto non sei più riuscita a pensare ad altro? Come mai ti sei lasciata prendere dall'ossessione? Sei andata a trovare Jacqueline. Hai ficcato il naso qui allo yachtclub. Hai interrogato il guardiano delle chiuse. Perché? È un lavoro? Ti pagano per questo? Perché non ti sei tenuta fuori da ciò che non ti compete? Si può sapere, maledizione, che cosa ti ha spinto a fare la detective?»

Lei si scostò il berretto dalla fronte, perché di colpo provava un gran caldo. Forse la febbre era salita di nuovo. Le parole di Marc erano aggressive, e lei non riusciva a capire per quale motivo le facesse tali domande. Gli aveva raccontato tutto di sé e di Elaine. Lui doveva sapere perché non era riuscita a smettere di indagare sul destino di Elaine.

Come se avesse formulato questi pensieri ad alta voce, lui disse: «Per cinque anni la tua amicizia con Elaine e i tuoi sensi di colpa verso di lei non sono stati sufficienti a farti intraprendere questa folle caccia. E poi, tutto d'un tratto, ritieni di non poter più smettere. E non ti importa nulla di ciò che distruggi e calpesti nel tuo cammino!»

Lei cercò di fare un respiro profondo. «Forse per te la parola *giustizia* non ha alcun senso», gli rinfacciò.

Lui scoppiò in una risata amara. «Giustizia! Prova tu a dirmi se al mondo esiste qualcosa di giusto! È stato giusto il modo in cui Jacqueline ha aizzato Josh contro di me? È stato giusto che lo abbia talmente influenzato con la sua ossessione dei miei presunti e continui tradimenti da indurlo a odiarmi ancora oggi? C'è qualcosa di giusto in tutto questo?»

Le tornò in mente la lettera che aveva trovato due giorni prima tra i suoi libri. *Fathers in Defense.* Quando l'aveva letta, aveva avuto l'impressione di guardare dentro l'anima di Marc. Nel suo appartamento impersonale e anonimo aveva toccato in quel momento il cuore della sua anima. Quella spina ardente e dolorosa che lo tormentava e lo infettava da anni.

Suo figlio. La perdita che non riusciva a superare. Ricordò ora che le era passato per la mente il pensiero che la chiave del mistero fosse lì.

Ma in quel momento non era riuscita a capire quale porta aprisse.

«Josh», disse, «tutto ha a che fare in qualche modo con Josh.»

«Sì», confermò lui sottovoce, «tutto ha a che fare con Josh.»

Un uccello acquatico spiccò il volo improvvisamente dal canneto lanciando un richiamo stridulo. Rosanna e Marc sussultarono entrambi impauriti.

«Elaine è morta», disse Rosanna, «e si trova sul fondo del fiume. Da qualche parte dopo la chiusa.»

Lui annuì.

Lei non provò neppure un briciolo di rabbia. Soltanto dolore.

«Come mai il suo... corpo non è mai riaffiorato?»

«Era avvolto nella catena dell'ancora. Non poteva tornare in superficie.»

«I suoi vestiti...»

«Era completamente vestita. Mi sono accertato di gettare in acqua anche la sua borsa e la sua valigia. Ma, tornato in auto, mi sono accorto che il suo cappotto era rimasto sul sedile. Lo gettai nel cassonetto degli indumenti usati al parcheggio. Non potevo immaginare che nella tasca del cappotto ci fosse il suo passaporto. Avevo creduto semplicemente che fosse nella borsetta. Ma probabilmente era andata come avevi intuito tu: lo teneva pronto per mostrarlo all'aeroporto.» Scrollò il capo. «Si dice che la maggior parte dei delitti venga scoperta proprio in questa maniera. Da una minuscola incongruenza, una piccola disattenzione. Nel mio caso è stato il passaporto. Quel maledetto passaporto. Il fatto di non aver frugato nelle tasche. Non riesco a togliermelo dalla mente.»

«In altre circostanze la cosa sarebbe stata scoperta molto prima», osservò Rosanna. «Se il passaporto non fosse scivolato fuori dalla tasca e finito *accanto* al cassonetto, la Croce Rossa lo avrebbe scoperto in fretta e l'avrebbe consegnato alla polizia. Oppure se fosse stato qualcun altro a trovarlo, invece di Pamela Luke. Una donna alla disperata ricerca di una nuova identità. Qualsiasi altra persona avrebbe di sicuro consegnato il documento alle autorità. Il luogo del ritrovamento nelle immediate vicinanze del tuo yachtclub ti avrebbe reso ancora più sospetto, e sicuramente la barca sarebbe stata esaminata. In un certo senso... sei stato molto fortunato.»

«Fortunato!» Si prese la testa tra le mani. «Quella notte per me fu come vivere un incubo. Un vero incubo. Non sono un assassino, Rosanna. Sono stato trascinato in una tragedia che aveva una sua dinamica e non sono stato in grado di reagire. Di colpo potevo soltanto comportarmi come un criminale e cercare di arginare la catastrofe. Cancellando le tracce e... sbarazzandomi del cadavere.» Alzò la testa e guardò Rosanna. I suoi occhi lampeggiavano in maniera del tutto innaturale. «È stato un incidente, Rosanna. Devi credermi. È stato un terribile incidente, quello avvenuto quella sera, e tutto ciò che ho fatto dopo doveva in qualche modo salvarmi, invece mi ha gettato nella rovina. In realtà le cose non potevano andare diversamente da come sono andate.»

6

«Ti ha detto che cosa ci è andata a fare lì a Wiltonfield o come cavolo si chiama il posto?» domandò Robert. Nelle ultime ore aveva ripetuto questa domanda almeno una dozzina di volte.

«La linea era disturbata, te l'ho già detto», ripeté Marina senza perdere la pazienza. «Se non ho capito male mi ha parlato di una gita in barca sul Tamigi, ma non sono sicura, perché non sentivo bene.»

«Mi chiedo come le sia venuto in mente di fare una gita sul Tamigi a febbraio.»

«Dopo tutto è pur sempre una bella giornata. E il paesaggio da quelle parti è incantevole. Forse conosce qualcuno che ha una barca.»

«E chi potrebbe essere?»

Marina alzò le spalle. «Come faccio a saperlo io? Non conosco mica Rosanna!»

Erano seduti nella cucina di Marina. Rob si era fatto una lunga doccia e si era cambiato, mentre Marina apparecchiava il tavolo e preparava una bella teiera di tè al limone. La fuga di Rob, la notte passata all'addiaccio, il fatto di essere stato colto dalla madre in uno stato veramente patetico avevano cambiato il suo atteggiamento: la sua aggressività si era dissolta, la personalità arrogante e polemica che aveva mostrato prima si era trasformata in quella di giovane insicuro, che non sapeva come andare avanti e vedeva davanti a sé un appiglio soltanto: Rosanna. La donna che per lui era una madre.

«Temo che abbia conosciuto un uomo», disse Rob dopo un po'. Aveva una lunga sciarpa avvolta intorno al collo, una misura precauzionale probabilmente troppo tardiva, perché la sua voce gracchiava già in maniera preoccupante. Aveva i capelli ancora bagnati dalla doccia.

«Che cosa ti fa pensare che abbia conosciuto un uomo?» domandò Marina stupita.

«La prima volta che l'ho chiamata qui in Inghilterra, aveva appuntamento con un uomo», rispose Rob. «La chiamarono dalla reception per dirle che lui era arrivato. Evidentemente avevano in programma di passare la serata insieme.»

«Ma non c'è niente di strano in tutto questo. Forse era un vecchio conoscente. Forse qualcuno legato al suo lavoro. È possibilissimo che un uomo e una donna trascorrano una serata insieme senza che debbano avere per forza una relazione sentimentale.»

«Però ho una strana sensazione», ribadì Rob. «Lei aveva litigato con papà. Non solo poco prima della sua partenza, ma da sei mesi almeno. Continuavano a litigare. E adesso non si decide mai a ritornare a casa. Continua a inventarsi nuove scuse. Poi questa gita sul Tamigi. Sono pronto a scommettere che non sia da sola.»

«E anche se fosse? In tutta sincerità, Rob, mi sembra che tu veda degli spettri ovunque. Dennis mi ha raccontato che lei è vissuta a lungo a Londra. È naturale che abbia ancora dei conoscenti in città. Che cosa c'è di male se si vede con loro?»

Lui chinò lo sguardo sul piatto, dove c'era una fetta di pane intatta. «Se non si facesse più sentire?»

«Ha promesso di richiamare. Oggi stesso.»

«Vedrai che se ne uscirà con una delle sue storie. Dirà che non ha niente con un altro. Poi addurrà una nuova scusa che le impedisce di tornare a Gibilterra. Come mai, tra l'altro, si trova ancora a Londra? Aveva detto di volersi trasferire dal fratello a Taunton giovedì scorso. Deve essere successo qualcosa di grosso che l'ha trattenuta nella capitale.»

«Rob!» Marina si sporse in avanti e guardò il figlio con aria seria. «Rosanna è una donna adulta, e può fare e disfare quello che vuole. Non spetta a te spiarla oppure chiederle spiegazioni. Alla fine servirebbe soltanto a creare dissapori tra di voi.»

Lui scostò il piatto da sé. «Mi accompagni a Wiltonfield?» domandò.

Lei aggrottò la fronte. «Che cosa? Adesso?»

«Se non lo fai tu, andrò in autostop. Vedrai che troverò il modo.»

«Ma non possiamo farlo.»

«Voglio sapere con chi si trova. E voglio parlare con lei.»

«Non hai nessun diritto di farlo. Rob, sii ragionevole, tu...»

Aveva gli occhi grandissimi e le labbra gli tremavano. «Ho paura. E questo mi dà il diritto. Ho paura che la mia famiglia si sfasci. Non posso starmene qui ad aspettare di vedere che cosa succede. Voglio sapere.»

Si era alzato mentre parlava. Anche Marina si alzò.

«Rob...»

«Mi accompagni oppure no?»

Lei annuì rassegnata. Tanto sarebbe partito lo stesso e avrebbe fatto l'autostop, e lei non osava pensare a cosa sarebbe potuto succedere.

«Ti accompagno», disse.

7

«Credo che l'inizio della tragedia fu il fatto che quella sera Elaine parlò troppo di sé. Mentre sedevamo in quel ristorante italiano, a mangiare pasta e forse a bere un po' troppo vino, ebbi l'impressione che in lei si fosse infranta una diga. Era in preda a una profonda disperazione. La chiusura totale dell'aeroporto, che per me come per migliaia di altri passeggeri era semplicemente un irritante contrattempo, per lei rappresentava una catastrofe totale, a suo parere un evento tipico di un'eterna perdente. Non riusciva assolutamente a vederlo per ciò che era in realtà: una sfortuna che tuttavia non colpiva soltanto lei. Era distrutta, e allora riversò su di me tutta la storia della sua vita che era stata un unico dramma fin dal primo giorno. Non aveva veri amici, a scuola non era mai stata simpatica a nessuno, era diventata un'adolescente del tutto anonima, alle feste faceva tappezzeria, nessun ragazzo s'interessava di lei, aveva perso relativamente presto entrambi i genitori e così via. Il culmine era stato l'incidente che aveva ridotto il fratello sulla sedia a rotelle. Il fatto di doversi occupare di lui per lei era stato come la condanna definitiva all'isolamento, visto tra l'altro che lui si aggrappava a lei con ogni mezzo. Sognava di sposarsi, di avere dei figli, ma non vedeva davanti a sé alcuna possibilità di realizzare un giorno questi sogni. Sia a causa del ruolo che aveva assunto nella vita del fratello sia anche perché nessun uomo la guardava. Mi disse che era ignorata da tutti e tutto. Dalle persone, ma anche da qualunque colpo di fortuna. Si lamentò della propria invisibilità. Mi diede l'impressione di essere al colmo della disperazione.

«L'ascoltai, ma più per educazione che per interesse. Avevo i miei problemi. Tanto per cominciare la cancellazione dell'appuntamento causata dalla chiusura dell'aeroporto, ma soprattutto Josh. Il divorzio da Jacqueline era imminente. Sapevo che non esistevano più possibilità di riunirci come famiglia. Josh non mi voleva vedere, ma speravo di trovare ancora un modo per comunicare con lui, per indurlo a guardare e giudicare la situazione con occhi diversi. Valutare se esistesse la possibilità di ottenere una custodia congiunta dal tribunale, cosa che di fronte all'atteggiamento distaccato, per non dire ostile di Josh, sarebbe stata molto difficile. In breve, neppure la mia vita era troppo rosea, ma non avevo nessuna voglia di raccontarlo a questa sconosciuta. Mi pentivo già di averla ospitata. Parlava troppo, e in un modo deprimente, che serviva soltanto a peggiorare il mio umore già tetro.

«Tornati a casa, le indicai la camera degli ospiti. La stanza di Josh si trovava proprio accanto. Quando se n'era andata, Jacqueline si era portata via molte cose, ma quello che era rimasto, soprattutto giocattoli per i quali Josh ormai era troppo grande, era ancora al suo posto da mesi. Anche la stanza conservava il suo aspetto di camera di un bambino. La porta era aperta.

«Elaine mi chiese subito se avessi dei figli, io le risposi di sì, un maschio che viveva con mia moglie separata. Allora cominciò a rigirare il coltello nella piaga ed è per questo che prima ho detto che la tragedia cominciò perché Elaine aveva raccontato troppo di sé. Forse il breve tragitto dal ristorante nella fredda aria invernale aveva mitigato l'effetto dell'alcol, oppure per qualche motivo si era messa a riflettere. Fatto sta che, secondo me, cominciava a rimpiangere di essersi confidata con me, in un modo che la faceva apparire come una zitella per nulla attraente e perseguitata dalla iella. Si rendeva conto perfettamente che io adesso non potevo fare altro che guardarla con i suoi stessi occhi, e di certo non era una vista positiva. Nel contempo, era ancora abbastanza alticcia da aver perso parte della sua timidezza e anche del senso della realtà. Non posso giurarlo, ma mi parve di riconoscere dei segnali che stavano a indicare come lei iniziasse a nutrire la speranza che da quella serata potesse nascere una storia duratura fra noi due. Non che dicesse nulla del genere apertamente. Ma accennò al fatto che il nostro incontro aveva qualcosa di fatidico. Io pensai soltanto, oddio, speriamo di no! Mi auguravo che se ne andasse a letto presto, si addormentasse, e il mattino dopo lasciasse casa mia di buon'ora. A quel punto non avrei più saputo nulla di lei per tutta la vita.

«Lei invece non la smetteva di scavare nel tema Josh. Siccome non poteva rimangiarsi ciò che ormai aveva detto di sé, cercava di trascinarmi al suo livello per creare in questo modo un equilibrio tra di noi. Non credo affatto che si trattasse di un comportamento deliberato. Lo fece istintivamente. Forse lo avrebbe fatto chiunque al suo posto.

«Elaine non era stupida. Aveva subito intuito che Josh era il mio tallone d'Achille. Il matrimonio fallito, la perdita di mio figlio, questo mi rendeva quasi un perdente alla pari con lei. Forse io ero riuscito a ottenere più di lei dalla vita, ma avevo gettato tutto al vento e alla fine mi ritrovavo solo come lei. Me la vedo ancora davanti, seduta per terra in camera di Josh, che accarezzava un peluche spelacchiato e parlava in tono lamentoso di quello che era andato storto nella mia vita. E lo faceva senza il minimo tatto. Ripeteva pedissequamente tutto ciò che aveva letto o sentito sul destino dei figli di divorziati: i loro scompensi emotivi, il loro disorientamento, la loro lacerazione interiore. Ma non mancò di pontificare anche sulla incommensurabile tristezza di un padre che perde un figlio. Come sarei sopravvissuto alla cosa? Come l'avrei affrontata? Sarei rimasto emotivamente menomato, mi sarei trasformato in un eremita amareggiato?

«Continuò a parlare in questi termini. All'inizio ero solo spazientito, cercavo di frenarla, dando soltanto risposte brusche e vaghe alle sue domande, senza aggiungere altro. Ma lei non mollava. Continuava a scavare, voleva sapere il motivo del fallimento del nostro matrimonio. Con che frequenza avrei visto Josh. Come fosse il nostro rapporto. Se credevo, nonostante tutto, di riuscire a costruire un rapporto saldo e fiducioso con mio figlio e a mantenerlo tale.

«Oggigiorno non riesco più a capire come mai le osservazioni e le domande indiscrete di una perfetta sconosciuta che non aveva la minima importanza per me avessero potuto mettermi tanto alle strette. Sono un avvocato. Sono una persona adulta. Ero abituato a liquidare freddamente domande insistenti, faceva parte del mio lavoro. Col senno di poi, posso soltanto dire che il mio atteggiamento emotivo riguardo alla separazione da Josh all'epoca era molto più fragile di quanto credessi. Stavo sulla soglia di quella che era stata la sua camera, me lo vedevo davanti seduto sul letto a sfogliare libri, o intento a giocare per ore con il trenino, e mi rendevo conto con assoluta lucidità che queste immagini ormai appartenevano irrimediabilmente al passato, che non ce ne sarebbero state di nuove. Di colpo fui travolto con forza dalla spietatezza della mia perdita e vidi questa sconosciuta seduta lì, questa persona tanto antipatica che non vedevo l'ora se ne andasse da casa mia, con la quale non avevo niente in comune, che accarezzava un peluche del mio figlio perduto e blaterava frasi insensate.

«Ricordo che all'improvviso l'immagine si annebbiò davanti ai miei occhi e per un attimo fui assalito da un tremendo desiderio di violenza, volevo andare da lei, afferrarla, sollevarla brutalmente, assestarle un pugno in faccia e poi gettarla per strada. Soltanto per fare in modo che tacesse. Perché la smettesse di continuare ad affondare il coltello nella mia piaga. Volevo farla soffrire in modo da avvertire con meno violenza le mie sofferenze.

«Non lo feci. Non sono un assassino, come ho già detto, e non sono neppure un uomo violento. Al contrario, già solo il fatto di aver immaginato una tale situazione e di aver provato il desiderio di realizzarla mi scosse profondamente. E mi impaurì.

«Di quello che accadde poi ho soltanto un ricordo confuso. Ho cercato innumerevoli volte di rivivere con precisione quei momenti. Quello di cui sono sicuro è che non le ho mai messo le mani addosso. Non le ho torto un capello. Credo anzi di aver tentato addirittura di uscire in maniera dignitosa dalla situazione, dicendo di non avere più voglia di proseguire quel dialogo, di voler andare a dormire. Ho il ricordo di lei che si alzava, mi veniva vicino e mi diceva che la soluzione giusta non era quella di fuggire dal problema, che non potevo evitare di affrontare me stesso. Qualcosa del genere. Psicologia da casalinga. Purtroppo circolano troppi libri con frasi simili, che offrono soluzioni banali e stereotipate per ogni situazione.

«In ogni caso, lei non mollava. Non riusciva a capire quanto fossi già arrabbiato. Se avesse avuto anche soltanto un briciolo di istinto, si sarebbe accorta che era più che mai il momento di lasciarmi perdere, e allora tutto sarebbe andato diversamente. Ma credo che si fosse già innamorata del suo ruolo di mia consulente psicologica. Non c'è niente che distragga così bene dai propri pensieri come occuparsi intensivamente di quelli altrui. E poi disse che dovevo imparare a guardare negli occhi i miei errori, e a quel punto qualcosa esplose dentro di me. Se c'era qualcosa che avevo fatto da quando Jacqueline e Josh se n'erano andati, era stato pensare ai miei errori. Mi ero dilaniato e lacerato. Mi ero giudicato senza alcuna pietà, lo feci anche quella notte e continuo a farlo tuttora. Non avevo nessun bisogno di sentirmi dire una cosa del genere da una campagnola ventitreenne. Non volevo sentirmi angosciato perché una Elaine Dawson qualsiasi si era messa in mente di psicanalizzarmi. Adesso mi rendo conto – per la precisione me ne resi conto già il giorno successivo – di essermi comportato da idiota. Non aveva alcun senso farmi mettere alle strette da lei. Lei non mi conosceva. Non conosceva neppure Jacqueline e Josh. Non aveva idea di quale fosse la nostra situazione. Parlava di qualcosa senza cognizione di causa. Avrei dovuto affrontare la cosa con superiorità e distacco. Non mi sarei dovuto far coinvolgere... già, a che scopo?

«Giuro, non ricordo più che cosa feci o dissi. Credo che cominciai a inveire contro di lei. Ma come si permetteva, ma che cosa si era messa in testa. Come osava intromettersi nella mia vita. Come poteva immaginare che a me interessasse qualcosa della sua pietosa esistenza. Faceva meglio a sparire subito. Non mi interessava dove avrebbe passato la notte, di sicuro non a casa mia. Doveva andarsene, e non farsi più vedere da me.

«So che lei si mise a tremare. So anche che era bianca come un cencio. Sembrava spaventata a morte. Non si era accorta che la situazione era degenerata fino a quel punto. Il mio sfogo la colse del tutto impreparata. La cosa che ancor oggi mi turba è il fatto che provasse un autentico terrore per me. Devo esserle sembrato terribilmente minaccioso, molto più di quanto mi sentissi io. A essere precisi, avevo una percezione di me stesso del tutto diversa: mi sentivo una vittima. Mi sentivo quello che era stato attaccato, che era stato ferito, al quale non restava altra scelta se non di difendersi gridando. Non volevo farle niente. Volevo soltanto che sparisse. Che chiudesse la bocca. Che mi lasciasse in pace.

«Lei però deve aver creduto che da un momento all'altro volessi aggredirla. Forse alzai la voce più di quanto mi rendessi conto. Forse il mio viso era una maschera di collera. Non lo so. Lei uscì dalla camera, indietreggiando verso la scala, senza mai perdermi di vista, come se temesse che potessi aggredirla alle spalle con un martello o qualcosa del genere. Può darsi che io la seguissi, che le andassi troppo vicino, che avessi assunto una posa minacciosa. Come detto, i miei ricordi di quella notte sono lacunosi e confusi.

«Le scale di casa mia erano strette e ripide. Può darsi che Elaine sia scivolata fin dal primo gradino, può darsi che ne abbia sceso un paio prima di inciampare. Non lo so. La vidi cadere di colpo. Ero spaventato, ma incapace di reagire. Forse avrei potuto ancora trattenerla. Forse invece la distanza tra di noi era troppa. In ogni caso rimasi come paralizzato. Lei cadde all'indietro. La sua testa sbatté più volte contro i gradini di pietra, con un rumore raccapricciante. Così forte. Uno schianto. Come se si fosse rotta in mille pezzi. Invece non fu così. Quando rimase immobile ai piedi della scala, era perfettamente integra. Quando infine riuscii a scendere anch'io – e temo di averci impiegato parecchio, anche se avevo perso la cognizione del tempo – quando alla fine la raggiunsi e mi chinai su di lei, mi accorsi che era morta.

«Credo che si fosse rotta l'osso del collo. Adesso giaceva ingombrante e scomposta nell'ingresso di casa mia. Un attimo prima era ancora seduta in camera di Josh dandomi sui nervi con i suoi discorsi. Era accaduto tutto così in fretta. Così terribilmente in fretta.

«Ma è così che accadono quasi tutte le tragedie, giusto? Nel giro di pochi secondi. Nascono da piccoli malintesi, da minuscoli errori. Da banalità o inavvertenze. In genere non succede molto, a volte addirittura niente di veramente drammatico. Dal mio punto di vista la situazione tra me ed Elaine era stata emotivamente carica, aggressiva, ma non pericolosa per lei. Dal suo punto di vista il nostro dialogo amichevole e sincero si era trasformato in un lampo in un attacco pieno di rabbia e collera. Ma comunque non sarebbe dovuto accadere niente. Lei se ne sarebbe dovuta andare e basta. Credo addirittura che l'avrei richiamata una volta in strada. Non l'avrei gettata in quella notte fredda e nebbiosa. Se solo avesse smesso di attaccarmi a causa di Josh, in un paio di minuti io avrei ritrovato il controllo. Volevo soltanto che capisse che doveva lasciarmi in pace su quel tema.

«Invece, si era compiuta la tragedia. Non c'era più niente da fare, niente di rimediabile.

«Dovevo fare in modo di salvarmi.»

8

«E pensasti di farlo gettando il corpo di Elaine da qualche parte e cancellando le tracce?» domandò Rosanna.

Era seduta sempre nello stesso punto sulla barca che dondolava piano. Marc le sedeva di fronte. Il vento freddo continuava a increspare il fiume, ma il sole era più alto in cielo, la forza dei suoi raggi era aumentata. La temperatura era salita. Per il resto non era cambiato niente, sulla riva continuava a non esserci anima viva, e a parte una piccola chiatta anche il fiume era rimasto perfettamente immobile. Il silenzio era interrotto di quando in quando dai versi degli uccelli.

Non era cambiato nulla, eppure era mutato tutto.

Rosanna provava uno strano stordimento, che le provocava due sensazioni contrastanti e simultanee: una parte di lei si sentiva molto lontana dagli avvenimenti, vedeva la barca, il fiume, l'uomo che le stava di fronte come attraverso un velo, captava tutti i rumori attutiti. Mentre un'altra parte era vigile, e registrava con dolorosa e accecante chiarezza tutto ciò che vedeva e sentiva.

E ciò che stava udendo avrebbe preferito non sentirlo per niente al mondo.

Marc alzò entrambe le mani in un gesto impotente. «Che cos'altro avrei potuto fare? Avevo avvicinato una sconosciuta all'aeroporto e me l'ero portata a casa, e adesso giaceva morta davanti a me. Come avrei spiegato una situazione del genere?»

«Come hai fatto con me adesso. Avresti dovuto raccontare quello che era successo.»

«Mi avrebbero creduto?»

«La polizia scientifica ha mezzi d'indagine molto sofisticati oggigiorno. Penso che sarebbe stato possibile ricostruire le circostanze dell'incidente e verificare che tu dicevi la verità.»

«Può darsi. Ma non mi sarebbe servito a molto.» Si strofinò gli occhi. Erano arrossati dalla stanchezza. «In ogni caso la vicenda avrebbe nuociuto molto alla mia carriera. Molto probabilmente lo studio legale per il quale avevo fatto domanda non mi avrebbe voluto. Ma cosa ancora più importante: secondo te che impatto avrebbe avuto questo... incidente nell'ambito della causa di divorzio e della richiesta di custodia congiunta? Si trattava pur sempre di una conferma della mia vita sentimentale extra coniugale apparentemente così disordinata. Ora davo l'immagine di un uomo che avvicina delle sconosciute negli aeroporti e le porta subito a casa. Il fatto che nel giro di poche ore queste donne finissero ai piedi della scala di casa mia con il collo spezzato non sarebbe servito certo ad aumentare la mia credibilità. Oppure secondo te potevo farmi passare per un uomo a cui affidare volentieri e con tranquillità un ragazzino minorenne, che presenta già enormi problemi di relazione con suo padre?»

Josh. Di nuovo Josh. Tutto ciò che era accaduto in quella vicenda, in quella tragedia, ruotava intorno a Josh.

«Pensavi davvero che avresti potuto farla sparire e che nessuno l'avrebbe cercata?»

«No di certo. Dopo tutto quello che mi aveva raccontato, era evidente che quanto meno il fratello paralizzato avrebbe mosso mari e monti per ritrovarla. Ma speravo che la polizia non avrebbe indagato con eccessivo zelo. Una donna adulta, che sparisce improvvisamente, senza che esistano indizi di un eventuale crimine, difficilmente suscita particolare clamore.»

«Tuttavia dovevi tener conto che qualcuno poteva avervi visto insieme.»

«Naturale. Eravamo rimasti abbastanza a lungo in quel ristorante italiano dove io ero un cliente abituale. Potevamo essere stati visti anche dai vicini. Ma contavo sul fatto che la foto di Elaine non fosse stata mostrata da nessuna parte. Non è che sul giornale vengono riportati uno per uno tutti i casi di persone scomparse. Finché non fosse accaduto, potevo sentirmi relativamente sicuro. Mi rendevo perfettamente conto di essere in una situazione maledettamente delicata. Ma esisteva la possibilità di uscirne senza danni, e io volevo sfruttarla.»

Lei scrollò il capo. «Parli in maniera così... distaccata. Così... a sangue freddo!»

«Forse ti do questa impressione adesso, a cinque anni di distanza. Ma ti assicuro che quella sera non ero così. Credo di essere rimasto dapprima sotto choc, e questo significa sempre cercare protezione dal proprio sgomento. Agii in maniera calcolata, ma mi fu possibile perché ero come separato da me stesso. Uscii fuori, presi la macchina e la parcheggiai proprio davanti alla porta d'ingresso. Erano quasi le undici e mezzo e tutt'intorno le case del vicinato erano buie. Per sicurezza aspettai un'altra mezz'ora e, quando vidi che non si muoveva nulla, mi azzardai a prendere in braccio Elaine e a portarla fino alla macchina. Il tratto lungo il vialetto era il più pericoloso. Se qualche vicino avesse guardato fuori dalla finestra... ma ebbi fortuna. Poi portai alla macchina anche la borsetta, la valigia e il cappotto. Elaine era sul sedile posteriore e le misi sopra una coperta. Poi tornai a casa e crollai.»

Aveva un'aria così tormentata che le venne voglia di prendergli la mano, per un momento soltanto. Per dimostrargli che, nonostante tutto, lei gli era sempre accanto. Ma per qualche motivo non riuscì a compiere questo passo.

«Avevo le gambe molli e le mani mi tremavano. Non sarei riuscito a guidare in quello stato. Credo di essermi seduto sul gradino più basso della scala e di essere rimasto lì per qualche ora. Il mio sgomento aumentava man mano che mi rendevo conto della situazione in cui mi ero cacciato. Fuori, nella mia macchina, c'era il cadavere di una donna, che doveva sparire a ogni costo. Già solo il fatto di averla caricata con tutte le sue cose mi impediva sostanzialmente di tornare sui miei passi. Dovevo andare avanti, ma non sapevo come. Tutto quello che sapevo era di essere piombato in un incubo agghiacciante all'improvviso. E intuivo vagamente che anche la mia vita, che nonostante gli intoppi era stata comunque una vita del tutto normale, non sarebbe mai più tornata tale.»

Lei cercò di restare aderente ai fatti. «Quando ti venne l'idea di portare Elaine sul Tamigi?»

«Non lo ricordo più con precisione. La cosa pazzesca di tutta la storia era che da una parte mi sentivo disperato e credevo di dover perdere il controllo da un momento all'altro, e contemporaneamente il mio cervello funzionava a pieni giri, alla ricerca di una via d'uscita. Mi dicevo che nessuno avrebbe mai più dovuto trovare il suo cadavere, perché allora sarebbero state fatte indagini a tappeto e io sarei stato coinvolto quanto prima. Alla fine mi venne in mente la barca. Non sapevo che Jacqueline avesse in mente di venderla. Evidentemente si trattò di una coincidenza che lo facesse subito dopo.»

«Quando partisti?»

«Credo intorno alle sei del mattino. Mi sentivo esausto e vuoto. Ma bene o male funzionavo ancora. Allo yachtclub naturalmente non c'era anima viva. Per fortuna ero ancora in possesso di tutte le chiavi necessarie – come hai visto, le possiedo tuttora. Non fu un problema preparare la barca, avevo ancora tutto il necessario. Ti assicuro che non fu facile trasportare Elaine dal parcheggio lungo il viottolo fino alla barca, alla fine ero tutto sudato. Poi portai la valigia e la borsa. Come ho detto, mi dimenticai del cappotto. Era scivolato dal sedile al pavimento.»

«Come mai passasti la chiusa? Era un rischio del tutto inutile.»

«In realtà non lo avevo programmato. Ma sul fiume mi trovai con una chiatta davanti a me e una a qualche distanza dietro. Non potevo azzardarmi a gettare un... oggetto voluminoso fuoribordo, il pericolo di essere visto era troppo grande. Continuai a navigare, nel disperato tentativo di sottrarmi in qualche modo a quelle due imbarcazioni che mi bloccavano. Purtroppo accadde soltanto dopo la chiusa di Mapledurham. Riuscii a sganciarmi dalle chiatte e a... concludere il mio progetto.»

«Quando tornasti...»

«... trovai il cappotto e capii che rappresentava un problema. Ma non avevo più la forza di tornare sul fiume. Inoltre, si stava facendo giorno e cresceva il pericolo di incontrare qualcuno al club. Perciò ripartii con la macchina e quando passai davanti al parcheggio con i cassonetti per gli indumenti usati, decisi su due piedi di far sparire lì il cappotto. Era un rischio, ma chi avrebbe potuto mettere in relazione quell'indumento con Elaine? Era un cappotto del tutto anonimo e normalissimo, sarebbe finito in quel cassonetto insieme a una gran quantità di pullover e calzoni e poi sarebbe finito nelle mani di qualche persona bisognosa. In effetti non c'è mai stato nessun problema al riguardo. Sarebbe bastato che il passaporto non fosse stato nella tasca...»

Le venne da pensare che l'aspetto più doloroso della situazione attuale era accettare il fatto che Marc le avesse sempre mentito in maniera tanto convincente fin dal primo istante. «Quando partimmo per il Northumberland», disse amareggiata, «e io ero tanto ottimista di poter ritrovare Elaine, e felice, anche nei tuoi confronti, perché in questo modo saresti stato libero dai sospetti che gravavano su di te, tu te ne stavi seduto accanto a me in auto e sapevi perfettamente che non l'avremmo mai trovata. Non era possibile. Però ti sei comportato come se...»

«Che cos'altro avrei potuto fare? Avrei dovuto dirti, Rosanna, è inutile compiere questo viaggio, Elaine è sul fondo del Tamigi e io ne sono sicuro perché ce l'ho gettata io? No, l'unica mia alternativa era di stare al gioco. Ero piuttosto irritato, anche teso, ma pensavo a una casuale omonimia. Quando poi venne fuori la storia del passaporto e tu affermasti che si trattava senza dubbio di quello di Elaine, per me fu come ricevere un colpo in testa. Cercai di capire disperatamente come fosse potuto accadere. Pamela Luke raccontò di aver trovato il documento nell'appartamento di questo protettore, ma come ci era arrivato? Credevo che il passaporto si trovasse nella borsetta, ma anche ammesso che si fosse per qualche motivo staccata e fosse riaffiorata il documento avrebbe dovuto recare i segni della permanenza in acqua. Non poteva apparire come nuovo, dopo essere rimasto per settimane o mesi in fondo al fiume! Ma quando fu tirato in ballo Wiltonfield mi resi conto di ciò che doveva essere accaduto. E in quel momento compresi che per me era finita.»

Tuttavia aveva retto ancora il gioco. Aveva ascoltato le sue teorie, si era dimostrato preoccupato e sollecito. Aveva cercato di curarle il raffreddore e la notte precedente l'aveva stretta forte tra le braccia. Era stata tutta una finta? Anche i suoi sentimenti verso di lei? Aveva finto di amarla, per soggiogarla emotivamente? Per impedirle di rivelare alla polizia quanto sapeva, non appena l'avesse capito?

Lui proseguì: «La cosa pazzesca – o tragica – è che la mia situazione allora non migliorò nonostante le mie manovre diversive. Geoffrey Dawson inscenò un tale teatro intorno alla sorella, che alla fine la sua foto fu pubblicata dai giornali. Un paio di giorni più tardi, ricevetti un'informazione dalla mia vicina di casa. Una donna squisita, che vive sotto le grinfie di un marito tirannico. Avvicinandosi alla recinzione del giardino, mi sussurrò che suo marito si sarebbe rivolto alla polizia, perché era convinto di aver visto insieme a me la donna scomparsa segnalata sul giornale. Mi resi conto che la valanga si era messa in moto. Poi mi tornò in mente la nostra cena al ristorante. Dovevo partire all'attacco. Per questo mi recai di persona alla polizia, in pratica contemporaneamente al mio vicino. Raccontai tutta la storia, naturalmente con un finale diverso. Conosci già la mia versione.»

«Bisogna dire che sei stato molto bravo a imbastire una storia credibile. Immagino quindi che il misterioso *amico* di cui Elaine ti avrebbe parlato fosse in realtà una tua invenzione?»

«Sì», ammise lui. «Volevo suffragare la teoria che Elaine fosse scappata. La polizia dal canto suo se ne convinse alquanto in fretta. Grazie non da ultimo al contributo di Geoffrey Dawson. Tormentò a tal punto gli agenti con i suoi attacchi isterici, che a un certo punto tutti si convinsero che Elaine non avrebbe mai trovato il coraggio di tornare da lui volontariamente. Tutti potevano comprendere benissimo perché avesse preferito sparire per sempre con il suo amante.»

«Gli agenti avrebbero potuto rilevare tracce del suo cadavere nella tua auto.»

«A nessuno venne in mente di esaminare la mia auto. Del resto avevo ammesso io stesso che Elaine ci era salita. Così come che era stata a casa mia. Mi ero dimostrato aperto e collaborativo. La polizia non mi mosse mai accuse ufficiali. Tuttavia lo fece la stampa, perché Dawson la aizzò contro di me e i giornali sono sempre assetati di storie sensazionali. Tutto questo, ovviamente, ebbe un effetto fatale su Josh. Il fatto che io mi fossi portato a casa questa ragazza non faceva che confermare ciò che Jacqueline gli raccontava sempre di me. Probabilmente le cose non sarebbero potute andare peggio di così se avessi raccontato la verità fin dal principio. Se quella notte stessa avessi chiamato la polizia e un'ambulanza e avessi confessato tutto. Perché comunque persi mio figlio, la mia reputazione e in parte la mia carriera. Però», alzò le spalle con aria sconfitta, «non è possibile prevedere come andrà il futuro.»

9

Giunti al molo, Marc balzò giù dalla barca e la ormeggiò saldamente alla passerella. Poi aiutò a scendere Rosanna, che nel suo stato prostrato non era più in grado di compiere nessuna azione logica. Quando l'ebbe accanto a sé, la osservò attentamente. Lei era scossa da un lieve tremito.

«Sei proprio cotta», disse, «e ho l'impressione che ti sia risalita la febbre. Senti, sii ragionevole, torna al parcheggio, sali in macchina, e aspettami lì. Io finisco di sistemare la barca e poi ti raggiungo.»

Lei stava troppo male per obiettare alla sua proposta. Gli sarebbe piaciuto restare con lui e porgli mille domande, ma si sentiva tremare le gambe e aveva la fronte in fiamme. La navigazione sul Tamigi con quel vento gelido aveva dato il colpo di grazia alla sua salute. Per non parlare poi di ciò che aveva appena appreso.

«Ok», rispose con un filo di voce.

Lui la strinse a sé per un istante. Il suo abbraccio come al solito era forte, protettivo e amorevole. E tuttavia in quell'istante Rosanna giunse alla dolorosa consapevolezza che lui non riusciva più a trasmetterle alcun calore. Almeno non ora, né forse mai più.

Risalì il pendio lentamente. Si girò una volta a guardarlo, ma Marc non se ne accorse perché era occupato a rigovernare la barca.

Non l'ha uccisa lui, si disse, in tal senso non devo correggere la mia valutazione che non sia un assassino. Si è trattato di un tragico incidente. Un incidente che né lui né Elaine potevano prevedere. Certe cose accadono.

Ma lei sapeva anche che *certe cose* non vengono normalmente nascoste. Le persone muoiono, per una caduta accidentale, per aver preso un medicinale sbagliato, annegate in piscina, ma nessuno poi le carica su una barca e le getta in fondo a un fiume. Per poi recitare la commedia di fronte a tutti.

Si trattava però di un crimine?

Raggiunse l'auto e si accorse di avere il fiato corto. Soltanto per quella breve salita. Doveva stare veramente molto male.

L'auto non era chiusa a chiave. Aprì la portiera del passeggero, si lasciò cadere sul sedile, appoggiò la testa all'indietro e chiuse gli occhi. Era sfinita, non vedeva l'ora di sdraiarsi in un letto caldo per ritrovare un po' di pace. Ma il suo essere nel contempo vibrava di tensione, lei si sentiva vigile e sapeva che non sarebbe mai riuscita a dormire in un momento del genere.

Doveva cercare di capirlo. Se riusciva a farlo, forse sarebbe stato possibile trovare un futuro insieme per entrambi. Se viceversa fosse rimasta irritata, insicura e impaurita, allora era arrivata alla fine della sua breve relazione con Marc Reeve.

Si era comportato da delinquente?

Quella notte si era trovato in una situazione emotivamente straordinaria. Il divorzio era imminente, entro breve si sarebbe svolta l'udienza che avrebbe stabilito giuridicamente il diritto di visita o la custodia congiunta nei confronti del figlio tanto amato. Ai suoi stessi occhi, ma anche a quelli di Josh e probabilmente del giudice, lui era stato un padre del tutto carente. Gli venivano imputate due cose: la sua ossessione per la carriera, in pratica ventiquattro ore al giorno, e la sua costante infedeltà matrimoniale. Lui stesso riconosceva senza problemi la prima accusa, mentre respingeva categoricamente la seconda. Ma proprio riguardo a questo secondo punto esisteva una prova inconfutabile: una giovane donna, conosciuta all'aeroporto, che lui aveva portato a casa con sé e che sfortunatamente era caduta dalle scale di casa sua rompendosi il collo. Una fatale concatenazione di eventi, in grado di far perdere la testa a chiunque. Agendo d'impulso, aveva caricato in macchina il corpo di Elaine e tutte le sue cose. Come aveva detto lui stesso, si era subito reso conto che ormai non poteva più tornare indietro: gli esperti della scientifica avrebbero capito subito che il corpo era stato trasportato, probabilmente lo avrebbe stabilito anche l'autopsia. Nel giro di breve tempo, Marc era passato da una situazione in cui quasi sicuramente nessuno avrebbe potuto muovergli obiezioni, almeno da un punto di vista giuridico, a un'altra in cui diventava sospetto. C'era soltanto la sua parola che non avesse spinto Elaine giù dalle scale. Dopo tutti i preparativi compiuti per nascondere la vicenda, che peso avrebbe avuto la sua parola?

La dinamica stessa degli eventi da lui messi in moto lo aveva indotto a un comportamento obbligato di cui ben presto aveva perso il controllo. Il suo primo gesto impulsivo subito dopo la morte di Elaine lo aveva messo nella situazione di poter reagire soltanto in base alle necessità del momento. Fino al punto di presentarsi spontaneamente alla polizia, gesto che alla fine, per ironia della sorte, era stato causa proprio delle difficoltà che lui avrebbe voluto evitare. Aveva perduto il figlio e la sua carriera aveva subito un tracollo.

Lei riaprì gli occhi e guardò fuori. Non c'era traccia di Marc, evidentemente era ancora occupato sulla barca.

Forse non è tanto il pensiero che possa essersi comportato come un criminale a tormentarmi, pensò, bensì la consapevolezza di essere stata ingannata da lui. Mi ha mentito fin dal principio.

Ma che cosa avrebbe potuto fare?

Forse avrebbe dovuto confessare prima. Nel momento in cui dalla simpatia reciproca erano passati a una vera e propria relazione. Oppure ancora, quando lui si era accorto del peso che quella vicenda aveva per lei, di quanto si adoperasse per trovare delle risposte. Invece aveva continuato a mantenere in piedi il suo castello di menzogne. Soltanto quando si era sentito con le spalle al muro, quando aveva capito che la polizia, non appena fosse stata informata da lei, avrebbe riaperto le indagini, aveva ammesso tutto. Non si poteva certo parlare di una decisione spontanea. Comunque fossero andate avanti le cose, sarebbe rimasto questo retrogusto amaro.

Aveva appreso qualche cosa anche su Elaine. Cercò di immaginarsi la giovane quella notte. Era tipico di Elaine riversare tutta la storia della propria vita in maniera patetica e lamentosa su un perfetto sconosciuto. Del tutto insolito era invece il ruolo che a quanto pareva si era data in un secondo tempo, quello di consolatrice, di consulente spirituale. Era incredibile come lei avesse potuto considerare il controllato Marc Reeve, sempre padrone di se stesso, in grado di erigere muri impenetrabili intorno a sé, come oggetto del proprio intervento, probabilmente compiuto a fin di bene. Quanta solitudine, quanta sofferenza, quanta vulnerabilità doveva aver emanato quella notte Marc? In ogni caso Elaine doveva aver visto in lui un uomo bisognoso d'aiuto, per quanto le sue analisi e i suoi consigli indesiderati fossero stati motivati anche dal desiderio di sviare l'interesse dal proprio sfogo spontaneo. Forse un'altra plausibile risposta sul perché Marc avesse portato Elaine a casa propria stava proprio in questo aspetto. Lui l'aveva sempre spiegato con la compassione provata nei confronti di una giovane apparentemente disperata e confusa. Ma forse quella sera all'aeroporto di Heathrow anche lui si era sentito angosciato all'idea di tornare nella sua casa buia e vuota, da solo con il ricordo di Josh e con il pensiero dell'imminente divorzio. L'appuntamento a Berlino aveva rappresentato per lui una fuga di uno o due giorni da una situazione che lo faceva soffrire. Improvvisamente impossibilitato a farlo, forse aveva visto un guadagno anche per sé in un gesto di altruismo: Elaine era una giovane per nulla attraente, in preda alla disperazione e irritante, ma rappresentava un diversivo e questo bastava a renderla preziosa ai suoi occhi. Rosanna non credeva che lui avesse pensato anche solo per un istante di avere un'avventura con lei. Ma stare in sua compagnia, lasciarla parlare, avrebbe, se non impedito, quanto meno frenato il proprio rimuginare. Purtroppo lei poi aveva parlato troppo. E dell'argomento sbagliato.

Si accorse di avere caldo e aprì la portiera. L'aria fresca che la investì immediatamente si posò come un balsamo rinfrescante sulle sue guance. Scese dall'auto, le girò intorno, cercò di guardare verso il molo attraverso la vegetazione. Riusciva a scorgere l'edificio del club, sempre chiuso e silenzioso sotto il sole, e qualche barca, ma non la *Heaven's Gate*. Dal punto in cui si trovava il club le nascondeva la vista del molo.

Quanto tempo impiegava Marc a rimettere tutto a posto? Quanto tempo era passato? Gettò un'occhiata all'orologio e si accorse che era quasi mezzogiorno, ma questo non le fu di grande aiuto, dato che non sapeva a che ora fossero approdati. L'istinto le diceva che dovevano essere trascorsi almeno tre quarti d'ora da quando era risalita fino alla macchina. Marc non poteva avere impiegato tutto quel tempo per rimettere il telo protettivo sulla barca, giusto? Forse non ci era riuscito. Per quanto fosse esperto di barche, il nervosismo poteva avergli giocato qualche scherzo.

Nonostante si sentisse ancora le ginocchia molli, si avviò lungo il sentiero, per andare ad aiutarlo.

La passerella adesso era inondata di sole. D'estate doveva essere stupendo sedersi lì e lasciare dondolare i piedi nell'acqua. Rosanna si soffermò a pensarci mentre si spingeva sul ciglio del molo. Un luogo davvero romantico. L'immagine di un uomo che nelle prime ore di una fredda e nebbiosa giornata di gennaio trascinava lì il cadavere di una donna non si adattava a quel sereno idillio.

Si fermò davanti alla *Heaven's Gate*. Si era aspettata di trovare lì Marc, ancora impegnato con la barca, oppure seduto su una panchina, assorto a riflettere sulla propria vita, il proprio futuro. Sulla barca invece non c'era nessuno. Non era stata neppure coperta. Era esattamente nelle stesse condizioni di un'ora prima, quando lei era scesa.

«Marc?» chiamò. La sua voce risuonò estranea e irreale nel silenzio. Come una nota stonata. Qualcosa che non apparteneva a quel luogo.

«Marc? Sei lì?» Cercò di sbirciare in cabina, ma era troppo buio dietro gli oblò, non si vedeva niente. Tirò la cima e avvicinò la barca al molo, poi ci salì. Con un notevole sforzo, provò a scostare la paratia che chiudeva l'accesso alla cabina, alla fine ci riuscì e scese nell'angusto spazio sotto coperta. C'era un odore di umidità e di muffa. Nella penombra riconobbe due panche imbottite una di fronte all'altra, un tavolo, ripiani lungo le fiancate occupati da una varietà di oggetti: un flacone di olio solare, due libri tascabili, un paio d'occhiali, qualche penny. Non c'era traccia di Marc, né sembrava essere sceso lì sotto.

All'improvviso Rosanna pensò che molto probabilmente il cadavere di Elaine era stato su una di quelle panche. Di sicuro l'aveva nascosto lì sotto, ogni altro posto sarebbe stato troppo pericoloso.

Con la pelle d'oca si affrettò a uscire dalla cabina. Le immagini che le si erano affollate davanti agli occhi erano troppo angoscianti, voleva scacciarle quanto prima.

Tornata sulla passerella, si guardò nuovamente intorno, ma non c'era anima viva, a parte i gabbiani che continuavano a emettere i loro richiami striduli e incessanti. Per tutto il tempo Rosanna non li aveva notati, erano parte del paesaggio, parte di questa giornata, ma ora di colpo sussultò sentendo le loro strida che sottolineavano ancora di più la sensazione di totale solitudine che avvolgeva tutto. Nonostante quanto accaduto nelle ultime ore, Rosanna aveva trovato la giornata chiara e soleggiata, un vero e proprio assaggio di primavera. Nel giro di pochi minuti tuttavia questa sensazione era radicalmente mutata. Ora vedeva gli alberi spogli, l'azzurro freddo del cielo, le persiane chiuse nell'abitazione del guardiano delle barche. Nessuna colonna di fumo che si levasse verso il cielo, nessuna voce, nessun rumore che indicasse una presenza umana.

Sono completamente sola, pensò.

No, Marc deve essere da qualche parte.

Improvvisamente, fu assalita dalla paura.

«Marc?» tornò a chiamare, ma la sua voce era incerta e lieve, e non dipendeva soltanto dal raffreddore.

Si mise a correre lungo il pontile e attraversò la parte aperta della rimessa per le barche. Scrollò la porta che conduceva nella sala del club, ma era chiusa a chiave. Chissà se Marc possedeva anche questa chiave? Ma perché avrebbe dovuto chiudersi dentro il club?

Rimase ferma sull'altro lato della recinzione e guardò in alto verso il parcheggio. Forse Marc nel frattempo era tornato alla macchina. Lei non riusciva a vedere nulla. Risalì il vialetto più in fretta che poteva. Aveva delle fitte al petto, l'aria fredda che immetteva a ogni respiro le bruciava in gola. Era scossa dai brividi e nel contempo madida di sudore.

Marc non era né in macchina né nelle vicinanze. Rosanna si fermò, ansimando col fiato corto. Non capiva che cosa stesse succedendo. Lui si era fermato per coprire la barca. Forse era rimasto senza energie, forse di colpo non ce l'aveva più fatta. Doveva trovarsi in uno stato emotivamente molto provato.

Ma perché si nascondeva da lei?

Perché io rappresento la sua più grande minaccia.

Deglutì con forza, perché il terrore di colpo l'aveva assalita con tanta veemenza da seccarle la bocca e ingrossarle la lingua. Finora aveva pensato soltanto alla propria delusione, al proprio dolore, alla perdita di fiducia che la confessione di Marc aveva scatenato in lei, ma non le era venuto in mente che ora anche lui per forza di cose la vedeva sotto una luce diversa rispetto a sé. Finora erano stati un team, che cercavano insieme di chiarire un mistero, che stavano dalla stessa parte, che tiravano lo stesso capo della fune. E invece si era scoperto che tutto ciò non era mai stato vero, che da parte di Marc era stata solo una finta e da parte di Rosanna un'illusione.

D'altro canto, erano amanti. Quanto fosse stato sincero Marc in questo era ancora da vedere.

Però adesso si aggiungeva un altro elemento: sarebbe bastato pochissimo per trasformare Marc in un ricercato dalla polizia. E Rosanna era la persona che avrebbe potuto scatenare la caccia all'uomo.

Non avevano parlato di come si sarebbero evolute le cose. L'ultima frase che lui aveva sentito pronunciare da lei sull'argomento era stata la sua decisione di chiamare l'ispettore Fielder e di riferirgli ciò che sapeva – in quel momento il fatto che il passaporto di Elaine fosse stato rinvenuto a Wiltonfield, che Jacqueline Reeve possedeva una barca allo yachtclub locale e che la barca aveva superato la chiusa di Mapledurham la mattina dell'11 gennaio 2003.

Nel frattempo lei era venuta a sapere molto di più. E non aveva specificato di voler tenere per sé queste informazioni. In realtà non ci aveva ancora pensato su. La domanda era: quanta paura aveva di lei Marc? E a quali mezzi sarebbe ricorso, per eliminare il pericolo incombente?

«Accidenti!» esclamò lei, guardandosi intorno nervosamente. Non si vedeva ancora nessuno.

Marc non era un criminale. La morte di Elaine era stata un incidente al quale lui aveva reagito senza pensare e nel modo sbagliato, ma non era stato lui a eliminarla.

Di questo ho soltanto la sua parola. Nient'altro.

Non l'avrebbe mai saputo con certezza. Per tutta la vita. Elaine era caduta all'indietro sulla scala battendo la testa? Oppure Marc l'aveva aggredita, l'aveva spinta, colpita, forse aveva perso del tutto il controllo, molto più di quanto fosse pronto ad ammettere?

Marc si era dato molto da fare per nascondere la tragica vicenda, alla quale non era dato sapere fino a che punto avesse contribuito. Fino a dove si sarebbe spinto ancora? Anche se la polizia avesse creduto alla sua versione, anche se fosse stato condannato soltanto per la sua manovra di occultamento e non per omicidio, la sua carriera non avrebbe superato l'ennesimo colpo. La stampa lo avrebbe annientato, non gli sarebbe stato più possibile ricominciare un'altra volta. La riconciliazione con Josh, nella quale lui sperava in vista della crescita e della maturazione del ragazzo, si sarebbe allontanata all'infinito.

Io sono la chiave per la sua definitiva catastrofe esistenziale.

Lui era al corrente dei sensi di colpa che lei nutriva nei confronti di Elaine. Degli obblighi che sentiva verso il fratello di lei. Poteva sperare anche solo lontanamente che lei sarebbe stata disposta a tacere su tutto ciò che aveva appreso quel mattino a bordo della *Heaven's Gate*?

Se non avesse nutrito questa speranza, che cosa avrebbe fatto? Avrebbe aspettato che lei andasse a Scotland Yard? Oppure...

Perché si nasconde? Dov'è? Che cosa ha in mente?

Aprì precipitosamente la portiera dell'auto, fece scattare il cassettino del cruscotto dal lato passeggero e rovistò all'interno. Naturalmente non trovò una chiave di scorta, chi metterebbe la chiave di riserva dell'auto nel cassettino del cruscotto? Non poteva andarsene. Si trovava lì in quel luogo deserto dimenticato da Dio e non poteva andarsene, e a poca distanza da lei, da qualche parte, c'era Marc, un uomo che si sentiva del tutto messo con le spalle al muro. Che, almeno dal suo punto di vista, non aveva più niente da perdere.

Valutò brevemente l'ipotesi di chiudersi dentro la macchina e di sperare che prima o poi arrivasse il custode delle barche oppure un socio del club. Possibile che nessuno volesse fare un giro lungo il fiume in una giornata tanto bella? Oppure riparare la barca, o bere qualcosa al bar del club o che so io? Magari nel tardo pomeriggio. Di sabato in genere la gente prima faceva la spesa. Poteva passare diverso tempo senza che si presentasse nessuno.

E nessuno sapeva dove si trovava lei.

No, non era esatto. Le venne in mente la telefonata di Marina, madre di Rob ed ex compagna di Dennis. Quante ore erano passate? Le aveva detto dove si trovava, ma la linea era disturbata, lei non sapeva quanto fosse riuscita a capire l'altra. In ogni caso aveva promesso di richiamare più tardi. Sarebbe passato del tempo prima che Rob trovasse strano che lei non si facesse sentire. Sempre ammesso che lo giudicasse insolito. Nei giorni scorsi le era già capitato di dimenticarsi di lui.

Marc aveva le chiavi dell'auto. Poteva aprire le portiere tranquillamente da fuori, e allora come avrebbe fatto lei a riguadagnare il controllo di quattro serrature e un bagagliaio?

Sussultò quando le parve di sentire un rumore alle proprie spalle, ma non c'era assolutamente niente, doveva essersi sbagliata. Anche giù al club e lungo il molo non si muoveva nulla. Marc poteva risalire fino al parcheggio compiendo un ampio arco attraverso il bosco e arrivare all'improvviso senza farsi vedere. Poteva arrivare da qualsiasi parte. La considerava la sua unica possibilità? Chiudere la bocca a Rosanna e sperare che la polizia non avrebbe stabilito un collegamento tra di lui e le dichiarazioni di Pamela Luke? Si sarebbe spinto a tanto?

Lei non lo conosceva. In realtà non lo conosceva affatto. Si era innamorata di lui, del suo aspetto attraente, della sua gentilezza, forse persino della sua malinconia. Ma lui le aveva mentito su vari aspetti fondamentali parlando di sé, aveva sempre recitato e finto con lei, per questo l'unica cosa che sapeva in più di lui era che era un ottimo attore. In sostanza non sapeva neppure se fosse un adultero impenitente come affermava Jacqueline.

Né poteva sapere se fosse o no un assassino.

Doveva andarsene da lì. Il più in fretta possibile. Aveva aspettato già per troppo tempo e non potevano più esserci spiegazioni plausibili per la sparizione di Marc. La più ingenua sarebbe stata che si fosse allontanato a piedi lungo il fiume, anche se non era da lui compiere un gesto tanto assurdo. Meno ingenuo sarebbe stato immaginare che si fosse nascosto da qualche parte ad aspettare l'occasione giusta per eliminare la donna che poteva distruggere il suo futuro.

Il paese più vicino, Wiltonfield, distava quasi quattro chilometri. Una bella distanza da superare a piedi, ma per lei non c'era altra scelta.

Corri più in fretta che puoi!

Stringendo forte la borsetta al petto, cercò di ignorare il fatto che le gambe minacciavano di cederle. Le bruciava la fronte. Ma non c'era tempo per sentirsi male.

Partì di corsa voltandosi ripetutamente indietro.

Tutto rimase immobile e silenzioso.

10

«Wiltonfield!» esclamò Rob, quando individuò per primo il cartello. «Ancora cinque chilometri.»

«Sei proprio deciso ad arrivare fin lì vero?» domandò Marina. «Se Rosanna è andata a fare una gita sul fiume, non riusciremo a trovarla.»

«Allora l'aspetteremo. Vorrei tanto sapere con chi è andata.»

«Rob! Non è affar tuo!»

Lui continuò a guardare fuori dal parabrezza, senza risponderle. Marina ormai lo conosceva abbastanza bene da sapere che a volte poteva essere incredibilmente testardo.

Entrarono nel paese di Wiltonfield e percorsero lentamente la strada principale. Alla loro sinistra scorreva il Tamigi, anche se la vista del fiume era in gran parte nascosta dalle case e da una sottile striscia alberata. Cercarono con attenzione il cartello che indicasse un approdo oppure un'area escursionistica. Non trovarono niente.

«Qui non c'è niente del genere», dichiarò Marina quando ebbero quasi raggiunto l'estremità opposta dell'abitato. «Te l'avevo detto che la linea era molto disturbata. Non so neppure se ho capito bene il nome della località.»

«La nostra unica possibilità è di cercarla qui», insistette Rob. «Non ne abbiamo altre.»

«Invece sì. Abbiamo la possibilità di tornare a casa e di aspettare la telefonata di Rosanna. Poi potrai farle tutte le domande che ti angustiano.»

Lui lanciò un'occhiata diffidente alla madre. «E tu credi che mi direbbe la verità? Che ha conosciuto un altro e che se la vuole svignare con lui? Inventerà delle scuse. Come ha fatto negli ultimi giorni.»

Avevano appena superato il cartello con il nome della località, quando Rob esclamò all'improvviso: «Aspetta! Chiederò a quella donna lì!»

Un'anziana donna stava sopraggiungendo verso di loro tenendo un cagnolino al guinzaglio. Marina frenò, Rob scese con un balzo. Quando tornò aveva l'aria esaltata. «Credo che tu abbia capito bene le indicazioni di Rosanna. Qui esiste uno yachtclub. A circa tre chilometri di distanza. Proprio lungo la strada.»

Marina, che aveva sperato di poter concludere lì quell'impresa senza senso, alzò gli occhi al cielo. Trovava la situazione patetica e non era affatto soddisfatta del proprio ruolo. Che il sedicenne Rob, spinto dalla paura e dalla gelosia, spiasse la madre adottiva era un conto; che lei, una donna adulta e ragionevole, lo sostenesse in questo era tutt'altro. Era ben cosciente del motivo che la spingeva a farlo: la paura che lui scappasse di nuovo, l'ansia di un eventuale ennesimo litigio. Non aveva nessuna voglia di doversi giustificare con la moglie del suo ex compagno. Sarebbe stato come ammettere di non riuscire a stabilire un rapporto con il bambino che aveva messo al mondo sedici anni prima e che l'altra aveva cresciuto al posto suo.

Wiltonfield si trovava su un'altura. La strada scendeva compiendo un ampio arco e attraversava un fitto bosco. Sebbene gli alberi fossero ancora spogli, erano così fitti, da non lasciar penetrare neppure un raggio di sole. In estate doveva essere un posto piacevole, ombreggiato e quasi magico. In quella giornata di febbraio l'atmosfera era piuttosto sinistra e minacciosa.

«Non dovrebbe mancare molto al cartello», disse Marina, mentre quasi contemporaneamente Rob esclamava: «Eccola! Fermati! È lei!»

Marina inchiodò. Con sua meraviglia scorse una donna che risaliva da sola la strada buia. Più che camminare, si trascinava. Si teneva una sciarpa davanti al viso. La sua figura era leggermente piegata in avanti.

«Quella è Rosanna!» gridò Rob.

La macchina si fermò proprio davanti a lei sul ciglio della strada. Rob balzò a terra.

«Rosanna!»

La donna trasalì. Marina vide gli occhi spalancati che spuntavano dalla sciarpa. Occhi pieni di paura.

«Che cosa è accaduto, Rosanna?» domandò Rob.

Anche Marina scese dall'auto.

«Sono Marina», si presentò, porgendo la mano a Rosanna, «la madre di Rob. Ci siamo sentite per telefono. Mi spiace piombarle davanti in questo modo, ma Rob era così impaziente e...»

«Dobbiamo andarcene da qui», la interruppe Rosanna con voce roca. Marina si rese conto che era molto raffreddata e probabilmente doveva avere la febbre alta.

Non certo le condizioni di salute migliori per fare un giro in barca a febbraio, pensò perplessa.

«Non ha la macchina?» domandò, guardandosi intorno, come se si aspettasse di vedere l'auto di Rosanna parcheggiata da qualche parte.

Anche Rosanna si guardò intorno, nervosa. «Siamo venuti con l'auto di Marc. Ma...» Non aggiunse altro. Marina ebbe la sensazione che non sapesse come riassumere in poche parole una vicenda molto complicata.

«Chi è Marc?» domandò subito Rob.

«Siete un dono del cielo», disse Rosanna invece di rispondere. Poi starnutì. «Ho un terribile raffreddore», aggiunse.

Marina la prese sottobraccio. «Dovrebbe mettersi a letto, invece di andarsene in giro, e tanto meno in barca. Venga. Intanto la porto a casa mia. Lì potremo parlare di tutto quanto.»

Fece per tornare verso l'auto, ma di colpo Rosanna esitò.

«Marc è ancora allo yachtclub», disse, «almeno così credo.»

«Vuoi dirmi chi diavolo è questo Marc?» ripeté Rob spazientito.

Rosanna gli accarezzò distrattamente i capelli. «Non è il momento né il luogo per raccontarti tutta la storia. È solo che... ci siamo persi di vista, e pensavo... ma sono preoccupata per lui...» Guardò Marina. «Mi farebbe un enorme piacere? Tornerebbe con me allo yachtclub? Mi sento più sicura se lei e Rob siete con me, così potrò cercare meglio Marc.»

Marina non riusciva assolutamente a capire che cosa stesse accadendo, ma riconobbe l'ansia e l'urgenza nella voce dell'altra.

Annuì. «D'accordo.»

L'auto era sempre al suo posto in alto nel parcheggio. Rosanna aveva quasi sperato che Marc nel frattempo se ne fosse andato o quanto meno fosse seduto al volante, ma non c'era niente che lasciasse pensare che fosse salito fino al parcheggio. Appariva tutto deserto e abbandonato. La casa del guardiano era sempre chiusa e il club e il molo erano sempre vuoti.

Sarei potuta rimanere seduta qui ad aspettare in eterno, pensò Rosanna, ma dove si è cacciato Marc? *E che cosa sta aspettando?*

«Vuoi spiegarci adesso che cosa sta succedendo?» domandò Rob dal sedile posteriore. Nello stesso istante Marina osservò: «Certo che è un posto proprio deserto. Quella è l'auto del suo... conoscente?»

«Già. Mi chiedo...» Rosanna aprì la portiera. Devono giudicarmi parecchio confusa, pensò, e probabilmente lo sono. Avrei dovuto allontanarmi da qui invece di tornare.

«Vi prometto che vi spiegherò tutto più tardi», si affrettò a dire. «Adesso però voglio scendere un'altra volta fino alla barca a cercare Marc. Se non torno tra quindici minuti, per favore chiamate la polizia.»

Rob spalancò gli occhi e Marina esclamò: «mio Dio!»

Rosanna scese lentamente per il sentiero. Quante volte aveva percorso quella strada quel giorno? Non lo sapeva, la sua unica certezza era che il cuore ogni volta le diventava più pesante. Erano successe così tante cose che doveva rielaborare. Ma su un punto era giunta a una conclusione definitiva, mentre avanzava faticosamente per la strada senza fine nel bosco: aveva deciso di credere a Marc. Di credere che con Elaine fosse stato un incidente e non un delitto. E aveva capito che avrebbe potuto convivere con questa consapevolezza, avrebbe potuto tenere per sé ciò che sapeva. Se la polizia non fosse risalita alla verità dalla dichiarazione di Pamela, lei non avrebbe comunque rivelato niente. Non era compito suo fare la detective. Non era compito suo denunciare l'uomo che amava. Doveva dirglielo. Il prima possibile.

Il problema era che in quel momento aveva paura dell'uomo che amava. Anche se, di questo era altrettanto sicura, gli faceva un terribile torto. Lui era scomparso, ma questo non doveva necessariamente significare che stesse aspettando l'occasione di farle del male. Non avrebbe già avuto innumerevoli possibilità? Lei era rimasta seduta nell'auto molto a lungo, sarebbe stata del tutto indifesa. Lui non ne aveva approfittato. Forse si era dato alla fuga. Senza ragionare, prigioniero del proprio panico. Come era accaduto quella notte.

Superò la casa del guardiano e si incamminò lungo il molo. Non aveva alcuna speranza di trovarlo alla barca e in effetti questa era vuota e abbandonata come prima. Si guardò intorno. Naturalmente lui si sarebbe potuto nascondere in un'altra barca qualsiasi, ma che cosa ci avrebbe guadagnato?

«Marc?» lo chiamò lei.

Nessuno le rispose, a parte i gabbiani.

Si sentiva un pochino più tranquilla, ora che sapeva che Rob e Marina l'aspettavano poco distanti, e tuttavia la situazione le creava ansia e disagio. Lo chiamò ancora una volta per nome, ma le rispose soltanto il silenzio.

Tornò lentamente verso la riva, entrò nella rimessa per le barche. Fu assalita nuovamente dall'intenso aroma di legno. Alla sua destra si trovavano i ripiani dove erano collocati gli Optimist, gli scafi per i bambini. Scorse un corridoio lungo il quale erano allineati gli armadietti chiusi a chiave dei soci del club. Lo imboccò, ma al buio non riusciva a vedere quasi niente e ben presto si trovò davanti a un muro. Nessuno si nascondeva lì.

Tornata indietro, approfittò della luce del sole che entrava dalle due porte per dare un'occhiata all'ora. Erano passati quasi dieci minuti. Doveva sbrigarsi, altrimenti Rob e sua madre avrebbero avvisato la polizia. Diede un'occhiata alla scala che saliva in soffitta.

«Marc?» chiamò a bassa voce.

Le restavano ancora un paio di minuti. Sarebbero bastati per salire a dare un'occhiata di sopra.

Con il cuore in gola, salì la scala. Si era aspettata di trovarsi nella più totale oscurità, e aveva temuto di non riuscire a trovare l'interruttore della luce per la fretta, ma in realtà un piccolo lucernario sporco faceva filtrare un fioco chiarore. Era uno stanzone enorme, che occupava tutta la superficie dell'edificio. Ed era riempito in tutta la sua ampiezza dalle vele appese ai fili fissati alle grosse travi del tetto. Enormi vele bianche. Dovevano essere state messe lassù ad asciugare. Trasformavano la soffitta in una specie di labirinto, creando una gran quantità di piccole nicchie, corridoi e spazi. Sarebbe stato un vero paradiso per qualsiasi bambino.

Rosanna pensò soltanto: oh Dio!

Il suo primo impulso fu di tornare indietro, scendere di sotto e correre a perdifiato verso la macchina. In effetti non le restava più neppure un minuto. Le sembrava improbabile che Marc si trovasse lì sopra. Anche se fosse stato in preda al panico, non avrebbe cercato un nascondiglio tanto assurdo, dove sarebbe stato scoperto rapidamente e inoltre non poteva restare a lungo. A meno che non avesse alcuna intenzione di nascondersi, ma avesse semplicemente aspettato che lei salisse di sopra per poterla...

Credevo che avessi deciso di dargli fiducia?

Di colpo fu assalita da una sensazione inspiegabile, di non essere sola. Non necessariamente in quella stanza, ma all'interno dell'edificio. Era soltanto una sua fantasia, oppure l'istinto? Probabilmente i nervi le stavano giocando un brutto scherzo. Rimase perfettamente immobile, ad ascoltare nella penombra che regnava tutt'intorno a lei. Il cuore le martellava nel petto. Sentiva il rumore del proprio respiro. Sentiva gemere e cigolare le pareti di assi, ma sapeva che era del tutto normale in una costruzione fatta esclusivamente di legno. Era probabile che la sua sensazione che ci fosse qualcuno derivasse proprio da questi rumori. Dalla qualità viva del legno. Dal fatto che si muoveva instancabile. Non aveva nessun motivo di angosciarsi.

Si girò nuovamente verso le scale. Doveva tornare alla macchina. Lassù non c'era nessuno. Non aveva senso aggirarsi faticosamente in mezzo all'intrico di vele.

Fu proprio in quell'istante che lo percepì. Un rumore che non era in grado di identificare, di riconoscere. Non avrebbe saputo dire se si trattasse del respiro di un'altra persona, i passi... ma era un rumore diverso dallo scricchiolio del legno, non ne faceva parte, era estraneo. Proveniva dalla scala.

Qualcuno stava salendo.

Qualcuno che procedeva cercando di non farsi udire.

Rosanna fece un passo indietro senza fiatare. Al primo momento ebbe la tentazione di chiamarlo per nome.

Marc? Sei tu? Sono quassù!

L'istinto la indusse a tenere la bocca chiusa.

Chiunque fosse, perché avanzava di soppiatto?

La consapevolezza di non avere più via di scampo la colpì con la forza di un pugno allo stomaco. Là sopra era come un coniglio in gabbia. Rob e Marina avrebbero chiamato la polizia. Quanto tempo sarebbe passato prima dell'arrivo degli agenti? Rob e sua madre avrebbero preso l'iniziativa di andarla a cercare loro stessi?

Avrebbe voluto gridare, ma non riuscì a emettere neppure un suono. Adesso non aveva più dubbi: c'era qualcuno sulla scala.

Le pareti di vele l'accolsero protettive. La penombra era permeata da una miscela di odori diversi: acqua, legno, olio per motori, detersivi, muffa. Si ritrasse ulteriormente.

L'altro – *Marc?* – era arrivato di sopra. Lo sentiva indugiare mentre cercava di orientarsi. La sua vista doveva ancora abituarsi alla fioca penombra. Rosanna invece l'aveva già fatto, e questo le dava un piccolo vantaggio. Che molto probabilmente alla fine non le sarebbe servito a niente. Perché prima o poi si sarebbe trovata contro il muro. Oppure poteva spostarsi incessantemente nel labirinto delle vele. Sino a trovarsi l'altro davanti. Poteva accadere in qualsiasi momento.

Un'asse del pavimento scricchiolò sotto i suoi piedi. Lei si bloccò immediatamente, trattenendo il fiato. Bastava il minimo movimento per tradire il punto in cui si trovava. Doveva essere più cauta.

Avanzò fino all'angolo successivo, rischiando di inciampare su un mucchio di cime arrotolate sul pavimento. All'ultimo istante riuscì a scavalcarle con un lungo passo.

Le vele intorno a lei si mossero. Qualcuno le era alle spalle.

E poi, nell'attimo successivo, accadde tutto contemporaneamente.

Senza badare a non fare rumore, Rosanna girò l'angolo successivo.

Qualcuno la chiamò: «Rosanna!»

Lei si bloccò e lanciò un grido, un grido pieno di raccapriccio, sconcerto e terrore per ciò che vide davanti a sé, e poi di colpo due braccia la strinsero da dietro, braccia forti, calde, sicure, un viso si premette contro il suo e la voce di Rob le sussurrò: «Non guardare, Rosanna, non guardare!»

Ma lei non poteva distogliere gli occhi. Dal corpo che dondolava impercettibilmente, inerte, davanti a lei. Dai lineamenti contorti nella lotta contro la morte del volto di Marc Reeve.

«Rosanna, ci sono io!»

Lei non riusciva a smettere di urlare.

Sabato, 1° marzo

«Dovresti andare da lei», lo incalzò Pam, «è di sopra da quasi un'ora ormai. Forse ha bisogno di te.»

«Aveva detto di voler rimanere sola», replicò Cedric a disagio. Temeva un crollo emotivo della sorella e non voleva essere quello costretto a sostenerla. «Non preferiresti farlo tu...?»

«Tu sei suo fratello. Con me non ha in pratica nessun rapporto.»

Alla fine Cedric si decise a scendere a malincuore dall'auto. Erano parcheggiati davanti alla casa in cui aveva abitato Marc Reeve. Jacqueline Reeve aveva dato la chiave a Rosanna, dicendole che poteva prendere dall'appartamento un ricordo, quello che voleva. Rosanna non si sentiva affatto bene, per questo Cedric e Pam l'avevano accompagnata, ma poi lei li aveva pregati di salire da sola.

«Ho bisogno di un momento per me», aveva detto.

Pam aveva ragione: quel momento ormai durava da un'ora.

Cedric attraversò la strada. Le costole rotte gli facevano ancora male, ma le sue condizioni non erano più paragonabili a quelle di qualche giorno prima. Riusciva a muoversi molto meglio e aveva superato senza problemi anche il viaggio da Taunton a Londra. Nel giro di breve tempo sarebbe tornato quello di una volta.

Il portone era soltanto accostato. Salì le scale ed entrò nell'appartamento. Trovò la sorella in piedi in mezzo al salotto di Marc, ed ebbe l'impressione che non si fosse mossa di un passo dal momento del suo arrivo.

«Pam mi ha mandato a vedere come stavi», disse lui, «sei quassù già da parecchio tempo.»

Lei si voltò lentamente a guardarlo. «Davvero?»

«Da un'ora.»

La cosa parve sorprenderla. «Non me n'ero resa conto.»

Lui si guardò intorno per la stanza. Il piccolo angolo cottura con le piastrelle bianche. I mobili economici, né brutti né belli, semplicemente neutri. L'anonimo tappeto. Si accorse di rabbrividire.

Come si poteva vivere così, si chiese, come si poteva resistere in quell'atmosfera fredda e grigia?

L'unico oggetto personale era un acquerello appeso al muro. Una barca davanti a un molo di pietra. Il quadro se non altro rappresentava qualcosa di peculiare nella mera funzionalità di tutto il resto, ma l'immagine era così scura e malinconica, da non rischiarare affatto la generale aura di tristezza.

Rosanna aveva seguito il suo sguardo.

«La nostra vita è così piena di cliché», disse, «anche quando crediamo di saper guardare le cose fino in fondo in tutta la loro verità e giustizia. Marc era riuscito in maniera perfetta a crearsi una propria immagine, e neppure io mi sono accorta di quanto fosse incompleta. Avvocato di successo. Ambizioso. Affascinante. Intelligente. Certo, era tutto questo. Ma prima di tutto era una persona profondamente depressa. Ha usato tutte le proprie energie per fare in modo che nessuno se ne accorgesse.»

«In effetti l'appartamento lo rivela chiaramente», osservò Cedric. «Non avevo mai visto una stanza tanto...» Cercò l'aggettivo esatto.

«Impersonale», gli suggerì Rosanna. «Fredda. Priva di vita. Come deve essere un uomo che crea un ambiente simile?»

«Secondo te è stata la vicenda di Elaine a farlo piombare in questo stato? Oppure la storia del figlio?»

«Io credo che fosse depresso già prima. Però non so quasi niente di lui, Cedric. Anzi, proprio niente. Non conosco particolari della sua infanzia o della sua giovinezza, delle sue origini. Nelle due settimane in cui ci siamo frequentati, lui si è adoperato esclusivamente a tenere in piedi la sua versione dei fatti di quel gennaio 2003. Doveva sentirsi con le spalle al muro. Doveva sempre trovare un nuovo modo di reagire a ciò che io man mano scoprivo. Io non mollavo, non gli lasciavo riprendere fiato. Ero ossessionata dal pensiero di dimostrare la sua innocenza. E alla fine... non gli ho lasciato più nessuna via d'uscita.»

Lui avvertiva chiaramente la tristezza della sorella, era quasi tangibile, mescolata al dolore che Marc Reeve aveva lasciato in quella stanza. Avrebbe voluto abbracciarla, ma aveva la sensazione che lei non volesse.

Perciò disse soltanto: «È stato lui stesso a crearsi la sua prigione, Rosanna. Ha cominciato la notte dell'incidente di Elaine. Se si è veramente trattato di un incidente, non avrebbe dovuto nasconderlo. È stato quello il principio della fine».

«Sì», rispose lei tornando a guardare fuori dalla finestra, dove il cielo grigio non contribuiva a rallegrare la giornata, «è così. Ma la fine non doveva necessariamente essere quella che è stata. Se gli fossi rimasta accanto... se lui avesse saputo di avere il mio sostegno... forse per lui ci sarebbe stata una speranza.»

«O forse no. Non ha senso specularci ora. Rosanna, posso immaginare quello che provi, ma... non serve a niente. Ti tormenti e basta. Come a restare in questo orribile appartamento. Prendi qualcosa, un ricordo qualsiasi, e poi andiamo via.»

«Che cosa dovrei prendere? Davvero, Cedric, non so quale degli oggetti qui dentro possa rappresentare un collegamento tra di noi.»

Aveva l'aria tanto infelice. Lui avrebbe voluto semplicemente prenderla per mano e portarla fuori da lì.

«Adesso che cosa farai?» domandò.

Lei alzò le spalle. Nonostante il suo sguardo turbato, Cedric ebbe l'impressione che essere distratta dal pensiero di Marc Reeve in questo momento potesse darle un po' di sollievo.

«Non lo so ancora. Penso che mi cercherò un lavoro qui a Londra. E un appartamento.»

«Non torni più da Dennis?»

«No.»

«E Rob?»

Qualcosa di caldo e morbido distese per un istante le linee che negli ultimi giorni si erano incise sul suo viso. «È stata la mia ancora di salvezza, Cedric. In quel terribile momento quando... ho trovato Marc... mio Dio, Rob ha soltanto sedici anni. Ma è stato così forte. Così determinato. Mi ha sorretto ed è stato solo questo che mi ha permesso di superare quel momento. Non so che cosa sarebbe successo senza di lui.»

«Ti vuole molto bene.»

«Vorrebbe venire a stare con me.»

«Per farlo ti servirebbe l'autorizzazione di Dennis.»

«Forse si lascerà convincere. La cosa più importante per lui è la felicità di Rob. Penso che entrambi, io e Rob, abbiamo una possibilità.»

Rimasero in silenzio e Cedric cercò di rendersi conto che la sua sorellina stava gettando all'aria tutta la sua vita e lo faceva con una determinazione e una lucidità che lui poteva soltanto ammirare.

«Io tornerò per qualche giorno a New York», disse infine, «sono veramente sfinito. Secondo il medico dovrei aspettare ancora, ma non ce la faccio più a stare qui senza uno scopo. Devo trovare il modo di andare avanti.»

«Pamela verrà con te?»

«Le farebbe molto piacere. Io non ho ancora deciso. Non credo di poter essere il suo rifugio, figurati, proprio uno come me! Prima devo mettere ordine nella mia stessa vita.»

«Forse le serve soltanto un trampolino. Lei è forte, Cedric, altrimenti non sarebbe riuscita a sopravvivere questi ultimi anni. Non credo che diventerà un peso per te.»

«Mi piace», ammise Cedric, «ma non ho ancora idea di che cosa potrà venirne fuori.»

«Neppure io ho idea di cosa ne sarà della mia vita.»

«Proprio un bel casino, tutto quanto», commentò Cedric, scostandosi i capelli dalla fronte, un gesto impacciato con il quale spesso mascherava i momenti difficili.

«Sono stato da Geoff», riprese senza pause, «per l'ultima volta. Per salutarlo.»

«Scommetto che si è dato un sacco di arie, vero? Perché aveva visto giusto fin dal primo istante.»

Cedric scoppiò a ridere, suo malgrado. Era la prima volta che lo faceva quel giorno. «Il buon vecchio Geoff. Il nostro Catone. *Ceterum censeo*, che Marc Reeve sia colpevole. Era diventata una specie di litania per lui. E alla fine si è rivelata la verità. Ma lui non ha esultato. Mi è sembrato semplicemente sollevato di poter finalmente chiudere quel capitolo. Per lui era l'unica cosa importante.»

Lei poteva capirlo. Poter chiudere era importante. Avere delle certezze.

Lui sembrò leggerle nel pensiero.

«È questo che ti tormenta tanto?» le chiese cauto. «Che non potrai mai avere la certezza definitiva che Marc abbia detto la verità? Che quello di Elaine fu un incidente? E non un'aggressione da parte sua?»

Lei scrollò il capo.

«No. Mentre camminavo verso Wiltonfield, ho deciso di credergli, e resto di questa opinione. Gli credo. Quello che mi tormenta è che... non ho più avuto modo di dirglielo. Non ho fatto niente per lasciargli vedere una via d'uscita diversa da quella che poi ha scelto. È questo che mi tormenta. E mi tormenterà sempre.»

Che cosa avrebbe potuto risponderle?

«Il suicidio di Marc è stato un gesto dettato dal panico», disse lui dopo un po', «come l'occultamento del cadavere di Elaine. Evidentemente nelle situazioni critiche tendeva a prendere decisioni avventate.»

«Un altro aspetto della sua personalità che nessuno avrebbe indovinato, frequentandolo nella vita quotidiana», disse Rosanna. «No, davvero, non lo avrebbe detto nessuno. La sua maschera era sempre impeccabile.» Protese il braccio e prese la mano del fratello. «Vieni, andiamo. Qui non c'è niente che vorrei portare via con me. Non dipende soltanto dal fatto che in questo appartamento non ci sia nulla di significativo. Ma in primo luogo perché io non lo conoscevo.»

Uscirono in strada. Il vento soffiava gelido tra le case, sebbene fosse il 1° marzo e la primavera sembrasse imminente.

Il 1° marzo, pensò Rosanna, il compleanno di Josh. Non potrà mai più riconciliarsi con suo padre. Ma forse non avrebbe neppure voluto farlo.

Pamela era scesa dall'auto e camminava avanti e indietro sul marciapiede, le braccia conserte sul petto. Aveva il naso rosso, le labbra bluastre. Ma sembrava più rilassata, non aveva più quell'aria inquieta. Si era liberata definitivamente dal suo aguzzino Pit Wavers, uccidendolo. In questo modo aveva eliminato l'assassino di Jane French e il presunto assassino di Linda Biggs. Nel suo sguardo si leggeva il primo bagliore di una nuova consapevolezza, di una nuova forza.

«Accidenti, finalmente», disse vedendo venirle incontro i due fratelli, «qua fuori si muore di freddo. Stavo congelando.»

Si fronteggiarono indecisi.

«E adesso?» domandò Cedric. «Cosa facciamo con il resto della giornata?»

Cosa facciamo con il resto della nostra vita? pensò Rosanna, ma preferì non parlare. Tanto, chi avrebbe potuto darle una risposta? Cedric, che, come lei intuiva, l'ammirava per la sua presunta determinazione? Come avrebbe potuto capire il vuoto che si sentiva dentro? Come avrebbe potuto immaginare che ciò che lui considerava determinazione in realtà era pura e semplice disperazione?

«Per quanto mi riguarda», disse Pamela, «mi ci vorrebbe qualcosa di forte. Un bar accogliente e una doppia grappa.»

«Ottima idea», concordò prontamente Cedric.

Lasciarono lì la macchina e si avviarono lungo la strada, in armonioso silenzio. Da qualche parte lì intorno avrebbero trovato un bar. E poi sarebbe venuto loro in mente che cosa fare in seguito. E dopo ancora.

Per il resto della giornata.

Per il tempo a venire.

Nota dell'autrice

Ho inventato la località di Wiltonfield e il relativo yachtclub e mi sono presa la libertà di collocarlo tra i paesi, realmente esistenti, di Binfield Heath e Reading. Mi premeva evitare qualsiasi collegamento tra gli yachtclub presenti lungo il Tamigi e gli avvenimenti narrati in questo libro.

Indice

Finito di stampare nel mese di novembre 2012
per conto della TEA S.p.A.
dal Nuovo Istituto Italiano d'Arti Grafiche - Bergamo
Printed in Italy